# 星图王

十一娃 —— 著

新世界出版社
NEW WORLD PRESS

图书在版编目（CIP）数据

星图王 / 十一娃著 . -- 北京：新世界出版社，2019.5
ISBN 978-7-5104-6728-8

Ⅰ . ①星… Ⅱ . ①十… Ⅲ . ①长篇小说—中国—当代 Ⅳ . ① I247.5

中国版本图书馆 CIP 数据核字（2019）第 013125 号

# 星图王

作　　者：十一娃
责任编辑：周　帆
责任校对：宣　慧
责任印制：王宝根　苏爱玲
出版发行：新世界出版社
社　　址：北京西城区百万庄大街 24 号(100037)
发 行 部：（010）6899 5968　（010）6899 8705（传真）
总 编 室：（010）6899 5424　（010）6832 6679（传真）
http://www.nwp.cn
http://www.nwp.com.cn
版 权 部：+8610 6899 6306
版权部电子信箱：nwpcd@sina.com
印　　刷：天津中印联印务有限公司
经　　销：新华书店
开　　本：710mm×1000mm　1/16
字　　数：500 千字　　印　张：29
版　　次：2019 年 5 月第 1 版　2019 年 5 月第 1 次印刷
书　　号：ISBN 978-7-5104-6728-8
定　　价：59.80 元

版权所有，侵权必究
凡购本社图书，如有缺页、倒页、脱页等印装错误，可随时退换。
客服电话：（010）6899 8638

# 目  录
## CONTENTS

第一章　久别重逢 \ 001

第二章　鼠人的猜想 \ 008

第三章　偷渡梦兰多 \ 018

第四章　夜闯蓝灵堡 \ 027

第五章　曙光乍现 \ 037

第六章　暗潮涌动 \ 049

第七章　与狰共舞 \ 057

第八章　暮色中的飓魔怪 \ 065

第九章　魔首密会 \ 072

第十章　无望之城 \ 079

第十一章　急速潜逃 \ 085

第十二章　狭路相逢 \ 090

第十三章　飞夺螺旋岛 \ 098

第十四章　绝处逢生 \ 105

第十五章　摩丹王的盛宴 \ 113

第十六章　紧急会议 \ 122

第十七章　魔王宣战 \ 132

第十八章　意外的惊喜 \ 140

第十九章　密道狂奔 \ 150

第二十章　六兽齐聚 \ 159

第二十一章　子王的抉择 \ 168

第二十二章　宫棋秘史 \ 178

第二十三章　联学宫与神秘人 \ 186

第二十四章　护帅大会 \ 193

第二十五章　激情演说 \ 197

第二十六章　魔相密谋 \ 203

第二十七章　对决棋王 \ 209

第二十八章　入主联学宫 \ 217

第二十九章　身世之谜 \ 223

第三十章　丹露湾保卫战 \ 228

第三十一章　魔王凯旋 \ 234

第三十二章　群英急会 \ 241

第三十三章　四王会盟 \ 252

第三十四章　舌战群王 \ 259

第三十五章　双王被擒 \ 268

第三十六章　围鹰救亥 \ 276

第三十七章　陇都之殇 \ 284

第三十八章　类人觉醒 \ 293

第三十九章　联军集结 \ 300

第四十章　　血战普衡山 \ 308

第四十一章　摩丹王再伸援手 \ 315

第四十二章　青龙成魔 \ 321

第四十三章　北阴山与流转之眼 \ 327

第四十四章　蓝胤家族 \ 334

第四十五章　皇族长老院 \ 340

第四十六章　森林之旅 \ 346

第四十七章　飓魔军压境 \ 355

第四十八章　四方通灵俑 \ 362

第四十九章　袋蟒军归来 \ 367

第五十章　　发丧擒王 \ 377

第五十一章　群王宣誓 \ 387

第五十二章　战前密谋 \ 396

第五十三章　皇宫里的万灵剑 \ 403

第五十四章　魔相顿悟 \ 410

第五十五章　再添忧愁 \ 420

第五十六章　决战魔幽城 \ 427

第五十七章　惊天阴谋 \ 435

第五十八章　最后的较量 \ 444

后　　记 \ 454

# 第一章

\*\*\*

## 久别重逢

  在莒虎星上，在滇城以北的崇山峻岭之间，有一片美丽而神奇的山林叫蓝森林，即使你走过千遍万遍，只要你一旦离开后，它就可能会在你的记忆中完全消失，就好像它从不曾存在过一样。

  原来在蓝森林旁边，有一个神秘的村庄叫罗堂村，村里曾住着一些法力超强的通灵师，他们可以在你不经意间，清除你的这段记忆。如果你运气好的话，他们可以大发慈悲，把你这段记忆封存个三五十年，等你到了迟暮之年，才会突然想起这个美丽的地方。但大多数人恢复记忆后都会自我怀疑，可能也许曾经只是在梦里去过，然后又不了了之。

  可白子宸却与大多数人不同，他坚信自己曾经去过蓝森林。他躺在病床上，在睡梦中一直呼喊着蓝森林和斗儿，这一个月以来，他几乎每晚都会梦见自己游走在白雾缭绕的蓝森林间。

  这个月初，他在医馆刚过完 50 岁的生日。在莒虎星上，人类的平均寿命可达 88 岁，但由于他从小体弱多病，头发早已花白，脸上已布满了深深的皱纹。他眼神忧郁，鼻梁高挺，身高一米八的他看起来非常苍老，即便如此，依然能看出他年轻时肯定是一位英俊帅气特别招女人喜爱的男子。

  这十多年以来，就连他的女儿白草都记不清楚，医馆给她父亲下了多少次病危通知书了。每次在他弥留之际，他就念念不忘蓝森林和斗儿，可没有人知道斗儿是谁。等到第二天清晨他又会忘掉一切，自己精神抖擞地走下病床，医师们又会帮他做全身体检，生命体征又显示一切正常。

现在他已成为滇城里最有名的病人了，只要你进入医师行业，几乎都会第一时间听到有关他的不死传说。

但这次和以往不同，由于莒虎星的每一个角落，黑夜都越来越长，二十年前，滇城每天的黑夜只有八个小时，而现在已经超过了十二个小时。多年来，城里一直有谣传，说漫漫长夜就是莒虎星要毁灭的前兆。

最近白子宸为这事老是忧心忡忡，睡着后他总是梦见自己在蓝森林里找光源，而且还会看见一位身穿蓝色长裙的女子，名叫斗儿，她犹如行走的月亮，所到之处都能带来光明。每次醒来白子宸都能清楚记得蓝森林的方向和路线，就像他阔别多年的故乡一样熟悉又陌生。

他现在是赋闲在家的孤老头儿，已多年不问世事，除了医馆的医师，就只有城主能请他去喝茶聊天了。年轻时，他和城主一起出生入死打山贼，打蛮人，结下了深厚的情谊。城主还将自己的妹妹许配给了他，但遗憾的是，妻子刚生下女儿就得了怪病而死，他独自抚养女儿二十多年，现在女儿已为人妻为人母，生活还算美满幸福。

今早醒来他异常激动，颤抖着双手拿起了笔纸写了两封信，一封是留给女儿的，一封是留给城主的。他将信件放在书桌上就出了门，在城北雇了一辆马车朝滇城北面的山区驶去。

马车在蜿蜒曲折的山路上行驶两天后，前方已没有大路能继续行驶，他只好让马车师傅原路返回，自己背着干粮朝大山深处走去。每当他在路口徘徊不前时，脑袋里又会清晰地闪现梦中的场景。他坚信，梦就是他的指路明灯，只要跟着梦里的路线走，他一定能找到如梦似幻的蓝森林。

他又走了两天后，一座杂草丛生的村庄出现在他眼前，村口的石碑上刻着"罗堂村"三个大字，左右两边还各用碎石头垒起了一个三米多高的人像面具，它们荒诞又喜庆。放眼望去这好像是一座石头村，所有房子都是由石头建成的，但里面的四壁却又用木头装饰了一遍，从里面看又像是木头建成的一样。

白子宸进村后挨家挨户推开门看，几乎每户人家的灰尘都快有一尺厚了，显然整个村庄已经很久没人住过了。但在村子南边，还有一栋大房子，他脑海里突然闪现出了三十年前的画面，他曾经来过这里，这就是村长家。屋内除了有宽敞的会议室，还有村长的书房，书房里还整齐地摆放着各种书籍，但泛黄的书皮上没有一丝灰尘，也许还有人经常在此翻阅。

白子宸决定在这间屋内逗留一晚，想看看村里还有没有活着的人。由于长途跋涉了多天，白子宸坐在木椅上沉沉睡去，直到第二天中午，耀眼的日光穿过窗户洒在他的脸上，他才缓缓睁开双眼，醒来时屋内依然空无一人。

他清楚地记得，他昨晚睡得很香，没有再做任何梦了。但他不能在此多留，他必须尽快找到蓝森林，因为他坚信，梦里的蓝森林一定能帮他解除困惑。

这十几年来，他一直和死神擦肩而过，医师们都说他是个奇人、怪人，但他唯一能确定的是，自己肯定不是个废人。即便其他一事无成，但至少他养育了一个孝顺乖巧的女儿，这是他此生唯一能跟人炫耀的资本了。

不过最近他又开始怀疑起了人生，死神一次次放他回来，一定是有特殊的事情让他去做。他开始相信，找到梦里的蓝森林以及光源和斗儿，就是他一次次昏迷又苏醒过来的真正原因吧。

他走出村庄四处观望，村子附近都是翠绿的树木，但南边的树林中有一座高耸入云的山崖非常特别，它像一只放哨的猴子，似乎在向他招手一般。白子宸盯着山崖看了很久，脑袋里突然闪现出一个美轮美奂的洞穴，他毫不犹豫地朝石猴崖走去，脸上终于露出了一丝笑容。

白子宸至少走了两个时辰，才来到一座陡峭的石壁下，这就是他看到的石猴崖，他坚信，这就是蓝森林的入口。他沿着石壁走了许久，终于发现一个两米多高的山洞，他扒开杂草毫不犹豫地爬了进去。洞里漆黑一片，偶尔能听到滴滴答答的水声，就在转瞬间，一道强光将山洞照得通透明亮，天然的石笋石柱美轮美奂，他正惊叹于大自然的鬼斧神工之时，一位身穿蓝色衣服，披着齐腰的白色长发，全身散发出耀眼光芒的人影从洞穴另一端走来，这就是他平时梦里的景象。

白子宸以为自己又睡着了，当他揉揉眼睛再睁眼时，他看到的却是一条张开血盆大嘴的蟒蛇，他当场吓得晕倒过去。等他再醒来时，却安然无恙地躺在一间千林古树上的树屋里。这里阳光充裕，各种植物茂盛地生长着，花香怡人，鸟声蛐蛐声不绝于耳，如果人间有仙境，非此地莫属。

白子宸醒来后想走出树屋，但他在门边向下一看，树屋离地面至少有十米，他急忙又退了回去。

"好熟悉的地方，这就是蓝森林啊，三十年前我来过这里，这棵树就是传说中的千年帝王树吗？"白子宸盯着这棵金光闪闪的银杏树自言自语，"斗儿，难道就是蓝胤斗吗？"白子宸睁大眼睛，心生欢喜。

白子宸又试图走出树屋，这时他看见一群金色的猴子从对面的树上哗啦啦地爬下来，他顺着猴子跑去的方向看去，终于看到了一个背影，还有一头齐腰的白发，蓝色长裙。他蹲下来坐在门边，睁大眼睛静静地盯着白发女子，好像就怕他一眨眼女子又会消失一样。

　　一群猴子簇拥着白发女子朝树屋走来，她手里拿着一把鲜艳的野花，随着她越走越近，白子宸越来越能看清楚她的脸。她身材高挑，皮肤白皙，嘴唇红润，鼻梁挺秀，瞳孔微蓝，但眉宇间有些忧伤，要不是头顶一头白发，任何人都会认为她还是个少女。她仙气十足，很难相信她其实和白子宸是同龄人。

　　白子宸静静地凝视着她，脑海里闪现出三十年前他们一见倾心的场景。此刻，他心跳加速，眼眸里已泛出闪闪泪花。

　　蓝胤斗走过长长的树干来到树屋前，那群金色的猴子转瞬间又不见了踪影。蓝胤斗拿着野花向树屋走来，白子宸试图站起来，可是他突然感觉天旋地转，当场又晕了过去。

　　蓝胤斗看见白子宸躺在门边，急忙把手里的野花放在白子宸的鼻子前。他被扑鼻的花香惊醒，随即咳嗽了起来。

　　"宸大人，你醒了？对不起！护林斑吓着你了吧？"蓝胤斗一脸担忧。

　　"你是蓝胤斗吗？你就是斗儿？"白子宸问。

　　"我就是斗儿，一别三十年，谢谢你还记得我。"

　　"我……我其实也是刚刚想起来的，洞里的那条蟒蛇就是护林斑吗？"

　　"是的。"

　　"它都长那么大了，三十年前它还是条小蛇呢。"

　　"既然你都记得，为什么现在才来找我？我以为再也见不到你了，当初你为什么要走？"

　　"我也不知道为什么，我们相处的那段记忆，我也是刚刚才想起来。"

　　"你是说你失忆了吗？"

　　"我不知道，为什么这几十年来，我的记忆里从来没有你呢？我是最近日日做梦，你就是我在梦中看到的光源。"白子宸说，"苣虎星的黑夜越来越长，我很焦虑。女儿说我一介草民，整天却替皇帝操心才会生病。"

　　"你都有女儿了？"蓝胤斗一脸失落。

　　"我都做外祖父了。"白子宸说，"斗儿，你还是那么年轻漂亮，一点都没有变，时间都在眷顾你。你看我,已垂垂老矣!人们都说我像八十岁的老翁。真没想到你还能认出我。"

"就算再老,你的眼神永远不会变,在我心中,你还是那位风度翩翩的宸大人。这些年,你过得还好吗?"

"几乎一半的时间都是在医馆里度过的,每次都以为自己要死了,可是不知道为什么,就是死不了。"白子宸说,"我想今天我终于知道为什么了,在临死前,不来见你一面,死神都不敢带我走啊。"

"这几十年,你住在哪里?"

"我就住在滇城。"

"离这里不足百里,却让我整整找了三十年。"

"你一直在找我吗?"

"是的。我婆婆不辞而别,你也不辞而别,就连整个罗堂村的人也不辞而别,为什么会发生这样的事?"蓝胤斗说,"难道他们也失忆了吗?这一切会不会是人为的?"

"你什么意思?"白子宸一脸疑惑。

"罗堂村的村长孟桓大人你还记得吗?"

"有点印象,昨晚我还在他家睡着了。我还正想问你,村里怎么没人住了?"

"十年前突然就不见了。村长是位博学多闻的人,我曾听他说过,世上有一群特殊的人,他们能与万物通灵,还能左右人的灵魂和记忆甚至是梦境。"

"真的有这样的人存在吗?"

"可能这些人都是从外星球来的。"蓝胤斗说,"你相信除了我们星球外,还有其他星球存在吗?"

"这个我相信,我们的星系里一定还会有别的星球。"白子宸说,"太阳和月亮绝不会只为我们苢虎星而生的。"

"之前我无意听到村长说过岬龙星,好像还有好几个星球。一年前的今天,我看见一只头顶有一撮白毛的松鼠从樱桃湖里爬出来,它还会说话,还说它是从美丽的岬龙星来的。"

"你没听错吧?松鼠怎么会说话啊?它跟你说什么了?"

"我怎么可能听错呢?它还说看见我婆婆白禹和村长孟桓都在岬龙星呢。"蓝胤斗说,"我14岁那年,婆婆突然失踪,我几乎找遍了整个蓝森林,有好几只猴子就带我到樱桃湖边,它们都往湖里指,当时我还怀疑我婆婆被淹死了,可是后来一直也没有看见尸体浮起来。"

"那离现在也有 36 年了,那只松鼠的话能信吗?"

"我婆婆有一根很特别的拐杖,还有她的样貌特征它都说准了。但是让我疑惑的是,它怎么知道她是我婆婆呢?它怎么认识村长呢?是谁叫它来告诉我的?"

"你问那只松鼠了吗?"

"它没说。当时樱桃湖发出了一道巨大的白光,那只松鼠跟我说完后又顺着白光跳到湖里了,就在那瞬间,湖里又卷起了巨大的漩涡,松鼠被卷走不见了。"蓝胤斗说,"更巧的是,那天我戴的这个石头也一直在闪闪发光,这是婆婆留给我的唯一礼物。"蓝胤斗指着她脖子上戴着的那条玉石项链,吊绳是白色的,吊坠更像一只淡蓝色的眼睛,此刻它也在一闪一闪地发光。

"那你打算怎么办?"

"婆婆是我最亲的人,村长是我的良师益友,既然他们都还活着,我想去找他们。我住在蓝森林里,与花草树木鸟兽为伴,我没有伤害过任何人,我必须要查个水落石出,到底是谁要夺走我身边所有最亲最爱的人。"蓝胤斗说,"现在,就连我最爱的蓝森林也被黑暗笼罩,这里的黑夜越来越长;我内心越来越焦虑,越来越恐慌,我一天都不想在这里住了。"

"我也一直被此事困扰着,人们谣传,说漫漫长夜就是苢虎星要毁灭的前兆。"

"这两年黑鹰带着我几乎走遍了苢虎星上的每一个角落,我也听人议论过,说岬龙星是人类文明的发源地,可能是那里出了问题,也许去岬龙星就能找到答案。可我一个人不敢去,你愿意跟我一起去吗?"

"我来时,已给女儿和城主写了绝笔信,来了我就没打算回去了。"白子宸说,"现在回想起来,我迷路闯进蓝森林,我们在这里相处的那六个多月,是我此生最幸福的时光。如果我这身体还行的话,我愿意跟你去任何地方,希望余生,我们再也不要分开了。"

白子宸的眼里闪动着泪花,蓝胤斗平静雪白的脸上也泛起了些许红晕,羞涩又喜悦。曾经的一对天真无邪、一见倾心的恋人,时隔三十年后,终于又紧紧地拥抱在了一起。白子宸抚摸着蓝胤斗雪白的头发,老泪纵横。此时周围寂静无声,似乎整个蓝森林都忘记了呼吸。

"我很开心,不管怎样我终于把你等来了。今天我的石头又亮了,我们去樱桃湖看看有没有亮,如果真如松鼠所说,等湖里亮了我们也跳进去试试看。"蓝胤斗说。

"我听你的。不管樱桃湖带我们去哪里,至少我们以后都能在一起了。"白子宸开心地说。

蓝胤斗欢喜地走到树屋门边,用一片树叶吹出了鸟鸣声,不到五分钟,一只黑色的巨鹰从半空中俯冲下来,停在了帝王树的枝干上。

"黑鹰来了,我们现在就去樱桃湖。"蓝胤斗说。

"它是你的坐骑吗?"白子宸一脸好奇。

"对,这些年就是它带着我飞遍了整个苢虎星,可这次我不能带它一起走了。"蓝胤斗说,"但愿有一天我还能回到这里。"

黑鹰展开巨大的翅膀飞到蓝胤斗跟前,她拉着白子宸纵身一跃就坐到了巨鹰背上,白子宸被吓得惊叫连连,还没等他缓过神来,巨鹰已飞过丛林来到了樱桃湖畔。

樱桃湖是一个天然的淡水湖泊,一年四季湖水蔚蓝。此刻,湖中心果然发射出了一道巨大的白光,两人见到此景都激动不已。白子宸和蓝胤斗十指相扣,紧紧相依。

"斗儿,你准备好了吗?"

"我时刻准备着,最坏不过也是在湖里多游一会儿吧。"蓝胤斗对黑鹰说,"我亲爱的朋友,我要离开一阵子,蓝森林就拜托你了。后会有期。"

黑鹰将他们带到了白光上空,他俩相视一笑,然后果断地从黑鹰背上纵身一跃跳进了湖里,湖中央的巨光突然转向,形成了一道白色漩涡,瞬间将他俩吞噬进去。黑鹰呼啸着飞向云端,不见了踪影。

从樱桃湖出发,穿过星图之门,的确能通往岬龙星上的布雅戈大陆。除了人类,那里还住着一群长相各异的类人、异人,以及很多千奇百怪的飞禽走兽。此刻,在岬龙星上就有多个位高权重的大人物在紧紧盯着他们,并日日夜夜盼着他们能早日回到岬龙星,但有些黑暗势力,却希望他们永远不要踏入到这片土地上。

# 第二章

\*\*\*

## 鼠人的猜想

在布雅戈大陆北边的果米岛上，就住着一群特殊的鼠人。他们可不是那种胆小怕猫的小白鼠，而是鼠头人身，彬彬有礼，聪明机智，活泼勇敢，全民尚武，且善歌善舞，超级喜爱美食，平均身高只有50厘米的类人。

他们大多住在果米岛的地下洞穴里，地下不但有居住的洞穴，还有繁华的城镇和宫殿，头顶和周边的石头会自然发光，通透明亮，五彩斑斓。

傍晚，当你路过任何一个洞穴门口时，都能听到穴内的欢声笑语，如果运气不错，还能听到爽朗的诗歌朗诵声。他们的诗歌只有一种，除了赞美食物，还是赞美食物，在他们的世界里，认为饥饿和死亡没有任何差别。

翠绿的果米岛上花香四溢，夕阳才刚懒洋洋地西下不久，地下爽朗清脆的歌声就从海星鹏家的洞穴中传来。今天正是他180岁的生日，他看起来身强力壮，神采飞扬，头戴红色的圆顶帽，身披红绿相间的宽松外套，手拿迷你的平底锅做乐器。十几名身穿五颜六色的衣服，敲打着迷你的锅碗瓢盆的鼠人扯开喉咙唱起了这首歌：

翻开泥土拔起红薯，
不怕水深擒拿海鲜，
我们就想这样子！这样子！
攀爬大树夺鲜果，
最爱长弓穿乌鸦，
我们就爱这样子！这样子！

## 第二章 鼠人的猜想

薯干，薯泥，薯片片，
烤生蚝，蒸螃蟹，煮红虾，
我们一起来分享，来分享！
仙桃酱，苹果酱，西瓜酱，
红烧肉，回锅肉，粉蒸肉。
我们一起来分享，来分享！
这就是我们的样子，我们最爱的样子！

海星鹏原本是子国的水军将领，他深谙水性，对各个港口都了如指掌，而且勇猛超群，机智活泼。他们正玩得不亦乐乎时，一群身穿白衣的鼠人踏着滑轮鞋像一阵轻风一般飘了过来。领队的风青牧手持短剑，风度翩翩，他一脸严肃地走到了海星鹏的洞穴门口，他很绅士地敲了几下门，屋内欢笑声骤停。

海星鹏嬉笑着对大家说："打开门，或许又是一个神秘的180岁生日礼物！"屋内又是一阵唏嘘声。他放下手中的迷你平底锅来到门口，一打开门看到的不是礼物，而是一脸严肃的风青牧。

海星鹏知道若没紧急要事，风青牧不会亲自登门拜访，他可是"通灵子"寿通大人最得力的弟子。说起通灵子寿通，她不仅是通灵师，她还是子国的最高护民师，是十二通灵子之首的传承人。岬龙星上的通灵师都是一群天生具有特殊能力的人，普通人最好不要得罪他们，他们可是能左右人类、海洋生物类以及飞禽走兽类的，只要是拥有灵魂的生物都可能会受他们左右和控制。他们就是蓝胤斗说的那群特殊的人，曾经就有这样的一群人住在罗堂村里看着蓝胤斗。

海星鹏出来后随即关上地洞的门，屋内顿时变得鸦雀无声。

"晚上好！鹏大人！"风青牧说。

"牧大人，出了什么事？"海星鹏问。

"通灵子有令，请鹏大人即刻动身跟我前往。"

"能否透露一点点？"

"只让我来接你。"

"走吧！"海星鹏神情焦急。

风青牧用怪异的眼神上下打量着海星鹏："你就这样去吗？"

海星鹏这才反应过来，一脸尴尬地看着自己一身夸张的打扮，他拿下头顶上的小红帽，脱掉外面宽松的外套挂在门边，里面是一套军绿色正装。他开门向屋内做了一个让大家散了的手势，拿起短剑，踩上滑轮，就像一阵风一样消失在大家面前。

他们滑出地宫，又经过广阔荒蛮的平原才来到港口停了下来，原来通灵子寿通早已站在港口的边缘。她是鼠头人身的类人，身高只有52厘米，身披灰色披风，银发垂肩，手持拐杖，是位双目炯炯有神的慈祥老太。旁边站着一位年轻漂亮的女鼠人，她身高有55厘米，身穿一套灰色的海盗装，手持短剑，冷艳高贵。

鼠人们脚下的滑轮自动收起，一行人走到寿通后面拱手行礼。海星鹏有些惶恐："在下海星鹏听候你的差遣。"

寿通转身看着大家，抬手示意免礼并让其余人都散去，一群人迅速离去，只剩下海星鹏、风青牧、林叶西和她自己。她迅速念防护咒语："子灵守护！"他们四人顿时置身在一只硕大的透明的老鼠肚子里，并瞬间消失，但其实他们还站在原地，只是旁人看不见而已。

"因时间紧迫，就在这里说吧。"寿通说，"蓝胤公主和当年跟她一起离开的男孩子白子宸今晚会一起出现在樱桃港。"

三位听到这个消息顿时惊得目瞪口呆。

"你是说蓝宫帝国的公主蓝胤斗？她还活着？"海星鹏问。

寿通抬起右手在空中画了一圈，眼前又出现了一个透明的球形体，透明体内能看见一头乌黑的长发，身穿飘曳的蓝色长裙，气质优雅，美丽高贵的蓝胤斗和年轻儒雅的白子宸在水里被一道强光引领着向樱桃港方向游来。

"她不仅还活着，而且只有她能拯救岬龙星，甚至整个星图系的命运都握在她的手里。海星鹏、风青牧、林叶西听令。"

"在。"三人同时说。

"你们三人是我们子国最优秀的战士，我把蓝胤公主和白子宸托付给你们。等他们一浮出水面，就立刻拉他们到龟船里，迅速偷渡到昔日蓝宫帝国的首都梦兰多，等到夜幕降临时，再带她进皇宫。"

林叶西惶恐地问："皇宫？你是说蓝宫帝国的皇宫蓝灵堡吗？"

"我知道这样做非常危险，但只有她才能唤醒先皇的坐骑'生歌'，因为有两件非常重要的皇家遗物在生歌手里。"

"如果裘图的通灵蛊没有睡着的话，一定也会看到蓝胤公主已回到了布雅戈。"海

## 第二章 | 鼠人的猜想

星鹏说。

"他们早已认为这只是个传说，没有人会再关心樱桃港水下的世界，而且我已为港口施了防护罩，暂时没有人能窥探到这里面的秘密。但梦兰多戒备森严，依然极度危险，你们三人头可断，血可流，无论如何要保证他们的安全。她是古老皇族蓝胤氏唯一的血脉，如果没有她，裘图就会毁灭布雅戈大陆的最后一片净土——枭宦森林，踏着燃烧的灰烬找到我们。到时整个岬龙星都将被黑暗吞噬，被血腥淹没，你们不会再闻到小草的清香，不会再看到鱼儿在潺潺河水里的欢愉，更不会有丰富的美食供你们品尝。你们都会变成行尸走肉，饥寒交迫，食不果腹，谁也无法幸免。"

海星鹏、风青牧、林叶西同时低头答道："明白！"

"我的身份是绝密，甚至向蓝胤公主都不能透露，你们也不能提子国的任何事情。你们只管引路，保证他们的安全，等顺利逃出蓝灵堡后，马上回来，还有很多重要的事情等着你们。海星鹏带队，风青牧、林叶西由你差遣。"

风青牧、林叶西同时低头答道："是，我们愿听从你的差遣！"

寿通对着大海念咒语："龟船现身！"

四只硕大的乌龟一起从水下冒起来，并迅速游到一只形似乌龟的船只下面，船底有四个角，每只乌龟套住一个角游动。这可不是普通的船只，它可以潜水在深海畅游。如果寿通念防护咒将龟船罩住，它就如同隐身的船只一般，就连法力超强的通灵师也无法察觉。龟船被四只乌龟带到他们面前。

林叶西拿着两套破旧的灰色服装扔给海星鹏和风青牧："我认为这套衣服更酷一点。"

两人接过衣服相视一笑，这是海盗们最爱穿的颜色和款式。他们各自拿着衣服和短剑登上了龟船。

寿通对着四只乌龟说："樱桃港，有劳了。"

四只乌龟同时答道："海龟愿听从你的差遣！"

寿通对着龟船念咒语："子灵守护！"龟船瞬间被透明的鼠防罩所包围，消失在了海面上。此时的大海风平浪静，好像什么也没发生过。寿通化作一道白影，瞬间从码头上消失。

龟船在深海遨游，里面的空间不大，最多可以容纳五个人。海星鹏和风青牧在龟船里已换上和林叶西一样的海盗装，海星鹏整理了一下衣装。他脸上露出了郁闷的神情："我们穿成这样，蓝胤公主一定会把我们当成万恶的海盗。"

"她一定会认为我是岬龙星最漂亮的海盗。"林叶西说。

"除非她看不见自己的脸！"风青牧说。

林叶西瞪了他一眼，用她的纤纤小手挑拨着她金黄色的发丝："她的确很美，她大概半岁时我就见过她。那时我还是通大人最小的弟子。"

"那你一定知道她的年龄。"风青牧好奇地问道。

林叶西沉思片刻后说："如果没有记错的话，应该有50岁了吧！"

风青牧用很好奇的眼神看着她："那你今年至少有150岁了吧？"

"窥探女士的年龄很刺激吗？这可不是绅士所为。"林叶西说。

风青牧嬉笑着说："请记住，我们现在是海盗，是海盗！"

一向沉默寡言的海星鹏也不由得笑了笑，林叶西看着他们得意的样子很无奈地冷笑着。

"原来世上的坏人如此之多，就是因为当他们自认为是坏人的时候，就可以放肆地为所欲为，不用被良心约束，不用被道德绑架，因为自己就是坏人，就必须要干坏事，才能对得起'坏人'这个伟大的称号，对吗？"

海星鹏和风青牧一时无言以对，风青牧哼哼嗓子支吾道："你真是多愁善感的人啊，就这么点小事也能让你大发感慨。不过老实说，有那么一瞬，的确感觉很好！"

"言之有理。"海星鹏说。

"这样看来，世间万物真的都是由意念构成的，所以才会有通灵师，当你能左右所有生灵的灵魂时，你就是世间的主宰，这也是通灵师追求的最高境界。善良的通灵师能造福万民，而天生邪恶的通灵师，比如裘图，就会制造人间炼狱。"

四只乌龟听到林叶西提到裘图两个字后不由一颤，带头的那只乌龟连忙提醒："已进入黑鹰地界，你竟敢对他直呼其名？"

"抱歉！离樱桃港还有多远？"林叶西问。

"目测还有50海里。"海龟说。

林叶西按一下船内的按钮，两旁形似龟壳的窗户打开，通过透明的玻璃窗将五彩斑斓的海底世界看得清清楚楚。鱼儿们欢快地在龟船附近嬉戏打闹，海底的水草也不甘示弱地摇晃着婀娜的身姿。林叶西将脸贴在窗玻璃上，满脸忧伤。

"在浩瀚的宇宙中，我们细如尘埃，师父曾说，宇宙中有一千亿个星图系，而每个星图系又拥有数以亿计的星体。形象地说，我们的岬龙星就像天上的某颗星星，只是在众多的星辰中闪耀着微弱的光芒。"林叶西说,"在我们平行的空间里,还有无数个星球,住着各种各样的生灵,不知他们的世界是否和我们一样,精彩纷呈而又多灾多难呢?"

海星鹏和风青牧走到她身边一起往外看,风青牧好奇地问:"蓝胤公主从何处而来,当初她去了哪里?你一定知道对不对?"他用很期待的眼神看着林叶西。

林叶西用很鄙视的眼光看着他:"我很怀疑你是不是师父身边的大红人,这种简单的问题还需要问我吗?"

"请西大人多多赐教,在下也不知。"海星鹏说。

"是我博学多闻?还是你们孤陋寡闻?"林叶西用怀疑的眼神看着他们。

"你就别吊我们胃口了,请赐教,西大人。"风青牧说。

"我刚已经说了,和我们平行的世界里,还有无数个类似岬龙星的星球,也许,她就是去了其中的某一个。当年,魔主满世界找皇族传承的通灵明玑,几十年过去了都还没有任何线索。据传通灵明玑是被蓝胤公主带到另一个星球去了,曾经我宁愿相信这是传说,但今天我信了。"

"她是怎么去的呢?我很好奇。"风青牧说。

"据说每一个星球上都有一个星图之门,它能带你去一个和岬龙星平行的星体上。但关于星图之门的奥秘我也不知,也许只有极少数的人才知道,我怀疑可能跟通灵明玑有关。"林叶西说。

林叶西说的通灵明玑,就是蓝胤斗脖子上戴的那个石头挂链。传说通灵明玑是万灵之母,如果你想象力不够,就不要费力去想,在恰好的时间和恰好的地点以及恰好的人手里,它到底会发出怎样的魔力呢?大家都无法想象。

"很快就会真相大白。"海星鹏说。

"从来没有任何事让我如此激情澎湃,要果真如此,我愿听从蓝胤公主的任何差遣。"风青牧说。

"曾经整个岬龙星的生灵都愿听从蓝胤家族的差遣!一万年前,在始皇蓝胤帝的带领下,才打败了统治黑暗世界的魔主独孤心魔。是蓝胤氏给我们岬龙星带来了一万年的美好与和平,可如今魔主再现,蓝胤氏还是当年的蓝胤氏吗?"

"我相信寿通大人。"海星鹏说。

"我们别无选择。"风青牧说。

"我相信希望一定能战胜恐惧。"林叶西说。

"已进入樱桃港。"海龟说。

"好,浮出水面等候。"海星鹏说。

龟船慢慢浮现,在樱桃港水面缓缓游荡,海面寂静无声,曾经繁华的港口早已不复存在。樱桃港阴森恐怖,两旁的草木早已枯萎,黄沙在空中肆虐,飕飕的冷风拍打着水面,黑暗无情地吞噬着周围的一切。

"如果我被莫名地送到这样的环境,一定会被吓得魂飞魄散。"林叶西说。

"或许我会乞求有海盗出现,把我劫走。"风青牧说。

"不要放过任何一个角落。"海星鹏说。

龟船继续在水面四处游荡。

"不用紧张,听说通灵明玑会发出白光,圣光一出现,一定会普照整个樱桃港,即使睡着了也会被它耀眼的光芒给亮醒。"林叶西说。

"凡事都有意外,但不能让蓝胤公主有任何意外。"海星鹏刚说完,不远处的水面就发出了一道刺眼的白光。

蓝胤斗和白子宸在一道刺眼的白光引领下终于出现在了樱桃港,他们刚浮出水面,飕飕的冷风和漫天黄沙就放肆地吹打着他们的脸庞,阴森恐怖的气息直穿心扉。

他们又一头扎到水下去寻找彼此,当他们再次浮出水面对视时,彼此都惊得目瞪口呆。蓝胤斗的白发已变得乌黑,脸庞粉嫩,宛如18岁的少女。而白子宸也容光焕发,皮肤紧致,在强光的照耀下,在蓝胤斗的眼里,他就是当年那位英俊帅气的白子宸。两人激动得热泪盈眶,这次他们不再惧怕黑暗,而是为彼此突变年轻的外貌而欣喜若狂。

"斗儿,你的白发变黑了。"白子宸惊奇地摸着蓝胤斗的头发,而她此时却哽咽着久不能语。

"你怎么了?"白子宸问。

"如果青春可以再来,你会如何选择?"蓝胤斗深情地注视着白子宸。

"携你之手,共到白头。"白子宸拉着蓝胤斗的手坚定地说。

蓝胤斗让白子宸自己摸自己的脸。他抚摸着脸上光滑的皮肤,残酷的岁月留给他的皱纹早已荡然无存,他落肩的白发已全部变黑,他自己都大张着嘴巴惊诧不已。

"斗儿,怎么回事,我变年轻了吗?"白子宸问。

"是的,我们仿佛又回到了三十年前。"蓝胤斗说。

白子宸兴奋不已,他手忙脚乱地观摩自己的全身。"我的手变光滑了,我身上的皮肤也紧致了，我的头发也变黑了。"

"你现在就像18岁时的样子，不对，应该比第一次见你时更有魅力。"蓝胤斗说。

"真的吗？我现在跟你一样年轻了吗？"

两人手拉着手在水里开心地游着，完全忘了冷风和黄沙还依然兴奋地吹打着他们的脸。这时龟船急速驶来将他们拉入船中，两人无视龟船，趴在船板上还依然沉浸在喜悦中。两人看见了三个鼠头人身的小矮人手持短剑，穿着一身怪异的海盗服装，一声不吭地站在旁边。他们这才被吓得惊叫连连。

"你们是谁？"蓝胤斗连忙惊叫着爬到白子宸身边。

"你们好！你们是什么人？异人？类人？矮人？这是什么地方？"白子宸表面故作镇定，其实心里一样胆战心惊。

三位鼠人看了一眼白子宸后，又转眼默默地盯着蓝胤斗看。

"你们能听懂我说话吗？"白子宸再问。

他们还是一声不吭，看了一眼白子宸后又转过头继续默默地盯着蓝胤斗看。

"无法交流。"白子宸站起来扶起蓝胤斗，他们走到透明的玻璃窗边，向四周看了看。周围漆黑一片，天空阴沉，耀眼的星月被重重的乌云笼罩，只有无边无际的黑暗将他们重重包围。海星鹏、风青牧、林叶西还站在原地好奇地看着他们。

蓝胤斗转身斗胆地打量着三位鼠人，她看见他们在向她微笑，从表情看，她判断鼠人应该不会伤害他俩，她才缓缓地蹲下来。

"我是蓝胤斗，多谢你们热情相救，请三位大人多多指教！"蓝胤斗将右手掌放在胸前，低头行礼。

海星鹏这才清清嗓子，拱手低头："海星鹏愿听从公主殿下的差遣。"

"风青牧愿听从公主殿下差遣。"风青牧说。

"林叶西愿听从公主殿下差遣。"林叶西说。

蓝胤斗和白子宸一脸惊讶。

"公主殿下，谁是公主？"蓝胤斗惊诧地问。

"你就是蓝胤公主。"风青牧说。

"你们还会说话啊？那她是哪个国家的公主呢？"

"当然是人类王国蓝宫帝国的公主。"林叶西说。

"斗儿，你自己知道吗？我都没听说过哪里有个蓝宫帝国呀。"

"我只知道我是被婆婆捡来的，但她说过我戴的这块石头是世上独一无二的最好礼物，只有天资卓越的公主才配拥有。她一直叮嘱我要时刻保护好它，还说它是我终身的护身符，我以为她只是哄我开心呢。"蓝胤斗摸着她脖子上的石头项链说道。

海星鹏、风青牧和林叶西第一次亲眼看见传说中的通灵明玑。它晶莹剔透，闪闪发光。林叶西被惊得目瞪口呆。

"那不是普通的石头，那是万灵之母通灵明玑。"林叶西说。

"果然，传说就在眼前。"风青牧在海星鹏耳边窃窃私语。

"万灵之母是什么？"蓝胤斗问。

"我也不知道该怎么说，传说它在普通的人手里，就是一块普通的石头。要在它的传承人手里，就能发出无穷的力量。"林叶西说。

"我就知道它有时会发出淡蓝色的光，我没发现它有什么无穷的力量啊。"蓝胤斗说。

"都是传说，我也不确定是不是真的。"林叶西说。

"那你们谁能告诉我这是哪里吗？"白子宸问。

"樱桃港。"海星鹏说。

"樱桃港在哪里，离蓝森林里的樱桃湖有多远，你们为什么长得像老鼠，不会是戴的面具吧？"白子宸问。

"我们是鼠人。"林叶西说。

白子宸紧紧地拉着蓝胤斗的手，蓝胤斗此时反而异常冷静。

"你们要带我们去哪里？"蓝胤斗问。

"梦兰多。"海星鹏说。

"我们初来乍到，能否相告为什么要带我们去梦兰多吗？"蓝胤斗问。

三个鼠人相互对视一眼后，海星鹏示意让林叶西来回答。林叶西说："欢迎蓝胤公主和宸大人回到岬龙星的布雅戈大陆，这里是蓝宫帝国的樱桃港。我们接到师父的密令，负责护送你们去蓝宫帝国的古老国都梦兰多，再潜入皇宫蓝灵堡，唤醒皇帝的坐骑生歌。因魔主再现，蓝宫帝国沦陷，黑暗笼罩大地，我们周围极度危险，还望公主和宸大人能听从我们的引导，注意安全。我们三位随时听从你的差遣。"

"魔主再现？我们真的到了岬龙星了吗？这里每天的黑夜有多长时间？"蓝胤斗问。

"每年的黑夜都在变长，现在每天有三分之二的时间都是黑夜。"风青牧说。

"三分之二？十六个小时都是黑夜吗？看来我们苣虎星的漫漫长夜也跟这位魔主有关呀。"白子宸说。

"很有可能。"蓝胤斗说，"可是魔主既然这么强大，我们贸然前去是不是太危险了？"

"所以才希望公主殿下和宸大人能听从我们的指引，我们会竭尽全力，舍身忘我地护你们周全。"海星鹏说。

"谢谢你们！可你们为什么要帮我们呢？"蓝胤斗问。

"公主殿下不必客气，我们帮你也是在帮自己。"海星鹏说。

三位鼠人一脸肃穆地站立在他们周围，用无比谦恭和仰慕的眼神注视着蓝胤斗。他们不愧是子国最好的战士，怀着无比崇高的热情向梦兰多进发。

四只海龟驮着龟船又深潜海底，向梦兰多方向遨游而去。四周依然寂静无声，一丝光亮划过海面，照亮了被海风拍打的一层层浪花。

# 第三章

\*\*\*

## 偷渡梦兰多

  龟船在深海急速前行,海星鹏紧张地在船内四处观望,白子宸站在船头还依然一头雾水。

  蓝胤斗走到白子宸身边轻声地对他说:"那只松鼠说岬龙星美轮美奂,但如今却被黑暗笼罩,被恐惧侵蚀,原来它在骗我。可能我真的是公主,才会被人盯上,要不鼠人怎么知道今天我们会出现在樱桃港。"

  "你说有没有这样的可能,也许那只松鼠就是你婆婆派去的,他们师父会是你婆婆吗?"白子宸说。

  "很有可能,我要问问。"蓝胤斗蹲下来问三位鼠人,"你们认识一位叫白禹的人吗?她是一位非常慈祥的老婆婆,她头发雪白,手里时刻握着一根镶有绿宝石的拐杖。"

  "她是人类吗?"林叶西问。

  "是的。身高和我差不多。"

  三位鼠人都摇头。

  "那你们听说过一位叫孟桓的人吗?是位中年男性,和宸大人差不多高。"蓝胤斗说。

  三位鼠人依然摇头。

  "那你们怎么知道我们会出现在樱桃港?"蓝胤斗问。

  "对不起!我们不能说。"海星鹏说。

  "你们的师父是鼠人还是人类?"白子宸问。

"鼠人。"林叶西说,"你们就别问了,别的我们也不清楚,我们只是听令行事。"

"既然你们谁都不知道,怎么会知道我和宸大人?"

"听我师父说,宸大人当初是和公主殿下一起被送走的。"风青牧说。

"什么意思?难道我也是岬龙星人?"白子宸惊诧不已。

"千真万确。"风青牧说。

蓝胤斗轻声对白子宸说:"我有种不好的预感,我们已经踏进万丈深渊了。"

"我知道,我能感觉到这里比苣虎星更糟糕,更危险。"白子宸说,"如果我真是岬龙星的人,那我的亲生父母是谁?在苣虎星我从没见过我父母,我爷爷说我父亲是名武士,是他把我带回来的,连爷爷都没有见过我母亲。"

"既然我们都来了,所有疑团我们一起去找答案吧。"蓝胤斗说,"如果真如她们所说,那所有的一切可能都跟这位魔主有关。可惜我们对他还一无所知,现在也只能听恁鼠人行事了。"

蓝胤斗和白子宸只顾自己谈话,似乎忘了身后还有三位鼠人,船下面还有四只海龟,大家都在聚精会神地听着。

海星鹏、风青牧、林叶西走到蓝胤斗跟前单膝跪地同时说:"我们愿听从公主殿下的差遣。"

蓝胤斗亲手把他们一一扶起来:"谢谢你们!有劳各位领路,请你们告诉我要怎么做好吗?"

"请公主殿下先更衣。"海星鹏说。

风青牧和林叶西连忙过去拿了两套特意为他们准备的海盗衣服给蓝胤斗和白子宸,他俩同时很疑惑地看着海星鹏。

"梦兰多已成为妖魔怪物和恶霸海盗的集散地,魔妖可以自由穿行,而君子却无处遁形。"海星鹏说。

"明白了,谢谢你!"蓝胤斗说。

蓝胤斗和白子宸刚穿上海盗服,海龟就发声提醒:"目测离梦兰多港口还有100海里。"

"谁在说话?"蓝胤斗惊恐地四处观望。

"海龟愿听从你的差遣!"海龟的声音从船下传来。

"怎么连海龟也会说话?"蓝胤斗好奇地问道。

"这里很多动物都会说话。"林叶西说。

"这里的竹猫会说话吗？"白子宸问。

"你是说那种又胖又懒还有两个黑眼圈的大肥猫吗？"林叶西说。

"正是。"白子宸说。

"它们也会说话。"林叶西说。

"我一直想问问竹猫，它们是不是有特殊能力，为什么在莒虎星那么受人类的喜爱。在这里它们怎么样？"白子宸说。

林叶西很不屑地说："它们竟然受莒虎星人喜爱？它们可是我们鼠人最鄙视的物种。那种旁若无人的狂妄，一团滑稽的肥肉，天下第一好吃懒做，竟然在莒虎星还受欢迎，真心怀疑你们人类的审美。"

白子宸被林叶西逗得大笑不止："看你温柔秀气，却是如此毒舌，不过你言之有理，我也是大惑不解。"

"她还温柔？你看她温柔吗？"风青牧很怀疑地看着海星鹏问。

海星鹏沉稳拘谨，他偷偷微笑一下后又故作严肃："大家注意，这片海域有通灵蛊看守，我们一定要多加小心。"

在岬龙星，通灵蛊就是会各种巫术和蛊术的通灵师，他们是邪恶的象征。一旦中了他们的蛊术，就如同羔羊落入了狼群，只能任凭宰割了。

所有人都警惕地看着四周，黑暗像墨汁一般倾盆而下，刺骨的恐惧再次扑面而来。

"有通灵蛊在巡逻，我们得加快前行。"海星鹏说。

"是。"海龟说。

龟船在深海急速前行，船内所有人都屏住呼吸，一言不发。又过了几分钟后，周围才出现了一丝光亮。

"天快亮了，最好能趁着夜色登岸才好。龟大人，我们从黑田门进入，平时那里的戒备要松懈一些。有劳了。"海星鹏说。

"是，鹏大人。"海龟说。

"大家做好准备，进入梦兰多以后，把你们最邪恶的灵魂释放出来，不要让通灵蛊嗅到任何善良的气息。这是我们能畅行梦兰多的万全之策，不知公主殿下和宸大人意下如何？"海星鹏说。

"我没问题，可是要怎么释放呢？"蓝胤斗说。

"是不是让我们装坏人？这有何难？我也是曾和土匪恶霸战斗过的人。"白子宸说。

"不是装，是发自灵魂深处的邪恶。"海星鹏说。

"邪恶？我，我，我……"蓝胤斗突然有些语无伦次。

"我们灵魂深处只有善良，从来就没邪恶过呀。"白子宸说。

"或许，你需要一点点帮助。"风青牧说。

风青牧和林叶西都是通灵师，但林叶西更擅长用毒药。风青牧走到白子宸身后，由于身高太矮只能仰着头抬起手，当风青牧的手掌发出两道白光对着白子宸的后脑勺时，眼看着一缕淡淡的黑气从白子宸的头顶缓缓地冒了出来，他红润平和的脸庞逐渐变得冷漠凶狠起来。他转身怒目瞪着三位鼠人，随手就将旁边的林叶西抓起来举过头顶。

林叶西急忙大喊："宸大人，深呼吸！现在是不是有两股暗流在心中涌动？热的？冷的？你可以将冷的控制住，将热的隐藏起来。闭上眼，深呼吸，试试，试试。"林叶西边说边在上面做示范，白子宸这才缓缓地将她放下来。

"相信你很快就能掌控自如了。"林叶西说。

"对他来说应该不难。"风青牧说。

"果然我们都是双面人，善良和邪恶就在一瞬间。"白子宸立刻就能在善良和邪恶之间变换自如了。

"所以成为善人还是恶人，并不是我们的天赋所定，而是我们自己的选择。"林叶西说。

"你们也帮帮我吧，我也要试试。"蓝胤斗说。

蓝胤斗走到风青牧面前自觉地蹲了下来，风青牧刚好能平视她的后脑勺。风青牧的手掌发出两道白光刚对准蓝胤斗的头部，他急忙又收了回来。

"公主，你完全可以控制自如，不需要我帮助。"风青牧说。

"可是我不知道怎么做啊。"

"用你的意念，你想象邪恶的人是什么样子，你就能自如地表现出来。"风青牧说。

"是吗？那我试试。"蓝胤斗脑袋里闪现出山贼土匪的样子，她顿时眼冒凶光，脸部滑嫩的肌肉都变成了横肉。

大家睁大眼睛目瞪口呆地看着她，待她又恢复原貌后大家才眨了下眼。林叶西感叹道："通灵明玑的传承人，果然天赋异禀。"

"看你们人小本事挺大，你们到底是什么人？"白子宸问。

"我和西大人只是普通的通灵师，鹏大人是我们鼠人中最好的水军战士。"

"通灵师？就是那种能左右人们的灵魂和记忆的人吗？"蓝胤斗问。

"我们还没有这样的能力，只有法力超强的通灵师才可以。"风青牧说。

"原来真有这样的人存在，看来你的猜测不无道理，我的记忆一定是被人清除了。"白子宸说。

"是啊，村长博学多闻，我相信他不会胡言乱语。"蓝胤斗说。

这时从水下传来了海龟的声音："已进入梦兰多港，离黑田门还有5海里。"

"准备浮出海面靠岸吧。"海星鹏说。

"是。"海龟说。

龟船在昏暗的夜色中从深水缓缓升起，冰冷的海风凶猛地吹打着港口的大小船只；从远处隐隐约约地看见熙熙攘攘的人影在码头窜动；林叶西忙着用五颜六色的颜料在为风青牧和海星鹏脸上画奇形怪状的图案。

"画这个有什么用？"白子宸问。

"这是我们鼠人的防蛊秘药，也是海盗最喜爱的造型。"林叶西说。

每个人的脸上都被林叶西画上了不同的图案，有雄鹰展翅，有虎豹穿行，也有植物树藤。经过一番装扮后，每个人都变得怪异而又酷劲十足。此时龟船已缓缓地向岸边靠近，他们整装待发，准备下船。

"龟大人，有劳了！"海星鹏说，"愿你追星藏月万万年！"这是鼠人对海龟的最高祝福！

"千山万水，愿听从你的差遣！朋友再见！"海龟说。

待五个人顺利登岸后，龟船又潜入深水消失在茫茫的大海之中。

黑田门被浓浓的雾气缠绕，一丝光亮从天边划过，眼看太阳就要突破重重的浓雾而升起。这里是布雅戈大陆最大的码头，一艘巨大的轮船停靠在码头边，码头上两根黄色的系船柱在晨曦的照耀下反射着金灿灿的光芒。

一群身穿破衣的人类搬运工，脸庞呆若木鸡，他们从轮船上搬下集装箱放在推车上从黑田门进入梦兰多城，坚固的高墙将梦兰多城团团围住。高墙下的黑田门外站着两排手持战斧的黑豹人，黑豹人可不是善类，他们原是性情凶猛敏捷的"陆地杀手"黑豹子，经过千万年的基因突变，成了豹头人身的类人。身高将近两米，力大凶悍，邪恶威猛，破坏力极强。他们历来与所有类人为敌，后来为裘图所用，还专门设立了黑豹军团。

## 第三章 偷渡梦兰多

"黑豹人出现在此，一定大事不好。"海星鹏说。

"我们去轮船那边，看看那些箱子里到底装的是什么？"风青牧说。

众人仔细地观察周边的环境，一股阴冷的邪气扑面而来。白子宸和蓝胤斗战战兢兢地佝偻着身躯跟在他们身后，恨不得缩小了藏在鼠人的衣兜里。

"不能直接进城，太冒险了，我们得想个法子。"海星鹏说。

"这个好办，我们装扮成搬运工就好。"林叶西说。

"都是人类，我们怎么装呢？我再试试能不能左右他们。"风青牧说。

他们一行人偷偷走到搬运工附近找了个隐蔽的地方藏了起来，风青牧对着迎面走来的搬运工念"偷魂换主"，他想控制搬运工的灵魂为他所用，但搬运工们没有任何反应，还继续向轮船方向走去。

"我还是无法左右人类的灵魂，我都已经练习十年了。"风青牧说。

"也许他们已经被控制了。"林叶西说，"听说裘图身边有个宠物，鱼头蛙身，六只脚，体型不大却法力超强，砍不死，烧不死，淹不死，反正它就是不会死。普通人只要被它吹口气就会变成行尸走肉，之后就任人摆布，一直重复做着他们该做的事情。"

"世上还有这种邪物？"蓝胤斗轻声问。

"我看岬龙星无奇不有，我的想象力已经跟不上这里的事物了。"白子宸沮丧地说。

"我查一下就知道了。"风青牧向迎面走来的另一位搬运工念查找蛊法的咒语'万蛊追踪'，一道白光对着搬运工的头部。周围的气氛一下紧张起来，人群中隐藏的黑衣通灵蛊都在扭动着邪恶的脑袋四处观看，海星鹏察觉情况不对，急忙制止。

"牧大人，快快停止，要是我们暴露了，后果不堪设想。"海星鹏说。

风青牧听从建议立即停止施法，周围的通灵蛊才慢慢平静下来。但风青牧脸色阴沉，隐约有些不安。

"怎么回事？"林叶西问。

"这是一种古老的蛊法。"

"有解除的办法吗？"

"肯定有。"风青牧说，"只是我不知道解除的咒语，我们要尽快设法进城。"

"要不我们就躲在集装箱里，让他们推进去吧。"海星鹏说。

"你们那么小当然可以，那集装箱能装下我俩吗？"白子宸说。

"没有更好的办法，我们可以蹲下的。"蓝胤斗说。

"我们又不会瞬间移动，只能这样了，你们跟我来。"海星鹏说。

在5米以外，有五六个穿着黑色长袍，一脸严肃的人类通灵蛊突转身朝他们躲藏的方向走来，三位鼠人迅速亮出短剑，准备短兵相接。

"要是师父在就好了，她用子灵守护就能躲避这场杀戮。"风青牧说。

"子灵守护是什么？"蓝胤斗说，"我记得婆婆失踪前的一天跟我说过，在特别危急的时刻，我可以念皇灵守护来保护我的生命安全，但我还从来没有试过。"

"要有守护者的通灵师才有这个能力，它能帮我们隐藏起来，我们即便站在这里，别人从我们面前经过也是看不见我们的。"风青牧说。

"我都忘了，公主是通灵明玑的传承人，那她肯定有守护者啊。"林叶西说，"公主，你快试试。"

眼看着五位黑衣人就要走到他们跟前了，蓝胤斗紧闭双眼念皇灵守护。一只透明的独角兽将他们五人团团包围，他们一动不动屏住呼吸，当通灵蛊们用犀利的眼光四处扫射时，并没有察觉到五人就在他们眼前，几位通灵蛊又原路返回到了十米开外处。

三位鼠人都欣喜异常，蓝胤斗紧紧地拉住白子宸的手，这才放心地深深呼了一口气。

"公主殿下，你一定会成为一名伟大的通灵师。"风青牧激动地说，"怪不得我向你施法时，你体内有一股强大的气流，我根本无法触碰。"

"真的吗？那你能不能教教我？"蓝胤斗说。

"现在还不行，我也教不了。"风青牧说，"每位通灵师都有适合自己的咒语。"

"难道我们去唤醒生歌就是为了帮公主拿咒语吗？"林叶西说，"师父曾说过，皇家秘咒就藏在蓝灵堡的某一个角落。"

"很有可能，我们来时，师父是说有两件皇家遗物在生歌手里。"风青牧说。

"你们是说，如果我拿到了皇家秘咒，就能成为通灵师了吗？"蓝胤斗问。

"这要看天赋而定，现在我也不敢妄言。我们还是先进城吧。"风青牧说。

在海星鹏的引导下，他们绕过人群，从轮船后面找了个进出口进入到船舱内。海星鹏和风青牧用短剑撬开一个集装箱，里面竟然全是板斧大刀以及长剑，应有尽有。

白子宸拿起一把剑看了又看："这剑不错，看这材质应该是军用武器吧。"

"全部丢到海里去。"海星鹏说，"我们就藏在里面，等着人来抬吧。"

五个人合力一推，将整整一箱武器推到海中，随后又将箱子放在原位，五个人迅速爬进集装箱里，再从里面将盖子盖好。没等多久，四个工人就将他们抬到推车上，在他们的箱子上面又放了一个集装箱，工人们这才将他们从黑田门推向梦兰多城。

　　在黑田门门口处，带队的黑豹人突然让推车的四个人停下来，原来集装箱有一面是虚实相间的，黑豹人也许可以从那一面看到里面有人。蓝胤斗知道大事不好，又念皇灵守护将他们隐藏起来，这才瞒过黑豹人，被搬运工顺利推进城里。

　　经过几番周折后，他们被推到了一个装满各种武器的大仓库里，待他们从集装箱里爬出来时，都被眼前的景象所震撼，堆积如山的集装箱无法看到尽头。

　　"这是军用武器库吗？他又要准备打谁啊？要是放一把火把这些烧了，就犹如断了他们的一双手臂了吧。"海星鹏说。

　　"这几十年来，他把南方三十六个人类小国都灭了，就剩我们枭北的类人了，你说他还能打谁？"风青牧说。

　　"不是还有丹露湾吗？"林叶西说，"不过他们要是踏过枭宦森林找到我们，我们会不会被灭族啊？"

　　"做他的奴隶就不会，你愿意吗？"风青牧说。

　　"那我宁愿咬舌自尽。"

　　蓝胤斗和白子宸此时看着仓库里的武器沉默不语，焦虑万分。

　　"岬龙星上的人类有多少个国家啊？"蓝胤斗问。

　　"一千年前就一个蓝宫帝国，由于皇族叛乱，分裂出去的部落后来都独立建国了，布雅戈大陆就有38个。"风青牧说。

　　"为什么会叛乱？"蓝胤斗问。

　　"这个说来话长，我也说不好。"风青牧说。

　　"快找出口，我们先离开这里。"海星鹏警惕地打量着周围，外面传来的整齐有序的脚步声越来越近。

　　三位鼠人又四处寻找隐蔽的出口，终于在后面的墙上找到一个暗门。他们躲过站岗的守兵，逃出仓库，又走了很久才来到梦兰多主城。

　　梦兰多是一个港口城市，占地面积约八千平方公里，城市三面环海，只有北面靠着一座巍峨的白龙山。山顶常年积雪，皇宫蓝灵堡依白龙山而建，远远望去就能看到它庞大而又落寞的身影。城内拱桥随处可见，各种小木船是最常见的交通工具，房屋全是石头所建，高矮不一，古朴别致，大街小巷更是错落有致。城内穿梭着各色人等，虽乌烟瘴气，但依然能看出这里曾经是一座古老而又繁华的都城。

"我能看到昔日快乐富足的蓝宫人民在灯火辉煌的船上嬉戏打闹。"蓝胤斗说，"而如今，留在他们脸上的只有恐惧和不安，他们到底经历了什么才会如此呢？"

大家都沉默不语，白子宸只好岔开话题："现在我们要去哪里？"

"我们先去勾魂巷吧，那是进入蓝灵堡的必经之路。大家切记，这里没有仁慈。"海星鹏说。

"有劳鹏大人带路了！"蓝胤斗说。

海星鹏带着风青牧和林叶西从一位老人手中抢过一艘小船，大家纷纷跳上船只，三位鼠人还对着痛苦无依的老人狂笑不止。

"我们通常都在做自己最憎恨的那种人。"海星鹏说。

此时，每个人的邪恶灵魂都释放了出来，海盗那嚣张凶狠的气焰瞬间在他们身上发挥得淋漓尽致，他们欢快地划着小船。三位鼠人又扯开喉咙放肆高歌：

夺你食物，砸你盘子；
抢你船只，烧你房子。
这是蓝宫人民最恨的样子，
最恨的样子。

风儿吹，鱼儿游，
我们去看砍人头。
有人笑，有人哭，
有人送进了魔主屋。
你敢闹？你敢叫？
魔主可在等你召。

梦兰多，梦兰多，
欢迎来到梦兰多！

这是在梦兰多厮混的海盗最爱唱的一首歌。他们激情澎湃，放声高歌，随着歌声越来越小，小船也渐行渐远地消失在了络绎不绝的船队中。

# 第四章
***
## 夜闯蓝灵堡


　　海星鹏带着大家划着小船来到了勾魂巷，这里的房子都是石木建筑，两排参差不齐的房间夹着一条长长的巷道，空气中弥漫着诱惑的气息。这里还不到早饭时间就开始人满为患，这些人可不只是梦兰多的市民，大多都是从各处赶来的各种各样的奇异人等。

　　你完全想象不到，这里为何有那么多的类人和异人，比如熊人、狗人、羊人、猫人，还有三面人，就是一个脑袋三张脸的人，只要你能想到的动物，也许在这里都成了类人。当然还有佛洛斯人、索瓦人和摩丹人。白子宸看得眼花缭乱，惊叹不已。

　　"我如果不相信科学，一定会认为是我死后被打下了地狱。我曾以为，只有地狱才是妖魔怪的集散地，没想到梦兰多如此胸怀宽广，比地狱还人性、仁爱、仁慈。还允许有这么多婀娜多姿的美人儿在这里生存，这简直就是恶魔的天堂，见之，爱之。"白子宸陶醉地说道。

　　四个人都莫名地看着白子宸，林叶西感叹地说道："果然，邪恶对他来讲实在是太简单了。"

　　勾魂巷两旁站满了身穿奇装异服的各类人种的妓女，她们性感又粗鲁，热情又奔放。可奇怪的是，路过的行人很少被妓女所惑，都是行色匆匆地往西城走去。

　　"一定发生了什么事。"蓝胤斗说。

　　"不如我去问问。"白子宸说着就向前面的妓女走去，林叶西准备拉住他，被蓝胤斗及时制止。一位浓妆艳抹，搔首弄姿的罗梭人妓女热情地上前招呼白子宸。

"大人，大人！什么风把你吹来了，你可想死我了。"妓女说着就往白子宸身上贴，正要上下其手乱摸时，白子宸才下意识地往后退。

"那边发生了什么事？"白子宸问。

"哎哟！大人，你管他是天崩还是地裂，不如咱俩先快活快活！"妓女直接上下其手。

"抱歉，我还饿着呢，稍后啊，稍后！"白子宸边说边往后退，接连摔了几个跟头才回到了蓝胤斗的身边。

众妓女看着他那狼狈不堪的样子，都放肆地哈哈大笑起来。而从附近经过的人们，好像是聋子瞎子一般，竟然麻木地自顾自地往西走，根本不会因妓女狂笑而看她们一眼。

"抱歉，我刚才有些……"白子宸支支吾吾地说。

"你做得很好！"蓝胤斗说。

"感觉这里很奇怪，我们还是赶紧离开吧。"林叶西说。

林叶西天生对危险和死亡有着超强的感知力，她嗅到了死亡的气息，那是因为在梦兰多庞大的妓女队伍里，隐藏着很多为裘图卖命的通灵蛊。

他们跟随人群一直往西走，来到一处宽阔的广场边才停了下来，原来这是以前蓝宫帝国处罚犯人，砍头或处以极刑的地方。

这里人潮涌动，特别是类人比人类还多，在行刑台上，有十三个人被绑在木桩上，除了罗梭人，还有类人中的鼠人、牛人、虎人、兔人、龙人、蛇人、马人、羊人、猴人、鸡人、狗人、猪人。共计十三个种类的人将要被处死刑。每位犯人旁边还站着一个强壮的黑豹人，他们手持大刀，凶狠无比。

"是金大人，他怎么会……"林叶西还没说完，就被旁边的海星鹏捂住了她的嘴。

白子宸拉着蓝胤斗的手，在人群中仰头观望。

"他们是什么人，为什么要杀他们？"白子宸问。

"我也很想知道。"蓝胤斗说。

一位身穿黑袍的通灵蛊和一脸严肃且凶残毕露的灰衣男子走到高耸的行刑台前，他们居高临下地扫视着台下观望的人群。通灵蛊的嘴里还念念有词，原来他在施法，想要窥探人群中是否有心存歹意的破坏分子。当他扫视到蓝胤斗和白子宸时，突然停止了念叨，还睁大了双眼瞪着他们。

风青牧感觉不妙，灵机一动大喊起来："杀，杀，杀！"海星鹏和林叶西也跟着大声地喊，周围的人群也跟着喊起来，杀气声顿时沸腾不止，在躁动中海星鹏趁机带着蓝胤斗和白子宸窜出人群。黑衣通灵蛊在台上走来走去地四处搜查观望，显然他在寻找蓝胤斗他们。

一个奸诈有力的声音响彻广场："他们，都是联学宫的人。在此，我警告各位，要是见到联学宫的人，有知情不报者，窝藏包庇者，与他们同罪。胆敢和玄皇魔宗作对的人，只有一个下场，那就是他们的下场。"

灰衣人说完抬起右手对着所有人抹了一下脖子，手持大刀的黑豹人立即挥刀一斩。一瞬间，绑在木桩上的所有犯人的头颅同时落地。台下掌声欢笑声骤起，他们好像在看一场精彩绝伦的表演，顿时都兴奋得热血沸腾。

蓝胤斗他们一行人躲到一个角落，她又使用皇灵守护将大家保护起来，她看着眼前的一切很不解地问三位鼠人。

"我还是头一次见人被砍头，太血腥恐怖了。玄皇魔宗是谁？联学宫又是什么？"蓝胤斗问。

海星鹏、风青牧、林叶西互相看了几眼，最终海星鹏说："玄皇魔宗就是魔主裘图。联学宫是岬龙星最大的一个秘密组织，是裘图目前最强劲的敌人。"

"为什么是他们？为什么是鼠人、牛人、虎人、兔人、龙人、蛇人、马人、羊人、猴人、鸡人、狗人、猪人，而不是猫人，狼人或其他人呢？"白子宸问。

"这十二种类人，曾经是蓝宫帝国最古老的十二个部落，现在也只有这十二种类人有能力对抗裘图了。"海星鹏说，"其他类人因种种原因散落在各地，几乎到了灭绝的边缘。恕我才疏学浅，只知道这些了。"

"谢谢你！"蓝胤斗说，"我们一回到岬龙星，就有你们一路保护，我知道在你们身后，可能也有一个强大的组织在帮助我们！还请你们代我和宸大人谢谢他们！"

"好的。他们会懂的。"林叶西说。

蓝胤斗亲眼看到众多人头瞬间落地，残忍的一幕深深地刺痛了她善良的心灵，但也因此激发了她的斗志。她从未感受过危险和死亡离自己如此之近，此刻她神情凝重，悲从心起，眼泪不停地在眼圈里打转。

海星鹏、风青牧、林叶西也有些愤愤不平，但面对强大的敌人，也只能敢怒不敢言。白子宸亲眼目睹这一切，内心也开始变得沉重起来。他无比心疼地看着忧心忡忡的蓝胤斗说："你不要害怕，今后无论发生什么事，我都会永远陪着你。"

蓝胤斗默然点头，脸上露出了更加坚定的神情。

"如果以后有机会，也让我跟随你好吗？"林叶西说。

"如果我能争取自由的话，也让我跟随你好吗？"风青牧说。

"公主如果需要我，我愿听从你的差遣！"海星鹏说。

三人单膝行大礼，蓝胤斗连忙拉他们起来，眼里满是信任与欢喜。"三位大人快快请起，以后不准再给我行礼，在我心中，你们是我永远的朋友和恩人。"蓝胤斗说，"如果没有你们，我们贸然前来早就没有命了。"

三位鼠人的脸上都露出了最淳朴的笑容。

"公主，我们今天先找个安全的地方休息一晚，你们太疲惫了。明晚我们再伺机进去行吗？"海星鹏说。

"好的，我们都好好休息理理思路，此去一定会危机四伏，我们要想个万全之策才行。"蓝胤斗说。

"是。"三位鼠人说道。

广场上还有熙熙攘攘的闲人在窜动着，蓝胤斗他们一行人迅速离开了广场。他们时而穿街过巷，时而坐船穿桥过港，在夜幕降临之前，巍峨壮观的蓝灵堡终于近在咫尺。

可他们并没停下脚步而又掉头走了很远，在夜色中终于找到了一间很偏僻简陋的民房休息了一晚。自从裘图占领梦兰多后，当地居民大多已死，或早已弃家逃亡。很多偏远的民房无人居住又年久未修，着实有些阴森恐怖，现在已很少有人光顾了。

蓝灵堡在白龙山脚下，海拔约1500多米，占地总面积约18万平方米，东西长约500米，南北宽约360米，主殿高约200米，是座集宫殿、城堡为一体的宏伟建筑。它因地制宜，傍山而筑，主次分明，上下错落，主殿高耸入云，金顶闪烁。两旁的偏殿也不甘示弱，一层层争先恐后地向主殿靠拢，巍峨耸立，气势磅礴，远远望去，它冷傲辉煌的气息就会扑面而来。

遗憾的是，昔日的高贵与光明已不复存在，现在它头顶乌云，始终被一层厚厚的黑气包围。各个门口还有重兵和通灵蛊把守，不管是任何人，用任何法力，都会被立即发现。

第二天傍晚，蓝胤斗他们五人整装出发，来到了白龙山下，准备从山脚处找进口。

"公主，我们不能用任何法术，切记！切记！"海星鹏说。

"戒备如此森严，还不能用法术，那怎么进去？"蓝胤斗说。

## 第四章 夜闯蓝灵堡

"公主若信得过鼠人挖地洞的本领,那就跟我来吧。"海星鹏说。

"对于你们的能力我从未怀疑过。"蓝胤斗说。

他们走过很多荒地,又绕过几座小山,才来到一片荒芜的小山丘旁。海星鹏找到一个形似石牛的大石头,在石头右边的地上画了一圈,然后三位鼠人开始用短剑使劲地撬土。

"就你们这样挖,得挖到哪年哪月啊?"白子宸说。

"请静待十分钟就好。"海星鹏说。

"十分钟?你们真是钻地鼠吗?只要两小时能让我看到希望就不错了。"白子宸说。

"这无须怀疑,十分钟足矣。"林叶西说。

不到十分钟,他们就挖到了一个直径约20厘米的圆形铁盖,三位鼠人齐力一拉将铁盖打开,一束微光从下面照了上来。海星鹏伸头往下看,是一个通透明亮的圆形地洞。

"宸大人,请吧!"林叶西说。

白子宸本来背对着他们显得有些焦躁不安,待回头看到明亮的地洞就在眼前时,着实有些意外。

"看来,无论何时,都不能轻视鼠人。"白子宸笑着对他们说。

五个人相继跳入地洞中,这个地洞只是进口前的一个小通道。里面坚固的石墙发出五彩的光芒,他们沿着地洞走一段距离后,一道石门出现在他们面前。

海星鹏对着石门说:"当无情的蜘蛛爬满灶台,我依然相信糖醋鱼是辣的。"石门缓缓打开,蓝胤斗和白子宸再次用诧异的眼神看着三位鼠人。

"这又是什么咒语?"蓝胤斗问。

"一听就知道是我们鼠人设置的开门咒语,我们鼠人是岬龙星最会吃的物种。"林叶西嬉笑着说。

"传说这是一千多年前,皇帝下令修建一条通往蓝灵堡的秘密地道,当时是由鼠人全权负责,除了皇帝只有十二通灵子知道出口在哪里。一个月前,通大人带我从这里秘密进入蓝灵堡寻找生歌,我才知道原来这里有个出口。"海星鹏说。

"通灵子又是什么人?"白子宸问。

"抱歉,恕我不能多言,我们还是快走吧。"海星鹏说。

一行人进入石门,旁边有个小石房,里面有一堆三十厘米长的滑板,风青牧拿过滑板递给白子宸。

"这是什么？我不会。"白子宸说。

"那你们就坐在滑板的最前面吧！"风青牧说。

海星鹏的鞋自动冒出两个滑轮走在最前面，风青牧踩着滑板带着白子宸，林叶西带着蓝胤斗跟在后面。他们像觅花的蜜蜂一般在地洞里自由穿行，两旁五彩斑斓的石墙快速地往后倒退，让人眼花缭乱，又滑行十多分钟后终于来到了蓝灵堡的地下城。

海星鹏引着大家来到另一个石门面前，这次石门是从里面开的，开门的机关就在门边的石墙上。海星鹏按了一下机关，石门就被打开，门后是一间地下储藏室，里面堆积如山的物品凌乱不堪，厚厚的灰尘和蜘蛛网将一切物品披上了一层厌恶的面纱。

"我们要从这里穿过去。"海星鹏说。

三位鼠人在前面开路，白子宸和蓝胤斗紧跟其后走出储藏室，找了个隐蔽的地方窥探着蓝灵堡里的一切。

"这么大，这么多房间，你知道生歌在哪个房间吗？"白子宸问。

海星鹏抬起小手摸了摸他那几根稀疏的胡须。沉思片刻后说："有个空字，是什么空呢？万空殿，没错，就是万空殿。我们出去先向左转，再向右转，再向左走100米，再向右转，再向左转……"

还没等海星鹏说完，白子宸轻声说："不管怎么转，你去哪我们就跟着你去哪。"

此时已夜幕降临，四周黑乌乌一片，只看见道路两旁每隔10米左右有一盏昏暗微弱的路灯。路面全是用白玉石砌成，除了各个路口有两个站岗的黑豹人外，不时还有10人一组的巡逻人员经过。

"这么多黑豹人，怎么过？"白子宸问。

"只要别撞上巡逻的人，站岗的人我们有办法对付。"海星鹏说。

林叶西从她的包里拿出早已备好的鼠人特有的秘制迷定药水，这次终于要派上了用场。迷定药水装在一个大概有500毫升的玻璃瓶里，三位鼠人每人手里拿了一瓶，然后又拿出三张黑色的布将他们自己脸蒙上，只留出一双眼睛。

"打开让他们远远闻一下，他们就能毫无知觉地乖乖站立半小时。我们先过去，你们跟在后面，要是听到巡逻的脚步声，就先快速隐蔽。"

"好的。"蓝胤斗说。

林叶西又拿出两张黑布给蓝胤斗和白子宸："你们最好也蒙上，要是不小心闻到了，我们可背不动你们。"

五个人的脸上都蒙上了黑布，神不知鬼不觉地踏上了皇宫里的玉石大道上。三位鼠人将各自鞋上的滑轮打开，像一阵风一样飘了出去。等站岗的黑豹人回头时，他们早已打开迷定药水洒了过去，黑豹人顿时只能一动不动地眼睁睁看着他们过去。蓝胤斗和白子宸紧跟着一路躲躲藏藏，终于来到了万空殿。但殿内空空荡荡，没有任何陈设物品。

"你没记错吧，这屋里什么都没有啊？"白子宸说。

"我记得通大人说生歌就在这里，不过我也看不见。"海星鹏说。

"我也看不见。"林叶西说。

"我听师父说过，只有通灵明玑的传承人才能看见。"风青牧说。

此时蓝胤斗正举起右手抚摸着生歌的头。生歌是鹿头马身，全身雪白，布雅戈人叫它们为鹿马。它速度奇快，耐力极好，传说它能耳听千里，日行万里。

"我要怎样才能唤醒它呢？"蓝胤斗问。

"师父没告诉我们方法吧？"林叶西问。

"反正没告诉我。"海星鹏说。

"我也没听她说过。"风青牧说。

"那你就叫它名字，让它醒来试试。"林叶西说。

"我是蓝胤公主，醒来吧，生歌。"

蓝胤斗戴着的通灵明玑突然发亮，一道白光对着生歌的眼睛，生歌当即被唤醒。当活生生的生歌站在大家面前时，他们既惊奇又激动。生歌抖抖身体，双脚跪地向蓝胤斗行礼。

"感谢公主的再生之恩，皇家坐骑生歌愿听从你的差遣！"生歌说。

蓝胤斗蹲下将生歌扶起："听说你不但是千里耳，还是万里骑，虽不知未来却能记得过去，你能把你知道的事都告诉我吗？"

生歌正要开口说话，守护蓝灵堡的黑豹人还有人类通灵蛊火速向万空殿赶来，风青牧率先察觉。

"我们得马上撤，快！"风青牧说。

"我知道有一条逃脱的地道，这张地图和皇家秘咒是历朝皇帝的两件宝物，请公主收好！"生歌说完，它身边立即出现一张岬龙星的通灵地图，还有一本厚厚的通灵古书，这是始皇蓝胤帝用过的所有古老咒语，也只有通灵明玑的传承人才能让咒语显灵。

蓝胤斗伸手去摸这两件宝物，地图和古书立刻变成一束光，被通灵明玑吸收后，大家才紧急撤离。

"跟我来。"生歌说。

一行人跟着生歌在蓝灵堡里急速穿行，白子宸和蓝胤斗累得直喘粗气，终于跑到离出口不远处时，却被几十个黑豹人和人类通灵蛊团团包围。

五个人背对背将生歌围在中间，他们缓慢地移动脚步并扫视着周围。凶猛敏捷的黑豹人和数十个邪恶的通灵蛊都虎视眈眈地朝他们走来。

"我们要杀出一条路，生歌带公主先走。"海星鹏说。

"我不能走，我要和你们一起战斗。"蓝胤斗说。

"你们先去找到出口，我们很快就来，请公主相信我们。"海星鹏说。

"公主，请你上坐！"生歌前腿刚趴下，蓝胤斗还没来得及骑上，黑豹人就手持板斧向他们冲过来。

三位鼠人高超的剑术此时正好派上了用场，他们灵动迅疾，还没等板斧落地就已将对方的双腿划上了一个大大的血口，疼痛叫喊声一片。

通灵蛊施法发出了几道黑光向他们袭来，但都被风青牧施法一一击退。林叶西拿出迷定药洒向左边的黑豹人，他们立即定在了原地，左边终于出现了一个缺口，蓝胤斗这才骑在生歌背上，快速逃了出去。

"撤，快撤。"海星鹏大声喊道。

三位鼠人迅速向白子宸靠拢，此时他们又被赶来支援的黑豹人围成一团，而一部分通灵蛊却向生歌追去。林叶西将剩下的迷定药打开向周围的黑豹人洒去，大部分黑豹人立刻停在原地，白子宸和三位鼠人迅速向生歌的方向跑去。

三位鼠人英勇善战，一路过关斩将顺利与蓝胤斗汇合，生歌打开通灵墙，他们才顺利逃了出去。

守护蓝灵堡的统帅是一位前皇家军，罗梭人，已经200岁了，名叫扈七郎，蓝灵堡被攻陷后他率先投奔了裘图。他刚带队过来亲眼看见蓝胤斗他们正在逃跑，他异常冷静地在一旁隔岸观火。只有一部分黑豹人蜂拥而至穷追不舍，等他们追到尽头时，前面却是一堵石墙，根本没有任何出口。

原来这堵墙是皇族蓝胤氏家的通灵墙，要用特定的咒语才能打开，而咒语只有生歌知道。其他人若想硬闯，无论法力再高强，都不能损坏它半点皮毛。蓝胤斗他

## 第四章 | 夜闯蓝灵堡

们一行人此时却站在石墙后面,从后面往外看石墙犹如一张透明的白纸,而从扈七郎的视角看它就是一堵坚固的石墙。

"这里没有,给我继续找。"黑豹人首领说。

而扈七郎却直线走到石墙面前,用手抚摸着石墙,他好像能看见蓝胤斗一样。其实他什么也看不见,但是他知道,先皇蓝胤彻曾经常从这里穿过。

"这里什么也没有,你们到底在追什么?"扈七郎大声地质问黑豹人。

"有三个鼠人,还有两个人类闯进来了。"黑豹人首领说。

"口说无凭,证据呢?"扈七郎盯着石墙说。

"我会找到的。"黑豹人首领很愤怒地说道。

蓝胤斗望着蓝灵堡久久不愿离去,其他人也跟着她静静地看着皇宫里的一切。

"必须把他们的记忆清除才行,不然我们逃出去了也很危险。"生歌说。

"可我们没有这样的能力。"风青牧说。

"公主可以。"生歌说。

"我?我不会啊。"蓝胤斗说。

"秘咒已在你脑子里,你查查看。"生歌说。

蓝胤斗闭目深思,密密麻麻的咒语在她脑海里回闪,片刻后,她睁开双眼,眼珠都开始闪闪发光。

"灵毁幻灭。"蓝胤斗刚说出口,一道白光穿进了所有黑豹人和通灵蛊的脑袋,这群敌人的这段记忆已全部清掉,顿时所有黑豹人以及在场的通灵蛊,都感觉什么也没发生一样,又悻悻地回到了自己的岗位。而扈七郎的记忆并没有被清除,他向石墙低头鞠躬后才转身离去。

"公主,他的记忆好像还没被清除。"风青牧说。

"刚才我下意识想过,不要清除他的记忆。看样子,他在帮我们。"

"这么强大的意念,就连我师父也做不到吧。"林叶西开心地说,"公主,你真的会成为伟大的通灵师。我学了快一百年了,都没有这样的能力。不得不服,天赋有时候真的比努力重要。"

"也许是我胸前这块石头的缘故吧?"蓝胤斗说。

"但除了你,任何人戴着它都没有用。"风青牧说。

"那我们现在要去哪里?"蓝胤斗问。

"穿过白龙山后便是大海,我们要去蚁人岛。"生歌说。

这是白龙山下的一条地道，它是始皇蓝胤帝在位时期修建的最古老的一条通道，通道依然被五彩石照得通透明亮。蓝胤斗和白子宸坐在生歌背上，而三位鼠人的鞋子又自动冒出两个滑轮，跟在生歌后面滑行。一阵轻风飘过，他们瞬间消失在了五彩的光影之中。

# 第五章

\*\*\*

## 曙光乍现

　　晚霞抹去最后一丝夕阳的余晖，迎接晶莹清幽的月亮从地平线上缓缓升起，皎洁的月光洒向大地，一阵轻风吹过，万物伴随着月光微微颤动。

　　蓝胤斗他们一行人经过长达五小时的急速前行才顺利到达蚁人岛。蚁人岛在梦兰多的北面，总面积大概有16000平方公里，这里矿产资源丰富，尤其以铁矿和铜矿闻名，是世代佛罗斯人的领地，因此人们又叫它蚁人岛。

　　尽管他们在黑夜中度过了很长时间，但夜色丝毫没有想退场的意思，这里的黑夜实在太长，又过了很久，海平面上才划过一丝亮光。晨曦刚到，龟船就浮出了海面，它是受寿通指派来接海星鹏、风青牧和林叶西的。当林叶西第一个看到龟船时，她更希望黑夜更长久一些。

　　"美好的时光总是转瞬即逝。"林叶西说。

　　"黑夜过后，又是新的开始。"风青牧说。

　　"一定是来接我们的，可他们怎么办？"海星鹏说。

　　蓝胤斗明白鼠人的使命已完成，她蹲下来和他们三人拥抱告别。

　　"惊心动魄的旅程最让人难以忘怀，相信我们很快还会再见的。"蓝胤斗说，"我还想拜托你们一件事，如果你们有听说白禹或孟桓这两个人的话，想办法第一时间告诉我好吗？"

　　"好的。"三位鼠人同时说。

　　"如果没有更好的去处，也许我们能长住这里，欢迎你们常来做客。"白子宸说。

　　三位鼠人点头，蓝胤斗和白子宸张开臂膀，五个人紧紧相拥依依不舍地告别。

临走前，海星鹏将随身携带的八谷饼留给了他们。

"愿公主和宸大人平安顺利万万年！"三位鼠人同时说道。鼠人在送祝福时都喜欢在后面加个万万年，这是他们最衷心的祝愿。

"谢谢你们！后会有期！"蓝胤斗说。

海星鹏、林叶西、风青牧刚登上龟船，一轮火红的太阳从东海面缓缓升起，晶莹闪亮的金色光辉洒满船身。突然间，狂风骤起，层层浪花席卷着海岸，龟船火速潜入深海，转瞬间就不见了踪影。

蓝胤斗和白子宸默默地看着浩瀚的大海发呆，生歌在一旁警惕地左右环顾，偶尔还用耳朵贴在地上仔细探听，它显得有些焦虑不安。

"周围100公里内，都没有活物的气息，此地不宜久留。"生歌说。

"这是一座孤岛，如果真有危险，终究无处可逃。"蓝胤斗说。

"我们能离开这个岛吗？带我们到梦兰多的那几只海龟不是说随时听你的差遣吗？你试试看它们会不会来救我们。"白子宸说。

"我们先别急着离开，既然来了就先住下来吧，何况我们也不知道去哪里啊？"

"你们跟我来。"生歌说。

蓝胤斗和白子宸骑着生歌，它急速奔跑了100多公里，才来到一个隐蔽的石洞旁边。这里荒无人烟，草木枯萎，一片荒凉凄惨甚至有些阴森恐怖。

"这里到底发生过什么？现在正是春季，为什么草木都干枯了呢？"蓝胤斗问。

"只要魔主走过的地方，就会寸草不生。"生歌说。

"那你还带我们来，要是碰上他我们不是羊入虎口了吗？"白子宸说。

"可我能想到的就只有这个地方，我记得这边有个隐蔽的石洞，你们需要休息。"生歌说。

"这里应该暂时没有危险，我们先吃点干粮吧。"蓝胤斗说。

白子宸拿出海星鹏留下的背袋，里面是鼠人特制的八谷饼，但也所剩不多，白子宸将饼递给蓝胤斗。

"我没胃口，你吃吧。"白子宸说。

"我可是在蓝森林里长大的，对我来讲，无论多么残酷的野外都是我的天堂，你还怕饿着我吗？你快吃吧。"蓝胤斗说着又把饼递给了白子宸。白子宸将所剩的八谷饼分成三份，除了他俩，另一份他送去给了生歌。

"谢谢宸大人！青草才是我的食物。"生歌说。

"可是，这里的草木早已枯萎，你吃什么呀？"白子宸话音刚落，洞口方圆100米内已冒出了一片片绿油油的青草，就连干枯的树木都变得郁郁葱葱起来。这是蓝胤斗和通灵明玑的关系，她刚才所经过之处，所有植物都变得生机勃勃，绿意盎然。生歌见到此景，欢喜不已。

"有草了，有草了。"生歌尖叫着朝蓝胤斗走来。

蓝胤斗见到此景也有些惊诧不已："到底怎么回事？怎么又长草了，这个地方是不是太怪了？"

"公主，我猜肯定是你的原因。"生歌说，"魔主能让万物枯萎，只有万灵之主才能让万物重生。"

"你这是听谁说的？"蓝胤斗问。

"传说。"生歌说。

"这不是传说，这就是事实啊！你看，草绿了，花开了，连干枯的树枝都发芽了。"白子宸说，"斗儿，我们真的有危险了，你这能力一定会给你带来杀身之祸的。"

"生歌，你如实告诉我，我父亲真的是蓝宫帝国的皇帝吗？"蓝胤斗问。

"你出生时我没机会见你，我只是皇帝的坐骑而已。"生歌说，"我只知道，你戴的通灵明玑是皇族蓝胤氏的宝物，一直都是由皇帝保管。"

"你能告诉我皇帝到底是什么样的人吗？"蓝胤斗继续问。

"你一定要问吗？我不能议论我的主人。"生歌说。

"既然我是公主，那我就是蓝胤氏的血脉，我现在就是你的主人，希望你能知无不言，我想知道当初到底发生了什么事。"蓝胤斗问。

"那要从哪里说起呢？"生歌说。

"你现在多少岁了？"白子宸说。

"可能有1200多岁了吧。"生歌说。

"你是不死之身吗？"白子宸好奇地问。

"如果没有意外，我应该能活到2000岁吧。"生歌说。

"那你知道我是谁吗，我怎么会跟她一起被送走呢？"白子宸问。

"你们被送去哪里了？我不知道啊。"生歌说，"裘图带兵攻打蓝灵堡之初，先皇就让我沉睡了。"

"他为什么要让你沉睡？他跟你说了什么吗？"蓝胤斗急切地问。

"当时裘图打败百万大军和十二通灵子后，皇帝知道他无力拯救蓝宫帝国了。他让我保管好那两件皇家宝物，希望我有朝一日能告诉通灵明玑的主人，通灵明玑能唤醒六大神兽，找到十二通灵子，联合十二个古老的类人部落以及摩丹人、索瓦人和佛洛斯人，才有希望打败裘图，拯救岬龙星的万千生灵。"生歌说。

"六大神兽是什么？那我到底该怎么做呢？"蓝胤斗问。

"我也不知道，也许皇家秘咒能帮你找到答案吧。"生歌说。

"好吧，我试试看，谢谢你！"蓝胤斗说。

"我五十年没闻过嫩草的清香了，好饿，好饿。"生歌如释重负，立即低头狼吞虎咽地吃着青草。

蓝胤斗和白子宸都心情低落，他们随便吃了几口八谷饼，喝了两口水，再找来一些干柴，生起了一堆火。

"从目前来看，我们对这里还是知之甚少，不管怎么说，先保命要紧。"白子宸说，"六大神兽和十二通灵子到底是谁？要去哪里找？岬龙星到底是个什么样的世界，谁是我们的朋友？谁是我们的敌人？三个鼠人急急忙忙就走了，连张地图都没给我们留下。"

"地图？我有地图啊。"蓝胤斗抬手往空中一挥，指尖发出了一道亮光，头顶瞬间出现了一个透明的球状体，一个立体实时的岬龙星地图出现在他们眼前。

"这，这，你从哪儿得到的？"白子宸很疑惑地问。

"生歌给我的，皇家的两件遗物，皇家秘咒和岬龙星的实时地图。"

"这真是宝物啊！有了这个，至少我们就不会抓瞎了。"

"要是我婆婆在就好了，在我心中她无所不能。"

"她果真无所不能的话，那她一定知道我们回来了，可她为什么不见你呢？"白子宸说。

"我不知道，只要不是魔主裘图控制了他们，我们肯定还有机会见面的。如果松鼠是裘图派去的，那我们就真的危险了。"蓝胤斗一脸悲伤。

"应该不是裘图吧，如果真是他，我们估计都出不了樱桃港。"白子宸说，"既然有人派三位鼠人去救我们，知道你婆婆和村长的一定是另有其人，而且应该还是我们的朋友。"

"你分析得对，如果我们的朋友知道婆婆和村长的下落，迟早有一天会告诉我的，这样一来我就放心多了。"蓝胤斗终于露出了一丝笑容。

"这个世界太怪了，我的认知都被打乱了，我们还是先好好研究一下地图吧。"

白子宸开始仔细研究地图，他发现一个很奇怪的现象，整个岬龙星除了海洋，只有两块大陆。其中最大的大陆就是布雅戈大陆，它几乎占了岬龙星陆地面积的四分之三。它像一个完美的葫芦，两头大中间小，南边的一半被黑气笼罩，而北边的一小半却生机盎然。

"我知道我们的朋友在哪里了。你看，我们所在的这片大陆，北边生机勃勃，而南边却草木枯萎，死气沉沉。北边一定有裘图惧怕的生灵，或许我们要找的人就在北边。"白子宸说。

"有道理，也许我们该问问生歌。"

生歌听到他们的谈话，连忙停止吃草掉头回望。

"你能帮我们普及一下岬龙星的历史和地理知识吗？"白子宸问。

生歌抬头看了看地图说："我们这里是布雅戈大陆，葫芦头是枭北，葫芦底是枭南，中间那片树林叫枭宦森林。很久以前，守护蓝宫帝国的十二个古老部落就住在森林以北的那片土地上。鼠人就是其中之一。"

"海星鹏曾说过，联学宫是裘图最大的敌人，敌人的敌人就是我们的朋友啊，咱们就直奔枭北吧。"白子宸说。

"不行，海龟不敢擅自带你们去枭北，而枭宦森林又危机四伏，不分敌友，擅自闯入者，只有死路一条。不然裘图早已踏过枭宦森林征服枭北了。"生歌说。

"现在枭北肯定不欢迎我们，要不海星鹏他们怎么不直接接我们去呢，我们还是再想想别的办法吧。"蓝胤斗说。

"也是。看来我们的朋友现在也无能为力吧，不然怎么不帮人帮到底，还把我们扔在孤岛上呢。"白子宸说，"既然一时也没好去处，不如好好休息养养精神，也许一觉醒来你婆婆或村长就出现了。"

"好吧，我也真的累了。幸好有你，要我一个人来真不知道该怎么办了。"

"船到桥头自然直。睡吧。"

两人一直长途跋涉，早已疲劳不堪，在篝火的温暖下，他们相拥着倒地就呼呼入睡了。这里的白天如过眼云烟，黑夜很快又再度降临，就连月亮也被乌云埋葬，蚁人岛彻底被黑暗笼罩。熊熊的篝火在黑暗中格外耀眼，一群不明生物从远处急速涌来，生歌不用伏地探听也能察觉危险近在咫尺，它急忙将蓝胤斗和白子宸撞醒。

"不好了，是双头虎，快把火灭掉，我们往山上躲。"生歌说。

"我们能直接用皇灵守护吗？"蓝胤斗说。

"我们在明处，它们在暗处，这是大忌，我们还是离开这个洞吧。"白子宸说着要将火堆捣灭。

"那我们就爬到石洞上面去吧，火不用灭了，留给它们。"蓝胤斗和白子宸牵着生歌来到了石洞上方，她利用皇灵守护把他们仨保护起来，居高临下地看着下面所发生的一切。

有十几只凶猛的双头虎从远处飞奔而来，每只虎都长着两个虎脑袋，还有两条尾巴，爪子却像豹爪，凶神恶煞，机敏迅疾，如闪电般一跃而起飞奔到洞口。带头的双头虎将篝火扑灭，还抓起木头闻了又闻，随后对着其他双头虎嗡嗡地发出声响，它在下达下一个行动指令，一群双头虎又飞奔而去，转瞬间又消失得无影无踪。

白子宸和蓝胤斗看到下面所发生的一切，吓得嘴唇发抖。

"这又是什么动物？太可怕了。"蓝胤斗说。

"是凶残的肉食动物双头虎。"生歌说。

"曾以为自己博览群书，无所不知。"白子宸很惭愧地说，"自从来到岬龙星，我才发现自己是那么的无知。这些动物，我真是闻所未闻啊。"

"宇宙万物，博大精深，我们都是凡人，哪能什么都懂。"蓝胤斗说。

大家正心有余悸，在不远处的山坡上，突然出现一道耀眼的白色光芒，它快速地向石洞方向奔来。

"又是什么？斗儿，快守护，快守护。"白子宸开始全身颤抖。

"看这光芒和气息，应该不会伤害我们吧。"蓝胤斗说。

"难道是知后？只有明君在世才能见到它的真身。恭喜公主，你真的是公主，你不只是公主，你……你……"生歌语无伦次，干脆一头跪在地上，朝着白光移动的方向顶礼膜拜。

蓝胤斗和白子宸还一头雾水，不知所措，白光在离他们一百米远的地方停了下来。它全身的毛发雪白透亮，人面鹿身三只眼，除了脸上有两只眼外，它的后脑勺还有一只眼睛。它眉清目秀，温文儒雅，白色的山羊胡须散落嘴边，头顶还有一只金色独角格外耀眼。它会说人话且博学多闻，岬龙星的生灵都称它为知后。

当蓝胤斗第一眼看见知后时，惊讶得目瞪口呆，她简直不敢相信自己的眼睛。原来它就是蓝胤斗的守护者，她念皇灵守护的咒语时，它透明的身体就能保护她的安全。知后慈祥的笑容瞬间融化了她的心，她战战兢兢地问："你就是我的守护者皇灵吗？"

"是的。欢迎你回到岬龙星。"知后温暖有力的声音就像和煦的阳光照耀着久经风沙摧残的小草，给她带来了无穷的力量和无限的希望。蓝胤斗来到知后的面前，伸手抚摸知后的头部毛发，随后将脸贴在知后的脸上，她终于露出了欣喜的笑容。

"谢谢你！"蓝胤斗说。

"如果我没记错的话，这位大人就是陪你一起去苣虎星的白子宸吧。"知后说。

"对对，我就是白子宸，很开心见到你！"白子宸说，"冒昧地问一句，既然你知道我，是不是也认识我父母呢？"

"很遗憾，你出生之时，我还在沉睡。"

"你都不知道，那谁还会知道呢。"白子宸有些沮丧。

"这位就是生歌吧？"知后看着生歌问。

"是是是，我就是生歌，五百年前是你大力举荐，我才能成为皇家坐骑，你的恩情我没齿难忘。"生歌激动地说。

"是你能力出众，我知道只有你才能胜任。这两天你就做得很好。"

"这是我的职责，我也只是听命行事。"

"我也是感受到了一股超强的力量才从睡梦中惊醒，原来是公主需要我了。"知后说。

"这些天要不是皇灵守护，可能我们都有生命危险。"蓝胤斗说。

"请你帮帮我们吧。"白子宸说，"我们被困在这座岛上，刚才差点被双头虎吃了，它们不会也是在替魔主裘图卖命吧？"

"应该不会，双头虎向来都很中立，它们应该只是在捍卫自己的领地吧。"知后说。

"你是刚醒吗？那你肯定不会知道我婆婆和村长了。"蓝胤斗沮丧地说。

"我的确不知。"知后说，"除了你，我很少关心别人。"

"我们去梦兰多和蓝灵堡亲眼看见了裘图的暴政，领教了他的残暴和力量，不管是谁引我们回来的，裘图终究会发现我的。"蓝胤斗说，"如今黑夜越来越长，就连苣虎星都受到了影响，这难道真的是魔主的原因吗？"

"是的。如果不把魔主控制，不但岬龙星将万劫不复，下一个可能就是苣虎星，甚至整个星图系都在劫难逃。"知后说。

"既然我们逃无可逃，那就不要再逃了，我们就跟他抗争到底。"白子宸说。

"可我们现在势单力薄，不知敌友，一切毫无头绪。"蓝胤斗说，"请皇灵帮我们指点迷津，引领我们继续向前。我不知道这个世界怎么了，为什么会变成这样，我们到底又该怎么做呢?"

"要想读懂这个世界,恐怕就得从很久很久以前说起了。"知后沉吟一会说,"自从大地母亲创造万千生灵以来,争权夺利抢占地盘的战争就从未停息过。人类经过上亿年的进化,智力快速提升,他们疯狂屠杀,排除异己,通过暴力手段终于登上了整条生物链的顶端。但同时,天地间的怨气和怒气也越来越重,大半个岬龙星都寸草不生,混沌不堪。当时的人类之王听从国师的建议,下令召集所有通灵师,运用他们天生拥有的神奇法力炼造了往生塔。果然,往生塔不负众望,成功将岬龙星上的一切邪恶阴郁之气全部吸入了塔内,大地又重新复苏,万物又恢复生长。可是,人类并没有吸取教训,他们变本加厉更加残忍,同类之间甚至是父母兄弟间都相互残杀,鲜血染红了大地。才刚过去两百年,邪恶之气再度肆虐岬龙星,就连太阳都避而不升,月亮也躲之唯恐不及。总之,整个岬龙星好像被天地宇宙抛弃一样,一天24小时都在黑暗中。"

"原来是这样啊,那后来是谁挽救了岬龙星呢?"蓝胤斗问。

"就是你的祖先蓝胤帝,他也是一名出色的通灵师。"知后说,"他听说往生塔被埋在了北阴山下,凭借他敏锐的方向感,他独自一人在黑暗中行走了20天才来到北阴山。但遗憾的是,当他到达北阴山时,往生塔已被人拿走了。"

"是谁拿走的?"白子宸急切地问。

"就是那位国师。"知后说,"当时他已活到了人类年龄的极限,为了实现灵魂永生,他擅自打开往生塔,将塔内的阴气吸入体内,图魔界始祖独孤心魔由此而生,后来人们又叫他魔主。"

"怪不得叫独孤心魔,原来终究还是人魔,是心魔。"白子宸说。

"不管怎么说,现在至少还有几个小时的白天。在那样漆黑的情况下,蓝胤帝还能做什么呢?"蓝胤斗问。

"他找遍了整个北阴山都没看到往生塔,当时他非常绝望,仰天长哭。突然,他看到北阴山顶有一丝光亮,就爬到山顶看到一块透明发光体,周围还长满了绿油油的青草。那块灵物就是你现在戴的通灵明玑。"

"果然是通灵明玑,这周围的青草都是今天刚新长起来的。生歌带我们来时,这里土地干裂,草木干枯,就像被大火烧过一样。"白子宸说。

"所以,人们称通灵明玑为万灵之母,能驾驭它的人才是万灵之主。"知后说,"通灵明玑虽有无穷的神力,但它没有思想,只有支配它的人才有思想。蓝胤帝得到

## 第五章 | 曙光乍现

它后，所到之处就会带来光明和生机勃勃。而独孤心魔所到之处，妖魔鬼怪应运而生，特别是飓魔怪，后来成为他最得力的精兵能将。蓝胤帝意识到，所有的灾祸都是由于人类的疯狂杀戮造成的，他向岬龙星上的所有生灵承诺，人类在他的带领下，绝不会再滥杀无辜。他号召所有人类、类人、瑞兽等善良又心怀正义的生灵们与独孤心魔和他的妖魔鬼怪拼死抗争。最终，人类在青龙、白虎、朱雀、玄武、勾成、螣蛇和十二通灵子，也就是当时法力最高的十二位通灵师的帮助下才打败魔主。独孤心魔的不死灵魂又被永远封印在了北阴山里。六大神兽退隐人间，而十二通灵子却永远留在了布雅戈大陆，守护正义，传播和平，成为万千生灵的守护神。"

"我在梦兰多看到很多人高矮不一，这里到底有多少种人类啊？"白子宸问。

"一万年前，岬龙星有十八种人类，但经过上万年的自身进化，又受严酷的自然和魔怪的摧残，现在只剩下四种人了。"知后说，"幸存下来的每个人种都有本质的区别。除了肤质外，他们的智力、能力、身高、寿命都各不相同。"

岬龙星现在幸存的四种人类分别是：

第一种，摩丹人，身高一米七到两米。是人类的智者，他们冷静睿智，美丽优雅，温和安静，天生拥有特殊的法力，而且是人类中最长寿的人种，最高年龄可达2000岁。

第二种，罗梭人。就是蓝胤斗和白子宸这样的人种，身高一米六到一米八，平均年龄300岁，聪明又愚蠢，勤奋又懒惰，柔弱又勇敢，贪婪又寡欲，骄傲又谦虚，善良又残忍。是最复杂的人种，优缺点参半，在不同的环境下有不同的潜力，很难琢磨很难理解，变化多端，反复无常。但最热情，又最有爱心，好奇心最强，学习能力最强，控制欲最强。又热爱发明创造，罗梭人一直都是推动岬龙星文明进步的领头军，也是妖魔鬼怪最惧怕的对手。由于裘图疯狂屠杀，现在也快走向衰亡了。

第三种，佛洛斯人。平均身高只有一米，皮肤黝黑，平均寿命260岁。勤劳又固执，脾气刚强又暴躁，活泼淳朴，精明能干，是最会积累财富的人。

第四种，索瓦人。平均身高两米五，最高寿命可达500岁。身强体壮，但最不爱思考，是最单纯的一种人。他们热爱自由，随遇而安，通常都很友好，除非你让他们失去了自由，那后果就很难想象。现在除了摩丹人，后三种人大部分已被裘图控制，甚至还要面临灭绝的危险。

"看来不灭魔主裘图，这次全人类都要面临灭亡的危险。"白子宸说。

"我要怎样才能唤醒六大神兽呢？"蓝胤斗问。

"我想你已经拿到了古老咒语，秘密都在里面。"知后说。

"是的，生歌已经告诉我了，但我还没有找到头绪。"

"你过来，让我助你一臂之力。"蓝胤斗蹲在知后面前，知后伸出右爪按在她的背上。通灵明玑发出一道巨光，将他们团团包围。

"你是天赋异禀的通灵师，你体内的筋脉已全部打通，现在你完全能用意念驾驭通灵明玑，秘密咒语会使你如虎添翼，但你必须要勤练苦学。"知后说，"当你把所有咒语都熟练运用后，不但能保护自己，你还能攻击别人。我没有攻击的能力，只能防守。"

"我知道了，谢谢皇灵，我现在就试试看。"蓝胤斗闭眼静坐，古老的咒语像闪电般一条条在她脑子里回闪。

"只可引导，不可强求，一切自有定数。"知后说。

蓝胤斗盘腿坐着继续闭目沉思，脖子上的通灵明玑对着白子宸发出一道白光，蓝胤斗睁开双眼，很疑惑地看着知后问，"白光怎么会对着他？难道……"

"我在梦里，看见斗儿就是光源，难道也是因为通灵明玑？"白子宸问。

"不仅如此，还有你一直在问又迫切想知道的，你到底是谁？她会告诉你答案。"知后说。

"原来你就是青龙？"蓝胤斗惊奇地说。

白子宸瞬间从地上站起来，情绪激动，来回踱步。

"我曾结过婚，我还有个女儿，我是正常的人类，我怎么可能是青龙？"白子宸疑惑不解，神情焦虑。

"裘图和魔主都能融为一体，为何神兽不能？"知后说。

"可是我完全不知，这更不是我能接受的事实，我就是一个很普通很平凡的人。"白子宸说。

"裘图曾经也是个有七情六欲的人，他也只是一位通灵师，可后来被魔主利用，就成了今天的世间魔主裘图。"知后说。

蓝胤斗看着白子宸焦躁不安，她走到白子宸跟前，拉着他的手深情地说："不管你是谁，不管你拥有什么天赋，都不重要，重要的是你的选择。如果你只想做凡人，我尊重你的选择。无论怎样，你永远都在我这里。"蓝胤斗拉着他的手放在她左边的胸口，感受着她狂热的心跳。白子宸再也控制不住自己的感情，他无视知后和生歌的存在，满含热泪地将蓝胤斗紧紧抱在怀里。

## 第五章 曙光乍现

"既然我选择跟你一起来到了岬龙星，我就要和你一起并肩战斗。现在，我要直面我的人生。"白子宸说，"我承认我一直很懦弱，但现在我想挑战和突破自己，让我有机会有能力保护你。"

"谢谢你！你要是青龙，今后我什么都不怕了。"蓝胤斗再次扑到白子宸的怀里，白子宸很深情地抚摸着蓝胤斗的头发，场面温馨感人。

"人生的旅途漫长又艰辛，每个人都要勇于接受每个阶段的自己。你们在岬龙星的人生，才刚刚开始。"知后说。

"这一段路，我一定会认真走下去，今天有知后和生歌给我们作证，无论以后发生什么事，我都不会再离开你。"白子宸含情脉脉地说，"我们要永远在一起，直到斗转星移，地老天荒。斗儿，我准备好了。"

蓝胤斗感动得热泪盈眶，看有情人甜言蜜语，你侬我侬，连知后和生歌也满心欢喜。蓝胤斗拿出通灵明玑对着白子宸念咒语："青龙归位，万灵觉醒。"

通灵明玑瞬间发出耀眼的光芒，不仅照亮了整个山洞，还穿出洞口照亮了整座蚁人岛。白子宸化作一条全身青色，身似长蛇、麒麟首、鲤鱼尾、面有长须、犄角似鹿、相貌威武的五爪青龙从洞口飞了出去，在蚁人岛上方飞速盘旋。整座岛屿的枯草干树瞬间变得春意盎然，苍翠遍野。

蓝胤斗看着青龙腾空而起，兴奋莫名。生歌更是欣喜若狂："青龙唤醒，下一位就是白虎吗？它在哪里？"

"不能确定是白虎，应该是离通灵明玑最近的神兽会率先显现。"知后说。

蓝胤斗又盘坐在地上，闭目施法。眼前的透明球体内出现了一座白雾缭绕的大山，山里有个九碗洞。洞内有位长发垂肩，身穿一袭白衣，脸上画满了奇异图腾的男子正闭目打坐。知后看到此人，又一次露出了欢喜的笑容。

"原来是他，大事可成矣！"知后说。

"他是谁？"蓝胤斗问。

"在布雅戈，有这样一群人。居沙漠而天下晓，居深山而知天下，怒而妖魔惧，安而万物熄。据我所知，他曾指挥兽类打败了搜山的一万飓魔怪，从此袭图就放弃了鬼骨山。"

蓝胤斗继续盘腿坐着，嘴里念着奇怪的咒语，只见透明的球体内，闭目打坐的男子突然睁开了双眼，他沉思一会儿后，继续闭眼打坐。

"我想我们可以去找他了。"蓝胤斗说。

这时青龙还在海面上翻云吐雾，时而潜入深海，时而又腾空而起，玩得不亦乐乎。眼看黑夜即将过去，黎明很快到来，蚁人岛已不再安全。

"蚁人岛已暴露，此地不能久留，快把青龙召回来。"知后说。

蓝胤斗对青龙施法，青龙马上就从海面上飞了回来，又变成了儒雅的白子宸。他心情激动地问道："要是没有你召唤，我自己能随时随地变身吗？"

"你们已融为一体，你当然可以随心所欲。"蓝胤斗说。

"你们先去鬼骨山，我还有更重要的事情要办。"知后说。

"我要什么时候才能再见到你呢？"蓝胤斗问。

"当你真正需要我的时候，我就会在你身边。留给你们的时间有限，你们要争分夺秒去召齐六大神兽。你不仅是古老皇族的血脉，最主要你是通灵明玑的传承人，你有责任召集大家对抗裘图，这就是你的命运。"知后说，"我不知道你要找的人是谁？但我敢肯定，如果他们在岬龙星，毁灭魔主裘图也是他们的终极梦想。"

"我知道了，谢谢皇灵的指点。"蓝胤斗蹲下来紧紧抱着知后，眼神里都流露出无限的爱意。

"你们先去吧。"知后说，"你们要隐秘行动，青龙不到万不得已不要现身。"

"是。"

蓝胤斗缓缓地走到海边，召唤龟船，生歌和他们一起上船向鬼骨山方向奔去。知后随即化为一道白光也离开了蚁人岛。

朝阳初生，万物复苏，一道白光划过天际，蚁人岛闪烁着耀眼的光芒。

# 第六章

\*\*\*

## 暗潮涌动

鬼骨山在梦兰多的西北面,东面与枭宦森林接壤。这里峰峦叠翠,百鸟齐鸣,野花争妍斗艳,但野兽横行,很少有人出没此地。

从表面生机勃勃的环境来看,这一带应该还没被裘图控制,龟船将他们带到一个荒芜的码头后又深潜到了海里。清晨,瓦蓝色的天空云雾缭绕,周围的景色一片朦胧,眼前柔和的光辉湛蓝缥缈,清脆悦耳的歌声若隐若现地从远方飘来。

"这附近一定有人家,不如我们稍作休息再赶路吧。"白子宸说。

"从目前来看,我们是要做好打持久战的准备。"蓝胤斗说,"很多事情,我们都始料未及。裘图一旦知道我们的存在后,就会不遗余力地追杀我们,我们的处境一天比一天更危险。"

"趁他现在还不知道,我们还能好好休息。你没发现这里很像蓝森林吗?"

"是有点像,也许深山中还有村庄呢,我们过去看看。"

白子宸和蓝胤斗走在前面,生歌却垂头丧气地站在原地一动不动。蓝胤斗回头问它:"生歌,你怎么了?"

"五百年前,我就在这里遇到了知后,我的族群就在附近,如果公主允许,我想去找找它们。"

"都过去五百年了,你确定它们还在吗?"蓝胤斗疑惑地说。

"只要这片山林还在它们肯定就在,我相信它们是不会轻易离开家园的。"生歌说。

"好吧,可是你还回来吗?"

"只要公主需要,我随唤随到。"

"我当然需要你!要是你能找到同伴,设法说服它们效忠于我,我需要你们的大力帮助!好吗?"

"好的,明白了!"生歌说。

"谢谢你!去吧,一定要注意安全。"蓝胤斗和白子宸抚摸着它背上的毛发跟它告别,目送着生歌向树林深处跑去,它速度奇快,一转眼就不见了踪影。

"都走了,又只剩我们俩了。"蓝胤斗面带忧伤。

"太好了,我们终于有点自由空间了,我就像你的影子,再也不会离开你了。"

"影子不好,在最黑暗的时候,就算自己的影子也会消失的。"

"女人都多愁善感吗?就算影子会消失,我也不会,除非我死了。"

"你能说点吉利话吗?魔主没消灭之前,我们都不能死。"蓝胤斗说,"你现在是青龙,新的身份是不是得有个新名字呢?要不你就叫龙影吧?"

"好,我喜欢。我也为你想了一个名字,凤龟可好?"

"凤龟?为什么?"蓝胤斗显得有些不悦。

"愿你追星藏月万万年啊!"白子宸嬉笑着模仿鼠人对乌龟的最高祝福。因为在他内心深处,也希望蓝胤斗能健康长寿万万年。

"好吧,听你的。在苢虎星时我就很喜欢乌龟,它们与世无争,睿智又沉稳,能跟龟字沾边是我的荣幸。"

"那从今天起,我们就以龙影、凤龟的名字示人。蓝胤氏在岬龙星无人不知,蓝胤斗不能再随便使用了,一旦暴露身份就太危险了。"

"嗯,有道理,今后我们还是小心点为好。"

道路崎岖难行,他们翻山越岭,走了将近十公里才来到一个十字路口前,左边一块石头路牌上写着"鬼骨镇"三个大字。原来这不是村庄,而是一个被竹林围绕的神秘小镇。这里的竹林四季青翠,早晚炊烟袅袅,恍惚间,好像回到了罗堂村。

鬼骨镇的建筑几乎都是由竹子制作而成,上百栋人类居住的房屋排列有致。还有长廊、楼阁、客栈,大多都建在大道两旁,依山而建,所有窗户都面朝东方。这里的人都有一头及腰的银发,身形壮硕,高矮不一,他们个性乐观而独立,不受任何势力管辖控制。相较于外面辽阔的荒野,这里犹如大海中的孤岛一般遗世而独立。

能住在这里的人个个都身怀绝技,蓝宫帝国沦陷后,不愿投奔裘图的各路英雄豪杰纷纷逃落至此,隐姓埋名。这里大多人都曾遭裘图重金悬赏,但很多闻讯追来

## 第六章 暗潮涌动

的人往往都是石沉大海，有去无回。后来裘图突然大赦，展开双手热情拥抱一切邪恶罪犯，并专心致力于开疆扩土，鬼骨镇才得到了短暂的安宁。

沿着大道一路向北再右转，就能看到一座两层楼的客栈。这是很早以前，在鬼骨镇还没有这么多房屋建筑的时候，村里人为去枭北的客人们在这作短暂休息所建造的，这是所有建筑中最古老的一栋。

那时，人们可以从这间客栈里听到来自岬龙星每个角落里的最新传说。但自从裘图控制了枭东、枭南、枭西后，能到这里的人都不愿聊裘图这边的事情，而是与枭北各族类人相交更密。

无论外界如何变幻，这间客栈都能屹立不倒，这与客栈老板娘宫宛冰有莫大关系。她不仅貌美如花，风骚多姿，还热情好客，更重要的是，她还是通灵师，专攻读心术。陌生人只要踏入鬼骨镇，她似乎就能将人的五脏六腑看穿一般。

但今天她遇到了点麻烦，蓝胤斗和白子宸就要踏进店门了，她却依然看不清来者何人，这让她感到莫名的好奇又恐慌。

此时太阳也探头出来四处观望，人们纷纷起床开窗。蓝胤斗和白子宸已沿着大道来到宛冰客栈门口，但大门紧闭，从门缝往里看，能看到一位个子矮小的男子正在打扫房间，他是客栈打杂的伙计，名叫歪木。

此时，宫宛冰正站在二楼的窗户边，看着蓝胤斗和白子宸敲门，她的右眼开始猛烈跳动，嘴唇也控制不住地微微上扬。歪木听到敲门声后，连忙放下扫帚前来开门。

"谁啊？还没开门呢！"歪木有些口齿不清地说。

"我们想住店。"白子宸说。

"你们是什么人？不会从南方来的吧？"歪木透过门缝一脸阴郁地上下打量着他们，足足看了一分钟后才慢吞吞地打开客栈大门，"你们要去哪里？请两位报上大名。"

"从哪里来，要到哪里去，好像都没必要跟你汇报吧？"白子宸很不喜欢歪木的语气。

"看似当然，不过要想住店，就必须登记你的大名，方便掌柜盘查来客。"歪木说。

"蓝胤斗，白子宸。"蓝胤斗顺口就说了出来。

"什么？你竟敢冒充蓝胤氏？你不知道蓝胤氏都被灭族了吗？你不想活了还有很多死法，比如上吊、割腕、割喉、喝毒药，如果不会游泳你也可以去跳海，何必选这条不归路。"歪木很不屑地自顾自地说道。

"哈哈，你误会了，我刚才正在和她讨论蓝胤公主的名字，她坚持认为叫蓝胤斗，我想她一定弄错了。"白子宸嬉笑着想打破这种尴尬的局面。

"蓝胤斗？从来没听说谁叫蓝胤斗，就算有，兴许也被杀了。你们自己填吧，反正我对那些也不感兴趣。"歪木边说边走到柜台前拿着登记本递给白子宸，一副很不耐烦的样子。

他俩面面相觑长出一口气，白子宸接过登记簿填写上龙影和凤龟后放在柜台上。

"拿什么换呢？"歪木问。

"你说什么？我们换什么呀？"白子宸很不解地问。

"难道你们想白住吗？"

"多少钱？"白子宸习惯性地问多少钱，其实他根本就不知道岬龙星的人用什么钱。

"什么钱不钱的？在这里多少钱都没用，你们带有什么东西，快给我看看。"歪木的态度还是很不友好。

白子宸很不情愿地打开海星鹏留给他们的包裹，里面还有两瓶迷定药，歪木拿起一瓶迷定药看了又看。"这个就够你们住三五天了。"

"好，那就用这个换吧。"蓝胤斗同意后歪木才拉着一副苦瓜脸领着他们来到二楼的一间客房。

"我们要两间客房。"蓝胤斗说。

"十几年都没有客人来住店了，我们的客房都租出去了。现在还有这间就不错了，你们到底住不住啊？"歪木有些不耐烦地问。

"听说这里的人都彬彬有礼，对客人更是礼貌有佳，可你怎么就那么与众不同呢。"白子宸还瞪了歪木一眼，可歪木依然还是一副很不屑的神情，也许他天生就是这种傲慢不羁的个性吧。

"我们当然要住，谢谢你！"蓝胤斗肯定地说。

"中午十二点吃饭，过了点就得等晚上六点了。"歪木说完摔门而去。

"这不是客栈吗？客人不是衣食父母吗？这是文化差异还是咱们进入黑店了？"白子宸说。

"咱们就入乡随俗吧，你不是累了吗？"

"累啊！"白子宸打量着房间，十几平方米的室内还好有两间单人床分别依窗而放，"如果不是黑店，如果没有生命危险，我想睡到自然醒。"

## 第六章 暗潮涌动

"我也不确定，不过，就算是黑店我们不是还有皇灵守护吗？你就安心睡吧。"蓝胤斗念皇灵守护，将整个房间保护了起来。

待她回头看白子宸时，他已瘫倒在床上沉沉入睡，鼾声渐起。蓝胤斗走到床前，将他鞋子脱掉挪他上床还帮他盖上被子后，自己也回到床上沉沉睡去。

宫宛冰浓妆艳抹，花枝招展地来到柜台前翻看登记簿，并对还在打扫房间的歪木说："今天有客人来吗？快把大门关上，不准任何人打扰。"

"是。"歪木急忙去关大门。

宫宛冰放下登记簿后立即转身上楼，但很快她又跌跌撞撞地从楼上下来摔门而去。此时的鬼骨镇已有熙熙攘攘的人群在镇上来回穿梭，所有的店铺已打开店门，这里没有货币交易，所有商品都是物物交换。其实根本也没有太多的商品，都是一些农作物和水产品，以及一些必备的日用品。其余物品比如衣服都是些纯天然的材料，由手工制作而成。

这里的每个人都极简朴素，脸上都洋溢着幸福满足的表情。看见宫宛冰后，他们都会热情地送上祝福，宫宛冰也始终微笑着贴上前去和大家窃窃私语。如果细心观察，就能看到每个人听了宫宛冰的私语后，脸上都会僵硬一秒钟，然后才恢复怪异的笑脸。

第二天晚上六点左右，整个鬼骨镇已被朦胧的夜色笼罩，宛冰客栈内传来一阵阵欢愉的歌声。许多人端着酒杯热情地加入合唱，令人心情振奋的曲调将白子宸和蓝胤斗从睡梦中惊醒，他们睡眼蒙眬地走出房间。

从二楼的走廊上往下看，一群热情洋溢的男女在大厅载歌载舞，好像在庆祝某个特殊的节日，也好像是为了胜利而狂欢。

他俩也被这种欢乐的气氛所感染，特别是蓝胤斗，她从来没有见过这么多人一起狂欢的场面。她陶醉地看着大家，转而又陷入了悲伤，而后回到房间坐在床上独自伤神。白子宸察觉到她的变化后跟随她一起进入了房间内。

"为什么我是公主？为什么我只能独自一人长大？为什么我不能放肆欢笑？为什么我总是感到忧伤？"蓝胤斗第一次当着白子宸的面，流下了悲伤的泪水。白子宸站在她面前，突然不知所措，欲言又止。他只好默默地将蓝胤斗拥在怀里，此时他能做的，就是用手轻轻地抚摸她的后脑勺，让她慢慢平静下来。

大厅里的歌声终于在鼓掌声和大笑声中结束了。蓝胤斗调整好心情和白子宸走出房间，她鼓起勇气想融入其中。当蓝胤斗踏上楼梯的那一刻，下面立刻变得鸦雀无声，瞬间脸部僵硬，目瞪口呆地盯着她。

白子宸跟在后面，细心观察所有人，这是他天生的强项，他最擅长的事就是观察细节，并从中找出破绽。经过观察，他确定这里的人对他们没有任何恶意和威胁，他才放心地跟着蓝胤斗一起来到了大厅。

宫宛冰迟疑片刻后，才热情地上前招待他们："两位大人晚上好！我叫宫宛冰，是这个客栈的掌柜，如果有需要，我随时听从你们的差遣！"

"谢谢你！我们可以用餐吗？"蓝胤斗问。

"当然，两天一夜没吃饭，一定饿了吧？"

他俩显然不知道已睡了这么久，听到此话他俩有些茫然。还好白子宸反应较快，他连忙说道："这里凉爽怡人，空气甜美，真是名不虚传的人间仙境啊！有劳掌柜了！"

"两位大人，这边请！"宫宛冰领着他们来到客栈最里间的餐桌旁坐下。

其余人继续着他们的活动，一如既往地喝酒聊天，就像什么事也没有发生，只是声音明显小了很多。

蓝胤斗细心观察掌柜一阵后，才开口打听九碗洞的事："冰大人，听说鬼骨山上有个九碗洞，你知道吗？"

"听说山顶是有这么个洞，你打听它做什么？"宫宛冰问。

"只是慕名而来，我们今晚想去看看。"蓝胤斗说。

"今晚？你不知道鬼骨山上野兽横行吗？白天都没人敢擅自闯入，更别提晚上了。"

"可是，我们一定得去。"白子宸说。

"如果非去不可，我建议你们明天一早进山比较安全。"

"好吧。你知道九碗洞里有住人吗？"蓝胤斗问。

"这个我就不知道了，我每天就守在客栈里，从没出过鬼骨镇。难道你看不出我们都与世隔绝了吗？"

"很羡慕你们过着与世无争的生活，愿你们欢乐永在。谢谢你！"蓝胤斗说。

就在这时，歪木端上鬼骨镇特有的晚餐过来，两个煮熟的玉米，两个土豆，两个红薯，还有两杯白开水。白子宸瞟了一眼，脸顿时阴沉了下来。

"好健康的晚餐，不过我是肉食主义者，有没有什么肉可以吃的？"白子宸问。

"这些是客栈送的，要是我能如你所愿，请问你能拿什么东西换呢？"宫宛冰问。

"你看我有什么，你随便选。"白子宸说。

宫宛冰仔细扫视着白子宸全身上下，除了一身简朴的衣服外什么也没有。她随后转眼扫视着蓝胤斗："这位大人脖子上戴的挂链倒是很精致，不知能否拿它换呢？"她指的是蓝胤斗戴着的通灵明玑。

蓝胤斗急忙用手捂住通灵明玑。白子宸嬉笑着说："既然掌柜看不上我一身廉价的物品，那我还是吃玉米吧，就不劳烦你了，这些就很好，谢谢你的热情款待！"

"好的，两位大人慢用！"宫宛冰很客气地鞠躬道别，而后回到大厅的人群中神秘兮兮地与人窃窃私语。

蓝胤斗扭头偷偷地扫视一遍大厅的人群，她发现所有人的神情瞬间发生了细微的变化，就算这些人再会伪装，也逃不过她的眼睛。

她很镇静地轻声对白子宸说："我们要好好享用晚餐，感恩掌柜送我们的晚餐。"

白子宸似乎感受到了空气中冰冷的味道，他拿起玉米边吃边夸赞道："太好吃了，从今以后我就改吃素了。"

他们冷静地吃完晚餐后回到房间，商讨离开之策。

"我不知道他们是一群什么样的人，也不知道是敌是友，但我敢肯定的是，他们都不是看起来那样平凡普通的人，为了免生不必要的是非，我们必须尽快离开此地。"蓝胤斗说。

白子宸模仿生歌的声音和动作说道："龙影愿听从你的差遣！"

蓝胤斗看他可爱逗趣的样子顿时笑了起来："我看，你都可以去卖艺为生了。"

"龙影遵命！"白子宸还在继续模仿生歌。

"那咱们走吧，趁他们不注意，我可以让他们很欢乐地送我们离开，我今天刚学会了一句咒语，正好拿他们试试。"

"那是最好了，我要保存体力，可别逼我变身啊。"白子宸说。

蓝胤斗走出房间，轻轻地对下面的人念了一句"偷魂换主"，这就是传说中通灵师能左右灵魂的咒语。通灵明玑发出耀眼的光芒向在场的所有人飘去，人们立即开始疯狂地欢唱跳动起来。蓝胤斗和白子宸趁机匆匆跑出客栈，人们还继续旁若无人自顾自地喝酒狂欢。

待他们跑出鬼骨镇后，那些人才清醒过来，宫宛冰知道大家刚才受了蓝胤斗的控制，她很遗憾地对大家说："我承认，山外有山，人外有人。我努力了两天都无法靠近他们半步，即便他们睡着了，都还有一股强大的力量在保护他们。而我们大家齐聚一堂一起努力，都不能靠近他们十步以内，可她不费吹灰之力就控制了我们，大家有何看法？"

所有人坐在原地瞬间变得鸦雀无声，过了片刻后才又开始叽叽喳喳议论起来。

"法力如此深厚，难道他们是岬龙星的守护神吗？十二通灵子不早就消失了吗？他们太年轻了，也不像啊。"

"你见过通灵子的模样吗？你怎么知道通灵子不可以是年轻人呢？"

"那倒也是，不过，传说通灵子都是类人，他们可是罗梭人啊。"

"没准他们的形象外貌都能变呢？或许哪天就变成了你我的模样也未可知。"

歪木在一旁看大家议论不止，他鼓足勇气终于站了出来。"各位大人，各位大人，请听我说一句，我知道他们是谁。"

所有人都看向歪木，现场顿时变得鸦雀无声。"刚进门的时候，女的说她叫蓝胤斗，男的叫白子宸。我说蓝胤氏早就被灭族了，后来他们才在登记簿上填了凤龟和龙影。"

"真有这事？你怎么不早说啊？"宫宛冰瞪了一眼歪木。

"没想到他们俩这么厉害。"歪木说。

"很久没有人提蓝胤氏了，这到底是怎么回事？"宫宛冰说。

在场的人又开始叽叽喳喳地议论起来。

"蓝胤氏不是都被裘图杀光了吗？难道还有漏网之鱼？"

"蓝胤氏遍布岬龙星的每一个角落，我就不信他能杀得光！"

"他可是魔主啊，蓝胤氏还能逃过他的魔爪吗？天下之人他可是无所不知啊。"

"你就别自己吓唬自己了，别说蓝胤氏，就连我们这些人他也没全杀光啊。"

"也是，我们大家谁不是在隐姓埋名？他能把我们都拉出去砍头吗？"

"那是因为你没那么重要，你要是蓝胤氏，魔主掘地三尺也要把你碎尸万段。"

人们议论得正热情高涨，在后厨忙活的老者突然走到人群中来，众人见到他后又立即变得鸦雀无声。

"无影大叔，你怎么出来了？"宫宛冰问。

"闲谈莫论人非，与其在这里争论不休，你们不如去一探究竟？"无影大叔说。

宫宛冰听无影大叔说得有理，随即对众人说："我知道他们要去九碗洞，只要他们还没离开鬼骨山，就一定还有机会弄清真相。你们回去做好准备，我立即去发警讯，鬼骨山上的朋友很快就会来接我们的。"

所有人瞬间变得精神抖擞，根本没有一点醉意，纷纷起身离开了客栈。而此时的蓝胤斗和白子宸已来到鬼骨山脚下。皎洁的月光透过树枝，挥洒在大地上，树林里的山路忽明忽暗，他们此时或许还不知道，有一群凶猛的野兽正在山上等着他们。

# 第七章

\*\*\*

## 与狰共舞

悄然无声的夜晚冷漠清幽，月亮在高空移动着蹒跚的脚步，在月光的照耀下，鬼骨山显得更加神秘凶险。蓝胤斗和白子宸准备趁着夜色向九碗洞进发，他们踏上了一条蜿蜒崎岖直通山顶的小路。

周围寂静无声，浓密的枝叶将朦胧的月光挡在了空中，树下黑压压一片，偶尔才能见到几丝柔光，阴森恐怖的气息从四周扑面而来。但对从小在森林里长大的蓝胤斗来说，这犹如就是她的家园，比起繁华嘈杂的城镇，山水树木让她更有安全感。

"知后肯定知道鬼骨镇住着这群人，所以才让我们直奔鬼骨山。"白子宸说，"这到底是一群什么样的人，我只知道邪恶可以伪装，没曾想，淳美的笑容和纯真的眼神都能伪装。"

"那不是伪装，那是真的。"

"那怎么突然又变了呢？"

"面对比自己更强大的陌生人，通常人都会本能做出一些反应，我们也不能即刻做到镇定自若啊。"蓝胤斗说，"我想，我们突然造访，一定是威胁到了他们的安全，我感受到了他们的恐惧。特别是掌柜宫宛冰，她几次试图进入我们的世界，还好在进镇之前，我就采取了防范措施。以后我们更要加倍小心。"

"我好像已经不知道恐惧了，是不是跟青龙有关？"

"应该是，青龙肯定能壮大你的自信心。"

"不管怎么说，我现在特别开心，我终于有能力保护你了。"白子宸说。

"你的陪伴就是对我最大的保护，要是没有你，我永远也不敢独自来到岬龙星。"

"从今以后，青龙就是你的贴身保镖，是不是很有安全感？"

"那是当然，我现在也无所畏惧了，我的内心在慢慢融化。我的力量似乎也在逐渐增长，我看到了光明和希望，感受到了真情与幸福，这肯定就是爱的力量。"

就在这时，山上的树林里开始沙沙作响，蓝胤斗和白子宸立即背靠背机警地观察着周围。

"子宸，我们有麻烦了。"蓝胤斗说。

"斗儿不用怕，我会保护你的！"白子宸底气十足地说道。

"我知道！但敌暗我明，我们要多加小心。"

他们背靠背地站在原地，慢慢移动步伐观察周围的状况。一群凶残的野兽藏在密林内对他们怒目而视，它们全身赤红，形状如豹，有三条尾巴，脸部中央长出一角，虎牙虎爪，迅疾凶猛。发出的声音如击石般响亮，因此布雅戈人称它们为石狰。

"大概有20多只。"蓝胤斗观察了周围的情况后说。

正说着，一群石狰就朝它们猛扑过来，蓝胤斗施法将最近的几只击倒在地。眼看还有一只张着血盆大口的石狰就要将白子宸的头生吞，可就在那一瞬间，白子宸一秒变身为青龙，一口将石狰咬在嘴里，将它摔在了十米开外的树上，并喷出一道散发着青光的火焰。

其余石狰被眼前的青龙吓到，迅速转身嗷嗷叫着向密林深处跑去，它们是在向同类发出危险信号。青龙两眼发红，摇动着身体在树林里四处穿梭，时而还发出嗷嗷嗷的声响。

"刚才那些是通讯兽，一定还会有更多猛兽追来。"蓝胤斗说。

青龙又一头扎进了树林里，在树与树间的空隙来回飞窜，几乎围着鬼骨山飞一圈后才回到了蓝胤斗身边。

"山顶还有很多蠢蠢欲动的野兽。"青龙眨巴着眼说。估计连白子宸也没想到，青龙也会说话。

"那该怎么办？我们的敌人是魔主裘图，最好不要和兽类互相残杀，再节外生枝呀。"蓝胤斗一时也没了主意。

此时已是拂晓时分，晨雾将鬼骨山蒙上了一层神秘的面纱。成群结队的石狰，在暗处的树林里，正飞速地往这边跑来。

"你骑在我身上，我能直飞山顶。"青龙的声音洪亮又稳重，满满的自信从声音里喷涌而出。

"好，也只能这样了。"蓝胤斗这才反应过来诧异地问，"你会说话？"她开心地上前抱着青龙的头，抚摸着它的脸。青龙含情脉脉地注视着她，满脸幸福。

"从你唤醒我的那一刻，我们就已融为一体，现在我是青龙，也是白子宸。"青龙说。

"我知道，只是我一时还不习惯，刚才你迅疾又威猛，我都被吓傻了。"

"你快上来吧，这次让我带你鸟瞰森林，我比你的黑鹰更安全。"青龙开心地说道。他们似乎忘了知后的嘱咐，在危机四伏的岬龙星上，神兽暂时是不宜随意变身的。

青龙趴在地上让蓝胤斗骑在身上，蓝胤斗坐上去后紧紧地抓住青龙的龙须，青龙喷云吐雾直冲云霄。

等上百只石狰从四面八方的树林里赶来时，只能愤怒地对天长啸，眼睁睁看着大展神威的青龙往九碗洞方向飞去。大部分石狰紧接着也往九碗洞方向跑去，而另一部分却跑向了鬼骨镇，所经之处尘土飞扬，场面十分壮观。

青龙在空中盘旋鸟瞰鬼骨山，这里山势雄伟，连绵环抱，白雾翻腾。有几座古老的半圆形石屋高踞于险峻突起的孤峰之上，显得有些寂寞苍凉。

石屋的东南西北各有两只庞大的石狰看护守候，正中还有一只比普通的石狰至少要大一倍，也许它就是石狰之王。它威风凛凛又机警灵活地在院内来回踱步，它抬头看见青龙在空中盘旋，立即怒空长啸，它在给同伴发出要做好战斗的信号，其他石狰果然都怒目抬头，嘶声狂吼，震耳欲聋。

青龙两眼发红，怒气中烧，腾云吐雾，蓝胤斗连忙俯身抚摸青龙的头部安慰它。

"你先别发怒，试着让我来解决，好吗？"

青龙微微低头，眼里的红光在逐渐消散。

在树林深处，又跑来 20 多只石狰将石屋团团围住，石狰之王在前面左右移动，观察敌情，它也不敢轻举妄动。

蓝胤斗骑在青龙背上低空盘旋，她说了一长串无人能听懂的咒语，石狰愤怒的情绪开始慢慢平静下来。她继续说完一段话后，通灵明玑发出白光普照在石狰身上，白光所到之处，石狰们都乖乖地趴在原地，耷拉着耳朵昏昏欲睡地躺在了地上。

青龙这才缓缓地从空中停落在石屋内的空地上，待蓝胤斗下来后，它才变回白子宸。

"刚才你做什么了？"白子宸问。

"只是让它们先睡会儿。"

"你是怎么做到的？"

"通灵明玑果然能和万物通灵，我只是左右了它们的灵魂。"

"现在我才知道，世上最可怕的不是裘图，而是你的通灵明玑，只要你愿意，是不是就能主宰一切？那我们是不是可以直接找裘图决战了？"

"他是黑暗之王，他应该没有慈悲的灵魂，只有愤怒和仇恨。"蓝胤斗说，"秘咒说除了妖魔鬼怪，天下所有生灵都受通灵明玑的庇护；我不能强迫别人，我只能唤起每个生灵心底深处最纯粹的善良和爱；秘咒还说爱是世上最强大的力量，只有爱才能彻底摧毁世上的邪恶和仇恨，可能这就是蓝胤帝能打败独孤心魔的秘诀。"

"有道理，或许还真是这样。"

"我有种感觉，好像我心情愉快时，通灵明玑的威力就会变强，而我灰心绝望时，它的威力就会变弱。"

"那这么说，通灵明玑要在坏人手里，比如裘图拿去后就不会有任何魔力了吧？"

"应该是，风青牧好像说过这样的话。"

"这样我就放心了，不然天下人都想来抢通灵明玑了。"

"现在依然危险，估计裘图做梦都想毁了它。"

"我们是要时刻小心，你不能再让它暴露了，绝不能让任何人碰它。"

"除了我婆婆，这几十年来，就你摸过一次，没有任何人再碰过它。"

"以后连我也不准碰了，万一我被别人控制了怎么办？"白子宸说，"今天你必须永远记住了，除了你自己，任何人包括我，都不能再碰它了。把它藏起来，藏深一点。"白子宸突然变得特别紧张。

"你怎么了？"

"刚刚我才意识到，你的处境极度危险。也许你以后必须得独自承担很多事情。哪怕是我，你都不能绝对信任，特别是我，一定会有人想控制我。"白子宸说，"我害怕我没能保护你，反而害了你。你永远要记住我今天说的话，只要通灵明玑还在，我们就不会输。总有一天，我们一定能打败裘图。"白子宸越说越激动，他热泪盈眶地将蓝胤斗紧紧抱在怀里。

"我答应你！你是青龙！我想应该没有其他人能控制得了你吧？"

"任何事都有万一，现在我们对裘图的实力还一无所知，谁知他有多强大，不管怎样，你一定要小心。"

"我知道了，我答应你就是了。"

他们沿着石屋找了一圈，终于在最北边靠山的地方找到了九碗洞的洞口。它是一个天然的溶洞，由九个形似碗状的溶洞连接而成，门口被一堵石门堵住。旁边各有一棵千年古松破石而出，高约十米，胸围约两米，枝干遒劲，雍容大度，姿态优美，虽饱经风霜，仍郁郁葱葱，充满生机。盘根错节的老树根将洞口周围团团围住，绿油油的苔藓已老态龙钟地爬满了四周。

"你确定里面有人吗？"白子宸问。

"我肯定。"

"好像没有开关，怎么进去呢？"白子宸在洞口仔细查看，还是没有任何开关的痕迹。

"我们在洞口等吧，他肯定知道我们来了，要是他想见我们，石门自会打开。"

此时正值黎明时分，白雾云层将整个鬼骨山团团包围。从山顶俯瞰大地，看到的是漫无边际的云海，如临于波涛汹涌的大海之滨。一轮火红的太阳从东方缓缓升起，和煦的阳光洒在翻腾的云海上，五彩斑斓的云浪变化无穷，让人眼花缭乱，极为壮观。

他们在洞口坐了很久，石门才悄然打开，一位身高一米七五的年轻男子出现在石门口。他一袭白衣，长发垂肩，浓眉大眼，脸上画满了形似石狰的图腾，但看起来依然英俊帅气，风度翩翩。他俩第一眼看到他时，都被他高冷的气质所吸引，只顾瞪大眼睛盯着他看，一时无语。

"是你们把我的战士征服了吗？"蒲宗略带磁性的声音浑厚有力。

"实在抱歉，我不想引起不必要的争端，更不想节外生枝，我只是让它们睡着了。"蓝胤斗说。

蒲宗定睛上下打量他们一番后说："跟我来吧。"

蒲宗将他们带到一间简陋但还比较宽敞的石屋内，里面有张石桌子和四个石凳子，蒲宗示意让他们随意坐下。

"你们是何人？找我有何事？"蒲宗问。

蓝胤斗和白子宸坐下后，她冷静地说："不知你有没有听说过，六大神兽帮助蓝胤帝一起打败魔主独孤心魔的传说？"

"当然，我想岬龙星无人不知。"

"那你知道公主蓝胤斗和通灵明玑吗？"白子宸问。

"不知道。"

"那我还是直说了吧,我是蓝胤斗,我们来鬼骨山就是为了唤醒白虎。"

"你什么意思?白虎在我们鬼骨山吗?"蒲宗问。

"是,你就是白虎。"

蒲宗噌的一下站了起来:"怎么可能?我是罗梭人,我怎么可能是白虎?再说了,我是白虎我都不知道,你们怎么会知道?"

蓝胤斗指着身边的白子宸说:"他是青龙,他也是前两天才知道。"

"真有此事?"

"我就是青龙。"

"口说无凭,我为什么要信你?"

"非要我变身吗?那你出来吧。"白子宸走出石屋,来到外面空旷的地方,蒲宗半信半疑地跟着走了出来。

白子宸刚迈出门槛瞬间就变成了威风凛凛的青龙,一跃而起直冲云海,在石屋上空盘旋。蒲宗看得目瞪口呆,即便他知识渊博,见多识广,他还是被眼前看到的景象所震撼。青龙飞回来又变回了白子宸,可蒲宗还没缓过神来,他还是目瞪口呆地看着他们。

"当时我和你一样,都不相信这是真的。"白子宸走过去轻轻地拍了拍蒲宗的肩膀。

他们又回到石屋坐下,蒲宗才缓过神来冷静地说道:"真是天助我也,你们知道我是谁吗?"

"暂时还对你知之甚少。"蓝胤斗说。

"我是叔齐部落酋长的儿子。"蒲宗说,"我们也算是蓝宫帝国的子民,我们常年游荡在深山老林,与各种动物猛兽为伍。叔齐族人天生擅长驯猛兽,石狰只是我个人最喜欢的一类。裘图统治蓝宫帝国以后,开始逐个扫荡不归顺他的国家和部落。我们天生喜欢自由,不受任何势力控制,哪怕曾经的蓝胤帝国,都不干涉和控制我们的行踪。五十年前,裘图听说我们的能力后,要求我们去训练一支野兽军队,攻打人类。人类和兽类在岬龙星和平共处了上万年,为何现在要互相残杀?我父亲断然拒绝了裘图的要求。裘图怒火中烧,当场就把我父亲五马分尸,在场的族人们无人幸免,全部遇难。只有少数在森林里活动的族人逃出了魔掌,我就是其中之一。后来我带领幸存的人来到此地,隐姓埋名,才得以生存至今。裘图和我族有不共戴天之仇，如果有机会报仇，我万死不辞。"

"你一直住在九碗洞吗？"白子宸好奇地问。

"我住在鬼骨镇，只是每年这个时节我都会在此闭关九天，这是我们叔齐族的传统，祈祷族人这一年能健康平安。"

"因时间紧迫，我要即刻唤醒白虎，你做好准备了吗？"蓝胤斗问。

"蒲宗愿听从你的差遣！"蒲宗站起来向蓝胤斗鞠躬。

"白虎选择了你，是你的荣幸！很高兴今后我们能并肩战斗了。"蓝胤斗说。

蒲宗很平静地闭上双眼，期待着传说中的神兽白虎现身。

蓝胤斗对着他念咒语："白虎归位，万灵觉醒。"

通灵明玑对着蒲宗发出一道白光，蒲宗瞬间全身变白，双目深邃，一只狂野不羁的白色老虎一跃就跳出了石门。正在酣睡的一群石狰被白虎惊醒，它们的眼神里没有了当初的愤怒，而是很好奇地看着白虎围着石屋狂奔。

动物都是通灵的，它们知道白虎就是他们的首领蒲宗。可从鬼骨镇赶来的人类却不知道，他们脸上也画满了像石狰一样的图腾，所有人的头发都梳成了小辫扎在了后脑勺上。

他们骑在石狰背上，从山下急速而来，将白子宸和蓝胤斗团团包围。白虎从他们身后一跃闪到了蓝胤斗跟前，虎虎生威地瞪着大家。所有石狰都微微地低下了头颅，人们也被眼前的白虎震慑住。

宫宛冰身穿一袭黑衣，脸上也画满了图腾，野性十足，傲慢不羁。"你们到底是谁？我们的少主呢？"宫宛冰冷冷地问。

还没等蓝胤斗开口，白虎瞬间变回了蒲宗站在大家面前。所有人立即从石狰上下来，拱手鞠躬，低头沉默不语。

"大家不必多言，神兽传说已成为现实，他是青龙，我是白虎，她是蓝胤帝的后人蓝胤公主，我们岬龙星有救了。"

大家抬头很疑惑地看着蓝胤斗和白子宸，但脸上都露出了愉快的神情。

"我是蓝胤斗，以后还请大家多多帮助，很高兴认识你们。"

"我们愿听从你的差遣！"所有人顿时激动得热泪盈眶。

"在场的都是我的族人，鬼骨镇还住着从四面八方逃来的英雄好汉，他们的族人都被裘图所害，先后逃离至此，养精蓄锐，等候时机复仇。"蒲宗说，"我们终于看到了希望，等来了公主，我们应该热烈欢呼。"蒲宗举起双手越过头顶。

所有人立马举起双手,扭动着双臀,嗷嗷地欢叫起来,纯美幸福的神情又挂在了人们的脸上,连冰冷的蓝胤斗也露出了开心的笑容。

机警的蒲宗突然抬头,发现头顶有一群黑乌乌的不明生物从南方飞来,他连忙大声喊道:"大家散开,隐蔽。"

所有人都躲到了石屋内,一群石狰一眨眼就跑回了树林内。

"怎么回事?"白子宸很不解地问道。

"那是巫曼仇的信使,如果他发现有群聚异动,灾难就会来临。"蒲宗说。

"他又是谁?"蓝胤斗问。

"裘图的大脑,万恶的通灵蛊,黑鹰帝国的总相。"

信使是一种头像蜜蜂,身似苍蝇,长有两只比身体宽大一倍的翅膀,布雅戈人叫它信蜂。别看它身材微小,却能日飞万里,无孔不入,是巫曼仇最得力的通信兵。不过它们怕火,而且以群聚飞,绝不会单独行动,只要时刻注意,还是容易发现的。

"在蚁人岛我见过此蜂,或许我们已经暴露了,看来它们是冲我来的,我们要立刻离开这里。"蓝胤斗说。

等信蜂们飞远后,所有人一起回到了鬼骨镇,他们在镇里只停留了一晚。临走前蒲宗召集所有鬼骨镇上的所有人与蓝胤斗见面,他们都表示,随时听候蓝胤公主的差遣。而生歌又带来了两匹鹿马,早已在鬼骨镇路口等候他们。这天拂晓,三人带着干粮骑着鹿马离开鬼骨镇,趁着蒙蒙夜色向远方进发。

# 第八章

\*\*\*

## 暮色中的飓魔怪

　　天色越来越明亮，但众人脚下的道路依旧被迷雾包围，鬼骨镇周围水汽浓重，星辰还跃挂在天空，渐亏的皓月往西下沉，道路两旁的森林阴影漆黑无比。他们已来到多岩崎岖的小道上，众人下马小心翼翼地牵着鹿马前行。

　　"我18岁那年，我跟随族人沿着崎岖的山路一直往北走，才来到鬼骨山。"蒲宗说，"这里一年四季迷雾缭绕，极其隐蔽，我们决定在鬼骨镇住下后，在五年内修建了大量房屋，就是为了迎接来自四面八方不愿投奔裘图的各族人们。当时族里仅幸存的一名长老告诉我，我们要是不想被灭族就要团结其他族人。他似乎已经察觉到，裘图不是要灭叔齐族，而是想要毁灭整个人类。三年后，又来了两位老者，他们给我讲了外面很多奇特的故事，我才知道岬龙星是一个神奇而又充满魔力的世界。这引起了我极大的好奇，我想自己亲自出去走走看看，蒲宗是我在外游历时的名字，我真正的名字叫叔宗骨。每年只有夏秋两季我才回到鬼骨镇，其余大部分时间我就四处游走，现在镇里的人，大多数都是我从外面带来的朋友。"

　　"那你应该对每个地方都非常了解吧？"蓝胤斗说，"我们的行踪要绝对隐秘，都不能让镇里的人知晓，但现在我可以告诉你，我们要去班罗亚。"

　　"班罗亚？布雅戈有两个最危险的城市，一个就是裘图的魔都——魔幽城，一个就是班罗亚，那是铁面毒枭公羊冢的地盘。"

　　"铁面毒枭，好霸气的名字，他为什么会得此名。"白子宸好奇地问。

　　"他制造了一种几乎能摧毁人类意志的药物——麻啡，整天让人生活在虚无缥缈的幻想里，而且有极强的依赖性，吃了几年，就会骨瘦如柴，不治而亡。现在班罗亚一大半的人类都染上了麻瘾。"蒲宗说。

"这不就是毒药吗？"白子宸说，"只要有人类的地方就会有阴谋家，这是一场巨大的阴谋，是一场无形的战争，他们真的在用各种办法灭绝人类。你见过铁面毒枭本人吗？"白子宸问。

"我曾经做过他的驯兽师，但都是十年前的事了，也许他早就把我忘了。"

"你应该还没忘记他吧？"蓝胤斗说，"你看看这个人是不是他？"

此时他们已来到平坦的道路上，蓝胤斗抬手一挥，透明球体内出现一个很普通的男人。他脸上有八字胡，愁眉紧锁，孤傲冷酷，看起来很年轻强壮，但实际年龄已有55岁。此时他正骑着马在路上急速狂奔。

"对，他就是公羊冢，他喜欢狩猎。"蒲宗说。

"看他如此紧张，应该是在赶路吧。"白子宸说。

"很遗憾，玄武选择了他。"蓝胤斗做出了很无奈的表情。

"他可是裘图的人。"蒲宗很无奈地说道。

"如果他真为裘图做事，我们此行就极度危险，咱们一定要格外注意。"蓝胤斗说。

"虽然我来岬龙星还不久，但据我观察，我发现这里的人个个都善于伪装，谁能肯定他一定就是裘图的人呢？"白子宸说。

"当然，他也有可能是不得已而为之，裘图想做的事，总得要有人去做吧。"蓝胤斗说，"你能把知道他的所有的事情都告诉我吗，越详细越好。"

"都是传说。"蒲宗说，"他身材矮小，我们站在一起他只到我肩膀这里，但他心狠手辣，善于权谋，他不但拥有上万名人类武装，还在密林深处，训练了一支猛兽军团。在一百年前，他们的寿婴部落就擅长种植各种名花而闻名于世。四十年前，裘图征服了东南方的17个部落，唯独没动他们的寿婴族。他的父母本来只是部落里的杂工，可后来不知为什么，他一跃成了部落首领。后来又号召大家种起了麻啡，还源源不断地供给裘图，他的手下也有上万名麻君子为他卖命。人们都说，他是部落里的叛徒，联合裘图控制了部落里的其他成员。班罗亚之前只是一个小镇，现在却成了闻名遐迩的麻城，就连城市建设都是他一手精心策划的。不得不承认，班罗亚建得非常漂亮，丝毫不逊色于梦兰多。

"听起来很不乐观。"白子宸说，"但事事都有两面性，要是能顺利唤醒玄武，他就是我们的人。既然他和裘图走得如此之近，或许很多事就更好办了。"

"问题是，如何才能让他相信且又心甘情愿呢。"蓝胤斗说。

## 第八章 暮色中的飓魔怪

"我们还是先去班罗亚吧，到时再见机行事。"白子宸说。

三人快马加鞭，两小时后就来到了一个荒芜的码头。蓝胤斗召唤海龟前来听命，不料等了半小时后，才浮出一只疲惫不堪的海龟在他们面前。

"龟大人，我们要去班罗亚。有劳了！"蓝胤斗说。

"公主殿下，很抱歉！这次海龟恕难从命。"海龟说，"水下世界已被巫曼仇控制，很多鱼儿都成了他的眼线，我们运载的客人所到之处都要经过他们的精心排查。水路实在是太危险了，还请你们绕路前行吧。"

"看来我们真的暴露了，你有没有听到些什么？"蓝胤斗问。

"听说举国上下都在找皇家坐骑。"海龟说。

"我知道了，谢谢你！你也要注意安全，回去吧。"蓝胤斗说。

海龟对着蓝胤斗在水里点头翻滚，这是海龟的最高礼节，就像人类行跪拜礼一般。礼毕后它一头扎进水里消失在茫茫的大海之中。

"那我的同族是不是很危险？"生歌说。

"它们在哪里？"蓝胤斗问。

"枭宦森林的北边。"生歌说。

"那没事，相信裘图暂时还不敢进枭宦森林。"蒲宗说。

"傻瓜，是你最危险，他们可都在找你呢，你怕不怕？"白子宸说。

"我才不怕呢，你们会保护我的，对吗？"生歌说。

"那是自然，我在，你就在。"蓝胤斗说。

"有我们青龙白虎在，谁能伤得了你，就放心吧。"白子宸又来到他的坐骑跟前，他抚摸着鹿马说，"我还没问你，你叫什么名字？"

他的坐骑仰头"嘶嘶"地叫了两声后看着他。

"它不会说话？"白子宸很好奇地看着生歌问。

"我是因为有知后点化才会说通用语。"生歌说，"我们有自己的语言，它叫你为它取个名字。"

"哦，原来如此。我叫龙影，那你就叫飞天吧。"白子宸说。

飞天立马高兴地两腿一跃，好像真要飞起来的样子。

"我知道你是位女孩，那就叫你白鹭吧，今后我们就要相依为命了。"蒲宗也给自己的坐骑起了个名字。

"欢迎飞天和白鹭加入我们。现在水路不行，那我们要怎么去班罗亚呢？"蓝胤斗问。

"既然水路不能走,那也不能走大道,我们最好走小路。我知道有条近路,只是有段路险峻难行,还可能会有公羊冢的武装人员出没。"蒲宗说。

"公羊冢的人至少比裘图的人强,你看呢?"白子宸看着蓝胤斗问。

"嗯,就走这条路吧。"蓝胤斗说,"今后我们的道路会越来越艰难,危险会无处不在,但无论如何,没到最后一刻,希望你们不要轻易变身。我不想咱们很快就成为裘图攻击的目标,我们也要善于伪装,能装多久装多久。"

"那我们就装成去买麻啡的商队如何?"蒲宗说。

"我没问题。"白子宸说。

"我看可以,我是凤龟,他是龙影。"蓝胤斗说,"由于我们对这里的一切还不太了解,在众人面前,我们要尽量少说话,以后就有劳宗大人尽力周旋了。"

"是。"蒲宗说。

三人骑上鹿马策马飞奔,他们沿着崎岖陡峭的石壁一直往东走,还得翻过从西往东延伸的半石高地,高地西边有两段十分险峻难行的陡坡,其中还有许多溪谷和狭窄的地堑。三人一直就在这崎岖的道路中艰难跋涉,当他们终于爬上了第一段最高的陡坡后,又得继续往另外一边的低谷赶路。

在夜幕降临之前他们作了短暂的休息和调整,太阳已经西沉,星光逐渐灿烂,夕阳的余晖洒在背后的黑暗山丘上。一群武装人员拿着长剑和大刀骑着战马向他们跑来。生歌低头听到了千米以外的马蹄声。

"快藏起来,大概有50匹战马往这边飞奔而来。"生歌说。

众人急速躲到一块高地后面,果然不到十分钟时间,远远就能看到东边尘土飞扬,踢踢踏踏的马蹄声也越来越响,直到他们往西跑远了一千多米以后,队长公羊武才突然停了下来。

原来他刚才看到了地上有鹿马的脚印,他是公羊冢的胞弟,但和公羊冢完全不同,他身材高大,正值壮年,脾气有些火爆,但绝不莽撞,他机警迅疾,有勇有谋,是位难得的将才。

在公羊武下马仔细查看之际,蒲宗觉察大事不好,连忙叫道:"我们暴露了,快走。"

三人骑上鹿马,急速狂奔。公羊武发现后带着队伍紧追不舍,但战马再快也跑不过鹿马。经过半小时惊心动魄的急速奔逃,生歌它们就将公羊武一行人远远地甩在了脑后。

## 第八章 暮色中的飓魔怪

夜幕已经降临，浓浓的雾气将前路笼罩，寒风拂过他们的发际，这是秋天的寒冰柔风。众人决定找个隐蔽的地方过夜，他们来到一片寂静的树林里停了下来。蒲宗还找来一些干柴，点燃篝火，众人围着火堆坐着取暖，每人拿出一块干粮充饥。

"如果我没猜错，那应该是公羊冢的同胞兄弟公羊武，他的武装部队都由他统领。他有勇有谋极难对付，看样子，他们也在找生歌。"蒲宗说。

"目前看来，裘图只知道生歌不见了，但不知道怎么不见的，他急切地想找到生歌，无非是想弄清楚真相而已。"白子宸说。

"裘图肯定知道是我回来唤醒了生歌，但他不能说出来，怕引起恐慌，暗地里，可能已经采取行动了。"蓝胤斗说，"大家小心，我闻到空气中有一股阴森寒冷的味道。"

"不好，是飓魔怪。裘图从图魔界召唤出一支飓魔军团，当年就是在飓魔怪的帮助下才打败了蓝宫帝国的百万大军。他们阴气逼人，会让人心神恍惚，但他们怕火，我们把火烧旺一点。"蒲宗说。

飓魔怪身高近两米，两腿直立行走，人脚人手，身材壮硕，全身长满了厚厚的红色毛发，脸色雪白，鼻子塌陷，眼珠外凸，一排焦黄的龅牙露在外面，奇丑无比，头顶还微凸两角。他们很会爬树，移动速度较快，血腥残忍，爱吃活物，对魔法有一定的抗性，极难对付。

"那火光会不会把他们引来？"白子宸问。

"十公里以内，他们就能闻到活物的味道，但有火堆，他们不敢靠近。"

"碰上青龙白虎，那是他们的不幸。"蓝胤斗说，"我们抓紧休息，一场恶战在等着我们。"

"你睡吧，我守着。"白子宸说。

"我睡一会儿再换你。"蒲宗说。

"好。"

蓝胤斗和蒲宗在火堆两旁躺下休息，白子宸警惕地看着四周，不时还往火堆里加干柴。待到深夜，白子宸已呼呼入睡，火堆越来越暗，一股强大的阴气扑面而来。

是一群飓魔怪，大概有数百个已爬到周围的树干上向他们扑来，蓝胤斗和蒲宗在睡梦中的呼吸越来越急促。生歌和另两匹鹿马惊叫着腾空而起，蒲宗和蓝胤斗被猛然惊醒，白子宸睁眼后瞬间变身青龙。它对着腾空扑来的飓魔怪翻腾吐火，飓魔怪被火击中后化成一股黑烟而灭。

白鹭被一只飓魔怪攻击后狂奔而去，蒲宗也瞬间变身白虎和飓魔怪打了起来。

白虎犀利迅疾，把飓魔怪打得毫无还手之力，还有一些飓魔怪看见青龙白虎后都望风而逃，但都被青龙飞去消灭殆尽。白虎这才狂奔着去追赶白鹭，但白鹭奔跑的速度太快，很快就不见了踪影。青龙发出嗷嗷的龙吟声还在山间回荡。

"我们快走，去追蒲宗。"蓝胤斗说。

青龙变回白子宸和蓝胤斗骑上鹿马往白虎和白鹭跑走的方向追去。一轮透明的圆月正高高悬挂在空中，皎洁的月光将大地洒上了一层薄薄的银纱。路上的暗影越来越少，他俩策马飞奔终于追上了蒲宗。

"白鹭往哪里跑了？"白子宸问。

"往东走了，就是我们要去的方向。"蒲宗说。

白子宸下马，将他的坐骑飞天让给了蒲宗，他和蓝胤斗一起骑到了生歌背上。

"白鹭是一时受了惊吓，它很聪明，不会有事的。一百公里以内我们都能闻到同类的味道，它现在离我们最多20公里。"生歌说。

"好，那我们加快前行。"白子宸说。

生歌闻着白鹭的味道一路狂奔，刚走过一段平缓的山丘，就来到了公羊武活动的领地。在山丘的西南面，有大约500个民兵扎营在此，远远看去，灯火辉煌，人声鼎沸，好像在搞庆祝活动一般。生歌闻着白鹭的味道离军营越来越近，直到确定白鹭已被关进了军营里。

"公羊武的骑兵在此，看来白鹭已经被他抓进去了。"蒲宗说。

"现在怎么办？"白子宸问。

"我们就在此休息，静观其变吧。"蓝胤斗说。

蓝胤斗冷静地观察了一下四周的地形，前面就是险峻陡峭的普班大峡谷，波涛汹涌的河水浩浩荡荡地翻涌而下。公羊武的军营就扎在了谷口旁边，凡是要去班罗亚的人，都得经过他们设置的重重关卡。这里依山傍水，易守难攻。

"如果明天公羊武带着白鹭离开这里，待他们出了军营，我们就偷偷地跟在后面，到时我会控制出口的士兵，跟着他也许就能找到公羊冢。"

"这样最好，避免起了冲突逼我们变身。"白子宸说，"往后他们都是咱们的人，现在人类绝不能自相残杀。"

"公羊冢势在必得，我们的敌人是裘图，是魔怪。我相信所有人类都会成为我们的朋友。"蓝胤斗说。

远处灰蒙蒙的雾气将整个大峡谷紧紧环绕，朦胧的天色在渐渐发亮。公羊武果然牵着白鹭走出军营,他本想骑在白鹭身上,不料白鹭见他就猛踢咆哮。

"这世上还有我骑不了的马吗?虽然你是鹿马,那也是马,我就不信我今天治不了你。"公羊武说。

他又向白鹭靠近,想强制骑上马背,白鹭又腾空而跃,差一点就挣脱缰绳跑走了。公羊武细细观察了白鹭一会儿,最终还是妥协了。

"好吧,你是高贵的皇家坐骑,本将就不逼良为娼了,你们牵着它走吧。"公羊武说。

公羊武骑着自己的战马走到前面,后面有将近50人骑着马跟在后面,白鹭被其中一个强壮的士兵牵着走在中间。一群人浩浩荡荡地走出军营,往班罗亚方向走去。当他们的身影消失在迷雾之中后,蓝胤斗他们才跟了过去。

按照计划,蓝胤斗控制了坚守关口的六名士兵的灵魂,他们没有遇到任何障碍并顺利通过了普班大峡谷的关卡,三个人秘密地跟在骑兵后面。峡谷地势险要,迷雾缭绕,翻腾的水流声响彻于耳,所以前面的骑兵没有一人知道后面有人跟踪他们。反而是白鹭,不停地仰头往后看。

"就这畜生,比你们一群人的命还值钱,那魔头竟然出十万布头悬赏它!"布头是岬龙星的通用货币,公羊武此刻全身上下都长满了傲慢的细胞,他目中无人,好像根本连裘图都没放在眼里。他一个人在前面自言自语,没有人敢附和接话,也或许是因为水声太吵的缘故,别人根本就不知道他在说什么。

一群人就这样小心翼翼地通过半山陡峭的羊肠小道,在雄伟的群山下,他们显得渺小又悲凉,远远看去,就如同一群涌动在山路上的蚂蚁,随时都可能被大山吞噬一般。

# 第九章

\*\*\*

## 魔首密会

蓝宫帝国被裘图侵占后，裘图建立了新的帝国——黑鹰帝国，魔幽城为黑鹰帝国的帝都。它是目前布雅戈大陆最黑暗的城市，是所有妖魔鬼怪的天堂。

公羊冢在荒野的一个客栈起了个大早，他的眉头依然紧锁，他身披红色风衣，马上又要继续赶路。五天前他就从班罗亚出发，快马加鞭前往魔幽城赶去参加巫曼仇的紧急会议。

太阳从东方缓缓升起，驱散了路边一层薄薄的白色雾气，野草上晶莹剔透的露珠闪烁着五彩的光芒，远处的灌木上爬满了白色的蜘蛛网。

和他同行的是他的四弟兼他的军师公羊木，公羊木冷静睿智，是公羊冢最重要的左膀右臂，无论公羊冢去哪里，公羊木都会紧随左右。

他们一路无语，只是默默地呼吸着早晨还算新鲜的空气，秋风迎面扑来，吹乱了他们飘逸的长发。

经过八天的急速前行，公羊冢和公羊木终于来到了魔幽城外。现在正是中午时分，但天空阴沉，黑雾环绕，空气里偶尔还散发着腐臭的味道。

魔幽城是一座精美的防御型石城建筑，城市面积大概有5万平方米，每栋房屋都有作防御用途的100米左右高的圆形围墙，它由外向里一层比一层低，像是一圈一圈的石壁包围着并步步靠近地下的石屋。通常石屋中央是一间宽敞豪华的大厅，方便招待从远方而来的客人，而两侧才是人们起居的住所。魔幽城就是由这样一栋栋精美的石头建筑构成的。

裘图的宫殿玄魔宫也是如此，只是比平常建筑大了几十倍，光主殿面积就达

5000平方米，高70多米，光是围墙就有五层之多。他的宫殿地下有数十条地下通道。通常他都是从地下突然消失很快就到了另一个地方，他行踪诡秘，来去无影，也许你正在酣然入睡，他就突然出现在了你的床前。所以整个岬龙星的人，都不愿提他的名字，就怕你刚说出口，他就来到了你的身后取了你的脑袋。

整个魔幽城阴森冷漠，很少有人在大街上闲逛，这里的居民都是裘图的追随者和国家的办公人员，就连商人都是裘图的人。他们每人都有一张特制的通行证，这里戒备森严，层层检查，没有特邀请帖的陌生人几乎不能进入城内。

今天公羊冢手里就有两张通行证，在进入魔幽城之前，他们在一处幽静的小树林边稍作休息。他俩每人拿出一支制作精美而古朴的小烟斗，坐在地上抽起了旱烟。一缕缕烟雾掠过他们的脸庞和发髻，深沉而又疲惫。他们深深地吸了几口，公羊冢才终于打破沉默。

"这次会议如此紧急，想必是为了皇家坐骑的事。"

"也许已经查到线索了。"公羊木说。

"难道他知道我们也在找？"公羊冢说着压低了声音，欲言又止。

"如果真是这样，你准备怎么做？"

"我不知道。"

"先答应他的一切要求，回去再做打算。"公羊木吐着烟圈，漫不经心地说。

"我会见机行事，放心。"

两人抽完旱烟，装好烟斗，骑上马急速地往魔幽城大门驰去。高大的石墙内外都站着守卫城池且全副武装的飓魔怪，因为有特制通行证所以还算畅通无阻。

他们沿着大道，直接往裘图的玄魔宫奔去，本来宫殿好像近在咫尺，但却跑了半小时才到达玄魔宫大门外。乌黑厚重的城墙将他们无情地挡在了石墙根下，整个空气中都充满了邪恶的气息。

公羊冢和公羊木下马，拿着通行证走到飓魔怪面前，但守卫只让公羊冢一个人进去，公羊木被挡在了玄魔宫外。

"我在老地方等你。"公羊木说的老地方就是指魔幽城内的渡轮客栈，这是他们常住的地方。

"如果明天我还没出来，你就先回班罗亚，所有事就拜托你和武仔了。"他说的武仔就是指公羊武。

"知道了。放心！"

公羊豖骑上马先进了玄魔宫，待坚硬笨重的大门关上之后，公羊木才骑马离开。

公羊豖进去后被两名飓魔怪引到一间偏殿内，房间虽宽敞但昏暗冷清，里面陈设着各种奇形怪状的物品，特别是各种骷髅随处可见。一位满头白发的老者正对着一只鱼头蛙身，身高不足10厘米，长为15厘米，有六只脚的爬行动物窃窃私语。

他们就是裘图的总相巫曼仇和裘图的宠物隆基。传说隆基就是独孤心魔的一部分，它只听从裘图指令，并且移动速度奇快，只有能杀死裘图的人才能杀死它。谁要惹怒了它，轻者变成行尸走肉，重者瞬间变成干尸。因此所有人都会谈隆基而变色，就连铁面毒枭公羊豖见了它都会惧怕几分。

巫曼仇已有两百余岁，他心狠手辣，诡计多端，深得裘图的欣赏与信任。黑鹰帝国的一切大小事务几乎都交由巫曼仇处理，只有在战争等重大事务上，裘图才会露面。他们都生性好战，嗜血成性，这几十年来，在他的指挥下，几乎扫平了布雅戈大陆四分之三的领地。

公羊豖被领到门口，但没敢直接进去，待隆基从侧门出去后巫曼仇才叫他："是铁面毒枭公羊豖吗？"一个冷漠的声音从房间里传来。

"是！"公羊豖低头答道。

"进来吧。"

公羊豖整理好衣襟才迈步进入，只见巫曼仇眼窝下陷，皮肤苍白，身形消瘦。他漫不经心地瞟了公羊豖一眼后才坐在他自己的椅子上。

"豖大人，请坐！"巫曼仇说。

"谢谢总相！"

总相就是一人之下万人之上的人，除了裘图，他是目前黑鹰帝国权势最高的人。

"豖大人，今天召你来，知道为什么吗？"巫曼仇严肃的眼神里充满了傲慢的神情。

"在下愚昧，还请总相明示。"公羊豖很谦卑地说道。

"蓝灵堡里的皇家坐骑生歌十天前突然消失了，这个你知道吗？"

"我也是前两天才得知。"

"据我的信使来报，有三匹鹿马去了你的班罗亚，刚才隆基告诉我，有一百多位飓魔怪在普班大峡谷附近已被消灭。要不是你的人所为，谁还有这样的本领？"巫曼仇用怀疑的眼神看着公羊豖。

"我的人和飓魔怪一向和睦友好，绝不可能发生这种事。"

"鹿马怎么解释？"

"每个有血性的男儿都希望征服一匹鹿马，或许碰上了就被我的人带走了。但我八天前已离开班罗亚，来之前我没听到任何与之相关的消息。"

"嗯，实话。所以，一定是另有其人。"

巫曼仇会很多巫术，他甚至能读人心，观天相，占卜生死。所以在他面前，最好实话实说。

"生歌既已沉睡，怎么会突然醒来自己跑掉呢？"公羊豖说。

"这就是我今天叫你来的真正原因。"巫曼仇说，"十天前，有一男一女和三位鼠人潜入蓝灵堡，唤醒了生歌，但见过他们的所有守卫，对他们的记忆都被清除了。你觉得谁会有这样的能力？"

"既然都被清除了，你是怎么知道的？"

"我的信蜂遍布蓝灵堡的每一个角落，我还知道，有一个人的记忆没被清除，但他伪装得很好。"

"你怀疑他？"

"不是怀疑，是肯定。"

"需要我做什么？"公羊豖问。

"你不好奇潜入蓝灵堡的这一男一女是谁吗？"

"好奇心就像隐形杀手，我不敢碰它。"

"知道玄皇魔宗最欣赏你哪点吗？就是你清楚自己的身份，从来不多操一份心。"他说的玄皇魔宗，就是指裘图。

"在下笨拙无知，还请总相明示。"公羊豖有些诚惶诚恐地站起身来向巫曼仇鞠躬行礼。

"这事现在只有玄皇和我知晓，他不希望太多人知道。一旦泄露风声，必定会人心惶惶，后果不堪设想。"

"是。"

"通灵明玑和六大神兽不是传说，是确有其事。"巫曼仇说，"一万年前，蓝胤帝在通灵明玑和六大神兽以及十二位通灵子的帮助下才打败了我们的魔主独孤心魔。他们利用往生塔将魔主的灵魂收去后，最终把它封印在了北阴山里。五十年前，魔主冲破封印重返人间，夺回了一万年前就本该属于他的一切，这些你都知道。历史告诉我们，很多事情都会重复往返地发生，通灵明玑能唤醒生歌，就一定能唤醒六大神兽，它还能找到十二位通灵子。要真等到那时，我们就危在旦夕了。"

"通灵明玑和蓝胤斗出现了吗？"公羊冢好奇地问。

"可以肯定，生歌只有通灵明玑才能唤醒，潜入蓝灵堡的女孩，一定是蓝胤斗。"

"我能做什么？"

"虽然飓天座和九蝎女王都很神通广大，但他们已嗜血成性，不够理智和冷静。我要你去秘密寻找蓝胤斗的下落，玄皇要见活的。"

"她有何特征？怎么辨别？"

巫曼仇拿出一个和蓝胤斗脖子上戴的一模一样的项链给公羊冢看。

"这是赝品，有人亲眼见过，要抓不到人，就要她的通灵明玑。二者必取其一，若能如期完成，到时玄皇必有重赏，否则后果我也不知。我和隆基会全力协助你，给你一个月时间，如何？"

"我怕有负重托，为什么不让黑豹少主参与？"

"在岬龙星，拥有超凡智慧的生灵只有人类。黑豹人虽英勇善战，但毕竟混有兽性基因，他们只是战争的武器，这种隐秘的事，如何能够胜任。"

"明白，在下愿赴汤蹈火，在所不辞！"公羊冢站起身鞠躬行礼。

巫曼仇将假的通灵明玑递给公羊冢：" 拿去吧，或许会有点用。"

"是。"公羊冢恭敬地接过项链。

"时间紧迫，我不留你，去吧。"巫曼仇说。

公羊冢毕恭毕敬地倒退到门口才转身走出房间，他骑上自己的坐骑策马飞奔离开了玄魔宫。等公羊冢刚迈出宫门，巫曼仇就召来黑豹人首领黑豹少主、飓魔怪首领飓天座和妖精首领九蝎女王。

黑豹少主统领十万黑豹精兵，驻守魔幽城附近，他是类人，豹头人身，沉默少语，血腥残忍，并深谙兵法，屡立战功，是裘图很得力的左膀右臂。

飓天座是裘图召唤出来的飓魔怪首领，统领三百万飓魔军团，是裘图的主力军种。

而九蝎女王是图妖界主宰，真身是有九只脚的蝎子，可变人身，她变身后的人脸妖艳妩媚，喜吸精养颜，还能在空中飞行，只有在杀人时才现出蝎子身。

"都出来吧，早知道你们来了。"巫曼仇对着空旷的房间说。

三位从另一堵墙里走了出来，这里的每堵墙都施了蛊法，只要你懂蛊法的秘诀，就能藏在任何一个角落里。

他们走出来站在巫曼仇面前，都用很怪诞的眼神看着巫曼仇。一袭血红色长裙裹体的九蝎女王，浓妆艳抹，搔首弄姿，狂傲不羁。她第一个蹭到巫曼仇身边问他："原来在你眼里，我们是这样的？"

"你看不起兽性基因？"高大威猛的黑豹少主也凑过去，满脸不悦地问。

"如果我不这么说，该怎么说他才会信呢？不怕你们不高兴，论智慧，他的确比你们略高一筹。"巫曼仇说。

"给我十天，我的百万飓魔军就能踏平他的班罗亚。"傲慢的飓天座很愤怒地说道。

"我随时都能让他暴尸荒野。"九蝎女王很不屑地说。

"只要玄皇一句话，我就让他出不了魔幽城。"黑豹少主说。

巫曼仇见三位愤怒异常，连忙和颜悦色地好言相劝。

"各位王主息怒！区区一个铁面毒枭，何至于此，我们现在还需要他。今天召你们来，是玄皇有更重要的事要你们去办。"

"我们能见到玄皇了吗？"九蝎女王很兴奋地问。

"当然不能，可能还需要一个月。"巫曼仇说。

"什么事比抓前朝公主的事更重要？"飓天座很怀疑地问。

这时隆基不知从何处快速地蹿到各位跟前，所有人顿时沉默不语。他们毕恭毕敬地站在原处，低头等候隆基的差遣。隆基用它自己的语言（蛙语）向各位传达了裘图的指令。它的语言只有巫曼仇才能听懂。巫曼仇拿着三个密封的信件转交给三位。

"这就是你们的绝密任务，望你们务必按指令执行。"巫曼仇说。

三位低头接过自己的信件，隆基向他们围着转了三圈后才离开房间。三位见它离开后长出一口气，而后纷纷向巫曼仇告别离开了玄魔宫。

渡轮客栈是公羊冢在魔幽城的常驻据点，也是麻啡的中转站。裘图一度强迫利诱人类吸食麻啡，要是有顽冥不化的意见分歧者，只有两条路可走，要么被立即处死，要么自食麻啡，自我毁灭。

在他统治的五十年中，布雅戈大陆幸存的四分之三的人都吸食麻啡，他们每天醉生梦死，飘飘欲仙，麻木不仁，早已忘了愤怒与反抗，任凭裘图为所欲为。

随着时间流逝，乌云越降越低，偶尔还会有几滴雨点飘打在地上，此时的魔幽城有些昏暗沉闷。公羊冢快马加鞭来到渡轮客栈，伙计将他的马牵入马厩后，他没有立刻进客栈，而是独自一人沿着昏暗的街道，漫无目地在路上闲逛。

一栋栋冷漠的石屋建筑孤傲地独立而座，冷风撩拨着他凌乱的发丝。路上人烟稀少，入夜后几乎看不到一个人影。他拿出烟斗，边走边猛抽旱烟，他心情沉重，严肃冷漠，没有人知道此时他在想什么。

偶尔有一队巡逻的飓魔怪从他身边经过，查看了他的通行证后才漠然离开。他在外面闲逛了一小时后，才回到客栈，公羊木早已吩咐厨房，给他备好了饭菜，但他摆手不吃，默默地将自己关到了房间里，就连公羊木也不敢多问一句。

"明天一早，我们回班罗亚，你去休息吧。"公羊冢看到公羊木一直站在门外不敢离开，才隔门吩咐他回去休息。

第二天清晨，公羊冢和公羊木就火速离开了魔幽城，他们马不停蹄地往班罗亚赶去，途中两人一直无语。直到三天后的傍晚，进入了公羊冢自己的地界，他才放松下来，和公羊木在路边休息片刻，让马儿喝水吃草。看着潺潺的河水，他终于开口说了两句。

"他的确知道我们在找生歌，而且已经看到有三匹鹿马来到了班罗亚，生歌可能已被武仔抓住了。"

"他要让你做什么？"公羊木问。

公羊冢拿出巫曼仇给他的仿制通灵明玑项链给公羊木看。

"找坐骑是假，找通灵明玑和蓝胤公主才是真。"公羊冢说。

"公主回归，果然是真的？"公羊木激动地问。

"给我一个月时间，通灵明玑和蓝胤公主，至少得取其一。"

"就一个月？怎么找，蓝灵堡都能随意进出的人，我们能找到吗？"

"找不到也得找，惹不起，躲不过，怎么办？"公羊冢说。

"我们先回去见武仔，再作打算。"公羊木说。

"嗯，只能这样了。"

傍晚时分，当他们骑上马向班罗亚奔驰而来时，昏暗的落日残光快速消融，一阵冷风吹过，将两旁的树枝拍打得吱吱作响，仿佛在提醒他们，前路艰险漫漫。他们拖着疲倦又沉重的身躯，迎逆风而行，颓废的背影越来越模糊，远远地消散在了冷风中。

# 第十章

***

## 无望之城

蓝胤斗他们一行人小心翼翼地跟踪公羊武五天，才来到班罗亚城外。他们早已料定，要想接近公羊冢，紧盯公羊武就行，但公羊武狡猾多疑，本来普班大峡谷到班罗亚才两天的路程，他却带着队伍走走停停，绕来绕去走了五天才来到他们在班罗亚城外的驻军营地。

班罗亚是个山地城市，地势险要，易守难攻，是西北边最发达繁荣的城市，也是最危险最野蛮最黑暗的地方。这里住着从四面八方来的麻君子和亡命之徒，他们早已对人类失去信心，对自己对世界都充斥着绝望的情绪。

"经过这五天的跟踪观察，我发现公羊武也在躲避某种力量，他对我们没有威胁。"蓝胤斗说，"你们怎么看？"

"这里的空气中散发着邪恶与绝望的味道，难道这附近驻有飓魔兵团吗？"蒲宗说。

"如果真有飓魔兵团，我们更不能被动等待。"蓝胤斗说，"我忘了告诉你们，通灵明玑能感受到公羊冢的内心世界，他现在最想见的人就是我。"

"看来我们真的暴露了。"白子宸说。

"很显然，他们发现生歌不见后，就知道我回来了。"

"我们不光要召唤神兽，今后最重要的事，还要详细了解各地人民的生存状态和思想状态。"白子宸说，"即便六大神兽再英勇神武也势单力薄，我们最多只是黑暗中的一盏明灯。我们要唤起绝望迷茫的人们活着的希望，要发动大家一起反抗裘图，也许这才是我们存在的真正意义。"

"是的，我们面对的敌人非常强大，我们必须拉拢任何能拉拢的力量才有可能和他抗衡。"蒲宗说。

"通灵明玑最大的魔力就在于此。"蓝胤斗说，"它能唤醒人们的爱与良知，并给予他们希望与勇气，这应该就是力量。"

此时，公羊武带着两名随从策马狂奔跑出营地，飞扬的尘土已飘到了蓝胤斗他们跟前。

"公羊武走了，我们快救白鹭吧。"蒲宗说。

"白鹭在这里很安全，我们现在还不能打草惊蛇。"白子宸说。

"我们先跟着他，唤醒玄武后白鹭自然会回来的。"蓝胤斗说。

夕阳此时已经被云雾遮掩，长夜即将来临，这是他们离开鬼骨镇的第七个晚上。自从在普班大峡谷跟踪公羊武，踏着崎岖陡峭的山路一路走来，就没有踏踏实实好好休息过，但他们依然精力旺盛，在没唤醒玄武以前，依然不能有丝毫的松懈。

往西边看，夜色正缓缓地扑面而来，在极远的地方，偶尔还能看见零星的红绿色光芒蹿起，飘浮不定，那就是班罗亚城发出的微弱光芒。他们一行人沿着微光，远远跟着公羊武，还好眼前的道路比较平缓，在夜色漆黑以前，他们正好来到了班罗亚城门以外。

这里自由散漫，但城门依然有士兵守卫。每到夜晚，街头熙熙攘攘，成群结队的麻君子会在昏暗的街道上四处游荡，若你形单影只，他们会联合围攻，明抢豪夺，甚至会带来人身伤害。

这里的房屋都是用灰色的砖头所建，虽精美牢固，但街道狭窄凌乱，到处散发出恶臭的味道。公羊武进城后，很快就消失在了脏乱不堪的人群中。

"他们不见了，难道我们被发现了吗？"蒲宗说。

"没关系，既然我暴露了，他们自然会来找我的。"蓝胤斗说。

"那我们就找个客栈，舒舒服服地等他吧。"白子宸说。

"嗯，大家好好休息一晚，养足精神，准备迎接我们的玄武吧。"蓝胤斗神情放松，信心满满。

黑夜中的班罗亚更加混乱不堪，天空突然电闪雷鸣，大雨倾盆而下。一行人只好找了个僻静的角落躲雨休息片刻，而和公羊武出来的两个随从，却鬼鬼祟祟地在对面缩头缩脑地观察他们。

"两年前我来过一次，城内至少要干净一些，现在怎么成了这样。"蒲宗说。

## 第十章 | 无望之城

"这是一座被诅咒的城市。"蓝胤斗说,"为什么只要有人的地方,毒害人类身心的事物就会如影随形,人类难道就没有办法摆脱它吗?"

"病态狂做了统治者,通常都会用毁灭性的手段控制和奴役他的敌人,这是一种政治手段。当所有人都冷漠又自私地只关注自己的私欲时,也就失去了思考与团结反抗他的能力,他就能毫无顾忌地为所欲为。这是巨大的阴谋,是一场无硝烟的战争。"白子宸说。

"人类还是为自己的贪欲付出了沉重的代价,裘图疯狂屠杀我们,用尽各种手段想灭绝我们,可就连枭北的类人,都只会袖手旁观。"蒲宗说,"这一千年来,人类也和曾经世代友好的十二族类人也结下了仇恨。我们正在为人类祖先的杀戮偿还债务,长此下去,人类真的要不战而亡了。"

"我们人类不会灭亡,世上至少还有神兽在帮我们。所以现在我们最迫切的事,就是要赶紧召齐六大神兽,只要有一线希望,都不能再让邪恶和暴力统治这个世界了。"蓝胤斗说。

雨越来越小,他们决定在附近寻找客栈住宿。夜灯昏沉,他们也有些疲惫,但三人的衣着还算整洁,当他们牵着两匹鹿马走在人群中时,颓废的人们都用冷漠又好奇的眼神注视着他们。人们眼神涣散,萎靡不振,有些人的身体和面部都变得异常扭曲,奇丑无比。

他们沿着一条昏暗的街道一直前行,这就是著名的麻啡街,在麻啡街的尽头转角,有一家相对干净的客栈。他们还浑然不知,班罗亚城的所有客栈,都是公羊家族的人在经营,目的就是要了解前来班罗亚的所有人的一举一动,他们三人此时正一步一步走入虎穴而不自知。看着路边一个个绝望又空洞的眼神,大家都心情沉重。

"记得村长曾说过,真正顶级的通灵师都是用药高手,他们对各种草药都了如指掌。我敢肯定,最先研制出麻啡的人,一定也是一位顶级的通灵师。"

"是的。"蒲宗说,"相传在一千多年前,有一位叫古貂的男孩拜一位冷酷嗜血的通灵蛊为师。古貂天赋异禀,但天生悲观冷漠,孤独绝望,他认为,世界就是一个冰冷的仓库,他立誓要研制出一种药物,把人们从冰冷刺骨的仓库里拯救出来。他历经二十多载,对各种药物进行提取实验,终于研制出了现在的麻啡。传说麻啡不仅能让人瞬间体验到幸福和满足,还能让人感受到梦想成真的喜悦感。麻啡面世之初人们都想跃跃欲试,但它对人的身体和精神伤害极大,有人奏请皇帝,若不及时制止,国将不国,人类必亡。皇帝查明真相后,将古貂抓来游行示众,五马分尸,药方也被毁于一旦，几百年来，就再没见过麻啡面世了。但自从裘图统治人类后，麻啡又悄然而出，残害人类，药方到底从哪里来的，至今依然是个谜。"

"看来裘图还真是神通广大啊，事已至此也别无他法。我想仔细分析一下麻啡的成分，也许有可能找到和它相克的药物。我和婆婆生活十几年，她一直教我怎么用草药；不过，我也没有学精通，但可以试试。"蓝胤斗说。

"你怎么不试试通灵明玑？也许它能帮你。"白子宸说。

"先找一位麻君子看看，在见公羊冢之前，我们最好先对这群人了如指掌。"蓝胤斗说。

"这个容易，一路过来，我看每个角落里都有奄奄一息的麻君子。"蒲宗说。

他们轻声交谈着，不知不觉就来到了麻啡街的木桶客栈附近，飘香四溢的酒香味从客栈内扑鼻而来，自从来到岬龙星就没见过美酒的白子宸，顿时感觉神清气爽，欢乐之情溢于言表。

"香气浓烈，芬芳扑鼻，还记得罗堂村自酿的玉米酒吗？我恢复记忆后，最想喝的就是那里的玉米酒。"白子宸说。

"我不喝酒，所以没有品尝过。"蓝胤斗说。

他们此时已来到了木桶客栈门口，对于爱好喝酒的人，抬头一看客栈的外观，就有一种想进去喝两杯的冲动。客栈外面堆放着一排装酒的大木桶，美酒的清香四处飘散。

木桶客栈就坐落在麻啡街尽头拐角，两排房屋一路延伸到后面的小山脚下，中间有一个宽大的庭院，一排排装酒的木桶就摆放在庭院中央。两排房屋的二层走廊上挂满了一排红油灯，客栈大门敞开着，温暖的柔光从里面散发出来。大门的上方有个巨大的招牌，上面写着四个红色大字"木桶客栈"，旁边还雕刻着一个木桶图案。二层靠街道的房间内，若隐若现地从木窗内透出几丝柔光来。

"木桶客栈，没想到班罗亚还有这种地方，咱们就住这里吧。先请示一下凤龟大人，今晚能不能让我尝尝这里的美酒啊？"白子宸垂涎欲滴地看着客栈，他此时仿佛全身都长满了谄媚的细胞，用一脸期待的神情看着蓝胤斗，就连在一旁的蒲宗都忍不住偷偷地乐了一下。

"只要你保证头脑随时清醒就行。"蓝胤斗说，"宗大人，你觉得这里如何？"

"看起来还不错。"蒲宗说。

"好吧，那我们就住这里吧。"

## 第十章 无望之城

白子宸和蒲宗牵着鹿马走进客栈大院，白子宸差点一头撞上一个光头大胖子。这个男人身穿灰色套装，胸前还围着一个白色围裙，面容凶悍，不苟言笑，手里提着一壶酒。

"我们要住店，谁来……"白子宸刚开口。

"忙着呢，等着。"胖头男很不礼貌地说着就走进了另一个房间，将他们三人晾在了庭院里。

"在岬龙星做伙计不错，谁也不放在眼里。"白子宸说。

"我们自己找一下马厩吧，后门左边的那个棚子应该就是。"蒲宗说。

两旁的房间内时不时发出一阵阵爽朗的笑声，蓝胤斗从半掩的门缝里看到一群人正在房间里喝酒用餐。就在这时，远远地从二楼传来一个甜美又妖娆的声音："哎哟！人都去哪儿了，怎么没人管客人呐。"

他们三人未见其人只听其声，每个人都扭头找了一圈也没见人影，白子宸正想开口说话，只见一位光鲜亮丽的贵妇人从二楼走下来。她身穿红黑色的绸罗锦缎连体裙，头发盘在脑后，头顶上扎着精致的发簪，标志的瓜子脸上长着一双妖媚的狐狸眼，她精神爽朗，笑容灿烂地走到蓝胤斗跟前。

她就是公羊冢的第三个老婆，人称她为冢三姐，是裘图念在公羊冢忠实可靠，劳苦功高的分上，亲自赏给他的女人，公羊冢安排她全权管理木桶客栈。

"晚上好！各位大人，我是这里的大掌柜冢三姐，愿听从你们的差遣！"她半弓着腰说，"你们是要吃饭还是住店呢？"

蓝胤斗和白子宸同时看向蒲宗，蒲宗忙说："我们要住店，当然也要吃饭，能先帮我们把鹿马安置好吗？"

"好的。"她连忙扯开喉咙喊道，"小竹子去哪儿了？快把这两匹鹿马牵到马厩去。"

听到她的喊声，一个男孩哈腰驼背地跑过来把生歌和飞天牵到后面的马厩里。其他房间的客人们听到说鹿马，都站起来伸长着脖子往外看。蒲宗连忙凑上前去与冢三姐窃窃私语："冢三姐，我们是从北边来的商贩，运点麻啡，请你多多关照啊。"

"这个你放心！有事随时吩咐，你们要几间客房？"

"三间。"蓝胤斗说道。

"哎哟！真不巧，只剩一间大房了，不过房间内有两张床，够你们住了。"冢三姐说。

"既然只有一间了那你还问我们要几间？三姐不会是不想给我们住吧？"白子宸说。

"大人对不起！刚才是我口误，你要是不信可以转身去别家店看看。"冢三姐一脸傲慢，话音刚落就想转身离开。

"不必了，我们就住这里，但希望三姐能保证我们两匹鹿马的安全，那可是我们花重金买来的。"蓝胤斗说。

"这个你放心，在班罗亚就没有哪里比我们客栈更安全了。"

"那你带我们去吧。"

"住店要先登记，这边请！"冢三姐带着他们到柜台前登记完后，才带他们到二楼尽头靠山那边的房间内。

看到冢三姐下楼，蓝胤斗才关门悄声对白子宸和蒲宗说："她也许是通灵蛊，我们要多加小心。"

"每个城市的每个客栈，几乎都有一位通灵师或通灵蛊管事，这很正常。"蒲宗说。

"但我感觉不妙，你们要轮流看着生歌和飞天。"蓝胤斗说。

"你不用太紧张，她不是已经答应照管了嘛。"白子宸说，"即便这里是地狱，我今晚也要好好休息，这几天都没怎么睡，我实在撑不住了。"

"好吧，我还是不放心，我会采取防范措施，你俩放心睡吧。"

白子宸和蒲宗挤在一张床上呼呼入睡。蓝胤斗走出房间来到马厩，她用防护罩将生歌和飞天保护起来后才上去休息。他们一觉睡到第二天傍晚，客栈内安然无恙，的确没有任何事发生。

# 第十一章

***

## 急速潜逃

第二天深夜,三人走出客栈,在一个僻静的街角遇到了一位奄奄一息的麻君子,蓝胤斗施法将他从死亡线上救了回来,从这个人身上,她终于知道了麻啡的危害性。

"他们精神紊乱,呼吸衰竭,现在我还不知道要怎样彻底治好他们。但我相信一定会有办法,这里肯定还有比我医术更精湛的人。"蓝胤斗说。

"要是真能研制出解药,那我们人类就有希望了!"蒲宗激动地说道。

就在这天,他们几乎逛遍了班罗亚城的每一个角落,在众多阴森灰暗的小巷里,到处都有提供吸食麻啡的场所。这里只有人类,没有类人,就连飓魔怪和妖怪都不爱在这座城里出现。

"连飓魔怪和妖怪都不愿来的地方,也就只有班罗亚城了。"蒲宗说。

"世上最大的敌人是自己,他们都敢自取灭亡了,敌人还来做什么。"白子宸说。

"这里只是麻君子中的一小部分,还有更多人在我们看不到的地方。"蒲宗说。

"我们先回客栈吧,我想明天该见公羊冢了。"蓝胤斗说。

三人回到客栈已是深夜,冢三姐没有休息,她一直坐在客栈柜台前,当她见到蓝胤斗、白子宸和蒲宗进客栈时,连忙起身笑脸相迎。

"哎哟,三位大人,你们总算回来了,怪我,都怪我。"冢三姐说,"昨天忘了告诉你们,在班罗亚天黑以后是不能出去的,要是碰上了穷凶极恶的麻君子,你们就凶多吉少了。"

"谢谢三姐关心,我们就在附近转了转,运气还好,没有碰上。"蒲宗微笑着说道。蓝胤斗和白子宸也微笑着向冢三姐点头打招呼后回到了房间。

"明天一早我们还是离开吧,这里比外面更危险,在空气中我都能闻到杀机四伏的味道。"蒲宗说。

"我也感觉到了,但往往越危险的地方越安全。不是吗?"白子宸看着蒲宗反问道。

"我们今晚也许还能睡个好觉,但明天就不一定了。"蒲宗说。

"那就好好珍惜这短暂的和平时光吧。"蓝胤斗将整个房间都施了防护罩,他们又安然度过了一晚。天刚蒙蒙亮,他们三人就鬼鬼祟祟地绕过房间,来到马厩旁边找生歌和飞天,但没想到冢三姐带着一群人早已埋伏在了马厩周围。

"你们这是要去哪儿啊?"冢三姐换了一身黑色男士服装,要不是听她的声音,还真一眼看不出来,她就是之前热情好客的冢三姐。

"我们该去拿货了,谢谢三姐热情招待,这次我们住得非常舒服,下次再来班罗亚,一定还会光临贵店的。"蒲宗微笑着说。

"就怕没有下次了,既然来了就该多住几天,再说没有我的允许,谁也不能想走就走啊!"冢三姐说。

白子宸顿时怒气外露握紧了拳头,蓝胤斗觉察后连忙用手指头碰了一下他的手。

"既然如此,我们听三姐安排。"蓝胤斗说。

"把他们连人带马都关到地牢,待三爷回来发落。"冢三姐突然翻脸发出命令,声音坚定有力不容置疑。公羊冢在五个兄弟中排行老三,人们也称呼他为三爷。

白子宸和蒲宗都不约而同地站在了蓝胤斗面前,蓝胤斗推开他俩。她很冷静地问:"三姐为什么动怒?我们何罪之有要入地牢?"

"哈哈哈哈哈……"冢三姐阴阳怪气的笑声让人不寒而栗,她走过去凑到蓝胤斗的耳朵旁轻声说,"蓝胤斗,蓝胤公主,欢迎你回到岬龙星,更欢迎你来到班罗亚木桶客栈。举国上下,我们找你找得好辛苦啊!"

"我听不懂你在说什么!"蓝胤斗面无表情,她还是一如既往地冷静。

"仔细观察你两天了,才看到你脖子上的宝物。十年前,我在玄魔宫看到过它,昨天晚上,我在三爷那里又看见了它,原来我以前看到的都是假的,你的才是真的。"说着她就向蓝胤斗的脖子伸手,但一旁的白子宸将她的手挡了回来。

"三爷是谁?"蓝胤斗问。

"哈哈哈哈哈……你们连铁面毒枭三爷都不知,怎么还敢来班罗亚呢?"冢三姐放肆阴冷的笑声再次在客栈上空回响,她后面站着的一排打手也开始附和着大笑起来。白子宸气得满脸通红，蓝胤斗又连忙使眼色制止。

"这不正好吗？他送上门来，我们就不用费心去找他了。"白子宸说。

"是谁在找我吗？"公羊冢的声音从客栈门外传来，紧随他左右的是公羊木和公羊武。冢三姐听到公羊冢的声音后，迅速从马厩来到庭院，其他人还紧紧地将他们三人和两匹鹿马围在中间。

蓝胤斗轻声对蒲宗说："等一下你骑生歌直接将公羊冢拉上马，我和宸大人断后，我们先带他离开班罗亚再说。"

"明白。"蒲宗说。

冢三姐兴高采烈地走到公羊冢面前，公羊木和公羊武拿着长剑很严肃地站在他的两旁。

"三爷，你总算回来了！有贵客找你呢。"冢三姐嬉笑着说。

"什么客都不见。"公羊冢说完就要上二楼。

冢三姐连忙拉着他的手，强行脸贴脸地在他耳边轻声说："疑是蓝胤斗的人就在马厩，你不想见她吗？"

公羊冢先是一愣，然后瞬间用疑惑又冷漠的眼神看着她问："我和你说过我想见她吗？还有，你怎么知道是她？"他很清楚，他昨天从魔幽城回来没和她提过这事，她怎么会知道巫曼仇交代他找蓝胤斗呢。

公羊冢能活到今天，跟他的性格密切相关，他非常小心谨慎又敏感，除了他自己的兄弟，他任何人都不相信，哪怕是他的女人，特别是裘图送给他的这个女人。

"我看见她身上有一个和你身上一样的物件，我猜你一定会好奇。"冢三姐说。

"是吗？那我倒想看看是什么物件啊。"公羊冢在冢三姐的脸蛋上捏了一下，她才欢笑着拉着公羊冢的手来到蓝胤斗跟前。

蓝胤斗他们三人异常冷静地看着眼前的一切，当公羊冢第一眼看到蓝胤斗正紧紧地盯着他看时，他有些不知所措，一种从未有过的敬畏感油然而生。他目光闪烁不敢直视蓝胤斗，而是扭头看向站在她身边的白子宸和蒲宗，但他还是鼓起勇气走到了蓝胤斗跟前。

公羊冢在他们面前走了两圈，蓝胤斗站在中间，白子宸和蒲宗一左一右地站在旁边牵着两匹鹿马。公羊冢想靠近蓝胤斗看看她脖子上的通灵明玑，蓝胤斗趁机用手碰蒲宗，蒲宗心领神会翻身一跃骑上生歌，并用力一拉，将并不高大的公羊冢一把拽到了生歌背上。

蓝胤斗双手运力，用手指尖发出一道强大的白光，让在场的人都飘浮到了半空中。

"我本来可以控制他们的灵魂，但就想试试攻击的法术，狠狠地教训一下他们。"蓝胤斗说，"人类都到这般境地了，他们还帮裘图卖命，真是死有余辜。"

蒲宗带着公羊冢率先跑出了客栈大门，白子宸和蓝胤斗随即骑上飞天跟在后面，待他们出客栈后，悬浮在半空中的人才狠狠地摔了下来。

公羊冢被蒲宗拉到生歌背上，他毫无反抗之意。冢三姐摔下来后第一个爬起来骑上战马，冷面无情地飞驰而去。等公羊武和公羊木站起身来时，他们顿觉腰酸腿疼，所有人都哀声叹气。

许久后公羊武才厉声喊道："还不快追。"人们这才纷纷从马厩里牵出马匹，翻身骑马，快马加鞭地追了出去。

两匹鹿马在昏暗的街道上急速狂奔，人们纷纷避让不及惊吓声一片，生歌发出急促的警告声，白子宸和蓝胤斗紧随其后。在不远的后面，冢三姐骑着快马追了过来，后面有20多个人也骑着马紧追不舍，一场惊心动魄的追赶大戏正在班罗亚城上映。

"我叫蒲宗，我奉蓝胤公主的命令先带你走。我们绝无恶意，稍后再向你解释，我们要往哪边走才能摆脱他们。"

"出城门，往西走，那边没有飕魔怪驻守。"公羊冢说。

"生歌听到了吗？往西走。"蒲宗问。

"收到。"生歌答道。

"它就是生歌？不，不，往北走。"公羊冢又改口道。

"冢大人，到底往哪边走啊？"生歌气喘吁吁地问道。

"往北，往北，西边是死路，我们是走不出班罗亚城的。"公羊冢说。

"我们整个人类都快灭亡了，难道你真以为为裘图卖命，你就能独善其身吗？等你的价值利用完了你的死期就到了，到底是往北还是往西啊？"蒲宗大声地说。

"往北走，请你相信我！我刚从玄魔宫回来，巫曼仇都告诉我了，我相信蓝胤公主真的回来了，我是衷心地，发自内心地想见她。"公羊冢真诚地说。

"好吧，我就信你这次。"蒲宗说。

生歌像一阵风一样跑出了班罗亚城，守城的侍卫看见是公羊冢，也没人敢阻拦，蓝胤斗和白子宸已将冢三姐远远地甩在了后面。他们一路向北，原来这是蓝胤斗他们来时的那条路，现在又要原路返回。待冢三姐和公羊武、公羊木来到城门时，他们早已不见了踪影。

## 第十一章 急速潜逃

豖三姐骑着马跑出城门，愤怒地在岔路口打转："不知往哪里跑了？怎么办？"她急切地问刚追上来的公羊武。

"你们回客栈吧，我们兄弟俩去通知飓魔军。"公羊武说。

"好，无论如何要把三爷救回来。"

公羊武和公羊木离开班罗亚也往北走，而豖三姐带着她那帮人又回到了班罗亚城里。

"我建议暂时别通知飓魔军，今天还是我们自己找吧。"公羊木说。

"四哥，三哥是不是对你说了什么？"

"听三哥说蓝胤公主回来了，刚才那位女孩应该就是。他们劫走三哥不会害他，三哥心里有数，不然他们能这么轻易把他劫走吗？"

"有道理，让我想想，如果三哥要助他们逃离，他们会去哪里呢？只有向北走才能绕过飓魔军逃出班罗亚。"

"那我们也往北走。"两兄弟调转马头向北边奔驰而去。

蓝胤斗他们一行人安全跑出班罗亚城后，才放松警惕开始放慢速度，两匹鹿马气喘吁吁地并列前行着。

"前面再过十里就有飓魔军驻守，我先带你们去一个地方。"公羊豖说。

"豖大人，我就是你要找的蓝胤斗，我们也是特意来找你的，今天我们没时间去别的地方了，要快速离开这里。"蓝胤斗说。

"马上就要天黑了，要是现在赶路，一定会被飓魔怪发现的。"公羊豖说。

"好吧！那你先带我们去一个安全的地方，我们有重要的事跟你说。"蓝胤斗说。

公羊豖带领大家一直往北小心翼翼地来到一座隐蔽的山脚下，他们就像一群夜行者，在山脚下的暗影里隐秘前行，就连在树枝上安睡的鸟儿，也不会觉察到他们的存在。他们沿着一条蜿蜒崎岖直通山脚的小路攀爬而上，所有人都机警地观察着四周，因为飓魔怪随时都有可能出现在他们面前。

# 第十二章

\*\*\*

## 狭路相逢

班罗亚北边有座巍峨的群山叫铁青山，它跟鬼骨山在同一个山脉上，因山里有丰富的铁矿石而得名。这里绿树成荫，猛兽成群，公羊冢秘密训练的猛兽军团就在附近。

他在铁青山下挖了个巨大的地下仓库，下面还有纷繁复杂的地下通道，东可直通枭宦森林，南可到达魔幽城附近。他带蓝胤斗他们一行人穿过重重机关来到地下仓库，五彩石将仓库照得通透明亮。大家被眼前的景象所震撼，堆积如山的大刀战斧大概有10米之高，占地面积约有两千平方米。

"冢大人，你带我们来这里是什么意思？"蓝胤斗好奇地问。

"从这地下可以直通枭宦森林，也可以直达魔幽城。"公羊冢说，"你们找我到底想做什么？我是该带你们去枭宦森林呢？还是带你们去魔幽城拜见玄皇魔宗呢？"

"就凭你能带我们去见魔主？你知道你是谁吗？要不看你是玄武，我立刻就让你的脑袋落地了。"白子宸愤怒地说。

"我是玄武？我没听错吧？"

"铁面毒枭，人类的败类，也不知道玄武怎么会选择你。"白子宸说。

"是六大神兽之一的玄武吗？"公羊冢一脸疑惑地看着大家。

"是的，但愿它没选错人。"蓝胤斗说。

"这个铁面毒枭不是我想要的，你们知道是谁给我取的铁面毒枭吗？"

"我也很好奇。"蓝胤斗说。

"就是魔主裘图，他说要想别人怕我，首先就要有一个霸气的名字。"公羊冢说，"他不光要我种植麻啡原料，还要我把整个铁青山下的铁矿石都给掏空。我很不想做，但我没有选择。当时裘图就给我两条路，要不灭我女婴全族，要不为他卖命。就他统治人类的前十年，他就活活杀死了近两千万罗梭人。在他心里，罗梭人是最狡诈最自私最该死的人种，最应该从岬龙星彻底消失。你们知道现在布雅戈大陆还剩多少罗梭人吗？"

"还剩多少？"白子宸问。

"应该不到一千万人。"公羊冢说，"这几十年来，罗梭人不是病死饿死就是被飓魔怪杀死，我不是怕死，我只是不想眼睁睁看着罗梭人被灭绝。我父亲从小告诉我，只要人还活着，一切就有希望，我今天终于看到希望了。"

"那我问你，麻啡的秘方几百年前不就失传了吗？后来怎么又出现了？"蒲宗问。

"秘方没有失传。"公羊冢说，"传说古貂的传人将秘方给了巫曼仇，就因为他献上了麻啡秘方，裘图才停止大规模屠杀罗梭人，后来还直接让巫曼仇做了总相。我的族人擅长种植花草，因此裘图才找到我们族长，可族长宁死不屈，宁愿被灭族也不愿意帮他卖命。但我当时意识到，这也许是个不错的缓兵之计，至少罗梭人不会在短时间内被灭绝。只要人活着就还有反击的机会，所以我就答应他们的所有条件，顺理成章成了女婴族的族长了。"

"这么说来，你的良心不但没有被泯灭，你还在忍辱负重等待时机？"蓝胤斗说。

"是的。我很小就听父亲说过，始皇蓝胤帝与六大神兽和十二通灵子联手，如何打败独孤心魔的传说。父亲坚信在人类危亡之际，传说中的事一定还会重现。这就是我一直背负骂名还能坚持到现在的原因，我很高兴还能活着见到你们。"

"你父亲是个智者。你愿意跟我们联手一起实现这个传说吗？"蓝胤斗问。

"愿意，我当然愿意，这是我的荣幸！"

"这些武器也是你奉裘图之命制造的吗？"白子宸问。

"是的。"

"我们在梦兰多也看到了大批武器，他到底想做什么？"

"虽然他没有明确表示，但我猜测他可能是想绕过枭宦森林，先征服丹露湾的摩丹人再和北方的类人决战吧。"公羊冢说。

"他果然想称霸岬龙星。等到那时，黑暗又会笼罩整个星系了。"蓝胤斗说。

"裘图多疑狡诈，他从来不会让我参加那些重大的战略会议，除了总相巫曼仇和通灵蛊，他不会真正相信人类的。他认为通灵蛊是高于摩丹人的智者，他自称自己为强智人,是上天赋予了他们统治岬龙星的能力。"公羊冢说。

"这么说来,你也算不上他的核心成员了。"白子宸说。

"我只是他控制人类的工具而已。他让我种植花草制造麻啡,再让我帮他挖铁矿制造武器,现在他要的武器都造好了,幸存的人类有三分之二也被麻啡控制了,我的价值已经快用完了。"公羊冢说,"今天我刚从玄魔宫回来,巫曼仇给我的任务是一个月内抓到公主或拿到你的通灵明玑。很显然他们在故意为难我,或想借此机会除掉我。"

"很庆幸你自己没染上麻啡,你还能思考也是人类的福气。"蓝胤斗说,"不过据我所知,如果裘图想要谁的命,根本不需要理由,更不会这么委婉。可能他真的相信你有能力抓住我,可以肯定,至少你的价值还没有用完。"

"说实话,我听说你回来后,我心里就暗暗狂喜,离开魔幽城后,我就没想过要再为他们卖命了。"

"既然如此,我要召唤玄武,你愿意和我们并肩作战吗?"蓝胤斗问。

"愿意!我愿听从你的差遣!"

"从今以后,你的人生将会踏上新的征程,你真的准备好了吗?"蓝胤斗再次问。

公羊冢闭目深呼吸。"准备好了。"

蓝胤斗对着公羊冢施法,通灵明玑发出一道白光对着公羊冢。蓝胤斗说:"玄武归位,万灵觉醒。"一道巨大的白光将整个地下仓库照得通透明亮,就连整个铁青山的上空,都散发出耀眼的光芒。

公羊冢瞬间变成一只龟蛇合体,身高不足一米。它有四只龟脚,且爪子锋利,身有鳞甲,迅猛快捷,全身发出金色的光芒。就连一旁的白子宸和蒲宗都被它的样子所震惊。

"原来玄武长成这样啊?"蒲宗说。

"若它走在闹市,不用动手,人们都会落荒而逃。"白子宸说。

玄武威风凛凛地在地库里跑了一圈后回到大家跟前变回了公羊冢。

"这里不能久留,我们得马上离开,要被他发现我是玄武,他马上就会派飓魔军把班罗亚城踏平。"公羊冢焦急地说。

"如果他只知道你是被我们劫走的,他会怎样?"白子宸问。

"至少他暂时不会动班罗亚,但我的军队和家族人马得立即撤离。"

"你要不要设法告诉一下你的人?"蓝胤斗问。

## 第十二章 | 狭路相逢

"可能来不及了，要不你们先走，我把这里的事情处理好后再来跟你们会合。"

"这不可能，留你一个人在这太危险了，六大神兽没唤醒聚齐之前，你们必须得跟我如影随形。"蓝胤斗说。

"好吧，那我就留封信在这里吧，公羊武一定会来这里找我的。我曾经跟他说过，如果我们有危险，我们就从地下逃离。"

"这样可以，我先看看下一位神兽在哪里。"蓝胤斗盘坐施法，眼前出现了一个透明球体，球体内出现一个矮小的男子正被关在一座孤岛上的监狱里。

"这是哪里？"蓝胤斗问。

"螺旋岛。"蒲宗和公羊冢同时说道。

"你们都知道？他是谁？"蓝胤斗问。

"你应该更清楚，你说吧。"蒲宗看着公羊冢说。

"他是佛洛斯人的太子，名叫竺丘。"公羊冢说。

"佛洛斯人，就是个子很小，脑子很灵活的人种吗？你跟我们好好说说他和他们的国家吧。"蓝胤斗说。

"他们的国家已经灭亡了，裘图打败我们罗梭人后，随即就征服了佛洛斯人，当时他们的王主战死了，太子竺丘失踪了。幸存的佛洛斯人被迫为裘图做事，他们一直以钻山采矿而闻名，曾是布雅戈大陆最富裕的国家。这些矿洞地道都是佛洛斯人挖的，直到去年他秘密组织佛洛斯人罢工，被黑豹少主平定后，就被送到了螺旋岛慢慢等死。"

"在独裁统治下，罢工就是以卵击石，他还真是不怕死啊。"白子宸说。

"别看他们个子小，但刚烈迅疾，有勇有谋，也能忍辱负重，我很欣赏他们。"公羊冢说。

"这真是万幸，他没有被直接处死，那咱们准备出发吧。"蓝胤斗心情大好，但蒲宗却心事重重。

"我们走了白鹭怎么办？但愿你兄弟能善待它吧。"蒲宗说。

"你是说那匹鹿马吗？这个你放心，只要武仔在它就在，他绝不会亏待它的。"公羊冢说。

此时外面明月当空，繁星闪烁，公羊木和公羊武牵着白鹭朝铁青山走来，生歌远远地就闻到了白鹭的气息。

"白鹭已经来了，应该还有两位人类。"生歌说。

大家都有些吃惊，只有公羊豖很淡定："一定是公羊木和公羊武。"

"来了也好，我也想见见他们。"蓝胤斗说。

"是。"公羊豖向门口走去，正好碰上公羊木和公羊武牵着白鹭进来。当公羊武见到公羊豖时，他很冷静地说了一句："我猜你们很需要它，所以我们又回营地把它带来了。"

"来得正好，这位是蓝胤公主，青龙白子宸，白虎蒲宗，我是玄武。"公羊豖的脸上露出了欣喜的笑容。

公羊武和公羊木顿时被惊得两眼发直，公羊豖拍了一下他们的肩膀，他们才反应过来。

"拜见公主！"两位同时拱手低头，向蓝胤斗行礼。

"两位大人，不必多礼！你们怎么知道我们在这里呢？"蓝胤斗问。

"我们本没有想到，以为三哥会带你们去渡口，但后来想到鹿马不是能耳听千里吗？是它带领我们来的。"公羊木指着白鹭说道。

"原来如此。"蓝胤斗看见白鹭完好无损，也心情大好。

蒲宗见到白鹭后开心不已，他奔跑过去抚摸着它的脸庞。

"我还想着，一个月后再来接你呢，他们没虐待你吧？"蒲宗问白鹭。

白鹭欢快地发出嘶嘶的声音。

"我们还以为它是皇家坐骑生歌呢，它凶悍无比，我辈岂敢动它。"公羊武说。

"我们要即刻离开此地，我走后你们也很不安全。今晚回去迅速转移家族的人到我们的秘密基地，特别是族中的长老们，豖三姐除外，她不值得信任。如果我走后，他们要武力攻打班罗亚，屠杀这里的人民，那你们就调集一切能调集的力量和他们拼到底。如果他们不滥杀无辜，你们也不要轻举妄动，关于我的事，你们就说一概不知。"公羊豖说。

"班罗亚对我们至关重要，但你们和更多的人活着更重要！两位大人保重！"蓝胤斗说。

"谢谢公主！你们放心，我们会见机行事的。"公羊武说。

"四弟沉着稳重，武仔你要多听他的建议，全族人和班罗亚就交给你们了。再次强调，特别要防豖三姐，记住要秘密行动。"公羊豖很诚挚地叮嘱两个弟弟。

"三哥放心！我们会没事的，你们放心走吧。"公羊木说。

"好！那你们也快回去吧，今晚应该还安全，你们也要争分夺秒。"公羊豖说。

## 第十二章 狭路相逢

"知道了,你们也要多加小心,一路保重!"公羊木说。

和公羊木、公羊武告别后,他们穿过地库经过三道密门才进入地道。地道宽敞明亮,就像行车的隧道一般。他们骑着鹿马,蒲宗依然带着公羊豖,他们沿着铁青山地下山脉向枭宦森林方向一路狂奔。

就在去枭宦森林和魔幽城交叉路口处,飓天座早已带领三百多位飓魔杀手埋伏在岔路两旁。幸好生歌对飓魔怪的味道特别敏感,在离它们还有一千米远时它就开始停止不前。

"公主,前面有飓魔怪。"生歌说。

"大概有多少?"蓝胤斗问。

"具体不知,可能有两三百左右。"生歌说。

"不好,或许是飓天座的红脚帮,他们个个都是飓魔怪中的绝顶高手。可他们怎么会在这里?难道巫曼仇真能料事如神吗?"公羊豖问。

"我们还是先讨论一下该怎么对付他们吧?"蓝胤斗说。

"飓魔怪除了怕火,还有其他弱点吗?"白子宸问。

"最好就是爆头,他们身体强壮结实,但头比较脆弱,对法力有一定的对抗性。"公羊豖说。

"那就好办了,我们三个对付他们没问题。"蒲宗很自信地说道。

"斗儿,你就在这边让皇灵守护你,估计是冲你来的。"白子宸说。

"他们要真对法力有对抗性,那皇灵守护也不是绝对安全的,我要和你们一起战斗,放心吧。"蓝胤斗说。

"看来是埋伏在岔路口了,我们三人每人守住一边,公主在中间最安全。"公羊豖说。

"好,那你们最好迅速变身主动出击,要速战速决,我会见机行事的。"蓝胤斗说。

"是。"三位同时说道。

三人迅速变身冲了过去,将还在等待中的红脚飓魔怪打得措手不及。青龙的龙吟功和盘龙展翅所到之处飓魔怪就会瘫倒一片,白虎的闪电拳和无影脚,玄武的流云掌和白爪拳都能准确无误地击中飓魔怪的脑袋,个个都是拳倒命毙。

飓天座和玄武打了五个回合后,最后带领十几位飓魔怪往魔幽城方向落荒而逃。玄武欲追,被蓝胤斗制止。

"穷寇莫追,当心陷阱,我们快撤。"蓝胤斗说。

三位迅速变回人形，骑上鹿马向枭宦森林方向奔去。经过一夜的飞奔，又踏过了三道密门，才走出地道，来到了枭宦森林附近。现在已是拂晓时分，他们找到一个隐蔽的山洞才下马休息。此时个个都筋疲力尽，有些体力不支。

"大家抓紧休息两小时。"蓝胤斗说，"咱们已暴露行踪，飓天座绝不会善罢甘休，要是有大批飓魔军追来我们很难脱身。"

"巫曼仇的确老谋深算。"公羊豖说，"他知道地面上有十万飓魔军镇守，我们不敢走大路，所以算定若我带路一定会走地道。难道他真是派我来引蛇出洞，再把我们一网打尽吗？"

"可他太傲慢了，就派那点飓魔怪就想灭了我们？岂不笑话！"白子宸用很蔑视的口吻说道。

"以我对巫曼仇的了解，绝无可能犯这种错误。"公羊豖说，"一定是飓天座擅自做主，他才是目中无人，狂傲自大的主。这几十年来，他屡战屡胜，早以为天下除了他的主人，就没有他的对手了。傲慢、暴躁就是他最大的弱点。"

"今天他们的人数太少，若有上万飓魔军，我们根本无法抗衡。"蒲宗说。

"因此我们要尽快召齐六大神兽，组建自己的军队。"白子宸说。

"我们是逃走了，但班罗亚危在旦夕，不知道他们昨晚有没有逃走。"公羊豖说。

"你不是有猛兽军团吗？大概有多少头？"蒲宗问公羊豖。

公羊豖显得很惊讶："你怎么会知道？"

"我就知道，你肯定不记得我了。"蒲宗说，"十年前，我还做过你的驯兽师，当时你只有一百头雄狮。"

公羊豖这才又上下仔细地瞧了瞧蒲宗。

"还真有点印象。"公羊豖说，"班罗亚城周围有十万飓魔军镇守。我能调动的人不到一万，兽军不到2000。要真开战，肯定不是他们的对手。"

"你能调动的兽军有多少？"蓝胤斗扭头问蒲宗。

"大概5000左右吧。"蒲宗说，"如果班罗亚战争爆发，我可以让宫宛冰召集它们前去支援。"

"这样可以，到时来个内外夹击，打他个措手不及。要是班罗亚能保住，我们今后也有个落脚的地方。"白子宸激动地说道。

"要是这样，班罗亚无忧了！"公羊豖这才安心了许多。

"那就辛苦生歌跑一趟，把蒲宗的意思传达给宫宛冰吧。"蓝胤斗又转身对生歌说,"你千万小心,到时你就留在鬼骨镇,等我们回来,好吗?"

"好的。"生歌说。

蒲宗拿下他身上的腰带,绑在生歌的脖子上。

"我们刚说的你都能记住了吗?找到宛冰客栈的掌柜宫宛冰,把这个腰带给她。上次你见过的,你还记得她吗?"蒲宗问。

"对于漂亮女士,通常我都是过目不忘,请宗大人放心!"生歌说。

本来很沉闷的气氛瞬间被生歌打破,四人都微笑着看向生歌。蓝胤斗温柔地抚摸着它的脸说:"你知道哪条路最安全,我不准你出任何事,去吧,一定要等我们回来。"

生歌点头领会然后转身跑入枭宦森林,四人在洞里休息两小时后,又马不停蹄地往螺旋岛方向进发。

# 第十三章

\* \* \*

## 飞夺螺旋岛

在西北边浩瀚的大海中,有一个会旋转的小岛叫"螺旋岛"。它每两小时会自转一周,没有人知道真正的原因,只听说是因为岛下有巨大的海齿鲸在活动。岛的面积只有10平方公里,岛上一半都是沼泽地。当裘图发现此岛后,便下令在岛上建了一所坚固的监狱,佛洛斯人的太子竺丘一年前被送到了此地。

蓝胤斗他们四人经过三天三夜的风雨兼程终于来到了离螺旋岛最近的北海岸。一轮火红的太阳从海平面缓缓升起,惊涛汹涌的海浪层层翻腾,冷风吹乱了他们的头发,在一望无际的大海面前,他们渺小又卑微。

"没有船,海龟也不敢去,水下生灵都不敢靠近螺旋岛,我们要怎么过去呢?"公羊冢说。

"要不我变身先飞过去看看?"白子宸说。

"不行,你只要变身就一定会暴露,那岛上关押的人就会有生命危险。"蓝胤斗说。

"看来,只能找我的朋友雕王帮忙了。"蒲宗将食指放在嘴里吹口哨,很快就飞来了一只羽毛是蓝白色的小鸟,蒲宗对着小鸟说了一串奇言怪语后它又扑打着翅膀飞向了天空。

"等雕王来还需要点时间,我们找个安全的地方好好休息吧。"蒲宗说。

"你刚才嘀嘀咕咕在说什么?它们的语言你怎么会懂?"白子宸问。

"我们人类有通用语,飞禽走兽也有通用语。我们的族人从小必须要学这门语言。公主你也会吧?"蒲宗问。

"很小的时候我婆婆就教了我一些，住在森林里，这比人类通用语更有用。"蓝胤斗说。

"这种语言我怕一辈子也学不会，无知者不累，我还是不要好奇了。"白子宸说。

他们拖着疲惫的身躯，终于在岸边的树林里找到了一块隐蔽的地方休息。大家胡乱吃了点干粮，喝了一点水后，三个男人都躺在草地上呼呼大睡，只有蓝胤斗在旁边闭目打坐，这也是她常年在蓝森林里生活练就的一种休息方式。

第二天清晨，金鹏雕王带着三只巨大的金鹏雕从海面上迎风飞来。金鹏雕是种大型猛禽，身长约有2米，体重约80公斤，雕首鹰爪，最高寿命可达150岁。它们扑打着翅膀停在蒲宗身边，雕王用嘴轻轻地碰了一下蒲宗的脸，他第一个被惊醒。

"雕王，你好！好久不见！"蒲宗兴奋地爬起来伸手与雕王的爪子握手。

"少主你好！很高兴你还记得我。"雕王摇头摆尾地说道。

"我怎么会忘了你呢？只是没有紧急事情我不想打扰你罢了。这些年，你还好吗？"

"如你所愿，我很好！我现在已是20个孩子的父亲了，今天我把三个儿子都带来见见少主。"雕王很自豪地说道。

在旁边的另外三只金雕走过来站成一排，向蒲宗摇头摆尾扑打着翅膀，这是雕类向人类致敬的方式。响亮的翅膀扑打声终于把其他人惊醒，蓝胤斗微微地睁开了双眼，看见雕王后她立即起身向雕鞠躬，蒲宗急忙向雕王介绍大家。

"这位是蓝胤公主，青龙白子宸，玄武公羊冢，我是白虎。"蒲宗向雕王一一介绍道。

"非常高兴能见到传说中的你们，我愿听从各位的差遣！"雕王微微低头，其他三只金雕跟着父亲做着相同的动作。

"谢谢雕王！"蓝胤斗也用鸟类的通用语说，"我知道，你们一直都是罗梭人的好朋友，每次有难你们都会义无反顾地伸出援手。我由衷地谢谢你们！"蓝胤斗再次向它们深深地鞠了一躬。

"这是我们的荣幸！"雕王说。

"很抱歉，我听不懂你们的语言，不过我已经感受到了你们的热情和友好，感谢你们前来支援！"白子宸说。

"雕王小时候生过病，它摔落在地上被我父亲救了，从此它就成了我们家的一员。父亲死后它又跟着我去了鬼骨山，后来我四处游历，它才回到自己的族群中。

它聪明果敢，有勇有谋，20年前就做了金鹏雕群的王主了。"蒲宗说。

"原来如此，雕王威武！"白子宸嬉笑着说。

"我们要去螺旋岛救人，没有船只，就连海龟也不敢靠近那片海域，才特请雕王前来协助我们。你们远道而来辛苦了，先稍作休息就出发好吗？"蓝胤斗说。

"好的。不过，我们来时路过螺旋岛，那里妖气冲天，你们一定要去吗？"雕王问。

"佛洛斯人的太子被关押在岛上，他是神兽朱雀，我们必须去救他。"蓝胤斗说。

"既然如此，那我们现在就出发吧。"雕王说。

蓝胤斗走到飞天和白鹭身边用兽语对它们说："你们在附近找个安全的地方躲起来，等我们回来好吗？"飞天和白鹭同时点头，随后转身跑进了附近的丛林。

四人骑上金雕，它们扑打着翅膀直冲云霄，从雕背上鸟瞰，大海平静又安详。白雪皑皑的螺旋岛懒懒地躺在大海的怀抱里，慢慢地转动着它那庞大的身躯。

"雕王，我们要不要间隔降落，要是一起落下可能目标太明显了。"蓝胤斗说。

"好的，明白。"雕王掉头围着其他三只金雕飞了一圈，本来平行飞行的队伍此时却排成了一列梯队，后面的金雕放慢了速度，逐渐拉开了距离。

第一个降落在监狱附近的人是白子宸，随后是蒲宗，公羊冢，最后降落的才是雕王载着的蓝胤斗。

螺旋岛监狱是布雅戈最残酷的八大监狱之一，号称第一道地狱之门。这里关押着几乎是最高级的政治犯和死囚犯，用裘图的话说，死亡太容易，他要让这些人生不如死。

这里长年低温，一年四分之三的时间都被冰雪包围，就连一般的妖精和飓魔怪都不愿光顾这里。驻扎这里看守牢犯的是耐寒耐冻又残暴的黑豹人，但最近螺旋岛上却多了很多鱼妖，鱼头人身，冰冷妖娆，不仅会飞，还杀人无血，极难对付。

但任何妖怪都怕青龙，只要青龙怒吟，它们就会唯恐避之不及，当然它们也惧怕通灵师，若通灵师法力深厚就会将它们打回原形。

冰雪将螺旋岛全部覆盖，监狱就矗立在岛中央，这是一座地下监狱，岛上只有几间小石屋，牢房全在地下100米深处。一阵海风吹过，冰冷刺骨。

"我要查找一下竺丘的具体位置，我们要速战速决。"蓝胤斗施法，眼前的透明球体内出现了竺丘的身影，以他目前的位置来看，应该是在监狱的最底层。在他的房间内还有一位白发苍苍的牛头人身的类人，他们面对面盘腿坐着，一动不动，乱发蓬松，但隐约还能看见脸庞。

"还有个牛头人，他是谁？"蓝胤斗问。

大家仔细地对着牛头人看了很久，但都一脸茫然。

"让我想想。"公羊冢说，"有一次巫曼仇召我去玄魔宫议事，在门口我无意听到他提过螺旋岛，还有什么通灵子。不会他就是十二位通灵子之一的牛人班鼎吧？"

"通灵子？这是意外的惊喜。"蓝胤斗说，"无论他是谁，裘图的敌人就是我们的朋友，能和竺丘关在一起，绝不是普通人。咱们把他俩一起救走吧，你们觉得如何？"

"那还需要雕王帮忙才行，那么深只有它能飞下去救人了。"蒲宗说。

"我愿意一试。"雕王说。

"那我就负责救竺丘，牛头人就交给雕王吧。"白子宸说。

"那些黑豹人就交给我和蒲宗了。"公羊冢说。

"没想到这岛上的天气这么恶劣，看来你们必须得变身了。"蓝胤斗说，"监狱附近还有很多鱼妖，它们就交给我吧。我们就来个调虎离山之计，给青龙和雕王争取一些时间。三只金雕带我们先过去，等我们把它们都引开后，你们再直奔牢底把他俩带出来。"

"好的。"白子宸说。

"行动吧。"

三只金雕把蓝胤斗和蒲宗、公羊冢载到了监狱门口，蒲宗和公羊冢瞬间变身，见到黑豹人就飞扑上去直咬喉咙，一口一个，门口十几个黑豹人不到十分钟全部身亡。

但监狱里还是吹响了紧急的号角声，所有黑豹人都全副武装紧急奔到门口，与白虎和玄武展开了猛烈的厮杀。

而鱼妖听到号角声后直飞牢底，青龙和雕王追着鱼妖来到地牢，蓝胤斗也坐着金雕追到了地牢。鱼妖试图直接杀死竺丘和牛头人，青龙远远就发出了怒吼，所有鱼妖瞬间抱头乱窜，痛苦不已，最终全部变成了黑色的鱼，狠狠摔在了地上，原来它们都是海里的黑玛丽。

在青龙的掩护下，蓝胤斗坐着金雕顺利来到了牢房门口，但牢门坚固，根本无法打开。这是因为牢门被施了蛊法，蓝胤斗利用万蛊追踪找到了打开牢门的秘密，牢门被打开，雕王和它的儿子们费尽九牛二虎之力终于把竺丘和班鼎救了出来。

他们刚要飞走,牢底突然冲出一头巨大的海齿鲸,鲸头龙身章鱼尾,身长约20米,它的尾巴可缠住任何物体。它张开血盆大嘴,翻身一跃尾巴伸到半空,试图将半空中的雕王和蓝胤斗以及竺丘和班鼎吃掉。

青龙这时俯身一跃,吐出一道青色的火焰向海齿鲸的头喷去,海齿鲸翻身退缩,雕王和蓝胤斗他们才平安飞出了地牢。而海齿鲸恼羞成怒,用它长长的尾巴缠住青龙,地牢里出现了一个巨大的窟窿,喷涌的海水很快将地牢淹没。海齿鲸和青龙缠在一起,彻底从牢底潜入到了深海里。

坐在金雕上的蓝胤斗又被一群飞来的鱼妖纠缠着,没办法伸出援手救青龙,她眼睁睁看着青龙和海齿鲸被海水淹没。她一时怒发冲冠,通灵明玑发出强光,岛上的所有鱼妖瞬间变成了黑鱼。而螺旋岛在迅速下沉,两只金雕飞到白虎和玄武的上空。白虎和玄武迅速变回了人形,被金雕牢牢抓到了空中。

从空中鸟瞰螺旋岛,它正在往右快速旋转,转瞬间就被海水全部淹没。大海转瞬又恢复了平静,好像从不曾有螺旋岛存在过一样。大家都悲痛万分却束手无策,金雕们在空中盘旋了很久,蓝胤斗才叫雕王带领大家飞过大海,回到了出发前的柏树林。白子宸没能和大家一起回归,所有人的心情都非常低落,蓝胤斗更是泪流不止,悲痛欲绝。

"公主不必太悲伤,龙是水中之王,相信青龙一定不会有事的。"

蓝胤斗听了蒲宗这句话后,心情才稍微平复一些。

"我们一定要相信青龙,神兽不可能被怪物打败的,我们要对他有信心。"公羊冢说。

"我眼看着他被拖入大海,可我却没办法救他,他都是为了救我们。"蓝胤斗悲伤地说。

"雕王,你知道那是什么怪吗?"蒲宗问。

"应该就是海齿鲸,统治水下世界的超级霸主。"雕王说。

公羊冢听说是海齿鲸,脸色顿时煞白。"我怎么没想到呢?它是裘图安插在海中的秘密武器,原来是它在看守螺旋岛。"

"裘图的武器?那青龙肯定有危险。"蓝胤斗站起来面对着大海施法,可是无论她怎么做都看不到青龙的踪影,"茫茫大海,我找不到青龙了。"

沮丧的神情像瘟疫一样蔓延,每个人都悲伤失落,无精打采。天色渐晚,夕阳的余晖已被大海吞噬,雕王得趁着最后一点亮光回到自己的家乡。

## 第十三章 飞夺螺旋岛

"青龙的事我很抱歉！我们得趁着最后一丝余光回到故乡！很遗憾，我们得走了。"雕王说。

蓝胤斗和金鹏雕们一一告别："今天非常感谢你们奋力相助，你们的恩情我没齿难忘。谢谢你们！"蓝胤斗向它们表示真诚的感谢，泪水不停地在眼眶里打转。

"也许过不了多久，我还会找你帮忙的，你们何时迁回枭宦森林？"蒲宗问。

"要过完这个冬天，当春天来临之际，你可能会经常看见我的身影。"雕王说。

"太好了！期待你们回归。朋友再见！"蒲宗、蓝胤斗、公羊冢和它们挥手告别。四只金雕展翅高飞，迎着夕阳的最后一丝余晖，消失在了海面上。

金雕们刚走，生歌带着飞天和白鹭从树林深处急速跑了出来，后面是飓天座带领上千名飓魔怪在奋力追赶。公羊冢第一个闻到了飓魔怪的味道。

"我们快撤，是飓魔怪的味道。"公羊冢说。

"好像还有妖怪的味道。"蒲宗说。

原来九蝎女王带着三百个蝎头人身的妖精从四面八方飞了过来。

"你们看，生歌和飞天白鹭跑来了。"蓝胤斗看见生歌它们迎面飞奔而来。

"不是让你在鬼骨镇等我吗？"蓝胤斗问生歌。

"我闻到有大批飓魔怪往这边赶来，我怕你们有危险。"生歌说，"公主放心，我见到宫宛冰大人了，她们已在做准备，我们快走。"

"这次来了多少飓魔怪？"公羊冢问。

"很多，也许两三千。"生歌说。

"飓天座的红脚帮何止三千铁骑，我看他是恼羞成怒倾巢出动了，还拉上了九蝎女王的金蝎社助阵。青龙也不在，就我们几个绝对无法抗衡。"公羊冢说。

蓝胤斗看了一眼在一旁还昏迷不醒的竺丘和班鼎，并施法试图把他们唤醒，但两人没有任何反应。

"怎么办？我无法立刻唤醒他们，我只能暂时保住他们的性命。他们病得很重，我需要一个安全的环境，我还需要时间去寻找药材，我们该往哪里跑呢？"

"我们只能去丹露湾找摩丹人帮忙了。"公羊冢说，"他们天生会一种古老的魔法，摩丹王医术精湛，法力高强，飓魔怪和妖精从来不敢靠近那片土地。若能得到摩丹人的帮助，我们就能暂时摆脱危险。不过，摩丹王一贯保持中立，从不接见任何人。"

"我们没有选择了，只能去丹露湾试一试。"蓝胤斗说。

蓝胤斗骑着生歌，蒲宗带着竺丘骑着白鹭，公羊冢带着班鼎骑着飞天，他们必须也只能向丹露湾进发。

"如果我们能顺利进入万花林，就意味着摩丹王愿意帮助我们。"公羊冢说。

"你在前面带路，我断后。"蓝胤斗说。

三人骑着鹿马急速狂奔，后面的飓天座带着一大批飓魔怪，骑着凶悍的驳狼追赶过来。驳狼身形似马，狼头马身，全身黑毛，白色马尾，有老虎的牙齿和爪子，凶猛无比。

九蝎女王带着三百名妖精在空中腾飞，个个妖艳妩媚，五颜六色的衣裙飘逸在半空中，犹如五彩缤纷的花旗在迎风招展。

飓天座和九蝎女王眼看就要将蓝胤斗他们上下包围，情况十分紧急，蓝胤斗施法发出一阵强光，打中了半空中的妖精们，它们有些带着哀怨的声音落到了地上，有些却在半空中打转。

飓魔怪虽然不怕魔法，但驳狼害怕通灵师，它们顿时止步不前，有的已跌倒在地，很多飓魔怪直接从驳狼上摔了下来，飓天座也险些被摔在了地上。

蓝胤斗他们一行人继续向东北方向狂奔，一转眼就将飓天座和九蝎女王甩在了脑后。此时已接近傍晚，暮色在缓缓降临，一场你追我赶的大战还在持续上演。

# 第十四章

***

## 绝处逢生

万花林是去丹露湾的必经之路，因树林里长满了各种奇花异草而得名。这片花林除了摩丹人能自由进出外，外人若没得到摩丹王的允许，擅自闯入者都只能成为娇羞美艳的花儿们的盘中餐。

摩丹人是智慧与善良的象征，他们比其他人种更长寿，更理性，更爱和平。唯一参战的一次，也就是一万年前，蓝胤帝带领布雅戈的所有生灵对抗独孤心魔时，当时的摩丹王主动带领十万摩丹大军参与抗魔战争，对人类最终取得战争的胜利做出了巨大的贡献。

后来摩丹人退隐到丹露湾，不再参与岬龙星的任何战事。即便60年前，裘图攻打罗梭人，蓝宫帝国沦陷，摩丹人也没有再伸出援手。

蓝胤斗他们一行人在飓天座和九蝎女王的夹攻下，杀出一条血路，急速奔跑了三个多小时，终于来到了万花林跟前。但没有摩丹王的允许，谁也不敢擅自踏入万花林，他们只能在此徘徊不前，等待时机。

飓天座和九蝎女王紧追不舍，很快飓魔怪就将万花林的东南侧全部包围。

生歌焦急不已，一直试图跳进万花林。

"生歌，你是在找什么吗？"蓝胤斗问。

"我在找路。"生歌说，"如果摩丹王愿意帮我们，他就会给我们指一条路，要是强行闯入，我们瞬间就会被那些妖艳的花朵变成累累白骨，花越美越凶猛。"

"我知道，这是食人花。"蓝胤斗说，"我曾住的蓝森林也有，它们也有灵魂的，让我和它们沟通试试。"

蓝胤斗下马，双手合十放在胸前，很虔诚地站在万花林外念着奇怪的咒语，通灵明玑发出一阵强光，照亮了整座万花林，昏昏欲睡的花朵瞬间都精神抖擞地抬起了头。

蒲宗一直很警惕地看着后面的道路，此时飓天座和九蝎女王已追了上来。"它们追来了，怎么办？"蒲宗大声喊道。

就在这时，万花林里飞出了铺天盖地的花瓣，将蓝胤斗紧紧包围，万花林里一条宽敞明亮被鲜花环绕的道路出现在了大家面前，他们欢喜不已。就在飓天座和九蝎女王扑上来的那一刻，蓝胤斗他们一行人快速进入了万花林，他们人过路毁。飓天座和九蝎女王不得不止步在了万花林外，所有飓魔怪都摩拳擦掌，愤怒异常。

"我们在此扎营，要两天后不出来，我一把火把万花林烧了。"飓天座怒火中烧，骑着驳狼在万花林前来回奔跑。

"烧！烧！烧……"飓魔怪们气势高涨，声音一浪高过一浪。

九蝎女王来到飓天座跟前，很严肃地将飓天座叫到一边："他们能顺利进入万花林，意味着摩丹人不再中立观望，他们已经做出了选择。这事关重大，建议你报告总相后再做决定。"

"你都说了，摩丹人已经做出了选择，我想烧它有什么问题吗？"飓天座还是一脸傲慢。

"玄皇每年都要闭关两个月，全身心吸收世间的怨气，他一年比一年强大，现在也只需要20天就出关了，到时即便是六大神兽又拿他奈何？区区一个摩丹王他更不会放在眼里。小不忍则乱大谋，我们现在最重要的事，是回去保护他的安全。要是被他们知道玄皇闭关的事，摩丹王和蓝胤斗联手去攻打玄魔宫，就凭我们有把握对抗吗？上次你已经错了一次了，总相让你把红脚帮的人都带去，结果你狂妄自大，不听建议，只带了三百多个，结果被人打得落荒而逃。你要那天把他们抓住了能有今天吗？要是你再错一次你想过后果吗？"

"过去的事不要说了，今天就我们俩他们都不敢直接对抗，还敢去打玄魔宫？你以为我是被吓大的吗？"

"现在不同了，摩丹王已经站在他们身后了。反正这事，你我都不能做主，必须得请示总相，没有玄皇魔宗的命令，我绝不跟你并肩作战。"

"我还不知道你？你哪次真想打过？要真在生死关头，第一个做逃兵的就是你！"飓天座说。

"你？！随你怎么办，我们准备撤。"九蝎女王一声令下，所有金蝎社的小妖们全部转身，准备撤离。

"妖王再见！一切后果我自己承担，我飓魔军团不怕魔法，我红脚帮还没怕过谁！"飓天座愤怒地说道。

"好，既然如此，让你的红脚帮进入万花林试试，要如你所说你们不怕摩丹人的法力，那我就听你的调遣。"九蝎女王说。

飓天座被九蝎女王将得无言以对，他气得脸冒青筋，大声喊道："谁愿意去？给我站出来。"

下面黑乌乌的一群飓魔怪没人敢吱声。飓天座怒喊："第一排，出列。"

站在第一排的飓魔怪很不情愿地站了出来。

"前十个先上，快点。"飓天座一声令下，即便知道是死，他们也义无反顾地往万花林里冲进去。刚踏入树林不到十步，树林里的花瓣就飞过来将他们围住，转瞬间他们就变成了一堆黑骨。在万花林外面的飓魔怪都吓得直往后退，飓天座面不改色，强装镇定。

"总有一天，我要把整个万花林都烧成灰！咱们撤！"飓天座下达撤退命令，所有飓魔怪又浩浩荡荡地原路返回。

蓝胤斗在万花林里见飓魔怪撤退后才长出一口气，他们趁着落日的余晖跑出了万花林。由于距离丹露湾太远，今天又大战一天，所有人都疲惫不堪，最后只能选择在万花林附近一块空旷的野地里停顿休息。

"这里应该很安全，我们今晚在此休整，明天清晨再出发吧。"蓝胤斗说。

"他们还昏迷不醒，不知道有没有生命危险。"蒲宗说。

"放他们下来让我看看。"

蒲宗和公羊冢下马把竺丘和班鼎扶下马，让他俩平躺在地上。蓝胤斗对着他们施法。

"他们内力深厚，暂时不会有生命危险，我今晚试着把朱雀唤醒，班鼎大人估计还得麻烦摩丹王医治了。"蓝胤斗说。

"他们没事就好。"公羊冢忧心忡忡地说，"飓天座来势汹汹，又无功而返，以我对他的了解，他回去一定会拿班罗亚开刀。"

"事已至此，恶战在所难免，我们随时都要做好牺牲的准备。"蒲宗说。

"能战才能止战，现在我们别无选择。"蓝胤斗说。

他们在附近找来一些干柴烧起了篝火，并拿出随身携带的干粮和水围着火堆吃着，补充能量和营养。

"在万花林里我看到很多珍贵的药材，这是一片非常宝贵的土地，绝不能让飚魔怪毁于一旦。"蓝胤斗说。

"就怕裘图这次出来又会大开杀戒，今天摩丹王救了我们，裘图一定会找摩丹人算账的。"公羊冢说。

"我一直没时间问你，你了解裘图的近况吗？"蓝胤斗问。

"他每年这个时候都要闭关两个月，每次出来就会魔力大增，然后又继续大开杀戒。"公羊冢说，"我一直怀疑，他是不是要靠屠杀生灵来增强他的法力呢？"

"很有这种可能，当初那个国师不就是打开了往生塔才变成独孤心魔了吗，难道这是他增强魔力的源泉？那他现在岂不是最脆弱的时候？"蓝胤斗问。

"我不敢断定，但即便真是这样，以我们现在的实力也无法靠近他。玄魔宫不仅有重兵把守，还有九蝎女王、飚天座、黑豹少主、巫曼仇，至少有两位都会寸步不离玄魔宫，还有最厉害的就是他的宠物隆基。"公羊冢说。

"不管怎样，他闭关的这段时间是我们最安全的宝贵时间，我们要抓紧唤醒其他神兽。"蓝胤斗说，"今天大家都累了，你们赶紧休息吧，我要去找点药材。"

"我陪你去吧。"蒲宗说。

"不用了，我想一个人走走。"

"那你要注意安全。"公羊冢关切地说。

"你们放心吧。"蓝胤斗说，"一进入山林，就有回家的感觉，我喜欢山水树木，喜欢这里的花草药材，这里的土地都散发着淡淡的清香。"

蓝胤斗起身一个人走入树林，四周到处阴沉沉的，但她能让通灵明玑发出白光，将地上的一切照得清晰明亮。当她蹲下拔起一根药材后，仿佛看见前方出现了白子宸的身影，她叫喊着白子宸的名字跟随着影子跑了很远。

蓝胤斗开始自言自语："子宸，是你吗？你还好吗？你回来了吗？你说话啊？"影子一直往前走，她一直追。"你去哪儿？你不能丢下我一个人，你走了谁来保护我？你快回来。"蓝胤斗泪流满面的边追边喊，影子在她眼里突然消失，其实根本没有影子，那都是她幻想出来的。

她突然灵光一闪，紧紧地握着通灵明玑喊："皇灵，你在哪？你能帮我去救救青龙吗？他一定需要帮助，求求你去救救他。"而后她又盘腿坐着闭目施法，她再次试

## 第十四章 绝处逢生

图想找到青龙的踪迹，可还是一无所获。她独自悲伤了许久才又站起来。

"我不该悲伤，我不该怀疑，我应该相信你，你可是青龙，是水中之王，区区一个海齿鲸能把你怎么样呢，你一定不会有事的。"蓝胤斗自言自语地自我安慰，然后又继续去寻找草药。

蒲宗一直远远地跟在她后面看着她保护她，看见她如此悲伤，蒲宗也黯然神伤。待蓝胤斗回来时，蒲宗和公羊冢都佯装睡着躺在地上，蓝胤斗使用魔法迅速将草药变成了药丸，喂给竺丘和班鼎吃。

"相信明天早晨你们就能醒来了，好好睡吧。"蓝胤斗给他们吃完药后，才坐在地上，背靠着一块大石头，忧伤地环顾四周，仰望天空圆月在缓缓移动身躯。她疲惫的双眼终于不堪重负，她闭目垂头，进入了梦乡。

第二天拂晓，竺丘第一个从昏迷中睁开了双眼，他看见自己躺在柔软的草地上而不是冰冷的监狱里，兴奋又莫名。不过他此时还极度虚弱，无法靠自己站立起来。

"水，给我点水。"竺丘微弱的声音还是把一旁的蓝胤斗惊醒，蓝胤斗连忙拿起旁边的水袋喂他，此时蒲宗和公羊冢也相继醒了过来。

"你们是谁？为什么要救我？"竺丘矮小瘦弱的身躯就像一个五六岁的孩子。他身高只有七十厘米，头发乌黑，脸色苍白，圆溜溜的大眼睛下嵌着一个小鼻子，他单薄的嘴唇毫无血色。但从他游离不安的眼神里依然能看出他的坚韧和倔强。

"你先躺下，让我看看，稍后再说。"蓝胤斗又对他施法，将他身上的黑气逼了出来。

"真是恶毒，你体内有一种古老的慢性毒药，要是心情平静它不会发作，一旦有任何情绪，你就可能随时身亡。"蓝胤斗说。

"我会死吗？"竺丘用平静地问道。

"不会了，昨晚我已用草药帮你疏通了经脉，刚才已经把大部分毒气逼出来了，你只需静养几日就好。"

竺丘这才放心闭上了双眼，由衷地向蓝胤斗说了一声谢谢。

"他怎么还不醒？"公羊冢指着旁边的班鼎问。

蓝胤斗过去拿起他的手把脉，随后又施法帮助他逼了一些黑气出来。

"他中毒太深，还好他内功深厚，封住了经脉，虽中毒已久，但还没伤及五脏六腑。要是普通人，早就没命了。把水给我。"蓝胤斗说。

"我来吧！"蒲宗拿来水上前扶起班鼎喂他。

"他们这样，还能赶路吗？"公羊冢问。

"等天亮后再看看状况。"

"你们知道他是谁吗？"竺丘用微弱的声音问道。

"不确定。"蓝胤斗说，"本来是去救你，但看他和你关在一屋就一起救出来了。"

"你们做得很对。"竺丘说，"他可是大名鼎鼎的十二位通灵子之一的牛头人班鼎，他一直都在守护我们人类的安危。三十年前被裘图关在了螺旋岛，我在监狱里要没有他的指点和帮助，我估计撑不过一个月。"

大家之前虽然猜想过是通灵子班鼎，但竺丘确认后他们都更加开心。"我们现在就去见摩丹王，我不确定班鼎能不能醒，我们一定要去求摩丹王救救他。"蓝胤斗说。

"你们到底是谁？"竺丘再次好奇地问道。

"既然你知道通灵子，那一定知道六大神兽和蓝胤斗吧？"蒲宗问。

"当然，她是罗梭人的公主。"

"我就是蓝胤斗，他是白虎蒲宗，玄武公羊冢，而你是朱雀。"蓝胤斗说。

竺丘听到自己是朱雀，本来躺着的他一下子坐了起来："我是佛洛斯人的太子，怎么可能是朱雀？"竺丘根本不相信自己的耳朵。

"你们别让他说太多话，用行动让他看看吧。"蓝胤斗看着蒲宗和公羊冢说。

蒲宗和公羊冢瞬间变身，竺丘看见威风凛凛的白虎和玄武，又一头晕了过去。

"佛洛斯人的太子原来如此胆小呀！"白虎打趣地说道。

"若我不是提前得知六大神兽的事，我也会被你们吓死。"玄武说。

"铁面毒枭也会害怕？"白虎不解地问。

"其实你有所不知，越是表面无所畏惧的人，心里越是胆小如鼠，我只是会伪装罢了。"玄武说。

白虎和玄武自顾自地聊着，蓝胤斗看他们的样子又想起了青龙。"我们走吧，生歌，咱们走。"

生歌跑过来，白虎和玄武才赶紧变回人形。蒲宗带着班鼎，公羊冢带着竺丘，一行人骑着鹿马，向丹露湾赶去。他们越过荒野，穿过丛林，又经过一天的跋山涉水，在傍晚前，终于看见了丹露湾的身影。

此时竺丘已精神抖擞地醒了过来，满脸红润，面带微笑地说道："我梦见自己是朱雀，我还看见了白虎和玄武。"

公羊冢忍不住喷笑着说："这不是梦，是真的，如果不信，公主马上就能让你美梦成真。"

"真的吗？我很难受，你能不能停下来，我们休息片刻再走。"竺丘说。走在前面的公羊冢停了下来。

生歌带着蓝胤斗到他们跟前："怎么了？身体好些了吗？我们在此休息一下吧。"

公羊冢将竺丘从白鹭背上抱了下来，竺丘突然扑通一声单膝跪地，两手垂地，低头向蓝胤斗行大礼："感谢公主的救命之恩！竺丘愿听从你的差遣！"

蓝胤斗连忙下马扶起他。"丘大人不必多礼，快快请起！我们今后是并肩作战的朋友，你们以后千万不要给我行大礼。"

"好吧，我梦见自己是朱雀，他说你能让我美梦成真，我真的是朱雀吗？"竺丘再次疑惑地问道。

"他说得对，你要愿意，马上就能看到朱雀了。"

"好，我愿意，我很愿意。"

"你真的准备好了吗？"

"来吧。"

竺丘闭眼站着，一副特别认真又滑稽的样子，把一旁的蒲宗和公羊冢逗得偷偷傻乐。

蓝胤斗对着他念咒语："朱雀归位，万灵觉醒。"一道白光对着竺丘，他瞬间变成了一只五彩斑斓，散发出火红的光芒，形似麻雀，扑打着一双小翅膀，在空中自由翱翔的朱雀。

它所到之处，就能给人带来快乐与希望，但它散发出来的光芒照在妖魔怪身上时，就会让它们心乱如麻，更甚者会自杀而亡。朱雀在空中飞了一圈后回到大家面前变回了竺丘。

"我九死一生，都说我福大命大，原来我不是人，是神——兽。"竺丘故意放慢语速，逗得大家哄然大笑。

"以后的日子里，除了有危险陪伴，我看欢声笑语也会如影随形。"蒲宗嬉笑着说。

"佛洛斯人就是这样，永远那么乐观开朗，即便被埋在万丈深渊里，也不会忘了歌唱。"公羊冢和蒲宗在一旁窃窃私语。

"那是自然，快乐就是希望，我们佛洛斯人永远不会将希望埋葬，朱雀更是如此。"竺丘很自豪地说。

"哇！这你都能听到，看来你也是顺风耳啊。"蒲宗说。

"在地底下，看不见，就只能听，不顺风该怎么办呢？我特别好奇，六大神兽之首的青龙在哪里？"竺丘一脸好奇的表情。

蒲宗和公羊冢都直盯着一旁默不作声的蓝胤斗看，看她没反应他俩也开始沉默不语地坐在一旁休息。竺丘察觉气氛不对，自己也灰溜溜地去拿水袋喝水。

"我们都想知道他在哪里？咱们还是继续赶路吧。"蓝胤斗说。

"也许摩丹王有办法，我们不必气馁。"公羊冢说。

蓝胤斗转瞬就骑到了生歌的背上，策马狂奔一晃就不见了踪影。公羊冢帮着蒲宗将班鼎扶上飞天背上后，才抱着竺丘上马背。

"你真想知道青龙是谁吗？"公羊冢到马背上了才又问竺丘。

"想。"

"他叫白子宸，当初和蓝胤公主一起离开岬龙星的那个男孩。昨天我们去救你，青龙在螺旋岛和海齿鲸激战，至今下落不明。"

"海齿鲸？它可是水下世界的超级霸主，青龙凶多吉少。"

"未必，龙才是水中之王。"

"我想也是，海齿鲸遇见青龙，应该是它的不幸。"竺丘瞬间又信心满满。他转身给公羊冢一个灿烂的微笑，他们这才策马飞奔，追赶前面的蓝胤斗和蒲宗。此时一轮火红的太阳已从东方升起，在蔚蓝的天空下，所有的雾气和云朵都已消散一空。

# 第十五章

***

## 摩丹王的盛宴

　　丹露湾位于枭宦森林的东边,这里气候宜人,树木茂盛,抬眼望去,只见奇峰异峦在云雾中若隐若现。再往里走,是蜿蜒无尽的翠绿色的原始森林,路边密密麻麻的雪松傲然挺立,阳光穿过重重叠叠的枝丫,只漏下斑斑点点细碎的光影,骑马穿行林中,只能听见马蹄声和环绕在山间的潺潺流水声。又经过两小时的骑行,他们一行人才来到丹露湾的入口。

　　竺丘和蒲宗突然瞪大双眼,痴痴看着一群身穿一袭白色长裙,优雅地在山间嬉戏漫步的摩丹女孩。她们将及腰的长发扎在脑后,头上还有花瓣点缀,身高有170厘米以上。她们鼻梁高挺,嘴唇红润,还有一双深邃的丹凤眼,眼珠是深蓝色的,皮肤特别白皙,一双形似狐狸的耳朵藏在发根下若隐若现。

　　"早就听说摩丹女孩美若天仙,果然名不虚传啊。"蒲宗激动地说。

　　其中一位女孩发现他们后,连忙扭头告知其他女孩,她们窃窃私语显得非常惊讶,随后一女孩匆匆离开。

　　这里的房屋都依山而建,都是原地取材,用石头和木头建成,简单质朴又不失精美。大家沿着崎岖的山路继续前行,一座高大宏伟的房屋隐隐约约地出现在半坡中,那就是摩丹王的宫殿——丹玫宫。

　　还没走多远,一位身穿白色外袍,系着桃花点缀的银色腰带,一头黑色的长发扎在后脑勺,身背弓箭,英姿飒爽,高贵冷艳的女子迎面过来,她名叫冷寇,是摩丹王的侍卫。她的身后还有八个同样装扮的女孩迎面过来将他们拦在了原地。

　　"来者何人?"冷寇不光面容冷漠,连声音也冰冷刺骨,她用敏锐又警惕的丹凤眼神扫视着大家。

除了昏迷不醒的班鼎，众人连忙下马，蒲宗抬眼见到冷寇，恍若看见一道电光从冷寇的眼里向他袭来。就连蓝胤斗看见冷寇，也恍若故人。

"蓝胤斗冒昧打扰，还请大人带我们去见摩丹王，我们有要事相求。"蓝胤斗说。

冷寇听说蓝胤斗，迟疑了片刻才回过神来，但她强装镇定，冷冷地问道："蓝胤斗？是蓝胤公主吗？请跟我来。"其他几个女孩原地站成两排，夹道让蓝胤斗他们一行人过去。

蒲宗牵着白鹭路过她们跟前，但他的眼神却舍不得离开冷寇。竺丘虽个子矮小，但行为绅士，他每走到一个女孩面前，就嬉笑着低头行礼，但姑娘们目视前方，根本就不低头看他。唯有公羊冢不为所动，还是一如既往地严肃冷静。

在冷寇的带领下，他们很快就来到了摩丹王的宫殿门口，整座宫殿几乎被桃花包围，数十间木屋错落有致，虽不尽辉煌但素雅幽静，长廊楼阁古朴典雅，溪流瀑布清澈脆耳。

生歌它们三匹鹿马被一位摩丹男人牵到马厩里，另两个摩丹男人过来要将班鼎抬走。蓝胤斗连忙上前问他们："他病得很重，我们要见摩丹王。"

"如果你想要他活命，就让摩丹王先见他吧。"

"谢谢你们！谢谢摩丹王！"蓝胤斗终于露出了一丝笑容。

冷寇将他们一行人带入另一房间，房间里摆满了一桌美食。"请各位大人先用餐，稍后去洗澡更衣好好休息，明天就能见到摩丹王了。"

"好的。谢谢你！"蓝胤斗说。

蒲宗仿佛成了哑巴，只会傻傻地盯着冷寇看，他目送冷寇离开后才回神过来。

"摩丹人用的什么法力，连我都快神志不清了。"蒲宗说。

"我看你是神魂颠倒了吧。"竺丘说。

"我是饿得眼花缭乱了，难道你们不饿吗？"公羊冢说。

他们看着桌子上的美食，都直吞口水。蓝胤斗看着他们的神情不由得微笑了一下："吃吧，还等什么呢。"

"那我们就不客气了啊。"公羊冢说。

才一会儿工夫，他们就风卷残云般把各自面前的饭菜吃了个精光，唯有蓝胤斗胃口欠佳，就喝了碗粥随便吃了点菜就放下了碗筷。

"我吃好了，我去看看班鼎。"蓝胤斗说完就走出了房间。

## 第十五章 | 摩丹王的盛宴

"公主肯定又在担心青龙,都是因为救我。"竺丘看着蓝胤斗离去的背影,突然有些伤感。

"青龙如果有事,你会舍命相救吗?"公羊豖问。

"那还用说,我们是一个整体。"竺丘坚定地说道。

"所以,你无须自责,我们中的任何人有事,大家都会舍命相救,就因为我们是一个整体。相信青龙,它一定会回来的,好吗?"公羊豖拍着竺丘的小肩膀安慰他。

"你一定要相信,我们没那么容易被打败,不信你变身看看,你现在有多么强大。"蒲宗说。

"啊!不行!不行!要被这里的姑娘看到了肯定会吓着她们的。你让我今后还怎么找爱妃呀,我还想娶个摩丹姑娘呢!"竺丘连忙摇头摆手,心情顿时愉悦了很多。

"估计你死十次了她们都不会死,你觉得这样合适吗?"公羊豖说。

"我觉得很合适啊,爱情贵在短暂才永恒,天长地久的只有日月。"蒲宗说。

"我举四肢同意宗大人的看法,如果我爱她,即便我死了,我也会变成袋蟒来守护她。"

"袋蟒军团就算了吧,传说它们是守护星图系的,哪有时间来守护自己的爱人啊。"公羊豖说。

"反正不管死后怎样,活着的时候就得尽量开心一点,按自己的内心活着就会减少很多遗憾。"竺丘说。

"随心所欲的基本前提也得有个好身体,你现在还很虚弱,还要大量补充营养。要不你把公主那份也吃了吧,不然等几天我们又得吃干粮了。"蒲宗对竺丘说。

"我知道,可是我已经吃得很饱了。"竺丘说,"很快我们就又要启程,开始风餐露宿,战斗不息,可能随时都有生命危险。不过,从我出生到现在,哪天不是这样呢,我好像从来没享受过十天太平。"

"正因如此,我们不能辜负生命,不能虚度时光,更不能浪费美食,对吧?"蒲宗看了他俩一眼后,把蓝胤斗没吃的菜端过来开始狼吞虎咽地大吃,公羊豖也跟他抢着吃,不到两分钟,他俩又把剩下的菜吃得精光。

而蓝胤斗一个人出门后,却头晕目眩地摔倒在地上,恰好被路过的冷寇看见,她把蓝胤斗扶到房间里休息。待蓝胤斗睁眼醒来时,发现自己躺在一张舒适的大床上。

附近的瀑布声潺潺婉约,在空中飘浮缠绕,一缕阳光破窗而入,温暖耀眼。

"这个美梦做得很长,现在不知是什么时候了?"蓝胤斗看着刻满精致花纹的天花板自言自语。

"岬龙星的时间是上古10052年9月25日上午十点。"一个熟悉的声音传到蓝胤斗的耳旁。

"子宸！"蓝胤斗扭头侧看，见白子宸静静地坐在床头靠窗的一把椅子上。

"真的是你吗？你还好吗？"蓝胤斗兴奋地坐了起来。

白子宸连忙过来扶住她，拉着她的手微笑着说："你摸摸看不就知道了。"

蓝胤斗深情地看着他，用手抚摸着他的脸庞，她热泪盈眶地将头靠在白子宸的胸前，一双手紧紧地环抱着他。

"我以为再也见不到你了。"

"我不是答应过你吗？今后我就是你的贴身护卫，没有你的允许，我怎么敢有事呢！"白子宸温柔地抚摸着她的头发。

"通灵明玑也找不到你，我怕你有事，我怕你……"一向独立又冷傲的蓝胤斗，此时却像一个柔弱的少女，她满含热泪地紧紧抱着白子宸，久久不肯放手。

"我是个自私鬼，就算必须要走，我也要把你一起带走，或者我等你先走，我再多活几年好不好？"白子宸的眼眶此时也有些泛红。

"我喜欢你自私，我再也不想独自等你三十年了，十天我也不想再等了。"蓝胤斗本就有些贫血，来布雅戈后一直劳累奔波紧张过度，白子宸失踪后，在身心的双重打击下，她的身体彻底垮了。她有气无力地躺在白子宸怀里，白子宸又只好扶她躺着继续休息。

"知道你睡了多少天了吗？已经睡了五天了，说你营养不良，劳心劳力还休息不好，要不是摩丹王，怕你都醒不过来了。"

"如果醒来看不到你，我宁愿不醒。"蓝胤斗说，"蒲宗他们呢？都还好吧？对了，班鼎呢？他醒了吗？"

"醒了，他们都挺好的，现在都担心你呢。"

"那你呢？你打败了海齿鲸了吗？你怎么知道我们在这里呢？"蓝胤斗好奇地问。

"我在深海和它激战了两天两夜，在它疲惫无力的时候，我就将它一口封喉，它死了，我自己也受了重伤，漂浮到了海滩上。你猜是谁救我的？"

"谁？"

"在我晕倒迷迷糊糊的时候，我听到了你的声音，你让我不要放弃，一定要回来。后来一道白光闪昏了我的双眼，待我醒来时，我已经来到了这里。"

第十五章 | 摩丹王的盛宴

"是知后吗？"

"应该是它，但我还没来得及问它。"

"它在哪？我要去见它。"蓝胤斗又想坐起来。

"不要着急，摩丹王要召开重大会议，除了知后，还来了一些你意想不到的客人。"

"还有谁？你快告诉我，我迫不及待想知道，我之前听说过他们吗？"蓝胤斗突然变得激情满满，对一切又充满了好奇。

"到时你就知道了，我已经答应了知后，等你好些了自己去看。"

"我现在就要去，我已经没事了。"蓝胤斗急切地要下床，她再也无法平静地躺在床上了。

竺丘、蒲宗、公羊冢此时开门进来，看见蓝胤斗安然无恙，大家都非常开心。特别是竺丘激动得热泪盈眶，他上前扶着蓝胤斗的手臂："公主，你终于醒了，我们都很担心你！"

"我没事，只是有点累了。"蓝胤斗说，"你们吃饭了吗？还有没有饭吃，我感觉好饿。"疲惫的蓝胤斗瞬间变得可爱活泼起来。

"摩丹王已经准备好丰盛的午宴，正等着你呢！"一旁的蒲宗笑着说道。

"啊？现在吗？我是不是要洗洗脸？你们等我两分钟。"蓝胤斗一个人摇晃着跑出房间。

"睡了五天还能跑，看来她真没事了。"公羊冢看着白子宸说道。

"这就是爱的力量。"竺丘也看着白子宸说，蒲宗和公羊冢也同时看着他。

"你们都看我做什么？"白子宸显得有些不自在。

"你不在的时候，你知道她是什么状态吗？"蒲宗说，"郁郁寡欢，萎靡不振，悲伤痛哭。虽贵为公主，但女人还是女人啊。"

"好吧！难道我不在了，除了她你们就不难过吗？"白子宸好奇地问。

"其实，我们都一样！"蒲宗说，"只是，我们坚信你一定会回来的，我们是一个整体，你不可能独自离开。如果有一天，我们六大神兽必须隐退，那也是我们六个人一起走，是吧？"听完蒲宗一席话，大家顿时有些伤感。

"以后的事太遥远，我们还是努力珍惜今天吧。"白子宸说，"还能见到你们是我的幸运，以后我会更加珍惜每一分每一秒和平美好的时光。因为想到你们，我才无所畏惧，奋力打败了海齿鲸，或许就像公主常说的，这就是爱的力量吧。"

"这是我刚说的，好吗？"竺丘一本正经地要争回这句话的版权，逗得大家又哄堂大笑。

"有好事发生吗？这么开心。"蓝胤斗洗脸回来正碰上他们笑得正欢。

"听说宴会马上要开始了，竺丘都馋得流口水了。"白子宸又拿竺丘逗乐，竺丘嬉笑着用手擦嘴角配合他。虽然竺丘贵为佛洛斯人的太子，但因他性格开朗，活泼好动，而且个子矮小，每个人都愿意拿他逗趣，他现在已成了这个队伍里名副其实的开心果了。

"我们走吧！不过在高贵的摩丹王面前，我们是不是要克制一点，等宴会结束后，你们可以放肆地吃。"蓝胤斗说。

"遵命！"四个男人同时说道，脸上都洋溢着喜悦的神情。

五人刚走出房间大门，三位矮小的鼠人兴高采烈地朝他们跑过来。他们就是带领蓝胤斗和白子宸偷渡梦兰多，夜潜蓝灵堡的海星鹏、林叶西和风青牧。

蓝胤斗看见他们顿时开心地张开双臂，半蹲在地上，用无比热情的拥抱迎接他们。林叶西一头扎进蓝胤斗的怀里，海星鹏和风青牧每人抱着她的一条胳膊，激动不已。

"通大人说我们今天能见到公主，我们都激动得快飞起来了。"林叶西说，"我们才分开一个多月，但我感觉已经有十年了。"

"我也好想你们！你们都还好吗？"蓝胤斗问。

三位鼠人又在他们面前活蹦乱跳起来。

"你看看，我们当然很好！"林叶西说。

在场的所有人都被他们的天真和快乐所感染，就连空气中都充满了幸福甜蜜的味道。

"你们是摩丹王邀请来的吗？"蓝胤斗问。

"是的。"海星鹏说，"我们是跟随寿通大人来的。"

"寿通是谁？"蓝胤斗好奇地问。

"她是十二通灵子之首，是目前唯一一位没被裘图抓去的通灵子。"海星鹏说。

"都说祸不单行，我看福也不甘寂寞啊。"蓝胤斗说，"今天的惊喜实在是太多了，若每天都能如此，我想再睡五年。等我醒来世界就和平明亮了，那该多好。"

此时每个人的脸上，都洋溢着幸福欢乐的神情。

"我们走吧，别让摩丹王他们等太久。"白子宸说。

丹玫宫很大，在每一个转角处几乎都能看到独立的房间，而且走廊楼阁较多，

## 第十五章 | 摩丹王的盛宴

溪流和瀑布声不绝于耳，花园随处可见，空气中都飘浮着花草树木的清香。到处都有年轻的摩丹男女来回走动，有的看起来儒雅尊贵，有的显得天真烂漫。他们通过几道长廊，越过许多台阶后，终于来到了摩丹王的宴会大厅。

大厅里有很多英姿飒爽、美丽优雅的摩丹女孩站在两旁。摩丹王坐在正北方的王座上，他的左侧坐着十位摩丹长老，另一侧坐着鼠头人身的寿通和牛头人身的班鼎以及知后。

蓝胤斗的位置就在知后旁边，白子宸、蒲宗、公羊冢、竺丘的位置全在蓝胤斗的右侧。每位面前都摆放着一张高度适中的小桌子，一边10个共20个，上面摆满了摩丹人特制的丰盛的套餐。

蓝胤斗刚迈入大厅，就被摩丹王的气质所震撼。他面容精致，白发及腰，头上戴着庄严的王冠，已有一千余岁的摩丹王，脸上竟然没有岁月刻下的任何痕迹。他目光深邃，略显深沉，他散发出来的气场就是经历无数洗礼的睿智王者。他就是摩丹人的主宰，丹露湾的主人，是岬龙星尊贵又神秘的顶级人物，他的名字叫冷贡。

蓝胤斗走到中央，朝摩丹王鞠躬行礼："蓝胤斗拜见摩丹王！愿你吉祥安康，愿你万寿无疆！"白子宸他们也在后面跟着低头鞠躬敬礼。

"公主不必多礼，快快请坐！身体恢复得可好？"摩丹王很关切地问道。

"多谢你倾情相救，我已经没事了。"

"那就好！快请坐。你们也都坐下用餐吧。"摩丹王看着白子宸他们说。

蓝胤斗坐下后，白子宸、蒲宗、公羊冢、竺丘相继坐下。摩丹王开始向在座的诸位介绍蓝胤斗。

"各位尊贵的大人，这位就是罗梭人的古老皇族蓝胤帝的后人蓝胤斗。"摩丹王说，"她一个月前才回到岬龙星，但在短短的一个月里，她所经历的冒险和取得的成就，是我辈几十年甚至是一生想做而又做不到的。这需要足够的勇气和智慧。"

蓝胤斗微笑着偷视大家，在坐的诸位都点头赞赏。摩丹王又向众人一一介绍白子宸、蒲宗、公羊冢和竺丘。介绍完毕后，才向蓝胤斗他们介绍寿通和班鼎。

"这位是从子国来的最高护民师，十二位通灵子之首的寿通大人。"

大家都不由得同时扭头，眼冒金光地看着她。寿通站起来向摩丹王鞠躬后，又向摩丹长老鞠躬，最后向蓝胤斗方向鞠躬。摩丹王继续介绍班鼎："这位是我的老朋友，丑国的最高护民师，十二位通灵子之一的班鼎大人。"

班鼎起身向摩丹王行礼后也转头向蓝胤斗鞠躬行礼。

摩丹王继续向大家介绍知后。"今天还有一位重要的客人，他是我们岬龙星的先知、智者，它就是知后大人。如果我没记错的话，我们有五百年没见了。"

"的确如此。"知后微笑着很绅士地说道。

"前两天我特别想你，你知道吗？"蓝胤斗轻声地对身边的知后说。

"当然。"

"我就知道你会有办法的。"蓝胤斗说。

"这十位都是我们摩丹人长老会的长老。今天本王略备薄宴欢迎我们的老朋友、新朋友！欢迎你们来到丹露湾。"摩丹王举起手中的酒杯敬各位，在座的诸位也举杯共饮。在摩丹王的招待下，大家开始用餐。蓝胤斗看着眼前的美食，早已饥肠辘辘的她恨不得直接用手抓，但因众人都注视着她，她只好很客气地细嚼慢咽。

"因为时间紧迫，下午我们正式召开紧急会议，可能讨论的时间比较久，各位一定要吃好啊。"摩丹王说。

大家都微笑着点头附和着："是！是！"蒲宗和竺丘早已将桌上的食物吃得精光，美丽的摩丹女孩又忙着给他们加餐。蓝胤斗左右察看，但她始终不敢放肆地大吃，因为对面的十位摩丹长老都面无表情一直盯着她看。

"你贫血，多吃肉。离开这儿，不知得过多久才有肉吃呢。"白子宸轻声地对蓝胤斗说。

"好吧。"蓝胤斗在白子宸的提议下，这才放开吃起来。

"听说摩丹人热情好客，你吃得越多他们越喜欢，一点食物都不能剩。"白子宸说。

蓝胤斗微微抬头观察对面的长老们，但大家还是那样冷冰冰地盯着她，她感觉有一股寒流从脸庞飘过，顿时便没了胃口。除了蓝胤斗，所有人都将面前的套餐吃得精光。

这是摩丹人的习俗，食物不能浪费，每个人都必须要把自己的食物吃完，这表示对他们最大尊重和赞美。待大家都吃完后，蓝胤斗才把自己的食物勉强吃完。

饭后摩丹王已回宫休息，长老们也都陆续退场，所有人都自由活动，等着参加下午的紧急会议。这期间，蓝胤斗突然走到寿通和班鼎面前行礼："我替人类谢谢你们！让你们受累了，请接受我最诚挚的敬意！"

"公主不必客气，这是我们的职责，你回来了，我们都很开心。"寿通说。

"都怪我懦弱胆小，现在才回来。"蓝胤斗说。

"万事都讲时机，或许现在才是最好的时机。"班鼎说，"我也要感谢公主的救命之恩。"

"鼎大人不必客气，这是我们应该做的。"蓝胤斗说，"你们先回去休息，下午我们再商议，有很多很多事情，还需要请教你们。"

"好的。"寿通答道。

蓝胤斗将寿通和班鼎送走后，才和知后、白子宸他们离开宴会厅。

# 第十六章

***

## 紧急会议

　　蓝胤斗和知后离开宴会厅后并没有直接回房休息,而是在丹玫宫的长廊上悠然地散步聊天。火红的太阳悬挂在头顶,早已驱散了清晨银色的雾气,山里秋高气爽,并不感到一丝闷热。

　　长廊边有许多色彩斑斓的蝴蝶在花丛中飞舞,一对绚丽的鸳鸯在靠山的瀑布群边嬉戏打闹,水鸟在芦苇里拍打着翅膀,它们尽情地沐浴着金黄色的阳光。蓝胤斗今天心情大好,她脸上始终洋溢着幸福的微笑。

　　"这段时间你去哪里了?你是摩丹王邀请来参加会议的吗?"蓝胤斗很好奇地问知后。

　　"没有人知道我在哪里,我是不请自来。"知后说,"我离开蚁人岛后,就去了曾经封印独孤心魔的北阴山里查看了一遍,我要亲自去验证一个秘密传说,它可以帮助你们今后对抗裘图。"

　　"真的吗?这个秘密能跟我分享吗?"

　　"当然。但我有个请求,如果未来你成了岬龙星的主宰,希望你不要滥杀无辜,要始终怀着一颗慈悲的心,善待所有生灵。不然暴戾只会助长魔主的威力,最终岬龙星又会万劫不复,而且整个星图系都会受到灾难性的影响。"

　　"这个你放心,我现在就可以向你保证,我有生之年绝不会滥杀无辜,我会尽我一切所能带领大家建设一个美好的世界。"蓝胤斗将右手掌放在胸前,很真诚地向知后保证。

　　"我相信你,也相信我自己,到目前为止,我还从来没看走眼过。"知后慈祥的脸上露出了灿烂的笑容。

"可是，你真的对我有信心吗？"蓝胤斗突然有些情绪低落，"我最近总是怀疑自己，我内心充满了胆怯和恐惧。"

"你要相信通灵明玑的选择，就像你相信青龙选择白子宸，相信白虎选择蒲宗，你还相信玄武选择了公羊冢……这一切都是冥冥中注定的，这是大地母亲最明智的选择。"知后坚定地说。

"谢谢你对我的信任，你就像我生命中的太阳，总能及时把我的消极情绪驱散。我答应你，以后无论发生什么事，我都会坚定走下去，直到我生命终结为止。"

"好！我现在就要跟你分享这个重要秘密。"知后说，"一万年前，蓝胤帝将独孤心魔再次收入往生塔后，通过魂魄分离法（即分灵）将他的灵魂分成了十二个魔子，最后才封印在了北阴山里。"

"这是传说还是你亲眼所见？"

"是听我父亲说的，当时它也参与了那场人魔大战，由于它足智多谋，为蓝胤帝提了很多建设性的意见。战争胜利后蓝胤帝才封它为通灵明玑的守护者，父亲要我辈一直把这光荣的责任和使命传承下去。"

"原来是这样，我一直以为你们是不死之身呢。"

"我会睡三五百年，沉睡期间跟死无异。每次醒来我的身体都会脱胎换骨，只是记忆不会消失。"知后说，"当然，如果我认为我的后代有能力做通灵明玑的守护者了，我也可以把这副重担交给它们，那我就不用再醒了。"

"不行，至少我还活着的时候，你不能离开我。"蓝胤斗摸着知后脖子上的软毛，向它撒娇。

"这个我可以答应你，在岬龙星万年一遇的浩劫没有平息之前，我也不能安心沉睡啊。"知后说，"此次我去北阴山看到了一些很大的变化，这上万年来，整个北阴山下陷了大概一千米。随着气候和环境的变化，各类生灵也在不断进化。我最近才注意到，还有很大一批生灵已经灭绝，就连人类，曾经也不是现在的样子，当时人类全身长满了毛发，生活作息和动物无异。现在还活在岬龙星的生灵都是生存能力极强的，而那些还没来得及适应环境就灭绝的生灵恰好滋养了独孤心魔的灵魂，他能吸收世间万物的浑浊之气而魔力大增。据我观察，一百年前，至少有八个魔子就开始冲破封印附在刚诞生的生灵身上了。"

"这么说来，难道裘图只是十二魔子之一？"

"我怀疑裘图不仅仅是魔子，还是独孤心魔灵魂中的灵魂。"知后说，"还有十一个魔子也许不在人类中，类人、异人，甚至是飞禽走兽都有可能。"

蓝胤斗顿时脸色阴沉，陷入了绝望中："一个裘图就如此残暴凶狠，再来十一个，如何对付得了？"

"恰恰相反，一个魔主不好对付，而十二个魔子就好说了。"

"斗儿愚钝，还请皇灵明示！"

"你想想，当初蓝胤帝为什么要把魔主的灵魂分成十二份呢？他一定想到了，终有一天独孤心魔还会重返世间祸害万千生灵，想要削弱他的魔力，只有分散而击之。"

"那十二个魔子就不能重聚在一起了吗？"

"有句话叫一朝分灵，万劫不复。这十二个魔子可以心灵相通，协力互助，但绝不能再融为一体，因为每一位魔子都有了自己的生命和欲望了。"

"如果真是这样，那我和六大神兽对付他应该绰绰有余。"

"也没有这么简单。在这一万年里，他吸收了大量的混沌之气，灵魂也会突变，我们还不清楚他真正的实力。"知后说，"好消息是，青龙打死的海齿鲸就是其中的一个魔子。海齿鲸一死，玄魔宫的上空就冒出了一道巨大的黑气，裘图已经感觉到了威胁。近期你们要更加小心，他一定会疯狂报复。"

"真是振奋人心，六大神兽还没齐聚，他就损失了一只臂膀。那我们可以先从这些魔子下手，近期他们肯定会追上门来的。"蓝胤斗信心满满地说。

"看来你已经做好了参加这次会议的准备了。宸大人他没事了吧？"

"看他神采奕奕，应该没有大碍。听说他当时受了重伤，你见到他时到底是什么样子？"蓝胤斗好奇地问。

"我一直在北阴山找线索，今天早上才来到丹露湾。"

"不是你救的他？那会是谁？"蓝胤斗脸上露出了诧异的表情，"他说在晕倒前看到一道白光，醒来后就到了这里，我们都以为是你。"

"或许是寿通，也或许是摩丹王。"知后说，"我们该去会议室了。"

知后和蓝胤斗又绕着丹玫宫的长廊与石阶走了好久才来到会议室，除了摩丹王外，参会的人员都已坐在了自己的位置上。会议室内有一个大型圆桌，围绕桌子边缘随便可坐20个人。

但今天参会的只有11个人，分别是：摩丹王、知后、寿通、班鼎、花雨长老、包田长老、蓝胤斗、白子宸、蒲宗、公羊冢、竺丘。

## 第十六章 紧急会议

先到会议室的人员双双交头接耳，议论纷纷，当知后和蓝胤斗进入会议室时，会场才逐渐安静下来，随后摩丹王也匆匆走了进来。他神情严肃，双目深沉，大家都起立迎接，他径直走到自己的位置前，没有直接坐下，而是站着很焦虑地注视着大家。

"各位大人请坐！我很遗憾地告诉你们，我的信使来报，就在两天前，班罗亚附近的 20 万飓魔军团正在集结，裘图可能要向我摩丹人开战了。"

摩丹王刚说完，他右边的花雨长老顿时怒目拍桌而起："没有长老院的允许，你擅自带羊入室，狼能放过你吗？愚蠢又贪婪的罗梭人自食其果，摩丹人拯救不了他们。"

摩丹王被长老当众批评，他没有生气，而是很平静地坐在了自己的位置上。在场的所有人都屏住呼吸，待花雨长老也坐下后，摩丹王左边的知后咳嗽了一声，大家才从紧张的气氛中缓过来。

摩丹王又看了大家一眼后冷静地说道："五十年前我错了一次，今天，我不想重蹈覆辙。佛洛斯人很少参与外事，勤勤恳恳，也算是与世无争，但除了罗梭人第一个被灭国的就是他们。如果我没猜错的话，对面坐的这位大人就是佛洛斯人的太子竺丘殿下吧。不妨让他说说，他的国家和同族同胞们曾经到底遭遇了什么？"

大家都转头注视着竺丘，竺丘垂头陷入了悲伤中："我三岁那年，我的国家被他夷为了平地，蚁人岛很多地方至今还寸草不生。我父王冒死将我托付给了王家海龟后不久战死，它们将我驮到北阴山下的洞穴里，一住就是十五年。等我十八岁后才带我去见幸存的族人，当时遍布在布雅戈的两千万佛洛斯人都惨遭杀戮，现在我们幸存的族人估计还不足百万人。我又隐姓埋名生活了 40 年，去年被裘图发现后就被抓到了螺旋岛，还好我从小练就了一身龟缩功，又得到了班鼎大人的指点。不然在天寒地冻的地牢里，最多十天我就会被活活冻死。"

"我还记得你的父王竺淞曾经说佛洛斯人在岬龙星微不足道，对任何生灵都没有威胁，所以拒绝履行任何义务。他本以为凭借四面环水的天然屏障，就能确保佛洛斯人的安全，可他万万没想到，除了蓝宫帝国，第二个被灭的就是他。第三个是索瓦人，那第四个该是谁呢？两位长老有没有想过？"知后问。

花雨长老和包田长老一时无语，知后继续说："我想，作为当时的见证者，我有义务再向大家普及一下岬龙星的历史。我从蓝胤帝国最繁荣的时期活到现在，虽然我大部分时间都在沉睡，每次醒来我的身体都会脱胎换骨，但我的记忆依然清晰不减。过去1000年来，整个岬龙星，几乎都是君子无为，奸臣当道，恶霸横行，才给了独孤心魔重生的土壤。魔主重现，谁也别想撇清关系。但现在，斗转星移，神兽初醒，他们已经点燃了希望之火。如果大家还能思考，就应该能想到，不管摩丹人是否中立，裘图第四个要灭族的就是摩丹人，因为这是历史的血债。一万年前，如果最后那场决战没有你们祖先的帮助，也许统治岬龙星的就是独孤心魔，就连将他的灵魂封印在北阴山下，也是你们祖先的智慧。就凭这些血的仇恨，魔主裘图也绝不会对你们摩丹人善罢甘休。"

"知后说得在理，这几十年来我一直在想这一问题。"摩丹王说，"不管我帮不帮蓝胤公主，他下一个都会找我们摩丹人算账。"

"再者，从现在的天时地利来看，他暂时不可能去攻打类人，他还不敢踏入枭宦森林，他更不能去攻打海外的异人，他暂时还没有一支庞大的海军。海盗虽听命于他，但都是一帮自由散漫的野蛮之徒，他们真正听命的是大海，所以海盗不足为惧。离他最近的就只有东北方的丹露湾了，若他成功占领了丹露湾，就能从此绕过枭宦森林，直接进入北方的类人领地。所以，如果他想称霸布雅戈，统治整个岬龙星，丹露湾他就非取不可。除非……"知后欲言又止，它停下来观察两位摩丹长老的表情。

花雨长老心急如焚，忙问："除非怎样？还请知后大人明示！"

"除非你们不战而降，甘愿做他的走狗。"知后说，"或是举国逃到海外，找个无人占领的荒岛苟且偷生，等他统治整个岬龙星后，最后一个再找你们算账。"

"岂有此理！摩丹人只是不愿挑起不必要的战端，但既然躲无可躲，我们只能奋力反击。"摩丹王说，"这几十年来，我们可没闲着，摩丹大军早已厉兵秣马，只要他胆敢闯入丹露湾，我们就跟他决一死战。"

"好！"寿通站起来拍手叫好，"我们鼠人永远是摩丹人最忠诚的朋友，我的弟子随时听候你的差遣！"

两位摩丹长老同时将目光投向了蓝胤斗。一直沉默不语的包田长老意味深长地问道："今天类人落得如此下场，你知道为什么吗？"

蓝胤斗低头不语。

包田长老又看着知后说："或许你最该普及的是蓝宫帝国的历史，让她看看她的祖祖辈辈到底做了什么！"

"长老说得是，我作为她的守护者，还没来得及帮她普及这些知识，这是我的失误，那我就借此机会再回忆一遍。"知后说，"若从蓝胤帝时期娓娓道来，可能十天十夜也说不完，今天我只捡重点的说。一万年前，蓝胤帝带领布雅戈的正义之士打败独孤心魔后，成立布雅戈第一个也是唯一一个国家——蓝宫帝国。他被封为蓝宫帝国的始皇，蓝胤氏也成了岬龙星最尊贵的皇族，可代代继承皇位，接受万千生灵的朝拜和供养，有享不尽的荣华富贵。但是，真正治理蓝宫帝国的总相，必须得择能人而任之，由布雅戈各族中最智慧的长老投票选举。除了罗梭人，他也可以是摩丹人、佛洛斯人、索瓦人、类人、异人，甚至我也可以去参加竞选。只要你有能力，不分种族，不看肤色，就这样代代相传代代遵守，国家繁荣富强，各个种族和睦共处，每一个角落几乎天天都是歌舞升平。"

"听起来这的确是一种很好的制度，可后来为什么没有继续履行呢？"蓝胤斗问。

"和平久了，有些人又想兴风作浪。"知后说，"就在一千年前，皇叔蓝胤麒私欲膨胀，独断专行，权倾皇宫，他还想一手遮天，并篡位夺权，迫使当时的皇帝蓝胤诚逃亡。后来他又暗杀当朝的类人总相，废除了长老制度，并尊称自己为蓝宫帝国唯一的天子，且罗梭人才是世上最高贵的种族。他还将其他种族分成了三六九等，种族歧视也从此诞生。因此摩丹人、佛洛斯人、索瓦人、类人、异人都纷纷起来反抗。最近这几百年来战争频繁，生灵涂炭，十二位通灵子只好启用皇灵法典，才最终达成和解协议，各个种族可自行独立，自封国家。蓝宫帝国从此分崩瓦解，蓝胤麒的后人成了罗梭人的皇帝，但不再受其他种族的进贡和朝拜。蓝胤麒死后将皇位传给他儿子，儿子再传儿子，一代比一代昏庸残暴，民不聊生，罗梭人自己也分崩离析，很多部落都纷纷独立。直到裘图出现，轻而易举就取代了蓝胤氏的帝位。其他异族都袖手旁观，只有十二位通灵子伸出援手，但毕竟势单力薄，根本无法阻挡裘图的步伐。裘图统治罗梭人后，屠杀平民，惨绝人寰。后来又攻打佛洛斯人、索瓦人，每次都有灭族而后快之势，这才引起异族国王的高度警惕。但民众显然还没彻底醒悟，大家还是麻木不仁，继续旁观，能否让他们彻底觉醒，需要蓝胤斗和众神兽以及在座各位的努力了。你们的一举一动，都将影响布雅戈甚至是岬龙星未来的命运。"

"如果裘图真是独孤心魔，的确，我们谁也无法独善其身。"包田长老说。

"准确地说，裘图只是独孤心魔的十二分之一。"知后说，"还有十一个魔子没有现身，如果青龙刚打死的海齿鲸算一个的话，那也还有十个。当初蓝胤帝设想，要是魔主再现，分散击之会更容易些，但经过上万年的灵魂突变，他们到底有多厉害还不得而知。所以大家必须高度警惕，高度重视，我们真正面对的敌人，神秘又凶狠。一场残酷的世界大战，一触即发。谁能将各族人民重新团结起来再次共同御敌？我想，只有蓝胤斗还有一线希望。毕竟，她是蓝胤帝的真正传承人，虽然蓝胤氏出了个暴君蓝胤麒，但也不能否认蓝胤氏在岬龙星还有相当强的影响力。再说，她还是万灵之母通灵明玑唯一的继承者。"

"好吧，至少你说服了我。"包田长老问，"我想听听蓝胤公主的意见。"

蓝胤斗被突如其来的询问弄得有些不知所措，她扭头看看大家后才冷静地说："毫无疑问，丹露湾不能丢，我们必须全力以赴跟裘图战斗到底。"

"我担心，就摩丹军队，恐怕撑不过十天。"包田长老说。

摩丹王连忙摆手说道："还没有交战，田长老何必长他人志气。何况现在还有蓝胤斗和四大神兽在此，我们还有高山花木作天然屏障，他想要拿下丹露湾，没有那么容易。"

蓝胤斗低头沉思片刻后说："六大神兽必须齐聚归一，才能发挥出最大的威力。很抱歉我们不能在此久留，明天必须得离开此地。"

蓝胤斗此话一出，除了知后，其他人都露出了大惑不解的表情，特别是摩丹王，完全在他的意料之外。

"你刚说什么？你们要走？"摩丹王问。

"很抱歉！时间紧急，必须得走。"蓝胤斗说。

"摩丹人有难，难道你们要袖手旁观吗？"摩丹王的脸上露出了一丝不悦的神情。

"我早说了，罗梭人根本不可靠。"花雨长老说，"他们自私又傲慢，指望她能像蓝胤帝一样将各族人民团结起来再一起战斗，简直就是天方夜谭。罗梭人几乎已经快要灭亡了，连自己的种族都保护不了的人，谁还会相信他们会帮我们。我看就算六大神兽联手，也不过是刑场上的死囚，在做最后的垂死挣扎罢了。"

"难道裘图已经把你们长老院收买了吗？还是，你就是其中的一个魔子？"白子宸厉声问道。

花雨长老愤怒地拍桌而起，火药味充斥着整个会场。"你竟敢如此放肆，这可是在丹露湾。来人，把他给我拿下。"

一群全副武装的摩丹军人冲进了会场，所有人立刻都变得紧张起来。

摩丹王连忙站起来制止："慢！本王在此，谁敢放肆！你们都给我退下。"冲进来的人们根本不听摩丹王的指挥，而都扭头看花雨长老，等他下命令。

蓝胤斗发现事态严重，顿时对花雨长老施法："无论你是谁，现身吧。"一道白光直冲着花雨长老的眼睛，不一会儿，巫曼仇的影子从花雨长老的身体里迸发出来。

## 第十六章 ｜ 紧急会议

公羊豖看着空中飘浮的影子大叫道："他是巫曼仇！"

巫曼仇根本不理会大家，直接指挥冲进来的三十余个摩丹军人将所有人包围。但蓝胤斗功力强大，她瞬间将屋里的所有摩丹军人体内的黑影全部逼了出来，摩丹军人瞬间变回了自己。

"巫曼仇，有我在此，你胆敢放肆。"蓝胤斗说，"在我没把你打得魂飞魄散之前，你趁早滚回你的魔幽城吧。"

巫曼仇的暗影在空中放肆地飞窜，他阴森可怕的大笑声回荡在整个会场，许久后才飘了出去。

大家有惊无险地躲过了一劫，就连久经世事的摩丹王都被吓得脸色铁青。花雨长老终于变回了自己，但他身体虚弱，一坐下就倒头躺在了椅子上，随后被摩丹军人抬出了会场。但会议没有终止，大家坐回原位继续讨论。

"花雨长老功力如此深厚，都能被巫曼仇随意控制，我看摩丹人危矣。"摩丹王显得有些惶恐不安。

一直沉默不语的寿通这时冷静地说道："在我看来，这何尝不是件好事，蓝胤公主不费吹灰之力就将巫曼仇逼了出来，现在该惶恐的是他们。正好让他把我们的实力和决心传达给裘图，我想他们现在必须得三思而行了。"

寿通一席话，使大家顿时豁然开朗。摩丹王终于露出了欣慰的笑容："通大人说的是，看来他们心里也没底，才会冒险做这样的事。"

寿通看着一直不说话的班鼎问："鼎大人，你有什么打算？"

"我要回丑国。"班鼎说，"我想游说丑王联合其他类人帮助摩丹人，其实最终也是帮助我们自己。"

"这样甚好！"寿通说，"只是类人都变得懒散又麻木，要让他们觉醒困难重重，除非能让他们亲眼看到战争，才会相信危险就在眼前。"

"战争从没停息，危险一直都存在，只是他们生活在和平的枭北，不愿看见而已。"班鼎说，"当然，十一位通灵子集体失踪，也会挫伤他们的锐气和信心，现在六大神兽即将归位，想必一定能给他们带来希望和光明。只要有光，装瞎的人都会好奇地睁开双眼。"

"这也是今天我来想讨论的议题。"寿通说，"这一次，不光是摩丹人在劫难逃，我们类人才是裘图的终极目标。要想说服枭北的各国王主参战，最好的办法就是先找到失踪的通灵子，只有他们才有希望说服自己的王主。"

"十二位通灵子还有十位下落不明。我想裘图匆匆向摩丹人开战，或许就是想阻止我们召唤六大神兽，寻找失踪的通灵子。而齐聚他们，是我的职责，也是我们能最终彻底打败裘图的希望。但斗儿愚钝，如何寻找通灵子我现在还一筹莫展，希望能听听各位前辈的意见，给我指明前进的方向吧。"

"恐怕还得听听班鼎大人的意见，他最有发言权。"摩丹王说。

"时机到了，相信你的通灵明玑会给你提示，就如同你唤醒神兽一样。有一点我要说明，可能不是每位通灵子都落入了裘图之手，也许还有像寿通大人一样逃脱的人，他们可能将自己隐藏起来了，再等待时机。一旦大战打响，自由的通灵子一定会来到丹露湾。这是《子灵法典》的条款，通灵子不敢冒犯。如果到时没有通灵子来，那就真的落入裘图的魔爪了。"

"《子灵法典》？那又是什么？"蒲宗好奇地问道。

"《子灵法典》是《皇灵法典》的一部分。"知后说，"这是蓝胤帝和当时的十二位通灵子立下的契约。六大神兽隐退，十二位通灵子留在世间维持正义，守护生灵，不然诅咒就会显灵。"

"《皇灵法典》到底是什么？诅咒又是什么？"一直沉默不语的公羊冢也开始好奇了。

"今天暂不讨论这个议题，以后你会知道的。"知后微笑着对公羊冢说。

"关于寻找通灵子的事我也没有好的建议，那今天的会议就到此结束吧。"摩丹王说，"长老们还在等我，各位大人你们请便。"

会议到此告了一个段落，摩丹王和十位摩丹长老走到另一间会议室，关于战与不战的议题开始激烈地讨论起来。蓝胤斗和知后以及寿通、班鼎四人在商量着他们的应对计划。

公羊冢忧心忡忡地对白子宸、蒲宗、竺丘说："不知道班罗亚城怎么样了？会不会已经被飓魔军控制了。"

"不管怎样，肯定没有发生暴力冲突，不然我的人若去支援，一定会设法告诉我。"蒲宗说。

"你没听摩丹王说，聚集在班罗亚的飓魔大军要往丹露湾来吗？也许他根本就没把班罗亚放在心上。"竺丘说。

"很有可能。"白子宸说，"裘图认为西南方都在他的掌控中，他现在不会注意某个部落、某个城市，甚至不会把罗梭人放在心上。他要放眼世界，称霸岬龙星，就得征服世间的所有生灵。"

"他不死盯罗梭人更好，我们就有空间和时间进行绝地反击。"白子宸说。

"我的身份已暴露，我现在担心族人的安危。"公羊冢还是显得一脸沮丧。

"我们这样的人，注定忠孝难两全。"竺丘说，"看看我们谁不是家破人亡？我更是国破家亡，早已把生命置之度外了。"

"战乱年代，牺牲无可避免，我们就祈祷他们平安吧。"蒲宗说。

大家的心情顿时变得沉重起来。时间一晃而过，众人走出会议室时，已接近黄昏。傍晚的冷风吹得呼呼作响，最后一道晚霞翻山越岭，穿过云雾，闪耀在丹露湾上空。

# 第十七章

***

## 魔王宣战

魔幽城秋雨连绵,黑铁般的乌云与高山相连,像乌黑的铁网一样将玄魔宫团团困住。在一条狭窄阴森的巷道里,身穿一袭黑衣的巫曼仇和黑豹少主急匆匆地并肩而行,呼啸的冷风拍打着他们的衣襟。

"总相大人,有消息了吗?任何有用的消息。"黑豹少主急切地问道。

"当然,我看见了一个人。"巫曼仇说,"虽然我一直怀疑他无私无畏的忠诚,但我没想到会是这样。"

"你指的是谁?"黑豹少主的脸上显得有些紧张。

"铁面毒枭公羊冢。"

"飓天座怀疑他就是玄武,可你始终不相信啊!"

"他也只是怀疑,不是说他上次只看到一个和他相似的背影吗?"

"现在你确定了吗?"

"我已经亲自证实了,他就是玄武。我们的很多计划都会暴露,简直可恶至极。"

"玄皇今天提前出关,是不是跟他有关?"

"他还不是最糟的,我们的一个魔子已经被青龙打败了,大战一触即发。"巫曼仇没有再详细地说下去。两人右转来到一座高耸威严而又戒备森严的宫殿前,这是玄魔宫内最大的主体建筑,裘图常年居住在此。邪恶彪悍的飓魔怪和威风凛凛的黑豹军人全副武装站在宫殿门口两旁。他俩旁若无人,依然急匆匆地向宫殿大门走去。

"都来了,咱们可能是最后两个。"黑豹少主显得有些紧张。

"没关系,我们还有点时间。"他俩来到一扇厚重乌黑的大门前,大门轰隆一声

## 第十七章 魔王宣战

自动打开，待他们进去后，又轰隆一声重重地关闭。

一道微弱的光线从里面散发出来，寂静中，他们站直低头鞠躬，片刻后才又迈步继续前行。他们穿过走廊，来到一间宽大又冷清的大厅门前，他们深吸一口气后，巫曼仇才扭开黑色的木制门把。

里面的房间装饰非常奢华，灰色的石头地板上雕刻着奇形怪状的图案，墙壁和雕塑几乎都是灰黑色。一张华丽的长条桌子旁边坐着飓天座、九蝎女王，还有几位面目狰狞的怪异面孔，大家都沉默不语。见巫曼仇和黑豹少主进来，大家扭头看了他们一眼后又静静地坐在位置上。

一个嘶哑又深沉的声音从正北边的墙壁后面飘了过来："看来是我们的总相到了。"

巫曼仇依然站在原地微低着头不敢出声，全场相继站立，鸦雀无声。北边那堵墙壁上的石头开始哗哗作响，来回转动，不到一分钟的时间就出现了一道大门。

一位黑发垂肩，脸色苍白，鼻梁高挺，嘴唇乌黑，两眼泛起红光，身穿一袭黑色长袍，个子足有一米八高的中年男子走了出来，他的宠物隆基懒懒地趴在他的肩膀上。

所有人立即拍拍身上的灰尘，站成两排双膝跪地。嘴里齐声喊道："拜见玄皇，祝你万寿无疆！"

裘图径直走到长桌正北边的一张高大的黑色座椅边，椅背上雕刻着九头鹰模样的图案，狰狞恐怖。座椅的右边站着飓天座和九蝎女王，左边还有两张空着的普通椅子。他到座椅前才微微抬起双手说："都坐下吧，总相坐我身边来。"

巫曼仇按他指定的位置坐下后，他抬头扫视了一圈后说："人都到齐了吗？"裘图放缓语气，左右扫视着众人，他看到中间有一个空缺的位置便问，"铁面毒枭何在？"

下面还是寂静一片，没有人敢吱声，只有巫曼仇的嘴微微动了一下，裘图向左瞥了一眼。他伸伸腰，抬抬手说："我们的总相有话要说？"

巫曼仇坐直身子，清清嗓子说："是。我分灵控制了一位摩丹长老，参加了摩丹王召开的紧急会议。我见到了蓝胤斗，还有……"巫曼仇停下来看了一眼裘图，裘图略微点头后，他才继续说道，"还有铁面毒枭公羊冢。"

裘图听到此话后，右眼皮跳动了一下，脸色阴沉。下面的各位都开始左右晃动起来，有些还直勾勾地盯着巫曼仇和裘图看。巫曼仇很冷静地继续说道："他是六大神兽之一的玄武。"

"玄武？"裘图瞪着大眼，眼珠散发着血红的微光，他死死地盯着巫曼仇。众人连忙移开眼神，害怕自己的眼睛和他对上被他残忍的眼神灼烧，只有巫曼仇一如既往地冷静。裘图用右手将肩膀上的隆基拿下来，双手捧着它，还不停抚摸它的脊背。他微低着头，苍白的脸抽动两下，嘴角略有上扬，好像是在冷笑。

"好！非常好！传说中的蓝胤斗和神兽们终于出现了。"裘图抚摸着隆基，好像在自言自语。

"自从公羊冢失踪后，班罗亚已被飓魔军控制，他的族人都在飓天座的手里。"巫曼仇说。

"这点小事，你们知道该怎么做。"裘图站起来，将隆基放在长桌上。隆基慢慢在众位面前扭动着，不时用它那颗豆子大的绿眼睛盯着众位看。裘图踱步到巫曼仇身后说："我们的朋友，大海里的超级霸主海齿鲸死了，你们知道是谁干的吗？"

大家一脸茫然，只有巫曼仇心事重重。

"是青龙。龙才是海中的真正霸主。"巫曼仇说。

"总相大人，你还听到了什么都告诉大家吧。"裘图说。

"摩丹王已经知道我们在班罗亚集结军队，他们正在商议积极迎战之策。"

"飓天座，你的飓魔军团到丹露湾需要多长时间？"裘图显然已经发怒，声音更加嘶哑颤抖。

"一年前，我已在东边集结了十万飓魔军。只要玄皇一声令下，我的飓魔军二十天就能将他的丹露湾踏平。"飓天座很得意地说道。

"你有没有具体的作战计划？"裘图问。

"摩丹人的古老法术目前飓魔军还无法靠近，我们可以用火攻。"飓天座说。

"摩丹王能召唤洪水。"巫曼仇说，"而且，六大神兽目前已唤醒了四位，等你二十天后，六位神兽肯定就聚齐了。"

裘图扭过头来问巫曼仇："总相大人，你怎么看？"

"丹露湾势在必得，摩丹人也不足为惧。但现在最迫切的事，是要阻止蓝胤斗召齐六大神兽。"巫曼仇说，"飓天座和九蝎女王都曾和蓝胤斗正面交手过，不如请两位说说感受吧。"

飓天座和九蝎女王都死盯着对方不想开口。裘图走到九蝎女王的身后停了下来："我很乐意听听女王的高见！"他随后回到自己的座椅上。隆基又从桌上爬到他肩膀上趴着，它那双豆大的绿眼睛还不停地转动着注视着大家，犹如监控器一般，随时关注着大家的一举一动。

九蝎女王今天又变成了一张漂亮的人脸，她用右手撩拨着自己的发丝，脸上露出了谄媚的表情，眼睛左右扫视着大家，唯独不敢看裘图。

"她的通灵明玑发出的魔力能把我挡在一米以外，我不敢靠近她。至于神兽，我还从来没见过，当时只在马背上见了几个人影，后来都跑进万花林了，是摩丹王帮了他们。"九蝎女王说。

裘图默不作声，他扭头盯着飓天座。飓天座虽然很不情愿说起自己失败的经历，但在裘图面前，他没有选择。

"一个月前，你密令我们看守班罗亚的地下通道，我带着300名红脚帮的精英杀手埋伏在班罗亚去枭宦森林的地道里，我们在十字路口等了三个小时。在毫无征兆的情况下，青龙、白虎和玄武犹如飓风般突然向我们扑来，不到十分钟200多个飓魔怪全部牺牲，我只带着十几个杀手侥幸突围。"他看大家都脸色沉重，面无表情，他不停地搓着大腿说道，"当然，有我的问题，当时没有高度重视，被他们偷袭才被打得措手不及。回来后我和九蝎女王带兵一路猛追，但还是晚了一步，他们去螺旋岛救走了佛洛斯太子竺丘和通灵子班鼎。后来又被我们追到了万花林，他们冒死去了丹露湾。"

"螺旋岛一直由海齿鲸守护，它和螺旋岛一起消失了。"裘图苍白的脸平静如常，但声音冰冷，"蓝胤斗、摩丹王，你们是想联手吗？"他用右手的食指和大拇指轻轻一掰就将桌子的一角掰了下来，瞬间揉得粉碎。

所有人都不敢吱声，只有巫曼仇斗胆地说："玄皇，还有一事，不知当讲不当讲。"

"说。"

巫曼仇起身走到裘图后面，将头伏在他耳边轻轻地说："知后现身了，它还查到了你的秘密，并且知道海齿鲸就是十二魔子之一。除了你以外，他们还在查其他十大魔子的身份。"

裘图苍白的脸上，终于冒起了几根青筋。"当年它父亲与我作对，现在它又要来搅局。历史要重现，但结局要由我来改写。"他猛地从桌子上站了起来，"我宣布，黑鹰帝国从此刻起，全面进入战争状态。布雅戈大陆，乃至岬龙星上的所有生灵，顺我者昌，逆我者亡。"他将双手抬起来举过了头顶，声音洪亮又颤抖，"这个世界，只有我能主宰！"裘图两眼闪烁着耀眼的红光，就连乌黑苍白的嘴唇瞬间也变得血红起来。

"血债血还，日月无光。千朝万代，唯你主宰。玄皇英明！"大家立刻站起来大声地齐声喊道。

裘图长吸一口气后挥手示意大家坐下，所有人都坐下后他又说："我黑鹰帝国养精蓄锐，励精图治五十年，就为等到这天历史再现，故敌重逢。我早就知道，他们不会束手就擒，还会卷土重来。这些年，我潜心修炼，少问世事，总相操劳国事辛苦。从今天起，我回归玄魔宫，亲自坐镇指挥每一场战争。"

在场的人终于都露出了开心的笑容，纷纷说道："太好了，太好了。"特别是飓天座，有点欣喜若狂："我三百万飓魔军团早已做好准备，跟随玄皇踏平丹露湾，攻打北方十二国，再漂洋过海，撕碎那些野蛮又愚蠢的各地异人。玄皇统治岬龙星指日可待。"

黑豹少主也忠心耿耿地表态说："我五十万黑豹大军，随时听候玄皇的调遣！"

九蝎女王也不甘示弱："我九蝎大军，已整装待发，只要玄皇一声令下，我们三天之内就能穿过天妖之门，保证让那些不识时务的怪胎们闻之丧胆。"

裘图的脸上终于露出了一丝笑容。但声音变得越来越邪恶："好！放出你们邪恶的天性去杀戮吧！扒他们的皮，吃他们的肉，喝他们的血，烧他们的房，毁他们的国。但有一条需谨记，大家必须听从上级命令，违令者，杀无赦！背叛者！世代斩草除根！"

"遵令！"大家大声答道。

大家正气势高昂，热血沸腾之时，唯独巫曼仇异常冷静。他忧心忡忡地说："我们已万事俱备，但也不能盲目自大。一旦全面开战，生死存亡就在一线之间。我们的敌人，不只是年轻的蓝胤斗和六大神兽，还有一帮老谋深算、法力无边、智慧超群的人。在没有万事谋划好之前，还请玄皇谨慎发兵。"

"总相有何良策？现在即可道来，大家可畅所欲言，一起讨论。"裘图说。

"要只有一个区区的丹露湾，不足为惧。"巫曼仇说，"但是，若北方的类人各族前来支援，胜败难以预料。所以，在出兵攻打摩丹人之前，我们要设法拉拢枭北各族类人，最差也要分裂他们，绝不能让他们团结起来，一起对抗我们。"

"我们可是他们的死敌，他们怎么会信呢？"一旁的黑豹少主惊讶地问道。

"现在的岬龙星没有永远的朋友，更没有永远的敌人，只有永远的利益。"巫曼仇说，"大多数类人早已抛弃了罗梭人，据我了解，他们对摩丹人也不友好。而且，现在的类人各族首领，乃至王主，多半是些昏庸无能之辈、见利忘义之徒，这更加有利于我们拉拢他们。"

"可我们不想和他们做朋友，我们要连同他们一起消灭。"飓天座傲慢地说。

"是啊，难道你的野心，就只有那小小的丹露湾吗？"九蝎女王说，"把摩丹人消灭后，玄皇就成了人类的唯一主宰。可是，类人呢？异人呢？我们要横扫布雅戈，踏平岬龙星的每一个角落。

裘图冷静地看着大家讨论，若有所思，一言不发。下面还有九位黑衣人，始终默默地听着，不说一句话。

"这只是缓兵之计，以图日后一一击破。"巫曼仇说，"待我们拿下丹露湾后，类人岂不成我们的囊中之物了吗？到那时，就看玄皇的心情了，我们想怎么打就怎么打，想灭谁就灭谁。"

"哈哈哈哈……"一个阴冷又放肆的笑声响彻会场，这就是裘图标志性的笑声，"总相果然精明。只是，只要还能思考的人，都能看出我们的野心。谁有三寸不烂之舌，能担此大任呢？"

"我想，得我亲自走一趟了。"巫曼仇说。

"好！说服他们，你需要多少时间？"裘图问。

"枭北十二国，最多两个月足矣。"巫曼仇说。

"那就给你两个月。"裘图说，"我们也需要时间做周密的计划和准备，就再让摩丹人闻两个月的花香吧。我现在最迫切的事，是要除掉蓝胤斗，在神兽还没聚齐之前。"

"玄皇英明！"下面的人齐声喊道。

裘图亲自走到巫曼仇身边将他扶起来让他坐下。他随后走到一直没开口说话的九位黑衣人后面。

"十大魔子也现身吧，你们已暴露，不必再伪装了。"裘图压低声音说道。

在座的除了巫曼仇、黑豹少主、飓天座和九蝎女王外，其他九位黑衣人加上隆基瞬间变成了十个骷髅人站在大家面前。他们全身上下除了一颗火红的眼珠在深陷的眼窝里转动外，身上没有一点肌肉，全是骨头与骨头相连。

一股邪恶恐怖的阴气扑面来，就连在场的巫曼仇、黑豹少主、飓天座和九蝎女王都不敢直视。裘图抬手一挥，十件黑色的长袍从裘图刚出来的门里飞了出来，径直飞到每个骷髅人身上。

他们裹上黑色的长袍，就连头部也被包裹了起来，就只露出一双发光的红眼睛在不停转动，这就是他们特有的"真灵之眼"。

"知后去了北阴山，查出了我们的秘密，海齿鲸被青龙所杀，我们失去了一位骨肉兄弟。但庆幸的是，魔子已潜入到了青龙体内，现在用你们的真灵之眼就能追踪到青龙的行踪。在六大神兽召齐之前，蓝胤斗一定会和他们形影不离。我给你们十天时间，把蓝胤斗的脑袋提来见我。今后你们十位必须要形影不离，协同作战，才可能不会被他们一一击败。还没被唤醒的神兽，一经发现，无论他是谁，杀掉他，宁可错杀一万，也别放过一个。必要时，我会助你们一臂之力。"

"遵令！"十位魔子领命答道。

"有位前朝统帅，大家可能还记得？"裘图对着南边的墙在半空中划了几下。墙壁上的砖头又自动向两边移动，中间又出现了一道大门。一位男子倒挂着从门后面飘了过来。

这是裘图的魔力在支撑着他悬飘在半空中。他将手伸回来，男子从半空中狠狠地摔在了中间的黑地板上。在座各位都好奇地扭头观看，他全身伤痕累累，脸贴地板，奄奄一息。

飑天座走过去将他的身子翻过来，大家这才看清，原来他就是守卫蓝灵堡的总帅扈七郎。

"叛徒永远都是叛徒，叛了旧主又叛新主。"裘图说，"蓝胤斗闯入蓝灵堡，他不但放她走，还知情不报，延误战机。"

"当初要不是他为我们打开蓝灵堡的大门，我们也没那么容易就取了蓝胤彻那狗皇帝的人头，让昔日辉煌的蓝宫帝国，一夕之间就土崩瓦解。"巫曼仇很气愤地说，"本来功高耀祖，可他又旧病复发，死有余辜。"

"死太容易，要让他生不如死。"裘图抬起他苍白的手说，"在我们的队伍中，特别是人类中，一定还有叛徒，留着他，揪出同党，再扔给驳狼撕碎他。"

这时扈七郎已苏醒过来，他用绝望的眼神看着巫曼仇，随后紧闭双眼，两颗泪水从眼角滚下来直至发根。

"审讯这种事，我最擅长，把他交给我吧。"九蝎女王吐露着舌头，一脸邪恶又骚动的表情。

裘图冷笑两声："男人在你手里，只有一条出路，明天一早，都会变成干尸。"

在场各位有些轻咳几声，有些露出了几丝笑容，只有九蝎女王一脸尴尬："除了叛徒和麻君子外。"

"这事还是我们总相最擅长。"裘图说,"铁面毒枭叛走,公羊家灭族无疑。但麻啡不能中断,谁能挑起大任,总相是否有人选?"

"玄皇放心!"巫曼仇说,"公羊家族只是最大的麻啡原料制造商,还有成千上万的商铺都掌握了核心技术,种植制造麻啡所需的花草早已不再是难事了。"

"好,麻啡是个好东西。"裘图说,"不光是人类,将来的类人、异人,或许他们都会喜欢。在美妙的幻想中死去,总比做血淋淋的刀下鬼幸福一些,这算是我给失败者们最后一丝仁慈吧。"

"是啊!"黑豹少主说,"自从有了麻啡,就没有人再闹事了,我们黑豹军团才有时间训练。总相高瞻远瞩,果然一点小小的麻啡,就抵我们百万大军,还不用落个屠杀灭族的罪名。"

"但就苦了我的飓魔军。"飓天座说,"就那些麻君子,飓魔怪饿着肚子都不愿吃。"

"你们吃树木就行,还跟我们抢什么肉啊?"九蝎女王很傲慢地看着飓天座。

"我们不抢人肉,但我们更喜欢吃妖肉。"飓天座吐露着舌头,他焦黄的虎牙在灰暗中闪耀着微光,"又肥又壮,肉又嫩又鲜。"

"是啊,我们的肉还又香又甜。但你们不配吃,一身臭皮囊,恶心。"

"你!!"飓天座怒气冲冲,但他瞟了一眼严肃的裘图,顿时把气压了下来。

在座各位看着他俩又掐起来,有的低头偷乐,有的扭头怯怯地看着裘图。

"今天会议到此结束,大战在即,大家都回去准备吧。"

九大魔子瞬间化成一道黑影,消失在大家面前。飓天座与九蝎女王板着脸和黑豹少主一起走了出去。

巫曼仇招手示意卫兵把扈七郎拖走,他正准备离开时,被裘图叫住:"总相请留步,我们还有要事相商。"

"是。"

巫曼仇转身和裘图进入内间,墙上的砖头又自动将大门封闭,一堵坚硬的实墙又展现在大家面前。

夜幕降临,玄魔宫的上空更加阴森昏暗。一只巨鹰展翅腾飞,悲鸣的嘶吼声在空中回响,闪电雷鸣,狂风大作,暴雨倾盆而下。转瞬间,整个黑鹰帝国都被乌云笼罩着。

# 第十八章

\*\*\*

## 意外的惊喜

　　因不确定裘图何时发动战争，摩丹王和摩丹长老们开了三天的秘密会议，最终提出兵分两路的策略。摩丹长老们希望四大神兽能留在丹露湾协助摩丹人作战，让知后协助蓝胤斗去召唤螣蛇和勾成。

　　蓝胤斗本不同意，但考虑到摩丹人和罗梭人紧张又微妙的关系，最终被迫达成了兵分两路的共识。

　　第二天拂晓，白子宸就早早地坐在了蓝胤斗床边，静静看着她疲倦又苍白的脸庞，待睡梦中的蓝胤斗醒来时，万簇金箭似的日光，已从云层中迸射出来漫过了房间的窗帘。

　　蓝胤斗伸手握住白子宸的手垫在她的脸庞下，迷糊慵懒地说："早上好！你坐在这里多久了？"

　　"刚来，今天你就要走了吗？有没有看过下一位神兽在哪里？"白子宸问她，她才彻底清醒过来。

　　"我想离开丹露湾后再看，这里事多人多，不太方便！"蓝胤斗立即坐了起来。

　　"现在看看，我必须要知道，你要去哪里？"白子宸语气坚定。

　　"有知后护我，你担心什么？"蓝胤斗边掀开被子边说道。

　　"谁都没有我清楚，敌人有多厉害。"白子宸说，"一个海齿鲸就差点要了我的性命，你要是碰上其他魔子怎么办？或者裘图亲自来追杀你怎么办？你必须马上让我看看，我好随时去保护你。"

　　"你到底怎么了？为什么这么紧张？"蓝胤斗这才仔细地凝视白子宸。

## 第十八章 意外的惊喜

"我，我脑子里断断续续地回响着一个奇怪的声音。"白子宸说，"自从来到丹露湾后，我好像能隐约感觉到一个模糊的黑影，有一个声音一直在说蓝胤斗。我怕攻打摩丹人是假，他真正想找的人恐怕是你，难道他就想我们留在丹露湾，他好对付你吗？"

"知后能瞬间移动，要真有危险，它能带我马上撤离，这个你不用太担心。"

"裘图和其他魔子也会瞬间移动，你们根本不是他们的对手。"

"你是不是有什么计划瞒着我？你必须得在这里协助摩丹人，既然我们都答应了，如果又食言，将来谁还会信我们？罗梭人的信誉已经接近崩溃的边缘，我们不能再让摩丹王难堪了。你们不能感情用事，必须要服从安排。"蓝胤斗用命令的语气说道。

"遵令！公主大人！但我还是必须要知道你要去哪里。"白子宸固执地将蓝胤斗拦在跟前，"我知道，你出了这个门，就不会告诉我了。"

"这是机密。"蓝胤斗说，"要是让别人知道了，就会增加他们的危险，很有可能还没唤醒就被杀了。"

"难道你还不相信我吗？这里又没别人。"白子宸很无奈地说道。

"隔墙有耳，防不胜防。"

"只要你不怀疑我被控制了就行。"白子宸说。

"如果你真有问题，我应该能看出来。"蓝胤斗说，"那天我一进会场，就看见花雨长老有些怪异，他头顶冒着一缕黑气，神色灰暗，后来脾气又暴躁。我早就猜到，摩丹王不会白救我们，既然来了，不可能轻易放我们走。我还正想要怎样才能激怒花雨长老，让他原形毕露把他逼出来。你当时是不是也有所察觉？"

"我当时还真没想那么多，我就看他把罗梭人说得那么不堪，要摩丹王信了他，我们将来就很被动了。"

"你们留下也好，至少能帮助摩丹王。"蓝胤斗说，"这些天我也看出来了，长老院的权力很大，大到能左右摩丹王的决定。若长老们决定不战而降，归顺了裘图，我们不但失去了最好的盟友，还多了一个强大的敌人。我听知后说，裘图早已派人在游说长老院，只要摩丹人永远中立，裘图就永保他们太平。本来长老院已答应了裘图，在摩丹长老们的心里，罗梭人的战争本来就和他们无关。但摩丹王先知卓见，看穿了裘图的野心和阴谋，他要的不只是没落的蓝宫帝国，他真正要的是整个布雅戈，甚至是统治整个岬龙星。不管从哪个角度看，我们都不能袖手旁观，要不是神兽归位迫在眉睫，我也愿意留在丹露湾。希望我能在大战之前赶回来，和你们一起战斗。"

"我知道了，但你还是快看一下，至少让我心安一点。"白子宸说。

"好吧，那只准看不准说话。看你心神不宁的样子，不让你知道恐怕你也不能安心备战了。"蓝胤斗坐在床上盘腿施法，眼前的透明球体内出现了冷寇的身影，她此时正站立在丹玫宫门口。白子宸和蓝胤斗都惊讶地瞪大了双眼，彼此不约而同地伸出手将对方张大的嘴巴捂住。

"是她？这真是天意吗？"白子宸喜悦之情溢于言表，他俩不由得都咯咯地笑了起来！早已在门口守候的蒲宗、公羊冢、竺丘推门进来，迫不及待地想要知道下一位神兽是谁。

"是谁？是谁？"大家都用期待的眼神看着他俩。

"我就说隔墙有耳嘛！"蓝胤斗笑着对他们说。

"你们真想知道她是谁吗？她就是你俩的梦中情人啊！"白子宸用坏坏的眼神盯着蒲宗和竺丘。

竺丘一头雾水地说道："我有梦中情人吗？我怎么不知道。"

白子宸又注视着蒲宗看，蒲宗也跟着坏坏地笑了起来。

"宗大人，她以后可以天天跟你在一起了，开心吧？"白子宸嬉笑着说。

"我不相信，公主，你让我们也看看。"蒲宗说。

"你们有秘密瞒我呀？不用再看了，我去把她唤醒了不就知道了。"蓝胤斗说。

"如果没有公主在，我肯定会以为是宸大人的梦中情人呢，看你比谁都开心。"公羊冢嬉笑着对白子宸说道。

"啊！我是为大家开心，也是为我们的公主开心。"白子宸说，"因为我们不用为召唤螣蛇而再长途跋涉，忍受饥寒交迫了。"

"我们？"蓝胤斗用敏感又怀疑的眼神看着白子宸。

白子宸语无伦次地解释道："哦，只是习惯说我们了，应该是你们，你们。"蓝胤斗依然用怀疑的眼神看着大家。竺丘机灵智慧，连忙岔开话题。

"你们说的到底是谁啊？我现在还一头雾水。"竺丘急得在原地直打转。

"远在天边，近在眼前，你们问宗大人。"白子宸说。

竺丘和公羊冢都扭头注视着蒲宗。

"我怎么会知道，我和你们一起进来的。"蒲宗显得一脸委屈的样子。

## 第十八章 | 意外的惊喜

"好了,好了!"蓝胤斗说,"你们就别为难他了,就是那个,那个,我不知道她的名字啊。"

"你再让我们看看,看看。"竺丘迫不及待地说道。

"就是那个老跟在摩丹王后面的摩丹女战士。"白子宸说。

"她叫冷寇。"蒲宗很自然就说了出来。

"哟!你怎么会知道啊,你们好上了?"竺丘很好奇地问道。

"没有啊,无意间听别人说的。"蒲宗说。

"解释就是掩饰。"白子宸说,"昨天我都看到你跟踪她了。"

"谁跟踪她了,那只是巧遇而已。"蒲宗说。

"不就是恋爱了嘛!"公羊冢说,"又没人说不让你恋爱,是吧公主?就算你和类人恋爱,到时再生个蛇头虎身的女娃我们都没意见。"

所有人开始大笑起来。"好吧,我承认,我承认。"蒲宗说,"本来只是有点好感,既然你们如此看好,那我就恭敬不如从命了!"

"人家冷寇答应你了吗?你从命什么呀?"竺丘说。

"既然是一条船上的人了,那也只是时间问题,不用你们操心了,她终究会成为我的人。"蒲宗一脸信心满满的样子。

"太好了,那你去跟摩丹王说吧。"白子宸说。

"我去跟他说什么?"蒲宗一脸迷惑不解地问。

"他的人将来要跟你走了,你不去说谁说啊。"白子宸说。

"还是公主去比较好,是吧公主?现在还不是谈儿女私情的时候。"蒲宗做出一脸谄媚的表情。

"我觉得你去说挺好的。"蓝胤斗说,"说好了我再去唤醒她。我和知后还有事商量,冷寇就交给你们了啊。"蓝胤斗趁机溜出了房间,白子宸、公羊冢和竺丘都用期待的眼神看着蒲宗。

"今天早上,摩丹王正好有事要找我们四位相商,不如我们一起去?"蒲宗说。

"摩丹王有请,我们肯定得去,但是怎么说可是你的事。"竺丘说完,转身而出,白子宸和公羊冢也连忙跟了出来。蒲宗咬牙切齿,握紧拳头向他们的背影乱舞。

竺丘他们三人走了几步突然转身,正好看见蒲宗张牙舞爪对着他们比画着,三人再次幸灾乐祸地哈哈大笑而去。虽然大战临近,但他们因为不费吹灰之力又找到了一位神兽而开心不已。

蓝胤斗匆匆出来，直接就去找了冷寇，此时的冷寇背着剑正站在摩丹王的寝宫外。她是丹玫宫守卫队的队长，直接负责摩丹王的安危，所以她会经常跟在摩丹王左右。蓝胤斗本想直接进入寝宫，但被站在门口的冷寇拦了下来。

"蓝胤公主请留步，摩丹王有令，任何人不得进入。"冷寇说。

"我正有事要找你，你就是冷寇吧？"蓝胤斗问。

"是的。"

"好，那我就直说了。"蓝胤斗说，"六大神兽你已见过四位了，我就不用多介绍了吧。我刚刚才知道，原来你就是六大神兽之一的螣蛇。因时间紧急，我要尽快唤醒你，希望你尽快做好心理准备。"

冷寇听到自己是螣蛇，竟然没有一丝惊讶之情，她依然冰冷如常。很淡定地说："既然命运早已注定，我会听从一切安排。"

"我想在召唤你之前，应该向摩丹王汇报一下。你说呢？"

"理当如此，不过现在还不行，等摩丹王方便后我会告知你的。"冷寇说。

"好的。能否告诉我，还有谁在里面？"

"我没有告知客人是谁的权利。"冷寇依然冷静地说道。

"好吧，我稍后再来。"

蓝胤斗刚离去，白子宸和蒲宗、公羊冢、竺丘四人又来到了寝宫外。他们将站在门口的冷寇团团围住，这四人此时看冷寇的眼神格外亲切和蔼，特别是蒲宗，一直暗暗窃喜。竺丘走近冷寇身边，围着她上下打量一番后来到公羊冢身边。

"在今后的路途中，公主不会再寂寞了。"竺丘说。

"公主从来就不寂寞，是蒲宗不再寂寞了。"公羊冢轻声对竺丘说。

"对啊，蒲宗不寂寞了，就该咱俩寂寞了。"

"我们天天命悬一线，你还有心情寂寞？快看，蒲宗去了。"公羊冢和竺丘还有白子宸站在一边，蒲宗主动上前与冷寇交谈。

"冷姑娘！你好！摩丹王有事召见，我们可以进去了吗？"蒲宗说。

冷寇用冷漠的眼神瞟了一眼蒲宗后说："摩丹王有令，现在不见任何人。"

蒲宗走近贴耳对冷寇说："其实，我最想见的人是你，你很快就要和我们形影不离了。"冷寇依然用冷漠的眼神瞪了他一眼，继续站着，沉默不语。其他三人看着蒲宗遇冷，在一旁偷偷笑个不停。蒲宗不甘心，继续找话问，"摩丹王还没起床吗？还是有谁在里面？"

## 第十八章 | 意外的惊喜

"我没义务向你汇报。"冷寇依然很冷。

"是不是长老们在里面？"

"我在执行公务，请你马上离开。"

"我们可是摩丹王的座上宾。"蒲宗故弄玄虚地说，"我们有要事汇报，你不去通报一声，若耽误了时机，你担当得起吗？"

"9点再来吧。"冷寇依然一脸冷漠。

"离9点还有20分钟，我们就在此等候吧。你为什么叫冷寇，你姓冷吗？你是摩丹王族直系亲属吗？"

冷寇转身走到门口的另一边，不再说话。

"我猜肯定是因为你人冷，所以人们才叫你冷寇。"蒲宗又跟过去在她耳边说。

冷寇终于禁不住地问他："那你为何叫蒲宗？"

"我觉得自己很像蒲公英，飘浮不定，踪影虚无，所以才给自己取了个蒲宗。"

"直接叫蒲公英不更好？"

"要含蓄，含蓄。你今后不要告诉他们，这事我可从来没对人说过。"

"请宗大人到一旁等候。"冷寇又恢复到高冷的状态。这时有一位身材魁梧的摩丹男子从摩丹王的寝宫里出来。

"大人稍等，我去通报一声。"冷寇转身走进寝宫。蒲宗只好悻悻地回到白子宸他们身边。

竺丘仰头问道："她说什么了？"

"太冷了，寒冰刺骨。"蒲宗说。

"冷吗，今天阳光明媚，温暖得很啊。"白子宸故意装傻地说。

"那就用火攻，保你冰融为水。"公羊冢说。

"就你最有经验，三妻四妾的，听你的保准没错。"蒲宗兴奋又好奇地说，"不过，这火到底要怎么用呢？"

"越是高冷的女人，内心越是热情似火。"公羊冢说，"一开始你要设法把火点上，然后漠然转身，当你开始冰冷刺骨时，她就会用火来温暖你。不过，这火候不太好把握，每位女子的出生环境和成长背景不同，一旦你冷不够，或冷过了，你就永远没机会翻身了。"

"你说得有理，可我好像还是不太明白。"蒲宗一脸沮丧。

"等你明白了，就不叫爱情了。"竺丘说。

四人继续在一旁窃窃私语，蒲宗一脸茫然。而冷寇早已从摩丹王的寝宫出来毫无声息地走到他们身后，认真听着几个男人的长篇大论。待竺丘说完她才用很鄙视的语气说道："你们真不愧是神兽，人前是神，人后就是兽。"

四个男人听着一个冷漠的声音从后面飘来，转身看着冷寇正用鄙视的眼神看着他们。此刻，他们只能羞愧地低下头，沉默不语。冷寇转身离开，蒲宗看着她的背影说："不光冰冷刺骨，还毒舌如蜥。她一定是条海蛇。"

"唉！形象尽毁。"白子宸叹气道。

"恰恰相反。"公羊豖说，"她已经对我们刮目相看了。"

冷寇走远了几步，很不情愿地回头对他们说："摩丹王有请诸神兽，你们可以进去了。"

白子宸一行四人刚进入摩丹王寝宫不到十分钟，蓝胤斗、知后和寿通又来到了寝宫门口。冷寇和蓝胤斗他们一起进去面见摩丹王。

摩丹王此时正坐在他的王位上若有所思，沉默不语。白子宸他们四位此时坐在摩丹王两边，摩丹王见到蓝胤斗、知后、寿通和冷寇进来后连忙起身过去迎接他们。

"知后大人，蓝胤公主，寿通大人，快请坐！"摩丹王走上前热情招呼他们就座。

"谢谢摩丹王，你先请！"蓝胤斗说。

所有人都站了起来，摩丹王回到自己的座位后，大家才又坐下。

"刚才宸大人提醒了我，我正犹豫不决，正想找各位商议。"摩丹王说，"在我和长老们的强烈要求下，四大神兽勉强答应留在了丹露湾。但宸大人说这或许恰恰是裘图想要的结果，你们怎么看？"

"宸大人的担忧不无道理。"知后说，"以目前来看，裘图最迫切的事是想除掉蓝胤公主和六大神兽，在他们还没有真正强大以前。而这时候，将他们分散而击之，是最好的办法。"

蓝胤斗想说话，可欲言又止。摩丹王说："公主但说无妨！"

"我已经找到了螣蛇，就在我们身边。"蓝胤斗说，"回头就只剩下勾陈，给我二十天时间，我一定能聚齐六大神兽。裘图就算要攻打丹露湾，他的军队最快也得一个月才能赶到这里，我们有足够的时间回来支援，如果你相信我们的话。"

"当你们踏上丹露湾的土地上的那一刻起，我就选择了信任。"摩丹王说，"寿通大人和我单独谈过这事，我也在反复思考，六大神兽和十二位通灵子或许比我们丹露湾更重要。如果丹露湾失守，我们可以撤到海外的瓜瓜耳群岛，那是我们摩丹人的出生之地。远离魔主，远离战争，或许也是不错的选择。"

"万万不可。"知后说，"据我所知，瓜瓜耳群岛不出十年，就要被海水完全淹没，那绝不是你们最好的藏身之所，丹露湾也绝不能丢。"

"那知后大人和寿通大人能否留在丹露湾协助本王呢？"摩丹王说。

"毫无疑问，我会竭尽全力！"知后说。

"寿通愿听从摩丹王的差遣！"寿通说。

"好！有你们这句话，我就放心了。"摩丹王说，"蓝胤公主，你们必须尽快出发，免得夜长梦多，到时若长老们出面阻挠，我也实在无话可说啊。"

"明白！"蓝胤斗说。

摩丹王迟疑片刻后，轻轻抬手问道："你说腾蛇就在身边，本王能否有幸，一睹它的风采呢？"

"摩丹王不要心痛才好！"蓝胤斗说。

"公主此话怎讲？"摩丹王疑惑地问。

"请原谅斗儿夺你所爱，你的爱将冷寇大人就要随我们远行了。"蓝胤斗说。

摩丹王的脸瞬间暗沉下来，但他随即又变得喜出望外："好事啊，这是天意，是天大的好事啊。"摩丹王说，"我第一眼见到冷寇时，就觉得她与众不同，她十岁那年我就带她来到了丹玫宫，一晃四十年过去了。我们亲如父女，以后还请各位多多关照她啊。"

"摩丹王放心。"蒲宗说，"我们一定会护她周全，是吧？"蒲宗连忙转头望着公羊冢他们。

"是，是，一定，一定。"白子宸、公羊冢、竺丘都纷纷说道。

"她冷静聪慧，是难得的将才。但天命不可违，我只能忍痛割爱了。"摩丹王转瞬又有些伤感。

"摩丹王深明大义，是我辈之万幸。"蓝胤斗说，"我们本就是一家人。"

"是啊！我曾在那个大家庭里生活过上百年。"摩丹王说，"大家彼此尊重，互爱友好，夜不闭户，路不拾遗，人民丰衣足食，到处一片歌舞升平。可那样的景象，现在也只能在我的梦里出现了。"

"相信那一天，你一定还会亲眼看到的。"知后说，"我们永远要心怀梦想，而他们就是点亮我们梦想的希望之光。"

"为了在我有生之年，还能看见各族人民欢聚一堂，更为了我摩丹人免受灭族之灾，我选择了冒险和希望。我们携手努力一定能战胜恐惧，战胜魔主裘图。"摩丹王说。

大家都欣慰地纷纷点头。蓝胤斗走到冷寇跟前询问她："因时间紧迫，我现在就要召唤螣蛇，你做好准备了吗？"

"我愿听从你的差遣。"冷寇低头说道。

在大家的见证下，蓝胤斗对着冷寇施法。她嘴里念："螣蛇归位，万灵觉醒。"一道白光对着冷寇，她瞬间变成了一条长了双翅的深蓝色的飞蛇，身长大约两米，它冷艳魅惑，绿光闪闪。若妖魔怪在它方圆一米之内，就会感到冰冷刺骨，它不仅善用毒汁杀敌，还能将敌人缠绕冰冻而死。它在摩丹王寝宫来回飞窜，摩丹王瞪大眼睛看着螣蛇，他显然已被眼前的景象所震撼。

"太奇妙了！"摩丹王说，"就算我再活一千年，今天若不是亲眼看见，我做梦也不会想到有这般景象啊。"

"宇宙万物，变幻莫测，我们谁也无法预料。"知后说。

螣蛇在房间内飞了几圈后变回了人形。摩丹王连忙问她："你现在感觉如何？"

"好像体内多了一股气流，全身充满了力量。"冷寇说。

大家都露出了欢喜的笑容。

"你生在当世，是不幸中的万幸。"摩丹王说，"至少你家国安在，他们几位，个个都是国破家亡。早上我已得到情报，不知当讲不当讲。"摩丹王转头看着公羊冢。

公羊冢似乎感觉到不妙，他急切地问："是不是班罗亚出了事？还请摩丹王明示。"

"班罗亚很好，只是公羊家族三百多人无一生还，昨天已被游行示众全部砍头了。"摩丹王悲伤地说。

公羊冢听后一阵眩晕，他双手抱头，差点晕了过去。

"公羊武和公羊木呢？他们一定还活着。"白子宸说，"你的兄弟不可能就这么死了，你一定要相信他们。"

公羊冢双手抱头片刻后，迅速恢复平静。他冷静地说："战争嘛，总会有牺牲，我已让他们多活了四十多年。只要班罗亚还在，其他人还好，也是不幸中的万幸。"

蓝胤斗很难过地走到公羊冢旁边说："我很抱歉！我们没能护他们周全。"

公羊冢终于控制不住流下了几滴泪水，他转身漠然地离开了房间。白子宸、蒲宗、竺丘连忙跟了出去。

## 第十八章 | 意外的惊喜

蓝胤斗站在原地，又一次握紧了拳头，怒容满面。"总有一天，我一定要让这些魔鬼魂飞魄散，永世不得翻身。"

蓝胤斗和知后也向摩丹王告别后走出了寝宫，她远远看着公羊冢的背影在石阶上来回晃动，而白子宸他们三人就在后面看着他。所有人都沉默不语，此时，仿佛丹露湾的空气中，都飘散着悲伤的味道。

# 第十九章

\*\*\*

## 密道狂奔

  乌云笼罩了岬龙星的半壁江山，傍晚的丹露湾也被浓浓的雾气所围绕。蓝胤斗他们一行人已准备妥当，准备待大家晚间休息后就偷偷离开。

  摩丹王没有前来送别，而是命人送来两包干粮，还将一匹名叫花魁的鹿马赠给了冷寇。知后、寿通、班鼎此时还在摩丹王身边，出谋划策，商讨具体的作战计划。

  只有海星鹏、林叶西、风青牧不知何时从何处突然来到了大家面前。蓝胤斗和白子宸开心地蹲下将他们紧紧拥抱在了怀里。

  "你们要不辞而别吗？"林叶西一脸不悦地问。

  "我已留信给寿通大人，让她转交给你们。因行事机密，不便张扬。"蓝胤斗说。

  "还好我无意看到了信件，要再晚一步，你们又无影无踪了。"风青牧说。

  "真希望还能和你们一起去冒险。"海星鹏说。

  "放心，以后会有更多机会的，大战很快一触即发。"白子宸说，"如果你们暂时不回枭北的话，那就随时注意东边的小路，或者东边的上空，我们也许会奔驰而来，也许会翱翔长空。"

  "真想看看你们的真身，等六大神兽齐聚，一定要目睹你们六兽合一的风采。"林叶西说。

  "六兽合一？是什么？"一旁的竺丘好奇地问道。

  "你们还不知道吗？"林叶西说，"寿通大人说服摩丹王时，就提到了六兽合一，摩丹王才改变主意，让你们一起走。当初通大人冒险去远海救青龙时，她也说必须要六兽合一才有望打败裘图，如果青龙遇难，一切将功亏一篑。"

## 第十九章 密道狂奔

"原来我是被寿通大人救的？我还以为是知后呢。"白子宸一脸惊讶。

"当知后说不是它时，我们就怀疑是她。"蓝胤斗说，"通大人深谋远虑，不仅智慧超群还法力无边，有她和知后还有班鼎协助摩丹王，我们暂时可以放心了。知后曾说过，神兽要齐聚，才能发挥巨大的威力，或许指的就是六兽合一。"

丹露湾此时一片寂静，除了摩丹王的寝宫外，所有房间的灯都已熄灭。冷寇从外面急匆匆地回到房间："我们得走了，朋友们，再会了。"

海星鹏、林叶西、风青牧和大家又一一握手告别。蓝胤斗他们一行人趁着夜色，在冷寇的带领下，从丹玫宫的地道里神不知鬼不觉地离开了丹露湾。

这条地道是三十年前摩丹王下令修建的，历时十年才修成，全长约180公里。在紧急情况下，大部分摩丹人可通过此道撤离丹露湾，它直通长武山脚下，出口离东边的海角港只有20公里。

经过近三小时的急速狂奔，他们才跑到地道的尽头。此时外面还是漆黑一片，海风呼啸，寒风刺骨，离家远行的落寞在冷寇脸上尽显。地道出口处有一间空旷的仓库可作休息，他们就地烧起篝火取暖。蓝胤斗特意坐在冷寇身边，与她闲聊起来。

"寇大人，你是第一次出远门吗？"蓝胤斗问。

"从我记事以来，我就没有离开过丹露湾。"

"那你这次就当是出门观光，外面的世界精彩斑斓，每个人都应该多出去走走。"

"我有时也会向往外面的世界，可是公务在身，我必须得守护好丹玫宫，保护好摩丹王。"

"摩丹王说丹露湾要是失守，你们就会撤离到瓜瓜耳群岛，原来他早有准备。"蓝胤斗说，"要是摩丹人撤退，枭北的类人们就失去了一道强大的屏障，裘图就可以从丹露湾长驱直入，那枭北将危在旦夕。不知摩丹王和类人们的关系如何呢？"

"除了子国，与其他十一国几乎没有交集。"冷寇说。

"为什么？"蓝胤斗问。

"他们固步自封，不喜欢交朋友，特别是对罗梭人非常警惕。"冷寇说，"听摩丹王说，因蓝胤麒时期搞种族歧视，把他们类人排到了所有人类后面，就因为这样他们对摩丹人也很不友好。"

"要是这样就麻烦了。"

"所以摩丹王才下令修这条地道，要是指望不上别人，打不过就跑。摩丹人不能做魔主的奴隶，更不能被灭族。"冷寇说，"特别是十一位通灵子集体失踪后，他们就几乎不与外界联系了。当然还有少部分类人，比如联学宫的类人，他们一直在和裘图做斗争。联学宫是目前岬龙星最大的地下组织，没有人知道领导人是谁，也没有人知道他们的据点到底在哪里，他们组织严密，行踪诡异。摩丹王曾说过，天下英豪几乎都投奔了联学宫，得联学宫者，得天下。不知道你们有没有联学宫的相关线索？"

"在梦兰多时，我亲眼看到裘图的人砍了十几位联学宫的人。后来我也问过知后和寿通大人，但他们都欲言又止。都让我先把六大神兽齐聚，或许那时联学宫就会主动来找我们了。"

"我曾听巫曼仇说过，联学宫其实就是前朝的残余势力与各族的激进分子，不过就是一帮乌合之众而已。对裘图和玄魔宫没有真正的威胁。"

"那是因为时机未到，联学宫还没有发挥它真正的威力。"蒲宗说，"听说联学宫就像一所学堂，只收天生有特殊能力的人，当你各方面符合要求后，会有人来把你直接接走，然后就杳无音讯，偶尔会有少数人出来搞暗杀。这几十年来，裘图手下的人，死在联学宫手里的还少吗？"

"那冢大人能活到现在，岂不是福大命大？联学宫的人竟然没想暗杀你？"白子宸说。

"其实，我心中有一个秘密一直不敢说出口。"公羊冢说，"你们难道不怀疑，当初我才20岁出头，怎么可能敢背叛族人和裘图同流合污？"

"我怀疑过啊，听说你的祖父辈就是很普通的花农，你哪来的胆量和智慧敢和裘图周旋。"蒲宗说，"但是，我们生在了一个奇妙的星球，万事皆有可能，英雄何必还要问出处呢？"

"我可不是天生的英雄，当时我特别胆小，一听到裘图两个字我就会全身发麻。有次听父亲说裘图又把哪个族给灭了，我当时就吓尿了。"

众人都夸张地睁大双眼瞪着公羊冢，每个人难以置信的心情都显露在了脸上。

"那后来是谁让你胆大妄为了呢？"竺丘问。

"就是我被吓尿的那天晚上，我被人绑架到了一座岛上，他们把我捆在一棵树上。有个戴面具的神秘人教我必须要这样做，才能保住我们全族人的血脉，也才能给罗梭人一丝生存的希望，不然裘图一定会将罗梭人赶尽杀绝。他还说飓魔怪天天都想吃人，只要放任飓魔军团一个月，至少南方，就不会再见到一个罗梭人的身影了。"

## 第十九章 密道狂奔

"还有这种事?那后来呢?"冷寇说。

"后来我这个铁面毒枭终于臭名昭著了,天下的英雄好汉们都想要我的脑袋,但每次我都能化险为夷。我很清楚,背后有一股神秘力量在帮我,我一直怀疑,或许就是联学宫。"

"这么说来,我们并不孤单,的确还有一大群人在跟我们一起战斗。"蓝胤斗说。

"他们有没有留下什么标志,或者什么特别的话?"竺丘说。

"从来没有。"公羊冢说,"当时只让我不要和任何人提起,否则会引火烧身,家破人亡。就连我的老父亲和亲兄弟们都不知道,可如今我还是家破人亡了。"

"你也不要太过悲观。"蒲宗说,"等勾陈归位后,我会安排我的人去打听他们的下落。公羊木和公羊武睿智过人,不可能那么容易被他杀的。暴君散布出来的消息,千万不能全信。"

"你说得有理,他们肯定是杀了三百多人,但不一定都是我们公羊家的人,不过这三百多条人命也都因我而死。"公羊冢说。

"这是杀鸡给猴看,他真正想杀的人是我。"蓝胤斗说,"大家抓紧休息,我们的目标在巨人谷。从这里过去,最快也得七八天吧?"

"巨人谷?勾陈是索瓦人吗?"竺丘好奇地问道。

"是的。你们看看,有没有人认识他是谁?"蓝胤斗抬手一挥,一个透明球体浮现在大家眼前。球体里出现了一位双脚被铁链锁住的索瓦人,他身材高大健壮,跟竺丘相比,他简直就是巨人。此时,他的双手还拿着铁锤正在敲打着火红的铁块。

"他是铁匠?"冷寇问。

"能看到外面的环境吗?"公羊冢问。

"可以。"蓝胤斗移动着手,透明球体内的景物越来越小,一栋庞大的石头房屋出现在球体内。

"我去过那里,是军工厂。"公羊冢说,"飓魔怪用的大刀战锤几乎都出自那里。索瓦人是岬龙星上最好的铁匠。"

"而我们佛洛斯人,是岬龙星最会挖铁矿的人。"竺丘说。

"你有什么好自豪的?就因为你们的能力,所以才差点被魔主灭族了。"冷寇说。

"你们摩丹人能力不强吗?你们怎么还活着呢?"竺丘很不解地问道。

"你们用的是蛮力,而我们用的是智力,他偷不走,学不会。"

"你这是歧视,任何种族都有他特有的能力。你以为挖山钻洞容易吗?这不需要智力吗？稍不注意就要给大山陪葬了。"

"这不是歧视，这是事实。"冷寇说，"世界上本来就存在各种各样的生灵，就因为能力各异才精彩纷呈，如果都是一样的人，那还有什么意思。"

"当初蓝胤麒说，人类智慧超群，世上所有的发明创造几乎都是出自人类之手，能推动世界文明进程的只有人类。我们佛洛斯人自强不息，最爱发明创造。而你们摩丹人只是靠种族遗传，躲在山里与世隔绝，游手好闲，没见你们为世界做过什么贡献。"竺丘据理力争，毫不示弱。其他人围着篝火，半躺着聚精会神地听他们争论，没有谁想劝和的意思。

"你？你这是人身攻击，你学过历史吗？如果不是我们摩丹人赋予其他生灵智慧，他们怎么会用通用语？怎么能畅通无阻地和人类沟通？始皇蓝胤帝怎么能调动他们与魔主抗争，难道这些不叫贡献吗？"冷寇气得起身离去。蒲宗这才反应过来，急忙起身追过去将冷寇拉了回来。而竺丘终于哑口无言了。

"其实词语才是世界上最恐怖的武器。"白子宸说，"在每个星球上，人类都能登上生物链的顶端，成为世间的主宰，就是因为随着人类智力的提高而发明了词语，以及用多种类词语编造虚拟故事的能力。这里的人类发明了'种族歧视'这个词语，就能战乱上千年。苣虎星上有个国家，叫什么什么国？"白子宸用右手轻轻敲打着脑袋，苦想许久也没想起来。

"很多国家都有内战，我也不知道你说的是哪国。"蓝胤斗说。

"反正就是一个人类国家吧，也因为种族歧视，内战了很多年。"白子宸说，"其实，每个星球，每个有生命的地方，战争都无可避免。当野心家、独裁者用和平友好的方式不能满足自己的欲望时，就会煽动用暴力的手段来达到自己的目的。"

"看来想要消灭战争，就要首先消灭野心家才行。"冷寇说。

"但岬龙星是个奇迹，我听了蓝宫帝国的历史后，完全不敢想象，一个有着众多不同种族的帝国存活了九千年，几乎没有战争。统治者是何等的智慧，人民又是何等的知足与淳良，才能如此长治久安。"白子宸说，"苣虎星上几乎天天都有战争，活得最久的帝国也没超过两千年，就会改朝换代甚至被列国瓜分。我们岬龙星，我们的布雅戈，现在虽危在旦夕，但至少还没被完全毁灭，我们有美丽与智慧并存的摩丹人，有勤劳朴实的枭北类人，还有神秘的海外异人，还有千奇百怪的动植物，这是不幸中的万幸。我们该心存感激还能活在这片土地上，这是我见过的，甚至是我想象中的最好的地方。"

## 第十九章 | 密道狂奔

"难道你认为苢虎星真的比岬龙星还糟吗？"蒲宗问。

"只能说，我更喜欢这里。"白子宸说，"我无法用语言来形容那片土地。等我们打败裘图后，或许公主会考虑送我们去蓝森林。那是我们在苢虎星的秘密基地，到时你们就可以亲眼看看那片土地了。"

"真的吗？"大家都不约而同地看向蓝胤斗。

蓝胤斗默默看着大家，久久不语，她低头思考片刻后说："等把魔主送进往生塔了，我会尽最大努力，满足你们的所有要求，如果我能做到的话。"蓝胤斗又说："大家抓紧休息吧，明天还要继续赶路。"

蓝胤斗突然倍感沮丧，离别是她最不愿碰触的话题，伤感的气氛在众人之间蔓延，所有人都默默埋头准备休息。

"或许勾陈就是位普通的铁匠，我们需要一位经验丰富的铁匠。"白子宸说，"大家好好休息，我给你们站岗。"

"这里很安全，你也休息吧。"蓝胤斗说。

"我还不想睡。"

"那你过来一下。"

蓝胤斗把白子宸拉到隔壁的角落里："你老说苢虎星，是不是很想你女儿？"

"是。我对苢虎星的记忆在逐渐模糊，只能断断续续记得一些。你说到最后，我会把我女儿也忘了吗？"

蓝胤斗一脸茫然，有些诧异："你怎么了？让我看看。"蓝胤斗施法，耀眼的白光刺穿了白子宸的头颅，蓝胤斗的表情越来越凝重。

"可能是青龙的原因，会不会跟魔子有关？"

"我又会失忆吗？我会再把你也忘了吗？"白子宸用很担忧的神情注视着蓝胤斗。他俩眼神相对，情深似海，情不自控，他们第一次忘我地相拥深吻。

两人热烈而又深情的缠绵许久后，蓝胤斗乖乖躺在他怀里："就算你又把我忘了，我依然会默默守护着你。"

"帮帮我，不要让我失忆，我宁愿死也不要活着却忘了你。"白子宸的眼珠湿润，脸额有些许颤抖。

"不会的，没有迹象表明你会失忆，只是苢虎星上的那段记忆也许慢慢会被青龙的记忆所覆盖吧。"

"在苢虎星上，我本来就该死了，也许和它的缘分也要尽了吧。"白子宸忧郁又些许伤感,"只有忘掉过去,才能爱现在的生活,还是随遇而安吧。"

"等六大神兽齐聚后,我们就成亲好吗?我们真正开始全新的生活。"

白子宸惊讶得似乎不相信自己的耳朵:"你刚说什么?"

"我想做你的娘子,可以吗?"蓝胤斗一字一句地说道。

白子宸激动万分地将蓝胤斗紧紧拥在怀里。两人又相拥热吻,他们似乎把别人都忘在了脑后,好像整个世界就只有他们两人。要不是听到生歌奔跑的马蹄声,还不知道他们会缠绵多久。

"在东边一公里以外,有大批飓魔怪出现。"生歌急切地边跑边喊。

"摩丹王不是说东边没有飓魔怪吗?班罗亚来的飓魔军也不经过这里啊。"蓝胤斗很诧异地问。

"他们神出鬼没,难以预料,快去叫醒大家,我先出去看看。"白子宸跑到出口,外面依然灰蒙蒙一片,他趴在一块石头后面,能隐约看到不远处的山脚下有许多移动的暗影。很明显这不是冲他们来的,而是急切地往丹露湾方向赶去。待他看清状况后又回到出口处与大家汇合,此时所有人都精神抖擞地站成了一排,他们已准备好随时出发。

"有很多很多飓魔怪,不是冲我们来的,是往丹露湾去的。你们说该怎么办?要不要先回丹露湾?"白子宸说。

"当然是先回去支援啊!他们绕着山走,最快也得两天,我们返回去告诉摩丹王还来得及。"冷寇说。

"摩丹王早就派重兵守在山口了。只是战争比预想的来得早些,计划都打乱了。"蓝胤斗说。

"兵不厌诈,这是裘图一贯的作风,也许他就是做做样子。"公羊冢说,"不过,也不排除他想用最快的速度发动战争,阻挠神兽齐聚。我们绝不能让他得逞。"

"可是,摩丹王能撑到我们回来吗?"冷寇说。

"只有一条路可走了。"白子宸说。

"你有什么办法?"蓝胤斗问。

"让生歌把鹿马都带回丹露湾吧。"白子宸看着鹿马们说,"把这里的一切告诉摩丹王,我带大家走。"

大家都用诧异的眼神看着他。

"你想变身飞过去?"蓝胤斗问。

## 第十九章 密道狂奔

"你们害怕了吗？还是不相信我？"白子宸说，"我在大海上带伤飞行了一天一夜，才飞到海滩上被寿通大人所救。现在我身强力壮，难道还怕我把你们扔到大海里？"

"主要是我们六个人，除了你，还有五个，的确有被摔下来的风险。"蒲宗说。

"我已经想好了，朱雀和螣蛇变身附在我身上，你们三人坐在我背上没有任何问题。"

"我不需要附在你身上，也许我可以自己飞。"冷寇说。

"那更好。"白子宸说。

"可是，你们一变身，裘图似乎能看见一样，会不会暴露了目标，到时再把他给引来了。"蓝胤斗说。

"我直冲云霄，他捉摸不定，等到了巨人谷，唤醒了勾陈，他要再来，岂不正好。六大神兽正好和他一决高下，也许还能让丹露湾暂时免受战乱。"

"你们觉得如何？"蓝胤斗问。

"我没问题。"冷寇说。

"我觉得可以。"蒲宗说。

"是目前最理想的方案。"公羊豕说。

"做梦都想把魔主裘图碎尸万段了。我支持你，变身吧。"竺丘说完自己就马上变了身。

"好，那就这么定了。"蓝胤斗说，"我要给你们一些力量，要遇上裘图或魔子，就用你们的智慧与他们周旋。要实在打不过，咱们就跑，现在还不能和他们硬拼。"

"明白！"大家齐声答道。

"这里不行，我需要广阔的空间，你们先出去吧，我有话要和生歌说。"白子宸带着其他人先走出地道。

蓝胤斗走到生歌跟前："你去告诉知后和寿通大人，我们变身去了巨人谷。告诉摩丹王，东边出现了大批飓魔怪，要他做好迎战准备，我们会速去速回。"

"是。"生歌说。

"你们都和生歌回丹露湾吧，我们很快就会回来，走吧，用你们最快的速度，奔跑吧。"飞天、白鹭、花魁随着生歌飞奔而去，转眼就不见了踪影。

蓝胤斗最后一个走出出口的石门，石门随后紧闭，只有用摩丹人的秘语才能将石门再次打开。

此时天空已逐渐明朗，从半山隐蔽的出口往下看，全副武装的飓魔怪正络绎不绝往丹露湾方向走去，放眼看去，数千米外都是密密麻麻的飓魔怪的身影。

先出来的五个人都爬在石头后面，聚精会神地往下看。

"走吧，我们最好去山顶。离出口远一点，离飓魔怪远一点，雾气多一点。"蓝胤斗说。

六人开始奋力往山顶爬。差不多爬了一个小时，才在山顶找到一块隐蔽又平坦的地方。山顶被白色的浓雾缠绕，从下往上看，他们犹如置身在空中楼阁一般。

蓝胤斗盘坐在中间，五人变身，五大神兽将她围成一圈。她双手合十，闭目施法，一道强大的白光照射着大家的头部。五大神兽都慢慢飘浮了起来，随后快速打转，以蓝胤斗为基点，形成了一个白色的旋涡状。

经过大约十分钟的传输，五大神兽个个生龙活虎，奇形怪状的招式都自然呈现了出来。大家玩得不亦乐乎。

"你们还好吗？如果还好，就准备出发吧。"因为雾气太浓，她根本看不见大家的身影。青龙、螣蛇、朱雀在空中腾云驾雾，白虎和玄武早已跑得无影无踪。

"各位大人，你们丢下我不管了吗？不要玩了，该走了。"蓝胤斗话音刚落，五位神兽立刻出现在她面前。

"你们感觉如何？"蓝胤斗问。

"简直就判若两人，不对，应该是判若两龙。你要能早给我输点力量，海齿鲸就根本伤不到我。"青龙说。

"要不是你受伤，我根本就不会想到可以这样。你失踪后我一直在查找咒语，才真正领悟到通灵明玑的厉害，它真的是一切力量的源泉。"蓝胤斗信心满满地说，"准备好了咱们就出发吧，这必将又是一趟惊心动魄的旅程。"

青龙温顺地趴在地上，朱雀附在青龙脖子附近，蒲宗坐在前面稳住背上的龙须，蓝胤斗坐在中间，公羊冢坐在后面。大家坐稳后，青龙直冲云霄，螣蛇跟随它腾云驾雾而去，瞬间消失在了茫茫的浓雾中。

# 第二十章

\*\*\*

## 六兽齐聚

巨人谷在丹露湾的东边，沿着长武山脉一直东延到尽头，中间隔着个蛇海湾，连接蛇海湾的另一个山脉中间有一个巨大的峡谷，三面环山，一面临海。索瓦人始祖原是蓝胤帝的先锋部队，打败独孤心魔后，蓝胤帝将这片土地封给了索瓦人，并取名叫巨人谷。

一千年前，随着蓝宫帝国分崩瓦解，索瓦人正式脱离了蓝宫帝国的管制，他们在巨人谷过上了与世无争的生活。

索瓦人平均身高二米五，身体强壮，力气大耐力好，男人喜欢大刀战斧，精通铁艺，女人则更喜欢海洋，整天与大海为伴，索瓦人因此也被公认为岬龙星最好的铁匠。

裘图打败罗梭人和佛洛斯人后，接着又控制了巨人谷。比起罗梭人和佛洛斯人，裘图对索瓦人要相对仁慈，他没有展开大规模的屠杀，而是在巨人谷修建了一个巨大的军工炼铁厂，强迫索瓦人为其加工大刀战斧，储备武器。

巨人谷本来山林遍野，被森林环绕，自从裘图控制这里后，长年开山伐林，现已满目疮痍。巨人谷戒备森严，飓魔军几乎将巨人谷团团包围，仅在蛇海湾与长武山的边界，就驻有20万飓魔军部队，光炼铁厂监督守卫索瓦人的飓魔军最少也有上万人。

巨人谷现在俨然已成了一个庞大的监狱，这里的每一位索瓦人都失去了人身自由，他们的一举一动都在飓魔军的管控之下。

青龙带着众人穿过云海，当天下午就到达了巨人谷的上空，但因地面驻守的飓魔军太密集，他们没敢贸然落地。

青龙目视千里，朱雀耳听八方，螣蛇敏锐机警，它们在半空的乌云中就闻到了危险的信号。蓝胤斗由于天生对危险极度敏感，也感受到了巨人谷的上空，有一股巨大的邪恶之气在空中徘徊。

"这里有一股强大的邪气，看来，我们要准备打一场恶仗了。"蓝胤斗说。

"我们的行踪暴露了。"青龙说，"这里不仅有飓魔怪，我和海齿鲸搏斗时，就闻到了这样的气息。"

"难道裘图和其他魔子在这里吗？"朱雀说，"我先飞下去看看。"朱雀拍打着翅膀就要起飞。

"不好，不要冲动，让我仔细看看地形再定。"蓝胤斗随即施法，出现在他们面前的透明球体内，有一个三面被大山包围的巨大峡谷，峡谷内有一个大型城堡，依山而建，城墙坚固高耸，这就是索瓦人的"铁壁城堡"。城墙上密密麻麻站着全副武装的飓魔军，一排排索瓦人被绑着脚链和手链押到城堡里，几位黑衣人在城墙上机警地四处观望。

"看这样子，他们事先知道我们会来此地，难道我们被监视了吗？难道是藏在海齿鲸体内的魔子已经潜入到青龙体内了？"蓝胤斗说。

"你是说我被魔子控制了？"青龙问。

"昨晚我看到你体内有一股阴气，它暂时还很微弱。知后说魔主有真灵之眼，如果真是这样，裘图和其他魔子就能透过你追查我们的行踪。"蓝胤斗很焦急地说，"马上撤回到安全的地方，我要设法把它逼出来，或者把它封在体内，不然他随时有可能对你造成生命威胁。"

"来不及了。"青龙说，"没看见索瓦人都被赶到城堡里了吗？要是勾陈进了城堡，我们就很难再找到他了。即便是十大魔子都来了，我也能和他们周旋，你们只管去找勾陈。"

"好吧。"

青龙吐出一团巨大的雾气，将他们紧紧包围，它翻腾着庞大的身躯向巨人谷俯冲下去。

"螣蛇随青龙去引开敌人，你们三位随我去找勾陈。"蓝胤斗在乌云里大喊，"你们要是看到一道白光就迅速向白光靠近，不要恋战，我们要速战速决迅速撤离。"

"明白。"大家齐声答道。

只见一团乌云从高空瞬间落到离铁壁城堡两千米外的炼铁厂后面，厂边一排排拿着大刀战斧的飓魔怪好奇地盯着乌云不知所措。

## 第二十章 六兽齐聚

待他们安全落地后，青龙和螣蛇从乌云内破雾而出，所到之处一大片飓魔怪瞬间倒地，青龙和螣蛇直飞铁壁城堡，蒲宗、公羊冢、竺丘随蓝胤斗在炼铁厂内穿行。

蓝胤斗使用了皇灵守护，四位瞬间消失在大家眼前，他们在皇灵的守护下小心翼翼地绕过飓魔怪向勾陈所在的方向走去。

炼铁场内高炉林立，焰火纷飞。强壮高大的索瓦人带着脚链和手链，有的在搬运矿石，有的在不停往锅炉下面加煤炭，大家有条不紊地忙得热火朝天。还有大部分索瓦人，在飓魔怪的胁迫下正在往铁壁城堡方向转移。

蓝胤斗走在通灵明玑的指引下，一行人出了炼铁场，原来大家要找的人正走在去城堡的路上，他的名字叫东门璟。

"不好，勾陈已被转移了。"蓝胤斗说，"我们不能再这样缓慢前行了，来不及了。你们必须变身跑过去，我坐白虎背上，玄武前面开路，朱雀断后。"

"那我们就暴露了。"公羊冢说。

"没办法，要是他们进了城堡，我们根本无法进去。青龙和螣蛇那边已经打起来了，我们必须速战速决。"

"好，就这么办。"蒲宗说完率先变身成白虎，公羊冢随后变身玄武，蓝胤斗坐在白虎背上，竺丘已变成朱雀紧飞在他们后面。

朱雀所经之处的飓魔怪开始心乱如麻，痛苦不堪，有的将手中的武器赶紧扔在地上，有的直接拿刀砍向自己，自杀而亡。而他们像一阵风一样，从飓魔怪身边一飘而过。

许久，笨拙的飓魔怪才反应过来，它们蜂拥而上，将他们团团围在中央。但白虎和玄武凶猛迅疾，他们势若破竹，毫无阻碍，直往铁壁城堡方向奔去。

正当他们快要接近东门璟时，五大魔子突然现身，他们手拿魔剑，同时向蓝胤斗砍去。通灵明玑发出一道巨大的白光，犹如一道电波，将他们弹飞了出去。

青龙和螣蛇见到城堡外的白光，迅速飞了过来。另外的五大魔子也跟着飞了过来。现在，十大魔子和五大神兽以及蓝胤斗在城堡外空旷的场地上开始了残酷的厮杀与搏斗。

索瓦人在飓魔怪的胁迫下，正络绎不绝地往城堡里赶去。而蓝胤斗却被十大魔子困住，一时无法上前。蓝胤斗只能施法，控制了十大魔子的灵魂，但十大魔子法力深厚，不到一秒就回神过来，但就这短短的一秒，白虎带着蓝胤斗已冲出重围。青龙、白虎、朱雀、螣蛇迅速将十大魔子挡在原地，双方又开始了激烈的厮杀。

## 星图王

　　一大批飓魔怪也加入其中乱砍，就在东门璟要进入城堡大门的那一刻，蓝胤斗远远地施法将门前行走的所有索瓦人的灵魂控制，本该往城堡里走的索瓦人，却都突然全部转身往蓝胤斗的方向走来。

　　飓魔怪拿起战斧向索瓦人砍去，索瓦人猛然举手回击，将飓魔怪手中的武器抢了过去，双方开始对打起来。后面的索瓦人效仿反击，一时间，成千上万的索瓦人和飓魔怪彻底反目。炼铁厂和城堡里的索瓦人犹如大梦初醒般，都拿起身边的武器和飓魔怪拼死抗争。

　　蓝胤斗和神兽们不仅点亮了他们的希望之光，也点燃了他们的愤怒之火，他们将常年的悲痛和屈辱化成战斗的力量，将看似凶猛的飓魔怪打得措手不及。

　　索瓦人比飓魔怪还身材高大，个个身强力壮，又善用大刀战斧，身上虽绑有脚链手链，但行走自如，手中的铁链也成了他们攻击敌人的武器，他们能轻松地用铁链将飓魔怪活活勒死。场面一度陷入暴力与混乱之中，不光十大魔子有些措手不及，就连蓝胤斗和神兽们也有些愕然。

　　蓝胤斗骑着白虎直奔东门璟而去，两个魔子跟了过来，企图杀死前面的索瓦人，但都被蓝胤斗施法挡了回去。随着距离越近，通灵明玑发出白光直指东门璟，他被暴露后，多个飓魔怪围攻上来，背后一个飓魔怪举着大刀正要向东门璟的头砍去，玄武腾空一跃，飞过东门璟的头顶，将他背后的飓魔怪踩倒在地，飓魔怪当场断气。

　　蓝胤斗当即使用皇灵守护，将她和东门璟保护了起来，而白虎和玄武大发神威，将周围的飓魔怪都撕成了碎片，待十大魔子都赶过来时，蓝胤斗和东门璟早已不见了踪影。十大魔子和五大神兽又开始了一场残酷的厮杀。

　　蓝胤斗和东门璟在皇灵的守护下，彻底隐身，任何人都看不见他们的踪影。蓝胤斗心急如焚，激动万分："我是蓝胤斗，蓝胤公主，你愿跟我走吗？"

　　东门璟突然见到蓝胤斗有些目瞪口呆，他木讷得两眼发直，只会不停地点头。

　　"我要把你唤醒，你跟我来。"蓝胤斗将手举过头顶去拉东门璟的手，东门璟乖乖伸手任由蓝胤斗摆布。他们走到没有飓魔怪的地方才停了下来。

　　"你的灵魂被我控制了，怪不得这么听话，我要召唤你，这可必须得由你自己选择。"蓝胤斗念咒语魂归旧主，东门璟的头哆嗦一下，他被控制的灵魂已被解除。

　　"你先听我说，我叫蓝胤斗，是蓝宫帝国的蓝胤公主。六大神兽你知道吗？相信你听说过对不对？刚才你应该也看到了，他们就是青龙、白虎、朱雀、玄武、螣蛇，而你就是勾陈，我现在必须马上唤醒你，你愿意吗？"

## 第二十章 六兽齐聚

东门璟痴痴看着正打得如火如荼的神兽们,一言不发,但眼睛里流露出了愿意的神情。

"你沉默就代表愿意!对吧?那好,你闭上眼深呼吸,我要唤醒你了。"

东门璟果然慢慢闭上了眼睛。

"勾陈归位,万灵觉醒。"一道巨大的白光将昏暗阴沉的巨人谷照得通透明亮。

当白光洒到每个索瓦人身上时,他们更加亢奋有力,而飓魔怪却被白光刺伤,纷纷落荒而逃。就连十大魔子也瞬间魔力骤减,本来五大神兽已被他们围在中央,特别是朱雀,已筋疲力尽,瘫倒在地。就在这千钧一发之际,勾陈唤醒,所有神兽又重新获得了新的力量。

勾陈有着牛头鹿角狮身虎爪,犹如麒麟,全身血红,毛发向上而立,就连眼珠也显血红。初见此兽,定有不寒而栗之感,它向五大神兽飞奔而去,六大神兽终于齐聚。

它们迅速调整方向,各归其位。东青龙、南朱雀、西白虎、北玄武、下勾陈、上腾蛇,六兽归位,万灵归一。此刻,整个岬龙星的万千生灵,似乎都能感受到希望之光,就连空气中的阴霾,大多也已随风散去。

六大神兽协同作战,瞬间让十大魔子原形毕露,他们的黑色外袍已被打飞,十个骷髅人已被打瘫在地。蓝胤斗正想施法让他们魂飞魄散之时,半空中飘来了裘图的声音,一道巨大的黑影一闪而过。

"血债血还,日月无光。"声音刚落,整个巨人谷瞬间被黑暗笼罩,还好蓝胤斗眼疾手快,她急忙施法,一道巨大的白光和黑影在半空中相撞,在场的飓魔怪和索瓦人都被他们所散发出来的余力震倒在地。

六大神兽将蓝胤斗围在中央,裘图还未露出真容,瞬间就将十大魔子带离了巨人谷。当他们迎风而去的那一刻,巨人谷上空的黑气也随之消散,天空中又出现了耀眼的光芒。

十大魔子撤离,飓魔军更是抱头鼠窜,兵败如山倒,幸存的飓魔怪都向两边的大山里跑去。索瓦人见此有的举手欢呼,有的捶胸顿足,有的相拥而泣。他们隐忍了四十年,今天终于呼吸到了自由的空气,看到了胜利的曙光。

六大神兽变回了人身,他们虽筋疲力尽,但仍激动不已,热泪盈眶,众人围成一团,紧紧相拥。这是他们第一次全面胜利,实在鼓舞人心。

"我真没想到,你们比我想象得还要强大,裘图和他的魔子们都落荒而逃了。"

蓝胤斗激动地说，"我也低估了索瓦人，我以为他们不会反抗，要是他们麻木不仁，该跑的人就是我们了。今天真是太震撼了，你们都让我太震撼了，我为你们自豪。"

激动之余，大家都把目光投向了东门璟。他身高两米有余，由于每天的体力劳动，他的肌肉发达，外表略显敦厚，喜欢傻笑。

"很高兴我们终于找到你了，幸好你依然完好无损。先来和大家认识一下。"蓝胤斗说，"他叫白子宸，另一个身份就是青龙；蒲宗是白虎；铁面毒枭公羊冢，是玄武；佛洛斯太子竺丘，是朱雀；摩丹女孩冷寇，是螣蛇；我是蓝胤斗。你能否介绍一下你自己？"

东门璟傻笑了许久才开口说：“我是铁匠东门璟，我家世代都是部落的御用铁匠。我就是一个铁匠，为什么还会成为勾陈？我很小就听过六大神兽的传说，为什么它会选择我？"

"天生我材必有用，铁匠为什么不能成为神兽呢？"竺丘说。

"你们个个都非常非常优秀。"蓝胤斗激动地说道，"能和你们一起战斗，是我毕生最大的荣幸。这一个多月以来，我每天像寻找亲人一样寻找我的朋友，寻找你们。今天六大神兽终于齐聚一堂了，我非常非常开心，我感到特别幸福。"

蓝胤斗几度哽咽不能言语。她伸出右手，掌心朝上，白子宸率先将手掌搭在她手上，其他人也纷纷伸出手放在他们手上面。此刻，他们不仅身在一起，心也融在了一起。

欢呼沸腾后的索瓦人簇拥着一位白发苍苍的老人迎面走来。东门璟连忙向蓝胤斗介绍说：“他是我们索瓦人仅幸存的一位长老，今年已满200岁了，我们尊称他为祖山长老。他威望极高，是我们族人的精神领袖。"

"太好了。"蓝胤斗连忙走到长老面前低头鞠躬行礼，"蓝胤斗拜见长老！祝你万福安康！"

长老露出了慈祥的笑容向她鞠躬回礼：“谢谢公主救我们索瓦人于火海之中，谢谢几位神兽倾力相助，我替索瓦人向你们致敬！"

"长老不必客气，我们人类就要团结互助，共同抗敌。今后还请长老多多帮助。"

"那是自然。"祖山长老说，"我们抓住了一个飓魔怪首领，也许公主会有兴趣。"

"劳烦长老带路，我的确很想见见。"

"请跟我来。"

天色渐晚，暮色垂帘。长老带领蓝胤斗和白子宸他们一行人来到了铁壁城堡关押飓魔怪首领的房间。所有索瓦人回到城堡后各司其位,以防飓魔怪再度来袭。

一位身材硕壮,面部狰狞的飓魔怪被铁链捆绑在索瓦人宽大结实的椅子上,他低垂着头,昏迷不醒。

蓝胤斗过去围着他转一圈仔细瞧了瞧后,伸出右手在他头顶施法,飓魔怪惨叫着醒了过来。他傲慢地盯着房间里的每个人看,还粗鲁地向蓝胤斗吐口水。白子宸愤怒地握紧拳头,迎面就给了他脸上两拳,顿时,他的嘴角和鼻孔都溢出了黑色的血液。

"我们有几个问题问你,你必须如实回答。"白子宸说,"你们突然将所有索瓦人往城堡里赶,为什么?"

"愚蠢软弱的人类,都该死!我看到了你们的恐惧,你们都贪生怕死。"

"腾蛇变身,抠掉他的眼。"白子宸大声地喊道。

冷寇瞬间变身,吐露着舌头飞到飓魔怪头顶。飓魔怪连忙开口说道:"毁灭,当然是毁灭。十大魔子知道你们要找的人就在其中,如果你们晚来一步,巨人谷就不会再有索瓦人了。"

"裘图灭我之心不死,我们索瓦人对他没有价值了吗?"祖山长老厉声问道。

"价值?什么是价值?你们会做的事,我们飓魔怪也会做,只是不愿做而已。低贱的人类,只配做低贱的苦力。"飓魔怪依然一副傲慢的语气。

"第二个问题。"蓝胤斗说,"你说的十大魔子何时到的巨人谷?"

"他们一闪而过,想来就来,想走就走。"他依然高昂起他那丑陋的头颅。腾蛇飞过去用蛇尾狠狠甩了他几个耳光,他的脸上顿时有一道白色的冰痕,他痛苦地嗷嗷大叫:"昨晚凌晨三点到的。"

"果然能监视我。好啊,裘图和你的十大魔子都给我听着,我会一个个将你们撕得粉碎,还会把你们的魂魄封在北阴山下,要让你们永世不得翻身。"白子宸说,"劈开他的头颅,把他丢进高炉里,用飓魔怪的鲜血,为我们的大刀战斧沐浴。"

飓魔怪头领被两位索瓦人拖了出去,他愤愤地大声喊道:"你们死期将至,你们不会看到明天的太阳。丹露湾,就是你们的坟墓。"飓魔怪的声音越来越远,而白子宸却依旧暴躁不安。蓝胤斗走到他身边拍了一下他的肩膀。

"是你体内的魔子在作怪,让我看看。"蓝胤斗当场对白子宸施法,白光穿透了白子宸的脑袋,"逼不出来,但我已把它封住了,至少他暂时不能监视我们了。"

蓝胤斗他们七人当晚在巨人谷住了下来,调整休息。在祖山长老的介绍下才得知,当初裘图之所以没大规模屠杀索瓦人,是因为他们的王主忍受屈辱主动投降的缘故,王主想保存索瓦人的实力,等待历史重现。因此,索瓦人见到蓝胤斗和神兽时,才揭竿而起,奋力反抗。

比起其他族人,索瓦人被杀的人较少,但因劳累成疾死亡也很惨重,现在身强力壮能打仗的已不到五万人。蓝胤斗希望祖山长老能将所有身强力壮的索瓦人召集在一起,进行引导与训练,将来他们又会成为一支能征善战的先锋部队。

第二天中午,众人正准备撤回到丹露湾时,知后突然现身来到了巨人谷。蓝胤斗第一个看到一道白光从后山飘来,她又一次欣喜地笑了。

"我们的贵宾到了。"蓝胤斗对旁边的白子宸说。话音刚落,知后就站在了她跟前,一如既往地慈祥温暖。蓝胤斗开心地与它紧紧相拥,白子宸他们几位都急忙围了上来。

"皇灵,你怎么来了?丹露湾还好吗?"蓝胤斗着急地问。

"丹露湾暂时无忧。恭喜你们首战告捷,燎原之火势不可挡。"知后说,"十大魔子都败下阵来,就连裘图都避而不战,你们给这个世界带来了希望与光明。岬龙星已萌发了蓬勃的生机,就连摩丹长老们,都对你们刮目相看了。"

"昨天你就在巨人谷吗?"

"当然,我早已料到裘图会穷追猛打,我是你的皇灵,你当真我能安心坐在丹露湾吗?"知后说,"不过,虽然我在,但我并没有帮任何忙,我最喜欢做的事,就是隔岸观火。"知后眯眼笑着,大家也跟着笑了起来。

"估计就是因为你在巨人谷,裘图才避而不战呢。"蓝胤斗说。

"六大神兽齐聚之日,也是力量最强之时。十大魔子都被打回了原形,裘图自然不敢贸然死拼。"知后说。

"可是有一个坏消息,我们怀疑潜在海齿鲸体内的魔子,已潜入到青龙体内了。昨天下午我们来到巨人谷时,十大魔子早已来到了这里,裘图好像能听到我们说话一样。"蓝胤斗说,"而且,白子宸体内的确有一股阴气,我都逼不出来。"

"如果真是这样就麻烦了,他们有真灵之眼,的确能追查到你们的行踪。而且没有人能逼出魔子,除非杀死裘图把魔主收入往生塔内,其他魔子就会自行消亡。"

"不过我已经把魔子封住了,我想暂时已无大碍。"蓝胤斗说。

"这也是一种办法,魔子现在应该还很虚弱。"知后说,"不过宸大人也要随时注意控制情绪,在万丈光芒下,魔子就会无处遁形。"

## 第二十章 | 六兽齐聚

"好的。我知道了。"白子宸说。

"这次裘图已恼羞成怒。我们猜测,近期他肯定会亲自带领飚魔军团、黑豹军团、九蝎军团,前来丹露湾决一死战。"

"他想攻打丹露湾,那也得先过我们六大神兽这一关。"白子宸说。

"摩丹王已得到情报,巫曼仇已领命前去枭北游说十二国,摩丹王希望你能前去挫败他们的诡计。但这之前,你们必须要先找到联学宫,如果能得到他们的帮助,就有希望促成人类与类人结盟,丹露湾也许就能不战而安了。"

"我也正有此意,既然联学宫一直在对抗裘图,我们联手会如虎添翼。"蓝胤斗说,"只是,我们一走,巨人谷恐怕又危在旦夕。皇灵有没有两全之策?"

"对裘图而言,或许巨人谷也没有那么重要了。"知后说,"我想他既然盯上了丹露湾,可能不会再大动干戈来收复巨人谷,他会集中精力对付摩丹人。若丹露湾失守,巨人谷就被他们四面包围,那还不像囊中取物般容易?但裘图反复无常,阴晴不定,不得不防。"

"具体计划我们下午开会再讨论如何?咱们先带皇灵去用餐,庆祝我们第一次伟大的胜利。"蓝胤斗开心地说道。

"好,好!"大家都异常开心,纷纷说好。

大家欢喜地庆祝一番后,下午蓝胤斗和知后与六大神兽在铁壁城堡开了一天的秘密会议。最终商讨的结果是蓝胤斗与白子宸去枭北寻找联学宫,并游说十二国的王主。其他五位各自秘密回到自己的部落或领地,组织开展地下活动,召集人马,组建军队。

六大神兽已将体内的经脉全部打通,在知后的点化下,他们现在已能瞬间移动。最终,东门璟留在了巨人谷,其他人就在当晚夜深人静之时,秘密撤离了巨人谷。

索瓦人头顶着黑云已生活了快四十年,都快想不起蓝天白云的模样了。现在他们只要仰头,就能看到万丈星河在闪闪发亮。当晚很多索瓦人不愿意进房休息,他们赤身躺在地上,目不转睛盯着星光独自傻笑。

# 第二十一章

\*\*\*

## 子王的抉择

在布雅戈大陆枭宦森林以北即枭北，住着岬龙星上最古老的十二种类人。在千万年大浪淘沙的历史河流中，十二种类人不但没有日渐消亡，而是更加兴盛富强，现已成为岬龙星上与人类齐名甚至更具影响力的一股庞大的力量。

一千年前，由于蓝胤麒发动政变，罗梭人发生内乱引发了长达几百年的战乱，类人最终摆脱了人类的统治，并纷纷独立，原先十二个类人部落顺理成章地成了十二个国家。整个布雅戈大陆以枭宦森林为界，枭东、枭南、枭西归人类所有，枭北归类人所有。他们独立自主，民富国强，勤劳彪悍，甚至有些类人还放言，他们最应该站在生物链的顶端，替代人类领导整个岬龙星。

摩丹王请蓝胤斗游说枭北十二国，希望能说服他们与人类结盟，联手对抗裘图，以缓解摩丹人和丹露湾的存亡之危。通常梦想都无限美好，但通往梦想的道路却坎坷崎岖，险峻重重。幸好蓝胤斗的人生格言是"一切都是最好的安排"。她满怀信心，从容淡定地接受了摩丹王的差遣。在通灵子寿通的帮助之下，他和白子宸才得以顺利进入子国的国都——蒂迦城。

子国是一个岛屿国家，位于枭北西边的果米岛上，总人口约五千万人。是枭北十二个国家中占地面积最大的国家，也是经济实力较为雄厚的国家之一。蒂迦城位于果米岛上的西南部，西靠贝海，占地面积约580平方千米，它不仅是子国的文化经济中心，还是类人国家中最大最繁华的贸易城市。

这里自由、开放，民众能歌善舞，乐观积极。城市建筑精美，它分地上和地下两个城市区域，地下的城堡和洞穴大多住着贵族和文人墨客，而地面上坚固的房屋

## 第二十一章 子王的抉择

住着商人和平民居多。

雪白的云朵在蔚蓝的天空下随风摇曳，路边生生不息的青草温柔地摇动着芊芊的身躯。子国的国旗在城墙上迎风飘扬，国旗的旗面为红色，长方形，中间有一只蓝色的老鼠。这是枭北类人国家的传统，每个国家的国旗中央都有他们自己祖先的图腾。

蓝胤斗和白子宸利用瞬间移动，刚来到蒂迦城北门外的空地上，就远远看到林叶西和风青牧腰佩短剑，气宇轩昂地站在城门口高高的石台上，仔细地盯着进城的各色人种。蓝胤斗看见他们后正要开心奔过去时，却被白子宸拦了下来。

"等等，我们的背影是不是更有想象力？"白子宸说。

"你想做什么？"蓝胤斗一脸疑惑地问。

"你跟我来。"白子宸拉着蓝胤斗的手，瞬间闪烁出一道白光，越过了高大坚固的城墙，来到了城门的里边，他们再跟着出城的各色人种，除了矮小的鼠人，还有高大的牛人、龙人、猴人、虎人等，当然也有人类。他们跟着络绎不绝的人群从城门里面走出来，两人分别故意走到林叶西和风青牧跟前，慢悠悠地往城门外走去。眼尖的林叶西终于发现了异样，她欣喜地从石台上跳了下来，一瞬间就跑到了蓝胤斗跟前。

"公主，果然是你，寿通大人说你们今天会从北门进城，你们是何时到的？为什么还没见到子王就要走了呢？"林叶西问。

蓝胤斗面对林叶西的提问一时不知所措，支支吾吾地说："这个……这个……"蓝胤斗边说边看前面走远的白子宸。

这时另一边的风青牧也发现了白子宸的身影，他纵身一跃，鞋上的滑轮自动弹出，他娴熟地绕过人群，像一阵清风飘到了白子宸跟前，他不问究竟，拉着白子宸的手就拖到了蓝胤斗和林叶西跟前。白子宸差点摔倒在地，蓝胤斗看着白子宸狼狈不堪的样子，不由得抬手掩面，偷偷笑了起来。

"太野蛮了！简直太野蛮了，一点都没变，初次见面时，也是一下就把我抓到了龟船里。想不明白，你们个子这么小，力气怎么比牛还大呢。"白子宸的身躯还没站稳，嘴上就开始不停抱怨。

风青牧和林叶西就像初次见面一样，木讷地站在一旁，两手交叉着放在腋下，神情严肃又木然，他们睁大双眼呆呆地瞪着白子宸。

"你说吧，到底怎么回事？"林叶西问。

蓝胤斗看着他们的样子感觉实在滑稽，终于憋不住了，爽朗地笑出了声。白子宸看着他俩一脸严肃的表情，才嬉笑着支支吾吾地说："啊！那个……我们觉得城里的人太多，想到城外透透气，然后……那个……再……那个。"

风青牧和林叶西还是呆呆地瞪着他，脸上毫无表情，从眼神里感觉他们好像知道被戏弄了一样，而在一旁的蓝胤斗却还在偷偷傻笑。

白子宸实在受不了他们那两双犀利的眼睛。"好吧，好吧，我招了！我们刚到北门外，就看见你俩威风凛凛地站在那里左顾右盼，就知道在找我们。我就突发奇想，想试试你们，能不能通过背影认出我们。仅此而已。"

风青牧和林叶西这才收起严肃的表情，两手撒开，扭动着肩膀，开心地笑了笑。

"就算你们化成灰，我也能认出你们，呸呸呸，我说错了！就算你变成黑龙，我也能认出你。"林叶西说。

"我可是被他胁迫所为，我早就知道你们有过目不忘的本领。"蓝胤斗说。

"我只是一见到他们就很开心，我可不是天天都有这样的好心情。"白子宸调皮地说道。

"哈哈，公主不会撒谎，看她支支吾吾的就知道是宸大人在作怪。"林叶西说。

"这次怎么只有你们两个，鹏大人怎么没来呢？"白子宸问。

"他可是我们子国的水军总帅，你们来了，他应该在忙着保护我们蒂迦城的安危吧。"林叶西说。

"我们可是秘密而来，还要秘密拜见子王。"蓝胤斗说。

"我知道，你们跟我来。"林叶西说。

风青牧和林叶西引着他们离开北门，又在地上城穿街走巷与熙熙攘攘的人群擦肩而过，白子宸左顾右盼，越走越觉得怪异。

"你们要领我们去哪里？据我所知，子王的宫殿可是在地下城里。"白子宸说。

"子王口谕，你们初来子国，让我们陪你们在蒂迦城里多逛逛，特别要多在闹市区走走看看。"林叶西说。

"我没听错吧？都什么时候了，哪还有什么心情逛啊？"白子宸说。

"客栈已经安排好了，宸大人就算再没心情，我们子国的美食你是绝对不能错过的。不如先吃好了到时再看看有没有心情？"风青牧说。

"到底有什么问题，你们不如直说吧。"白子宸急切地问道。但风青牧和林叶西沉默不语，气氛有些尴尬。

## 第二十一章 子王的抉择

"既来之则安之。"蓝胤斗说,"那就劳烦两位带我们去客栈吧。我早有耳闻,子国的美食天下无双,听说你们所有的诗歌都跟美食有关,我很好奇,你们诗歌里的美食是什么样的?是每道美食都有它自己的诗吗?还是只有少数的美食才配有这个殊荣。"

"能上菜单的美食,几乎都有属于它的诗歌。等到了客栈,公主点菜,我给你背诗可好?"林叶西说。

"好!太好了,真是太有趣了。"蓝胤斗显得异常开心,而白子宸却一直闷闷不乐,他瞟了一眼林叶西后说:"何必看着菜单点,我现在就点一个,你们的八谷饼如何?"

八谷聚会色味全,
黄油相煎脆又鲜。
垂涎三尺人人馋,
长路莫忘伴它行。

林叶西一口气顺溜地背了出来,再加她脸部丰富的表情,心情低落的白子宸顿时和颜悦色了许多。

"嗯,的确有点意思。"白子宸说,"其实在少年时代,我的梦想是想做一名田园诗人,或做一名山水画家。但那时苣虎星上战乱连连,我每天想的是我什么时候会被烧得粉身碎骨?哪里还有心情去写诗画画呢!"

"我不会写诗,但我回想起来,在蓝森林里的那段时光,我的生活就像诗歌一样。"蓝胤斗说。

"你现在依然是。"风青牧说,"对我来讲,你就是传奇,你就是诗。"

聊起诗歌,大家豁然开朗。他们穿过繁华喧嚣的主街,走过一些弯曲狭窄的巷道,不知不觉就来到了客栈门口。这是一个外表看起来很普通的客栈,它背靠山坡,客栈大门如同烧砖瓦的窑洞一般。门口有个竖着的木板,上面写着"巴古客栈"四个红色大字。客栈远离主道,背靠山坡,人烟稀少,门庭冷落。

"这不会是我们要住的客栈吧?"白子宸问。

"是的。"风青牧说。

"这不是烧砖的土窑吗?我们怎么能……"还没等白子宸说完,蓝胤斗就过来打断了他的话:"我们是客人,就客随主便吧!不过,这里实在太安静了。"

白子宸阴沉着脸和他们一同走入客栈大门，客栈门口毕恭毕敬地站着两位年轻英俊的鼠人，他俩很客气地将蓝胤斗和白子宸引到里面，林叶西向他俩使了个眼色后就迅速闪开而去。

让他们瞠目结舌的是，里面的景象却与外面破落的形象完全相反，简直就是天壤之别。空旷明亮的大厅精致又不显奢华，这是一个洞穴客栈，四周墙壁上的天然花岗石上雕满了各种奇形怪状的图文。这是子国的象形文字，在远古时代，类人就是用这样的文字和人类沟通交流，建立情谊的。白子宸被这些图形文字深深吸引，他脸上乌云般的愁容早已烟消云散。

"你确定这是间客栈吗？我怎么感觉咱们进入了历史文化馆？"白子宸边盯着图文看，边好奇地问风青牧。

"转角右拐就是客房和餐厅。"风青牧说，"我们子国的客栈都是这样，希望第一时间让远道而来的客人了解我们的文化和传统。也许在接下来的时日里，客人们在子国会减少许多麻烦。"

林叶西此时恰好从右边的餐厅走了过来，与其说走，还不如说是滑了过来。她的身体看起来轻盈快捷，转瞬间她就来到了风青牧身边。

"有道理，这就是国家服务。看一个国家的文化素养，就要看他们的服务。今天我两次显示不悦，是我的文化素养不够，我向你们道歉！"白子宸向风青牧深深鞠躬表示歉意。

"我接受你的道歉！谁让我们是朋友呢！"风青牧说，"子王有令，在接下来的时日里，我俩由公主差遣！换句话说，我们现在唯一听命的人，是蓝胤公主。"

"什么？这是你们的要求，还是子王自己的意思？"蓝胤斗有些疑惑地问。

"应该是子王和寿通大人的共同决定。不过，能跟随公主也是我俩毕生的梦想，如果公主殿下不嫌弃的话。"林叶西说。

"这是我莫大的荣幸，只是你们是通大人的爱徒，我怎能夺人所爱呢？"蓝胤斗说。

"通大人说你们初到枭北，需要一个向导，而我们，或许是最了解枭北十二国的人。希望日后，以我们浅薄的学识，能为公主尽一点绵薄之力。"风青牧说。

"太好了，简直太好了。知斗儿者，莫通大人也。有你们这两位智勇双全的人才在她身边，我就放一百个心了。"白子宸开心地将林叶西和风青牧的小手握在他手里。

## 第二十一章 | 子王的抉择

"通大人对我恩重如山,有你们随我左右,何愁前路迷茫艰辛。谢谢你们对我的厚爱!"蓝胤斗眼睛湿润,幸福之情溢于言表,她也伸出双手,和她俩紧紧握在一起。四个人手拉手围成一圈,开心不已。

"现在可以跟我说实话了吧?这偌大的客栈,怎么没有客人?"蓝胤斗警觉地扭头观望着四周。

"因为子王在此,何人能进呢?"风青牧说。

"子王在此?"蓝胤斗睁大眼睛认真地扫视四周,在客栈大厅尽头的一个角落里,有一位鼠头人身白发苍苍的老者,正专心致志看着石墙上的图文。他何时出现在此的,谁也不得而知。

"不会是……?"蓝胤斗话没说完,老者快速一闪就来到了他们跟前。他一头银白的头发,身高不足50厘米,面容和蔼又慈祥,残酷的岁月在他的脸上刻下了深深的痕迹,从他深邃的目光里能看出这是一位深不可测又极度精明的鼠人,他就是子王。风青牧和林叶西看到他后,仓皇地连忙单膝跪地要行大礼,但被子王迅速扶了起来。

"在此不必多礼,两位大人快快请起!"子王的声音浑厚有力。蓝胤斗和白子宸连忙鞠躬行礼。

"蓝胤斗莽撞无礼,竟不知子王在此,请子王赎罪!"

"哎!公主何罪之有!"子王和蔼地说道,"是本王心急如焚,听说两位要来子国,我夜不能寐才想出此策,还请两位不要责怪才好!"

"在下白子宸,早闻子王风趣幽默,和蔼睿智。今天得以相见,是在下三生有幸!"白子宸谦恭地说。

"蓝胤公主和宸大人来此,使我子国蓬荜生辉,两位近来的所作所为,使本王自惭形秽。今天特素衣来此相迎,一来以表我对两位的敬意,二来希望我们都不必拘礼,还能畅所欲言。"子王瞟了一眼里面的房间后说,"你们一定饿了,咱们不如边吃边谈?里面请,里面请!"

子王热情地将蓝胤斗和白子宸引到餐厅,蓝胤斗这才看见客栈的各个角落都有身穿黑色衣服,头戴面盔,随身佩带宝剑的鼠人,他们都是子王的守卫。

子王和蓝胤斗、白子宸走进一间宽敞的房间,风青牧和林叶西一左一右地站在门口。随后服务人员陆续将美食端来,看着试菜人吃过之后,林叶西才将食物端入房间。

房间里有一张圆形餐桌，子王坐正北方向，蓝胤斗和白子宸一左一右坐在他身边。子王随和亲切，此刻他不像王主而更像一位久未谋面的邻家老伯。他耐心地为他们介绍每一道菜，原来有很多食物的诗歌竟然是由他所作。他们三人爽朗的笑声不断传到门口，这种气氛着实让风青牧和林叶西有些意外。

"你之前看子王笑过吗？"风青牧问。

"有是有过，但好像没有这么夸张吧？"林叶西轻轻地说。

"估计是酒逢知己千杯少，一笑忘了天下愁。"

"子王装病不见巫曼仇，却对公主和宸大人这般礼遇。想来他的立场已经很明显了。"林叶西说。

"我们子国的立场从来都很坚定，上至王主，下至平民，何时给过巫曼仇甚至是裘图好脸色？"

"说得也是，从来没有过。"林叶西附和着说。

子王附在蓝胤斗和白子宸耳边不知说了什么，让蓝胤斗和白子宸笑得前仰后合。在大家的记忆中，似乎从来没见过他们如此笑容可掬过。待他们的笑声停息后，子王突然又严肃起来。

"接下来本王要说的话，望公主能确保隔墙没耳。"他那双深邃的眼睛警惕地环望四周。

蓝胤斗自然领会子王的意思，她向子王点头示意后念皇灵守护。现在他们犹如身处在铜墙铁壁里，任何人听不见也看不见他们了。

"二十天以前，裘图的总相巫曼仇前来子国要面见本王，但我装病拒绝了他，后来他又去了其他国家。就在昨天，他又来到蒂迦城，誓要见到本王才归，还声称此次之行，实属是来解子国之危，若他愤然回国，子国就要大祸临头。"子王伸伸腰，耸耸肩膀继续说，"别人也许对他们还抱有期望，而我以及我的子民，绝不会被他的花言巧语所迷惑。据我的信使来报，现有五个类人国家已被他收买，三个国家保持中立在静观其变。这是我们类人的耻辱，曾经驰骋疆场，让一切妖魔鬼怪闻之丧胆的十二支类人铁军，早已形同枯木。他们的身体被懒惰侵蚀，他们的灵魂被欲望蒙蔽以至堕落不堪，他们的骨气被贪婪和愚昧蒙蔽。若长此下去，不光是人类即将要全军覆没，就连我们枭北类人也危在旦夕。我冥思苦想，只有一条路可走，今天特来此与两位商议。"

"还请子王明示。"蓝胤斗恭敬地说。

## 第二十一章 | 子王的抉择

"不知公主和宸大人对联学宫是否有所耳闻？"子王问。

"具体不得而知，听说是一个神秘组织，一直在暗暗和裘图做斗争。"蓝胤斗说，"我们此行也想打探他们的下落。知后和摩丹王都说过，要是能得到他们的帮助，说服枭北的十二王主就轻而易举了。"

"既是这样，本王就从头说起。"子王说，"联学宫本是始皇蓝胤帝为发掘和培养天生拥有特殊能力的人才为皇家所用而设立的学堂。由九十九位护帅教学管理，但所有成员必须听从皇帝的诏令，就连帝国的总相都无权干涉联学宫的事务。但是，在一千年前，蓝胤麒发动政变，九十九位护帅投票坚决反对蓝胤麒，麒麟王朝因此发动了几千年来第一场大规模的战争，史称宝塔战争，这一战就是几百年。这场战争最终导致了庞大的蓝宫帝国分崩离析，各个种族还有很多部落都纷纷宣布独立。只有罗梭人在集权统治下才接受了蓝胤麒政权，因此他才守住了梦兰多，住进了蓝灵堡。皇家三宝中的尊宝通灵明玑归蓝灵堡的主人所有，后来由他的后人代代相传，你就是在它的护佑下，才得以顺利逃出岬龙星。"

"皇家三宝？到底是哪三宝呢？"白子宸问。

"通灵明玑为尊宝，联学宫为德宝，传说还有最后的撒手锏，一支庞大的神秘军团，也叫袋蟒军团，这是魔宝。当年始皇蓝胤帝身上拥有的特殊能力，除了能驾驭通灵明玑外，他还能召唤和掌控袋蟒军为他所用，就像如今的裘图能召唤飓魔怪一样。"

"我们倒也听过袋蟒军，他们真的有那么厉害吗？"白子宸问。

"他们外表是一群彬彬有礼的影子杀手，是善良尊贵的人死后灵魂不愿消散的游魂。他们和飓魔怪是同类，只是飓魔怪天性邪恶又被魔主利用，而袋蟒却正义善良，喜爱和平与美好。它们剑法极快，通常都是集体出没，他们保持的队形像一条巨蟒，能将敌人瞬间围剿，因此蓝胤帝称他们为袋蟒军团，是飓魔怪目前最惧怕的天敌。独孤心魔被打败后，蓝胤帝将袋蟒军团送回了它们的世界。只有魔主再现，飓魔怪作乱人间之时，才能召唤归来。"

"正所谓阴阳平衡，相生相克，原来飓魔怪也有宿敌。"白子宸欣慰地说道。

"那要如何召唤呢？"蓝胤斗问。

"你能驾驭通灵明玑，应该也能唤醒它们。"子王说，"可是，你没有它们的入口地图，听说一千年前地图就已经消失了，暂时这条路也行不通。"

"所以我们只能说服各位王主和人类联手对抗裘图了。"蓝胤斗说。

"但以我对他们的了解,你想说服他们比登天还难。"子王说。

"是不是在大家心里,我这个公主不但名不正言不顺,而且也是徒有虚名吧?"蓝胤斗问。

"恕我直言,在类人中可能会少了些许尊重吧。"子王说,"不过,只要能使天下太平,皇帝有一颗爱民如子的心,至于是谁,是否合法继承了你们人类的皇位,现在的类人民众应该不会那么关心了吧。"

"这样的事,在皇族中其实非常普遍,为了皇位,父子相残,兄弟相害,在苢虎星比比皆是。即便皇位是通过暴力篡位得来的,但后来也不乏出了很多圣明的君主,他们同样也能得到民众的喜爱。"白子宸说。

子王用诧异的眼神看着他,白子宸又努力解释一遍说:"我是在历史书上看到的,苢虎星上的那几个大国,每一代王朝可能都有这样的事发生。所以,我非常非常赞同子王的观点。"

子王这才微微一笑。蓝胤斗真诚地问道:"子王有何良策,只要能救万千生灵于水火,我倾其所有,也在所不惜。还请子王不吝赐教,多多教我,蓝胤斗永生不忘你的恩德。"蓝胤斗起身要给子王行大礼,却被眼疾手快的子王按在了凳子上。

"公主万万不可。"子王说,"不瞒你说,即便我现在是子国的王主,从理论上说,你依然是我要效忠的主子。因为,我就是联学宫九十九位护帅之一,我的世代祖辈都效忠联学宫,听命于蓝胤氏。虽然蓝胤麒很可恶,但他毕竟还是皇族。我正在试图说服其他九十八位护帅,这就是我今天来此要和你商议的事情。"

"如果你能说服成功,联学宫就会效忠于我为我所用吗?"蓝胤斗问。

"正是。"子王说,"联学宫的人才是岬龙星上顶级的精英,几乎每个人都是他们国家或部落的栋梁。要是你能得到他们的效忠,何愁枭北十二国不幡然醒悟,所有异族觉醒也只是时间问题。"

"听了子王一番良言,让我如沐春风。要是能得到联学宫的帮助,所有困难都能迎刃而解。"蓝胤斗欣喜异常,激动不已。

"知后和摩丹王都说过,得联学宫者得天下,果然名不虚传。"白子宸兴奋地说,"我代表六大神兽,向你表达我最诚挚的谢意。"

白子宸起身就给子王深深地鞠躬致意。

"是你们的勇气打动了我,是你们点燃了岬龙星的希望。联学宫就像一个无主之国,它需要蓝胤氏的人来领导,才能发挥它真正的作用。"子王说,"我们今天就先议到这里，你们就安心住在客栈，给我五天时间，我定会给你们一个准确的答复，好吗？如果你们有兴致，可以让牧大人和西大人陪你们在果米岛上四处转转，也可以让他们好好介绍一下我们枭北的文化和历史。"

"好的。我们会安心住在这里静候你的佳音。"蓝胤斗站起来扶着子王。他们三人起身走出房间，子王的便衣护卫十余人陪子王走出客栈回王宫，还有一部分头戴面盔的守卫却继续留在了巴古客栈。

蓝胤斗和白子宸到客栈门口送行，看着子王一行人的背影越走越远，他们百感交集，心情沉重。蓝胤斗深情地抬头仰望，天空依然蔚蓝，云朵却飘到了很远很远的边际。一群白鸽欢快地从房檐掠过，给寂静无声的天空闪耀过一丝惊喜。

## 第二十二章

***

## 宫棋秘史

　　子王离开巴古客栈后,每分每秒对于蓝胤斗和白子宸来说都是煎熬。林叶西提议带领他们去果米岛上四处看看都被白子宸拒绝,在他看来,似乎世上没有什么比坐等消息来得更惨烈了。

　　"子王给我们五天时间等待,还不如给我五天时间去找裘图决一死战呢,这简直就是度秒如年。"才刚等半天,白子宸就开始跟蓝胤斗抱怨。

　　"那还是让西大人带我们出去走走吧?"蓝胤斗说。

　　"我的魂魄都被联学宫勾走了,没有任何心情去做任何事情。"白子宸双手背在后腰间,在房间里来回踱步。自从魔子潜入青龙体内后,白子宸虽然在极力控制,但有时还是会显得急躁不安,虽然魔子暂时被封住了,可它似乎时时都在伺机捣乱。

　　蓝胤斗无精打采地坐在椅子上看着林叶西和风青牧围着一张小桌子面对面坐着走宫棋,这是联学宫独创的智力游戏。他们时而争斗,时而欢笑,看起来欢乐不已,而蓝胤斗却专注地看着桌上的棋子陷入了沉思。

　　片刻后,蓝胤斗忽然从椅子上跳了起来走到白子宸身后说:"也许这件事情你会非常有兴趣。"蓝胤斗将白子宸拖到林叶西和风青牧的旁边说:"你看得懂他们在做什么吗?"

　　白子宸好奇地瞧了瞧棋子:"这棋子上雕的图案应该是代表枭北十二种类人和四种人类吧?"

　　"这个很明显。"蓝胤斗说,"图像雕得很生动,谁都看得懂。"

　　"看这棋盘和布阵我似乎在哪里见过。"白子宸挠头摸耳地思索着,但还是没

## 第二十二章 宫棋秘史

有一点头绪。林叶西和风青牧专注地走他们的棋，根本就当蓝胤斗和白子宸不存在一般。

"如果你有兴趣，何不让他们教你？也许会有意想不到的收获。"蓝胤斗说。

"嗯，这的确是打发时间的好办法，我们先看完这盘棋后再说。"白子宸静静地坐在风青牧身后，蓝胤斗坐在林叶西身边，他们全神贯注地看他俩下棋。

时间果然过得飞快，整个下午就在观棋中度过，一转眼就到了傍晚，最终风青牧以微弱的优势打败了林叶西。

白子宸似乎从这盘棋中看出了一些奥妙，终于兴致盎然地开口询问风青牧："我能看懂这棋中必有玄机，牧大人能否教教我？"

风青牧诧异地看着白子宸问："宸大人真有兴趣？"

"特别是对每颗棋子的背景和作用更感兴趣。"白子宸说。

"看来宸大人是真看懂了。"风青牧说，"这是联学宫的每位成员必学的智力开发游戏，只有真正会下这盘棋的人，才会真正理解联学宫的责任和使命。"

"要是这样，我必学无疑。"白子宸突然睁大眼睛，惊奇地问道，"难道你俩也是……"还没让他说完，风青牧就微笑着不停地点头。

"好啊！口风很紧啊，竟然一直瞒着我们到现在。"蓝胤斗说，"联学宫果然人才济济，想必你们也是联学宫的栋梁吧？"

"公主过奖了。"林叶西说，"比我们优秀的人数不胜数，我们只是一名普通的护兵。"

"那这么说来，寿通大人也是联学宫的人？"白子宸问。

"是的。"风青牧说，"她是十二通灵子之首，更是联学宫九大护尊之一。"

"子王不是说联学宫只有九十九位护帅吗？怎么又有九大护尊呢？"白子宸不解地问。

"始皇蓝胤帝当初设立九大护尊，管理决策联学宫的一般事务，但他们也是从九十九位护帅中投票选举产生的。"风青牧说，"要是皇帝不在，有重大事件还必须要九十九位护帅投票表决后才会有效。每位护帅都有一个自己的手牌，九十九个手牌聚在一起，才能打开圣德门。开门拿到往生塔之后，才能大规模调兵遣将，天下护兵会见塔而起，若有违令者，会受到很残酷的惩罚。"

"难道圣德门只有九十九个手牌才能打开吗？"蓝胤斗问。

"当然不是。"林叶西说，"相传，圣德门是一道通灵墙，就像蓝灵堡那道通灵墙一样。只有皇帝说出开门的咒语，圣德门才会自动打开。"

"看来篡位夺权的蓝胤麒是不知道开门的咒语了，不然他怎么会发动宝塔战争呢。"白子宸问，"现在有谁知道开门的咒语吗？"

"咒语可能在一千年前就被蓝胤诚皇帝带进土里了，不然，联学宫早就易主了。"林叶西说。

"要是这样，现在也只能靠九十九位护帅了。咱们还是想想怎么快速度过这五天时间吧。"蓝胤斗说，"你们抓紧教教他宫棋，三天后我要和他对弈。"

"你跟我，难道你也会？"白子宸指着桌子上的宫棋问。

"当然，这是婆婆在蓝森林里教我玩的第一个游戏，如果没记错的话，我那时应该才六岁。"蓝胤斗说，"就连蓝森林里的金叶猴都被我教会了。这个游戏，陪我度过了很多无聊的时光。"

"这么说来，你的婆婆也是联学宫的人。"林叶西说。

白子宸突然拍腿大叫着："我想起来了，就是那年我误进罗堂村，我看见过村长和村民下过这棋。"

"罗堂村？"这次连蓝胤斗都惊诧不已，"怎么可能，他们怎么会？我怎么没见村长下过呢，你不会看错了吧？"

"绝对是宫棋，棋子上的图案和宫棋都一模一样。"白子宸说，"刚才看他们下棋，我就有似曾相识的感觉。"

"如此说来，一切就更扑朔迷离了，罗堂村的人突然消失，一定和联学宫有关。"蓝胤斗转身问林叶西，"真的只有联学宫的人才会下宫棋吗？有没有可能宫棋早已全民普及，不再是什么秘密了。"

"绝无可能。"林叶西说，"不信你可以问问铁面毒枭或佛洛斯太子还有蒲宗大人，他们都算是博学多闻的人了，但绝不可能知道宫棋。这是联学宫的铁规，任何人不得擅自将棋术传授给外人。"

"难道村长和婆婆也在联学宫？"蓝胤斗问，"既然你们是联学宫的人，你们就真的不知道白禹和孟桓？"

"公主，我们该知道的才会知道，不该知道的事没人会让我们知道的。"林叶西说。

"我终于明白了，那只松鼠肯定是联学宫派去的，你们去樱桃港接我们，也是联学宫给你们下的密令吧？"蓝胤斗说，"寿通大人那么热心帮我们，她是听命于谁呢？可我问她联学宫的事，她也是绝口不提，看来联学宫我是势在必得了。"

"松鼠的事我真不知道，但我们的确是听命于寿通大人。"林叶西说。

"既然寿通大人不提，那肯定也是不能说，我们就顺其自然吧。"白子宸说，"我现在最关心的是，我不是联学宫的人，我学宫棋的愿望就要落空了吗？"

"你不是外人，你是六大神兽之首。"林叶西说，"青龙当初可是创办联学宫的功臣，整个联学宫上下，无人不知你们的历史。今天你要学棋，谁敢阻挡？谁要能带你宣读誓言，那是他莫大的荣幸。"

"什么？我摇身一变，又成为联学宫的功臣了？"白子宸摇头叹息道，"可惜青龙为什么不能像知后一样保存以前的记忆呢，这样我们就会少去很多麻烦。"

"不同的年代，神兽们肩负的责任和使命又不同。"蓝胤斗说，"要保留了旧的记忆，它们怎么能接受和热爱现在呢？"

"的确如此。"白子宸说，"不过此时，我最想了解的是宫棋，牧大人能否说说它的背景。"

"在这之前，你必须得跟着我宣誓，不得私自传授给其他人。"风青牧说。

"我不都是功臣了吗？怎么还要宣誓。"

"可你现在毕竟不是以前的青龙啊。"风青牧说，"这是规矩也是纪律，我们每个人都必须得遵守。"

"好吧，不就是入学宣誓嘛。"白子宸说，"能深入探究联学宫的秘密，是我的荣幸！"

风青牧站起来面向东北方，这是联学宫的方向。他立正后将右手举过头顶，白子宸站在他后面模仿他的动作。

"我志愿加入联学宫，服从纪律，严守秘密，为维护岬龙星的和平与安宁，愿牺牲一切，永不叛宫。"风青牧说一句，白子宸跟着说一句。

蓝胤斗看着他们宣誓的场景，才回想起婆婆第一次教她玩宫棋时，也带着她宣读了同样的誓言。"原来，我早就成为联学宫的人了。"

风青牧带白子宸宣誓完成后，就坐在棋桌旁开始滔滔不绝地讲解每一颗棋子："宫棋一共三十二子，黑白每方十六子，分别为：枭、宫、臣、锋、鼠、牛、虎、兔、龙、蛇、马、羊、猴、鸡、狗、猪。整个棋盘就好比我们布雅戈大陆，十六子代表布雅戈的十六个种族。后面十二子从图像上看就一目了然了，它是代表我们枭北十二种类人。今天我重点讲枭、宫、臣、锋。这四子都是人类肖像，你能看出枭是代表哪种人吗？"

"看这棋阵，枭在最中间，所有棋子应该都是在保护枭。既然宫棋是始皇蓝胤帝时就发明的，那很显然枭一定代表罗梭人。"白子宸很自信地说道。

"就因为皇帝是罗梭人吗？"风青牧问。

"这不是很明显的事吗？"白子宸说。

"很遗憾！枭不代表罗梭人，它是摩丹人，宫才是罗梭人，臣代表佛洛斯人，锋代表索瓦人。盘上的所有棋子，的确都是为了保护枭的安全。"风青牧说，"每位初学者几乎都会认为枭是罗梭人，当初我和西大人也是这么想的。但后来听寿通大人讲棋史，她说岬龙星上的所有生灵，都应该竭尽全力，哪怕是付出生命的代价，也要保护好摩丹人不覆灭。就像棋盘上的所有棋子拼命保护枭一样，不然岬龙星的所有文明都将毁于一旦。"

"出人意料，我愿闻其详。"白子宸已被宫棋深深吸引，他身体向棋盘前倾，右手拿起枭棋仔细查看。每颗棋子都是用通透的灵木雕琢而成，设计的肖像都生动精美，底盘直径约2厘米，高约5~8厘米。每颗棋子高矮不一，具有灵气，若对弈双方都是通灵师，可用意念控制棋子，但每颗棋子也有它自己的性格，常常会反过来影响通灵师的决定。

"摩丹人就像我们的大脑，是智慧的象征。"风青牧看着蓝胤斗说，"而罗梭人……有些话不知是否能讲。"

"请牧大人畅所欲言，比起华丽的谎言，我更偏爱赤裸的事实。"蓝胤斗说。

"这只代表我个人的观点。"风青牧说，"我是这样理解的，岬龙星上的任何种族灭亡，或许都能照常运转，但要没了摩丹人，岬龙星就会失去它耀眼的光辉。我们所有类人、飞禽走兽、树木花草的原始智慧，都是摩丹人赐予的。要是他们一旦消亡，后果将不堪设想。在我心中，摩丹人就像是我们的太阳，它不但能让万物生长，还无私无畏地温暖着我们。而罗梭人就像是我们的月亮，它能在黑暗中给予我们光明，能指引我们战胜黑暗与邪恶，能帮助我们找到一片和平与安宁的土壤。"

"说得好！"蓝胤斗说，"因此我们才要不计任何代价保住丹露湾，保护摩丹人。要是枭北所有类人都如你明事理，那又何惧裘图和他的魔子们呢？只是现在很多类人把摩丹人赐予他们的智慧用在了自求多福，自我苟活的事上了。不再像他们祖先们那样团结互助，舍身忘我地来保护我们共同的家园。"

"我看未必。"白子宸看着蓝胤斗说，"因为之前没有你，没有我们六大神兽。通常人们在黑暗中前行时，都是泥菩萨过河自身难保，根本没有能力去管别人。但现在有指引他们的明灯了，我相信不久的将来，他们一定会站在你的身边。"

"是啊！"一直在旁边认真聆听的林叶西激动地说，"宸大人说得在理，我们类人虽然没有摩丹人聪慧，没有罗梭人果敢，但我们还是有分辨是非黑白的能力。只是经过了上千年的成长与蜕变，要取得类人的完全信任，可能还需要些时间。"

"就怕裘图不给我们时间。"蓝胤斗说，"不过，现在也没有更好的办法，我们也只能安心等待子王的消息了。"

在接下来的几天里，风青牧和林叶西借着讲解宫棋的历史、规则以及各种战法，来介绍枭北十二国的历史、文化、地理以及国民性格。通过深入了解后，蓝胤斗和白子宸都认为目前的局势虽并不乐观，但也不是没有转机。

等到第五天一早，子王派特使来到巴古客栈，将蓝胤斗和白子宸秘密接到了菠萝宫。菠萝宫是子王的行宫，它在蒂迦城的地下城堡里，远远望去，它就是一个金光闪闪的菠萝在地下城堡里散发着耀眼的光芒。

传说因为第一任子王最爱吃的水果就是菠萝，所以就把子王的行宫建成了菠萝状。在子国，他们的城市、街道甚至是房屋建筑，用各种食物命名的比比皆是。

菠萝宫在地下城堡的中心位置，他们在子王特使的带领下，直接从巴古客栈内的地下秘密通道进入了菠萝宫。蓝胤斗和白子宸乘坐子王的六骑马车，风青牧和林叶西和特使乘坐的是四骑马车，差不多半小时的时间，就来到了菠萝宫的门前。

走近一看，菠萝宫金碧耀眼，每个角落都经过了精心的设计和雕琢。用我们人类的眼光看，菠萝宫并不宏大，它不像帝王的宫殿，而更像一个精致的艺术品。这里戒备森严，每隔一米就有一位全副武装的站岗士兵，拥有各种特殊能力的便装鼠人更是随处可见。

他们来到大殿门口，站在两旁的侍卫将大门打开，里面高贵典雅的气息扑面而来，不仅灯光温暖，就连墙壁上奇形怪状的雕纹都是那么和蔼可亲。子王独自一人笑容满面地从椭圆形的大厅内迎着走来。白子宸轻声地对蓝胤斗说："看子王容光焕发，一定是有好事发生。"话音刚落，子王已来到他们面前。

"拜见子王！"蓝胤斗和白子宸连忙鞠躬行礼。

子王热情地伸出双手和他们一一握手说："欢迎公主和宸大人来到菠萝宫，因此次所谋之事绝对机密，不能举行隆重的欢迎仪式迎接两位，还请见谅。"

"子王若要这般客气，斗儿可要颤抖了！"蓝胤斗风趣地说道。

"好！"子王微笑着说，"那我们就直奔主题，里面请！"子王将白子宸和蓝胤斗领到里间接待室。风青牧和林叶西又自觉站在门口，但这次子王将他俩也一并叫了进去。

房间内有一张椭圆形的桌子，子王上座后，他们四人分别在桌子的左右边坐了下来。子王行色匆匆，刚刚坐下就直奔主题。

"昨天我们九十九位护帅在联学宫议了一天，依然是没有结果。"子王话音刚落，大家一脸茫然。子王随即微笑着说："没有结果未必不是好结果。"

"斗儿实在愚钝，还请子王明示。"蓝胤斗说。

"他们虽然没有接受，但也没有拒绝。"子王说，"这就是机会，是在给你机会。今天下午两点，九位护尊邀请公主和宸大人到联学宫总部议事，所有护帅也必须到场。"

"不知所议何事？"白子宸急切地问道。

"整个岬龙星目前的局势，你们是唯一和裘图亲自交手过的人，我想大家都非常期盼能分享你们的故事。这是输出和传播你们思想的绝佳机会，不知公主和宸大人有没有做好心理准备？"

"虽有些突然，但我相信心诚则灵。"蓝胤斗说，"自从踏上岬龙星的那一刻起，我就无所畏惧。我非常乐意和大家分享我的一切，这是我的荣幸，也是我的责任。"

子王非常欣慰地点头，随后又把目光投向了白子宸。

"她没问题，我就更没问题了。"白子宸说。

子王欣喜地从座椅上站了起来："好！太好了！我们先去吃饭，然后直奔联学宫。牧大人和西大人去准备一下，我们饭后就出发。"

"好的。"风青牧和林叶西同时答道。

蓝胤斗和白子宸在菠萝宫吃完子王为他们精心准备的午餐后，利用瞬间移动的法术，将大家直接从菠萝宫带到了联学宫的总部。

联学宫设在果米岛附近的一座会移动的孤岛上。此岛面积约30平方公里，呈葫芦形，因此得名"葫芦岛"。每当海面刮大风时，它就会像轮船一样自行移动位置，而且速度不慢。它形同圆规画圆一般，以果米岛为中心，用十年的时间围着果米岛转一圈。

只有联学宫的人因知道它移动的规律，才能准确地找到它的位置，其他人很难精确地寻到它的踪影。而且岛屿周围极度危险，普通人和普通船只，哪怕是龟船都极易沉没毁坏。所以人们又称它为魔影岛、毁船屠刀。正因如此，联学宫才将总部设立在此。

能进入联学宫总部的人，都是天生拥有特殊能力的人，对他们来说，这只是联学宫一道天然的保护墙而已，不会对他们的行程造成任何不便，更不会对他们的人身安全造成任何威胁。

葫芦岛现在的准确位置在果米岛东边与巳国的国都巴谷之间。在晴空万里，风平浪静之时节，它就趴在海面上沐浴阳光，任凭嫩草疯长，万花齐放。

联学宫外墙由坚硬的土黄石建成，它高大雄伟，肃穆庄严，墙壁被常青藤紧紧相缠，藤叶茂盛，与岛上的树木花草相得益彰。联学宫早已与该岛融为一体，极其隐蔽，若不走近，哪怕跟它相距百米的距离，也很难看出这里有座人工建造的占地面积约50亩的古老城堡。

城堡的内墙又加了一层五彩石与花岗石相间的宫墙，两层墙壁，通透明亮，固若金汤。几乎每块花岗石上都雕琢有图腾和象形文字，每个房间里都陈设有布雅戈各个种族最古老的藏品，如果说这是一所特殊的学堂，还不如说这是整个岬龙星最大最古老的历史文化馆。蓝胤斗和白子宸被子王带入大厅，就被联学宫深厚的文化气息所震撼。

"以我浅薄的学识看来，这里才是岬龙星的心脏，比我想象中的数百个场景都还要好。"白子宸激动地自言自语。

大厅内穿梭着各种忙碌的身影，高矮不一，肥胖不均，种族不同，面孔各异。但即便如此，依然能看出每个人都心情愉悦，他们的脸上都洋溢着希望的光芒。

# 第二十三章

\*\*\*

## 联学宫与神秘人

联学宫里著名的慧德堂是一间可容纳一百多人的半圆形高级议会厅，外面有道实体墙和通灵墙。这是岬龙星保密措施最高级的会议室，任何人哪怕是裘图也别想从中窥探到任何信息，下午的会议就是在慧德堂举行。

子王带领着他们在络绎不绝的人群中穿过长长的阶梯和石廊，他不停对迎面而来的同僚点头问好。但在会议开始之前，子王要带蓝胤斗和白子宸去见护尊长，除了皇帝外，护尊长就是联学宫权力最大的人。护尊长的办公室就在二层最右边的办公区中央。

"护尊长交代，在会议开始之前，务必要带你们去见见她。"子王说。

"护尊长是联学宫目前威望最高的统帅吗？"白子宸问。

"是的。除皇帝外，护尊长就是联学宫权势最高的人。"子王说。

"虽然这些天我想了很多种可能，但我依然还是有点措手不及。"蓝胤斗说。

"面对未来，我们每个人都是新手，它经常让我们猝不及防，公主不必担忧。"子王说。

白子宸将蓝胤斗拉到一旁轻声地说："你不要有任何顾虑，你还有我们六大神兽呢，无论何时我们都是你最坚强的后盾。"他背对着子王，紧紧握着蓝胤斗的手，用肯定和坚定的眼神给予蓝胤斗信心和力量。

"第一次要见这么多智慧超群的长者，心里的确有些忐忑，不过，我想他们此时比我更忐忑。"蓝胤斗微笑着说，"只要有你在我身边，我什么都不怕，你就放心吧。"

"我是凤龟的龙影，我会一直看着凤龟，守护凤龟！"白子宸嬉皮笑脸，眼睛里

## 第二十三章 | 联学宫与神秘人

闪烁着满满的爱意。

"知道了！咱们走吧！"蓝胤斗看着子王、风青牧、林叶西都站在护尊长的门口了，两人这才快步地走了过去。就在子王要敲门之时，蓝胤斗好奇地问，"子王稍等，我冒昧地问一下，护尊长是男士还是女士？"

"如果论年龄，她可以做你的婆婆了，还是位非常慈祥的婆婆。"子王微笑着说。

"婆婆，婆婆。"蓝胤斗突然心跳加速，不知所措。

"我们可以进去了吗？"子王问。

"子王请！"蓝胤斗来到子王身后，子王才抬手敲门。

"进来。"一个柔软又沧桑有力的声音从里面传来。

子王推开门的一刹那，蓝胤斗伸手拉住了身边的白子宸，她紧紧抓住他的手指不放，白子宸又给了她一个坚定的眼神，她这才松开手指，从容淡定地跟随子王进入了房间。风青牧和林叶西一左一右站在门口等候他们。

门一推开，一间宽敞明亮的书房出现在大家眼前，房间两侧的书柜上整整齐齐地放满了各种书籍和一些奇形怪状的藏品。在左边书桌旁的拐角处，有一根质地细腻，被岁月磨得光亮的木拐杖，在把手处还镶嵌着一颗耀眼的绿宝石，它典雅高贵，格外引人注目。

特别是蓝胤斗一进门就被它深深吸引，她两眼发光，径直走到拐杖旁边，她伸出右手轻轻地抚摸拐杖把手。就在这时，护尊长的声音又从里面传来："是子王到了吗？"原来墙壁后面还有一间房间。

"是的！我带蓝胤公主和白子宸大人来拜见你了。"子王话音刚落，对面的墙壁上瞬间出现一道门，大家刚进门时，明明看到那是一堵实心墙。原来隔间是堵通灵墙，从外面往里看是一堵实体墙，但从里面往外看就是堵透明墙，外面的一举一动在里面的人都能看得清清楚楚。

一位白发苍苍的罗梭人老太太从里面走出来。她脸庞消瘦，皮肤黝黑，皱纹深锁，淡淡的眉毛下，有一双炯炯有神的双眼，她身穿一件暗红色的外套，脚踩一双黑色的棉麻布鞋，虽有些驼背，行动也很缓慢，但她精神依然很饱满。她就是联学宫的护尊长白禹，也就是蓝胤斗的婆婆。当蓝胤斗看着她蹒跚移步走出来时，两行眼泪无声地流了下来，她站在原地一动不动，任凭泪水流满她的脸庞。

子王连忙上前与白禹握手。白禹扫视了一眼旁边的蓝胤斗后，才佝偻着身躯热情地伸出双手握着子王的手说："你辛苦了！"而后又看着蓝胤斗和白子宸说："欢迎你们来到联学宫!"

"白子宸拜见护尊长,愿你万福安康!"白子宸低头鞠躬行礼。

"宸大人不必拘礼!还能见到宸大人,是我的荣幸!大家请到里面坐吧。"

蓝胤斗此时却站在原地用手捂着嘴巴和鼻子,哽咽着泣不能立,她双腿发软蹲在了地上。一旁的白子宸从没见过蓝胤斗这般情形,他一时不知所措,不知所云。子王见状连忙关切地问道:"公主这是为何?是身体不适吗?"

白子宸正要去扶她,白禹却比他稍快一些,她弯下腰伸手问道:"你就是蓝胤公主吗?起来让我看看。"

蓝胤斗这才强忍着哭泣,拉着白禹的手站了起来。白禹仔细地盯着蓝胤斗的脸看了又看,她平静祥和的脸上顿时泛起了一丝涟漪。善于察言观色的子王连忙说道:"护尊长,我先走一步,我去慧德堂看看护帅们都到了没有。"

"如果可以,我想陪子王一起去。"白子宸说。

白禹点头,但她的目光却从没离开过蓝胤斗。白子宸急忙跟着子王走出了房间。

站在门口的风青牧和林叶西见子王和白子宸默不作声出来走了,感觉有些莫名其妙,但又不敢多问,他们扭头看看子王和白子宸的背影,又扭头看看里面的房间,有些茫然。

"我们现在是蓝胤公主的人,公主在哪我们就在哪。"林叶西说。两人又乖乖地站在门口,默不作声。

此时的蓝胤斗早已泣不成声,不是悲痛而泣而是喜极而泣,因为时隔三十多年后,她又见到了她日思夜念的婆婆。在她所有美好的童年记忆里,都有白禹的身影,今天突然见到她最亲最爱的婆婆,喜悦与激动之情难以言表。

蓝胤斗紧紧地抱着白禹不停地抽泣,白禹轻轻地拍打着它的背膀疼惜地说:"斗儿还是跟小时候一样,最爱哭鼻子。"话音刚落,蓝胤斗哭得更加伤心。白禹突然推开她,盱衡厉色地盯着她说:"现在你还有更重要的事要做,如果你真爱哭,待全人类都灭亡后你会有很多时间哭。"

蓝胤斗在原地转了两圈后,果然收住了哭声:"婆婆,当年你为什么要离开我?你来这里了为什么不跟我说一声?我当时以为你死了,如果不是那些金叶猴陪伴我,照顾我,我也活不到今天了。"

"当时你还太小,我不能带你走,我只想你无忧无虑地长大,所以我只能把你托付给猴子们悄悄走了。"白禹说,"当时我都快260岁了,苣虎星的气候与这里完全不同，要继续住在那里我一年内必死无疑。更重要的是联学宫需要我，罗梭人更需要我，我不能死，我必须要等魔主灭亡后才能安心闭眼。"

蓝胤斗这才破涕为笑："我很开心，今天我终于找到你了，我一直很想你。"蓝胤斗说："去年有一只松鼠告诉我，说你在岬龙星，我当时还不信。由于近些年苢虎星的黑夜也越来越长，很多人都在议论岬龙星，我才真的相信岬龙星就在我们的星系里，我才相信你很可能真的在岬龙星。那只松鼠，是你派去找我的吗？"

"什么松鼠？这件事我还真不知道。"

"那你们怎么会知道我和白子宸会出现在樱桃港？"

"我们联学宫每年这一天都会密切关注樱桃港，寿通发现你们来了才派鼠人去的。"白禹说，"你说的那只松鼠有什么特征吗？"

"我记得很清楚，头顶有撮白毛，它从樱桃湖里爬出来告诉我说你和村长孟桓都在岬龙星，后来它又从樱桃湖消失了。"

"有白毛的松鼠很常见，不好判断。"白禹说，"孟桓是罗堂村的村长吗？我在蓝森林时，不知道有孟桓这个人啊。"

"是你走了两年后我才认识他的。"

"难怪我不认识此人。"

"白子宸看见他下过宫棋，他应该也是联学宫的人吧？"

"也有可能，联学宫的人实在太多，我记不住那么多人的名字。"白禹说，"回头我让他们查查看。"

"谢谢婆婆，你走后，就数村长对我最好了。我就是听说你们在岬龙星，才决定来找你们。可是婆婆，你既然早知道我回来了，为什么现在才见我呢？"

"虽然你看不到我，但其实我一直就在你的身边，我派了寿通一直暗暗协助你。我希望你能自觉承担起作为皇族后人的历史责任和使命。"白禹说，"你没有让我失望，我看到了你的努力、你的能力，更重要的是你有一颗至纯至善的心。"

"好吧，不管怎样我们又重聚了，这比什么都重要。"蓝胤斗开心地说。

"今天我们还有重要的事要做，你有信心吗？"

"我不知道。"蓝胤斗说，"摩丹王派我来枭北，希望我能说服十二王主，让类人和人类携手对抗裴图，但这需要联学宫的全力支持。婆婆，你能不能告诉我，我现在该怎么做？"

"你不需要我告诉你该怎么做，你一直都做得很好。"白禹说，"我一直非常信任你，每次只要是你内心深处最强烈最真诚的愿望，你都有能力有办法去实现。现在我也只有一句话要嘱咐你，不要被规则束缚，你有无限的能力去控制规则，改变规则，然后再制定规则。相信你的初心，只要听它的召唤，便能心想事成。明白吗？"

"似乎明白了。"蓝胤斗有些勉强地答道。

"真的明白了吗？"白禹微笑着再次问道。

"我想我可能明白了，应该是明白了。"蓝胤斗说。

"当魔网封住了你的心脏，当黑暗吞噬了你的鸿光，你依然要坚信，你能改变未来。"白禹很郑重地看着她的眼睛一字一句地说道，看她的神情似乎要暗示什么。

蓝胤斗的确机敏过人，她似乎豁然开朗连连点头。白禹这才放心地笑着说："看来，我们可以进慧德堂了。"白禹扶着蓝胤斗的手，来到里间的椅子上坐下，她若有所思地说："不过，你要做好心理准备，护帅们不会轻易让你入主联学宫，即便你是皇族蓝胤氏的后裔，按理也是我们护尊们要效忠的君主。"

"斗儿不太明白，按理是何意？"蓝胤斗急切地问。

"《皇灵法典》上有明确的条款，联学宫所有成员只效忠合法的蓝胤皇帝和未来的储君。但附注里又写道，九位护尊无论何时，都必须要保护好通灵明玑的真正传承人。"

"真正的传承人？"蓝胤斗问，"当初通灵明玑归蓝灵堡的主人所有，我的父皇，我的太皇难道不是通灵明玑的传承人吗？"

"在我所知道的历史中，除了蓝胤帝就再也没出现过通灵明玑的传承人了。"白禹说，"不是所有蓝胤氏的人都能驾驭通灵明玑，就好比青龙选择了白子宸，而通灵明玑却选择了你。"

"所以当初不是父皇送走了我，而是你把我和白子宸带到了苢虎星？"蓝胤斗问。

"是的。"白禹说，"要是你父皇能控制通灵明玑，裘图也不可能轻易进入梦兰多，屠杀了蓝灵堡里的所有人，除了你。还记得那天深夜，当我赶到蓝灵堡时，已是尸横遍野，血流成河。但在皇后的寝宫里却突然发出了一道巨大的白光，我寻光而去，在一个隐蔽的角落里，是通灵明玑发出的巨光，将才几个月大的你悬浮在半空中，任何人哪怕是当时的裘图，都无法靠近更不能伤你丝毫。我们历代护尊长都有传承的秘密咒语，我施法念咒语才将你从白光中抱过来。你刚到我的怀里，就咯咯笑个不停，白光随后消失，我将地上的通灵明玑捡起来挂在你的脖子上。从此它就一直跟随着你，保护着你！"

"那为什么非要把我送到莒虎星上的蓝森林呢？"蓝胤斗问。

"因为当时你实在太小，裘图又四处寻找通灵明玑，在岬龙星的任何地方都不安全，裘图一定有办法找到你。后来我们九位护尊商议，将你送到我们在莒虎星的秘密基地蓝森林，才能确保你万无一失。"

"那白子宸的父母是谁？他为什么会跟我一起去？"蓝胤斗好奇地问。

"这个说来话长，待机缘成熟后自会有人告诉你。"白禹说，"今天时间紧迫，我想告诉你的是，联学宫你势在必得。既然通灵明玑都选择了你，联学宫理应属于你，虽然你父皇的太皇蓝胤麒篡位夺权，给布雅戈大陆带来了深重的灾难。但现在看来，这一切都是历史的选择，如果他不夺权，可能当时的类人总相也会夺权篡位。据一些野史记载，当时的总相目中无人，早已不把皇族放在眼里，这才最终导致了蓝胤麒先下手为强，率先除掉了总相。他本想重振皇族权威，但当时皇帝软弱无能，又因他本人私欲作祟，才导致了后来一系列的战争。我们罗梭人和类人的历史恩怨非常复杂，但无论怎样，现在不管是人类还是类人都得面对现实，我们现在共同的敌人是裘图。所以你不要有任何负担，不论他们给你出任何难题，你势必要得到联学宫，你能做到吗？"

"婆婆，你帮我解开了心中最大的疑惑，也消减了我觉得自己名不正言不顺的苦恼。"蓝胤斗坚定地说，"既然是这样，我一定会倾其所有，尽我所能，让联学宫的所有成员，心悦诚服地效忠于我。"

"我从不怀疑，其他护尊也坚信你能做到，所以才会有今天的会议。"白禹微笑着说。

"你刚跟我说的这些，子王都不知道吗？"蓝胤斗问。

"这不是护帅们的职责，除了我们九大护尊，任何人都不知道其中的秘密。"白禹说，"联学宫能在上万年的风雨飘摇中屹立不倒，誓必遵守纪律、保守秘密、坚守岗位也是很重要的原因。"

"是啊，寿通大人早知道你，我问她她还守口如瓶。不过既然我已回来了，这也不再是什么秘密了，有趣的故事为什么不与大家一起分享呢？"蓝胤斗说。

"我正有此意，如果你不介意的话。"白禹说。

"如果想要他们忠诚，那我首先就得坦诚。"蓝胤斗说，"联学宫现在有多少人？真的只有枭北十二种类人和人类才有资格加入联学宫吗？"

"是的，联学宫只属于这十六个种族的人。现在总人数已超过三十万人。"白禹说。

"三十万护兵可挡百万雄师,谢谢婆婆和护尊们给我这次机会,我一定不会让你们失望的。"

白禹皱纹深锁的脸上终于露出了欣喜的笑容。半小时转瞬而过,子王匆匆敲门进来。

"护尊长,所有护帅都到齐了,我们可以走了吗?"子王问。

"走吧。今天是蓝胤公主和宸大人的舞台,希望今天过后,这里依然还是你们的舞台。"白禹看着子王笑着说,"我们都已经是老古董了,未来应该是属于他们的,咱们走吧。"

白禹和子王都快300岁了,对平均年龄300岁的罗梭人来说,她的确老了,但对平均年龄500岁的鼠人来说,子王才正是中年。蓝胤斗伸手扶白禹起来却被她断然拒绝,她拿起旁边的拐杖,那个一直陪着她上百年的拐杖,精神抖擞地向慧德堂走去。

"这是我的第三只脚,只要有它我就不怕前路惊险坎坷。"白禹拿着拐杖微笑着说。

"在我的童年记忆里,除了你那慈祥的笑容,就是这个拐杖给我的印象最深了。"蓝胤斗说,"还记得你坐在树边帮我梳头发,当金叶猴来抢你手中的梳子时,你就用这拐杖敲打它们那毛茸茸的手爪,我就会在一旁咯咯笑个不停。"

"那些个泼猴,实在是太调皮了,它们都还好吗?"白禹问。

"我来之前,都挺好的,它们精明又敏捷,相信都能照顾好自己吧。"蓝胤斗和白禹似乎有说不完的话。子王和白子宸在一旁根本无法插嘴,他们一路有说有笑,旁若无人似的聊到了慧德堂门口。白禹头贴通灵墙悄声地说开门的咒语,通灵门打开后四人径直走进去,一直跟在后面的风青牧和林叶西又自觉地站在了外边。

"进去后你们坐在主讲台边的客座上,我将你们介绍给大家后,你们见机行事,自由发挥,从容淡定地回答他们的各种提问,坦然接受任何严苛的挑战。无论如何,请记住你们今天之行的目的。"白禹说。

"知道了,有你们在场帮我,我底气十足,你就放心吧。"蓝胤斗坚定地说。

"我也准备好了,请护尊长放心。"白子宸说。

"好!那我们就进去吧。"

慧德堂的大门打开,在众人的注视下,他们一起迈着坚定的步伐进入了慧德堂。一时间,雷鸣般的掌声响彻会场,久久不愿消散。

# 第二十四章

***

## 护帅大会

　　此时的慧德堂里已整整齐齐地坐满了 16 个种族的人，据统计，人类有 59 人，类人有 49 人。第一排是护尊们的位置，后面七排都是护帅的位置，从第一排起，后一排都要比前一排稍高一些。

　　欢迎的掌声还在继续，蓝胤斗用她那双敏锐的眼睛扫视着全场，第一个进入她视线的熟悉身影便是寿通，她坐在第一排正微笑着用无比期待的眼神看着自己，她们相视而笑，所有的情感和祝愿都包含在了她们的眼睛里。

　　坐在寿通左边的是摩丹人包田长老，右边是索瓦人祖山长老，旁边还有佛洛斯人竺门长老、龙人庄东大人、兔人古岚大人、猴人党腙大人、虎人双玛大人，最中间的空位置是护尊长白禹的。扫视全场后，她所见过的熟悉面孔就只有寿通、包田长老、祖山长老和后排的子王，其余所有人都是那么的陌生。

　　从年龄上来看，在座的几乎都是 200 岁以上的老者，五分之四的人都是男性。他们严肃又深邃，不管是蓝胤斗还是白子宸，都从来没有见过这样的场面。不过还好，他俩从始至终都从容淡定，不管从脸上还是内心深处，都没有表现出丝毫的胆怯。白禹走到主讲台前，微笑着抬手示意大家安静，众人这才停止鼓掌，会场瞬间又变得鸦雀无声。

　　"各位尊贵的大人，下午好！非常感谢各位大人，心系天下苍生，不远万里来参加今天的会议。我代表联学宫，向你们表示诚挚的敬意！"白禹起身向众人鞠躬，全场又响起了雷鸣般的掌声。白禹继续说："我和在座各位大人携手共事少说也有 100 多年了，有的甚至是 200 多年了。我们共同经历了无数个暴风骤雨的日子，特别是

50 年前，魔主重返人间，人类遭遇了灭顶之灾。这几十年来，我们联学宫的每位战士，不惧魔妖，不怕牺牲，一直和裘图的走狗作拼死斗争。即便没能拯救人类于水火，但联学宫却让裘图的走狗们闻之丧胆。因此，这么多年来，裘图始终不敢越过枭宦森林半步，我们的类人同胞们守住了枭北这片美丽富饶的净土，这是我们联学宫所有成员努力的结果，当然，也少不了枭北各国王主和子民们的大力支持。这所有的一切，都让我非常的感动，你们不仅天赋异禀，能力超群，而且敏感睿智，正因为有你们坐镇联学宫，为天下苍生谋福祉，我才能高枕无忧，活到现在。从我目前的身体状况来看，我少说还能活十年，这是你们给我添的福寿，我仅代表我自己，真诚感谢你们一直以来对我的大力支持和热心帮助！谢谢各位！"

白禹又面向大家鞠躬，会场又想起了雷鸣般的掌声，而且所有人都面带微笑，精神振奋，热情高涨。白禹清清嗓子微笑着继续说道："承蒙各位爱戴，此时我心情愉悦，心中有个尘封 50 年的故事想即刻和大家分享，不知各位大人有没有心情听我絮叨絮叨？"

"有，有，有……"会场里几乎每个人都高声呐喊。除了前排的八位护尊们，后面的护帅们都无比的好奇，特别是类人护帅们都激动得左右摇摆甚是可爱。刚才脸上那种凝重的神情顿时都烟消云散了。

旁边的白子宸按捺不住激动的心情，他用手在椅子下面偷偷地碰一下旁边的蓝胤斗，轻声对她说："这就是演讲的魅力，名师出高徒，我终于知道你为什么那么会说了。"

蓝胤斗偷偷微笑一下后又乖乖地坐在那里，全神贯注地观察对面那些护帅们的一举一动。她试图用读心术窥探他们此时的心情，但这里不愧是岬龙星安全级别最高的会议室，她才刚动念想就被一道强流挡了回来。白禹似乎有所察觉，她用特别严厉的眼神看了蓝胤斗一眼，也许那道强流就是白禹发出的也未可知。

会场又一度鸦雀无声，白禹面带微笑继续说道："一说分享秘密大家就热情高涨，看来渴望窥探别人隐私这事，应该是原始的本能，不然通灵师们怎么会有那么多人钻研读心术呢？只是咱们这群人啊都太高明了，或者说太老了，能让人读到的心啊，早已不是自己的心了。但我今天要说的都是我的肺腑之言。"在座的护帅们有的点头，有的眼睛里闪烁着肯定与赞赏的目光。白禹继续说："《皇灵法典》我相信各位都很熟悉了，我就不一一阐述了。其中有一条明确规定，要求九位护尊，无论何时都要保护好通灵明玑的传承人。"

## 第二十四章 护帅大会

会场的护帅们开始骚动不安，交头接耳。"有吗？有吗？"这两个字开始响彻会场。

白禹大声说道："各位，各位！请听我说完。"大家又才平静下来。白禹说："这是《皇灵法典》对护尊们的特别要求，你们护帅不知道很正常，稍后我会将法典搬来让大家过目。不过既然是护尊的职责，本不该在这里宣扬，但是我想，在座的护帅们谁都有可能成为下一届的护尊，你们迟早会知道。而且法典不是绝密文献，任何一个联学宫的成员，如若有心，都能在我们的藏书阁里查到。"

白禹话音刚落，第二排的子王就举手说："我在藏书阁看到过，的确有这么一条附注。在第183页第6条，联学宫的全体成员只效忠合法的蓝胤皇帝和未来的合法储君。但括号附注：九位护尊无论何时都要保护好通灵明玑的真正传承人。"

经过子王这一讲解，各位护帅们才默认赞同。白禹一如既往微笑着说，"正是这条，就因为这一句话，我们九位老骨头可是操碎了心。在过去一百年来，随时都要关注通灵明玑的传承人何时降临。据历史记载，除了蓝胤帝后，再没有人能让通灵明玑发光了，我一度曾想，或许一切都只是传说，根本就没有什么通灵明玑，更不可能有什么传承人。正当我打算要放弃时，一天深夜，从梦兰多发出一道蓝色的巨光直抵我们联学宫的圣德门，通灵明玑和往生塔被正式唤醒，就意味着传承人已经降临。第二天我和寿通大人前去蓝灵堡拜见皇帝，得知皇后昨晚果然诞下一女，那位公主就是现在坐在我身边的蓝胤斗。"

护帅们都知道了蓝胤斗近来的一些事迹，早已领会她绝非凡人，所以大家依然镇定自若，没有人露出惊讶之色，不过会场的气氛一下沉重了许多。白禹继续说："当年裘图屠杀蓝灵堡，唯一的幸存者蓝胤斗就是在通灵明玑的保护下才幸免于难的。当天晚上我们赶到时，一道强大的白光将她照耀在半空中，我们将她抱到联学宫后，经过反复商议，最终由我亲自护送她去了莒虎星，当时还带着如今的青龙，我身边的白子宸大人一同前往。14年后我才重返岬龙星，这就是我为什么消失多年后又重现的原因。现在我们的公主和青龙回来了，她愿极尽所能帮助我们解除危难。如果她能得到各位的扶持，将类人和人类重新团结在一起，不久的将来定可一举消灭裘图。可如今你们似乎不太欢迎她，我想问问为什么？今天，不如把你们心中的疑问和恐惧当面告诉公主，或许她能帮各位解除困扰。我就说这些，谢谢大家！"

白禹说完后深深鞠躬，会场内掌声四起，但护帅们都面无表情，神情凝重，他们将严肃又好奇的目光都投向了蓝胤斗和白子宸的身上。大约沉静一分钟后，大家又开始三三两两地窃窃私语起来。

嘈杂的辩论声充斥着整个会场，白禹已坐到第一排护尊长的位置上，和其他八位护尊一同聊了起来。蓝胤斗坐在客座上冷眼旁观地看着一切，她似乎不像今天的主角，她更像一位旁观者。她看着一群智慧超群的老者激情澎湃且又兢兢业业，尽职尽责地行使手中的权力，她欣慰地笑了。

白子宸也被会场的气氛所感染，不禁发出感叹："这个群体不是乌合之众，他们都拥有独立意识，要想三言两语就说动他们，看这情形不太可能。"

"轻易就能得到的礼物，诚然也不是什么好礼物。要是果真如此，那我们就用实力来说话吧。"蓝胤斗说。

"你有什么好办法？"白子宸问。

"没有。"蓝胤斗冷静地看着还在激烈辩论的护帅们说，"不过，他们其中一定有人在为我们想办法。还是那句话，兵来将挡，水来土掩。反正无论如何，联学宫我势在必得。"

"你刚听懂护尊长的话了没？她说你出生后通灵明玑和往生塔都被唤醒，不知能否从这上面大做文章。"白子宸轻轻地说。

"知道了，我已经想好该怎么说了。"

此时寿通从前排缓缓地走到了主讲台上，今天的会议由她来主持，她代表十二通灵子坐镇联学宫，她的一言一行也相当有分量。护帅们见她上台后，会场慢慢就安静了下来。

"尊敬的护尊们！护帅们！蓝胤公主和宸大人，大家下午好！"寿通说，"很高兴护尊长叫我主持今天的会议。你们都知道，我是一个大忙人，整天都满世界窜来窜去。在会议开始前的十分钟，我才从丹露湾风尘仆仆地赶过来，要不是护帅们的会议，摩丹王还不让我离开丹露湾半步，为什么？英勇善战、文武双全、智慧卓越的摩丹王怎么了？你们一定在问为什么？因为摩丹王帮助了蓝胤公主，在她唤醒六大神兽的危难之际，摩丹王伸出了援手，裘图借此要讨伐丹露湾，誓要灭掉摩丹人。试问大家？如果丹露湾沦陷，枭北还会有安宁吗？如果摩丹人灭绝，你们还会有光明吗？你们个个都是人间龙凤，无须我再多言。我们有请蓝胤公主上台，我想你们更渴望听听她的声音。"会场立刻想起雷鸣般的掌声。蓝胤斗向主讲台走来，寿通退后坐在了蓝胤斗坐过的客座上。

# 第二十五章

\*\*\*

## 激情演说

　　蓝胤斗走到中央面向大家深深鞠躬后才来到主讲台："尊敬的各位大人！下午好！老实说，此刻我的心在颤抖，面对众多智者前辈，我诚惶诚恐。我从小生活在蓝森林里，与飞禽走兽、花草树木为伴，这五十年来，从来没见过这么多长者。在我的心里，只要是头发花白的人，都是那么的亲切，都如同我的亲人。在我的生命里，在我的记忆中，我唯一的亲人，就是我的婆婆，也就是我们的护尊长白禹大人，是她陪我在蓝森林里度过了十几年的快乐时光。我从来没有机会感谢她的养育之恩，今天我想先谢谢我的婆婆，谢谢你对我的细心关照和精心培养，使我免受伤害过了十几年最幸福的时光！"蓝胤斗闪烁着泪光对着白禹深深地向她鞠躬行礼，白禹也被感动得热泪盈眶。会场响起了一阵雷鸣般的掌声。

　　蓝胤斗停顿片刻后说："对于蓝胤皇族，相信你们都比我了解得透彻。过去五十年，我都不知道自己真正是谁？我是回到岬龙星后，才弄明白了我的身世。我也非常感谢其他八位护尊的救命之恩，谢谢你们的帮助！"蓝胤斗又向第一排的护尊鞠躬行礼！

　　掌声停止后，蓝胤斗继续说："曾经几乎每个日日夜夜我都在思考，我为什么会住在蓝森林？我到底是谁？我从哪里来的？我又该去哪里？我的父母是谁？所有所有的一切，我都不是太明白。直到去年，有一只松鼠告诉我，我的婆婆在岬龙星；又由于蓝森林里的黑夜越来越长，我的朋友黑鹰带着我飞遍了整个苣虎星，我们所到之处人们都在议论纷纷，有人说太阳可能要爆炸了，有人说是魔影挡住了日月的光芒，还有一些人提到了岬龙星。从那时起我的心态就慢慢变了，我开始有了好奇心，我会不自觉地遐想这个星球的一切，我甚至开始幻想我的婆婆真的没有死，或许她真的来到了这里，很可能她就在其中遭受痛苦和折磨。就在那一刻，我的心开始痛了，我想回来找她；再后来，与我一别三十年的白子宸大人愿意和我一同前来。我跟他说，我很想我的婆婆，希望有一天还能再见到她，他说只要她在岬龙星，就一定会见我。今天我们果然相见了，让我更欣慰的是，她依然健康，而且没有受苦受难。我此刻无比地幸福，我感恩上天对我的眷顾。无论怎样，我找到了我的亲人，确定了我的身世，了解了我们的岬龙星还有你们。只要你们安在，天就不会塌，地也不会陷，日月也不会失去光芒，裘图更不会成为世间霸主。我相信你们的能力，更相信你们的智力，能做出明智的选择。今天我能站在这里和大家分享我的故事，是我莫大的荣幸！谢谢大家！"蓝胤斗向全场鞠躬，雷鸣般的掌声久久不息。

　　白禹、寿通以及前排的几位护尊们，脸上都露出了欣喜的笑容。后排的护帅们，有三分之一的人都站立起来欢呼鼓掌。看着众多慈祥友善的面孔为自己鼓掌，蓝胤斗又一次热泪盈眶。

　　寿通微笑着走上讲台，大家才停止鼓掌。她说："谢谢蓝胤公主与我们分享你的成长故事，真诚又感动。这几十年让你一个人在蓝森林里独自成长，的确有些残酷。只因我们能力有限，不能在岬龙星护你周全，所以只能把你交给了时间，让你在相对安全的大环境中自由快乐地成长。既然命数已定，我们相信时间到了上天自有安排。活到我们这样的年纪，才知道，性不可改，命不可违，从母亲孕育我们的那天起，或许我们的命数就已注定。我们九位护尊非常非常开心还能在有生之年见到你，而且你比我们想象的更加优秀强大，你能回归故土，已是我们最大的安慰。"

　　会场的掌声又起，蓝胤斗泪光闪闪，她现在才真的感觉到自己找到了亲人，找到了家。

　　掌声停止后寿通继续说："还有一个人不得不提，就是我们的白子宸大人。当初我们害怕公主去蓝森林太孤单，并将宸大人一同送去了苢虎星，可是阴差阳错他却去了苢虎星上一个人类群居的地方。他们虽然同在苢虎星，但没能在蓝森林里一同成长。让我们依然欣慰的是，他也回来了，他就是我们六大神兽之首青龙。在联学宫的宫史中大家可以看到，神兽青龙对我们联学宫可是功不可没。我们所住的葫芦岛就是青龙第一个发现的天然宝岛，并且，一直效忠我们联学宫的水中生灵，都是受青龙的教化后才历代万年对联学宫，对我们十二通灵子忠心耿耿。现在，青龙就在我们的眼前，虽然它过去的记忆都不复存在了，但是，它依然是我们无比敬重的

## 第二十五章 激情演说

神龙。我想，如果宸大人不介意的话，可否变身让大家一睹青龙的风采？"寿通转身用无比期待的眼神看着白子宸，在场的所有人又开始热烈地鼓掌。

白子宸站起来爽快地说道："当然，我非常荣幸！"他仰头观察会场，确信宽敞高大的慧德堂能容下青龙的体格后才变身。当着众多护帅和护尊的面，白子宸秒变青龙，在会场的上空威风凛凛地翻云吐雾。虽然大家都见多识广，但从来还没亲眼看见过真正的青龙，青龙的气势震撼全场，护帅们都用无比崇拜和敬畏的眼神注视着它。在会场上空转一圈后，青龙变回了白子宸回到主讲台，会场又响起了雷鸣般的掌声。但白子宸却面无表情，敏感又细心的蓝胤斗发现了他的不悦。

"你怎么了？"他坐下后，蓝胤斗轻声地问他。

"没事，只是有点紧张。"白子宸敷衍着说。

"我为你自豪！"蓝胤斗微笑着说。白子宸也强装微笑看着众人。

寿通又走上主讲台说："谢谢宸大人，感谢青龙回归护佑天下苍生！"寿通停顿片刻后继续说："联学宫的缔造者们深谋远虑，制定了一整套完整的制度才确保了联学宫万年不倒。即便千年无主，大家依然恪守尽职，遵守纪律法规，谨慎行使你们手中的权力，也是你们的职责所在。所以即便是蓝胤氏唯一幸存的公主，但也得按程序投票表决，可以弃权，也可以反对。只有联学宫的全体护帅们投票认同后，蓝胤公主才是真正合法的储君。只有合理合法，才能得到联学宫上下的绝对效忠。现在给大家 30 分钟休息、思考、投票的时间。各位大人辛苦了！谢谢大家！散会。"寿通鞠躬走下台，会场依然掌声四起，片刻后就被激烈的争论声所覆盖。

从会场护帅们表面的表现来看，四种人类的护帅们几乎没有任何疑问和争论，看情形他们已经认准了蓝胤斗为合法的储君。但是类人护帅们却并不平静，有些人甚至争论得面红耳赤。蓝胤斗和白子宸走到护尊们的身边，白禹一一将其他护尊介绍给他们认识。

就是这九位长者，当年同去蓝灵堡救出了蓝胤斗，待星图之门打开后才将他俩送到了蓝森林，即便是职责所在，但依然是她一生要感激的救命恩人。蓝胤斗动情地和他们一一拥抱，所有的感激之情都从眼神里流露了出来。

"今天是我来到岬龙星后，最开心最幸福的一天。"蓝胤斗深情地看着护尊们说，"无论投票结果怎样，知道有你们一直在后面默默支持我，帮助我，我就感到无比的幸福。世上所有的言语都不能表达我此刻的心情，所有感谢的话语都显得苍白无力，我只想说，有你们在我身后，我很幸福！你们为天下苍生操碎了心，为我们蓝胤氏鞠躬尽瘁，奉献了一生。我不知道，我要怎么做，才能报答你们的恩情。"

"像蓝胤帝一样，排除万难，带领各族人民，将裘图打得魂飞魄散，救天下万民于水火，就是对我们，对爱戴你的人最大的报答。"一直默不作声的摩丹人包田长老严肃地说。

"斗儿遵听你的教诲，我会竭尽全力的。"蓝胤斗说。

"联学宫是服务于天下苍生的，你只有真正造福于民，待民如子，才有资格手握往生塔，调遣天下护兵。不是所有蓝胤氏的人都能掌舵联学宫，这跟你的出身有关也没关，但跟你的能力和美德有直接关系。"有智多星之称的兔人古岚大人说道。

"我会谨记于心的。"蓝胤斗说。

半小时转瞬而过，寿通此时已拿到了投票结果。人们见她已走上了主讲台，大家各归原位，会场顿时鸦雀无声，气氛紧张，人们都用期待的眼神注视着她。寿通面无表情，不过她从来都是这样的神情，若想从她的脸上看到任何信息，那就不是今天的寿通了。

"感谢各位大人的投票，现在我要宣布投票结果。"寿通停顿片刻，用犀利的眼神扫视全场，她打开手中的盒子拿出一个红本说，"赞成81票，反对10票，8票弃权。"话音刚落，全场一片哗然。大多数人的脸上都现出了失望的表情。第一排的护尊们也面如土色，白子宸镇定如常，而蓝胤斗反而脸带微笑，似乎这样的结果比她预想的还好。寿通沮丧地说："蓝胤公主，这样的结果我很遗憾！不过，我相信一定有他们的道理。我把讲台交给你！"寿通伸出右手邀请蓝胤斗上台。全场的人都很惋惜地看着蓝胤斗，甚至都忘了拍手鼓掌。

蓝胤斗始终微笑着走到讲台前，然后微笑着说："此刻，各位大人或许在想，我是一位失败的公主，所以我也无法再听到你们的掌声了。"大家被她的幽默所惊醒，雷鸣般的掌声顿时响彻会场，她伸出双手示意停止鼓掌后，掌声才逐渐停息。"对我而言，这是值得庆祝的时刻，我从没有想过，我会得到80%以上的护帅们的支持，你们的肯定给了我莫大的信心，谢谢你们的厚爱！"蓝胤斗向全场护帅们鞠躬！掌声又响彻全场。蓝胤斗起身冷静地扫视一遍全场后，话锋急转，"既然我今天敢站在这里，就一定是有备而来，我知道我的真诚和坦白，很难换到全体护帅的忠心，也许有一部分人，更喜欢看实力。那么，请你们告诉我，投票已经失败的公主，要怎样才能拿到往生塔？"蓝胤斗语气坚定，不容置疑。也许护帅们从没想过会听到这样的话语，会场顿时又被惊讶声、质疑声炸开了锅。

## 第二十五章 激情演说

这时鸡人护帅苍巴大人起立举手,蓝胤斗伸开双手示意大家安静后会场才静了下来。

"原谅我还不知你的尊姓大名,你是有话要说吗?"蓝胤斗看着苍巴问。

"是的。"苍巴说,"我叫苍巴,是类人护帅的发言人。刚才我已搜集到足够的信息,反对的声音告诉我,如果公主想要往生塔,那就得自己亲自去取。既然你是通灵明玑的传承人,那往生塔也非你莫属。若你能靠自己的实力拿到它,我们联学宫上上下下绝无半句非议,全体护帅都会心悦诚服效忠于你,天下护兵定会对你奉若神灵,一生忠心耿耿,唯你马首是瞻。"

待苍巴说完,全场寂静片刻后护帅们都纷纷开始议论起来:"这不是送死吗?""不能硬取。""据历史记载,没有一个人成功过,必死无疑。"等等话语都传到了蓝胤斗和白子宸的耳朵里。

蓝胤斗看白禹和寿通以及其他护尊们,他们都面无表情默不作声。她又扭头看白子宸,白子宸似乎被刚才议论的话语吓到,也六神无主。蓝胤斗站在原地,闭目沉思,这是她从小养成的习惯,以前她一个人住在蓝森林,遇事无处求助时,就只能依靠自己的潜意识,她在听从内心的召唤,一分钟过去了,两分钟过去了,三分钟过去了……

所有人都默不作声,呆呆地看着蓝胤斗。突然她睁开了犀利的双眼,肯定地说道:"我接受!"白子宸握紧拳头垂下了头,白禹、寿通和其他护尊们都长叹了一口气。

"要不要了解一下挑战规则再做选择?"苍巴问。

"涸辙之鲋,何来选择?"蓝胤斗冷静地反问道。

全体护帅们都站立起来热烈地鼓掌!就像古岚护尊说的,这一刻的尊重,跟她的身份没有关系,任何人都可以凭借自己的实力去挑战,只可惜从来没有人成功过。

蓝胤斗示意大家坐下后继续说:"今天我想知道所有规则,希望能尽快拿到往生塔。不是我急于求成,是裘图不给我们时间。丹露湾危在旦夕,摩丹人孤掌难鸣,于公于私,我们必须要救摩丹人。还记得我一位朋友曾说过,摩丹人就像我们的太阳,若他们一旦陨落,月亮带着星星也只能在夜里闪烁,我们不但要光明,更需要温暖。你们自己也能切身体会到,黑夜越来越长,如果我们人类和类人再不携手,就算裘图大发慈悲不杀你们,那你们也只能在漫漫长夜中苟活了。今天我就说这些,谢谢大家!"蓝胤斗鞠躬,会场又掌声四起。

在座的护帅们,今天最累的或许不是他们的脑袋,而是他们那双干枯的手。上千年来，从来没有过像今天这般激烈的场面。

蓝胤斗坐到白子宸身边，白子宸担心地问："都不知道其中的规则，你怎么就答应了？如果真让你跳火海下油锅你也要去吗？"

"我答应婆婆了，也答应我自己了，我来这里，必须要拿到往生塔。"蓝胤斗坚定地说。

"好吧！我相信往生塔也一定属于你。"白子宸说，"这样也好，抛开你的身份，就用实力来让那些蠢货们闭嘴吧。"

"我早就猜到了，曾经联学宫和蓝胤麒开战，瓦解了蓝宫帝国才独立的类人，能轻易让我回到联学宫吗？我毕竟也是蓝胤麒的后人。即便都要到末日了，但末日毕竟还没真的到来，一部分类人还依然沉睡在美梦中。"蓝胤斗说。

寿通此时又来到了主讲台，她带着沉重的语气说："我们尊重蓝胤公主的选择，稍后会有人将详细的规则告诉她。三天后的上午九点，今天在场的所有人员，必须到帝门广场聚集。当然，每位护帅还可带上二十名护兵前来见证这一历史性的时刻。今天的会议到此结束，谢谢大家！"

整个会议进行了三个多小时，在开会之前，本来心情愉悦、热情高涨的大多数护帅们，现在都愁眉苦脸，似乎有一朵黑炭般的乌云压在了他们的头顶，他们互不说话，无精打采地走出了会场。

护尊们此时还在会场热烈讨论着什么。白子宸紧紧地握着蓝胤斗的手，以此来给予她力量和信心。

# 第二十六章

\*\*\*

## 魔相密谋

常年被乌云笼罩的玄魔宫上空电闪雷鸣，一群乌鸦哀嚎着飞过天际，暴风雨即将来临。一道黑光从闪电下掠过，落在了裘图的宫门前，他就是一直在枭北游说十二国的总相巫曼仇。他身穿一袭黑衣，神情严肃，手握一本花名册，正急匆匆向裘图的房间走去，他穿过黑暗的长廊，走入厚重的黑门，来到一堵黑墙前。

"卑相巫曼仇拜见玄皇！"巫曼仇向黑墙低头鞠躬。

大约过了一分钟后，黑墙上的砖块开始自己转动，瞬间就出现了一道大门。巫曼仇拍拍身上的灰尘从大门外走进去，里面微光闪烁，潮湿阴冷，一股寒气掠过脸庞，他皱纹深锁的脸额微微颤抖。

又穿过三道大门后才来到一间昏暗狭长的房间里，刚进入房门，扑入眼帘的是一把高大的九头鹰椅子矗立在房间的尽头中央。在整个玄魔宫内，所有裘图的座椅都雕有相同的图案。在裘图专座对面一米以外，还有几把普通的座椅摆在左右两边。一道黑光急速掠过，裘图瞬间就站在了巫曼仇的跟前。

"看这情形，我们的总相，此次枭北之行一定是硕果累累。请坐！"

裘图的宠物隆基一直如影随形地趴在他的肩膀上，它那颗绿豆大的眼睛始终发着闪闪的绿光。裘图这次没有坐在他的专座上，而是选了一把普通的座椅坐了下来，巫曼仇见此连忙小心翼翼地坐在了裘图的对面。

"玄皇英明！果然不出你所料，我才刚去20天，蓝胤斗和白子宸就去了子国。要不是子王老谋深算，或许她已经和其他十一国的王主见面了。"巫曼仇说。

"这么说，你已经收买了子王？"

"子王老奸巨猾，他不会被任何人收买，但他也不想得罪任何人。我去枭北之前，第一站就是去蒂迦城拜见子王，对外他装病不见我，但后来又私下便装与我相见。而且直接问我，此行之目的到底为何？"

"然后呢？"

"我说为拯救子国而来，玄皇非常惦记子国的美食，不久的将来，或许会来菠萝宫与子王共享。"

"哈哈哈……"阴冷的笑声在宏伟的大厅里回响，"我能想象，他头上那几根斑白的鼠毛一定在猛烈颤抖。"

"是的。不光鼠毛颤抖，还有豆大的汗珠在为他们沐浴呢。"巫曼仇笑着说，"他立即问我，需要他做什么，尽管开口。我就要求他，蓝胤斗若前去枭北，一定会先去拜见他。这两个月内，只要他能将他们拦在子国境内，我们玄皇一定会记住他的情谊，将来无论世事如何变幻，子国永远还是国泰民安的子国。"

"他那个老顽固竟然答应了？"裘图好奇地问。

"而且很果断就答应了，还让我静候他的佳音。"巫曼仇说，"后来我去了其他十一国，目前卯国、午国、未国、酉国、亥国这五国的王主明确表示支持我黑鹰帝国，并希望能早日结盟。除子国外，丑国、辰国、申国态度强硬，说绝不会与我们同流合污。其他三国寅国、巳国、戌国表示不参与布雅戈的任何纷争，他们保持中立。"

"申国与丹露湾国土相连，唇齿相依，申王难道不知他命不久矣？拿下丹露湾后，我第一个就灭了他。"裘图冷冷地说，"辰国和丑国与我势不两立已久，民众积怨已深，在预料之中。只是卯国出乎意料，卯王足智多谋，怎会相信那一纸谋约？"

"他自知大势已去，识时务者为俊杰。我猜测可能还有一些历史恩怨，一千年前，蓝胤麒杀的那个类人总相，就是卯王的太爷爷的爷爷，他一直对罗梭人恨之入骨。又因卯国与辰国长年国土纷争结怨已深，卯国的经济又相对滞后，卯王正想找个强大的靠山，妄想能重振他祖辈的辉煌。"

"那他果然识时务。寅王、巳王、戌王想做墙头草？可惜我这里只有两张牌，不顺则死。"裘图问，"那子王这边到底怎样了？"

"如果冒犯了玄皇，还请你恕罪！"巫曼仇突然斗胆地跪在了地上。

"总相劳苦功高，何罪之有？商谈国事，但说无妨。"裘图亲自扶巫曼仇起来，"这里没有外人，不必拘礼，总相请坐。"

## 第二十六章 | 魔相密谋

裘图和巫曼仇又回到了自己的位置上，巫曼仇紧绷的脸这时才舒缓了很多。

"我刚离开蒂迦城才二十多天，听说蓝胤斗去了子国，我又急忙回到蒂迦城。但没想到，子王将他们推向了联学宫。"

"联学宫！"裘图雪白的脸上顿时冒起了几根青筋，"他们以为清除了我以前的记忆，就能永保太平。这五十年来，联学宫事事和我作对，我本想最后再找它算总账，没想到他们和摩丹王一样不识抬举。"

"玄皇息怒！虽然蓝胤斗去了联学宫，但是投票并没有通过，护帅们拒绝了她。子王说这是他的缓兵之计，他明知道我说服了卯、寅、巳、酉、戌五国，他就料定这几国的护帅会投反对票。现在的联学宫已不比从前，每位护帅首先考虑的都是本国的利益，也会考虑本国王主的外交态度。不过……"巫曼仇迟疑了片刻。

"不过什么，不要支支吾吾的，把知道的一口气说出来！"

"是是是，虽然没有全票通过，但是，这并没有让她放弃联学宫，她接受了挑战，誓要拿到往生塔后才肯罢休。三天后她将和棋王甘父对弈。"

"我小看了这黄毛丫头，她竟然有这胆量？这个倒勾起了我的兴趣，我还翘首以盼看她如何收场。"裘图的脸上露出了幸灾乐祸的神情。

"子王说，她是不撞南墙不回头的人。如果她智不如人，死在了棋王的手里，我们岂不是渔翁得利？"

"那你怎么看？"裘图问。

"子王真是老谋深算。如果蓝胤斗死在了棋王手里，他就帮了我们的大忙，可占首功。如果蓝胤斗通过了挑战，入主了联学宫，他定会转身跪倒在蓝胤斗跟前，在她的心中，他也功不可没。无论结果如何，对于子王，都是双赢。"

"这个老东西，不愧是类人之首，王中之王。"裘图说，"我们不能坐看好戏，得有所行动了。"

"我也正有此意，若蓝胤斗死在棋王手里便好，若战胜了棋王，打败了十二护圣，真的掌控了联学宫，我们就被动了。"

"她胜棋王之日，就是我攻打丹露湾之时。对于她，对于摩丹王还有六大神兽，我没有任何耐性了。"裘图抚摸着隆基，沙哑的声音里透着一股寒气。

"目前看来，这是最好的选择。"巫曼仇说，"六大神兽没有了她的帮助，我想我们的十大魔子定能稳操胜券。我们对付摩丹王和那帮老东西绰绰有余。飓魔军和黑豹军团以及九蝎女王的人，十天内就能踏平丹露湾。"

"我们的人马五天前就包围了丹露湾，本想再多给他摩丹人几天自由呼吸的时间，可他们偏碰上蓝胤斗那个不怕死的灾星。我要让世人知道，谁帮蓝胤氏，谁就得死。过去是这样，现在是这样，将来永远都是这样。"裘图提起蓝胤斗，就眼睛泛红，嘴角微抖。此刻，仇恨、愤怒之火正燃烧着他身上的所有细胞。

"卑相斗胆问玄皇，你在联学宫的那段记忆，已经恢复了吗？"巫曼仇问。

"那段记忆已被彻底毁灭，无法再恢复。"裘图沉默片刻后说，"不过，我取来了一位旁观者的记忆，但他知道的甚少，断断续续了解了一些。如果能知道是谁当初把我带进了联学宫，又是谁毁了我的记忆，或许能将那段往事连接起来，到那时再对付联学宫，就易如反掌了。"

巫曼仇将手中的小本子递给裘图："此次奉你之命，查到了联学宫一些人员，不过护帅和护尊极其隐秘，除了他们自己，没有人真正见过他们的真面目，就连枭北的十二位王主，和本国的护帅们都是通过单线联络。关于这事，十二位王主说的完全一样，我想他们应该没有撒谎。"

"哼！"裘图阴着脸翻着花名册看了两眼后摔在了桌子上，"为什么会完全一样？因为这是集体训练的结果。枭北的类人都该死，那里没有我们真正的朋友，都是些老奸巨猾、唯利是图之辈。看来你的三寸不烂之舌，还是没有我的大军有用，我倒想看看，等他们死到临头了还会一样吗？"

"玄皇说得有理，国与国之间从来就没有真正的朋友。"巫曼仇说，"不过依我之见，现在还不是动武的时候。他们可能没有撒谎，一千年前，枭北十二国还是十二个古老的部落，那时十二位部落首领团结友好，亲如兄弟，就连管理机制都几乎相同。也许从很早很早以前，部落首领和联学宫的护帅们就商定了联络之策，然后代代相传，直至今日依然如此。我们要贸然动武杀害了某国王主，必然会引起其他王主的恐慌，若他们再次联手投靠了蓝胤斗，让她唤醒了类人民众，我们就举步维艰了。"

裘图突然拿着花名册拍着桌子，猛地站了起来，他眼睛血红，脸冒青筋，嘴唇乌黑，随后又将花名册扔在了巫曼仇跟前。

他的声音突然嘶哑，就连身形似乎也高大了许多："你何时变得如此畏缩？"他咆哮道："还举步维艰？就因你战战兢兢，畏首畏尾，贻误了最佳战机，要在六大神兽还未唤醒之际就攻打丹露湾，我们的大军现在应该已去了枭北。难道你真如扈七郎所说，是九十九位护帅之一吗？"

## 第二十六章 魔相密谋

巫曼仇被吓得魂不守舍，双腿发软跪在了地上，他一时无语，不知该说什么。

"看看你的花名册，扈七郎就是联学宫的人。"裘图冷笑着说，"难怪他会背叛蓝灵堡，后来又背叛我们，现在还咬定你就是联学宫的护帅，真是可笑。"

"玄皇相信他了吗？"巫曼仇拿着花名册，看着上面密密麻麻的名单中果然有扈七郎三个字。

"你认为我该相信吗？你是把我从大海上救回来的恩人，我们的情谊是他那小小的离间计就能击垮的吗？"

巫曼仇听到这些话后才长叹一口气，将头垂了下去。裘图似乎也恢复了正常，平缓了许多，他将地上的巫曼仇拉了起来："你是我们黑鹰帝国的总相，一人之下万人之上的总相，不是卑微的奴才，如此胆小怕事，将来如何带领三军横扫岬龙星？"

巫曼仇满脸愁容："扈七郎你打算如何处置？"

"他满口胡言乱语，我让他永远闭嘴了。"裘图说，"我相信天下任何人都可能负我，但你不会，因为我们是同类人。只是近来你怕了，难道是你未卜先知的能力让你不安了吗？你到底看到了什么？"

"我现在什么也看不到，混沌的世界，模糊的身影。"巫曼仇将思绪闪回到了三个月前。

三个月前的那天夜晚，正是蓝胤斗和白子宸到达樱桃港时，寿通命令海星鹏、风青牧、林叶西前去接应那晚。巫曼仇站在玄魔宫的最高点，遥望天空，远眺魔幽城。突然，狂风大作，电闪雷鸣，他当即施法，一个混沌的球状出现在他眼前，球体里面波涛翻涌，无数黑影不停地来回闪烁。

巫曼仇不敢直视眼前的一切，他瞬间收回法力，默默自语："难道又要变天了吗？"他忧心忡忡地看着眼前的世界，任凭狂风暴雨拍打着他的脸庞，许久之后才化为一道黑影离开。

"自有天地那日起，世界本就一片混沌。"裘图说，"既然你已看不到未来，那我就创造一个未来给你看。"

"是！"巫曼仇低头说道。

"魔子们听令。"裘图话音刚落，十大魔子站成一排，瞬间就出现在了狭长的房间里，巫曼仇见状连忙从座位上站了起来。

"去传我的命令。"裘图冷静地说，"通知九蝎女王、飓天座、黑豹少主做好战斗准备，没有我的命令，任何人不得轻举妄动。我要坐山观虎斗，看场好戏后再拿丹露湾开刀。把我的命令散布出去，蓝胤斗战胜棋王之日，就是丹露湾下地狱之时，我要拿所有摩丹人的血，来沐浴我的玄魔宫。你们去吧。"

"遵令！"十大魔子齐声说道，他们瞬间化为十道黑影离开了玄魔宫。

"你也辛苦了，回去休息吧。待我拿下了丹露湾，捉住了摩丹王，申王的猴头就交给你了。"

"是。"巫曼仇迟疑片刻后斗胆地问，"那对子王，你有何打算？"

"他既然有能力将蓝胤斗推给联学宫，就一定对联学宫了如指掌，我们何不从他下手，找出护帅们、护尊们。所以先留着他，留着子国。"

"玄皇英明！那卑相告辞了。"巫曼仇低头说道。待裘图点头后他才转身走出房间。

裘图一个人站在空荡阴暗的房间内，看着巫曼仇远去的背影说："我们的总相是老了吗？今年应该有200岁了吧？五十年前他料事如神，果断又狠毒，而现在……罢了。"

裘图瞬间化为一道黑影穿过房间，顿时消失得无影无踪。

而总相巫曼仇一脸怒气地走出裘图的宫殿，他无视旁边站岗的飓魔守卫，愤怒地自言自语："老扈小儿，本来想看在你曾经打开皇门的分上，暂且饶你不死，没想到你死到临头还倒打一耙。还是玄皇英明，不负我呕心沥血辅助他。今后谁再落我手里，我会让他祖祖辈辈草木不生。还有子王，自作聪明，总有一天，我要亲手割了你的鼠头来喂驳狼。"他仰头看了一眼乌云密布的天空后，化成一道黑影离开了玄魔宫。

# 第二十七章

\*\*\*

## 对决棋王

呼啸的狂风拍打着海浪，寒冬将至，葫芦岛飘起了鹅毛大雪，将本就神秘的岛屿披上了一层梦幻的白纱。倒影反射在深蓝色的海水里，灰蒙蒙的天际与大海相连，远远望去，犹如浩瀚的空中飘浮着一只白葫芦，自由夺目，美轮美奂。

联学宫在白雪的照耀下，犹如童话中公主的城堡，庄严梦幻而又不可侵犯。护帅们带着各自的护兵，上千人九点以前就齐聚在了圣德门前的帝门广场，这是个能容纳两千人的圆形大广场，中间有一个长1000米、宽500米的活动场地，它可根据需要随时变换外形，在场地上有各种暗器机关。座椅围着它的东南西面缓缓向上排列，在它的北面，就是圣德门，往生塔就放在圣德门内的密室里。

和棋王对决还有一个小时，蓝胤斗此时正在护尊长的办公室内。寿通、子王、白子宸、包田长老和智多星古岚与她一起围着一个木制的宫棋棋盘，仔细地听着白禹的教诲。

"宫棋的规则我不必再多说，你六岁时我教你，你九岁就能赢我了。因为时间有限，你必须在一小时内让棋王连输两棋，两小时内再输两棋，才有可能在三小时内彻底让棋王认输。你只有连续错两步棋的机会，若第三步棋继续错，棋盘下的各种暗器就会让你粉身碎骨。我建议，要是你错了两步棋，算准五步之内不能挽回败局，你就可以选择放弃。曾经每十年就有一位挑战者命断于此，唯一幸存的人就是裘图，因为他错了两步棋后，就果断选择了放弃。"

蓝胤斗和白子宸听到裘图两字后，当场就震惊得目瞪口呆。但白禹似乎没有察觉，她继续说："你只有赢了棋王才能进入下一场与十二护圣的对决，再赢十二护圣后你才能靠近圣德门，通灵墙将是你最后一道屏障。"

"裘图？他曾经也是联学宫的人吗？"蓝胤斗好奇地问。

"没有人告诉过你吗？既然如此，我们就来说说他吧。一个魔头的变异史，或许比一个英雄的奋斗史更有趣。"白禹风轻云淡地说着，一旁的古岚不断点头，其他人都默不作声。

"我想知道他有一个怎样的童年，魔主又是何时选择了他。"白子宸说。

"它本名应该叫危童，不知道他父辈就是危姓，还是有人发现了他的危险给他赐的姓。他八岁时，是古岚大人第一个发现他的特殊能力将他带回了联学宫。"白禹看着古岚说，"这个应该由你来说，你对他的印象应该比我更深刻。"白禹坐下后，大家也都坐到了自己的座椅上，房间里的气氛一下变得紧张起来。

"都是百年前的事了。"古岚说，"不过，就算过了一千年，我也不会忘了当时的情景。还记得那天是腊月初七傍晚，天寒地冻，也是飘着鹅毛大雪。枭宦森林突然百兽齐鸣，哀号声震动山野。我闻讯第一个赶到现场，发现有一个一米高左右的男孩被绑在了一棵古老的栗子树上，衣衫褴褛，手脚不能动弹，但他可以用眼神控制周围的野果自动送到他的嘴里充饥，才使它被绑了十多天后还能幸存。后来得知，他那时已经能控制还未成形的飓魔怪为他所用了。"

"是谁将他绑在了枭宦森林里？"蓝胤斗问。

"这个……"古岚看看对面的白禹，又看看身边的包田长老和子王，从大家沉默不语的表情上看，似乎有难言之隐。

"我知道，历史往往让人不堪回首，可我们需要了解真相，只有把敌人了解的越清楚，我们战胜他的把握才越大。"蓝胤斗说。

古岚犹豫片刻后说："一千年前，自从联学宫和蓝胤麒政权开战后，直接导致了蓝宫帝国的土崩瓦解，个个部落纷纷独立自主。蓝胤麒对联学宫恨之入骨，为了阻止联学宫继续招收有特殊能力的儿童，他特意组建了一个强大的军团对付我们，那个军团就叫寿衣团。只要发现岬龙星有特殊异能的儿童存在，就会第一时间被寿衣团的人偷走。一部分儿童留在了团里自己培养，而另一部分却被秘密扔进了枭宦森林。众所周知，枭宦森林是百兽的领地，也是布雅戈的屠宰场，没有一定能力的人，几乎都是有去无回。后来寿衣团不断壮大，成了联学宫最强的敌人。直至60年前，听说被裘图攻打得全军覆没了，从此没了他们的踪影。"

"皇帝应该爱民如子，儿童是国家的未来，他竟然能做出这样的事，简直就是自掘坟墓。怪不得人魔共怒，皇权覆灭，是罪有应得。"蓝胤斗情绪激动，异常愤怒。

"皇帝为了稳固自己的政权，不择手段也是常有的事。"白子宸说，"不过我相信，将来无论如何，你是不会这么愚蠢的，对吧？"

"将来？谁知道我还有没有将来？我真不明白，通灵明玑为什么要选择我？"蓝胤斗沮丧地说。

"每个时代都有一段阴暗的历史。"白禹说，"过去只是一面镜子，而你却是我们的现在和将来，你又何必拿别人的罪过来怀疑自己呢？"

"他们不是别人，是我的祖父辈。"

"你的祖先，是伟大的蓝胤帝，他是我们岬龙星的救世主，是天下所有生灵一生顶礼膜拜的神灵。不要被他脚下的几个臭虫所绊倒，这是你的命运，你应该感到光荣。"白禹一脸严肃，语气很冷。

蓝胤斗心情低落，沉默片刻后才振作了精神："你说得对，我绝不能再做祖先遗留的臭虫，我该破茧成蝶，做最好的自己。"

"那裘图后来是怎么出了枭宦森林的？"白子宸问。

"我当时就发现了他的特殊能力，即刻就带回了联学宫交给了灵童院。他孤僻不语，本以为他是哑巴，一周后正打算将他带离灵童院送给山民领养，结果他开口说了两个字——危童。听这两个字我就感觉不好，我问是不是他的名字，他不停点头，还第一次向我微笑。既然开口说话了，灵童院就将他留了下来。他聪明好学，好奇心强，凡事都要问为什么？很快灵童院的护帅们都不能再教他了。后来他就直接找我，让我把所学的东西都教给他，那时他应该才十四五岁。我问他是否还记得当时为何被绑在了栗树上，他说过去的都忘记了。"

"其实那时，他就开始学会撒谎了。"白禹说。

"是啊。"古岚说，"直到现在我们都不知道当初到底发生了什么，是我发现了他，但我的直觉一直不好，所以我教他的时候就留了一些，并借此暗地里观察他。他做事非常小心，几乎滴水不漏，而且警觉性特别高，哪怕是微风吹动小草的声音，他似乎都能听到一样。十年后，他亲眼看见曾教过他的护帅想拿往生塔，掌控联学宫，并发起了对棋王和十二护圣的挑战，但遗憾的是那位护帅连错三棋，当场就死在了棋盘上。这次事件或许对他的刺激很大，后来我几乎见不到他的身影，听说大多时间都在藏书阁度过。"

"这十年是他成长的关键时期，我认为他的护帅给他做了一个很坏的榜样。"白禹说。

"的确如此。"古岚说，"又过去了十年，他终于露出了真面目，他野心勃勃，要效仿他的护帅挑战棋王和十二护圣，结果还没过半个时辰就连错两棋，但他极其冷静理智，果断选择了放弃。因规定挑战失败后当场死亡，或选择放弃后终身离开联学宫，并且有关联学宫的所有记忆都将被彻底清除。我现在都记忆犹新，在要清除他记忆的前一天，他冒死去找他一直暗恋的一位通灵师，名叫白莲，将她强暴后就要将她掐死，幸好我和寿通大人及时赶到，救了白莲一命。我们当场就清除了他在联学宫的所有记忆，他当即昏迷不醒，按规定，我们只能把他放在大海上，他的命运只能交给大海处置。可是，不到两年，他就召唤飓魔怪打进了梦兰多，屠杀了蓝灵堡，后来的事你们都知道了。"

"幸好他在联学宫的记忆被清除了，不然你们所有人都将置身在危险之中。"蓝胤斗说。

"这就是祖先们的智慧。"白子宸说。

"棋王和十二护圣真的那么厉害吗？他们到底是些什么样的人？"蓝胤斗问。

"棋王甘父是摩丹人，现已1800多岁，是第八代棋王传承人。"白禹说。

"宫棋是摩丹人发明的吗？"白子宸问。

"是的。"

"那十二护圣呢？"蓝胤斗问。

"历史记载，十二护圣都是人类，四种人类各三人。"白禹说。

"历史传说？什么意思，难道你们都没见过吗？"蓝胤斗看着大家问。

白禹点头默认，寿通答道："从来还没有人胜过棋王那关，所以也从来没人见过十二护圣。"

"这真是天大的惊喜！"蓝胤斗微笑着说，"好奇心能激发我的战斗力，就是为了让十二护圣现身，我也一定要战胜棋王。"

"我敢肯定，今天在场的所有人，都怀揣着至少三颗以上的好奇心。"子王说。

"欲胜棋王，必先静心。你的棋子也能思考，静心才能听到它们的声音。"一直默不作声的包田长老突然开口指点迷津。

"明白！多谢长老指点。"蓝胤斗说。

"我也没什么有价值的意见能再给你了，你在这里休息片刻，准备对战吧。"白禹看着大家说，"我们该走了。"

## 第二十七章 对决棋王

除了蓝胤斗和白子宸外，其他人均走出护尊长办公室，向圣德门方向走去。风青牧和林叶西依然站立在门口。

办公室门紧闭，白子宸过去将蓝胤斗紧紧抱在怀里，两人一时无语，在这一瞬，世间的一切言语，都显得苍白乏力。沉默片刻后，蓝胤斗还是收拾好心情冷静地说："在丹露湾时，我曾说过，等六大神兽归位后我们成亲。可是我发现，六神齐聚不是结束，而是刚刚开始。你我每天都是在刀尖上跳舞，不管我们谁有什么闪失，都无法预料那将会造成什么样的后果，现在确实不是最好的时机。所以我想，再等等，再看看。"

"只要能天天看见你，我就很幸福。你不要想太多，不要有任何负担。等漫漫长夜过去了，我们或许还能回蓝森林。我等你，好不好？"白子宸又将蓝胤斗紧紧抱在怀里。

"好！你等我！也许过了这关，我就不会再害怕了。"

"不怕！不要怕！你有通灵明玑护佑，还有我在你身后呢，我们定能保你安全。"

"我知道，但我也是血肉之身，万一我先走了……"

还没等她说完，白子宸突然吻住了她的双唇，两人开始激烈热吻，大约两分钟后，有人敲门，他们才停了下来。

白子宸深情地看着她的眼睛说："从此刻起，不准你乱说，更不许你乱想，我相信你今天一定能通过的。因为你注定就是为岬龙星而生的，我不允许你有任何事情发生。如果真的没有把握，就按婆婆说的选择放弃。放弃联学宫，你还有六大神兽，还有摩丹王，还有护尊他们。我们一样有希望打败裘图，只要你活着，就还有其他办法，明白吗？"

"好！我知道了！"蓝胤斗站在原地，深呼吸一口气后说，"我现在浑身都是力量，咱们走吧，你就乖乖坐在一旁为我欢呼吧。"她突然又心情大好，斗志昂扬。

"最爱听你说这样的话了。"白子宸嬉笑着拉着她的手就往外走，开门见到风青牧和林叶西后，他才连忙放手。

帝门广场此时已座无虚席，自从一千年前蓝胤麒作乱，联学宫就没有了真正的主人。这上千年来每当有人妄想做联学宫之主，挑战棋王之时，就是联学宫内部最严肃的重大事件。除了护帅以外，功勋卓著，做过突出贡献的人都可前来观看。

此时广场中央的场地上已摆好了一个长10米，宽6米的大型棋盘，黑白各16颗棋子已摆在了各自的位置上。棋盘共十排，每排八格，黑白两方各五排，中间被黑树林形的图样隔开。枭在第一排的中央，第二排左边分别是宫、臣、锋、牛，右边是兔、猴、蛇、马。第三排左边第二格是龙，右边倒数第二格是虎。第四排是鼠、羊、鸡、狗、猪。

联学宫的所有棋子都是通灵棋，双方对弈都是用意念控制棋子，棋子会根据下棋人的命令自行走动，若被对方吃掉后，也会自己走下棋盘。宫棋复杂多变，棋盘犹如变幻莫测的战场，棋子就是各自的兵马，下棋人就像全军的总帅。不光要有总览全局的眼光，还要精通谋略、战术以及了解各颗棋子的自身性格，当然还需要一个稳重平和的心态。

当蓝胤斗和白子宸进场时，全场的目光都集中在了他们的身上，他俩坐在了第一排的位置上，而风青牧和林叶西却站在了圣德门旁。他们能亲眼看见棋盘上的一举一动，最重要的是，他们还要保护蓝胤斗的外围安全。

对弈的时间一到，一道白光闪过，一位白发垂肩，络腮胡子雪白，就连眉毛都是雪白的老人出现了。他脸上除了能看见一双炯炯有神的大眼睛外，其他部位几乎都快被毛发遮挡了，他就是棋王甘父。他瞬间来到了棋盘周围，坐在了白色棋子的那边。

全场响起了雷鸣般的掌声，旁边的护尊长白禹示意蓝胤斗上场，她点头应允后也化成一道白光来到了黑色棋子的那边。棋王起身，两人分别给对方鞠躬行礼后才坐下，这是宫棋的基本礼仪。刚一坐下，两人和各自的圆形坐凳就浮了起来，棋盘和棋子也慢慢飘浮在了半空。观看的人一眼望去，就犹如半空中飘荡着一个透明的球体，这是棋王施法隔离了外面的一切干扰声，以便对弈双方能全神贯注思考所采取的必要措施。

对弈正式开始，由黑棋先行，蓝胤斗率先走出了一步。按规则鼠、羊、鸡、狗、猪皆可先行，通常先走鼠的人最多，鼠可钻洞，可作哨兵探查实情。可蓝胤斗却先走了鸡，棋王随后走出了狗，蓝胤斗也走狗与他的狗对立。

棋局一开始就进入了紧张的对峙状态，不到十分钟，棋王率先丢了一只鸡，蓝胤斗见势猛攻，十分钟内又用狗逼死了棋王一只兔。四十分钟后，蓝胤斗略占上风，棋王似乎感觉到了蓝胤斗的杀气较猛，他开始将速度放缓下来，陷入了沉思。

蓝胤斗扭头看了一眼观众席上的白子宸和白禹，见他们都微笑着给自己鼓气，又全神贯注回到了棋盘上。或许是走得太急，她还没完全看懂棋王的牛马已连成一线，就草率将虎放了出去，结果被牛马围攻，踩死了一只虎，输了一棋。棋王乘势猛攻，将她的右防猴也吃掉，她连输两棋，她的左右两边若不能同时堵住缺口，五步棋之内她将必输无疑。

现场的气氛一下紧张起来，人们屏住呼吸看她选择放弃还是继续，如果继续，她将如何破局。蓝胤斗坐直后紧闭双眼，她在聆听棋子的意见，棋盘上的棋子开始七言八语吵了起来。

宫说："我不能穿过黑林，派蛇暗度陈仓，吃了他的臣。"龙说："给我一个跳板，我直飞他的后宫。"臣说："让猪走鼠道，拱翻他的墙。"锋说："把我放在枭的前面，任它千军万马，也过不了我这一关。"蓝胤斗被他们吵得心烦意乱。她必须要确认，五步棋内她的枭还安然无恙才能继续走，不然再走五步她的枭被吃掉后她就必死无疑。

她沉思许久后终于找到了症结所在，现在棋王牛马一线，所向披靡，她必须派棋过黑林，设法将他的马调回才能免于一死。她听取了宫的意见，派蛇暗度陈仓，趁棋王左防空缺，直行吃掉了他的臣。现在蛇在宫与锋之间，并与黑马遥相呼应，若棋王不把白马撤回防守，四步棋之内棋王必输无疑。

蓝胤斗成功破局，现场一片欢呼。之后两人每走一步都小心翼翼，观棋的人也越来越紧张，大家都目不转睛地盯着他们。刚过两小时，两人进入了僵局，持续思考十分钟后，蓝胤斗率先破局吃了棋王的枭，棋王心甘情愿认输。

他们两人和棋盘从空中缓缓落地，现场欢呼声沸腾，前排的护尊们相互拥抱庆祝，白子宸却默默地站在原地，欢喜又沉重，随后被身旁的寿通叫出了广场。风青牧和林叶西面对面双手拉在一起转圈欢跳庆祝。

不过后面的护帅中也有异样的声音议论起来，一个苍老的人类声音冷静又沉稳。他是罗梭人，名叫红尧："棋王今天发挥欠佳，也许是被蓝胤公主的气势所吓倒，明显感觉他后来有些慌张。"

"可能是棋王的年龄太大了，反应有些迟钝。"又一个声音说。

"有没有可能是故意而为之呢？公主想入主联学宫，就是想救他们摩丹人。如果我是他，我也只想输。"一个蛇人说道。

"话可不能这么说，公主谋略超群，又机敏过人，她的每一步棋都具有杀伤性，我觉得棋王也尽力了。"一个鼠人说道。

"不过，曾经第一代棋王打遍天下无敌手，可后来还是输给了蓝胤帝，最后他才心服口服，甘心前来做联学宫的看门人。既然公主有通灵明玑护佑，谁知是不是得到了蓝胤帝的智慧，也未可知。"一个兔人说道。

"不管怎样，棋王输了，而且虽败犹荣，他若不输我们这一生就很难见到神秘莫测的十二护圣了。"一个龙人说，"再说联学宫千年无主，也该有个人来带领大家重振雄威了，我希望蓝胤公主就是那位手握往生塔的人。"

"她爷爷的太爷蓝胤麒残暴凶狠，野心勃勃，她能是个好人吗？再说蓝胤氏都快灭种了，你们龙人还是一副奴才的嘴脸。我们类人，没了他蓝胤氏就不能生存了吗？"一位兔人愤愤不平地说。

"我们龙人是奴才？我看你们卯国上下都快变成裘图的走狗了，也许投反对票阻止蓝胤公主的人，就是你们那帮卖主求荣的蠢货。蓝胤氏再不济，也比裘图强，就算没有联学宫的支持，待她唤醒了袋蟒军团，你们这些叛徒个个都得死无葬身之地。"龙人也不甘示弱，空气中顿时弥漫着火药的味道，他们摩拳擦掌，冲突似乎要一触即发。幸好周围的马人和蛇人将他们拉到了旁边才停息了纷争。

就在这时，广场上空回荡着白禹坚定有力的声音，她高声宣布明天上午九点，蓝胤斗和十二护圣将在帝门广场决战，届时在场的所有人都得准时到场。顿时，欢呼雀跃声响彻云霄，一道白光闪过天际，人们的脸上都洋溢着灿烂的笑容。

# 第二十八章

\*\*\*

## 入主联学宫

此时已是中午十二点多了，蓝胤斗在众护兵的簇拥之下终于走出了广场，她在人群中扭头四处寻找白子宸的身影，但此时白子宸和寿通已接到紧急情报，回到了丹露湾。蓝胤斗异常敏感，她连忙拉着风青牧和林叶西摆脱了众人来到了一处僻静的角落。

"你们看见宸大人了吗？还有寿通大人。"蓝胤斗问。

"棋王宣布认输后，他们就急急忙忙地离开了。"林叶西说。

"听说有什么事了吗？"

"不知道。"

"护尊们怎么都不见了？到底发生了什么事？走，咱们去看看。"他们来到护尊办公区，这里空无一人，就连白禹的办公室也是闭门紧锁。

"难道是丹露湾出事了吗？"蓝胤斗神情紧张，显得焦虑不安。

"要不去慧德堂看看？"林叶西说。

"走。"蓝胤斗拉着风青牧和林叶西直接瞬间移动来到了慧德堂门口，恰好碰到护尊长白禹和兔尊古岚、龙尊庄东、猴尊党脭、虎尊双玛五位大人从慧德堂出来。蓝胤斗急忙低头行礼："斗儿拜见各位大人！"

"恭喜公主！贺喜公主！今天大败棋王，尽显棋威，可谓是前无古人。也让我们诸位护尊扬眉吐气了一回。"猴尊党脭欣喜地说。

"如果明天再能打败十二护圣，想来通灵墙根本就不是问题。"龙尊庄东说。

"只是丹露湾危在旦夕，公主是否考虑……"虎尊双玛还没说完，就被白禹说话打断。

"大家辛苦了一天，先回去休息吧，明天还望各位大人早点来。"白禹说。

"我就知道是丹露湾。婆婆，到底怎么回事？"蓝胤斗急切地问。

"你跟我来。"白禹低沉的声音冷若冰霜，其他护尊见状各自离去。蓝胤斗跟着白禹来到了她的房间。

"婆婆，白子宸和寿通大人、包田长老、祖山长老、竺门长老是不是都去丹露湾了？"

"是。"

"裘图真的开战了？"

"本来不想让你知道，既然现在也瞒不住了，就告诉你吧。"白禹说，"两天前我们就得到了准确的情报，裘图放话说待你打败棋王之日，就是他攻打丹露湾之时。五大神兽一天前也领命前去丹露湾待命，宸大人和四位护尊见你战胜棋王后才赶去了丹露湾。我想在这三天内，他们定能确保丹露湾的安全，所以想等你拿到往生塔后再告诉你。"

"如果我失败了呢？如果我死了呢？我必须现在就去丹露湾看看。"蓝胤斗说。

"不行。"白禹严厉地说，"现在除了葫芦岛，任何地方都不安全，每条必经之路上裘图都会布下了天罗地网，没有六大神兽与你同行，出去就是送死。"

"如果我有那么脆弱，我还能战胜十二护圣吗？"蓝胤斗问。

"十二护圣能与裘图和他的十大魔子相比吗？"白禹说，"虽然没人知道十二护圣的真正实力，但是我能肯定一点，如果十二护圣比裘图还强大，那岬龙星就不会再需要你，再需要六大神兽和十二通灵子了，更不需要我们九大护尊、九十九位护帅和我们联学宫的所有护兵了。这也是我支持你用实力入主联学宫的真正原因，如果没有把握我会让你去白白送死吗？你只有拿到往生塔，手握兵权，召集军队，才有能力帮助别人转危为安。"

"此话在理。好吧！那我就听你的，希望我打败十二护圣后能马上去圣德门，明天我就要拿到往生塔。"

"这个我能答应你，今晚你好好休息调整，我相信你没有任何问题。"蓝胤斗转身就往门外走。白禹送她出来时对站在门边的风青牧和林叶西轻轻地说："你们看好公主，不许她离开联学宫半步，要有丝毫差池，我拿你们是问。"

"是！"

## 第二十八章 入主联学宫

"婆婆你就放心吧，我答应你了就不会食言，你就别吓唬他们了。"已走在前面五米远的蓝胤斗懒洋洋地说。

"耳朵还挺灵的，去吧。"白禹倚在门边微笑着说。

第二天的葫芦岛已是阳光普照，万里无云，真是天公作美，厚厚的白雪在灿灿的太阳光下格外耀眼，温暖和煦的柔风抚摸着大家的脸庞。早晨，依然不到九点，帝门广场周围已聚集了上千人，他们都怀着一颗好奇与激动的心情前来观战。丹露湾的战事似乎没有影响到大家的心情，不过，可能他们根本就不知道丹露湾此刻正在遭受着从未有过的残酷战事。

昨晚，蓝胤斗遵嘱待在自己的房间里一夜未出，她静坐了数小时重阅了通灵明玑里的所有咒语以及各种秘籍，直到现在，她似乎才真正和通灵明玑融为了一体。今天清晨，天刚蒙蒙亮她就来到了帝门广场的中央静坐练功，她蜷缩着像婴儿一样置身在一道闪耀的白光中，整个人离地面至少有两米多高。前来观看的人们见状都纷纷议论起来。

"听说通灵明玑圣光耀眼，今天一见果然名不虚传。"人群中一位男士声音说道。

"不知十二护圣是何人，要见公主如此这般，是否会心生胆怯呢。"又一个声音说道。

"看来联学宫要认主归宗了，要是命中注定，岂是十二护圣所能阻挡的。"人群中的红尧一如既往地冷静沉稳。

还差一刻九点，白禹带着兔尊古岚、龙尊庄东、猴尊党腺、虎尊双玛来到了帝门广场，当她看到白光中的蓝胤斗时不禁感叹："五十年前，我们去蓝灵堡救她时也是这样。看来她不仅和通灵明玑真正融为一体了，还能将秘咒运用自如。"白禹面带微笑且信心满满地看着四位护尊。

"是啊，公主真是奇人，十二护圣还没显身，人们似乎都已经被她征服了。"古岚看着周围的人说，"你看大家那崇拜的眼神，将来无论是否手握往生塔，她都已经把大家的心握住了。"

"这句话是重点，往生塔或许只是权威的象征，但民众的心灵才是她的武器。若能以此将大家彻底唤醒，才是此次挑战的意义所在。"白禹说完，其他护尊都点头赞赏，他们此时已坐上了护尊的位置。大家都无比好奇地盼着十二护圣早早到来。

九点一到，蓝胤斗在半空中紧闭的双眼突然睁开，白光开始快速旋转。一位白发苍苍的摩丹老者，带着两个四五岁的摩丹男童和女童，突然就出现在了帝门广场的上空，他们三人最后站在了蓝胤斗的北面。随后罗梭人老者又带着同样大的童男童女瞬间到了蓝胤斗的南面。刚一站定，佛洛斯人的老者带着童男童女又站在了她的西面。随后，索瓦人老者也带着童男童女站在了她的东面。

现场所有人都感觉到了，一股庞大的杀气扑面而来，就连见多识广的护尊们都有些愕然。

"你们有谁见过吗？他们是什么人？要用什么法术？"白禹焦急地问。

"从没见过，也没听过竟然有童男童女。"古岚说。

"你们都不知道，看来是没人会知道了，那就静坐等候吧。"党䣟说。

"我猜可能有类似灵童术那样的。"一旁的龙尊庄东说。

"灵童院你最了解啊，有没有见过？"白禹看着双玛问。

"现在说不好，队形摆好才能看出。"双玛说。

场上的蓝胤斗已从白光中走了出来，光源全部褪去，她站立在十二人的中央，并分别向东南西北四个方向鞠躬行礼，每个方向的三位护圣也鞠躬还礼。

摩丹老者伸手示意蓝胤斗出招后，他们三人率先和蓝胤斗打了起来，所施法术叫三鹤鼎力，老者双手施法支撑童男童女，两名孩童可在空中三百六十度旋转施法，速度极快招招致命。蓝胤斗利用"圆锥术"还击，以她为基点，所施法术急速旋转，犹如一个快速旋转的圆锥，能将空中的攻击力量阻挡在外，两名孩童第一次出击就被打了回来。

其他三组见状全体而上，蓝胤斗加大法力，白光形成的圆锥越来越高，越来越大，十二护圣最终没能将圆锥打破，反而被弹了回来。他们立刻调整队形，以四位老者为基点，又将八位孩童推在空中形成一个扇状，所施法术叫孔雀开屏，他们十二人同时施法集中到一条线上，终于将蓝胤斗的圆锥术打破。蓝胤斗退后几步，身受轻伤。

"这些都是失传的法术，三鹤鼎力、孔雀开屏。"古岚说，"公主竟能用圆锥术挫伤他们，可见法力无边，只是孔雀开屏不知她是否还能破解。"

白禹默不作声，神情严肃。在场的所有人都屏住呼吸，看得目瞪口呆。蓝胤斗迅速调整战略，由守反攻。她利用"蛇绞术"直击孔雀的头，半空中一条蓝色的蟒蛇搅动着身躯，将十二护圣的法术都绞到了蛇肚里，蛇头直奔孔雀头，四位老者顿时瘫坐在地，八位孩童也从空中摔了下来。

蓝胤斗及时收法，才没伤了他们的性命。现场的人开始热烈欢呼，一直阴沉着

## 第二十八章 入主联学宫

脸的白禹这才露出了欣喜的笑容。十二护圣立即原地施法疗伤，一分钟后又迅速调整了队形。

"如果法力不深厚，没人敢用蛇绞术，一旦对方的法术穿过了整条蛇，那她必死无疑。"双玛看着场上十二护圣摆的队形说，"现在才是灵童术，十二护圣败局已定，前两个回合都没能将她置于死地，后面更难了。"

"还没到最后一刻，都会有变数，灵童术变幻无穷，深不可测，不能太乐观。"龙尊庄东说。

"可惜他们受伤了，一开始为什么不用灵童术呢？"猴尊党腺说。

全场又变得鸦雀无声，所有人都在期待着看蓝胤斗会如何对付灵童术，因为这几乎是联学宫最难对付的法术了。

两位长者、四位孩童围成一个圆圈，共两个圆圈相互交叉，时而犹如两个紧紧相扣的套环，时而又像一个八卦图，这种队形能防能攻，若找不到它的弱点，很难攻破。

蓝胤斗似乎没有迅速找到破阵的办法，当空中一只麒麟飞过来时，她只能施法防守，又一个八卦图从她的头顶飞过，似乎要将她的头套进八卦阵里。蓝胤斗施防护罩又躲过了一劫。在场的人都开始为她担心起来，如果她一旦被套入阵中，即便法力再高，也很难生还。

蓝胤斗正沮丧地抱头思考，突然灵光一闪，想起白禹曾说过："任何阵法，交叉的地方就是最薄弱的地方。"她立马想到了破局的办法，利用"蜻蜓点水"之术将老者和孩童交叉之处击破。

这依然是个极危险的法术，如果法力不高，蜻蜓就很难靠近圆圈，而且给他们提供了一个可攻击的缺口，若慢两秒，就必死无疑。但任何阵法的交叉处，若被蜻蜓点上，就必破。

蓝胤斗冒险一试，果然击中，她趁机利用"百绳牵马"之术，经过多个回合后终于将十二护圣的脖子牢牢套住。经过了将近两个小时的激战，十二护圣宣布认输，蓝胤斗欣喜不已，热泪盈眶。全场掌声热烈，欢呼沸腾起来。

蓝胤斗向十二护圣深深鞠躬。"谢谢各位护圣承让，要你们一开始就用灵童术，我必败无疑。"十二护圣微笑着鞠躬还礼后瞬间离去。蓝胤斗在热烈的欢呼声中，瞬间移动到了圣德门前。围观的人们又自动停止了欢呼，现场又鸦雀无声。

在场的五位护尊也瞬间移动到她跟前，白禹慈祥的脸上挂满了幸福的笑容。白禹说："这道墙的咒语还是始皇蓝胤帝亲自设置的，相信他能护你顺利通过。"蓝胤斗走过来和白禹紧紧相拥，随后又和其他护尊热情拥抱。

蓝胤斗慢慢走到庄严肃穆的通灵墙前，用她白皙的双手轻轻地抚摸着它。她轻声说："当魔网封住了我的心脏，当黑暗吞噬了我的鸿光，我依然坚信，我能改变未来。"

蓝灵堡的通灵墙也是蓝胤帝设置的咒语，既然圣德门也是，所以她想用相同的咒语先试一试。圣德门一时没有任何反应，过了大概一分钟后，厚重的大门迅速变成了一道通透的蓝色通灵墙。蓝胤斗面带微笑，缓缓进入墙中，人们目不转睛地盯着她。

大概五分钟后，蓝胤斗拿着一个约十厘米高的塔走了出来。这就是往生塔，它能伸能缩，只要场地允许，它可以无限放大。她站在门前举着宝塔，然后再次向全场人鞠躬。鼓掌声、唏嘘声、欢呼声将她所有的喜怒哀乐都淹没了。在场的五位护尊老泪纵横，他们互相握手拥抱，这一刻他们已经等了五十年。

蓝胤斗却出奇地从容淡定，她跨过了这一步，从此就真正站在了巨人的肩膀之上了，但她站得越高，就深感责任越大。

当她抬头仰望天空时，却看见一道白光翻腾而过，落在了对面的房顶上。她欣喜地笑了，她知道，那是知后在为她的胜利而欢呼。知后面带微笑，远远地站在房顶注视着她，蓝胤斗朝房顶方向深深鞠躬。此刻除了蓝胤斗，还没有人发现知后的到来。

蓝胤斗急忙走到五位护尊跟前说："如果我今天要去丹露湾，此刻我能带走多少人？"

"除了驻守葫芦岛的两百人，你都可以带走。如果需要，明天就能调动两万护兵。"白禹说。

"拜托各位护尊帮我安排。"蓝胤斗说。

白禹拉着她的手，向在场的人鞠躬，白禹铿锵有力的声音再次响彻广场。她说："我们联学宫千年无主，今天，我们的护世主终于诞生了。从今往后，蓝胤斗就是我们联学宫唯一效忠的合法储君。"

场下欢呼声再起，蓝胤斗向广场上的人深深鞠躬。"谢谢大家的拥护和爱戴，很荣幸今后能和你们并肩作战，我很期待。谢谢你们！"

蓝胤斗携五位护尊，化成几道白影瞬间离开圣德门前，广场上的人依然欢声雀跃，久久不愿离场。

# 第二十九章

\*\*\*

## 身世之谜

　　红日缓缓西坠，一道白光划过房檐。蓝胤斗和五位护尊刚来到慧德堂门口，知后就从房檐一闪而过站在了他们面前。蓝胤斗欢喜地向大家介绍说："这是我的守护使者知后大人，它就像黑暗中的指路明灯，总能在我绝望的时候给我希望和光明。"

　　大家异常惊喜，白禹满面笑容地说："大人你好！早闻你的鼎鼎大名，却从未见过你的真身，今天得以相见，我十分荣幸。我是护尊长白禹，这位是兔尊古岚、龙尊庄东、猴尊党腴、虎尊双玛。"白禹非常恭敬地一一向知后介绍。

　　知后非常绅士地微笑点头："幸会！"

　　"请到里面坐，请！"白禹将大家带进了慧德堂隔壁的小会议室，一张古木色的圆桌摆在房间中央，大家围着圆桌而坐。白禹坐正北方，四位护尊随她左右边，蓝胤斗和知后坐她对面。

　　"今天既是美好的一天，也是黑暗的一天。"白禹说，"祝贺蓝胤公主拿到了往生塔，现在她是我们的护世主了。说到这里我才想起，护世主应该坐我的位置。"白禹连忙示意旁边的古岚移座位。

　　"婆婆你坐好！我就坐在皇灵身边就好，我现在特别想知道丹露湾的状况。"

　　"我还没有收到最新的战况，可能知后大人更清楚吧？"白禹说。

　　"丹露湾暂无大碍，今天我主要为三件事而来。"知后说，"第一是为了亲眼看见蓝胤公主顺利入主联学宫，我一直为她自豪。第二是她的身世之谜，是时候该让她知晓了。"大家都用惊诧的目光看着它，但是谁也不愿打断它的话。知后停顿片刻后继续说："第三件事才是丹露湾，在我来这里之前，裘图还没打破他们的防护圈，也许能撑到明天。"

"这样我就放心了！"蓝胤斗说，"我的身世婆婆已经告诉我了，难道还有什么秘密吗？"

"护尊长知道的是你后来的事，我要说的是蓝灵堡被屠之前的事。如果从一千年前说起就话长了，但是从五十年前说起就容易些。"知后说，"你不是蓝宫帝国末代皇帝蓝胤彻的女儿，你是他们从外面抱养的。"

在场的护尊都惊讶地瞪大了双眼。

"怎么会这样？"白禹问。

"是啊！怎么回事？果皇后有三儿两女，蓝胤彻和她三十多个妃子的孩子共有上百人，他为什么还要去抱养？"连智多星古岚都大感不解。

而蓝胤斗却异常的冷静："我知道为什么，不就是通灵明玑吗？因为我是它的传承人，麒麟王朝怎么可能让外人传承他们的尊宝，他们又杀不了我，还不如收养我。"

"你只说对了一半。"知后说，"他们的确是因为通灵明玑才收养了你，当时你一出生，密封在蓝灵堡密室里的通灵明玑就突发强光，这道光能穿过任何阻挡物，寿衣团根据光源找到了你。蓝胤彻表面昏庸，实则野心勃勃，他不杀你，是想将来借你之力，重整始皇蓝胤帝时期的帝国之梦。但他当时不知魔主已经重现了，他更不知道通灵明玑和你的使命，是为终结独孤心魔而来的。

"那她到底是谁？"双玛看着蓝胤斗问。

"是啊！那我到底是谁呢？"蓝胤斗急切地问知后。

"你的母亲应该是蓝胤诚的后人，可惜她生你那天不幸身亡。你的父亲应该还活着，但后来也下落不明。或许这些年护圣们已经查出了他的下落。"知后说。

"护圣？你认识他们？"党腋问。

"我们应该算是亲密战友了，我是通灵明玑的守护者，他们是联学宫的守护者，但我们真正共同守护的却是岬龙星的和平与安宁。不管你的亲生父母是谁，你都是蓝胤帝真正的继承人，通灵明玑绝不会选择外人。"

"这么说来，她可是正统的蓝胤氏血脉？"古岚问。

"是的，这就要从一千年前说起了。蓝胤麒发动政变时，当时的皇帝蓝胤诚的恒妃已身怀皇种，侥幸逃出来被十二护圣所救。而且，皇帝的子女三岁后就会离开皇宫，他们到底去了哪里也无人得知。据说当寿衣团杀进蓝灵堡时，也只有蓝胤诚皇帝和皇后皇妃们。这段历史扑朔迷离，我想护圣们比我更清楚，我当时还在沉睡之中。"知后说。

"原来寿衣团早已存在了？据历史书上记载，寿衣团是蓝胤麒篡位后，为了对抗联学宫才特意组建的。"古岚说。

"谁的历史？是麒麟王朝的历史吧？如果蓝胤麒之前没有寿衣团，他怎么可能夺得军权发动政变呢？"知后说。

"也是！也是！"五位护尊互相对望纷纷点头。

蓝胤斗冰冷的脸上突然有了一丝笑容。"这么说来，我的父亲或许还活着。我应该还有其他的亲人，还有很多很多的亲人，只是他们都隐姓埋名了吗？"

"很有可能。"白禹说，"我也听过一些谣言，说蓝胤诚的后代或许就在我们身边。无风不起浪，没准你的父亲就在我们联学宫也未可知。"

"一切皆有可能，机缘一到，真相自会大白。"知后看着蓝胤斗说，"你用实力征服了众人，用你的魅力得到了大家的爱戴。我想要不了多久，护圣们还会现身，所有的谜团都会解开。"

"真没想到我的父亲可能还活在世上，所有人都说我是蓝胤氏唯一的血脉，我真的压力很大。现在知道可能还有其他亲人，我特别开心，这比我今天拿到了往生塔还开心。谢谢你！"蓝胤斗动情地拥抱身旁的知后，知后一如既往地慈祥温暖。

"这叫双喜临门。"知后微笑着说，"我知道你一直因你的身份而困扰，你依然是蓝胤公主，是最古老的皇家血脉，你应该为你的身份感到自豪。只是暂时还不便公诸于众，你需要麒麟王朝的残余势力为你效忠。而且，在现在的民众心中，你是哪个公主并不重要，重要的是你能驾驭通灵明玑，你能凭实力拿到往生塔。或许将来你还能唤醒袋蟒军团，最终也只有你才能团结各族人民与裘图抗争。"

"是啊！"白禹说，"恕我直言，哪怕你是苢虎星的人，只要你能团结一切可团结的力量将裘图消灭，一样能得到普罗大众的尊重和爱戴。希望护世主从今往后，能坚定信心，相信自己，你能改变未来。"

蓝胤斗再次听到"你能改变未来"这句话，想起了在对弈棋王之前，白禹也说过："当魔网封住了你的心脏，当黑暗吞噬了你的鸿光，你依然要坚信，你能改变未来。"这句话只要把第三人称改为第一人称后，就是蓝灵堡的通灵墙和圣德门的通灵墙的开门咒语。她当即不解地问："婆婆，你怎么会知道那句话？"

"什么？"白禹有些茫然地反问她。

蓝胤斗看到旁边的几位护尊也有些诧异地看着她，她才停止了好奇。

"哦，没什么！童年的记忆突然回闪。"蓝胤斗扭头看着知后问，"我想立即去丹露湾，不知哪条路比较安全？"

"枭北暂时都还安全，我们不能越过枭宦森林。摩丹王已和申王共同谋划，我们可经过申国境内的普衡山脉直接进入丹露湾。"知后说。

"好！太好了！申国和丹露湾国土相连，丹露湾若不保，申国将危在旦夕。申王深明大义，是我们的大幸！"蓝胤斗问，"目前联学宫能瞬间移动的有多少人？"

"目前只有51人。"白禹说。

"我今天都能带走吗？"

"当然，只要你下命令。"

"其他人用哪种方式，最快要多长时间能到达丹露湾？"

"每个人都有他们自己独有的方式，最快明天下午两万人可到申国边境，也就是丹露湾北边的普衡山脉。"

"那传我的命令吧，我们一小时后动身。我已经一天没吃饭了，大战在即，我得先去补充点营养。"蓝胤斗说。

"我在联学宫等你们的好消息。古岚、庄东、党腴、双玛将和你们一同前往。"白禹说，"最后我提点个人意见，如果万一目前不能保丹露湾周全，那就放弃丹露湾，先保摩丹人。只要人还在，丹露湾我们还可再找机会夺回来。"

"我同意护尊长的观点。"古岚说，"这次因时间紧迫，准备欠佳，而且十二通灵子还有十位下落不明。如果万一丹露湾失守，也没关系，只要摩丹王在，摩丹人还在，我们再从长计议。不知知后意下如何？"

"那是当然。"知后微笑着说，"人在山河在，人亡天地衰。我想摩丹王早已了然。"

"摩丹王睿智过人，我相信他早已备好了万全之策。只是护世主切记切记，不要和裘图直接硬拼，你现在还不是他的对手。"白禹说。

"我知道。婆婆你就放心吧！我会照顾好自己的。"

"那今天的会就到此结束，咱们先去吃饭吧。"白禹说。

蓝胤斗和知后还有五位护尊走出会议室，林叶西和风青牧早已命人备好了饭菜，他们匆匆吃完饭后都各自离去。一小时后已有近百人（人类和类人数量相当）全副武装，整装待发，在帝门广场集合等候。蓝胤斗第一次用联学宫护世主的身份站在他们面前讲演。

"今天是个特殊的日子，于我个人而言，我应该欢呼庆祝！但是裘图不给我们庆祝的时间，我又非常愤慨！谢谢各位大人此刻与我同在！"蓝胤斗右手放在胸前，面向众人鞠躬。在场的所有人默不作声，只是将右手放在胸前同时向蓝胤斗鞠躬。

"此刻，用任何言语都不能表达我对联学宫的感恩之情，我能侥幸通过挑战成为你们的护世主，这是我莫大的荣幸，也或许，这就是我的命运。在护帅大会上，我曾说过一句话，布雅戈只要还有你们在，裘图就休想成为世间霸主。"

"他休想！他休想……"大家开始愤怒而有序地喊起来。

蓝胤斗打手势示意大家静下来："裘图已带领他的三军，正在围攻丹露湾，我们联学宫绝不能袖手旁观。大战一触即发，你们都准备好了吗？"

"护兵出征，寸草不生。斩妖降魔，为民除害。"在场的所有人更加热情高涨，他们纷纷摩拳擦掌开始高声喊起联学宫的出战口号。旁边护尊们也异常严肃而紧张，只有知后又露出了慈祥温暖的笑容。

大家喊了三遍口号后才停下来，蓝胤斗异常严肃而果断地下达命令："排好队列，我们出发！"

下面的人站成四排，统一右转。蓝胤斗走下台来，站在了人群的最中央，每位会瞬移的人带一位不会瞬移的人。蓝胤斗左右两边带着林叶西和风青牧。知后站在队列的最前面，古岚、庄东、党胰、双玛也都站在蓝胤斗的周围。护尊长白禹向众人点头鞠躬后，众人才瞬间化成几十道白影在联学宫上空飘移，转眼就不见了踪影。

# 第三十章

***

## 丹露湾保卫战

　　丹露湾的上空已被黑铁般的乌云所笼罩，裘图和他的三军花了两天时间已击破了丹露湾外围的两道屏障，万花林已被飓魔军烧成了灰烬，摩丹大军伤亡惨重。此刻，十大魔子已打到了丹玫宫五公里以外，六大神兽和十大魔子激烈交锋，双方势均力敌，暂时难分胜负。

　　裘图带着飓天座、九蝎女王、黑豹少主气势汹汹冲了过来，眼看最后一道防护罩即将要被打破。摩丹王、寿通、班鼎、包田、祖山、竺门以及摩丹长老们都站在丹玫宫门口，准备和裘图决一死战。

　　知后带领蓝胤斗以及联学宫的百余人在丹露湾上空绕行一圈后，浩浩荡荡地出现在了大家面前。在这千钧一发的时刻，蓝胤斗带领众人及时出现，在场的所有人都欢欣鼓舞，信心倍增，摩丹王更是欣喜不已。他连忙过去和蓝胤斗及古岚、庄东、党腺、双玛四位护尊紧紧握手。

　　"谢谢你们心系摩丹人，谢谢蓝胤公主仗义相助！丹露湾已冰冻万丈，你们雪中送炭，本王感激不尽。"摩丹王两鬓斑白，憔悴不已，他嘴角微动，两眼泛红。

　　"斗儿来迟，还没见到枭北十一王主，还请摩丹王赎罪。"蓝胤斗低头给摩丹王鞠躬。

　　"哎！公主何罪之有？想必你现在已成了联学宫的护世主了吧？"摩丹王问。

　　"斗儿侥幸通过了挑战，我已拿到了往生塔。我想知道现在的战况如何？"蓝胤斗说。

　　"太好了，拿到了往生塔何愁类人不觉醒。"摩丹王说，"裘图和他的二十万大军已打到了五公里开外，六大神兽和十大魔子正在激烈交锋。"

"我能助六大神兽一臂之力，我要去帮他们。"

"万万不可。"摩丹王和护尊们同时说道。随后都围了上来。

"裘图就在等你，就盼你去，你出去就是送死。"寿通说。

"我已命令他们，要是裘图出手，就马上撤回来。"摩丹王说。

蓝胤斗脸部僵硬，一脸茫然。"他还没出手？他都没出手大军就越过了万花林？"

"他们比我想象的更加强大。"摩丹王沉默片刻后说，"你跟我来，我有要事和你协商。"蓝胤斗跟随摩丹王穿过人群来到一间会议室。摩丹王只动动手指，一张布雅戈的动态地图就出现在了会议室里，摩丹王看着地图，滔滔不绝地向蓝胤斗讲解他的策略和观点。

蓝胤斗似乎完全已被摩丹王说服，她不停点头，最后只说一句："我同意你的战略。不过，我们还是得听听护尊们和长老们的意见。"

"那是当然。布雅戈真正的智者都在我们身边，我们肯定要听听他们的意见。"摩丹王说。

"我现在就去把他们叫来，咱们开个紧急会议。"蓝胤斗迅速跑出房间，知后早已站在门前，蓝胤斗似乎早有离别的预感。她出来就去和它拥抱："你又要走了吗？"

"你知道，我只能防守，没有攻击能力。"知后说，"这里我帮不上忙，我还有更重要的事要去做。要相信你自己，你有无限的潜能。"

"好吧！但愿我们能很快再见，你也要注意安全。"

"该见时自然会见，你也保重！"

"保重！"转瞬间知后就不见了踪影，失落感再次涌上蓝胤斗心头。八大护尊和摩丹长老们此时也走了过来。

"摩丹王请我们去开个紧急会议，各位护尊们、长老们，里面请！"大家跟随蓝胤斗进了会议室，八大护尊和九大长老以及通灵子班鼎已相继围着圆桌坐了下来。加上蓝胤斗和摩丹王，参加这次紧急会议的人数刚好二十人。

"护尊们！各位长老们！谢谢你们前来丹露湾帮助我们摩丹人共渡危难，今天的会议还望各位绝对保密。"摩丹王说，"我和蓝胤公主刚已议过，她同意了我的战略，但我们想听听大家的意见。请随我看地图，丹露湾与枭北接壤，地势险要，易守难攻。南有万花林，北有普衡山脉，西有枭宦森林，东有长武大山。要想称霸整个布雅戈大陆，丹露湾显然是兵家必争之地。以丹露湾为据点，绕过普衡山脉，直逼枭北申、亥两国领地。与走海路和闯枭宦森林相比，普衡山简直就不值一提。所以我敢肯定，裘图不单是因我对蓝胤公主伸出援手而加以报复。他的野心昭然若揭，他最终的目的是要征服人类后，再征服枭北的类人，然后是海外的异人，他要做岬龙星唯一的霸主。他养精蓄锐了五十年，要想实现他那万恶的梦想，第一个当然要拿我们摩丹人开刀，不光是丹露湾的地势重要，是他清楚，摩丹人比丹露湾更重要。所以，我大胆做了一个决定，放弃丹露湾，我绝不能让摩丹人在此战中受到灭顶之灾。"

"既然丹露湾如此重要，怎能轻易放弃？"猴尊党脁问。

"是啊！裘图还没出手，胜负未定，现在又有我们联学宫帮助，何必灭自己的志气，长他人的威风呢？"虎尊双玛说。

护尊们开始纷纷议论起来，而摩丹长老们却毫无表情，依然坐着沉默不语，一动不动。

"请听我讲完。"摩丹王说，"丹露湾是我们摩丹人祖祖辈辈赖以生存的家园，已经有近万年的历史了，你们以为我愿意这样拱手相让吗？我已日日夜夜整整思考了一个月，直到今天公主带领你们来到这里，我才下定决心。为什么？因为我看到了胜利的希望，我们摩丹人并不孤独，在我们危难之时有你们鼎力相助。从此刻起，我们不应再说什么摩丹人、罗梭人、佛洛斯人、索瓦人、鼠人、龙人、虎人、马人等等，我们是一家人，我们共同的敌人是魔主裘图。既然我们是一大家子人，就不应该只谋一城一池一个民族的局部战争。要从全局考虑，我们要做好打持久战的准备，因此放弃丹露湾，利大于弊。"

"话是这么说，可把丹露湾拱手让给了裘图，不就加快了他统治岬龙星的步伐了吗？"猴尊党脁说。

"请听我说，我这么做的理由有三点。第一，我们目前和裘图相比，军队数量悬殊太大。飓魔军、九蝎军还有黑豹军团，保守估计至少有三百万大军，而我摩丹军人不到十万人，联学宫的护兵听说也只有三十万上下，而且很难在几天内召齐。准备不充分，不管怎么打都会输。我现在不得不承认，长老们说得很对，这不是我们摩丹人所能终止的战争。第二，我们边打边撤，把他打痛打痒，让裘图摸不清我们真正的实力，让他欲望膨胀，自骄自大，那时他必会冲动盲目，我们再找机会暗暗地将他的左膀右臂一一清除。这是你们联学宫最擅长的战术，六大神兽也更能发挥所长。第三，枭北地员辽阔，我们诱敌深入，以空间换取时间。枭北的类人久享安

## 第三十章 丹露湾保卫战

乐，也需要一场能看得见的战争，才能将他们彻底唤醒。而我们需要时间与各国王主谈判，召集人马，组建军队，以及寻找失踪的通灵子。等双方实力相当后，我们再设法夺回丹露湾，还可直奔魔幽城烧了他的玄魔宫。基于以上三点，我才决定现在放弃丹露湾。"

在座各位被摩丹王的战略计划说得心服口服，他们都哑口无言，纷纷点头。

"早闻摩丹王智慧过人，今日听君提点，如沐春风，古岚心服口服，我愿听从护世主和你的差遣！"在场的人见智多星古岚都表忠心，便纷纷表示愿意配合执行摩丹王和蓝胤斗的命令。

"既然如此，不知摩丹王有没有撤退之策？"寿通问。

"当然，不瞒大家，十年前我们就准备好了。我的六万子民已撤到了安全的地方，摩丹大军只需一晚就能全部撤离此地。那条地道护世主不是曾走过吗？"摩丹王看着蓝胤斗说。

"是是是！摩丹王未雨绸缪，运筹帷幄，斗儿日后还需多听你的教诲。"蓝胤斗恭敬地说。

"你聪慧过人，心善淳良，志向高远，有你护佑天下苍生，是妖魔大限已至，是我们命不该绝。"摩丹王说，"天快黑了，六大神兽该撤退了吧？大家如没别的意见，咱们也该去准备了。"

他们刚走出会议室，六大神兽果然瞬间就出现在了他们面前，而且还保持着六兽合一的阵势。除了蓝胤斗，在场所有人都还没见过六兽合一的场景，以前都只是听过传说。因此大家都诧异地看着他们，被他们的外形、动作、阵势等深深吸引。

"它就是传说中的白虎？它可是我们的祖先啊。"双玛热泪盈眶地说。

"它可比你们虎人威风多了。"庄东说。

"看看青龙，你们与它简直是天壤之别，基因怎么越来越差了？"双玛说。

"我承认，我们怎么能和神兽相比。要是蛇人看见螣蛇，他们更是无地自容了。"庄东说。

"你还别说，有些蛇姑娘还真标志，真有螣蛇那模样的。"双玛说。

"那他们的基因还真不错嘛。"两个护尊在一旁嘀嘀咕咕。

蓝胤斗感觉自己好像一个世纪没有见到六大神兽了一样，她一闪而过，瞬间就站在了他们中央。神兽们才瞬间变身，纷纷围了过来。蓝胤斗首先和冷寇拥抱，五个男人站在四周幸福地看着她俩。可能是因为周围的人太多，他们似乎有些拘礼。

"你们辛苦了！都没受伤吧？"蓝胤斗关切地问大家。

"我们是谁？它们能伤得了我们？放马过来，再战它一百回合吧。"竺丘嬉笑着说。

"就你？刚才要不是青龙护你及时撤退，裘图一掌就能把你拍死。"冷寇依然冷漠傲慢。

"裘图终于出手了？"蓝胤斗问。

"是啊！我们和他过了两招，就撤了。"白子宸说。

"你们先去休息片刻吧，我们稍后再谈。"

白子宸和蓝胤斗眼神对视，他眼睛里满是爱意，只有蓝胤斗能读懂他的万丈深情。白子宸、蒲宗、公羊冢、竺丘、冷寇、东门璟六人和摩丹王以及各位护尊、摩丹长老们寒暄几句后回到了各自的房间。

裘图的三军也知疲倦，激战两天后也在离丹露湾五公里以外驻扎了下来，丹露湾得到了短暂的安宁。六大神兽疲惫不已，蓝胤斗当晚施法帮助他们恢复了元气，个个又功力大增。

等到第二天拂晓，裘图就展开了猛烈的攻击。依照计划，昨晚摩丹军队已全部撤离，蓝胤斗和六大神兽坚守丹露湾的最前线，护尊们、长老们以及联学宫的护兵们还有极少的摩丹军人等五六百人留守丹玫宫。他们共同施法将丹玫宫防护了起来，现在丹玫宫就犹如铜墙铁壁一般。只要能坚持到下午，两万护兵抵达普衡山脉之时，就可即刻撤离。

可是，中午刚过，裘图带领他的人马就攻破了丹玫宫的十米以外的防护罩。还好摩丹王召唤了数千名花童，他们是由花魂幻化而成，整个身体是由桃花堆积起来的透明影子，是万花林的守护者。

它们不怕大刀战斧，不怕任何魔法，唯一就怕火烧，当黑豹军团将万花林烧毁时，他们的灵魂已随树木一同化为灰烬，只有摩丹人的王主才能将他们再次唤醒，守护丹玫宫才是他们的终极使命。她们身材矮小，幻化无穷，手握透明短剑，所到之处，哀号遍野。

除了九蝎军能快速躲闪外，飓魔怪和黑豹军团几乎没有躲闪的时间就已被割腕或割脖而亡，几乎都是一剑致命。这让裘图的大军措手不及，他们没有想过摩丹王还能将花童再次唤醒，所以根本没有准备火把，十大魔子和九蝎军全体而上对抗花童两小时，飓魔军和黑豹军团才备好火把。

## 第三十章 丹露湾保卫战

　　蓝胤斗帮助众人施完丹玫宫的防护罩后就来到了普衡山，指挥先后到达的护兵们备战。这期间裘图一个人对付六大神兽和七位护尊，班鼎和长老们对付要冲入丹玫宫的大军，他们激烈厮杀，场面血腥残忍。飓魔军和黑豹军伤亡惨重，不到两小时，丹露湾已黑血成河，惨叫声、尖叫声响彻山野。

　　下午三点两万护兵已全部聚集在了普衡山上，山上树木茂盛，蓝胤斗命令护兵们爬到树上摇晃呐喊。保护丹玫宫的防护罩刚破，摩丹王就下令众人边打边撤，花雨长老不幸牺牲。当裘图和他的十大魔子追到普衡山时，见雄伟高大的普衡山上树木震荡，人声鼎沸。他怕进入类人的埋伏圈，便当即下令三军撤回了丹露湾。丹露湾在摩丹王和蓝胤斗的精心谋划下暂时沦陷。

# 第三十一章

***

## 魔王凯旋

　　经过三天三夜的苦战，裘图带领着他的二十万大军终于拿下了丹露湾，虽然他们也损失惨重，十万飓魔怪的黑血几乎能把丹露湾冲洗一遍，但占领了丹露湾，就意味着他彻底称霸了人类世界。

　　对裘图来说，这的确是个该欢庆的日子。他当即下令大赦天下，黑鹰帝国的军民举国欢腾。他在丹露湾就停留了一晚，留下九大魔子和十万大军驻守丹露湾。第二天，他携隆基、飓天座、九蝎女王和黑豹少主等主要将领浩浩荡荡地回到了魔幽城，接受妖怪愚民们的夹道欢迎。

　　这次出征，总相巫曼仇并未前往，他奉命坐镇魔幽城。他得知裘图带众将凯旋后，再次站在玄魔宫最高的楼台上，遥望着魔幽城内外欢欣鼓舞的场景。他一脸阴沉，并未有丝毫欢喜的神情，待裘图他们快进了玄魔宫的大门时，他才瞬间移动到大门前迎接裘图得胜归来。

　　"恭喜贺喜玄皇！胜利归来！"巫曼仇阴沉着脸跪在裘图面前。

　　裘图披着黑风衣，冷气逼人，他微笑着下驳狼，见巫曼仇一脸不悦，大惑不解。"总相心口不一，这是何故？"裘图亲自将跪在地上的巫曼仇扶起来。

　　"卑相不敢！只是有些意外，计划我军十天内能拿下丹露湾已是大幸，这才三天怎么就打败了摩丹人？"

　　裘图仰天大笑，雪白的脸上泛起了傲慢的神情。"摩丹人怎能挡住我二十万飓魔雄狮？我们打进丹玫宫后，他们便闻风丧胆，落荒而逃。你没算到会这样吧？"

　　"这的确在我意料之外。"巫曼仇说。

## 第三十一章 魔王凯旋

"只可惜！没有杀了摩丹王和蓝胤斗这两个心头大患，下次出征定会让他们逃无可逃！"裘图阴沉着脸化成一道黑影瞬间回到了他的寝宫。

巫曼仇见裘图离开后对飑天座、九蝎女王、黑豹少主还有几十名将领说："按玄皇旨意，已在西宫备好了庆功宴，这三天是属于你们的日子，你们可以肆意狂欢。"

"哈哈哈哈！有劳总相费心了，我们走！"飑天座狂笑着策马飞奔，他带着众人向玄魔宫西边的宫殿跑去，他们傲慢又粗野。西宫也是玄魔宫的一部分，这里宽敞明亮，主要是供大家吃饭的地方。巫曼仇早已安排人做好了大餐，所谓大餐，不过就是一些飞禽走兽的生肉和生菜而已。不管是飑魔怪、九蝎妖还是黑豹人都喜欢生吃一切食物。

西宫大厅内十米长的桌子上堆满了美酒肉食，美酒其实就是一些能刺激他们神经兴奋、带有陶醉感的绿色浆汁而已，一般是由多种果浆配制而成。上百名飑魔怪、九蝎妖、黑豹人面对面围着长桌狂吃狂喝，他们饥不择食，脏话连篇。

"早闻摩丹姑娘娇嫩甜美，但这次出征，连她们的手都没摸着，最后只能啃这干瘪而又苍老的烂猪腿。"一个飑魔怪正拿着一条血淋淋的猪腿啃，他一口酒一口肉地边吃边抱怨。

"我吃了一口摩丹俊男人的肉，的确香嫩可口，回味无穷。"一位九蝎女妖吐露着舌头，嗲声嗲气地说。

"摩丹人聪明绝顶，知道打也送死，还不如不战而退，逃命要紧。三天两夜的苦战，我竟没看到一位摩丹人。"一位黑豹人正拿着一只拔了毛的母鸡往嘴里塞，就被背后不知何时出现的巫曼仇把他手中的鸡给拽了出来。

"你刚说什么？"巫曼仇问。

"没！没……没说什么呀？"黑豹人看着巫曼仇严肃的表情有些紧张。

"你果真没看见一个摩丹人？"巫曼仇问。

"也许他们看见了？"黑豹人指着旁边的一群飑魔怪和九蝎妖说。

巫曼仇扫视着众人，但只有极少数人点头。

"各位辛苦了！你们慢慢品尝。"巫曼仇向众人微微鞠个躬后径直走到了里间，也就是黑豹少主、九蝎女王和飑天座三位一起吃饭的房间。此时三位已酒足饭饱，醉醺醺飘飘然眼睛微红，飑天座和黑豹少主正抱着九蝎女王，她现在又变成了一位妖艳的美女。

巫曼仇在门外面迟疑片刻后将门推开，不请自进。但三位见他进来后依然旁若无人，继续缠绵。巫曼仇气得冒烟，终于忍无可忍："你们成何体统？三大总帅怎能这般放肆？"

"总相！你何不过来与我们同乐？"九蝎女王吐露着舌头调戏巫曼仇。

"你……你……"巫曼仇气得当场双手发抖，他差点就要出手施法，后被飓天座过来将他的手按了下来。

"玄皇有旨，这三天我们可以肆意狂欢。总相若有事便说，无事就不要扰了我们的兴致。"飓天座眼神凶悍，一副不容侵犯的样子。

"天下乌黑，孤灯难明，今朝有酒今朝醉……"黑豹少主含情脉脉地看着九蝎女王，双手还在她身上不停地动作。

巫曼仇气得眼睛血红，甩手愤愤而去。三位见巫曼仇摔门而去，九蝎女王即刻变回正常的样子，瞬间闪到一旁放肆地大笑起来。飓天座嬉笑着说："你这个妖精，把本太子弄得血管膨胀，全身瘙痒，不如假戏真做，让我俩也成为你的花下鬼如何？"

"可惜，我对飓魔怪和黑豹肉过敏。"九蝎女王说。

"还好本少主非常专一，除了黑豹姑娘，对任何种族的女人都过敏。"黑豹少主说。

"你们是低等生物，还未发育完成。"飓天座显得很得意的样子，"本太子来者不拒，岬龙星就没有我对付不了的女人。"

"你要敢动我的黑豹姑娘，我就砍下你的烂头去喂驳狼。"黑豹少主拿着酒坛喝了口酒，"我忘了，狗都不闻你们的肉，高贵的驳狼一定会避而远之的。"

"哼！总相曾说，天下就没有比飓魔怪更肮脏的生物了，这点我相信。"九蝎女王很不屑地瞟了一眼飓天座。

"哈哈，我这颗肮脏的烂头只会让一切生灵闻之丧胆。"飓天座说，"提起那个老东西我就想吃人，他还说你们卑贱又丑陋呢。在玄皇闭关期间，凭借玄皇给他的权力，对我们指手画脚，呼来唤去，却对铁面毒枭照顾有加，现在就连老叛徒扈七郎都指控他是联学宫的护帅。不过，玄皇不相信，虽然他躲过了一劫，但他已经不再是之前手握权杖的总相了，再有机会我还要好好羞辱他。"

"扈七郎指控他是护帅？你听谁说的？"黑豹少主好奇地问。

"整个玄魔宫的地牢看守，都是我的人。"

"不过，他的确可疑。"九蝎女王说，"在他跟随玄皇以前，他到底是什么人，他怎么会知道麒麟王朝那么多秘密？我曾经还很好奇，有去暗暗查过，可没有任何蛛丝马迹。他和玄皇似乎都是突然从天而降的。"

"不管他是什么人，玄皇已经不会再重用他了。这次攻打丹露湾，玄皇根本不让他参与，这就是失势的铁证。"飚天座说。

"不过坐守玄魔宫，责任更重大。"九蝎女王说。

"刚才看他脸冒青筋，简直是太刺激了，我从来没有见过他那个样子。"黑豹少主看着飚天座说。

"我就不想听他啰啰唆唆。"飚天座又狂喝闷酒，他这次似乎真有些醉了，"他总以为自己是天下第一先知，要是他真能未卜先知，蓝胤斗回来都闯进蓝灵堡了他怎么不知？铁面毒枭和扈七郎都是叛徒他怎么不知？从那以后我根本不想再听他一句废话了。今天你们配合有功，本太子带你们再去好好痛快一回，我们走。"

三位歪斜着身体走出房间时，外面几十个妖、怪、黑豹人几乎都喝得酩酊大醉，很多都横七竖八地躺在地上酣睡着，有些竟躺在了他们出去的路上。走在前面的飚天座一面踢一面骂："滚滚滚……一群肮脏的脑袋，装满了肮脏的残羹烂肉……"他就一路踢着骂着走出了西宫。

巫曼仇回到自己的寝宫后，坐在他的相椅上，在昏暗的夜色下陷入了沉思。一个人在孤独失落的时候，旧事往往就会成为他最忠实的朋友。

在两百年前，那时他才刚满十岁，还有一个双胞胎弟弟，几乎和他长得一模一样。他的父母是山里的普通猎人，父亲为了帮他们庆祝十岁的生日，带着他和弟弟一同上山打猎。父亲背着一些猎刀和木叉准备去捕猎一只花豹，他父亲说剥下来的豹皮还能为他们做一件衣裳，他和弟弟听到此话后都欢喜无比。

巫曼仇想到这里时，一直阴沉深锁的脸庞终于露出了一丝笑容，他的思绪又回到了花豹上。

他们在一个峡谷内设好了陷阱埋伏着等了三个多小时，终于等到一只花豹慢悠悠走了过来，刚好落在他们的陷阱里。父亲果断用绑上尖刀的木叉向花豹的头部扔去，花豹受伤未能一跃而起，父亲继续扔木叉，见花豹没有动静后才拿起猎刀过去，准备把它当场杀死。不料，花豹虽受伤但却是故意装着不动，就等他父亲走近后伺机反击，果然，猎刀还未举起，花豹就一跃而起将他的父亲压倒在地，它张开血盆大口正要撕咬他父亲时，一米以外的巫曼仇慌张伸手扑去不料却有了法力，当场把花豹推到了一米以外，而且，就这一下花豹就再没能爬起来，它死了，这次是真死了。

父亲有惊无险，坐起来后并没有因为巫曼仇杀死了花豹而欢喜，而是慌忙丢弃已死的花豹急忙带着他和弟弟回家，并且连夜就带着他俩慌忙举家迁走。他和弟弟哭着问为什么要走，为什么不把花豹背回家，问了很多为什么，父亲就是一声不吭地拖着他们慌忙赶路。

三天后的一个夜晚，他们因走了很远的山路，实在是筋疲力尽，又饿有渴，在一个偏僻的山沟里发现了几户农家，当晚他们一家四口就在一户农家里住了下来。

第二天刚拂晓，有四五个身穿一袭黑衣的男子，每人戴着一张黑色面具，将正在熟睡的巫曼仇从父亲的怀抱中抱了过来，父亲可能是由于赶了三天三夜路，不眠不休，实在太累，孩子被抱走后竟没一点察觉。

巫曼仇也一直昏睡着，当他自然睡醒后，才发现自己已不在父母身边，而是到了一个叫寿衣团的营地里。从此他就被隔离关在营地里接受严格的训练，直到二十年后才成了一名真正的寿衣团战士。

随着时间的推移，他出生的地点和父母逃跑的地点都在逐渐模糊，虽然后来他偷偷找过父母几次，但都没有任何消息。

直到五十年后，他奉命去抓一个号称从未有过的拥有特殊能力的孩子，由当时的副团长"百里无影"亲自带队，通常只需五个人左右，这次却去了二十个人。

他们又来到一个深山里，赶到时已天色大亮，副团长亲自动手将一个正在熟睡的孩子抱了出来，一行人迅速离开。只有巫曼仇停留片刻多看了几眼，在他记忆里，这里好像似曾相识，不料这时孩子的父亲哭喊着从屋里爬了出来。

巫曼仇当时见到孩子的父亲后顿时呆若木鸡，他的长相怎么会和自己一模一样？他瞬间想起了他的弟弟。他不由自主地摘下面具，走过去将跪在地上仰天痛哭的弟弟扶起来。"你还记得我吗？"

孩子的父亲看着他惊奇地喊道："哥哥？哥哥？……"

巫曼仇当时两眼闪烁着泪光点头："原来，这就是我的家？父亲母亲都还好吗？"

"因思念哥哥，你失踪两年后母亲就去世了，父亲死时也未满60岁。这就是我们童年的家，我一直住在这里，就希望有一天能等到哥哥回来。"他弟弟喜极而泣，一时忘了儿子丢了的事。待到他见副团长带人返回找巫曼仇时才反应过来。"哥哥，救儿子，快救我儿……"话音未落，他弟弟就被寿衣团的战士当场杀死。

百里无影还严厉地批评他："你在这里做什么，因为你的愚蠢才害了他的性命。"他指着巫曼仇的弟弟说："他见了你的真面目，就必须得死。你们点把火把这里烧了。"寿衣团的战士们将火把扔向房子，巫曼仇眼看着熊熊大火将自己的家烧成了灰烬。

巫曼仇愤怒地戴上了面具，旁人看不见他的绝望和泪水，他紧握拳头，一动不动地看着大火将他童年的所有快乐、所有希望、所有良知和慈悲全部烧成了灰烬。

巫曼仇每次回想到这里，都会老泪纵横，他拿出衣兜里的小帕巾擦干眼泪后起身离开了黑暗的房间。

三天后，巫曼仇奉命来到裘图的寝宫商讨要事，待他迈进厚重的黑门时，裘图早已坐在了空旷冷清的大厅里，他双手抚摸着怀里的隆基，当他看见巫曼仇时，他眉眼舒展，嘴角微微上扬："总相来了，不必拘礼，快来这边坐下。"

巫曼仇有些诚惶诚恐，受宠若惊："多谢玄皇赐座。"

"我知道，最近由于扈七郎的离间计，总相心有所惧。我已下令，无论谁再提此事，就赐一死。"裘图将怀里的隆基放在桌子上，紧紧盯着巫曼仇的眼睛看，"总相所虑极是，丹露湾虽如愿占领，但摩丹王和摩丹人不知所踪，当时也没曾见到蓝胤斗，我心不安，不知摩丹王又有什么诡计。今天本主就想洗耳恭听总相的高见。"

"玄皇如此信任卑相……"巫曼仇突然眼冒泪花，他又起身跪倒在地，"我愿为玄皇赴汤蹈火在所不辞，若有丝毫二心，即使将我烧成灰烬，我也不会有半句怨言。"

裘图起身过来将地上的巫曼仇扶起来："总相这是为何？快快请起，以后不许再这般多礼。"裘图今天表现出了从未有过的温暖，这让巫曼仇更加惶恐。

"是。"巫曼仇坐好后，心绪平静了许多，"这几天我也在反复思考，可能有两个原因。第一，就像将领们说的那样，他们明知打不过，不如不打，先保存实力再静观其变。第二，或许就是和蓝胤斗有什么阴谋，但具体是什么，实在不好妄言。至于摩丹王和摩丹人，如果没在枭北境内，就一定去了海外的瓜瓜耳群岛，那是摩丹人的发源地。"

"都有可能。当时我带人追到普衡山时，山上人声鼎沸，可能埋伏的就是摩丹士兵。我又怕类人参与其中，我们不能贸然和枭北开战，才下令从丹露湾撤回。"裘图说，"不管他们有什么阴谋，我绝不会再给他们充分准备的时间。我打算近期发兵，向枭北开战，先拿申王的人头来祭旗。"

"兵贵神速，更要出其不意。申国地缘辽阔，而且申王早已做好了战斗的准备，若他已说服了子王、丑王、辰王、蓝胤斗和摩丹王联手，我们一时将难以取胜，会陷入持久的战争。如果要速战速决，何不寻找枭北的朋友联合出兵呢？"

"总相言之有理，如果我们输了时间，就等于输了这场战争。"裘图动动手指，半空中就出现了一张布雅戈大陆的地图。裘图仔细地盯着枭北的地图查看："枭宧森林和海路暂时都不考虑，只能通过丹露湾以北的普衡山脉进入枭北，只有申国和亥国和普衡山相连，亥国和酉国就一河之隔。上次你说亥王和酉王都表示愿意与我们结盟吗？"

"是的。"巫曼仇说，"卯王、午王、未王、酉王、亥王都愿意跟随玄皇。这次丹露湾之战，他们已实现了自己的诺言，在攻打丹露湾之前，他们已拒绝了摩丹王派去的所有使者。"

裘图雪白僵硬的脸上终于露出了一丝笑容，他继续仔细地查看着地图说："枭北的西北边有卯国，中原有午、未两国，东边有酉、亥两国支持。南边的寅国和巳国有枭宦森林庇护，中原的戌国有寅国相护，三国实力虽强但保持中立，只要他们真能做到中立也好。"裘图兴致勃勃地拉巫曼仇过来边说边仔细地指给他看。

"你看这样可好？我们先从普衡山的东边派军到亥国，再到酉国，就可直接先灭掉丑国；在经过午国、卯国时就可直取西北边的辰国，那贝海中的子国就成了孤岛了。我只要拿下丑国和辰国两个强国后，申国就被我们四面包围，就算申王再神通广大，也插翅难逃，那时子王那老东西定会不战而降。寅王、巳王、亥王再给他们一次机会，若主动跪倒在我黑鹰旗下，就饶他们不死，否则最后再拿他们的人头来祭旗。在我的统治下，他们想独善其身，简直就是痴心妄想。我想有劳总相再走一趟，只要卯王、午王、未王、酉王、亥王与我们联合出兵，无论他们提出任何条件，都先答应他们，满足他们。"

"如果他们要独立自主，与玄皇同享枭北呢？"巫曼仇说。

"和我同享？"裘图举起右手的食指放在眼角沉思片刻后说，"不过就是再多几个九蝎女王、飓天座和黑豹少主吗？答应！无论什么条件都先答应，只要他们有那胆量与我分享。"

"是，卑相明天一早即可动身。"

"这次出使责任重大，我会派两位魔子暗中护你周全，总相尽可放心。那你去准备吧。"

"领旨！卑相告退！"巫曼仇起身向裘图低头鞠躬后转身离开。

巫曼仇走出裘图的寝宫后，化成一道黑影被狂风吹散，瞬间飘得无影无踪。

# 第三十二章

\*\*\*

## 群英急会

枭北的寒冬刺骨冰冷，类人的体质和人类略有不同，他们身体强壮，耐寒耐冻，即便冰冻三尺，白雪皑皑，类人们都还喜欢在野外穿梭。走进枭北的领地，随处都能见到他们的身影，不管是山坡，还是丛林。

丹露湾沦陷后，摩丹王带领摩丹人民已来到海外的瓜瓜耳群岛。临走之际，他单独和蓝胤斗深度交谈了近两个小时，他深度分析了布雅戈现在的整个局势，几乎把他所思所想全部告诉了蓝胤斗。在摩丹王璀璨卓越的智慧照耀下，在众多长老前辈的教导下，在短短几日内，蓝胤斗已得到了迅速成长。

饕餮的时间吞噬了一切，却吞噬不了裘图贪婪的欲望和野心。他再次派巫曼仇出使枭北，使本就一盘散沙的枭北类人更是雪上加霜，怀疑、恐惧、绝望的情绪逐渐在枭北这块广袤的土地上蔓延。

蓝胤斗带着六大神兽回到了联学宫的总部葫芦岛。除蓝胤斗和白子宸外，其他人第一眼见到联学宫的真面目时，都被它辉煌的历史和神秘的气息所震撼。

"一个月前，摩丹王还说过，只要联学宫还在布雅戈，我们摩丹人就可高枕无忧地隐退了。没想到，它果然在这里，公主竟然还成了护世主。"冷寇说，"摩丹王还说，未来瞬息万变，即便是天下最智慧的先知都难以预测。"

"你们果然是天下最最最聪明的人，把裘图扔给联学宫，扔给枭北，自己却安然无恙地全身而退。这叫什么？这叫魔算怪算，天算地算，都不如摩丹人的跑为上算。"竺丘一脸鄙视地看着冷寇。

"那是自然。"冷寇更加不屑地说，"你们佛洛斯人更精于算计，又英勇、敏捷、刻苦、勤劳，但结果却差点走到了灭绝的边缘。知道为什么吗？就是因你们人小脑袋小，里面装满了万恶的金钱、名誉，就再也装不下能让人变得智慧的知识了，更装不下天下万物苍生的生死，你们心里永远装着的都是你们自己。"

"是谁自私贪生怕死了？是你们摩丹人，不战而逃，这是每位战士的耻辱。我们佛洛斯人就算灭绝曾经也和裘图拼命抗争过。"竺丘愤愤不平地说。

白子宸和蒲宗、公羊冢早已习惯了他们针锋相对，争论不休的情形，公羊冢曾说过，他们的争论将会成为六大神兽中最靓丽的一道风景。大家边走边微笑着洗耳恭听他们精彩的脱口表演，只有木讷纯良的东门璟总是不忍心看到冷寇被竺丘毒舌的言辞穷追猛打。

"听祖山长老说过，女人是我们的源泉，她们包容又宽广，严苛又纯良。在很久以前的蓝宫帝国，出了好多位女皇和女总相，很多部落最尊贵的酋长也都是女性，即便现在依然还有很多女系氏族。你们佛洛斯男人不但粗鲁，还刚愎自用，从来也不尊重女性，总是听你和冷寇喋喋不休，根本就不像一个太子。"

"你？"竺丘踮着脚昂着头怒气冲冲地看着东门璟，可因实在太矮，怎么看也最多只能看到东门璟的下巴。他愤愤地说："人家蒲宗都没说什么，这里还有你的事了？"

正在津津有味地听他们争论的蒲宗，突然听到自己的名字后，扭头茫然地问："我怎么了？有我什么事吗？"

在场的所有人，除了竺丘，都哈哈大笑起来。竺丘还一本正经地说："锤铁的呆子都知怜香惜玉，不怕你也进来敲打我一回。"

蒲宗侧眼看了看冷寇说："我们这里的每一位男同胞更需要女士们多加怜悯，多多关照才是。"

"这滑舌的功夫见长，看来我这个师父可安然隐退了。"一旁的公羊冢调侃道。

蓝胤斗和白子宸四目相对，欢喜地偷笑着，眼看着就来到了联学宫门前。"我们虽然才分开二十多天，但我似乎感觉很久没听你们唇枪舌剑了，真是意犹未尽。"蓝胤斗看着竺丘，嬉笑着说，"丘大人更是在争论中千锤百炼，越来越可爱了。"

"什么？"竺丘故作生气地问，"请护世主注意用词，我可是堂堂的佛洛斯太子，可爱一词最多只能算是我乡村的远房亲戚！"

这次包括冷寇在内，所有人都被他幽默的言辞和夸张的表情逗乐了。

蓝胤斗见大楼内穿梭的人群，连忙悄声对大家说："我们不要从大门进去，你们现在都成了岬龙星的名神了，咱们直接到我的楼层吧？"

## 第三十二章 群英急会

这次大家都很默契地点头，他们围着蓝胤斗化成几道白影瞬间来到了护世主办公的一整层楼。他们刚在楼道现身，就见到风青牧和林叶西站在了楼道尽头等着他们，远远的就见他俩毕恭毕敬地向各位鞠躬低头。

"那两个小鬼在这里做什么？"竺丘疑惑地问。

"什么小鬼，他们或许比你父王还大呢，要被他们听见了小心敲你的脑袋。"白子宸弯腰轻轻地对竺丘说。

"他们可是联学宫最优秀的战士。"蓝胤斗说。

"原来联学宫的奸细早就渗透到咱们的队伍了？"竺丘悄声地说。

"看来你的脑袋是躲不过了。"白子宸眼看着林叶西快速一闪就到了竺丘的身后，两位站在一起才发现竺丘比林叶西还高一截。

"丘大人！"林叶西睁大眼睛瞪着他。

竺丘回头低头看着她，嘴里莫名冒出一句："原来居高临下看人，感觉就是好。"他看着林叶西眼睛越睁越大，才恍然大悟，他立即表现出一副谄媚的表情："西大人，能在这里见到你，就犹如在冰冷的黑夜里见到了火红的太阳，真的是太温暖了！"其他人在一旁幸灾乐祸地看着竺丘，可惜好戏并没有如期而至。

"欢迎各位大人来到联学宫，九位护尊已等候多时了。"林叶西这才站在一旁为大家引路，竺丘才放心地长出了一口气。

"能见到护尊长了，好期待！好紧张！"冷寇立即整理了衣装，神情严肃。大家似乎都被她传染了一样，都不由得伸手整理衣襟，拍拍自己的衣裳。

"没关系！不用紧张！"蓝胤斗微笑着对大家说，"她就是我那位特别慈祥的婆婆，咱们走吧。"

风青牧推开大门，九位护尊果然在房间内站立着等候他们。白禹第一个带头向蓝胤斗鞠躬行礼。

"欢迎护世主和六位大人回到联学宫！"白禹说。

蓝胤斗微笑着走到白禹身边，介绍说："这是联学宫的护尊长白禹大人，也是我之前经常向你们说起的我最亲爱的婆婆。其他八位护尊你们都见过了，我就不一一介绍了。我代表联学宫也欢迎你们回家，这里以后就是我们的家了。"蓝胤斗嬉笑着。六位倍受感动，一时无语，只知道傻笑，九位护尊此时都露出了欢喜的笑容。

"我们到里面坐吧。请！各位请！"白禹带着大家往全英堂走去。全英堂是专供护世主与护尊等议事的场所，它和慧德堂一样，四面都是通灵墙。

"婆婆，我正有要事想找你商量呢。"蓝胤斗说。

"枭北的局势令人担忧，大家也都在等你们来商议呢。"白禹说。

他们一行人走进了全英堂，这是一间大概50平方米的长方形房间，里面放了一张纯木色长桌，围绕桌子一圈大概能坐三十人，正北方是护世主的位置。四周墙壁上挂着历代护世主的画像，其中还有五位女性，正北方墙壁上挂着房间内最大的一幅画像，他就是始皇蓝胤帝。房间的整个气氛庄严肃穆，一股厚重的历史文化气息扑面而来。蓝胤斗被这些画像深深吸引，她驻足观望每一幅画像，特别是仰视始皇蓝胤帝时，她几乎快屏住了呼吸，所有人都在静静仰视着房间里的一切。

白禹摸着长桌的边缘说："我曾经想过，或许在我有生之年，没缘踏进全英堂了。整整一千年，没有人能坐在那个位置上。"白禹指着正北方的主座，那是历代护世主坐的位置。它看起来和其他椅子无异，纯木椅，普通又平凡。但曾有很多人想坐那个位置而丢了性命。

"请护世主入座！"九位护尊同时说道。

蓝胤斗抚摸着那把椅子，一时有些彷徨。她看看白禹又看看白子宸，又看看每一个人，沉默片刻后她深情地说："谢谢你们！一路走来，有你们陪伴，真好！各位大人！请坐！"蓝胤斗低头向大家鞠躬，每个人此时都心潮翻涌。

蓝胤斗坐下后，护尊们坐左边一排，六位大人坐右边一排。今天的会议由白禹主持。

"今天非常高兴能在联学宫见到六位大人。"白禹说，"据历史记载，自联学宫创建以来，始皇蓝胤帝召开的第一次会议就在全英堂举行，当时也只有九大护尊和六大神兽参加了密会。通过第一次会议才有了十二护圣和棋王，所以你们才是联学宫最老的功臣。后来六大神兽隐退后，它们的记忆也随之消失。现在，即便你们自己忘记了自己，但历史会永远记住你们。就像历代的先辈圣贤们，他们的肉体已化为泥土，但他们的精神却永远刻在我们的心里。今天，我们护世主携九大护尊和六位大人再次坐在了全英堂，这是命运，是岬龙星的命运又到了最关键、最危急的时刻。我们联学宫该何去何从，还望各位大人畅所欲言，想出良策，帮助天下万民转危为安。下面我们有请护世主明示。"

"各位尊敬的大人！我们今天相聚在此，就像护尊长说的，这都是命运的安排！整个布雅戈甚至是岬龙星又到了生死存亡的边缘了。"蓝胤斗说，"在丹露湾沦陷之后的这几天里，我以联学宫护世主的身份和寿通大人拜访了枭北各国王主，他们大多数人贪婪愚钝，软弱多疑。只有子王、丑王、辰王、申王先知先觉，有勇有谋，誓要和裘图势不两立，战斗到底。寅王、巳王和戌王太过精明，只想各扫门前雪，事不关己不管别人生与死。而卯王智慧卓越，可惜心术不正，和裘图就是一丘之貉。酉王、午王、未王、亥王刚愎自用，又贪婪多疑，实在令人担忧。"

"已闻巫曼仇又来到了枭北，要和卯王、酉王、午王、未王、亥王商谈合谋之事。要是这五国不战而降，和裘图同流合污，那后果将不堪设想。"寿通说。

"各位大人，你们有没有良策可阻止这样的事情发生呢？"蓝胤斗问。而后她转眼盯着智多星兔尊古岚看，古岚神情凝重，沉默不语。一时间会场鸦雀无声。

"古岚大人！我很想听听你的高见。"蓝胤斗说。

"既然巫曼仇要谈合谋，那我们只能设法破坏他的合谋。"古岚说。

在场的人纷纷点头，片刻后白子宸突然手拍脑袋，灵光一闪，双目发亮。"需要合纵，他想连横我们就合纵对抗他。"

所有人都诧异地盯着他，蓝胤斗也大惑不解："宸大人，你说的合纵连横是什么意思，能否详细一点？"

"裘图想拉拢这些小国一起来对抗其他几个强国，目的是想把其他几个强国打败后再顺带灭了这些小国，然后一统枭北，我们称其为连横。"白子宸说，"我们何不设法把十二位王主聚在一起，晓之以理，动之以情，威之以害，谋之以果，谋划十二国合纵之事，并要求联合出兵。一旦合纵成功后，裘图所有的阴谋都将土崩瓦解，不攻自灭。"

"那要怎样才能合纵成功呢？"虎尊双玛问。

"需要一个人。"白子宸说。

"什么样的人？"白禹问。

"一位谋略家、游说家！不但要智慧超群，博览群书，懂古晓今，还要有三寸不烂之舌，善于揣摩人性，懂得游说技巧，对各国王主还要了如指掌。愚者蒙之，怯者吓之，贪者诱之。"白子宸说，"这些都还不够，要谋合纵之事，还需要了解各国的土地、人口、财富、天时、人才、民情、民心等，然后才能做出正确的谋划和决策。"

白禹听完欣喜地笑了，她扭头看了看其他八位护尊，他们脸上同样都露出了满意的笑容。

"从今天的情况看来，我们当初的决定是对的。"白禹欢喜地说，"当初把你和护世主送到蓝森林，还特意又把你送到了人群之中，就是想让你多学习莒虎星的历史文化、处事谋略，将来为我们岬龙星多谋福祉。"

"原来我离开蓝森林，不是阴差阳错，而是特意安排？"白子宸露出了惊讶的神情。

"世上哪有那么多阴差阳错？所有的意外或巧合都是背后精心谋划的结果。"白禹说。

"我有一段特殊的记忆被封了三十年，也是你们精心所为吗？"白子宸问。

"你哪段记忆被封过？这个我们并不知情。"白禹说。

"二十岁那年，我迷路闯进了蓝森林，我和护世主相处半年后，不知怎么又回到了滇城，我这段记忆被封存了三十年。"

"如果你们没下命令，联学宫的通灵师会擅自做主吗？"蓝胤斗问。

"理论上不会，你们俩的事是绝密，除了我们几位护尊应该没人知情。"白禹说，"此事我会彻查的，一旦查出绝不姑息，任由你们处置。"

一旁的铁面毒枭公羊冢终于按捺不住自己的好奇心，急切地问："那我呢？我的人生每一步似乎都有一股无形的力量牵引着我，难道这一切也是你们精心谋划的结果吗？"

白禹看着古岚示意他来解答公羊冢的疑问。古岚沉默片刻后才缓缓开口，这是他一贯的说话作风，不管是面对任何问题，他至少都要沉思三十秒以上人们才能听到他的声音。

"六大神兽未唤醒之前，你们的安危就是我们护尊们最大的责任。"古岚说，"护世主出生不久，你们也都相继来到了世间，你们每个人在成长过程中，都遇到了很多坎坷和危险。我们只是在能力范围内，不惜任何代价，帮助你们转危为安，确保你们健康安全地活着，直到你们被唤醒的那一刻。"

"要是这样，我怎么会坐到地牢里？"竺丘问。

护尊们同时又看向了佛洛斯人竺门长老，他和竺丘同族同姓，负责保护竺丘当然是他的职责。

"我们没办法阻止你伸张正义，没理由阻止你奔向光明，更没能力阻止裘图把你送进监牢。"竺门说，"但是，我们有能力让你和通灵子班鼎大人同坐一室，保护你的生命安全。"

竺丘这才仔细地盯着竺门看，他突然用右手拍了一下自己大腿："我想起来了，第一次见你就觉得眼熟，你不就是那位经常给我们送粮食传递情报的老者吗？"

"正是，承蒙太子还记得老朽。"竺门欣慰地说。

"是我有眼无珠，原来是你一直在暗中帮我？"竺丘突然站起来向对面的竺门鞠躬，"请受我一拜，谢谢各位护尊们的护佑之恩！"竺丘因为太矮，站起来桌子的高度已到了他的下巴，一点头额头就磕在了桌子上，但他依然磕了三下才罢休。

"太子不必多礼，快快请坐。"竺门和其他护尊连忙说道。

蒲宗的好奇心也被点燃了："这么说来，三十年前，裘图的一万飓魔军围攻鬼骨山，我召来了山中群兽，本打算和他们鱼死网破。可是，他们刚到山脚，后又不攻自退，我还以为是被我的兽群吓退了，看来没那么简单。"

龙尊庄东微笑着说："当时我们五千护兵已在枭宦森林附近设下了埋伏，只要他敢动，我们就群涌而上，切断他的后路，让他退无可退。"

"那我呢？"一直以冷静甚至是冷漠著称的冷寇也激动起来，"我一直在摩丹王身边，你们没操心吧？"

这时包田长老露出了慈祥的笑容。"要不是我们精心计划安排，你怎么能遇到摩丹王？最后还把你留在了丹玫宫。"包田说，"不过，后来的确不操心了，有智勇双全的摩丹王护你，教导你，我们当然放心。"

"如果摩丹王知道是这样，不知他会怎样想。"冷寇似乎有些伤感。

"我想，从螣蛇被唤醒的那刻起，摩丹王就知道了。"包田说，"他当然非常开心，我们生在这样的时代，我们身负的特殊责任和使命，不是利用别人，就是被别人利用。如果别人利用我们的能力，做有利于国家、社会、人民的事，我想，那应该是我们的荣幸。"

说到这里，大家的情绪似乎都有些低落，一时间都沉默了下来。一直专心听讲的东门璟这次嬉笑着说："我父母是铁匠，我也是铁匠。从记事开始，我就天天打铁，从来就没离开过巨人谷。只是，祖山长老，你一直都很关照我，在你的教导之下，我才知道了六大神兽的传说，也才了解了外面的很多事情。"

"六大神兽的传说，巨人谷的每个人似乎都是知道的。"祖山长老微笑着说。

"我知道，你对我格外好，我真的知道，真的。"东门璟傻傻的表情逗乐了在场的所有人。

"我们心中的困惑，今天终于都解开了。"公羊冢说，"我们都该感谢护尊们一直以来的照顾。"

"可我还有一惑不解。"白子宸说,"既然你们对大家都了如指掌,那一定也知道我的父母是谁吧?"

白子宸提起父母两字,护尊们红润的脸色顿时变得跟死灰一般。只有白禹始终面无波澜:"你一出生,就被人抱到联学宫门口来了。是灵童院把你养到快一岁后,护世主才来到这里,才发现你就是青龙。所以之前的事,我们并没有去查,不过如果你要求,我会派人去查个仔细,虽然已经过去很久了。"

"那就有劳护尊长了!"白子宸坚定地说,"我想……我很想……想知道他们是谁,为什么要遗弃我?"白子宸第一次听到自己是被遗弃的孤儿,心绪难控,悲伤的情绪立刻浮在了他脸上。

蓝胤斗心疼地看了他一眼,善于揣情的兔尊古岚看着白子宸情绪低落连忙岔开话题。他肯定地说:"我仔细想过,宸大人提的合纵之策非常好,我看你自己就是最佳的人选。"

"以六大神兽之首的身份去游说,以护佑天下万民为出发点。的确是目前最好的人选。"白禹也附和着说。

白子宸很诧异地看着大家,护尊们都纷纷点头,他有些莫名惊诧。"我?我不合适吧?我对各国知之甚少。谋划这种大事,必须得知己知彼才能百战百胜。"白子宸今天所用的词语,大家觉得句句都是经典,都用赞赏的眼光注视着他。

"好一个知己知彼。"古岚说,"我愿协助宸大人,把我所知所学全部告知于你。如果你需要的话,我会亲自带你走遍枭北各国,深入了解各族类人的文化历史、民族性格甚至是他们的生活方式。"

白子宸扭头喜笑颜开地看着蓝胤斗,眼里装满了期待的神情。

"要是这样,大事可成。"蓝胤斗肯定地看着白子宸,她脸上洋溢着坚定的笑容。

"子宸不才。不过,如果古岚大人愿意教导子宸,我愿竭尽全力,赴汤蹈火在所不辞。"

"大家有异议吗?"蓝胤斗看着护尊们问。

"可以……可以……"护尊们纷纷点头表态。

"那你们呢?"蓝胤斗又看着蒲宗、公羊冢、竺丘、冷寇、东门璟问。

"他是最佳的人选,我相信他。"蒲宗说。

"是啊……是啊……"五位也纷纷地点头表态。

"好!那合纵之事,就由古岚大人和宸大人负责。"蓝胤斗说,"其他护尊们要即刻准备，开始启动联学宫的所有力量，确保护兵们能随时听命，执行任务。"

"是。"护尊们点头答道。

"摩丹人已全部安全撤离了布雅戈。不知冢大人那边的情况如何？听说你的两位弟弟公羊木和公羊武已逃过了裘图的魔爪，还带着你的部队安全撤退到鬼骨镇和宗大人的部下会合了。是吗？"

"是的。幸好宗大人的人即时伸出援手，才保住了他们的性命。"

"只要他们还活着就好。不知罗梭人现在能战斗的人还有多少？"

"一旦仁慈和希望照进了他们的心里，只要还活着的青年男女，个个都能成为英勇的战士。"蒲宗说。

"摩丹王临别之前，已告诉我戒掉麻啡的治疗之法，虽然一时不能根治，但一年内可确保只发作一到两次，三到五年内即可痊愈。"

"要是这样，他们有救了。"公羊冢开心地说。

"我会尽快设法找人将解药制作成药丸，到时这事就由你去安排。"蓝胤斗对公羊冢说，"不管你用什么办法，都要将这群人拉拢到你的麾下。"

"是。"

"我们联学宫有制药坊，天下奇珍草药都有，护世主只需吩咐专人去做便可。"白禹说。

"摩丹王也是这样说的，他说也只有咱们联学宫才能制出这样的药来。"蓝胤斗转眼看着竺丘问，"丘大人，目前佛洛斯人幸存的还有多少？"

"他们散落在各个角落，能统计到的大概有五六万人吧。"竺丘说。

"除了巨人谷的索瓦人，不知其他地方还有没有索瓦人的踪影？"蓝胤斗问祖山长老。

"在布雅戈可能没有了，但在海外，或许比我们巨人谷更多。"祖山说。

"在异人的领地上？索瓦人怎么会去那里？"

"一千年前，宝塔战争导致了各部落纷纷独立。"祖山长老说，"我们索瓦人一部分喜欢安于现状，留在了巨人谷。一部分人热爱幻想和冒险，常常遥望着大海，幻想着大海那边的世界，等到终于独立自由后，差不多一半的人已漂洋过海不知所踪。如果能在大海的另一边发现了岛屿或陆地，也许还会有我们索瓦人的身影。"

"我们佛洛斯人的历史里，怎么没有这样的记载？我不相信我们的民族没有冒险的细胞。"竺丘似乎有些心里不平。

"太子说得对。最敢冒险的人就是我们佛洛斯人。或许在他们索瓦人出去以前，我们佛洛斯人就偷偷出海了，只是都是个人行为，没有记入史册吧。"竺门长老附和着说。

"你们说得有理。"蓝胤斗说，"即便是铁打的渔网，也套不住人类的双脚。我相信，岬龙星除了布雅戈，在某一个大陆一定还有我们各族人类的同胞。真希望他们都能平安无事。"

"是啊！是啊！"大家纷纷点头说道。

"大家还有其他事吗？"蓝胤斗问。

"我还有一事。"寿通说，"自从你们救出班鼎后，其他十位通灵子已被秘密转移。枭东、枭南、枭西的所有监狱，都没有他们的踪影。我怀疑都被转移到玄魔宫的地牢里了。"

"有没有可能已被害了呢？"白子宸问。

"裘图不会让他们死的。他们一死，各位通灵子的传承人又将自动出现，他再想控制通灵子更是难上加难了。他会一直关着，让他们求生不得求死不能。"寿通说。

"玄魔宫里有没有联学宫的人？"蓝胤斗问。

"没有。玄魔宫全是由飓魔怪守护，只要裘图在玄魔宫，任何人都无法靠近地牢半步。"寿通说。

"那营救十大通灵子的事，还需从长计议了。"蓝胤斗说。

"我已收到准确消息，蓝灵堡的总帅，我们联学宫的老战士——扈七郎，已经壮烈牺牲了。"白禹说。

"扈七郎？"蓝胤斗惊讶地问，"我对他有印象，我们当初夜闯蓝灵堡时，还是他故意放走了我们，因此我还下意识保留了他的记忆。"

"裘图就是从他的那段记忆里，怀疑他是联学宫的人。"白禹说，"我们宁可让他一片空白，也不能保留可读取的任何证据。现在，我们在梦兰多和魔幽城的大部分人员，已不知所踪。我怀疑，我们联学宫内部，已经出现了叛徒。"。

"我当时什么都不懂。"蓝胤斗说，"如果真出了叛徒，联学宫也得好好整顿一下了。这事就由护尊长亲自去负责彻查吧。"

"是。"白禹说。

"若没有其他事，今天就议到这里。各位大人辛苦了！你们都去准备吧。"蓝胤斗的脸色略显疲惫。

大家陆续走出全英堂，只有她自己看着墙上最后一位护世主蓝胤诚的画像，久久不愿离开。白子宸走到她身边默默陪她看了许久。

"你知道了吗？我其实不是麒麟王朝末代皇帝蓝胤彻的公主，听说我其实是他的后人。"蓝胤斗指着蓝胤诚的画像说。

"我不知道啊？怎么回事？"白子宸问。

"是皇灵告诉我的，我是被秘密抱进皇宫被蓝胤彻领养的。"

"如果真是这样，不更好吗？也许你父母还健在呢。"白子宸说。

"说我母亲已故，或许我父亲还活着。"

"那你一定要找到你父亲。希望有一天，我也能找到我的父母。最近这件事一直在困扰我，到底是谁把我带到这个世上来的？每个人都知道自己是谁，唯独我，除了知道自己是青龙，就好像自己真是从天上掉下来的一样。"

蓝胤斗走到他身边，拉着他的手，深情地看着他："婆婆答应去查了，相信不久就一定会有消息的。合纵之事，你有信心吗？"

"有古岚大人协助，我想应该没问题。我需要点时间详细了解各国情况，然后会做一个周密的计划，到时还需要你积极配合。"

"没问题！"蓝胤斗微笑着说，"你的抱负和才华，终于可以施展了。我知道，而且很清楚，你不只是青龙，你还是白子宸，是一个饱读诗书、才华横溢的白子宸。白子宸就像青龙一样，也会一鸣惊人的。"

"你对我这么有信心？"

"当然，毫无疑问。"

"我尽力而为吧。"白子宸说，"古岚大人一定在等我，我先走了。我不在你身边时，自己千万保重！让风青牧和林叶西随时紧跟左右，他们非常机灵。"白子宸将蓝胤斗紧紧抱在怀里，每一次他都那么深情，那么不舍。

"你就放心吧！我等你的好消息。"

两人最后走出全英堂，蓝胤斗目送白子宸和古岚大人离开灵学宫。古岚计划带着白子宸到每一个类人国家，身临其境去深入了解各国的文化、地理和民情等。他们都认为谋国事者，不能只顾纸上谈兵，只有实际走访调查，才能做出正确的决策。

# 第三十三章

***

## 四王会盟

申王得知丹露湾失守后,恐惧不安。他邀请子王、丑王、辰王前来申国的国都普林城商讨应对之策。蓝胤斗以护世主的身份也应邀前来参加,这次她带着冷寇、风青牧、林叶西一同前往。

申国的国土面积仅次于子国,是枭北占地面积第二的国家,人口有五千万。猴人喜好群居,通常每个家庭都有十到十五人,他们尊老爱幼,尊卑有序,都由家里最年长的长者当家做主。

因为群居关系,每个猴人从小就学会了服从命令,在他们的生命里,服从长辈的命令,服从王主的命令就是天职。因此,申王在申国的威望极高,只要他一声令下,就可全民出兵。猴人英勇敏捷,民风彪悍,而且善于思考,聪明好学,目前也是枭北东南边最强大、最富裕的国家。

普林城在普衡山脉的西北边,是申国的经济文化中心。自从申国独立以来,历代申王都住在普林城里的水桃宫里。

普林城是布雅戈最著名的山地城市,它三面环山,房屋依山而建,远远望去,从山脚到半山腰都是密密麻麻的房屋,全部由木头建成。水桃宫就矗立在北边的山脚下,它背靠大山,三面环水,白雾常年在半空缭绕,倒影照在清澈的湖里,就犹如一个仙桃漂荡在水面一般。

他们一行人瞬间移动来到水桃宫前,冷寇被水桃宫梦幻的外形所吸引。她惊叹道:"原以为,我们丹露湾的丹玫宫是世上最美的宫殿,没想到枭北的类人们如此富有创造力,从房屋建筑来看,他们已经完全能和人类齐名了。"

## 第三十三章 | 四王会盟

"早在一千年前，我们枭北的类人就能和其他人类媲美了，除了你们摩丹人以外。"风青牧自豪地说。

"是啊！正因如此，摩丹王才如此信任你们。"冷寇说。

他们还没靠近水桃宫的大门，申王和他的十名侍卫一瞬间就来到了宫门前。申王猴面人身，身高一米六左右，毛发金黄，眼珠呈暗红色，头上戴着一根象征王权的金丝带，身穿金黄色的王袍，气质不凡，威严尊贵。

他站在大门前，热情地迎接蓝胤斗他们一行人的到来。他刚见蓝胤斗的身影，就远远地走过来向她鞠躬行礼。"欢迎护世主前来水桃宫，本王失敬，未曾远迎，还请护世主见谅。"

蓝胤斗、冷寇、风青牧、林叶西也同时向申王深深地鞠躬。"申王如此客气，我们怎敢进你的水桃宫啊！"蓝胤斗打趣地说。

"本王失礼！护世主请！各位大人里面请！"申王连忙鞠躬请蓝胤斗一行人进宫。水桃宫宏伟高大，里面金碧辉煌，尽显奢华。冷寇和风青牧、林叶西被专人请去一旁休息，蓝胤斗随申王来到了他接待客人及议事的房间。

子王、丑王、辰王早已站立在房间内，见蓝胤斗和申王进来后，都同时向她鞠躬行礼，蓝胤斗也站在原地向他们还礼。

站在桌子左边的是龙头人身的辰王，他不到一百岁，是布雅戈目前最年轻的王主。辰王身高一米八，身体健壮，神采奕奕，蓝色的眼睛深邃迷人，尽显高贵儒雅。

在他身边的是牛头人身的丑王，身高一米七五，他严肃沉闷，不苟言笑。站在桌子右边的是子王，蓝胤斗的位置和子王相邻。申王走到正北方的主位，大家互相寒暄问候几句后都相继入座。申王率先发表了欢迎词。

"首先非常感谢护世主的建议，本王才能与子王、丑王、辰王相聚在此。在枭北面临危难之际，护世主心系类人安危，特别是对我们申国更是照顾有加，本王非常感动。"申王说，"这次情况非常危急，本王昨天已和未王的特使秘密见面，巫曼仇此次枭北之行，野心勃勃。他想联合卯王、午王、未王、酉王、亥王联合出兵，攻打子、丑、辰、申四国，并妄图一举拿下枭北。大家可能不知道，我和未王虽政见不合，但我们私下可是患难之交。他虽急功近利，贪婪好色，容易被人收买，但在关系枭北类人存亡之大是大非上，他怎敢轻易和裘图同流合污？所以派人秘密将消息传递与我，让本王尽快想出应对之策。各位王主，这该如何是好啊？"

大家沉默片刻后，子王盯着蓝胤斗问："在这事之前，我还有一事不明，还请护世主明示。"

"子王请说！"蓝胤斗说。

"听传，摩丹王有意弃丹露湾而逃，这是为何？"子王问。

"这是裘图特意散布的离间计吧？"

"联学宫的几万护兵刚到普衡山脉，就被下令停止前进。留守丹露湾的人之前都主动撤离到了普衡山，摩丹王的摩丹大军更是提前秘密撤离，不知所踪。所有迹象表明，这不像谣传。"子王说，"摩丹王智慧过人，我想，无论他做什么样的决定都会有他的道理。只是本王想知道，如果摩丹王对我们类人有什么期望和指示，并且护世主知晓的话，还请你传达给我们。枭北此刻已经被乌云笼罩，前行的道路已黯淡无光，我们需要夕阳的余晖指引我们继续前行。"

"摩丹王临行前，的确和我有过深度交谈。"蓝胤斗说，"他说我们人类无法阻止裘图称霸岬龙星的野心，只有唤醒枭北的类人，团结一切能团结的力量，才能终结裘图的欲望，才能终止这场邪恶的战争。他相信，枭北的各国王主，有能力有信心带领他们的子民，如果和我们联学宫联手，定能打赢这场战争。这是他的愿望，也是我所坚持的信念。我坚信，只要大家团结一心，众志成城，不久的将来，我们一定能将裘图打得魂飞魄散，让他永世不得翻身。"

"在五十年前，人类就已经输了。"丑王说，"摩丹王有自知之明，哪怕摩丹人有三头六臂，也无法阻止裘图前进的步伐。我们丑国与妖魔怪有不共戴天之仇，自从蓝灵堡易主之后，丑国就时刻做好了战斗的准备，我的三千万子民，老幼皆习武，全民皆兵，只要他敢踏进我丑国的半寸土地，我们就要和他死拼到底。"丑王声音洪亮，倔强威严，他冰冷的脸上露出了愤怒的神情。

辰王虽显年轻，但冷静老成，他一直专注地倾听，沉思使他更加迷人。申王一直愁眉不展："你们离丹露湾山高水远，特别是辰国，在西北的尽头，至少暂时可高枕无忧。"申王说，"可我们申国，和丹露湾就一山之隔，裘图必然会第一个拿我开刀。不瞒大家，我现在就像热锅上的蚂蚁。各位王主，你们可不能袖手旁观，一定要设法帮帮我呀。"

辰王听了申王的一番肺腑之言后，才终于开了尊口："我在思考一个问题，就算我们辰国愿出兵助你，除海路外，必须得经过卯、未、戌或卯、未、寅三国。我们辰国和卯国历来是宿敌，卯王绝不可能借道与我。寅、戌两国更是自封已久，无法交涉，我被困在了西北，有力也无用武之地啊。"

"所以，要想联合对抗裘图，就必须先解决枭北自身的问题。"蓝胤斗说，"攘外必先安内。你们各族类人若不放下恩怨，定会走人类的老路，裘图必会各个击破，到时后悔莫及。"

"解枭北之难，护世主有何良策？"子王急切地问。

"青龙白子宸愿出面说服各国王主，联合对抗裘图。"

"这样甚好，要是他愿出面，各国王主定不能推脱。"申王这才露出了欣喜的笑容，"六大神兽护佑天下万民的安危，哪国王主也不敢小觑他们的威严。"

"我见过宸大人，他胸怀天下，博览群书，灵活机敏，又不受各方利益左右，的确是游说各国的最佳人选。"子王微笑着说。

"我丑国和午国历来不合，因边境之争大小战事少说也有五十余次了。"丑王说，"但是，只要宸大人能说服午王共同抗敌，我用我的君威担保，我愿把我们的争议之地让与午国，并签卜和平协定，永世不再与他午王相争。"

"在合理的范围内，我也愿做出适当的让步，如果护世主和宸大人要求的话。"辰王说。

"好。"蓝胤斗欣喜地说，"今天之行的目的，就是想倾听四位王主的意见。你们正义仁慈，胸怀宽广，是类人之福，是布雅戈之福，也是我们岬龙星之福。我先代表人类谢谢你们！"蓝胤斗连忙起身向四位王主鞠躬。他们也惶恐地站立起来还礼，类人各族，上至王主下至平民，都注重礼节，而且尊卑等级特别分明。

"护世主如此客气，本王惶恐！"申王说，"护世主也是为我们类人，为天下苍生谋福祉。只要不让我和裘图同流合污，我愿做出最大的牺牲，只要我能做到的，哪怕让我给亥王提鞋洗脚，我都愿意。"

丑王和子王突然放肆地笑了起来。"哈哈哈！如果是这样，我想亥王宁可从此不再穿鞋。"丑王说，"主要是亥王不缺提鞋的人，只要你申王别有事没事还故意找事地敲诈勒索恐吓他亥王，我想他更宁愿给你提鞋洗脚的。"

申王一脸羞怯，摇头摆手说："丑王就莫取笑本王了，那都是过去的事了。我们已经两年没有摩擦了。"

"两年？"子王说，"那亥王估计又在惶恐：这次申王沉默良久，是不是又在酝酿更大的阴谋？我该拿什么来取悦于他呢？"子王丰富的脸部表情逗乐了在场所有人。

"坦白讲，我现在后悔莫及，不该意气用事，虽然亥王很讨厌。"申王说，"申国和亥国与丹露湾就隔了一座普衡山，裘图不是率先打他亥国就是打我申国。听闻亥王早已和巫曼仇合谋，没准裘图的大军一到，他亥王还会敞开大门举双手欢迎，将矛头对准我申国。要真是这样，在裘图到来之前，我先灭了他亥国。"

"这样的话，切记不能再说。"蓝胤斗说，"对亥王这样的人，要以理导之，以利诱之，威逼恐吓只会让他倒向强大的裘图那边。"

"护世主有所不知，早前就因排名问题，各族之间明争暗斗，积怨已深。"子王说，"后来独立后，又因领土之争，实则是利益之争，矛盾升级，有些国家几乎到了无法调和的地步。像寅、巳、戌三国，干脆与其他所有国家断绝外交，闭门造车，封闭自锁，不参与枭北以及布雅戈的任何事务。所以我担心，合纵之事实在是难于上青天。"

"这些我都有所耳闻。"蓝胤斗说，"国与国之间没有永远的朋友，当然也没有永远的敌人。我相信寅王、巳王、戌王都不是平庸之辈，他们一定深谙其中的道理。如果今天他们的国土和申、亥两国对换，我相信他们一定会像今天的申王一样。因为恐惧会迫使他们去寻找盟友的帮助和支持。"

"因为恐惧，也可能弃明投暗。"辰王冷静地说，"所以我们这些大国，必须放下姿态，拥抱他们，安抚他们甚至是贿赂他们。不然真有可能把他们推向裘图那边。"

"只要四位王主诚心以待，心系万民。你们若相信联学宫和六大神兽的话，后面的事情就交给我们吧。"蓝胤斗说。

"需要我们做什么？护世主尽管吩咐。"申王急切地说。

"我们需要一个理由，要怎样才能将十二王主聚在一起。你们有没有什么好的建议？"蓝胤斗问。

"要是十二通灵子在就好办了。"子王一脸愁容，其他三位王主也一筹莫展。

"十二通灵子对王主有什么特权吗？"

"每位通灵子都是本族的大护民师，他的威望在人民的心中甚至要高于本国的王主，在特殊情况下，通灵子有权诏令民众罢免他们的王主。"子王说。

"通灵子若在，枭北也不会变成今天的样子。"申王说，"五十年前，各国至少还能和平共处，就算有争议还有通灵子们在中间周旋。还是子王有福，寿通大人一直安在，子国民富国强，人民乐观幸福。而且四面环海，至少暂时可高枕无忧。"

"如果不把裘图毁灭，我们终究也只是暂时安宁。"子王说。

蓝胤斗和辰王举手托腮陷入了沉思，屋内再次鸦雀无声。申王和丑王不停地喝水，子王的眼珠不停转动，似乎也一筹莫展。大约一分钟后，辰王突然喜笑颜开。

"有了。"辰王兴奋地说,"以营救各族通灵子之名,将各国王主秘密齐聚。最好是寿通大人和班鼎大人出面去请,如果需要,我辰国愿助一臂之力,我的国都曼海是目前最安全的地方,我们有能力确保每位王主的安全。"

蓝胤斗一直愁眉不展,现在终于露出了一丝微笑:"各位王主?你们觉得如何?"

"营救通灵子之名甚好!只是通灵子现在身在何方?哪怕有丝毫的线索也好说呀。"申王说。

"我们怀疑,可能都在玄魔宫的地牢里,寿通大人已在派人继续探查。"蓝胤斗说,"不管他们在哪里?有一点可以肯定,他们都被裘图秘密囚禁关押了起来。我们可以拿通灵子将各国王主。"

愁眉深锁的申王这下终于露出了笑容。"本王真是愚钝,怎么就没想到这一成?各国子民盼通灵子就犹如久旱盼甘霖。就如本王,若通灵子一旦有了准确消息,而本王却弃通灵子而不顾,全国猴民就能将本王软禁起来,更甚者,本王的老命都难保。这步棋,够狠!"申王用敬佩的眼神看着辰王和蓝胤斗。

"这几十年来,营救通灵子的事,各国王主是各怀鬼胎,有些巴不得他们永远不要再出来,寿通大人也是孤掌难鸣啊。"子王微笑着说,"不过,现在有班鼎大人安然回归,又有宸大人和护世主出面,我看他们这次是再无托词了。"

一直冷静少语的辰王这下有些激动起来。"这几十年来,本王每天睡前都期盼着,待我明早一睁眼,就能看见池闻大人(龙族通灵子)。若是天遂我愿,我愿折寿十年。"辰王说,"我自小就在他的教导下成长,可我还未继承王位,他就惨遭不测,一直下落不明。我每年都会派人暗中调查,可始终没有任何消息。"

"有部《子灵法典》,在必要时,我会设法启用它,定能准确找到他们的位置,到时无论付出多少代价,我们都要设法营救他们。布雅戈的生灵,不能永远没有守护神。"蓝胤斗说。

"只要能救通灵子,本王随时听候护世主的差遣!"辰王诚恳地说。

"我也是!到时莫忘了本王。"申王说。

"明白!"蓝胤斗说。

"大家若没其他异议,那我们就按计划执行吧。"申王说。

大家纷纷点头。

"那就有劳辰王了,我们保持密切沟通。"蓝胤斗站起来说,"期望能尽快在曼海再和四位王主相见。因时间紧迫,我就先告辞了。"

四位王主一起送蓝胤斗走出大门，在门口等候的冷寇被辰王的风度所吸引。她附在蓝胤斗耳边轻轻地说："原来辰王这么年轻，果然气度不凡。"

　　蓝胤斗回头看了一眼辰王，他依旧那么儒雅迷人。蓝胤斗轻轻地对冷寇说："龙人一向耳聪目明，他在看你。"随后她微笑着携冷寇、风青牧、林叶西向四位王主鞠躬告别。

# 第三十四章

***

## 舌战群王

　　古岚带领白子宸经过近一个月的走访调查，详细了解了各国的民风国情，并在九大护尊和蓝胤斗的帮助建议之下，终于制订了一整套完善的游说方案和应对之策。届时将由白子宸主导发言，蓝胤斗和古岚、寿通会见机鼎力协助他。

　　寿通和班鼎以营救十大通灵子为由，成功说服了枭北十二王主三月初在辰国国都曼海相聚，众王将共同商讨具体的营救方案。因为此事，巫曼仇在枭北的连横计划也暂时受阻，除了卯王、午王、未王、酉王、亥王有意结交裹图以外，其他王主都还在徘徊观望，驻足不前。

　　布雅戈的寒冬已缓慢结束，万物复苏的春天即将到来，但枭北依然寒冷刺骨，人们的身上还裹着厚厚的衣裳。辰国的东面与卯国比邻，西、南两面被大海围绕，北边是广阔无垠的紫旦沙漠，因此常年风沙较大。但国都曼海在辰国的南边，是布雅戈最大的海边城市，这里气候宜人，清新凉爽。

　　龙族人民热情豪迈，又爱阅读，随和又儒雅，他们胸怀宽广，热爱和平，崇尚自由，追求平等。在整个布雅戈，辰国是最具有文化气息的国家，而且制度完善，王主贤明。

　　早在一千年前，曼海就成了布雅戈的时尚之都，这里自由开放，人才济济，从四面八方慕名而来的精英人士大多定居在此。所以曼海不只是龙族人的曼海，也是所有有智慧的生灵共同热爱的家园。曼海城和魔幽城虽同属布雅戈大陆，人们同享一个天空和太阳，可这里和魔幽城相比，一个好比是天堂，一个就如同地狱。

　　辰王一言九鼎，为了这次重要会议，他尽倾国之力做好了万全的准备，以确保各位王主的安全。联学宫的全体人员也为这次会议做好了一切准备。

三月如期而来，在会议的前一天，十二王主已纷纷入住曼海最豪华的行宫龙瓦台。这是辰国接待各国贵宾，集住宿、餐饮、会议为一体的大型宫殿，房屋楼阁总共有百余间，可接待上百人。蓝胤斗、白子宸、古岚、寿通还有风青牧和林叶西也提前一天住进了龙瓦台。在大会召开的前夜，辰王接见了蓝胤斗他们四人，并做了详细的介绍和密切的沟通。

第二天早晨九点，大会如期而至，十二王主和人类代表蓝胤斗、联学宫代表古岚、神兽代表白子宸、通灵子代表寿通大人共十六人走进了龙瓦台最高级别的圆桌会议室。

辰王坐正北方，子王、丑王、寅王、卯王、巳王、午王、未王、申王、酉王、戌王、亥王按序相继在子王的左边入座，蓝胤斗、白子宸、古岚、寿通在辰王的右边入座。会议由东道主辰王主持。

"各位尊贵的王主、护世主以及尊贵的白子宸大人、寿通大人和古岚大人，我谨代表龙族子民热烈欢迎各位来到曼海！这些天，辰国上下举国欢腾，是你们的到来给了我们至上的荣光。据历史记载，自始皇蓝胤帝召开第一次大会以来，各国王主就再没有机会能和我们的神兽之首青龙相聚一堂。今天，白子宸大人代表六大神兽，为了我们枭北的安危，为了营救深陷图圄的十位通灵子，和我们大家齐聚在龙瓦台。由于我们大部分人还是首次相见，咱们就先做一下简短的自我介绍吧，那就从我自己先开始吧。"辰王说，"我叫辰冶隆，是辰国自独立以来第28位王主，55岁继承王位，在位已经有42年。下面有请子王。"会场气氛严肃冰冷，大家的目光又聚焦在了子王身上。

"我叫子车桓，子国第26位王主，259岁继承王位，在位已42年。"子王是目前枭北年龄最大的王主，也是最强硬、最铁腕、最有谋略的王主。

"我叫丑钟骊，丑国第31位王主，198岁继承王位，在位已45年。"丑王耿直，且包容心强。

"我叫寅侯空，寅国第38位王主，132岁继承王位，在位已35年。"寅王虎头人身，身材魁梧，至少有一米九高。他正值盛年，强势敏锐。

"我叫卯阳宦，卯国第52位王主，98岁继承王位，在位已48年。"卯王兔头人身，儒雅内敛，身高不足一米五，但独断专横，心狠手辣，城府极深。

"我叫巳台芳，巳国第42位王主，独立后第11位女王，100岁继承王位，在位已 21 年。"巳王蛇头人身，身高一米六五。她少语内敛，天性多疑，立场极不坚定。

"我叫午官鹏，午国第 36 位王主，88 岁继承王位，在位已 32 年。"午王马头人身，身高有一米八，外表憨厚沉稳，但性情跋扈，贪婪好色，善于玩弄手段，狂傲独裁。

"我叫未政羽，未国第 49 位王主，97 岁继承王位，在位已 26 年。"未王羊头人身，身高一米七。他性情温和，和卯王关系密切，两人狼狈为奸。

"我叫申屠丰，申国第 29 位王主，106 岁继承王位，在位已 35 年。"申王深明大义，但本性多疑。

"我叫酉连菲，酉国第 56 位王主，第 8 位女王，75 岁继承王位，在位已 40 年。"酉王鸡头人身，身高一米五八。她外表温柔婉约，但内心倔强，是布雅戈有名的铁娘子。

"我叫戌狐松，戌国第 39 位王主，121 岁继承王位，在位已 28 年。"戌王狗头人身，身高一米七。他沉稳正直，冷静少语。

"我叫亥孙江，亥国第 58 位王主，132 岁继承王位，在位已 15 年。"亥王猪头人身，身高一米七五。他软弱多疑，贪权好利，见风使舵，和卯王、未王相交甚密。

十二王主相继介绍完毕，类人王主的姓名有个共同点，第一个字为各自的国名，第二个字为姓氏，第三个字才是名字。类人独立之后，各族的长老们相继达成默契，规定各自的王主在位最多不能超过 50 年，王主的年龄最大不能超过 350 岁。并写进了各国的国法里，如果王主有违国法，护民师即各国的通灵子有权携民众将王主罢免，再另立新王。

所以，对于一些野心勃勃的王主来说，恨不得通灵子永远消失，更甚者，还想设法修改国法，延长在位年限。

这次若不是蓝胤斗态度强硬，要求通灵子寿通大人，在必要时可利用联学宫威逼恐吓，才将十二王主齐聚在此。在有些王主的心里，并不像表现出来的那么积极关切，之所以前来参加今天的会议，不过就是想敷衍了事，再静观其变而已。

蓝胤斗、白子宸、古岚和寿通一直专心地听完各位王主的介绍，蓝胤斗接着开始自我介绍："尊贵的各位王主，我叫蓝胤斗，是人类皇族蓝胤氏的流亡公主，也是联学宫的护世主。我不到一岁就被送离了岬龙星，在茛虎星的秘密基地蓝森林里度过了我的童年、青年甚至是中老年。我 50 岁后才重返岬龙星，我又神奇地回到了我最好的时光，我的外表又从中老年变成了青年，这真是一个神奇又美好的体验。"蓝

## 星图王

胤斗看着各位王主脸色茫然，一脸不解地看着她。

"我为什么这么说呢？你们一定不会理解。因为苴虎星上的人类，平均年龄只有八十多岁。所以，如果我还在苴虎星上，我已经快进入了老年。等我回到布雅戈以后，才发现这里的所有生灵都如此的长寿，按罗梭人的平均年龄来说，我才刚刚成年，所以我又回到了我最好的时光。正因如此，我才非常珍惜我现在的每一寸光阴，即便有三五百年的寿命，也不过是时间长河里的一点涟漪；我希望能在有限的时间里做一些有意义的事情。如今裹图疯狂杀戮，就连苴虎星的黑夜都延长了四个小时，如果再不阻止他，我们岬龙星就会失去光明，那我们就会彻底失去反抗的能力，就连其他星球都在劫难逃，我们这些高智商生灵都将面临灭亡，这就是迫使我今天必须来这里的理由。我很高兴，各位王主排除万难，终于齐聚在此，我谨代表人类，谢谢你们！"蓝胤斗起身向各位王主鞠躬行礼！死气沉沉的会议室里终于响起了热烈的掌声！

随后在古岚大人和寿通大人做了简短的自我介绍后，白子宸才最后发言："尊贵的各位王主早上好！我叫白子宸，我还有一个名字叫青龙。你们还没亲眼见过青龙吧？"

各位王主纷纷点头说："是啊！是啊！"

"如果场地允许，我也想用青龙的身份来和大家沟通。有请各位王主移步到门口吧。"白子宸说。

"也好！我们也可稍作休息！各位王主请！请！"辰王带头将大家领到了会议室外空旷的院子内。

白子宸才刚走到门外，就瞬间变身。威风凛凛的青龙瞬间将众位王主的目光聚焦，除了子王见过他的真身外，其他王主都惊诧得目瞪口呆。特别是辰王和两位女王，犹如真的见到了天神，他们双手合十放在胸前，用无比崇敬的眼神仰望着青龙。青龙在空中吞云吐雾翻腾几圈后，才又变回了白子宸。一直寡言少语的各位王主，三三两两纷纷开始议论交谈起来，他们在外休息交流十分钟后，又回到了会议室。

"今天真是一个伟大的日子，特别是对本王来说，在有生之年能亲眼看见我们龙族的活图腾，坦白讲，悲喜交加。"辰王面带忧伤地说，"此刻，龙瓦台的四周早已聚集了上万民众，他们听闻青龙在此，也是想亲眼看见我们龙族的天神。可是枭北的类人以及布雅戈的人类甚至是岬龙星上所有有智慧的生灵都知道，神兽重现之时，必定是地狱再现之际。岬龙星又到了万劫不复的边缘，枭南、枭西、枭东甚至是丹露湾都相继沦陷，我们的枭北还有多久太平安宁的时间呢？从前，我们类人各族亲

## 第三十四章 舌战群王

如兄弟，是始皇蓝胤帝钦点的守护布雅戈的十二支金兵。可是后来大家开始相互猜忌，战乱不止。若不是白子宸大人和寿通大人出面，今天我们绝无可能相聚在此。自我继位以来，我一直在思考，也为枭北的和平做了一些努力，可是都收效甚微。只能说，我能力有限。今天我们有请白子宸大人，望他不吝赐教，为我们指点迷津。希望各位王主能不计前嫌，我们共同努力，再度携手，保卫我们的枭北，保卫我们共同的家园。"

子王和申王带头鼓掌，其他王主也相继跟着鼓掌，气氛已经比起开场时活跃了很多。

"抛开青龙的身份，在座的各位，不管是论年龄还是阅历，都是我的前辈。你们是类人中真正的蛟龙仙凤，我就不再赘言，咱们就直奔主题。"白子宸说，"今天将大家召集在此的目的只有一个，魔主裘图的最终目的，是要做岬龙星唯一的主宰。如果枭北的类人此时不团结一心，将他的贪婪和野心止步在枭北以外，那么整个布雅戈大陆，整个岬龙星，都将成为世间炼狱。六大神兽和十二通灵子的使命，是要鞠躬尽瘁阻止这样的事情发生。我要一一请教各位王主，面对这样的局面，你们有何打算？首先有请子王多多赐教。"

白子宸严肃有力，言语之间不可置疑。沉重的气氛顿时又弥漫在整个会场。

"我的立场一向都很明确坚定。"子王说，"我们子国上下和裘图势不两立，我们愿意和各族类人通力合作，共同对抗任何想侵犯我们枭北的任何敌人。"

"子王深明大义，是我等之福！有请丑王。"白子宸说。

"我和子王早已达成共识。我丑国万民哪怕粉身碎骨，也誓要保卫我们的家园。"丑王说。

"感谢丑王以及你的子民！有请寅王。"白子宸说。

寅王用犀利的眼神扫视全场，他沉默片刻后终于开了金口："我今天之所以来到这里，是寿通大人说有了我族大护民师的下落，要商讨具体的营救之法。可是，直到现在我并没有听到关于他们的任何消息。"

白子宸看了一眼蓝胤斗，她阴着脸沉默不语，他又看了一眼寿通。寿通才开口说："十位通灵子都在玄魔宫的地牢里，在护世主的帮助下，我们已启用《子灵法典》，我已把外面的情况传递给了他们。如果我们商定了营救之策，他们会设法配合我们。"

《子灵法典》是一本通灵书，能和十二通灵子通灵，只要对着它说相应的咒语，就能准确得到所有通灵子目前相应的信息。它一直放在联学宫的密室里，只有往生塔才能打开密室的大门。

这也是联学宫唯一能约束十二通灵子的秘密武器，通灵子虽是布雅戈最自由最不受各种政治势力影响的团体，可他们存在的最终目的除了守护天下万民，更重要的还要守护蓝胤氏的皇权不覆灭。

这只是始皇蓝胤帝设立守护皇权的天罗地网中又一关键的一环。曾经有无数人想打破他的铁网，可最终都为之付出了生命。

"《子灵法典》真的存在吗？"酉王按捺不住自己的好奇心，她疑惑地问。

蓝胤斗从脖子上拿出她的通灵明玑给大家看。她说："就如同我的通灵明玑一样，所有传说都将成为事实。"

有些王主平静的脸上开始泛起了涟漪，他们纷纷左右移动着眼神，观察其他王主此时的反应。

白子宸为了缓和紧张的气氛，嬉笑着说："曾经青龙也是人们耳语口传的神兽，可现在我就在你们面前。难道各位王主到现在还在怀疑我们历朝史官的想象力吗？我可以肯定地说，史官们都是一群老实人，他们没有那么丰富的想象力。不知寅王以为如何？"

刚才一脸严肃的寅王此时已有些动容："我寅国已经有上百年不再参与布雅戈甚至是枭北的任何事务，我们的子民已经习惯了自己过自己的生活，别人的事似乎和我们没有什么关系吧。"

"裘图都已经打到你寅国的家门口了，这还没有关系吗？"白子宸问。

"据我所知，丹露湾与我寅国之间还夹着申国和戌国。"寅王说，"而且，我们南连枭宦森林，我的寅军和枭宦森林的群兽们绝不会让任何敌人靠近我寅国的半寸领地。"

"那我可要很遗憾地告诉你，不到半年，裘图的地下通道就可直抵你的寅国。当你还在安然酣睡之际，裘图的飓魔军就能将你们的国都变成地狱，你的美梦估计都做不到天明。"白子宸冷漠地说。

"什么？此话可有证据？"寅王惊恐地问，其他王主也纷纷感到了不安。

"铁面毒枭公羊家大家都听说过吧？"白子宸说，"他的另一个身份是玄武。在他被唤醒之前，那条地道就由他负责，目的地就是你们的陇都城。枭宦森林里的群兽再凶猛，也没有升天钻地的本领，请问它们能奈他何？"

## 第三十四章 舌战群王

一直冷傲的寅王略有不安，他谦卑地问："宸大人，你到底希望我怎么做？请你明示！"

"打开你的国门，和其他列国联合出兵，与联学宫的护兵紧密合作，共同将裘图的三军止步在枭北境外。所有联军必须得随时听从护世主的统一调遣，只要你们拖住了裘图哪怕一天，我们六大神兽定能将十大通灵子救出玄魔宫。"白子宸说。

"容我回去再想想，我需要时间和长老院沟通。"寅王说。

"那是自然。"白子宸说，"我相信你不会让林中之王永远这么浑浑噩噩睡下去的。在它觉醒之时，青龙和白虎将亲临陇都城与大家一起狂欢。"

寅王嘴角上扬，微微憨笑："寅国的大门永远为神兽们敞开。"

白子宸犀利的眼神转向了卯王："卯王足智多谋，我们都想听听你的高见。"

儒雅的卯王顿显不悦："宸大人过誉了，本王不才，但对我卯国之大小事，我们确有能力自己解决，不敢劳烦神兽们多费心。"

"联合出兵之事，不知卯王意下如何？"白子宸盯着他的眼睛问。

"我卯国向来尚文轻武，实在没有多余的士兵供护世主差遣！还请见谅！"卯王言语之间没有任何商量的余地。

"看来有些人的脑袋，的确已成为裘图的牧场了。"白子宸轻轻地对身边的古岚大人说。

同是兔族人，古岚也觉脸上无光。他直盯着卯王问："请问卯王，我们的大护民师盖农大人就在玄魔宫，不知你有何良策可救他于水火呢？"

卯王阴沉着脸沉默不语，所有人的目光都聚焦在了他的身上，大约一分钟后他才冷漠地说："我们会想个万全之策救他出来，请兔尊放心。"

"我想兔族人很快都会知道，我们的卯王正在设法全力营救我们的护民师，他们会把所有的爱和期望都寄托在真正想救护民师的王主身上。"古岚说。

在场所有人似乎都听出了古岚的话外音，除了卯王外，还有几位王主的脸上都露出了不悦的神情。

"辰王热情好客，这次会议若没你的支持，我们很难这样欢聚一堂。我先代表我自己谢谢你的盛情款待！"白子宸向辰王点头行礼。

"宸大人不必客气！能为你效劳，能为岬龙星尽点绵薄之力，这是我们龙族至上的荣耀。"辰王说。

"对于辰国，我已了然。联合出兵之事不知辰王有何看法？"白子宸问。

"保卫枭北，营救通灵子，辰国鞠躬尽瘁。我们随时听从护世主的调遣！"辰王说。

"谢谢辰王的信任！"一直默默观察的蓝胤斗微笑着对辰王说。

白子宸盯上了风情万种且又冰冷的巳王："尊贵美丽的巳王，不知你对此事有何看法？"

"谢谢宸大人心系枭北类人的安危。"巳王说，"不过，我虽为一族之主，一国之王，此等大事我无权擅自做主，还望护世主和宸大人给我们一些时间考虑，一个月内我定会给你们一个准确的答复。"

"很抱歉！可能最多只有五天的时间！我相信你和你的蛇族万民！一定很期待看到腾蛇与你们一起在巳国共舞，我也很期待！"白子宸开心地说。

"的确如此！"巳王笑着说，"今天我没辰王幸运，没能一睹我们活图腾的风采。望我们蛇族精彩的舞蹈，能将神兽们吸引来，我国的大门随时敞开等着你们。"

"我代表神兽们谢谢你！"白子宸的眼睛又转向了正在眯睡的午王，"午王似乎睡意正浓，国事繁忙，各位王主可要多多保重身体啊。"

午王被旁边的未王推醒，他抬头愤怒地说："蠢材，我正做美梦呢，别烦我。"

在场的王主们都被他当场逗乐，会场严肃的气氛顿时变得轻松了许多。午王听到笑声才彻底清醒，他看到十几双犀利的眼睛同时盯着他看，他连忙起身鞠躬道歉："各位尊贵的王主、护世主、宸大人、通大人、岚大人，实在抱歉！昨晚想着今天能和大家相见实在太兴奋，彻夜未眠！真的很抱歉！"

"午王快快请坐！"白子宸微笑着说。

"好……好……我……我们午国……"午王扭头看了一眼卯王和西后，调整了一下喉咙哀伤地说，"我们午国近年连遭天灾，国衰民弱，恐无力自保，还请各位王主、护世主日后多多关照。"

古岚轻轻地对白子宸说："老滑头！"

"午王的意思是要弃你的大护民师广空大人于不顾吗？"白子宸直截了当地问。

"宸大人误会了！只要能救护民师，哪怕是用我的命换他的命我都愿意。不过，既然我已经知道他在玄魔宫了，请容我们午国自己设法营救如何？"

"我已经为你想好了良策。"一直沉默不语的寿通说，"不用牺牲你宝贵的性命，只要你带领马族同胞投奔到裘图的麾下，条件就是让广空大人自由，如果裘图真心护你午国，就一定会答应的。不然，你的马族人民，绝不会冷眼旁观，弃他们的护民师而不顾的。"

一直装傻的午王这下不再言语，他的脸色瞬间变得跟死灰一般。他右手托腮，沉思片刻后说："既知是我马族的护民师，我们自会设法营救，不敢劳烦别人费心。"

"午王难道忘了？他不仅是你马族的护民师，也是我们整个布雅戈大陆的通灵子，是天下万民的守护神。作为通灵子之首，你说我能不费心吗？"寿通说。

"既然如此，你们费心便好，何必多此一举找我商议。"午王说，"我坦白告诉你们，我午国的士兵只会保家卫国，他们绝不会迈出午国的半寸土地。"午王起身拂袖而去，卯王和酉王也相继起身，会场一度进入了胶着的状态。

"各位王主辛苦了！今天就商议到此吧！咱们明天继续。"白子宸起身向众位王主鞠躬！大家也纷纷起身点头鞠躬，礼毕散会后便纷纷走出了会场。

## 第三十五章

\*\*\*

## 双王被擒

在曼海会议之前，白子宸和古岚以及寿通就在各国纷纷活动，他们早已获悉卯王、午王、酉王已和巫曼仇秘密达成了口头联合协议，对此，他们已经做好了应对之策。如果此次会议不能改变卯王、午王、酉王的主意和立场，蓝胤斗就会利用联学宫在各国的势力影响，采取强力的应对措施。

午王愤愤离去后，蓝胤斗、白子宸、寿通、古岚便紧急商讨决定，必须马上启动第二套方案。古岚当即带着蓝胤斗的命令回到了卯国，而寿通也带着命令去了午国。

在枭北的类人国家中，他们的政权体制和人类的君主世袭制有所不同，他们由两到三个家族轮流执政，每届王主任期满后轮到下一家族，再由长老院从下一家族中选出一位最有能力的人来继位。长老院的长老们又是由人民选举而来，他们大多代表人民的利益，而大护民师主要的职责就是监督长老院所行使的权力。

若王主失德，民心转向，长老院有权废王另立新君。而长老院的长老若滥用职权，有损民利，护民师可代表人民免除长老的资格。

最近几十年来，由于大护民师消失，除了子国外，各国长老院几乎形同虚设，他们和几大家族串通，也不再倾听人民的声音，相反，长老院大多已成为几大家族争权夺利的工具。所以，只要以利诱之，以武威之，某些长老就会顺水推舟，再反过来真正代表人民。

白子宸和古岚利用联学宫的实力和神兽的影响力，已将卯国、午国、酉国的长老院控制在了联学宫的手里，只要护世主一声令下，卯国、午国、酉国境内，就会内乱不止，甚至是改朝换代。

## 第三十五章 双王被擒

这天下午，蓝胤斗和白子宸不断单独会见各国的王主，没有片刻的休息，直到深夜十一点才有了一点自由的时间。在温柔的星月照耀下，他们漫步在龙瓦台的后花园里，风青牧和林叶西在阁楼上远远看着他俩。

"很久没有看到这样甜美温暖的背影了。"林叶西看着蓝胤斗和白子宸肩并肩的背影感叹道。

"还记得他们刚到樱桃港的情形吗？"风青牧说，"在龟船上，宸大人始终紧紧地拉着护世主的手。那时，他内向胆小，甚至有些无知。可才过去大半年，他已脱胎换骨，成了万人膜拜的青龙。这次会议之后，宸大人也会成为众王敬重又惧怕的英雄。"

"我现在相信了，打败裘图可能只是时间问题。"林叶西说，"可是，我最好奇的是，他们会成亲吗？我很希望，他们能永远在一起。"

"我想，他们的心从来就没分开过。"风青牧说，"从他们看彼此的眼神中，我看到了纯粹的爱和欣赏，尊重和包容！就像我看某人一样，只可惜，她从来没有看懂过，或许是装不懂，也或许，她根本就没想懂。"

"你也恋爱了吗？是哪位姑娘有幸得到了你的爱慕？我……"林叶西好奇地回头看风青牧，恰好和他灼热的眼神碰撞。风青牧含情脉脉地注视着她，这次林叶西从他的眼睛里，看懂了他刚说的所有情感。

"难道你真的不懂吗？"风青牧始终用灼热的眼神注视着她。

"我……"林叶西转过身不敢再看他的眼睛，害怕自己会被他的眼神烧成灰烬。

"我爱你！很多年前我就倾慕你，直到这半年来，我们朝夕相处，我才肯定我的情感，我的心一刻也没离开过你。"林叶西背对着他默不作声，风青牧激动地伸出双手将林叶西的肩膀扭转过来面对自己，林叶西始终低头不语。风青牧此时的情绪有些激动："你为什么不敢看我？你讨厌我吗？"

"我……"平时伶牙俐齿的林叶西此时却结结巴巴不知所云。风青牧不等她再开口，就强行吻住了林叶西的唇。皎洁的月光洒在古色古香的阁楼上，两个瘦小的身影在暗影下紧紧相拥亲吻，浪漫又温馨。

从这晚以后，在公众场所，两位鼠人表面的欢乐和天真少了许多，他们也学会了像蓝胤斗和白子宸一样，用眼神代替了言语。但彼此散发出来的浓浓爱意，始终弥漫在他们周围。

白子宸和蓝胤斗一直在后花园里逛到了凌晨一点，才回到各自的房间休息。成败在此一晚，他们用无比复杂的心情，等待着天明。

第二天清晨，蓝胤斗早早就起床站在了窗边，默默注视着对面卯王和酉王的房间。不到八点，先后就有三位兔族人和三位马族人匆匆忙忙来到龙瓦台，敲开了卯王和午王的大门。蓝胤斗连忙出门，去叫隔壁的白子宸，其实，白子宸和她一样，早已站在窗口关注着对面的一举一动。

"我们快离开这儿，到会议室去。"蓝胤斗慌张地对刚打开门的白子宸说。

"为什么？你怕他们登门拜访？"白子宸将蓝胤斗拉到他的房间，"我们哪也不去，回到床上继续睡觉，我看还能睡一个半小时，昨晚忐忑难眠，现在可高枕无忧了。"白子宸爬到床上钻进了被窝，蓝胤斗站在原地诧异地看着他。

"你真不愧是神！现在还能睡得着。"

"你若不想回去睡，就过来。"白子宸躺在床上懒洋洋地对蓝胤斗招手，蓝胤斗瞪了他一眼，转身回到了自己的房间。她也效仿白子宸，一头扎进了被窝里。

果然，不到二十分钟后，有人来敲蓝胤斗和白子宸的门，他们就是林叶西和风青牧。在卯王和午王的强烈要求下，他俩才被迫前来敲门。蓝胤斗和白子宸磨磨蹭蹭了半小时，等过了九点后，才一起接见了卯王和午王。

白子宸看见怒气未消的卯王和午王焦急不安地在外面走来走去，他装作若无其事的样子，无比热情地说："两位尊贵的王主，早上好！曼海的天气温暖宜人，这里最适合颐养天年。我……"

还没等白子宸说完，午王气冲冲地说："你想把我们软禁在这里？简直就是异想天开。"

"两位王主，里面请！"蓝胤斗连忙招呼他们进了会客室，他们将房门紧闭，四人在里面争论起来。

"你们用计将本王骗到曼海，再买通长老院趁机另立新君，此举绝非君子所为。"卯王愤怒地说。

"君子？我们只是以其人之道还治其人之身。对待你们这样老谋深算的王主，难道还要顾及手段吗？"白子宸嬉笑着说。

"你？……你别忘了，军队在我的手里。"卯王说，"只要我一声令下，就能让长老院从此消失，我早就想除之而后快了。"

"我相信！如果是昨天的话。"白子宸说，"可惜今非昔比，你可能还不知道，你的将领大多都是联学宫的人。"

## 第三十五章 双王被擒

卯王当场气得脸冒青筋，一旁的午王更是狂躁不安："我的军队，一夜之间就换帅易主，果然是你们联学宫在捣鬼？"午王指着蓝胤斗质问。

"事已至此，说这些有何用？"蓝胤斗说，"昨天我们已给过两位机会了，你们执意要弃明投暗，我能袖手旁观让你们把兔族人、马族人带入地狱吗？我不能，他们的祖先曾经也是我们岬龙星的功臣，是我蓝胤氏的子民。既然你们不能将他们引向光明，我就只能放弃两位了。"

"你蓝胤氏和裘图有何异？你们费尽心思想要保住皇权，独断专横，飞扬跋扈。蓝胤帝早已魂飞魄散，可整个布雅戈，甚至是天下所有生灵，都还无法摆脱他设下的天罗地网。"卯王说，"我厌恶你们这些狂傲自大的人类，我们类人没有你们人类来指手画脚会过得更好。真正能帮我们的人是裘图，只有他能彻底毁了你们蓝胤氏。这上千年枭北没有你们的干涉，我们类人才获得了真正的自由，现在你们休想来控制我卯国。"

白子宸愤愤地说："自由？像黑豹人一样吗？你想做黑豹少主吗？只要侍奉好裘图一个主子，你便可以为所欲为，无恶不作，嗜血成性，这就是你执意要和裘图狼狈为奸的理由吗？"

"不管怎样，都比蓝胤氏控制我们强，我绝不会做你们的木偶。"卯王说。

"别再为你的贪婪和野心辩解了，枭北谁人不知？你霸道专权，想废除长老院已久，你想做类人之主，想效仿蓝胤帝，让你阳氏子孙做永久的君王。"白子宸说，"你内心深处真正崇拜的人其实就是你嘴上最深恶痛绝的人，因为无论你怎么做，哪怕再长十个脑袋你也无法望蓝胤帝的项背。所以你想利用裘图帮你实现梦想，可我明确告诉你，你在他眼里，不过就是一颗小小的棋子，待他控制了枭北，你们个个王主都得死，不灭你们九族都算他仁慈了。想想曾经帮他出生入死的那些首领们，哪个得了善终呢？"白子宸的言语坚定有力，卯王和午王终于低下头不再言语。

"我初回岬龙星时，曾也不解，蓝胤氏的皇权为什么能万年不倒？经过许多事后，我终于明白了。他所做的一切，其终极目的都是为了天下苍生的安宁与和平，魔主时刻威胁着岬龙星的安危，如果没有一套完善的制度，没有人类出来统领，单靠某一族人根本无法和魔主抗衡。蓝胤帝是这个星球上真正的圣人，他的光辉一直照耀着绝望中的生灵们，而你们这些自私贪婪的阴谋家，怎么能有资格和他媲美？我现在给你们指条明路，或许还能免你们一死。"

"成为王者败为寇，要杀要剐随你便。"午王愤愤地说。

"我知道酉王和亥王与你们一起跟巫曼仇达成了密约。今天下午，若你们能说服酉王和亥王弃暗投明，和我们携手一起对抗裘图。我可以出面，保你们不死。"白子宸说。

"死有何惧？哪怕我粉身碎骨，也绝不会帮你们蓝胤氏做任何事情。"卯王说。

"你们就死了这条心吧。"午王说，"我既已失去了王权，活着也没任何意义。还是那句话，要杀要剐随你们。"

"算了。"蓝胤斗说，"不要试图去说服他们做任何改变，交给他们的人民去审判吧。为了防止你们再兴风作浪，我必须废除你们所拥有的所有能力，做一个普通人或许会更安全。"

蓝胤斗果断施法，将两位王主的特殊能力全部废除，他们在强光中动弹不得，求救不能，只能绝望地闭紧双眼，随后当场昏迷。他们现在就是一位普通平凡的类人，没有法术，更不能瞬间移动，他们被关在室内，由林叶西和风青牧亲自看护。

白子宸和蓝胤斗随后秘密接见了前来给卯王和午王送信的六位特使，原来他们都是联学宫的人。在蓝胤斗的指示下，他们把有关卯国和午国的事传达给了酉王和亥王。目的是希望酉王和亥王能够悬崖勒马，确保今天下午的会议能在期望中顺利地完成。

果然，不到两小时，消息就在各位王主中炸开了锅，大家纷纷要求面见蓝胤斗。最终蓝胤斗决定立即召开会议。

蓝胤斗和白子宸走进会场，除了缺席的卯王和午王外，其他十位王主都正襟危坐，神情凝重。从昨天的十六人变成了十二人，寿通和古岚也缺席了今天的会议。

蓝胤斗首先做了简短的发言："各位尊贵的王主，我知道你们有很多事要问，你们尽管问吧，我和宸大人定会知无不言。"蓝胤斗用犀利的眼神扫视着全场，大多数人的脸上都冷静安宁，只有酉王和亥王有些焦躁不安。

"护世主，恕我直言，你打算如何处置卯王和午王？"酉王问。

"相信他们的人民自会对他们进行公正的审判。"蓝胤斗说。

"根据《皇灵法典》的有关类人条款，人类不得干涉类人的内政。你们公然将卯王和午王囚禁在此，并趁机扳倒了他们的王权。此举使我们每位王主都惶恐不安。"酉王说。

"尊敬的女王！既然你提到了《皇灵法典》，那恕我直言，《皇灵法典》你亲眼看过吗？每一条你都看懂了吗？"蓝胤斗问。

"这……"

"在来曼海之前,我还特意从联学宫的密室里取出《皇灵法典》仔细看过,在有关类人条款的附加条款里特别说明,若魔主再现,所有类人必须协助人类共护岬龙星,若有违令者,诛之。"蓝胤斗说。

"真的有这条吗?"酉王问。

"你们每个王宫里都有一本副本,若不信,可叫辰王取来供大家过目。"

"不必了,我回去自己会看的。"酉王说。

"卯王和午王弃枭北其他各族类人不顾,企图和裘图密谋里应外合,这种叛徒人人得而诛之!"蓝胤斗说,"枭北已经到了十万火急的边缘,裘图又在集结大军,若各族类人再不团结一心,共同对抗外敌,我们人类的今天,就是你们类人的明天。联学宫全体战士和幸存的人类部队都将全力守护枭北。你们自己却心存侥幸,四分五裂,各怀鬼胎,是类人之耻,你们的祖先若看见今天的局面,不知会作何感想。诸国联合出兵之事,有异议的提出异议,若没有异议咱们就商议具体的作战计划吧。"蓝胤斗神情严肃,言语间不容任何反对质疑。

辰王用敬佩的眼神看着蓝胤斗:"我非常赞同!我们类人之间就算有天大的恩怨,那也是我们自己内部的事,我们可以在枭北自己解决。可是若等飓魔怪、黑豹人和九蝎妖们侵占了枭北,我们大家都可能惨遭灭族。各位王主切要三思而后行,我们各国,必须携手共同对抗外敌。"

"是啊!是啊!……"多位王主纷纷点头,除了酉王、未王和亥王没有任何反应。

一直默默倾听的未王终于开了金口:"尊贵的护世主,我有一事需向你请教。若我们类人协助人类打败了裘图,蓝胤氏的皇权复位,人类帝国必将重新迈向繁荣昌盛。而我们枭北的类人,你将如何处置?"

"枭北还是你们的枭北。"蓝胤斗说,"我会遵守《皇灵法典》的所有条款,绝不干涉类人的内政。在以前,我们本就情同手足,希望将来,人类和类人还能亲如一家,和睦友好共处,有难互帮,有福同享。这是我一直以来最想要看到的景象。"

"希望将来,你能遵守今天的诺言。我未国军民,随时听候你的差遣!"一直在暗中支持裘图的未王终于弃暗投明,坚定了立场。

"谢谢未王的信任,蓝胤斗会永记在心。"蓝胤斗开心地向未王点头行礼。

亥王见未王表了忠心,连忙问:"尊贵的护世主,我亥国和丹露湾就一山之隔,要是裘图进攻枭北,想必攻打亥国将会成为他的首选。若建联军,是否会派兵到我亥国边防？"

"申国和亥国当然是要重点防卫。"蓝胤斗说，"具体作战计划，还需我们大家一起商讨。"

"既如此，我举国上下，定会肝脑涂地为联军服务，随时听从护世主的差遣！"本来答应支持裘图的亥王也改变了立场。他本就是个立场极不坚定的人，看见卯王和午王的下场，知趣地改变了主意。他终于悬崖勒马，做出了正确的选择。

"尊敬的亥王！"申王站起来向亥王鞠躬，"今天当着群王和护世主以及宸大人的面，我要向你道歉！多年来，我们积怨较深，都是本王的过错较多！还请亥王多多见谅！从今以后，希望我申亥两国放下恩怨，通力合作，同心协力，共同对抗魔主裘图。"

亥王也开心地站起来和申王握手言和，会场的气氛终于缓和了许多。

一直焦躁不安的酉王狠狠地瞪着未王和亥王，这时戌王也站出来表态："各位尊贵的王主、护世主、宸大人，戌国本来多年不再和各国来往，很多事务也鲜少参与，但有关枭北存亡之大事，戌国绝不能袖手旁观。人类和联学宫以及我们尊贵的六大神兽，为了枭北类人的安危，才将我们聚集在此，可是有些王主似乎还心存恶念，并不知感恩！若不来参加这次会议，我也还会继续麻木不仁下去。感谢护世主！感谢宸大人组织这次会议，才让我幡然醒悟。我们全国军民定会和大家一起努力，保卫我们的枭北，保卫我们自己的家园。联合出兵之事，我全力听从护世主的安排。"

"戌王知我，谢谢你的理解和支持！"蓝胤斗开心地说。白子宸和蓝胤斗同时将犀利的目光投向了酉王。

"我们布雅戈尊贵的铁娘子！你还有什么异议吗？"白子宸问。

所有人的目光都聚焦在了酉王身上，她脸色铁青，突然拍桌而起："我……我酉国没有一兵一卒，裘图若攻到了我酉国境内，也不需要你们联军帮助。一群见风使舵的小人，我不屑与你们这些蠢货为伍。"她说完后就化成一道红光，消失在了会场。

"别让她跑了，简直就是个疯婆娘。"戌王气愤地说，"和她斗了几十年，嚣张跋扈，狂妄自大得很。"

"她跑不了。"辰王冷静地说，"龙瓦台不是她酉国，想来就来，想走就走。"

"她孤掌难鸣，现在的一切也由不得她了。"白子宸说。

未王、亥王、寅王、戌王的汗珠冒上了额头，王主们纷纷起身相互友好地握手，枭北的内部矛盾得到了暂时的缓和。

## 第三十五章 | 双王被擒

　　酉王本想快速抽身逃离龙瓦台，不料这里早已用了防护罩，任何人都不得随意进出。她独自一人在龙瓦台内四处寻找卯王、午王无果后，又沮丧地回到了会议室。

　　她的态度表面有所转变，联军之事虽不是心甘情愿，但也没有她选择的余地。她强忍着内心的不满，继续和王主们一起参加了接下来几天的会议。

## 第三十六章
***
## 围鹰救亥

  经过三天激烈的讨论，王主们最终达成了共识，每个国家先出十万精兵组成抗魔联军，旨在保护枭北各国的人身安全和领土完整。抗魔联军共计一百二十万人，由蓝胤斗统一领导指挥。

  百万联军兵分两路，分别驻守在申国和亥国境内。驻扎在申国的联军由通灵子班鼎任总指挥，驻扎在亥国的联军由通灵子寿通任总指挥。十二王主组成后勤参谋小组全力协助联军，子王任组长，辰王任副组长。会议决定，一个月内，所有部队必须集结到位，随时做好和裘图决一死战的准备。

  巫曼仇在枭北的连横计划彻底落空，裘图恼羞成怒，集结了百万飓魔军，月底便可驻进丹露湾。裘图放言，从今以后，拒绝一切谈判，他要用类人的鲜血将枭北淹没，他要亲自将蓝胤斗和白子宸碎尸万段。他将亲领大军再次出征，依然留总相巫曼仇坐守魔幽城，守护玄魔宫。

  枭北的春天凉爽宜人，天空湛蓝，万物翠绿，葫芦岛上百花争艳，清香四溢。联学宫全体人员，都处在紧张有序的备战之中。

  一天清晨，蒲宗从鬼骨镇带来了一个特殊的消息，他必须即刻向蓝胤斗汇报详情。曼海会议结束后，白子宸、古岚、寿通还在各国之间奔忙，只有蓝胤斗一人回到了联学宫总部，其他神兽在会议之前已都回到了自己的领地，组织人员，招兵买马，做好随时战斗的准备。

  蒲宗直接来到全英堂门口等候，此时白禹正在向蓝胤斗汇报联学宫内部的事情。

  "内奸之事已查明，你还记得类人护帅的发言人苍巴大人吗？"白禹问。

## 第三十六章 围鹰救亥

"印象深刻，是那位鸡族人吧？"蓝胤斗问。

"是的。是他身边的部下被巫曼仇收买，幸好他知道的人和事有限，这次事件已牺牲了五十二人。"

"五十多位精英战士的生命就这样葬送了。"蓝胤斗说，"必须将叛徒斩首示众，护帅苍巴大人有失察之责，清除他在联学宫的所有记忆，逐出联学宫。"

"对苍巴大人会不会太重了？按理也只是免除护帅之职作降职处理吧。"

"非常时期必须采取非常严苛的手段，上级管束不严必须要负连带责任。让护帅们管好自己的部下人员，否则一经查实叛变行为，一律严惩不贷。"

"是。"白禹说，"我还有事，先告退了。"

白禹刚走出全英堂，就看见蒲宗的背影在外面来回踱步。

"宗大人，你不是回鬼骨镇了吗？"白禹问。

"护尊长！有件要事我必须当面向你和护世主禀报。"

"什么事？"

"寿衣团的寿团长百里无影出现了，他要面见护世主。"

"来，里面请。"

白禹和蒲宗走进全英堂，向蓝胤斗说明了情况，蓝胤斗第一时间还是想征求白禹的意见。

"婆婆，你怎么看？"蓝胤斗问。

"见，当然要见。"白禹说，"我之前见过他一面，还是在蓝灵堡被屠后的第三天。"

"当时你们为何见面？"蓝胤斗问。

"他希望寿衣团和联学宫冰释前嫌，让联学宫和寿衣团联合出兵阻止裘图。但我知道，就我们联学宫和他的寿衣团根本无力阻止裘图的飓魔军，况且我也无权号令护兵，所以当即拒绝了他。当时他愤愤而去，后来听说在一次暗杀中牺牲了，我想那一定是谣传，他没有那么容易死的。"白禹说。

"那都是魔头虚张声势麻痹众人的伎俩。"蒲宗说，"他一直躲在鬼谷镇宛冰客栈的后厨里暗中观察我们，就那个白影大叔，不知道你有没有印象。我也是现在才知道，仅鬼骨镇就有一半以上的人都是寿衣团的人。"

"这么说，他早就盯上我了？"

"听他说，你和宸大人刚进鬼骨镇找我时他就知道了。他还说……还说……"蒲宗慢慢吞吞结结巴巴地说，"你还是他亲手抱给蓝胤彻皇帝的。"

蓝胤斗听到此话噌的一下从座位上站了起来："他还说什么了？"

"没说了，让我把此话转告给你，你就会见他。"

"他见我的目的是什么？你有没有问？"

"当然是想帮我们。"

蓝胤斗缓了口气才又坐下来："婆婆，你看在哪里见比较好。"

"就在蒂迦城的巴古客栈吧。上次我们也是在那里碰的面。"

"我和白子宸初到蒂迦城，子王也是在那里接见我们的。"

"那是联学宫秘密接见重要人员的地方。"

"原来如此。子王当初不在菠萝宫接见我们，而却选择了巴古客栈，为此我们还疑惑了很久。宗大人，你去转告百里无影，明天下午两点钟，巴古客栈不见不散。"

"好的。"蒲宗说。

"我们罗梭人现在能战斗的还有多少人？"蓝胤斗问。

"这两月我们做了详细的统计，能武装起来的罗梭人还有二十多万人，可随时参与战斗。"蒲宗说。

"太好了。"蓝胤斗开心地说，"不久的将来，我要亲自带领他们夺回梦兰多，烧了魔幽城，再重建我们人类的美好家园。"

第二天蓝胤斗和白禹如约到了巴古客栈，蒲宗与百里无影早早就到了客栈等候他们。百里无影是罗梭人，已经206岁了，身高一米七，头发眉毛胡子全是银白色，他眼神深邃，皱纹深锁，面庞安宁慈祥。残酷的岁月已将他昔日的霸气清洗殆尽，所有的爱恨情仇都深深地藏在了心底。他安静地坐在蒲宗对面，见蓝胤斗和白禹进来后连忙起身鞠躬行礼！

"拜见护世主，护尊长！愿你们万寿安康！"他佝偻着身躯，无比的谦卑。

"寿团长，不必多礼！快快请坐！"蓝胤斗说。

"听说寿团长一切安好！我也感到无比的喜悦！快请坐，请！"白禹微笑着说。

他们在一间小房间里，围着一张长方形的桌子坐了下来，蓝胤斗和白禹与百里无影和蒲宗面对面坐着。

"早在五十年前，就听闻寿团长壮烈牺牲了，我当时就料定，寿团长一代枭雄，定会吉人天相，不可能轻易陨落。"白禹说，"只是，我有一事不明，团长既然安然在世，为何要隐姓埋名，弃罗梭人于不顾呢？"

## 第三十六章 围鹰救亥

"说来惭愧！"百里无影说，"与你在此一别后，我带领部下进行了两年的疯狂暗杀！但我们伤亡惨重，三分之二的人都在行动中壮烈牺牲了，包括我的替身。我自己也身负重伤，险些丧命，寡不敌众，我才不得已收手，养精蓄锐，静待时机。若我不能亲手除掉叛徒巫曼仇，纵然是死也不能瞑目啊。"

"巫曼仇竟然是寿衣团的人？"蓝胤斗惊讶地问。

"而且还是我的副团长。"

蓝胤斗和蒲宗都现出了惊讶的神情，就连白禹也感到有些意外。"联学宫专门查过巫曼仇的历史，没有任何线索。我当时也怀疑过寿衣团，但没想到他竟然是副团长。"白禹说。

"不然寿衣团怎么可能在几年时间内就土崩瓦解了呢，一部分人牺牲了，一部分人跟随他叛变了，一部分人跟我一样隐姓埋名偷生了。"百里无影沮丧地说。

"在寿团长看来，现在是不是寿衣团重振雄风的最好时机？"蓝胤斗问。

"如果护世主不弃，我愿带领寿衣团的残余部下效忠于你！活下来的人，都是些千锤百炼，立场坚定的精英战士！"

"如果我没记错的话，寿衣团只效忠麒麟王朝。"蓝胤斗说，"可我，你很清楚，不过就是你们寿衣团从外面抱来的一位身份不明的外人。"

"你不是外人，你是真正的蓝胤氏的传承人，通灵明玑不会传给外人。"百里无影说，"寿衣团设立之初本是皇族蓝胤氏的守卫队，后来蓝胤麒任团长后，才造反篡位成了人们眼中的叛军。追溯历史，我们该真正效忠的人正是古老皇族的蓝胤氏正统血脉。"

"这么说来，你也相信通灵明玑的传承人就是人类皇族的正统血脉？我母亲真的是蓝胤诚的后人吗？既然我是你抱进蓝灵堡的，你有没有见过我父母亲，他们是否还活着？"蓝胤斗急切地问。

"听接生的姑婆说，你刚一出生，你的母亲就已死亡。"百里无影说，"我们赶到时，你的父亲并不在场，只听旁人说你的父亲叫红尧，后来我们四处查找，可并没有查到此人。"

"既然你们连我的父亲都没有找到，怎么就那么肯定我一定是古老皇族蓝胤氏的真正传人呢？难道通灵明玑就不能传给外姓人吗？"蓝胤斗说，"我想，很多人心里都在想这个问题，只是都不敢说而已。其实，我天天都在问自己这个问题，我的身世不能仅凭通灵明玑来决定，我一定要找到我的亲生父亲。"

"始皇蓝胤帝曾说过，通灵明玑的传承人一定是他蓝胤氏纯正的后人。"百里无影说，"我想，即便有可能是外姓人，也一定是古老皇族万年来逃离失散隐名换姓的人。"

"即便如此，蓝胤彻为何不杀我？还要把我抱进蓝灵堡，由皇后亲自抚养。我想你应该最清楚吧。"

"众所周知，蓝胤麒篡位后，麒麟王朝做贼心虚，为了名正言顺想尽了各种办法，甚至不惜与联学宫开战，但都以失败告终，还越描越黑。"百里无影说，"后来继位的多位皇帝也都因此深受困扰，得知通灵明玑传承人出世后，皇帝皇后都喜出望外。只要传承人身在蓝灵堡，告知天下，一切都将名正言顺，以此还能收复民心，蓝宫帝国重现辉煌也将指日可待。"

"他们的如意算盘，没想到被横空出世的裘图给踢翻了。不管怎样，我一定要查个水落石出。"蓝胤斗说。

"上天要他灭亡，就必先让他疯狂。"蒲宗说，"我认为，人们相信你是蓝胤氏真正的传承人就够了。至于真相到底是什么，我们日后当然一定要查，只是现在更重要的事，是要如何对付裘图。"

"是啊！寿团长今天前来，不知有何高见，还请你多多赐教！"白禹说。

"在巫曼仇身边，有我安插的线人。"百里无影说，"十天后，裘图要亲带十万飓魔军和十大魔子攻打亥国的国都温港。这是绝密信息，我想你们还不得而知。"

"十天？不是说要两个月后吗？"蓝胤斗说，"我的抗魔联军至少要三十天后才能到达亥国边境，只靠亥国军队，可能还挡不过一天。这个消息非常重要，现在我们至少还有十天的准备时间，不然等裘图拿下了温港，我们还在睡梦之中。"

"裘图出兵一向神速，他说十天，也许五天都有可能。"蒲宗说，"光丹露湾附近，就有三十万飓魔军，只需两天就能到达亥国边境。"

"不知寿团长有何良策，可解温港之危？"白禹问。

"听闻护世主和宸大人以救十位通灵子之名，才说服类人各位王主组建了抗魔联军。我有一计，既可救十位通灵子，又能解温港之危。"

"还请寿团长不吝言辞，我等将洗耳恭听。"蓝胤斗说。

"裘图和他的十大魔子将倾巢出动，玄魔宫由总相巫曼仇坐守。魔幽城只有二十万飓魔军和黑豹军把守，玄魔宫更是不足五万守军。我们何不趁他国都空虚，攻打玄魔宫，解救十位通灵子。如果裘图和他的魔子班师回朝救火，温港之危不攻自解。如果他们不回朝，我们不但能救出通灵子，还能烧了他的玄魔宫，毁了他的魔幽城。如果我们够神速，又能救十位通灵子，又能解温港之危，最不济也能保温港无忧。"

"此计甚好！可是，几天内我们如何召集那么多人马攻打魔幽城？"蓝胤斗问。

"不需要太多人，只要六大神兽和我的寿衣团即可。"

"寿衣团现在还有多少人？"

"五万多人。"

"好！五万足矣！我早听闻，寿衣团是兵中之王，个个都是英雄中的英雄。就连联学宫的护兵，都无法单独与你们媲美。能得你们协助，是天不绝我们人类啊。"蓝胤斗开心地说。

"护世主谬赞了！"百里无影说，"裘图向来狂妄自大，他做梦也不会想到我们敢打他的玄魔宫。巫曼仇能掐会算，不知他有没有算到，十天后我将要亲自去取他的脑袋。"

"还请寿团长继续查探玄魔宫的动向，随时来报。寿衣团就由你全权负责，届时与六大神兽紧密合作，协同作战，全力解救十位通灵子。还望此次谈话我们都能绝对保密，若泄露了消息一切都将功亏一篑。"蓝胤斗说。

"是。"其他三人同时点头答道。

"我们回去还要和各方商讨详细的作战计划，今天就到此结束。非常欣慰在这危急时刻，寿团长雪中送炭，布雅戈热爱和平向往美好的生灵，都将永记你的功勋和恩德。再会！"蓝胤斗起身和百里无影握手告别。

蒲宗跟随蓝胤斗、白禹一起回到了联学宫。他们召回六大神兽和护尊们又开了一次紧急会议，并将裘图攻打温港的消息告知了各国王主，至于寿衣团和六大神兽密谋攻打玄魔宫的事只字未提。

联学宫在五天内召集了五万护兵正紧急奔赴亥国，寿衣团的五万精兵已整装出发，正在向魔幽城秘密靠拢。

白子宸奉蓝胤斗之命带领六大神兽和寿团长秘密会面，具体商定详细的作战计划。裘图果然神速，在蓝胤斗见寿团长的第六天，他就下令驻守丹露湾的十万飓魔军向普衡山的亥国边境隐秘前进。一轮圆月挂在天际，照耀着看似平静的山水，在幽静的山路上，却暗潮汹涌，两场残酷的战争将一触即发。

三天前，蓝胤斗就亲赴亥国与亥王秘密会面，她将全力辅佐亥王保卫温港。两万亥军在一天前已埋伏在了与普衡山接壤的"一碗井"，这是从普衡山进亥国领地的必经之路，这里山崖陡峭，道路崎岖，易守难攻，是兵家埋伏的首选之地。

在第七天的白天，当飓魔军行至此处边际之时，飓天座突然下令，全军停止前进，在一碗井对面安营扎寨，待到第八天深夜，亥军人困马乏之时，擅长夜战的飓魔军突发强攻，两万亥军措手不及，不但没能阻止飓魔军前进的步伐，反而伤亡惨重，十万飓魔军顺利进入亥国领地，温港危在旦夕。

在第九天，裘图带领他的十大魔子突然出现在了飓魔军的大营里，他们现在离温港只有十公里。联学宫的五万护兵也陆续在温港附近扎营，这让裘图有些意外，他完全没有料到联学宫的速度如此之快。但狂妄自大的裘图根本没把他们放在心上，决定待到夜幕降临之时，五万九蝎军抵达营地之后，就向温港发起猛攻。

裘图万万没有料到，他刚离开魔幽城，寿团长就下令寿衣团的战士向魔幽城的守城军发起了猛攻，寿团长亲领一万寿衣精兵，已直逼玄魔宫城下，与五万守卫玄魔宫的飓魔军和黑豹军在北门正面对垒。六大神兽趁机从南门进入玄魔宫内，巫曼仇顾此失彼，措手不及，他急忙派人向裘图求救。

以白子宸为首的六大神兽直奔玄魔宫的地牢，与守卫地牢的飓魔军展开了残酷的厮杀。地牢在地下九层，每层都有裘图亲设的秘密机关，由于青龙体内有魔子的缘故，每到一层，它的大脑就能本能还原裘图设置机关的场景，因此，他很容易就能带领大家破解机关进入到下一层。

夜幕降临，正准备向温港发起猛攻的裘图收到了来自玄魔宫的紧急军情，裘图命令隆基趁着夜色带领所有部队撤离，他与另外九大魔子也瞬间移动回到了玄魔宫的北门。

一直在外放哨的朱雀见裘图回宫后飞到地下二层通风报信，六大神兽被迫撤离地牢。这是大战前大家商讨的策略，尽量避免与裘图正面对抗，此战的主要目的是解温港之危和了解玄魔宫地牢的地形和特点。

北门的寿团长带领寿衣军正和巫曼仇指挥的飓魔军打得如火如荼，场面混乱惨烈。裘图回宫后，直奔寿团长身后想取其性命，被前来支援的六大神兽及时解危，但寿团长依然身负重伤，最后在白虎的掩护下顺利撤离。

寿衣军把事先备好的火弹扔向飓魔军，在烈火和浓烟的掩护下，逐渐撤退，城外的四万寿衣团成功打开了一条通道，寿衣军全部安全撤离。一夜之间，他们又销声匿迹，犹如一阵冷风，来去无影。

寿衣团重现，让裘图和巫曼仇始料未及，又惶恐不安。他随即展开了疯狂的报复，命令飓魔军见到可疑人等一律杀无赦。不到十天，就有近三十万无辜的人类被飓魔军生吞活剥，场面惨不忍睹，人类再次遭到灭顶之灾。

蓝胤斗痛心疾首，誓要夺回丹露湾，保护幸存人类，正式和裘图正面抗衡。枭北的类人通过此次事件，大多数也幡然醒悟，甚至都群情激愤，类人群王都支持蓝胤斗夺回丹露湾，百万联军也将随时听从蓝胤斗的调遣。

# 第三十七章

\*\*\*

## 陇都之殇

联学宫的二十万护兵和类人的一百二十万联军全部已驻守在申国和亥国境内，大家正全力备战夺回丹露湾。却没料到裘图先下手为强，率先派飓天座带领三十万大军偷袭了寅国的国都陇都城。裘图打亥国的温港未果，并随即秘密派军从枭宦森林的地下密道直接进入到了陇都城内。

蓝胤斗当初虽有提醒，但寅王半信半疑，他回国后派部队四处查探密道位置，但始终没有查到可疑之处，所以并未加强戒备。一夜之间，三十万飓魔军直奔陇都城内，烧杀抢掠无恶不作，陇都城生灵涂炭，寅王被擒，整个枭北一片哗然。

在布雅戈，只有人类最擅长地道战，类人除了子国境内，其他民族根本没有修过一条地道，相对而言，他们比较直接鲁莽。寅国在枭北的军事实力相对较强，仅军队就有五十万人，总人口不到三千万人。陇都城被占领后，寅国上下全民激愤，但群龙无首，一时也无法组织强大的军事力量与裘图的飓魔军抗衡。

虎尊双玛不仅是联学宫的护尊，也是寅国长老院的元老，他首次向长老院坦白护尊身份，毛遂自荐前去面见蓝胤斗，请求联学宫和枭北联军的支援，他的想法得到了长老院的一致认同。

双玛风尘仆仆地来到联学宫的总部葫芦岛面见蓝胤斗，此时，六大神兽和护尊们闻讯后都正在往葫芦岛赶来。蓝胤斗和护尊长白禹率先和双玛在全英堂进行了深度交谈。

双玛脸色灰白，一脸沮丧："护世主，护尊长，巫曼仇和飓天座带领三十万飓魔军攻占了陇都城，他们疯狂屠城，寅王被擒，至今生死不明。寅军总帅庞冷拥兵自卫，固守不出，全国上下人心惶惶。还请护世主出面，救我寅国子民于水火，虎族人民一定会永记你的恩德。"双玛说着突然哭丧着脸跪在了地上，蓝胤斗连忙起身前去扶他。

"双玛大人，快快请起！"蓝胤斗说，"寅国遭难，我们都深感悲痛，今天就算你不来找我，我们联学宫也绝不能袖手旁观。这也是我的过错，人类三十万人被屠，我们被愤怒冲昏了头脑，一心只想报复，想要收复丹露湾。所以没有对寅国，对地下密道进行戒备防守，才让裘图打了个措手不及。我已统领了类人百万联军，却没能保全虎人的安全，让虎族遭受了灭顶之灾，我深感痛惜。我们正在召集护尊们和六大神兽前来商讨对策，下午我们将召开紧急会议，一定想出一套行之有效的抗敌方案。现在，我极需要了解寅国的真实国情，庞冷总帅为何拥兵不出？弄清他的真实目的对我们来讲非常重要。"

"庞冷恃才傲物，野心勃勃，一向对王主寅侯空明顺暗妒，此次王主被擒，正遂了他的心愿，恐怕王主不亡，他就会一直坐守观望。长老院多次派人与他交涉，他都置之不理，所以我才前来求护世主救援。"双玛说。

"庞帅有没有可能已被巫曼仇收买？会不会他们早已狼狈为奸，出卖了寅国？"白禹问。

"以目前长老院掌握的情报来看，他还不至于为了自身利益出卖虎族人民，出卖国家。"双玛说。

"可能裘图和巫曼仇早已掌握了庞帅的心性，才敢对寅国，对陇都大肆进攻。我一直还不解，寅国国富兵强，民风彪悍，万万没想到他敢第一个动寅国。"蓝胤斗问，"庞冷的部下里，有没有联学宫的人？"

"有。"双玛说，"他最得力的干将，西北军总帅都卫，拥兵二十万，就是我们联学宫的护帅。还有他的保安团长骆安也是联学宫的成员。"

"是啊！我怎么把都卫给忘了。"白禹说，"他聪慧过人，又善谋略，有他在，庞冷不足为惧。"

"寅军将领以及士兵们的反应如何？"蓝胤斗问。

"全军激愤！他们很多亲人都死在飓魔军手中，不报此仇，恐怕难以稳军心。"双玛说。

"好！如此一来，庞帅难以久撑。"蓝胤斗说，"我们只需煽风点火，他必出兵抗敌。具体计划我们稍后再与大家共同商议。"

这天下午，六大神兽和护尊们陆续回到了葫芦岛，他们又齐聚全英堂召开了紧急会议。蓝胤斗率先发言。

"今天紧急召令大家回来，你们已都了然，寅国的陇都城一夜之间被三十万飓魔军疯狂屠城，百万虎人命送黄泉，城内怨声载道，横尸遍野，陇都城已然成了人间炼狱。而且，寅王被擒，至今生死未卜，寅国群龙无首，人心惶惶。我们联学宫绝不能袖手旁观，无论如何，绝不能再出现第二个陇都城的悲剧在枭北发生。现在，类人联军已集结到位，我们该如何出手？望大家能畅所欲言，想出万全之策，不仅要将飓魔军逐出枭北，而且还不能和裘图大规模地硬拼，我们要保存实力，一定要夺回丹露湾。古岚大人，你意下如何？"蓝胤斗又第一时间将目光投向了古岚。

古岚低头沉思片刻后说："双玛大人会前也向我们介绍了寅国目前的局势，我想，如何让庞帅积极抗敌才是我们联学宫的首要任务，要是没寅军的支持，联军也无法在寅国发挥最大的作用。"

"这是必然。"蓝胤斗说，"寅国地广人稀，且山林居多，若没寅军帮助，联军也不敢贸然进入寅国境内。如何让庞帅快速出兵呢？宸大人，你怎么看？"蓝胤斗又将目光投向了正在专心思考的白子宸。

白子宸用右手食指按住他右脸的太阳穴，闭目养神，听蓝胤斗问他后才抬头快速扫视了一眼全场，但他头脑清醒，语气强硬。

"很简单，先礼后兵，如果不能说服他，那就逼迫他。听说西北总帅和保安团长都是联学宫的人，那就更简单了，他们完全可以用武力直接将他软禁起来，逼他下令出兵。"

"如果没有更好的法子，也只能这样了。"白禹说。

"长老院曾也想过此策，只是没有想到合适的人选。"双玛说，"如果都卫大人和骆安大人愿意的话，那是再好不过了。"

"各位大人，你们还有没有更好的建议？"蓝胤斗用犀利的眼神扫视着各位，大家一时都沉默不言，"既然如此，那就让都卫和骆安按计划执行吧。听说庞帅还是军事奇才，若他日能为我所用，联军必将如虎添翼。不妨先告诉他，若这次他能出兵消灭飓魔军，我会热忱邀请他做联军副帅。如果他还是不肯，那的确没有法子，只能逼宫了，但无论如何，不能伤及他的性命。当前，还只有庞帅才能掌控目前寅国的局面。"

"好的，明白！"双玛点头说道。

"冢大人，枭宦森林的地下密道你最清楚，有没有法子切断密道，让飓魔军无法再自由穿行？"蓝胤斗问。

"只能设法将密道堵死，而且只能破坏枭宦森林那段，外面我们没有机会和时间下手，外面任何地方堵塞后都会很快恢复通行，飓魔军专门设有护路团。"公羊冢说。

"枭宦森林？我们的人能进去吗？"蓝胤斗转头问左边的护尊们。

"应该可以。"白禹说，"联学宫已和森林里的群兽们和平友好相处了几千年，如果它们知道裘图暗暗动了它们赖以生存的地底根基，或许我们又多了一支抗敌的盟军。只是，可能需要我亲自走一趟碰碰运气。"

"护世主此举意在何为？"寿通疑惑地问道。

"我想关门打狗。飓魔军既敢来枭北，就让他们有去无回，巫曼仇和裘图不能遥相呼应，有兵也无法及时支援。这一次，绝不能让巫曼仇和飓天座活着回去。"蓝胤斗语气坚定，脸上溢满了愤怒的神情。

白子宸听到此处，突然眼睛血红，躁动不安。在场的各位似乎都有所察觉，将目光齐齐聚焦在了白子宸身上，此时，他正在极力控制自己。蓝胤斗连忙对白禹说："那就有劳护尊长走一趟吧，蒲宗、公羊冢和冷寇与你一同前往，全力协助你。其他护尊们去安排特使前往各国，我们必须要知道其他王主的态度。今天就先议到这里，你们都去准备吧。"

待大家陆续走出会场后，蓝胤斗连忙走到白子宸身后，双手抱住他的头施法，一股浓浓的黑气从他的头顶缓缓冒出，白子宸的脸色才慢慢恢复正常。蓝胤斗双手抚摸着他的脸，深情地注视着他，关切地问道："现在怎么样？好些了吗？"

白子宸微闭着疲惫的双眼，双手紧紧地揽着蓝胤斗腰间，将头依偎在她的肚脐上。蓝胤斗轻轻地抚摸着他的头发，发现浓密的黑发间夹杂着些许白发，两人无言地相拥许久，似乎时间都愿为此刻停留。

"近来我屡感疲惫，常常莫名发出怒火，是他又不安分了吗？"白子宸一脸沮丧，精神颓废。

"随着你杀魔越多，他就越加强大。不到万不得已的情况，以后你不要再亲自上战场了，你就在我身边，为我出谋划策吧，我比战场更需要你。"蓝胤斗脸上流露出了满满的爱意和不舍。

"要再和你朝夕相处，我真的无法再控制了。"

"那就不要控制了，等夺回了丹露湾，我们就成亲。"

"真的吗？"白子宸顿时神清气爽，一骨碌站起来，将蓝胤斗紧紧抱在怀里，他再也不愿控制自己的欲火，放肆地亲吻她的脸庞，两人全情地热吻。此刻，所有的烦恼和压力都自动退避三舍，就连墙上的历届护世主，似乎都露出了欢喜的笑容。

第二天一早，年迈的白禹带领蒲宗、公羊冢、冷寇走进了神秘莫测的枭宧森林，层层白雾在茂密的树枝间飘荡环绕，随处可见上千年奇形怪状的古树安然扎根在肥沃的土壤里，翠绿的苔藓犹如天然绿毯铺满了整片森林，奇花异草搔首弄姿，晨光穿过茂密的枝叶挥洒在晶莹剔透的露珠上，清新又迷人。白禹挂着拐杖，身披白色长袍走在前面，蒲宗、公羊冢、冷寇小心翼翼地跟着她的步伐在树林里穿梭。

"我已有三十多年没踏上这条道了，总是不愿打扰在寂静中修行的老朋友。如果今天运气不错的话，我们就能心想事成。"白禹慈祥的脸上露出了温暖的笑容。

"久别重逢的友谊总是会有惊喜，不知护尊长的老朋友是谁？我也很期待。"平常寡言少语的冷寇好奇地问道。

"言语总是无法准确表达心中所爱，我只能说，它是我见过的最酷的君王。"白禹说。

"君王？难道是它……"冷寇惊诧的表情，得到了白禹点头默认。蒲宗和公羊冢似乎也读懂了她们的信息。

在微弱的晨光下，他们朝着东边越走越远，越走越深，经过两小时的长途跋涉，终于来到了枭宧森林中央最高的山脚下，这是一座由多座盘形大山组成的群山，名叫盘祖山。山上草木茂密，长长的枝条弯垂而下，而苍翠的老藤却攀附着岩石直奔山顶。这里寂静无声，连欢乐的喜鹊似乎都不曾光顾过这里。

"寂静得让人毛骨悚然，每年我在鬼骨山顶短住时，也不曾感受过这样的气氛。"蒲宗本能地将冷寇拉到他的左侧，三人紧紧向白禹靠拢。

"我们在此稍作休息。"白禹说，"不能贸然打扰朋友的休息，如果今天它不欢迎我们，我们也只能原路返回，尊重才是友谊的最珍贵的纽带。一路畅通无阻，已是对我们最大的关爱了。"

四人背靠着一棵古松树静静坐在地上，闭目养神。直到正午，火热的太阳挂在头顶，阳光穿过茂密的树叶温暖着众人忐忑的心灵。九只金黄色的松鼠从盘祖山上跳跃着下来，几乎没有一点声响就将他们四人围在了中间，而他们却毫无察觉。

领头的松鼠头顶有一撮白色毛发，它哼哼两声后白禹才警觉地睁开了双眼，她见到眼前的松鼠后，愁眉不展的脸上才终于露出了慈祥的笑容。

"劳烦各位将这拐杖带给枭阳王。"白禹把手中的拐杖递给松鼠，两只松鼠突然站立起来接过了拐杖，它们扛在背上转眼就消失在了树林中，其余七只也跟随着回到了盘祖山上。白禹说，"八十年前，我就开始腿脚酸软，这根拐杖是枭阳王给我的礼物，是从盘祖山上挖下来的，它是我第三只脚，一刻也没有离开过我。"

"以前听过传说，枭宦森林里的群兽团结有序，生生不息，都是由于枭阳王领导有力。但说起枭阳王，连它是什么样子都不知道，谁也没有真的见过，没想到护尊长竟然是枭阳王的朋友，我对它好奇已久，若今天能亲自拜见枭阳王，也算圆了我此生的一大心愿了。"蒲宗说。

"之前听摩丹王提过，枭阳王和知后都是灵兽，它们不是谁想见就能见到的。只有这个世界真正需要它们之时，它们才会现身。"冷寇说。

"摩丹王说得是，即便是我想见它，也需要时机和运气。"白禹说，"但它与知后又有所不同，它就在盘祖山；而知后呢，从来就没人知道它到底在哪里，好像到处都是它的家一样，没准此刻它就在我们身后也未可知。"

"说起知后，不知它又去了哪里，我都好久没见到它了。"公羊冢说。

"它每一次离去，都有它的使命。该出现时，它自然又会出现了。"白禹说。

"若我们神兽也能如此，该有多好！"公羊冢说，"我开始越来越热爱这个世界了，如果有一天我们又得被迫隐退，我还真有些不舍。"

"我热爱冒险，所谓隐退不过就是从这个世界到另一个世界继续冒险罢了。"蒲宗说，"我从心底里特别仰慕护世主和宸大人，他们今天之所以能驾驭群雄，就是因为见多识广，胆略超群，果敢机智，让人不得不服。"

"我也这么认为。"孤傲的冷寇第一次用赞赏的眼光投向蒲宗。

盘祖山上突然出现了一道强烈的白光，白禹又一次露出了慈祥的笑容："我们该去见朋友了。"

冷寇仰着头看着盘祖山问："还是用走的吗？"

"当然不必了，那道光就是我们的通行证。"白禹伸开双手，四人手拉着手围成一圈，化成一道白影瞬间移动到了盘祖山顶。山顶依然树木茂盛，一块光秃秃的大石头从山顶向外的悬崖边平伸出两米多远，后面有一座小山压在大石头上，顶部的石头微向前倾，形成了一个天然洞穴，两旁古松林立，老藤错节盘根。平常枭阳王最爱站在大石头的最前方，俯瞰整片枭宦森林。

当白禹他们一行人瞬移到大石头边时，并没有看到任何身影。白禹在冷寇的搀扶下，缓缓地走到洞穴边鞠躬行礼："日月哭泣，草木断根；黄沙争艳，魔影嚣行。白禹身受重托，携白虎、玄武、螣蛇拜见枭阳王。"他们三人也跟着白禹低头鞠躬行礼。

大约过了一分钟后，耀眼的白光将昏暗的洞穴照得辉煌，一个威武的人面狮身的高大身影从洞穴里缓缓走来。它身高足有一米五，面庞酷像罗梭男人，浓眉大眼，鼻梁高挺，一头金黄色的鬃毛自由搭在颈脖两旁，它神情凝重，肃穆又迷人。它用犀利的眼神扫视着眼前的四位访客，严肃的脸上终于露出了一丝笑容，它微张着嘴开口说话，声音沙哑又深沉，它就是枭阳王。

"护尊长贵体安康！许久不见依然神采奕奕！欢迎你们！"它走到白禹身边，伸出脖子微笑着仰着头，白禹也微笑着低头和它脸贴脸行见面礼，随后伸手抓着它的毛发，搀扶着来到大石头的最前方。枭阳王默默地放眼环顾整片森林后，才转身面对他们四人："大家请坐！"它就地蹲坐在石沿边，白禹和蒲宗、公羊冢、冷寇面对着它盘腿坐在石头上。

"三十年一晃而过，以为此生无缘再见枭阳王！今天非常开心能在风烛残年之际再见老朋友一面！"白禹指着身旁的三位说，"这位是蒲宗大人，也是白虎；这位是公羊冢大人，玄武；冷寇大人，螣蛇。"

"很荣幸再见各位！"枭阳王说。

"枭阳王曾和六大神兽并肩作战，三位大人何不变身听枭阳王叙叙旧情。"白禹说。

蒲宗、公羊冢、冷寇虽有些诧异，但还是立即站立了起来，枭阳王直勾勾盯着他们。他们当即变身，随后端庄地蹲坐在原位。枭阳王冷酷的眼神里终于浮现出了丝丝温情，尘封许久的记忆再次浮上了它的心头。

"魔主重现，布雅戈危在旦夕。此次贸然前来，斗胆拜托枭阳王能伸出援手，确保枭北能永获安宁。"白禹诚恳地说。

"枭北南靠枭宦森林，东有丹露湾和普衡山脉，西有贝海环绕。枭北何忧之有？何况，我们不能参与人魔战争，恕我爱莫能助。"枭阳王说。

"枭阳王安眠已久，对当前局势有所不知。"白禹说，"就在两个月前，丹露湾沦陷，摩丹王带领摩丹人已撤离了布雅戈。就在三天前，裘图越过了枭宦森林占领了寅国的陇都城，百万虎人命丧黄泉，举世悲痛，人心惶惶……"

还没等白禹说完，枭阳王急切地问："裘图越过了枭宦森林？此话怎讲？"

## 第三十七章 | 陇都之殇

"他从枭宦森林的地下，挖了一条直通陇都城的秘密地道。寅王不信他如此胆大妄为，疏忽了防卫，所以才一夜之间断送了陇都城。"白禹说。

枭阳王瞬间脸色阴沉，眼睛血红，但很快又恢复了平静："地下的世界我无权干涉，我们只能管好地面的家园。"

白虎疑惑不解，诧异地问："请问枭阳王，枭宦森林的古树苍翠欲滴，万年不倒，这是为何？"

"这里有充足的阳光和雨水，还有肥沃的土壤；更重要的是，天下生灵都热爱这片土地，没有破坏，才能安然生长。"

"可现在，有人破坏了这片土地。"白虎说，"古树的老根在地底被人肢解，肥沃的土壤变成了坚硬的残石，这里的草木如何能安然生长？"

枭阳王阴沉着脸，沉思片刻后，用它的右爪在石头上狠狠地拍了三下。之前的九只松鼠迅速地跳到它跟前蹲下，听候命令。

"今年枯萎的古树有多少棵？"枭阳王问。

"一千九百七十一棵，比往年多出一千七百棵。"蹲在最前面的松鼠答道。

"退下。"枭阳王厉声震耳，松鼠们一晃又消失得无影无踪。

"我们想找到地道，重新堵上肥沃的土壤，外面我们没有机会下手，只有枭宦森林，裘图的护路团不敢进入。"白禹说。

"偌大的森林，怎么找？"枭阳王问。

一直倾听的玄武豁然明朗，他坚定地说："枯死的古树就是线索，以我的经验可以肯定，它们中的大多数肯定都死在了一条线上。"

"此话有理。"枭阳王说，"如果就为此事，我现在就能答应你们。至于其他的，容我和群兽们再商议商议。"

"我代摩丹王问候枭阳王，问候群兽们！摩丹人人少势微，家园被毁，若他日摩丹王呼唤，重夺家园，群兽是否还要坚持旁观？"腾蛇突然变身，变回了摩丹人，她盯着枭阳王的眼睛问。

"摩丹人是我们最珍贵的朋友，我定当把此事谨记于心。"枭阳王说。

"谢谢你！"冷寇冰冷的脸上终于露出了一丝笑容。

在松鼠的带领下，枭阳王带领他们瞬间出现在了大片枯死的老树林边，这里枯叶遍地，花草不生，干枯的树枝左右歪斜，与旁边苍翠茂盛的草木相比，形成了极大的反差。

枭阳王冷静地观察着眼前的一切，从它深不可测的眼神里，暂时还读不到任何信息。

白禹不辱使命，带领蒲宗、公羊冢、冷寇如愿完成了重托。他们回到联学宫后，蓝胤斗命令公羊冢和竺丘负责立即组织人员，去枭宦森林破坏裘图的地下密道，彻底切断飓魔军的后援。

## 第三十八章

***

## 类人觉醒

五月的枭北依然凉爽宜人,春风拂面,万物复苏。公羊冢和竺丘已如期将枭宦森林里的地下密道彻底堵死,三十万飓魔军被困死在了陇都城内。

可遗憾的是,寅军总帅庞冷第一时间拒绝出兵,错过了和飓魔军决战的最好时机,待西北军总帅都卫和保安团长骆安联手逼宫将他软禁之后,飓魔军突然从陇都秘密撤兵,巫曼仇、飓天座和他的三十万飓魔军一夜之间全部消失在了寅国广阔的山林里。

双玛和寿通赶紧找蓝胤斗商量对策,蓝胤斗此时正和白子宸在她办公室内研究枭北的地图。

"巳王和戌王已出兵二十万驻扎在了寅国的边境,巫江沿岸和虎亭山一带。"白子宸指着地图说,"二十万西北军离陇都大概800公里左右,就算他们日夜兼程,至少也要五天才能到达陇都。而庞冷的三十五万大军离陇都只有两百公里,他只需两天就能将陇都包围。所以必须立即让庞冷出兵,如果飓魔军撤离陇都钻进了广阔的山林里,后果将不堪设想。"

"驻守在亥国和申国的联军现在也不能调动。"蓝胤斗说,"我估计只要我们撤离了守军,裘图马上就会派兵从普衡山进入,寅军都不堪一击,他更不会把亥军和申军放在眼里。"

"我们可调动五万护兵协助寅军,用双倍的兵力对付飓魔军应该足够了。"白子宸说。

此时双玛和寿通早已站在了她办公室的门口,恰好听到了他们刚才的谈话。双玛更加沮丧："拜见护世主和宸大人！很不幸的是，庞帅昨天刚被迫同意出兵，但三十万飓魔军昨晚却连夜消失得无影无踪，只留下了陇都一座血淋淋的空城。"

"你说什么？飓魔军撤了？"蓝胤斗问。

"外围的五万护城军已伤亡大半，飓魔军已不见踪影。"双玛说。

蓝胤斗气得脸色铁青，她双手扶着桌子坐在了椅子上："找到寅王了吗？"

"他的头颅被挂在了北门，没找到他的尸体。"双玛说。

蓝胤斗双手抱脸，愤怒不已。但白子宸却异常平静："巫曼仇用兵，果然出其不意，我早已料到飓魔军不会久留陇都城，但没想到这么快就已撤兵。"

"通大人，其他王主是什么态度？"蓝胤斗问。

"更加坚定要全力抗魔。"寿通说，"在联学宫的大肆宣讲下，各族民众已幡然醒悟，要誓死保卫他们的家园。如果护世主需要，他们答应随时可增加联军兵力。"

"你说现在该如何是好？"蓝胤斗看着白子宸问。

"我一时也没有更好的办法。"

"紧急召集大家想出应对之策，尽快拿出解决方案，绝不能让飓魔军到乡村继续残害百姓。"蓝胤斗脸上满是悲伤的神情。

"是。"双玛和寿通点头答道。

双玛随即转身离开办公室，但寿通却站在原地没有要走的意思。"通大人，你还有事吗？"蓝胤斗问。

"我……我还有件事，想单独向护世主汇报。"寿通脸色阴沉，面无表情。蓝胤斗扭头看了旁边的白子宸一眼。

"护尊长让我去一趟，你们先谈。"白子宸急忙找借口离开了办公室。

"谢谢宸大人！"寿通恭敬地说。

"通大人请坐！"蓝胤斗过来扶寿通到她对面坐下。

"我现在要说的事，若有冒犯，还请护世主恕罪！"

"宸大人曾说过，知我者莫过于通大人也。"蓝胤斗说，"如果我有任何问题，还请通大人直言不讳，我定当深刻反省，加以改正。"

"现已查明，准备攻打亥国温港的十万飓魔军并没有撤回丹露湾，他们已消失在枭北茫茫的山野里。我们抓到了一位飓魔军的高级将领，他交代在准备攻打温港的同时，攻打陇都的三十万飓魔军就已出发，四十万飓魔军几乎是同时出兵的。"

## 第三十八章 类人觉醒

"原来是明修栈道，暗度陈仓，即便是寿衣团出现让他后院失火，我们终究还是顾此失彼了，裘图的如意算盘打得还真是精明。"

"宸大人说过，知己知彼方能百战百胜。我们的一举一动似乎都在裘图的掌控之中。"

"通大人此话怎讲？"蓝胤斗神情凝重，不好的预感涌向了她的心头。

"去巨人谷唤醒勾陈之时，你们的行踪就曾被魔主裘图窃取过，别忘了魔子还在青龙体内，而且有在逐渐壮大的迹象。"

蓝胤斗仰头呼吸，难过不已。"是我疏忽大意，我也知道魔子在增强，才不让他再上战场。请通大人指点，你想让我怎么办？你有没有法子将魔子永远禁闭在他体内？"

"这个只能靠宸大人自己的毅力了。魔子好比我们灵魂中邪恶的那面，我们通过自身的学习、努力、坚持，正义的力量终将能战胜邪恶。"寿通说，"不过，这点非常非常地难，几乎不太可能，我们自己战胜自己甚至都要花一生的时间，何况宸大人面对的是难以估量的强大的魔子。"

"如此说来，只能将裘图彻底毁灭才能救宸大人？"

"是的。上次营救十位通灵子失败，以后估计就更加艰难了。能彻底毁灭裘图的唯一办法，只有六大神兽和十二通灵子联手，利用万灵剑就能将裘图一剑毙命。"

"万灵剑，这事我怎么没听说过？"

"只有极少数人知晓，这也是裘图为何千方百计都要囚禁通灵子的原因，也是我们不惜任何代价营救其他通灵子的理由。所以，在十大通灵子还没回归之前，绝不能让宸大人有任何事。"

"我明白了。"

"我知道，他在极力控制，但很多事情连他自己都不会意识到的。我建议让宸大人独自在葫芦岛闭关休养，不要再参与任何事务。"

"如果他不在，其他神兽基本无法再威慑裘图。更重要的是，让他闭门休养，无异于要了他的命。"

"无论怎样，也总比被裘图利用好。"寿通说，"现在类人几乎也全部幡然醒悟，我们不但有三十万护兵，还有寿衣团可以差遣，十二支类人铁军即将热血回归。以目前敌我双方的军事实力来看，我们并不逊色。青龙隐休，暂时不会对整个战局造成致命的影响。"

"好吧！我会尽力说服他的。这样也好，不管是对他还是对大家，都是最安全的选择。"

寿通离去后，蓝胤斗立即带着白子宸来到葫芦岛上一座名叫目若林的幽静庭院里。这是一个坐北朝南的四合院，院内有八间原木色的木屋，它精巧别致，清幽静雅，房顶除了有黑瓦外还铺了一层厚厚的茅草。

院子后面还有一片翠绿的竹林，院前两百米处还有一条蜿蜒清澈的小溪，溪边长满了茂盛的花草。这里空气甜美，天空湛蓝，草木苍翠，花鸟虫鱼自由欢喜。白子宸见到此景，就莫名地心情愉悦。

"葫芦岛竟然还有这么好的地方？这让我想起了蓝森林。"白子宸说。

"婆婆知道我回来后，定会思念蓝森林。当我们回到岬龙星的那天起，她就命人帮我造了这座庭院，可是我一直没有时间也没心情来享受诗意的生活。"

"我知道！"

"一转眼，我们离开莒虎星已有一年多了。我们每天都在忙碌奔波，在刀尖上起舞，每走一步都战战兢兢如履薄冰。但是有你在我身边，我无所畏惧，我感受到了前所未有的安全感，我希望，这样的感觉永远不要消失。我不能没有你，我更希望你健康，希望你不要再受魔子的困扰。"

"我知道。"白子宸深情地看着蓝胤斗说，"你要永远记住我现在要说的话，无论到了任何糟糕的境地，你可以不相信你的眼睛，也可以不相信你的耳朵，但你一定要相信我们守护彼此的信念。明白吗？"

"我会永记的。"

"护世主！你想让我怎么做？下命令吧！"白子宸一脸玩世不恭的表情把蓝胤斗逗得哭笑不得。

"你都知道了？是不是在隔墙偷听？"

"你不知道青龙耳聪目明吗？"

"好啊！你还真偷听了？"平时冰冷严肃的蓝胤斗似乎被他传染一样，和白子宸在院子里嬉笑打闹起来。她只有在白子宸身边，才像一个需要被怜爱疼惜的弱女子，两人闹腾一番后又紧紧地拥抱在了一起。

"我今天就要做你的娘子！"蓝胤斗依偎在白子宸胸前，仰头深情地望着他。

"这是命令吗？"白子宸调皮地问。

"你说呢？"

"不行！现在还不行！"

## 第三十八章 类人觉醒

"为什么不行?难道你要我做一辈子的老姑娘吗?"

"不!我……"

蓝胤斗没让白子宸再开口,她用性感的双唇封住了他的嘴,白子宸抱着她来到一间舒适幽静的房间内,伴随着动听的蛙声和鸟叫声疯狂缠绵,温暖的阳光穿过落地窗的间隙,将他俩热烈的世界照得通明。

当天下午,两人走进森林里,在一棵古松树下,以天地树木花草鸟兽为证,私自结为夫妻。他们商议,在没打败裘图之前,他们成婚之事暂不告诉任何人。蓝胤斗当天留下来陪了白子宸一晚,第二天一早才依依不舍地离开目若林回到了联学宫。白子宸望着她离去的背影,第一次尝到了守望的甜美与酸苦。

蓝胤斗回去后即刻派风青牧前来陪伴白子宸,牧大人的工作就是每天陪他散步、下棋、钓鱼、打坐。蓝胤斗和林叶西常常以送补给之名,前去探望他以慰相思之情。

白子宸非常明白自己目前的处境,强迫自己放下一切,潜心修炼,他常常告诉自己,既然现在无力改变现状,那就安心享受现在诗一般的生活。慢慢地,他的气色越来越好,对自己的情绪也能控制自如。只是,他还是忍不住地经常向前来探望他的蓝胤斗打听枭北的事情,但蓝胤斗从来不向他透露任何信息。

蓝胤斗秘密派冷寇前去瓜瓜耳群岛,将枭北目前的局势禀报给摩丹王。子王派来一万精英侦察兵,协助类人联军寻找飓魔军,在侦查能力上,子军的本领无人能比。四十万飓魔怪潜伏在枭北境内,其他各国举国上下空前团结,他们摒弃前嫌,与邻国通力合作,随时做好和飓魔军决一死战的准备。

飓魔军潜入山林已经两月有余,他们就像人间蒸发一般,既不兴风作浪,也不残害百姓,这让所有人更加惶恐不安。又过十多天后,冷寇带着摩丹王给蓝胤斗的信回到了联学宫,摩丹王认为,让丹露湾回归原主时机已成熟。这给蓝胤斗莫大的信心,也更加坚定了她想主动出击引蛇出洞的策略,既然一场残酷的战争无可避免,那就让暴风雨来得更早些吧。

这一次,蓝胤斗不听任何人的劝阻,执意要亲自挂帅出征。就在要离开葫芦岛的前一晚,蓝胤斗本想去目若林看望白子宸,但她怕自己一来就不想再走了,所以她派林叶西前去与他俩告别。此时,阴沉的天幕赶走了朵朵飘逸的白云,暮色中的青龙时而在林中穿越,时而在水中翻腾,没有人知道它在游玩嬉戏,还是在发泄怒火。

风青牧特意将房门紧闭,用非常微小的声音与林叶西交谈,他们耳贴着耳,几乎是窃窃私语。

"我今天是来与你告别的。"林叶西说,"我要随护世主去申国,等我们把丹露湾夺回来后再来看你们。"

"护世主要亲自出征吗?"

"是的。她最近身体有些不适,老是呕吐,可她依然执意要去。"

"呕吐?"风青牧惊讶地说出了声,但即便窃窃私语,远在十米以外的青龙依然能清晰地听到他们的话语。

"我不能再说了,无论如何你要看住宸大人,等我们回来!"

"如果他想怎样,是我能看得住的吗?"

"他最近还好吗?"

"应该是挺好的吧。我们依然是吃饭、散步、下棋、钓鱼。他时而直冲云霄,时而在水中翻腾,时而静坐运气,时而怒气砸林。我不知道这算不算好。"

"肯定是好的。我们要相信他,就像相信护世主一样,无论地转天移我们都要相信他。"

"那我呢?你相信我吗?"

"这还用问吗?"林叶西乖乖地献上了香香的热吻,才安慰好风青牧那颗酸酸的心灵,"这是护世主让我交给你的,你们要有任何事你找他们就行。"林叶西将一份人员名单交给了他。

"我们要多久之后才能再见?"

"我不知道。"

"你为什么不请求护世主把你留下来,有你在葫芦岛不是更好吗?"

"我不能那么做,我要保护护世主。"

"好吧!请你们放心,我们会在这里安心等你们凯旋的。"

"千万别和宸大人提起任何事。记住了。"

"遵命!西大人。"风青牧一脸调皮。

"再见!"

风青牧执意要送林叶西走出目若林,在不得不分开的那一刻,两人深情地相拥,久久不愿放手。他俩似乎都有强烈的预感,今日一别后,不知还能不能相见,只是大家都不愿说破而已。

联学宫几乎是倾巢出动,随蓝胤斗驻扎在了申国境内,葫芦岛依然由白禹坐守。智多星古岚紧随蓝胤斗左右,充当军师的角色。除了百万联军外,寅、巳、戌、申、亥五国军队紧密合作，在子军的精英侦察兵的帮助下，将寅国境内的三十万飓魔军逼到了南线与枭宦森林接壤的山林地区。

飓魔军现在依然有三条路可走：一是进入枭宦森林；二是冒死突围；三是翻越布雅戈最高的秃鹰峰进入普衡山脉与亥国境内的十万飓魔军汇合。但秃鹰峰常年积雪又陡峭无比，具有铁壁银峰之称，想要越过秃鹰峰是难上加难。不过，他们一致认为，飓魔怪不惧严寒峭壁，很有可能会选择第三条路，日夜兼程行军万里赶到普衡山与丹露湾的飓魔军里应外合。

蓝胤斗到了申国后，又召集枭北的群王开了紧急会议。会议决定，蓝胤斗指挥的一百二十万联军和联学宫的三十万护兵为主力军，由申亥两国的边境进入普衡山直逼丹露湾。

寅、巳、戌、申、亥五国联军当第一道防线围追截堵枭北境内的四十万飓魔军。子、丑、卯、辰、午、未、酉七国再各出兵十万，共七十万大军当第二道防线，确保一个飓魔军都不能再从任何一个角落闯入枭北的城镇居住区域。

巫曼仇不知何时，已撤回到了玄魔宫。裘图这次，至少又召唤了五十万飓魔怪，而且一批比一批更强壮，它们不再那么惧怕强光，甚至对火都有一定的免疫性。

裘图再次安排巫曼仇坐守玄魔宫，又增加十万精兵将玄魔宫守卫得如同铜墙铁壁。裘图挂帅亲征，带着十大魔子、黑豹少主和九蝎女王亲自坐镇丹露湾，誓要拿下蓝胤斗的人头才归。这一次，两军出动了几乎各自最强大的兵力，一场决定人类和枭北存亡的关键之战即将爆发。

## 第三十九章

\*\*\*

## 联军集结

七月的天气本该晴空万里，热浪逼人，可丹露湾一直是乌云遮顶，阴雨连绵，潮湿的气候让本就苦闷沧桑的人们更加烦躁不安。

类人联军初次合作，更是摩擦不断。就在蓝胤斗到达申国的第二天，驻扎在申国境内的酉军和戌军就发生了严重的冲突，两位曾交战二十余年的宿敌将领在营内决战，各自砍下了对方的一只手，双方二十多名士兵随即参与了群殴，两边各自都有伤亡。这次事件在整个军营内传得沸沸扬扬，影响极坏。

蓝胤斗得知后顿时暴怒，当即下令所有联军，连长以上的将领全体集结。第二天一早，几千名将领就整齐地站在了宽敞的训练场上，毕恭毕敬地等待着蓝胤斗的训示。

训练场的正北边有一个高大的露台，蓝胤斗化成一道白影瞬间站在了露台上，她穿着一身淡绿色的军装，英姿飒爽，本来有些躁动的现场瞬间变得鸦雀无声。蓝胤斗神情严肃，她目不转睛地盯着下面的每一位将领，在露台上来回走一圈后才开口说话。

"各位尊敬的大人，早上好！我是蓝胤斗。今天，我怀着一颗非常感恩的心来到这里，想和大家一起分享我们的使命，我们的梦想！"蓝胤斗说，"相信我们大多数人都是初次见面，那是什么把我们各族军人凝聚在一起了呢？有很多人会说，是仇恨，那么我问你们，现在谁才是我们大家真正的仇人？是魔主裘图，是嗜血成性的飓魔军！就在四个月前，三十万人类被活剥生吞；三个月前，寅国的陇都城被踩踏成废墟，百万虎人尸骨无存，我们尊贵的寅王的头颅，竟然被飓魔军挂在了城门上，

## 第三十九章 | 联军集结

供人观赏。这不仅仅是虎人的悲哀,更是我们类人和人类的耻辱!飓魔军恶行,人神共愤,天地难容。你们有谁见过这样残忍的军队吗?是你们酉军吗?还是你们戌军?"场下的军人几乎都惭愧地低下了头,寅军将领大都眼睛血红,有的甚至都落下了悲伤的泪水。

"我知道,枭北很久以来,表面和谐但实则暗潮汹涌,各族类人明争暗斗,各怀鬼胎。有的国家,上至王主,下至平民,都变得自私、贪婪、粗暴又愚昧。为什么?因为他们丢失了慈悲,在他们心里,只有利益、利益还是利益!曾经情同手足的十二支类人去了哪里?让一切妖魔怪闻之丧胆的十二支铁军又去了哪里?为了找寻丢失的你们,我和白子宸大人,还有联学宫的护尊们、护帅们等联学宫的全体人员,冒着生命危险与各方周旋。当初稍有差池,也许你们中的某些人就成了裘图的傀儡了。前卯王和前午王执意要弃明投暗,才受到了人民的审判。经过无数波折,今天你们才得以荣耀地站在这里,我很清楚,在你们的民族中,在你们的军队里,你们都是精英之士,所以我才非常痛心。"蓝胤斗指着露台下面躺着的五具尸体说,"我们的同胞没死在抵抗飓魔军的战场上,而死在了我们自己人的手里。如果今天你们彼此还心存芥蒂,不团结互助,不生死相依,你们还敢上战场和强大的飓魔军厮杀吗?你们前怕强敌,后怕暗箭,你们如何能舍身忘我奋勇杀敌?你们的国家上至王主,下至手无缚鸡之力的老幼妇孺,都期盼着你们能带给他们安全感。那靠什么呢?除了拳头,我想,最重要的还有信念!我们进了这个军营,我们就是同胞战友,我们就是兄弟姐妹,我们的共同敌人是飓魔军,是魔主裘图。不把他们彻底消灭在布雅戈大陆上,我们有何颜面苟且还乡?"场下的军人都用赞赏的眼神看着蓝胤斗,火热的激情就像瘟疫,迅速感染了每一个人。

"斩妖除魔,还我净土。世态安详,君民共舞。就是我梦里一直看到的景象,如果你们相信会有那么一天,那就紧紧拉着你们战友的手一起大声地喊起来吧。"

场下并排列着十二个方阵,方阵与方阵之间空有差不多一个人的位置。此时全部靠拢,各族军人首次手握着手共同一遍遍地高声大喊:"斩妖除魔,还我净土。斩妖除魔,还我净土……"铿锵有力的声音响彻云霄。

蓝胤斗看到此情此景,一直愁眉不展的脸上终于露出了一丝微笑,待她伸手示意停止后,大家才放开手停止了呐喊。

转瞬间,她的脸色又变得严肃起来:"在建立联军之初,在各位王主的大力支持下,我们就设立了一套完整又严苛的联军军法。相信在你们还未来到这里之前,你们的王主就给你们看过了。"蓝胤斗看着远方问，"寿通大人，依照军法，斗殴致死者该如何处置？"

寿通此时不知身在何处，只见她瞬间站在了蓝胤斗身边。她遗憾地看着方阵外二十多名参与斗殴的酉军和戌军说："死罪。"

在场的所有人都悲伤地低下了头，酉军总帅万吉村和戌军总帅池闻喜同时出列。

"在下酉军总帅万吉村治兵不严，罪不可恕，请护世主一同责罚。但大敌当前，还请护世主暂且留住我们的性命，待上战场奋勇杀魔，将功补过。"万吉村说。

"戌军总帅池闻喜诚惶诚恐！斗胆请求护世主网开一面！如果死罪难免，我愿代其受罚。"

蓝胤斗在台上冷静地注视着他们，台下的将领齐声喊道："请护世主网开一面，请护世主网开一面……"

蓝胤斗双目含泪，冷静地说道："军法无情，我爱莫能助。"她看着绝望的将死之人，也心如刀割，"通大人，给他们留条全尸吧。拜托你了！"蓝胤斗瞬间化成一道白影，消失在了露台上。

当天，参与斗殴的类人在全体将领的眼前被用法力处死，保留了他们的全尸。全体将士哭丧着脸对着尸体唱起了类人传唱几千年的挽歌，悲伤不已。

　　枭北地荒荒，山林何苍苍。
　　妖魔侵我土，送我上战场。
　　寒冬酒壮烈，亲友泪在旁。
　　敌寇魂不灭，何颜归故乡。

　　昨暮同胞在，今朝鬼空殇。
　　欲哭眼无泪，欲思魂断肠。
　　马儿仰天啸，孤坟独自嚎。
　　魔主不消灭，誓死不归乡。

蓝胤斗当天下令，召集联军的各族总帅和联学官的最高将领在军营内召开战略部署会议。参会人员有蓝胤斗、寿通、古岚、班鼎，联军各族十二位总帅，联学官四位护队总帅共二十人。一张超长的方形会议桌摆在会议室中央，蓝胤斗一人坐正

## 第三十九章 | 联军集结

北方,其他人面对面围桌而坐。蓝胤斗率先发言。

"尊敬的各位总帅,大家下午好!"蓝胤斗手里拿着一本小册子,站起来扫视全场后说,"由于我们大多数人都是初次见面,我需要点名认识一下。总参师古岚。"

"有。"古岚站起身说。

"联军副总帅寿通。"

"有。"

"联军副总帅班鼎。"

"有。"

"子军总帅海星鹏。"

"有。"这位海星鹏就是蓝胤斗和白子宸初到樱桃港时认识的鼠人,现在他已成了子军总帅。这让蓝胤斗有些意外,但她非常开心,能在这里见到久未见面的老朋友,她欣慰地笑了。蓝胤斗看着册子继续念,他们个个身材壮硕,都纷纷起身应答。

"丑军总帅钟士林。"

"有。"钟士林牛头人身,身高有一米八,不足百岁。他年轻勇猛,号称是丑国的常胜将军。

"寅军总帅金武同。"

"有。"金武同虎头人身,身高一米八,85岁。他冷静果敢,是庞冷总帅手下最得力的干将。

"卯军总帅苗诗幻。"

"有。"苗诗幻兔头人身,身高不足一米六,68岁。他刚正不阿,爱国爱民,是联学宫一手扶植起来的将领。

"辰军总帅云书堂。"

"有。"云书堂龙头人身,身高一米八,78岁。他治军有方,赏罚分明,是辰王钦点的总帅。

"巳军总帅萧安在。"

"有。"萧安在蛇头人身,身高一米七,80岁。他也是联学宫扶植起来的将领。

"午军总帅娄也东。"

"有。"娄也东马头人身,身高一米七八,61岁。他沉默少语,但雷厉风行,有勇有谋。在蓝胤斗和白子宸扳倒前午王午官鹏之际,在午军中他是最大的功臣。

"未军总帅刁从涣。"

"有。"刁从涣羊头人身,身高不足一米七,76岁。他灵活机智,带兵有方,是未王钦点的总帅。

"申军总帅丘真华。"

"有。"丘真华猴头人身,身高一米七五,70岁。他敏感智慧,在申军中威望极高。是申王最喜欢的将领。

"酉军总帅万吉村。"

"有。"万吉村鸡头人身,身高一米六八,66岁。他善于权谋,心狠手辣,是酉王的亲信,目前是联军中最难掌控的一位总帅。

"戌军总帅池闻喜。"

"有。"池闻喜狗头人身,身高一米七,72岁。他忠勇厚道,爱兵如子,也是联学宫一手扶植起来的将领。

"亥军总帅党卓君。"

"有。"党卓君猪头人身,身高一米六七,78岁。在亥军中,他是最能指挥打仗的将领,也是亥王钦点的总帅。

蓝胤斗停顿下来看了一眼全场后说:"此次出征,联学宫出动二十万护兵,共分为四个护队。每个护队都有一名总帅。第一护队总帅边哲宫。"

"有。"边哲宫是罗梭人,身高一米七,65岁。在联学宫中,他虽年龄不大,可他不仅法力深厚,还智勇双全,执行力超强,领导力超强。以前联学宫最难的任务,白禹几乎都是请他去执行。在带兵打仗的事上,他也有一套自己的方法,他总能将联学宫内的各种奇人怪人紧密团结在一起,将他们的能力最大限度激发出来。

"第二护队总帅斐家路。"

"有。"斐家路也是罗梭人,身高一米七二,80岁。他思维缜密,少言寡语。他靠自己实力从普通的护兵,一步步走到护兵统领。

"第三护队总帅车忠宇。"

"有。"车忠宇是罗梭人,身高一米七五,72岁。他博学多闻,对布雅戈各族人民都了如指掌,对飓魔军也做过深入的研究。

"第四护队总帅古安博。"

"有。"古安博是罗梭人,身高一米七三,68岁。他是联学宫少有的军事奇才,在他的战斗履历里,他总能出其不意打得敌人措手不及。

蓝胤斗点完名字后才坐下说:"由于飓魔军近来疯狂杀戮,来势凶猛,枭北也危在旦夕。丹露湾不但是枭北的咽喉,还是我们整个布雅戈的心脏。各国王主同仇敌忾,同心协力,决心与飓魔军决一死战,因此,在丹露湾一带与敌开战势在必行。下面由总参师古岚大人为大家说明具体的战略部署。"

蓝胤斗侧身抬手一挥,一张岬龙星动态立体地图就出现在了她的身后。古岚起身看着地图说:"经过各国王主的协商,已完成对抗飓魔军的全面部署,现将百万大军分为四个梯队与飓魔军抗衡。第一梯队:子军海星鹏。"

"有。"

"辰军云书堂。"

"有。"

"申军丘真华。"

"有。"

"第一护队边哲宫。"

"有。"四位总帅气宇轩昂地站着听候命令。

"你们领兵四十万做先锋,每队十万人进行正面进攻,绝不能再让一个飓魔军越过普衡山半步。以护世主为首的作战指挥部将与你们一同前往,协同作战。"

"是。"四位总帅同时答道。

"第二梯队。丑军钟士林。"

"有。"

"巳军萧安在。"

"有。"

"酉军万吉村。"

"有。"

"第二护队斐家路"

"有。"

"你们每队领兵五万,从普衡山的东南边进攻,切断飓魔军的增援部队,紧紧堵住丹露湾的五十万飓魔军。"

"是。"四位总帅站立着同时答道。

"第三梯队。寅军金武同。"

"有。"

"午军娄也东。"

"有。"

"戌军池闻喜。"

"有。"

"第三护队车忠宇。"

"有。"

"班鼎大人。"

"有。"班鼎站立起来说道。

"你率领第三梯队二十万人，从普衡山的西面潜行南下，与寿团长率领的人类军队汇合。在飓魔军正面袭击大部队时，你们伏击飓魔军的背后，完成对飓魔军的合围。四大总帅要绝对听从班鼎大人的统一指挥。"

"是。"班鼎与四位总帅同时答道。

"第四梯队。卯军苗诗幻。"

"有。"

"未军刁从涣"

"有。"

"亥军党卓君。"

"有。"

"第四护队古安博。"

"有。"

"你们领兵二十万，每队五万。在飓魔军大部队的东边、北边、西边使用佯攻手段，敌打我跑，敌疲我扰，麻痹敌人。等待第一梯队从正面发起总攻。"

"是。"四位总帅同时答道。

古岚说完战役部署后，蓝胤斗作了总结发言："关于今天的战役部署，我不想再多说什么，我只想提醒各位，丹露湾事关全局，我军势在必得。在此期间，我不想再听到任何不愉快的事情发生，如果有人胆敢以身试法，违抗军令，本护世主绝不宽容。你们的王主与人民也绝不能容忍。今天的会议到此结束，各位大人辛苦了。"蓝胤斗起身向大家低头行礼后率先离开，其他总帅纷纷起身敬礼直到她离开后才退场。

蓝胤斗当晚带着林叶西来到子军总帅海星鹏的帐内看望他，自从丹露湾一别后，他们也有一年有余未相见。海星鹏见到她们欣喜不已，正要低头行礼时，被一闪而来的蓝胤斗制止，一旁的林叶西也眼疾手快地将他拉到了面前。

"我听护世主说子军由你统帅，我简直不敢相信自己的耳朵。"林叶西说。

海星鹏傻笑着说："西大人不相信我吗？"

"我当然相信你。"林叶西嬉笑着说，"我是想说，子王太会用人了，子军总帅，非你莫属。"

"是我太想再次见到你们，才斗胆向子王毛遂自荐的。"海星鹏说，"但愿日后，我和我率领的子军不会让护世主和子王失望吧。"

"我相信你，绝不会让我们失望的，非常开心能再次见到你。"蓝胤斗握着他的小手说，"现在就有一事想麻烦你，当初我来到枭北后，就将我的坐骑生歌送回到了枭宦森林。现在我需要它，你能带一小队人马，将生歌接到这里来吗？我已经通知它了，明天中午，它将在枭宦森林与申国相连的边境处等候。"

"海星鹏愿听从你的差遣！"海星鹏一本正经地敬礼领命。

"有劳鹏大人了！我有事先走了，西大人你再多陪陪鹏大人吧。"

蓝胤斗瞬间离开后，林叶西和海星鹏面对面手拉着手开心地在原地转圈，这是鼠人开心时的一贯动作。在欢乐的时刻，他们可以忘记身份，可以忘记环境，甚至可以忘记时间。

# 第四十章

\*\*\*

## 血战普衡山

人类遭到大屠杀后，城镇里的年轻人几乎都跑到了偏远的乡村投奔了寿衣团，四大人类能战斗的力量在日渐增强，寿团长百里无影奉命出任人类军队的总帅。蒲宗和公羊冢昔日的部下也全部由寿团长统一指挥，他们散落在偏远山村的各个角落。

在寿衣团的秘密组织和指导下，城镇的年轻人们也学会了隐藏埋伏甚至是伪装，一般每百个人的队伍就有两到三个寿衣团的人亲自领导指挥。宗旨是破坏飓魔军一切能破坏的事物，只偷袭不正面和飓魔军交战，扰乱敌人计划后迅速撤离。

蓝胤斗亲自带领第一梯队的四十万大军做先锋，率先从申国边境进入普衡山脉。班鼎率领的第三梯队从一碗井进入普衡山脉试图潜行南下，但被早已埋伏在普衡山一带的三十万飓魔军和十万黑豹军阻截。

第一梯队和第三梯队经过近十天的苦战，部队才缓缓越过了普衡山，正式进入丹露湾的地界。

此次战斗联军牺牲了一万多人，但飓魔军伤亡更惨重，有三十多位飓魔军将领被蓝胤斗亲手杀死，十万飓魔军战死，有数万飓魔军被逼到了枭宦森林里。

普衡山一战让裘图震怒，这都源于他轻敌所致，由于六大神兽没有现身，蓝胤斗对外宣布由寿通挂帅，她坐守申国遥控指挥。所以裘图和十大魔子并没有亲临普衡山，而且飓天座被困在了枭北，另换的飓魔军总帅飓天彪自恃狂妄，不善领兵。

在最初几天，第四梯队奉命佯攻，飓魔军追击下山后，他们就迅速撤离。来回几次，飓魔军虽然疲惫不堪，但越加狂妄傲慢。隔天后大军发起总攻，他们干脆固守不出，甚至关门吃喝，酩酊大睡，根本不把联军放在眼里。

## 第四十章 血战普衡山

第二梯队趁机从普衡山的东南面潜行到了他们的后方,成功切断了飓魔军的增援部队。在出征的第九天拂晓,蓝胤斗见飓魔军已被麻痹,命令第一梯队和第三梯队的六十万大军全起而攻,还在睡梦中的飓魔军被打得措手不及,哄逃四散。除了战死和逃往枭宦森林的飓魔军外,幸存飓魔军全部后撤到了的丹露湾进入第一道屏障——察阳道后方。

按照作战计划,各大队完美配合,初战告捷,联军和护兵们都士气大增。由于普衡山之战飓魔军大败,裴图又确定了蓝胤斗亲自挂帅,所以他带领十大魔子亲自率领五十万飓魔军驻守在丹玫宫百里以外的察阳道外,这是从普衡山脉一带进入丹露湾的必经之路。

察阳道附近山峦叠翠,路险水凶。八百年前,摩丹王曾下令在这里沿山顶修建了长一千多米,高两米多的坚固石墙。宝塔之战后,人类和类人决裂,猛兽横行,野兽和枭北的类人常常不请自来,扰乱滋事,这让热爱和平与宁静的摩丹人苦恼不已。经过长达五年的修建,石墙终于落成。

从此,摩丹人不仅将类人和野兽挡在了石墙之外,也意味着丹露湾彻底与世隔绝,不再与任何民族往来,也不再参与岬龙星的任何事务。这几百年来,摩丹人犹如世外仙人,悠然自得地住在山川秀美、人杰地灵的丹露湾。

班鼎率领的第三梯队越过普衡山后,才秘密潜行南下,翻过长武山,企图从西南边绕过丹露湾与寿团长汇合,完成对丹露湾一带敌军的合围。由于丹露湾面积有限,最多只能容纳下五十万飓魔军,黑豹军和九蝎军全部驻扎在南边的万花林附近。由于遭到寿团长带领的人类部队不断地偷袭破坏,黑豹军早已苦恼不堪,愤怒不已。

此次战争,枭阳王和群兽们虽不直接参战,但已和联学宫秘密达成默契。人类和类人可以在枭宦森林里自由穿行,但飓魔怪、黑豹人和九蝎妖一旦进入枭宦森林,就必除之。所以寿团长命令团员尽一切可能,设法引诱甚至是逼迫黑豹军和九蝎妖到枭宦森林,而后迅速撤离。

蓝胤斗下令第一梯队、第二梯队、第四梯队在察阳道附近安营扎寨,静待时机。两军对垒三天后,冷寇带着摩丹王的信息从瓜瓜耳群岛来到了蓝胤斗的营帐前。此时,寿通、古岚和蓝胤斗正在紧张激烈地商讨进攻之策。而冷寇的到来让大家顿时轻松了很多,特别是蓝胤斗,更是欣喜不已。

"寇大人,你终于安全回来了。"蓝胤斗说,"裴图此次亲率大军驻守察阳道,我们不敢贸然进攻,摩丹王有何指示?"

"摩丹王已准备好了。"冷寇说,"十天之内,他曾往哪里去的,就依然会从哪里来。"

"太好了。"蓝胤斗说,"如果是这样,我们再休整五天后即可进攻。通大人,这一次,可能只有联学宫的护兵们才能帮我们打开石墙的大门了。"

"是的!"寿通说,"那道石墙只能挡住人们疲软的双腿,却挡不住护兵们愤怒的翅膀,是该让飓魔军血债血还的时候了。"

联军和护兵们都激情愤慨,热情高涨。五天过后,蓝胤斗下令联学宫的第一护队十万大军率先对察阳道发起了猛攻。护兵们无愧于布雅戈金雕兵团的称号,只用一天,就打开了两道缺口。

七十多万联军乘势而上,飓魔军节节败退,即便是裘图和十大魔子亲自督军,也无法阻挡复仇之师喷涌而出的怒火。只是,飓魔军就像海边的沙粒,无穷无尽,源源不断的飓魔军和九蝎军还在向丹露湾增援。

裘图和十大魔子死守察阳道的最后一道屏障,蓝胤斗和裘图正面交锋在所难免。古岚和寿通曾试图阻止蓝胤斗与裘图正面交战,但都被她果断拒绝。

这里乌云密布,寒冷潮湿,一场正面对垒的大战在察阳道南侧的左班路打响。裘图与他的十大魔子带领五十万飓魔军手握大刀战斧,站成了一排排坚固的高墙,护兵和联军们也以同样阵势和飓魔军针锋相对。蓝胤斗穿着蓝色战袍,披着红色披风,骑着皇家坐骑生歌在阵前做了战前讲演。

"各位英勇的战士们!经过这些天的苦战,你们的战斗力已让飓魔军成了虚妄的传说,而你们在此战中的威名必将成为永久的传奇。现在,我们唯一的敌人,魔主裘图就在我们千米之外,拿起你们手中的武器,咆哮吧!让他们知道,我们的金雕军团,我们的类人铁军已经荣耀归来,在你们的大刀战斧下,任何妖魔鬼怪都必将毁灭消亡。"蓝胤斗激情澎湃的演讲让本就士气高昂的联军和护兵们更加热血沸腾。

六大神兽除了青龙外,全部变身守护在蓝胤斗身边。古岚也紧跟其左右,就连林叶西也穿上了战袍配上了短剑,站在了最前沿。蓝胤斗让白虎发出了进攻的信号后,他们首先冲向了飓魔军的阵营,联军和护兵们蜂拥而上,与冲上来的飓魔军短兵相接,奋力厮杀,场面血腥又混乱。

而裘图和他的十大魔子直奔蓝胤斗和五大神兽,虽青龙缺席,神兽无法归一,但由于蓝胤斗法力深厚,又有通灵明玑护佑,裘图和他的十大魔子经过了近一小时猛烈攻击也无法伤及蓝胤斗。裘图见短时间内无法分出胜负,他突改主意,竟然将一旁的古岚抓走，十大魔子也跟随着一起撤退。

蓝胤斗和五大神兽根本来不及追击，他们的身影瞬间就淹没在了飓魔怪的人海之中。蓝胤斗极度愤怒："他抓走了古岚大人，我们的很多秘密计划都将暴露，特别是联学宫的护尊护帅们，都将陷入危险之中。"蓝胤斗对身边的寿通说："通大人，现在我们该怎么办？"

"依我之见，暂时不必张扬，以免引起联学宫内部的恐慌，更不能让战士们军心动摇。此刻，我们更要奋力杀敌，为摩丹王争取时间。"寿通说。

"不知班鼎大人是否顺利南下，如果他能和寿团长成功会师，将后援飓魔军抵挡在万花林外，我们就能将丹露湾的飓魔军拖死在这里。"

"如果不出意外，今天就是会师的日子。"寿通说。

"速速派人前往，我需要肯定的结果。还有，马上派人通报给护尊长，古岚大人被抓，至少要让全体护帅们、护尊们加强防范，保护自身安全。"

"是。"

裘图和十大魔子撤退后，大量飓魔军也迅速撤回到了察阳道。此次对战，联军牺牲了五千多人，飓魔军比联军伤亡更加惨重，但对裘图来说，飓魔怪的生命根本不值一提，死不足惜，因为在适当的时机内，他还能召唤出源源不断的飓魔怪为他效命。

由于青龙休隐，他无法窥探到任何信息，所以才蓄意把古岚抓走，如果古岚来不及采取措施，他的记忆一旦被裘图窃取，后果将不堪设想。

陇都被屠，已有三月有余。飓天座和他的四十万飓魔军潜伏在枭北境内，毫无动静，蓝胤斗为此也焦虑不安。他们就像一颗埋伏在枭北的定时炸弹，随时牵动着亿万类人的紧张神经，各国王主也因此而不能派出更多的军队支援蓝胤斗。

走到这一步，蓝胤斗才幡然醒悟，这都是裘图和巫曼仇精心谋划的结果。蓝胤斗若不能利用手头的军队收复丹露湾，若摩丹王也不能及时赶到，班鼎和寿团长也不能将更多增援的飓魔军阻挡在万花林外，她带领的联军和护兵们就犹如陷入到了孤岛之中，不祥之气一直笼罩着蓝胤斗。

午夜时分，她独自一人走出营帐，在军营内漫无目的地穿梭。林叶西远远地跟在她身后，虽毫无声响，但也瞒不过蓝胤斗那双锐利的双眼。

"我正烦闷，出来和我说说话吧。"蓝胤斗扭头对身后瘦小的暗影说。林叶西这才从暗处走出来，默默地跟在蓝胤斗的身后。

"你想牧大人吗？"蓝胤斗问。

"我……我没时间想他。"林叶西轻声地说。

"是思念不给你时间吗？还是思念根本就不需要时间。"蓝胤斗神色忧伤，在昏暗的月色下，显得更加孤独落寞。

"我知道他和宸大人在目若林里很安全。"林叶西迟疑片刻后说，"我想得更多的是，我还能不能见到他。"

"是不是我错了？今天已是冷寇从瓜瓜耳群岛回来的第十一天了，可依然还没有摩丹王的消息，班鼎大人率领的联军被飓魔军和黑豹军困在了长武山以北，根本无法与寿团长会合。潜伏在枭北的四十万飓魔军神出鬼没，已成功牵制住了类人军队，王主们不可能，也没能力再支援我们。要是宸大人在，可能古岚大人也不会被裘图抓去，失去了他们，我犹如失去了展翅翱翔的双翼。"蓝胤斗说，"我深感迷茫，身心疲倦，似乎我把百万条生命带入了亡地之中，你说我们还有希望吗？"

林叶西从没见过蓝胤斗如此沮丧，她内心虽感迷惘，但她坚信正义之师的力量绝不会轻易消亡。

"我个人认为，即便我们真的投入了亡地之中，求生的欲望可能比梦想，比正义，比仇恨更具力量。"林叶西肯定地说，"我们一定能收复丹露湾。"

"我很欣赏你的心态，无论何时，你都是那么乐观。重点是，你永远都是那么开心，发自内心的开心。我要如何做，才能拥有你的心境呢？"

"我的肩上只有护世主，而你，却背负着天下万民。"林叶西说，"或许有一天，等裘图和飓魔军消亡后，你的世界只有了宸大人，那时，欢乐和幸福也会每天陪伴着你。"

"我不确定会不会有那么一天。"蓝胤斗说，"我说不出理由，我今晚就是莫名悲伤，我似乎要失去什么，可又不知到底会失去什么？生命吗？我似乎不曾惧怕过，是什么？比我的生命还重要呢？"

"大战在即，护世主可不能胡思乱想。你是我们大家的指路明灯，要是你都恍惚了，谁还能照亮这昏暗不明的崎岖道路呢？"

"明天，我们一定要越过察阳道。古岚大人的记忆若被窃取，他一定会拖延时间想出应对之策，我们绝不能再给魔主任何机会。"

"此等大事，我不敢妄语。我只知道，无论你在哪里，我都要紧跟着你。"

蓝胤斗被林叶西感动得热泪盈眶，她蹲下来和林叶西紧紧相拥："我正想告诉

## 第四十章 血战普衡山

你，明天你留在营内，不要再跟着我了。刀剑无情，法力无眼，如果你有什么事，我如何向牧大人交代呢？"

"护世主不必向任何人交代，我也是一名军人，要是能死在战场也是我莫大的荣耀。能和护世主并肩作战，是我此生最大的幸福。"

"这不是请求，这是命令。"蓝胤斗突然严肃地说，"既然你是军人，就应该知道如何执行命令。"蓝胤斗说完后，化成一道白影，瞬间消失在了林叶西眼前。

第二天拂晓，第一梯队突然对察阳道发起了猛攻，在进攻之前，蓝胤斗又做了一次简短的演讲。她考虑再三后，还是坦白将护尊古岚被抓一事告诉了大家，并表示他们已陷入了四面楚歌的境地，不进则亡。特别是联学宫的护兵们听说护尊古岚被抓后，更是群情激愤，怒火中烧。他们誓要越过察阳道，夺回丹露湾，营救古岚大人。

一路上，蓝胤斗携五大神兽见怪杀怪，见妖杀妖，十大魔子再次联手对付蓝胤斗，但始终不见裘图的身影。

类人联军和护兵们犹如神兵天将一般，把留守察阳道的飓魔怪打得四处逃窜，兵败如山倒，飓魔军节节败退，察阳道已成了囊中之物。就在蓝胤斗和五大神兽与十大魔子打得筋疲力尽之时，两位虚脱的魔子侥幸逃脱之后，裘图才突然现身在蓝胤斗面前。他们面面相隔不到一百米，裘图第一次向蓝胤斗发出了怒吼。

"你想夺回丹露湾吗？"裘图瞪着蓝胤斗说，"但在这之前，让我先取了你的人头。"还没等蓝胤斗开口，裘图就直奔而来，招招致命。五大神兽和寿通大人又被其他魔子紧紧拖住，蓝胤斗只能靠自己和裘图独自抗衡。岬龙星两股最强大的力量首次正面交锋，他们周围五百米以内，无论草木还是坚硬的石头，都会一碰即碎。蓝胤斗用尽了和十二护圣对打时的所有法术，包括十二护圣用过的灵童术等，裘图都能应对自如。眼看蓝胤斗有些体力不支，裘图最后使出了一招"巨鹰啄食"，他所施的法术变成了一只巨大的黑色雄鹰，在半空中张开坚硬的鹰嘴和利爪扑向蓝胤斗的肚子上，她当场捂着肚子瘫坐在了地上。

林叶西违抗命令，手握短剑出现在了乱军之中，因身材瘦小，毫不起眼，她快速向蓝胤斗和裘图决战的地方疾跑，速度奇快，就像一阵轻风，从人们的腿间飘过。

裘图气冲冲走到蓝胤斗的跟前，用极其讥讽的语气对她说："你以为有了我儿子的野种，就能保你一世平安吗？我现在就要你下图魔界。"

蓝胤斗似乎丧失了抵抗的本能，她竟抬头好奇地傻傻地问："你说什么？谁是你的儿子？"

裘图仰头放肆地狂笑着，随即伸手准备施法。林叶西不知从何处腾空而来，她拿着短剑精准穿透了裘图的右手心。由于剑上涂了鼠人秘制的万虫毒药，裘图的手当场变得乌黑。

裘图抬腿一脚，当场把弱小的林叶西踩在脚下，一道黑气从他右手的食指尖蹿出，直抵林叶西的额头，林叶西痛苦不堪，当即晕了过去。裘图恼羞成怒，又想对蓝胤斗下手之时，青龙喷着青色火焰穿雾而来，裘图快速一闪，青龙追逐着裘图的身影瞬间从混乱的战场上消失。

蓝胤斗捂着肚子爬向林叶西，她用疲软的双手将虚弱的林叶西揽在怀里，饱含热泪地喊林叶西的名字。奄奄一息的林叶西这才缓缓地睁开了双眼，她张开紧握短剑的右手，微笑着说："这是我的荣幸，请把剑留给牧大人……"她永远地闭上了双眼，再也没有了呼吸。

蓝胤斗紧紧将林叶西抱在怀里，她将所有的压力和悲伤都化成无声的泪水，她绝望地仰望天空，可乌云遮挡了她的双眼，她根本看不到青龙飞过天际的任何痕迹。随着裘图被青龙追着逃离后，其他魔子也纷纷受伤撤退，幸存飓魔军四处溃逃。察阳道被联军和护兵们成功占领，这意味着，进入丹露湾的大道已全部打通。

更让人振奋的是，就在一小时前，摩丹王带领十万摩丹人，以及在海外定居的三大人类共计二十万人类，已顺利从秘密地道里直接进入了丹玫宫。他和班鼎、寿团长里应外合，已将丹露湾周围的所有飓魔军全部击退。丹露湾之战，以裘图完败告终。

蓝胤斗听闻摩丹王带兵回归，成功收复丹露湾后，并没有任何喜色，她微闭着疲惫的双眼，昏睡了过去。寿通紧急下令，将蓝胤斗送回葫芦岛住进了目若林里休养。三天后，一直杳无音讯的青龙才回到目若林，但蓝胤斗却依然昏睡不醒，她的安危牵动着每一个人的心。

# 第四十一章

\*\*\*

## 摩丹王再伸援手

朦胧的朝阳破雾而出，目若林的上空白雾缭绕，欢快的蛙声、鸟叫声在林间飘荡，轻柔的晨光抚慰着翠绿的嫩草。透过落地的窗纱，能隐约看到蓝胤斗依然昏睡在床上。摩丹王专程前来目若林探望蓝胤斗，众所周知，在布雅戈，摩丹王的医术无人能比。曾经奄奄一息的班鼎就是在他的帮助之下，才得以快速康复。

经过七天的悉心治疗，蓝胤斗终于睁开了双眼，慈祥温暖又久经岁月洗礼的摩丹王正微笑着注视着她。阔别快一年后再见摩丹王，她恍惚以为自己还在睡梦之中。

"是摩丹王吗？我在哪里？"蓝胤斗身形消瘦，脸色苍白，声音微弱，她双手撑着床沿，试图坐起来。

"你别动！先安心卧床休养，现在你还很虚弱。"摩丹王说。

蓝胤斗扭头向窗外看了看，熟悉的山水草木终于唤醒了她沉睡的意识："我在目若林，我还没死？"

"你都看见摩丹王了怎么会死，只有岬龙星才敢收他呢。"站在摩丹王身后的白禹打趣地说。

蓝胤斗沿着声音才看见旁边的白禹，她眼泪瞬间流了出来："婆婆！我……"

白禹走上前拉着她的手说："没事了，已经没事了。"

"丹露湾还在吗？摩丹人都还好吗？"蓝胤斗关切地看着摩丹王问。

"我们都还好！丹露湾收回来了。飓魔军兵败如山倒，我估计一年内裹图都不敢再战了。"

"那就好！"蓝胤斗又扭头扫视了整个房间，屋内只有他们三个人，她有些失落地闭上了双眼。

"你现在还不能多说话，好好休息，我改天再来看你。"摩丹王起身欲走。

"谢谢摩丹王再次救我，斗儿无能，让你费心了。"

"你是我们的骄傲！不要担心，你的身体很快就能恢复。我还有事先告辞了。"

摩丹王政事繁忙，丹露湾杂乱不堪，除了主体建筑外，几乎所有陈设物品都早已被飓魔怪洗劫一空。白禹出门送别摩丹王，他们漫步在林中小路上。

"护尊长，护世主目前身体虚弱，绝不能再受刺激，这三天之内不要让她见任何人。"摩丹王说，"特别是宸大人的事，能瞒多久瞒多久，最好等她完全康复后再说。"

"还有一事请摩丹王明示，她今后真的不能再做母亲了吗？"

"这个暂时还不能断定，护世主的身体跟常人有些不同，她恢复能力极快。你们好好照顾她，有事随时派人来叫我。"

"好的，我会亲自在此看护她的，直到完全康复为止。外面的事，还请摩丹王多费心，有你在，我和护世主无忧矣。"

"裘图中了林叶西的万虫毒，即使他再强壮，至少也需要一年的时间来恢复。这恰好给了我们缓气休整的时间，但我们也绝不能怠慢。"摩丹王说，"古岚大人不惜用生命毁掉了一些记忆，但裘图和巫曼仇还是知道了不少信息，他们绝不会善罢甘休。这一年或许不会再有大规模的战争，可无硝烟的博弈才是最残酷的。"

"摩丹王言之有理。"白禹说，"联学宫已完全暴露在了裘图的眼下，今后一段时间内，我们将会面临更大的挑战。"

"我也担心你的安危。"摩丹王说，"恕我直言，护尊长除了要多加防范保护自己外，联学宫上下还得做好最坏的准备才行。"

"我自己已到天命之年，死不足惜。只是护世主和联学宫使命未完，特别是护世主，对她的考验才刚刚开始，以后每走一步都将举步维艰，困难重重。我担心她要知道了宸大人目前的状况，她能不能再继续战斗下去都未可知。"

"你我都知她的天赋和毅力。"摩丹王说，"这一次要换成旁人和裘图正面对抗那么久，哪怕是你和我，或许都没有再生还的可能。我相信无论如何，她都不会放弃的。只是现在，我们还是不要让她再受刺激为好。"

"是的。"

"我先告辞了！多保重！"

## 第四十一章 摩丹王再伸援手

摩丹王在林间小路上当即化成一道白影瞬间消失。送别摩丹王后，白禹又回到了蓝胤斗房间坐在她床边。她虽年迈，但精神状态一直很好。

"婆婆，白子宸有消息了吗？"

"他回来了，我派他去处理点事情，你醒了我会告诉他的。"白禹说，"你想吃点什么吗？感觉饿不饿？"

"他没事吧？"

"他应该没事吧。你现在身体太虚弱，你想吃点什么吗？"

"我想起来坐坐，但全身酸痛无力。"蓝胤斗说，"好像是有点饿了，有什么吃的吗？"

"摩丹王早吩咐过了，已经炖好了人参鹿茸汤了，我叫人端来。"

"婆婆你坐好！让别人去做吧。"蓝胤斗问，"有古岚大人的消息吗？"

白禹满脸悲伤，沉默不语。

"我知道，落在了他的手里，还能有什么好消息呢。"蓝胤斗说，"我们终究失去了一只臂膀。"

"不管怎样，我们把丹露湾收回来了，人类终于有一个安全的落脚点了。"白禹说，"谋大事者，必然会有所牺牲。正因为有无数的英雄壮士们前仆后继，裘图和他的飓魔军才被赶出了丹露湾。今后，或许还会有更多的战友同胞离你而去，总有一天，我们都会离开。"

"道理我都懂，可心里就是堵。林叶西呢？"蓝胤斗脑中突然回闪起林叶西横空救她的场景，她双手抱头，痛苦不堪。

"牧大人已将她的尸体带回子国了，鼠人都热爱自己的故乡。"

"从我们刚出现在樱桃港时，西大人就一直陪伴着我，无微不至照顾我，我真的很痛心。我们要尽力照顾好她的家人。"

"放心吧，都已经安排好了。你现在什么都不要想，只管好好休息把身体养好才是最重要的。"

"是啊，那天要不是我身体不适，我也不会受伤这么严重。"蓝胤斗自然地摸了摸肚子，"我的肚子怎么空空的，我的孩子呢？孩子呢？"蓝胤斗突然悲恸地大哭起来。

看蓝胤斗如此悲伤，白禹也老泪纵横，她紧紧地握住蓝胤斗的手说："每个人来到世间都要讲缘分，这是一份特殊的缘分，你已经尽力了。你一定要坚强，岬龙星不能没有你。裘图中了西大人的万虫毒，他不死也得脱层皮。战争就是这样，杀敌一千自损八百。从你出生的那刻起，你的人生就没有了选择，我们每个人，都要随时做好牺牲的准备。"

"是的。"蓝胤斗立即停止了哭泣，"目前这个世界并不美好，我本就不该把孩子带到这个世上来，可能他真的也不想出来看到这番乱象吧。"她又开始泪流不止。

"事已至此，你不要再胡思乱想了，快躺下好好休息。"

"婆婆，对不起！我和白子宸在目若林里私订了终身，我们没有告诉任何人。其实当时我就做好了牺牲的准备，万一此战我不能生还，我不想再留遗憾，我在蓝森林里等了他三十年。"

"我懂，我们都懂。"白禹坐在蓝胤斗的床沿，她的双手像老树皮一样沧桑，她微颤着伸出右手想帮蓝胤斗擦泪水。蓝胤斗再也无法控制自己的情绪，她扭头扑倒在白禹的怀里。就像童年时期，不管悲喜，她就爱躺在白禹的怀里撒娇一样。

蓝胤斗在白禹的悉心照料下，她的身体还算恢复得很快，刚过一周，她独自一人就能在目若林里自由行走了。现在离她受伤已经过去了一个月，她的脸色看起来红润了许多。自从林叶西走后，她拒绝任何人随身跟着，白禹只好派人远远地暗中保护她。

寿通和虎尊双玛风尘仆仆赶到目若林汇报事情，正好此时，蓝胤斗已到林中散步，只有白禹一人在院子里。

"护尊长，护世主身体好些了吗？"寿通问。

"在逐渐恢复，至少还需调养一个月才能离开目若林。"白禹问，"飓天座和他的飓魔军现身了吗？"

"没有。现在各国军队都回到了自己的国土，追查飓魔军的事全权由联军负责。"寿通说，"我想亲自到秃鹰峰一趟，看看寅国境内的三十万飓魔军到底有没有越过秃鹰峰与亥国境内的十万飓魔军会合。也真是神奇，四十万飓魔怪啊，怎么没有一点痕迹呢？哪怕是群鸟飞过，也会留下一些影子吧？"

"他们是黑暗生物，只要穿进树林山洞，我们就很难再追查到他们的行踪了。"白禹说，"我担心你会白跑一趟，等你到达后，他们早又躲进黑暗的深渊了。"

"他们到底想干什么？我一直也想不通。"双玛说。

"这是裘图的一贯作风，就算暂时不能打败你，也要让你坐卧难安。"白禹说，"这四十万飓魔军只要进入枭北境内，就犹如在类人头上悬挂了一把利剑，他一定还

## 第四十一章 摩丹王再伸援手

有更大的阴谋。"

"要不要请示护世主，我想亲自带些人去弄个水落石出。不知护尊长意下如何？"寿通说。

"我反对。"白禹说，"联学宫已失去了一位护尊，十二通灵子还有十位深陷牢底，我们不能再让你去冒任何风险。一定还能想出其他办法。"

"要不是宸大人走火入魔，六大神兽才是最好的人选。他们上天入地，飓魔怪闻之丧胆，一定能很快查出真相。"双玛说。

"现在想来，宸大人体内的魔子就是裘图精心埋下的祸端。"寿通说，"也许，他从一开始就知道无法阻挡护世主唤醒六大神兽。他让魔子控制了海齿鲸，又故意放任我们暗中操作，把竺丘送到关押班鼎的螺旋岛监狱，如果他们能做诱饵将其一网打尽便好，要是不能，就让魔子进入青龙体内，日后再为他所用。"

"很有这种可能，当初他即便不知竺丘是朱雀，但他也是堂堂的佛洛斯人的太子，又有联学宫的人暗中帮助，那就不如顺水推舟，最后再顺藤摸瓜一网打尽。"

"很有可能，裘图实在是太狡诈太歹毒了。"双玛说。

"寅国刚继位的王主寅卓汗怎么样？"白禹问。

"他仁慈又能干，深受虎民爱戴。寅侯空在位之时，他就深受长老和民众的喜爱。"双玛说，"现在陇都已成废墟，寅卓汗准备迁都林城，得到了虎民的大力支持，就连庞冷总帅都唯他马首是瞻。一场杀戮，才让寅国君民上下同心，只是都卫和骆安大人被剥夺了实权，虽表面还是庞冷的左膀右臂，但实则已被软禁了起来，我们现在都无法见到他们。"

"还有这等事？我们要警惕这位寅王。"白禹说。

"我也有所怀疑。"寿通说，"我派人调查过，他一直和庞冷总帅私交甚笃，对王位早已垂涎三尺，如果没有他背后支持，庞冷怎敢弃陇都和虎民不顾而拥兵不出呢。而且双玛大人曾说过，若寅侯空不死，他绝不会出兵。现在寅侯空死了，最大的受益者是寅卓汗，而庞冷他依然还只是军队的总帅。"

"如果只是单纯的王位之争还好，我们不便干涉寅国的内政。"白禹说，"就怕他和裘图勾结，成了裘图在枭北的走狗，那我们将人人自危。双玛大人，你今后的任务就是关注寅卓汗的一举一动，随时来报。"

"是。"

一道白影穿过房门，蓝胤斗突然出现在了他们面前，她目光涣散，精神颓废。

"宸大人在哪里？"她语气坚定，不容置疑。

寿通和双玛慌忙站起身来。"护世主身体尚未痊愈，还望你卧床休息安心静养。"寿通说，"外面的事，暂且还有我们呢。"

"我现在只想知道，宸大人在哪里？"

"他有公务在身，再等一个月，我保证让他出现在你面前，可以吗？"白禹冷静地说。

"我不想等，如果你们不说，那我就自己找。"蓝胤斗当即施法，房间内顿时出现了一个透明球体，首先出现在球体里的就是葫芦岛。

"你身体虚弱，不能动气，更不能施法。"蓝胤斗根本不听劝告，继续施法，白禹只好妥协，"好吧，既然如此，我们现在就带你去见他。"

蓝胤斗这才收手，他们四人拉着手围成一圈，化成四道白影瞬间来到了葫芦岛上的枫山塔林。

## 第四十二章

\*\*\*

## 青龙成魔

枫山塔林是岛上最壮丽的景观之一，历代最具影响力的巫师死后就埋葬在这里。这里大约有上百座大小高矮不一的石塔，塔林中央矗立着一座大约两百米高的坚固石塔格外耀眼。蒲宗、公羊冢、竺丘、冷寇、东门璟五人在石塔前守候，他们见到蓝胤斗后迅速上前，冷寇情不自禁地和她紧紧相拥。

"你们都在这里做什么？"蓝胤斗好奇地问。

"我们……"冷寇欲言又止。

"斗儿，你的身体真的无大碍了吗？"白禹问。

"婆婆你就放心吧，我真的没事了。"蓝胤斗抬头看了一眼石塔问，"子宸在塔里吗？"

"你们在外面守着，我带护世主进去。"白禹看着其他人说。

白禹走到塔门前轻声念咒语，石塔的石门缓缓打开，只见几束暗光从塔壁四周的铁窗里照射出来，微微闪烁，阴冷的气息扑面而来。待她们进去后石门又自动关上，蓝胤斗站在石塔中央仰头观看，几乎看不到塔顶，她又扭头四处寻找，塔内除了阴森潮湿的塔壁外，没有见到任何身影。

"婆婆，他在哪里？"蓝胤斗急切地问。

"在见他以前，我有话要告诉你。坐吧。"塔内有几把石椅，她们面对面而坐。白禹和蓝胤斗都面色阴沉，从未有过的焦虑神色在蓝胤斗脸上浮现。

"我本打算待你完全康复后再告诉你。"白禹说，"现在，我只要你保持冷静，先调整一下情绪，好吗？"

"我没事，我还好，也没你们想象的那么脆弱。"

"我知道。我想你很清楚这一天迟早会来，我们曾经也讨论过，只是我也没料到会这么快。"白禹说，"其实，古岚大人早已查清了宸大人的身世，所以才把他和你一起送到了蓝森林。宸大人是白莲之子，那位被裘图玷污过的女人。我们曾直接问过白莲，她一直沉默不语，后来发现，她已经把那段黑暗的记忆消除了，所以至今也只是猜测。裘图利用了古岚的记忆，我猜他可能已经知道白子宸就是他的儿子了。"

"他的儿子？"蓝胤斗脑中闪现出在战场上裘图曾提过他儿子，她才恍然醒悟，"裘图的确提过一句他儿子的事。他的身世这么重要，你们为什么要瞒着我们呢？"

"不确定的事怎么能说呢？在我看来，他是谁的儿子并不重要的，最重要的他是青龙，我们要相信青龙的选择。"

"他母亲还健在吗？"

"还在。但有什么用呢，她那段记忆都不存在了，她现在甚至都不知道她还有个儿子。"

"子宸到底怎么了？"

"在察阳道，青龙追着裘图离开后消失了三天，我们也不清楚裘图到底对他做了什么。他回到目若林后，看见你奄奄一息躺在床上，他的脸色开始慢慢变黑，眼睛血红，全身冒着黑气，我和寿通还有蒲宗才当即决定把他瞬移到这里。刚把他关进塔底，他就即刻变身，青龙身上的青麟也全部褪去变成了黑麟。他现在已经不是之前的青龙了，潜伏在他体内的魔子已经控制住了青龙，就像海齿鲸一样，已经完全丧失了自我。"

"我不相信。"蓝胤斗说，"海齿鲸怎能和神兽相提并论，青龙有灵魂，怎能和一般的飞禽猛兽相比。"

"至少现在，我们并没有看到有什么不同。"

"他在哪里，我要见他。"

"跟我来吧。"白禹对着石塔的底部施法，地上的石头开始转动，一段伸向地底的螺旋状石阶出现在她们面前，下面潮湿昏暗，陡峭无比。白禹挂着拐杖，向深不见底的石阶走去，她拉着蓝胤斗的手，瞬间移动到了石塔的底部。地底是个天然溶洞，各种形状的奇石千姿百态地倒挂着，她们穿过许多形状各异的洞穴后来到一堵石墙前。白禹在石墙前停下了脚步："他就在里面，万一……"

## 第四十二章 青龙成魔

还没待白禹说完，蓝胤斗急切地说："我知道该怎么做，请婆婆打开门吧。"

石门的右下方有个通灵开关，白禹过去对着开关说咒语，笨重的石门才缓缓打开。里面是一个巨大的天然溶洞，一个坚固宽大的铁笼放在溶洞的中央，一条庞大的黑龙半卧着趴在铁笼内昏昏欲睡，不管从身形还是颜色似乎和青龙相比都差距太大。

蓝胤斗远远地看着眼前的黑龙，她雪白冰冷的脸上顿时泛起了几根青筋，悲伤的眼泪夺眶而出。她哽咽片刻后说："难道我们要一直关着它吗？"

"如果能关住的话，当然比被裘图利用更好。"蓝胤斗欲上前，被白禹拉住，"不要惊动它，现在非常危险。"

"婆婆，能否给我们一点独处的时间？"

"你真的想好了吗？"

"请相信我？好吗？"

"好吧。我就在外面。"白禹走出洞穴，蓝胤斗缓缓地走向铁笼，黑龙依然昏昏沉睡，似乎没有任何察觉。她走到龙头前，目不转睛地盯着它看，想从面目全非的黑龙身上找出青龙的身影。

她伸手穿过铁条，抚摸着黑龙头上的龙须，黑龙这才缓缓地睁开了血红的双眼，它迷茫失落的眼神里慢慢露出了愤怒的光芒。蓝胤斗急忙对着它施法，嘴里念念有词地说着无人能听懂的咒语，黑龙原本狂怒的神色顿时变得平和了许多，蓝胤斗这才停止了施法。

她深情地看着黑龙的眼睛说："我知道，现在你能听懂我说的每一句话对不对？但你可知道你自己是谁吗？你是白子宸，是神兽青龙，是我的龙影，是我的丈夫。你还记得凤龟吗？是你在鬼骨镇给我取的名字，你自己说过要保护我一辈子的。我知道魔子现在牢牢控制着你，你一时无力反抗，但你曾说过，要我坚信信念的力量。那你呢？你信吗？如果你信，你就眨眨眼睛。"

黑龙血红色的双眼果然眨巴着低下了龙头，蓝胤斗欣喜地伸过双手抚摸着它的双眼，只见两滴黑色的液体从黑龙的眼角滴了下来。

"我很抱歉！我没能保护好我们的孩子，我真的很愚蠢，出征以前我并不确定怀孕了。"黑龙又睁开血红的眼睛看着她。蓝胤斗说，"你的父母是谁我不在乎，从我们来到世上的那刻起，我们就是独立的个体，你我更是身不由己。我需要你，我不能没有你，我带你出去好不好？"黑龙又眨巴着眼睛垂下了头。

蓝胤斗施法将铁笼的焊接处划了几道线，黑龙站立起来，腾空一跃就从铁笼里冲了出来。蓝胤斗化成一道白影，瞬间就坐在了黑龙翱翔半空的背上。它飞出石门，穿过溶洞，呼啸着一路向上从塔顶飞了出去。白禹、寿通等其他几位大人眼看着黑龙载着蓝胤斗向山顶飞去而束手无策。

冷寇急得原地打转。"让我到山峰上去看看。"

"我也去。"竺丘说。

"算了！"白禹说，"我们要相信护世主。是福不是祸，是祸躲不过。大家全力做好防范准备吧。"

"我只是担心护世主的安危。"冷寇说。

"难道她还在试图和黑龙沟通吗？"寿通说，"她这是在用生命和魔主较量，现在它不是青龙，是条邪恶的黑龙，它已经完全被魔子控制了。"

"与其惧怕魔子，还不如相信护世主和宸大人的毅力。"蒲宗说，"他们是我见过最坚韧的人。"

大家都焦急地仰头看着半空中的黑龙吞云吐火，上下翻腾，在空中腾飞几圈后，终于落在了飞天山最高的峰顶。蓝胤斗一直骑在黑龙的背上，暴怒的黑龙似乎温顺了很多。

蓝胤斗突然拿出往生塔瞬间从黑龙背上闪到他眼前。她注视着黑龙的眼睛说："无论付出多少代价，我都要和你抗争到底。一切都只是暂时的，只有往生塔才是你们永恒的归宿。"蓝胤斗对着黑龙施法，她正试图把黑龙体内的魔子收到往生塔内。

黑龙突然眼冒怒火，全身喷发着黑气，它张口对着蓝胤斗喷火。蓝胤斗一闪来到了它的身后，它用龙尾狠狠一甩，当即将蓝胤斗摔下了悬崖。蓝胤斗身心放松地闭着双眼，似乎很享受自由落体的姿态，根本没想采取措施保护自己的安危。

当她快落地时，通灵明玑发出了一道巨大的白光，将她紧紧地围在中央。此时，一道白影一闪而过，当蓝胤斗睁眼之时，只见知后满脸微笑地看着她。蓝胤斗伸开双手，紧紧地抱着知后的脖子不放，倾盆而下的泪水放肆地打在知后纯白的毛发上。每次只要依偎着知后，她就像一个脆弱的孩子，而这一次，几乎快到了崩溃的边缘。

"青龙变了，白子宸不见了。"蓝胤斗带着哭腔说，"我以为黑龙至少能听懂我的话，但我错了，你看见了吗？是它把我推下了悬崖。"

"只要宸大人在你的心里，就永远不会消失。"知后说，"他从来就不住在我们的眼里，我们又何必相信眼睛所看到的一切呢？"

"多谢皇灵教诲。可是我的心，真的很痛。"蓝胤斗眼里满含热泪，仰头望着峰

## 第四十二章 青龙成魔

顶，只见黑龙直穿云霄，吞云吐雾，瞬间消失得无影无踪。

白禹、寿通、双玛、蒲宗、公羊冢、竺丘、冷寇、东门璟八位大人瞬间移动到蓝胤斗面前，众人见知后在此，纷纷低头鞠躬行礼。

"白禹昼夜盼知后，犹如久旱盼甘霖，此刻能再见到你，欣喜不已。"白禹说，"还请知后多多教诲。"

"此次出行，的确硕果累累。"知后说，"青龙突变也在意料之中，今后还请各位大人，要一如既往相信青龙，相信神兽。无论怎样，我们还没有走到山穷水尽的地步，这个世界本来就不是我们看到的样子。我已经找到了古老皇族蓝胤氏聚居地的线索，他们可能就住在紫旦沙漠中的那块绿洲里。但他们神出鬼没，来无影去无踪，真要想见他们，可能还得等他们愿意见你时，你才能见得到。"

"我的父亲有可能会在那里吗？"蓝胤斗问。

"很有可能，如果你真是蓝胤帝的后裔的话。"

"原来你也怀疑吗？"

"这个世界，就算你亲眼所见，亲耳所闻都未必是真相。不过，只要你能见到他们，一切不都真相大白了吗？"

"也是。"蓝胤斗说，"我现在最关心的是，潜伏在枭北的四十万飓魔怪不知所踪，我怕他们又突然出来大肆屠杀。"

"飓魔怪的天敌，神秘的袋蟒军团已浮出了水面，据我判断，军团的地图很可能就在蓝胤氏的族群中。护世主能不能找到地图，还得看你和袋蟒军团的缘分了。"

"我们五位愿协助护世主，无论寻遍天涯海角也要找到你的族人，一定要找到地图。"蒲宗说。

"那要怎样才能救青龙呢？我们一定要想办法救青龙。"竺丘说，"他是为了救我才被魔子控制，他后来又救了我好多次。没有他，仿佛我的翅膀都要断了。"

"没有更好的办法，只能将魔主收到往生塔内，青龙自然就得救了。"寿通说。

蓝胤斗全身乏力，听众人七嘴八舌说青龙，她感觉天旋地转又一次昏睡了过去。他们将她带回到了目若林，又请来摩丹王为她医治，这次经过长达两个月的静养，她才恢复了元气。

黑龙自由后，当天就离开了葫芦岛，听说它并没有飞到玄魔宫为裘图所用，而是躲到北阴山内坐山不出。

这两个月来，蓝胤斗在众人的悉心照料之下，身心都得到了很好的康复。她正计划带着蒲宗、公羊冢、竺丘、冷寇、东门璟踏上寻图之旅，期盼袋蟒军团能够重现，将潜伏在枭北境内的飓魔怪彻底消灭。她暗下决心，无论付出多大代价，都要毁灭裘图挽救白子宸，她坚信世间没有任何人、任何事能将他们分开。

在摩丹王的号召下，幸存人类几乎都躲到了枭宦森林附近以及丹露湾周围开村拓寨以保安全。经过上次的苦战，裘图也元气大伤。枭北境内的飓魔军依然像人间蒸发一样，一直没有闹事，布雅戈总算得到了短暂的安宁。但平静的水面下，往往暗潮汹涌，一场没有硝烟的较量，随着蓝胤斗一行人准备开启的寻图之旅悄然打响。

# 第四十三章

\*\*\*

## 北阴山与流转之眼

初春的葫芦岛还异常寒冷,目若林背后的山峰上还依然白雪皑皑。漫长的黑夜寂静无声,茂密的树枝时而又被北风吹得吱呀作响。在黑不见底的深夜里,昏睡在床上的蓝胤斗迷迷糊糊地掀开被子四处张望,她不确定自己是醒着还是在梦里。

自从青龙成魔后,她几乎每晚都会做着同一个梦,一个黑沉沉的世界呼啸着狂风从她的耳旁疾驰而过,她似乎在一座山里,又似乎在一片海上。她不但能清楚看到狂风变成了一条巨龙向自己扑来,而且身上的每一个细胞也都在瑟瑟发抖,每当此时,她就会被彻底吓醒。待她醒来时,才看见自己又在梦中掀开了被子,寒风从敞开的窗户那边吹了进来。

蓝胤斗不顾深夜严寒,起身拿起一件外套披在身上,推开房门独自沿着小路向目若林深处走去。耀眼的群星布满苍穹,朦胧的星光使目若林更加神秘。曾经叽叽喳喳的蛙声鸟叫声已荡然无存,周围一片寂静。突然一个黑影从她面前一闪而过,蓝胤斗一脸沮丧:"婆婆,我不会走太远。"

白禹这才现身站在她面前,她手里拿着一件柔软的白色雪狐披风:"深夜风寒,要注意身体。"白禹将披风披在她的身上。

"后山的冰雪已在融化,我想我该出发了。"蓝胤斗说。

"身体真的痊愈了吗?"

"就像刚来岬龙星一样,全身充满了力量。"

"紫旦沙漠与葫芦岛相隔万里,而且一进沙漠,就有股神秘的力量在干扰着你的法力,你们根本无法辨别方向。即便是神兽也不行,就连知后也无法在沙漠上准确地找到方向。"

"我有通灵明玑护佑，或许无法干扰我呢？"

"没有人证实过，当然我也不好断言。"

"你认为神秘的力量是人为的因素还是自然的因素呢？有没有人分析过？"

"在这之前有史料记载的五千多年来，大家都相信是自然的因素。但根据知后的描述，我个人怀疑可能也有人为的因素。"

"就因为蓝胤皇族住在紫旦沙漠吗？"

"传说绿洲是在沙漠的地底下，一年只有一个月的时间浮现在沙漠中，而且没有人知道会是哪个月。"

"我知道，知后都没能亲眼见到隐藏在沙漠深处的皇族，可能只有我才能让他们提起兴趣。如果他们真的相信我就是他们的一员了，那为什么还不见我呢？"

"蓝胤氏的长老已传信给知后，欢迎你随时回家。我想，应该很快就有指示了。"

"如果他们认为这就是指示呢？现在没有方向没有路，我到底该怎么去呢？"蓝胤斗说，"今晚我又做了同样的梦，我想在这之前，我必须独自一人去那个地方看看。"

"北阴山吗？"一向稳如泰山的白禹脸上都泛起了恐惧的波澜，"你不能去，魔主在那里尘封了一万年，阴气极重。现在黑龙又盘踞在那里，你大病初愈去那种极阴的地方，若有不测你根本无法自保。"

"可这两个月来，我每晚都会梦到北阴山。"蓝胤斗说，"我相信，一定有什么在指引我去，莫非这就是他们在梦中给我的指示吗？"

"如果真有什么指示，也是你心中放不下的白子宸。"白禹说，"难道你还不相信他已经不是青龙了吗？他现在是一条恐怖的恶龙。"

"知后曾说过，这个世界并不是我们肉眼看到的那样。"蓝胤斗说，"你曾经也教导我，无论处在什么样的境地，给自己一分钟时间，静静地倾听内心的声音。每晚梦醒，我都会盘腿静坐，听从我内心的指引，可答案都是一样的。你还记得那句话吗？当魔网封住了我的心脏，当黑暗吞噬了我的鸿光，我依然坚信，我能改变未来。就是你这句话，我打开了联学宫的通灵墙，而且，蓝灵堡的通灵墙也是这句咒语。我还一直想问你，你怎么会知道皇族的咒语？"

"你说什么？那是皇族咒语？"白禹脸色灰白僵硬，"我的父母从小就用这句话激励我。我也认为这句话充满了魔力，每当我遇到困难时，我就会默默对自己说，当

## 第四十三章 北阴山与流转之眼

魔网封住了我的心脏，当黑暗吞噬了我的鸿光，我依然坚信，我能改变未来。说完我就充满了力量，所有困难都能迎刃而解。所以，我想把它送给你，希望你也能感受到它的魔力。我真的从来没想过，它竟然是皇族咒语。"

"我相信你是真不知道它是皇族咒语。不然，在两百年前，你就有能力拿到往生塔。"

白禹突然惶恐地跪倒在蓝胤斗面前："老身虽贵为护尊长，但从来没敢妄想去碰往生塔，我对蓝胤氏的忠心天地可鉴，对护世主也绝无二心。"

蓝胤斗连忙将白禹扶起来："婆婆你这是为何？我只是在想，皇族咒语既然是你父母传授给你的，是不是你也是我们蓝胤氏的后裔呢？我知道你是这个世上对我最好的人，我怎么会怀疑你呢？"

"这样的事可不能随意揣测，也许我的父母是从别人的口里听到的呢。也或许是师父传授给徒弟的呢，就像我告诉你一样。"

"这倒也是，毕竟过了上万年。"蓝胤斗说，"当密语变成了名言名语，就反而更加隐秘了。只有真正了解它真相的人，才会感到它的神秘伟大之处。不过这事，目前只有你知我知还有生歌知。当初逃离蓝灵堡时，就是它告诉我的。"

"生歌怎么会知道呢？"

"它不是皇帝的坐骑吗？"

"对啊，老身都糊涂了。只要是蓝胤氏的人，应该都知道这句咒语。只是他们可能不知道，这句咒语能拿到往生塔。当初蓝胤麒要知道，估计就直接来取了，也不会发动什么宝塔战争了。"

"是的。因为我当时只知道这句，就想先试一试。后来我看秘密咒语，才知原来皇族咒语有上万条。"

"是的。这可能就是冥冥之中注定的。"

"所以，你就相信我的潜意识吧，我会没事的。"蓝胤斗说，"还有一件事想问你，在联学宫查到村长孟桓了吗？"

"我问过，到目前为止还没有查到。"

"那清除白子宸的记忆那事也没有查到吗？"

"没有，我怀疑可能不是我们联学宫的人。"

"难道蓝森林附近还有别的势力吗？"

"我也在想此事，只是我个人猜测，如果你们蓝胤皇族真的存在，也许他们有这样的能力。"

"我知道了，谢谢婆婆指点。"

此时已到了拂晓时分，寒风在朦胧的晨光下有些肆无忌惮，将她们的头发吹得凌乱不堪。已经不知不觉在林中小道上走了上千米的蓝胤斗和白禹这才转身往回走。

"我想即刻动身，望婆婆能帮我保守秘密，除你之外，不要再让任何人知晓。"蓝胤斗说。

"至少让五大神兽与你同行，若有不测他们能保你周全。"

"我答应你，要真有危险，我即刻回来，绝不留恋，好吗？"蓝胤斗说，"神兽一出动，就等于告诉了所有人，我痴心不改，不顾大家的感受，又冒险去看黑龙。但这一次，我承认，一部分是想再看看它，但最主要的，我是要去那里解开我心中的疑惑。北阴山引起了我极大的好奇，那里到底是个什么样的地方？始皇当初为什么会把魔主的灵魂封在那里？黑龙不去魔幽城，不去玄魔宫，它为什么会去北阴山？"

"我可以找人帮你解开心中的困惑，联学宫有专人研究北阴山的史学家，你想知道什么，他们都能帮你一一解答。"

"别人眼里的北阴山根本不是我想看到的北阴山，描写它的文献我几乎都看过了。我心意已决，我必须要亲自去一趟。"

白禹意识到，蓝胤斗认定的事，任何人都很难改变，她也只能冒险支持。

"既如此，我陪你去吧。"白禹说。

"不行，你年事已高。况且，我还需要你帮我守住秘密。"

"好吧。"白禹说，"以我的能力，我最多只能帮你隐瞒一夜，明天一早，你必须神采奕奕地面见大家。之前你已亲口对双玛大人说过，在你们启程之前，也就是明天，让他召集护尊们和神兽们到联学宫开会。你应该不会忘了吧？"

蓝胤斗迟疑片刻后微笑着说："怎么会忘呢？一夜足矣。"

刹那间，东边金色的霞光从云层中迸发而出，像一只柔软的巨手，徐徐拉开了五彩的帷幕，在晨风的吹拂下，整个葫芦岛都清爽明朗了许多。但这一天，对蓝胤斗来说却是无比的煎熬，她无数次地走出房门，抬头看着被日光照得火红的天际，甚至开始了自言自语："为什么今天你如此璀璨，我想你立刻夜幕降临。"

终于熬到了傍晚，蓝胤斗却异常地紧张，她穿着白狐披风在白禹的房门前来回踱步，迟疑好久后才举手敲门。白禹推开房门沉默不语，只是静静陪她一起走进了目若林。

## 第四十三章 | 北阴山与流转之眼

蓝胤斗转身正欲开口,白禹抢先说道:"这个你一定没看过,它可以帮你节约很多时间。"蓝胤斗接过来打开看,是一张北阴山的详细地图。

"太好了,我从来没有见过这么详细的地图,原来北阴山下真有暗河?"蓝胤斗对着地图施法,地图瞬间已被储存在她的记忆里了。

"你是不是听谁说过,暗河能直通紫旦沙漠的地下城。"

"什么都瞒不过你。"蓝胤斗微笑着说。

白禹又从衣兜里拿出一个小小的透明精致的水晶棒。"这是夜明方向灯,北阴山可不盛产五彩石,它能指引你去想去的地方。"

"这就是你的方向灯?"蓝胤斗惊诧地问道。

"护尊长唯一的护身符。"

"谢谢婆婆,我一定会完好无损还给你的。"

"好吧。不管能不能找到,希望你尽快回来。如果被裘图和飓魔军发现了,恐怕又要引起巨大的祸端。"

"是。"蓝胤斗微微点头,和白禹相拥告别,就在转瞬间,她化成一道白影消失在了白禹的怀抱里。白禹看着北阴山的方向,心情极度沉重,许久才踱步离开。

北阴山地处枭北的北边,是岬龙星上最高最大的山群,绵延1911千米,宽360千米,平均海拔约7000米。历经万年的雪雨风霜,每年还在不断地下陷。这也是布雅戈大陆与异人领地巴非亚大陆的天然屏障。这里山顶常年积雪,一年也只有在夏季才能在山腰看到些许植物在顽强地生长。

封印独孤心魔魂魄的主峰骆驼峰在北阴山脉的中央。这是进入北阴山天然溶洞的唯一进口。相传,北阴山下的溶洞暗河向东西两侧延伸,向西可穿过紫旦沙漠最后直通葫芦岛,向东可穿过贝拉草原最终到达东海湾。

蓝胤斗趁着夜色,悄无声息地来到了北阴山骆驼峰的洞口前,刺骨的寒风吹打着她雪白的脸庞,黝黑的发丝在耳际随风飘扬。她在外停留片刻后拿出了夜明方向灯,垂挂在洞口的一块岩石像一条昂首狂嘶的蛟龙出现在她的眼前,她仔细地盯着岩石端详,昔日青龙的影子再度在她的脑袋里浮现。

走进洞内,里面怪石嶙峋,洞壁上千姿百态的石幔、石花引人入胜。隧道似的洞穴层层递进,大洞与小洞相连,上下曲折,路路峰回辗转,处处别有洞天,犹如一座天然的地下艺术宫殿。走到分叉路口,她手里的方向灯突然将光源凝聚成一道蓝色光影照耀着左边的洞穴,她面露微笑看着前方,瞬间化成一道白影消失得无影无踪。

　　蓝胤斗来到了溶洞中央最大的洞穴群，独孤心魔的魂魄曾经就安放在最底层一个狭小的角落里。这里与外面的洞穴稍有不同，石壁上明显有人工凿击的痕迹，走近仔细一看，石壁上刻着的是一群拿着火把的类人在奔走的样子，她顺着类人行走的方向继续向前来到了下一个洞穴。这个洞穴稍小一些，石壁上纵横交错的痕迹顿时吸引了蓝胤斗的目光，仔细一看，似乎跟白禹给她的地图有些相似，甚至更详细一些。

　　她以骆驼峰为中心，沿着线条向东西两个方向仔细查看，在西边右侧尽头有一个特殊的圆形图案引起了她浓厚的兴趣，她举手将图案上的灰尘抹去，圆圈里似乎突然睁开了无数双眼睛直勾勾地盯着她，她顿时心寒背凉，本能地向后退了两步。从她有记忆以来，哪怕和裘图交战，也从没有这样让她心生胆怯过。

　　她立即闭眼沉思，过了一分钟后她举着夜明方向灯又仔细查看，大圆内原来还有两个小圆，除了能清楚看到大圆上有十二双眼睛外，中间的圆上还有四个图案，中心的小圆内还有五个图案，但因年代久远，图案变得模糊，完全看不清楚到底是什么。她伸手触摸，顿时感觉天旋地转，一骨碌就坐在了地上。

　　她本能地立即施法，用皇灵守护将自己保护了起来，她已感觉到有一股邪恶的力量正向自己逼近。原来黑龙此刻正悄无声息在她的头顶盘旋，它的身体颜色已与洞壁融为一体，要不是它睁开了血红的双眼，根本不会有丝毫察觉。蓝胤斗快速一闪来到洞门口，显然她已经感觉到了正在缓慢移动的黑龙。她主动出击，向黑龙施法，一道白光直射向黑龙的眼睛，怒气逼人的黑龙明显温顺了很多。

　　"即便你是魔子，难道你不会变身吗？我不喜欢黑色，它太深沉，太邪恶。"蓝胤斗说，"我喜欢蓝色，也偏爱青色，你能变回原来的样子吗？"

　　黑龙移动着庞大的身躯，将长长的头伸了过来，用已没有怒色的眼睛直勾勾盯着她。她在黑龙的眼珠里，看到自己已泪流满面，以前和青龙相处的点点滴滴在她的脑海里快速回闪，特别是青龙变回白子宸的瞬间常常在她脑子里挥之不去。她抬手想去抚摸黑龙的头，但黑龙无情地转身从洞口飞了出去。蓝胤斗擦干眼泪，化成一道白影，一闪就飞到了黑龙的背上。

　　"就算你不记得我了，我也要跟你走，但如果你还记得我，请你带我去我想去的地方吧。"蓝胤斗爬在龙背上，两手紧紧抱着龙背不放。

　　黑龙似乎没有任何反应，载着蓝胤斗往地底飞去，随着越飞越深，潺潺的流水

## 第四十三章 北阴山与流转之眼

声从不远处传来。蓝胤斗心里清楚，他们正在往暗河的方向飞去，她刚才施法控制了黑龙，但她还是没底，黑龙真的被她控制了吗？它到底会带她去何方，她内心依然有些许忐忑。不过，既然心灵指引她走上了这条道路，即便前方是万丈深渊，她也绝不退缩。在她心里，无论白子宸变成了什么，只要能和他在一起，她就不会感到有丝毫畏惧。

她很享受地趴在龙背上，任由黑龙在地底辗转穿梭，她似乎已经忘了白禹的嘱托，拂晓前必归的诺言她已抛在了脑后。漆黑的暗河在轰隆作响，一股寒气扑面而来，她紧紧地抱着龙背，从龙背上传来的温度足可以驱走恐惧，慢慢地，她竟安然地睡着了。

## 第四十四章
***
## 蓝胤家族

　　蛐蛐声、鸟叫声不绝于耳，待她醒来时已快到了中午，她在一间木屋内，被两个小男孩和两个小女孩团团围住，她慌忙地站立起来仔细端详，孩童们似乎都很面熟。

　　"你们是谁？"蓝胤斗问。

　　"我是金童。"摩丹童子说。

　　"我是木童。"索瓦童子说。

　　"我是水娃。"罗梭童女说。

　　"我是火娃。"佛洛斯童女说。

　　"我想起来了。"蓝胤斗连忙低头鞠躬行礼，"蓝胤斗拜见四位护圣！"他们就是十二护圣中的童子童女。

　　四位也向她鞠躬还礼："护世主安康！"

　　"这是什么地方？我怎么会在这里？"蓝胤斗问。

　　"今天清晨，我们四位在门廷崖练功，突然看见一道黑影从崖底直冲上来，仔细一看，原来是一条黑龙在空中翻云覆雨，龙背上还趴着一个人，我们飞上龙背，才将你救下来。"金童说。

　　"那黑龙呢？它还好吗？"

　　"它试图杀你，你还关心它？"火娃说。

　　"不可能。"蓝胤斗说，"如果它真想杀我，在北阴山地底就能让我永不见天日。而且，我都睡着了，怎么没掉下来呢？它想杀我不更易如反掌吗？"

　　"是你的通灵明玑救了你。"金童说，"我们去救你时，一团白光还紧紧将你和黑龙绑在了一起。"

蓝胤斗这才低头摸着脖子上的明玑说："原来又是你。它真的想杀我吗？"

"黑龙后来直接撞上了门廷崖，想和你同归于尽，你说是不是真的？要不是我们救得及时，你和它……"

"它撞崖了？它怎么样了？"蓝胤斗还没等童子说完，就急切地问。

"它掉下去了，那可是万丈深渊啊。"木童说。

蓝胤斗顿感头晕，她推开身边的童子准备出门，被迎面而来的四位老者和另外四位童男童女，也就是另外八位护圣拦了下来。

"护世主不必多虑，别忘了黑龙也是龙，深渊又有何惧？"一个稳重又洪亮的声音说道。他就是护圣长摩丹人宓仲，一位法力极高与智慧并存的长者。

蓝胤斗看着八位护圣后急忙鞠躬行礼："蓝胤斗拜见各位护圣！"

护圣们也集体向她低头鞠躬。

"护世主请上座！"宓仲说。

房间的正北方有一个木椅，左右两排各有六把稍小的椅子。十二位护圣站在椅子前，等候蓝胤斗入座。蓝胤斗这才定定神走到椅子前坐了下来。

"知后大人告诉我有家父的下落了，听说我的族人在紫旦沙漠的中央，我本想去北阴山找找线索，不料遇见了黑龙。"蓝胤斗说，"本以为我控制了它，它能带我找到我的族人，但没想到，会发生这样的事。"

"我们就是你的族人。"宓仲说。

"你……你们？"蓝胤斗一脸疑惑。

"在护世主的心里，你的族人是不是都应该是罗梭人？甚至是直系亲属至少也是要有血缘关系的人？"

"在我的世界观里，的确是这么理解的。"

"自始皇蓝胤帝建国以来，为了布雅戈长久的和平与安宁。他做了两件最重要的事。"宓仲说，"第一件事就是创办了联学宫；第二件事，就是继承和发扬壮大了蓝胤家族。"

"继承？我还是一头雾水。"蓝胤斗依然一脸疑惑。

"联学宫创办之初，是为了培养和储备有特殊天分的人才。而蓝胤家族是在精英中培养能治理国家的人才，当然包括我们的人皇。"

"精英中培养人皇？我还是不太明白。"

"那我就直说了吧，皇族蓝胤氏在蓝胤帝更久之前就存在了，它是由岬龙星上天生拥有特殊异能的精英们组成的古老团体。"

"我是不是可以这样理解？蓝胤家族不是某个人的后裔，它只是一个精英组织，只要你足够优秀甚至可以培养和帮助你成为帝王。"

"是的。自有国家以后，百分之九十九的人皇都是我们蓝胤家族的人。"

"那百分之一是谁？"蓝胤斗问。

"蓝胤帝就是那百分之一中的一位。他拥有通灵明玑后打败了魔主，我们皇族才赐予他蓝胤姓氏，皇族中幸存的精英竭尽全力辅佐他，他才统一了全人类，建立了庞大的蓝宫帝国。"

蓝胤斗恍然大悟："还有这样的事？岬龙星果然是一个神秘莫测的地方，联学宫的存在已让我十分惊奇，没想到秘密中还有秘密。我之前一直困惑，既然联学宫只效忠蓝胤氏，为什么还有那么多外姓人要冒死去夺往生塔？原来是这样。那棋王也是蓝胤家族的人吗？"

"是的。我们本不接受个人申请，但若真想凭自己的实力加入蓝胤家族，那就首先得过我们这关。"

"不接受申请？你们是单方面选人才吗？那我到底算什么？我什么时候被你们选中的？"

"从你来到这个世上的那刻起，你就是我们家族的一员了。"

"为什么？"

"你是通灵明玑的传承人，是注定要来拯救岬龙星的，蓝胤皇族当然要助你一臂之力，这也是我们的责任和使命。"

"所以呢？"蓝胤斗说，"是你们把我抱进了皇宫蓝灵堡？是你们赋予了我蓝胤氏的姓氏？"

"是蓝灵堡被屠后，我们才把你抱进去的。就是让你名正言顺，好让护尊们接手保护你。"

"这件事，难道连护尊长白禹大人都不知道吗？"

"她只是治理联学宫的人，她只能做她分内的事。"宓仲说，"我们每个人都有自己的路要走。"

"可她亲口告诉过我，通灵明玑被唤醒后直接照到了往生塔，她当即特意去了皇宫，是皇后在抚养我，怎么又是被屠以后呢？"

## 第四十四章 蓝胤家族

"当初皇后自己也生了个女儿，当时无人知晓，以为是皇后生下了传承人，但没人知道，通灵明玑照亮的终点是你，我们当即就把你抱走保护了起来。"

"寿衣团的团长百里无影又说，是他亲自把我抱进的皇宫啊。"

"就是他们在抱你的时候，我们的人把你调包了。他们抱去的人也是一个非凡的女婴，她现在已成了我们皇族长老院的圣尊长老。"

"难道这些事，连摩丹王和知后也不知道吗？"

"那时知后还在沉睡，摩丹王无心关注他人。"

"每个人说的都不一样，我到底该相信谁？"蓝胤斗猛地从椅子上站了起来，"既然你们对我了如指掌，那我的生父生母呢？"

"很遗憾！你母亲生你时失血过多当即死亡了，你父亲就在我们村里。"

"他真的还活着？我可以去见他吗？"

"当然。不过……"宓仲欲言又止。

蓝胤斗又坐回原位："各位护圣！刚才我有些失态，抱歉！虽然我已经做好了一切准备，知后大人也教导过我，这个世界并不是我看到的或听到的那样，但有些事还是让我措手不及。或许，我们每个人都只想接受自己愿意接受的那部分吧。"

"可历史真相不是按我们的意愿去书写的，按我们每个人的意愿写下来的历史都藏在书里。它的确能安抚很多人的心灵，但它蒙蔽不了智者的双眼。"宓仲说。

"是的。能打破常规向棋王和蓝胤家族挑战的人，都是智者，包括裘图。他一定看破了其中的秘密，所以才会想去夺往生塔，才会被独孤心魔选中，我之前看轻他了，原来他真是一个强劲的对手。"蓝胤斗说，"而我呢？我到底是谁？这个问题一直困扰着我。坦白讲，我一开始就不相信，就因为我是通灵明玑的传承人，就一定是蓝胤帝的后人吗？我无法说服自己。但现在看来，原来皇族蓝胤氏只是一个古老的团体，那似乎又能接受了。不管怎样，我一定要见见我的父亲。"

"你随时都能见他，只是他恐怕已经不记得你了。"

"毕竟过了快五十年了，他记得自己是谁就行。"

"他是谁？恐怕也不记得了。"

"到底怎么回事？"

宓仲看了看其他护圣，他们的脸上都显示出了无奈的表情。

"他原是联学宫一名护帅的贴身侍卫。半年前，联学宫出现内鬼，护尊长白禹亲自出面彻查此事，他的部下被巫曼仇收买，因此他也受到了牵连，自进入联学宫以来的所有记忆都被清除了。"

蓝胤斗沮丧地低下了头："当时是我下的严令，我记得还有三位护帅也受到了牵连。那至少他进入联学宫以前的记忆还有吧？"

"他五岁就进入了联学宫。我曾问过他，他只记得自己的名字叫红尧，还记得他父母模糊的背影。"

蓝胤斗手握两边的椅托，眼睛湿润，低头默不作声。

"要不要我们去把他请过来？"宓仲说。

"不必了，带我去拜见他吧。"

蓝胤斗起身往外走，护圣们急忙跟在她身后。她一出房门，村子的景象就让她目瞪口呆，大约百来间木质房屋依山而建，周围被翠绿的树林环绕。愣了一会儿她才说出了一句："好熟悉的地方，这里是不是罗堂村？"

"是的，就是罗堂村。"宓仲说。

"那我现在是在莒虎星吗？"蓝胤斗惊诧地问。

"不是，我们还在岬龙星。"

"那这里为什么叫罗堂村？所有的房屋建筑，所有的设计，都和莒虎星蓝森林旁边的罗堂村一模一样。"

"回头村长自会告诉你的。"

"村长？哪个村长？"

"我们还是先带你去见尧大人吧。"宓仲说。

"好吧，希望你们先不要告诉他我是谁。我的路依然险象环生，生死难料，既然他已经不记得我了，无牵无挂何尝不是一种幸福呢。要是有一天我们如愿将裘图和飓魔军消灭后，我再来接他。"

"其实……"宓仲迟疑片刻后说，"就算他的记忆没被清除，他也不知道自己还有个女儿。当时正因为考虑到你的特殊使命，我们安排人向他撒了谎。他当时在外执行任务，你出生一个多月后他才回去，当时跟他说孩子和母亲都没保住，他知道后痛不欲生，一蹶不振，后来很长一段时间都在拼命工作，直到现在依然孑然一身。我们一直也在反思，这样做是不是对他太残忍了？可是，如果不那样做，又能怎么办呢？你终究不是他一个人的孩子，你注定要颠沛流离，漂泊不定。"

"请你带路吧。"蓝胤斗心情沉重，脸色阴沉。

"他现在唯一的乐趣，就是在书院里整理书籍。"宓仲说。

## 第四十四章 蓝胤家族

十二护圣带着蓝胤斗来到村里南边的书院，整个书院占地十余亩，全是木屋黑瓦，后面是一片翠绿的竹林，质朴又清新。金童木童率先推开书院的大门，坐北向南的方向是书院的正房，两边的房间才是书院藏书的地方。书院正房可容纳一百多人，是供皇族精英开会共商大事的场所。大家来到左边的藏书房外，通过窗户果然能看见一个纤瘦的背影正在专心致志地整理书籍，宓仲本来想叫他出来，被蓝胤斗制止。

"不必惊动他，我看一眼就好。"蓝胤斗说。

蓝胤斗站在窗外能清楚看见红尧在书架边专注地翻看书籍，他头发花白，身形消瘦，眉宇之间能看出他们父女之间非常相像，一股莫名又特殊的亲切感涌上她心头。

红尧异常从容平静，似乎除了他的书本外，外面的一切都与他无关，他完全没有注意到窗外的众人正在注视着他。蓝胤斗双手抚摸着窗户，冰冷的脸上泛起了些许涟漪，她想冲进去拥抱父亲，可是理性命令她，转身逃离了书院。

# 第四十五章

\*\*\*

## 皇族长老院

蓝胤斗刚跑出书院大门,就一头撞上了迎面而来的村长。这位村长就是蓝胤斗一直在找的村长孟桓。他是罗梭人,这月刚满 152 岁,身高一米七五,面色红润,清秀儒雅,一头银白色的头发垂至腰间。他身穿青色的绸缎长衣,手握一根长两米的金色权杖,威严又稳重。他博学多才,冷静睿智,由于常年在星图系里穿梭,他精通六个星球的语言以及文化习俗,喜欢在背后运筹帷幄。比起他深不见底的法力,能快速读懂别人的真实想法才是他最厉害的本领。

蓝胤斗住在蓝森林期间,白禹突然消失后,她经常会到蓝森林边的罗堂村玩耍,当时孟桓就是那个罗堂村的村长。由于孟桓见多识广又博学多闻,对蓝胤斗还特别亲切热情,所以她经常会去跟他探讨各种事情,她在莒虎星所学的文化知识大部分都是由孟桓传授的。

蓝胤斗见到孟桓欣喜不已,她对孟桓的感情亦师亦友,亦兄亦父,除白子宸和白禹外,孟桓曾经是她生命中最重要的人。蓝胤斗双目微红,泪珠在眼眶里打转。孟桓微笑着向她张开了双臂,蓝胤斗欣喜地扑在了他的怀里,就像一个纯真的女儿拥抱久未谋面的父亲一样。

"村长,真的是你吗?我简直不敢相信自己的眼睛。"蓝胤斗说。

"欢迎护世主来到罗堂村。"

"十年前,你和村民们一夜之间全部消失,整个村庄荒无人烟,留我一个人在蓝森林惊慌失措。为什么?为什么你们都要跟我不辞而别?"

"我们都有使命在身,天下没有不散的筵席。"孟桓说,"护世主请跟我来,长老们都在等你！"孟桓神情严肃，还一直对她用尊称，一股陌生的距离感涌向蓝胤斗的心头，她只好迅速调整心态才恢复了内心的平静。

听闻蓝胤斗进村后，皇族的长老们已聚集在村子里的流转亭上了。村长孟桓和棋王甘父以及宓仲都是皇族九大长老之一。远远望去，流转亭就像一个普通的木亭子矗立在村子的中央，但是亭底却是个圆形的铜盘，直径大约有三十平方米，铜盘由三个圆盘组成。最外边的圆盘上雕刻着六双眼睛；第二个轮盘周围有四种图案，分别是凶神恶煞的兽类、手握往生塔的人类、手握火把的类人和手握双刃剑的异人；最中间的圆盘四周雕刻的是代表金、木、水、火、土的五种元素的图案。

待蓝胤斗跟随孟桓来到亭子前时，其他长老早已围着圆盘盘腿坐了下来。九位长老分别是摩丹人三位、罗梭人四位、佛洛斯人一位、索瓦人一位。圆盘上共十个平底草凳，正北方向的位置留给了蓝胤斗。九位长老并不全是白发苍苍的老人，除了摩丹长老外，其他人都没超过200岁，有两位竟然看起来非常年轻。蓝胤斗走向流转盘后，将右手放在胸前，谦恭地向在座的长老们鞠躬行礼。

"蓝胤斗拜见各位长老！愿你们与日同寿，万世安康！"已坐下来的长老们并没有起身，而是将右手放在胸前，低头还礼。

"护世主请上座！"孟桓说。

蓝胤斗刚准备坐下时，却被圆盘上的图案所震撼，她仔细盯着圆盘看了又看："我在北阴山的石壁上见过，只是石壁上的有些模糊不清。"

"护世主请上座！"孟桓再次请她入座她才坐了下来。

"这是流转之眼，不光是北阴山有，护世主天天戴着它，难道你没注意到吗？"孟桓问。

蓝胤斗看了看众位长老，都好奇地看着她，她才摸了摸胸前的通灵明玑问："它吗？"

孟桓点头。

蓝胤斗将通灵明玑从脖子上取下来仔细看了又看："这就是一块透明的石头，什么图案也没有啊。"

"请护世主放在水里再看看。"孟桓说。

蓝胤斗的旁边早已放好了一碗水，她把通灵明玑放在水里，果然看到玉石内有个圆形的流转盘在不停旋转，再仔细一看，能清楚看到很多双眼睛旋转着盯着她，似乎眼睛还能发出光芒，蓝胤斗慌忙将通灵明玑拿起来挂在了脖子上。

"我……我愚钝,现在才看清楚。"

"看来时机已到。"孟桓还是一脸严肃看着各位长老说。

"是的,是的。"各位长老纷纷点头说。

"今天,我代表长老们,尽力解开护世主心中的疑惑,但希望你能绝对保密,不准向任何人提起皇族蓝胤氏的秘密,包括你的婆婆白禹。"

"好吧。"

"首先,我向你介绍一下我们皇族中的长老成员。长老院又分为四个等级,每个等级的长老都有自己的权利和职责。最高等级是圣帝长老,皇族的重大决定必须由圣帝长老同意后才可执行;其次是圣宗长老、圣尊长老和圣元长老。"孟桓说,"我是长老院的圣帝长老,摩丹人。棋王甘父和护圣长宓仲是圣宗长老,摩丹人。"两位微笑着向她点头,对于蓝胤斗来说,这两位还算是比较熟悉了,但其他六位面孔却特别陌生。

孟桓接着说:"圣尊长老双蒙,罗梭人。"她是长老院中唯一一位女性,也是当年调包蓝胤斗的女孩,和蓝胤斗同年同月同日生,她们外貌极其相似,但心性却完全不同。她目光深邃,不苟言笑,城府极深,相隔一米也能感受到她骨子里的冷漠与傲慢。她目不转睛地盯着蓝胤斗,只是微微点了下头。

"圣尊长老巴军、尚宏、安常,罗梭人。"孟桓说,"圣元长老勾平,佛洛斯人;圣元长老宧卓,索瓦人。"众人都一脸严肃,蓝胤斗突然感到无比紧张,她一个一个盯着他们看,希望能从他们的眼神里读到一些基本的信息。比如他们的年龄,他们的身高,他们的经历。可孟桓并没有想把详细的信息介绍给她。

"护世主,你有什么疑惑,你需要我们怎么帮你,你尽管说吧。"孟桓说。

蓝胤斗习惯性地沉思片刻后,终于恢复了一贯的平静:"你住在苴虎星上的村子叫罗堂村,这里也叫罗堂村,我们到底有多少个罗堂村?都在哪里?"

"一共有六个。"孟桓说,"分别在星图系内的岬龙星、苴虎星、炳雀星、町武星、雾蛇星、麂陈星上。"

"我们去别的星球的目的是什么?"

"很简单,我们需要延续精英人种,人口流动才能确保万无一失。"孟桓说,"在我们岬龙星上,曾经有十八种人类,除我们四种人外,其他人种拒绝去别的星球,后来因为疾病、战争等种种原因,三千年前就灭绝了。"

"三十年前,我和白子宸在蓝森林里相处半年多,他的这段记忆被人封存了三十年。你知道是谁做的吗？"蓝胤斗直勾勾看着孟桓问。

孟桓迟疑片刻后说："我并不知情，之前我怎么没听你说过？"

"我们也是来岬龙星之前，才怀疑他失忆是有人故意而为之。"

"如果需要，我会派人彻查此事。"孟桓说。

"好吧，查到了烦请交给我们自行处置。"

"好的。"

"那流转之眼是什么？"

"相传，流转之眼是一位智者爬上北阴山巅看破了天机，当时没有文字，他就用图案符号的方式刻在了北阴山下的石壁上，就是你看到那幅模糊不清的图案。"孟桓说。

"流转之眼想说明什么？"

"都是猜测。"孟桓说，"我们的理解是，世间万物只有流动，才能生生不息。"

"好像很有道理。"蓝胤斗说，"我来此有两个目的。第一是想见家父，但我得到了一个意外的惊喜，我还见到了你。第二，我要唤醒袋蟒军团，如果它真的存在的话，你们能帮忙找到吗？"

"一定存在。"宓仲说。

"那它们在哪里？我要如何唤醒它们呢？"

孟桓动了动手指，他的指尖就发出了一道明亮的白光，罗盘中央瞬间出现了一个人面狮身的影像，那正是枭阳王的身影。

"它是谁？"蓝胤斗好奇地问。

"枭宦森林里的枭阳王。"

"枭阳王？半年前，护尊长还去见过它。"

"找到枭阳王，就能找到袋蟒军团的进口，通灵明玑就是唤醒它们的钥匙。"

"好吧。"我还有最后一个问题，"刚才你没回答我，在苣虎星你为什么不辞而别，村里的人都去了哪里？"

"我收到圣宗长老的紧急号令，裘图又在疯狂屠杀我们人类，我们分布在其他星球的长老们都必须立即秘密返回。我当时侧面跟你提过岬龙星，但你好像完全没有兴趣，我知道时机未成熟，我无法跟你解释。至于村里的其他人，已全部进入了城市，他们已开始过上了苣虎星人的正常生活。"

"他们还在苣虎星？那里还有多少我们的同胞？"

"无法估算。从五千年前开始，我们每年就有上万人离开岬龙星前往其他星球生活定居。"

"有辨别的办法吗？"

"当然有。能离开岬龙星的人都是有特殊能力的人，他们一定是与众不同的，在危急时刻，我们有办法召集他们。"

"既然如此，我们能召集他们回来吗？"

"现在还没走到那一步吧？"孟桓说，"我们有类人联军，有袋蟒军团，如果这还不能打败裘图，那整个星图系就会大乱了。"

"好吧，最后一个问题。"蓝胤斗说，"虽然我无意成了你们皇族的一员，但我在外毕竟是蓝胤公主。今后是我听命于你们，还是你们听命于我？"

蓝胤斗的这个问题让在场的长老们都有些不知所措。孟桓紧紧地盯着蓝胤斗看了足足30秒，他犀利的目光似乎能看穿蓝胤斗的五脏六腑。

他扭头又看了看其他长老后说："将来你会成为尊贵的人皇，只要你愿意，整个星图系的生灵都会唯你马首是瞻。我们皇族长老院随时听从你的差遣。"孟桓将右手放在胸前，低头向蓝胤斗行礼，其他长老也纷纷效仿行礼。这看起来虽然是一个简单的礼仪动作，但这表示长老们已经向她表明了立场。

"谢谢你们保留了我选择的自由，要是如今白子宸安然无恙，我更想回蓝森林。"

"岬龙星需要护世主，还请护世主救万千生灵于危难之中。你也只有在岬龙星，才能将你的能力完全激发出来。"孟桓说。

"恳请护世主拯救岬龙星。"其他长老同时说。

"各位长老放心，青龙被裘图利用变成了黑龙，我必须要救它，不把裘图和飓魔军消灭，我是绝不会离开的。"蓝胤斗说，"今后还望各位长老能多多扶持斗儿。"

"那是！那是！"长老们纷纷点头表态。

"还有一事要拜托大家，家父在此，还请你们多多关照。只有等到胜利的那天，斗儿才能再尽孝道。"

"护世主放心！我们都会守护好他的，就像当初在莒虎星守护你一样。"孟桓说。

"我以为只有婆婆特意去守护我的，难道你也是为我而去的吗？"

"本来圣帝长老是不能离开岬龙星的，但白禹回来后，他不放心你一个人在蓝森林，所以非要亲自去看着你，教导你，守护你。"甘父说，"今天你如此优秀，果然没有辜负圣帝长老的一番苦心啊。"

"是啊，是啊。"长老们纷纷说道。

"谢谢村长多年来的照顾。"蓝胤斗说，"我想我该走了。只是，如果我还想来，我要如何来呢？"

"该来的时候，自然会有人指引你来，这里不该成为你的牵挂，你真正的旅程才刚刚开始。"孟桓说。

"这里到底是什么地方？是紫旦沙漠中央的绿洲吗？"蓝胤斗好奇地问。

"沙漠早已成为传说，我们罗堂村有人找到过吗？"宓仲说。

"记忆中应该没有，除了今天的黑龙外。"甘父说。

"所以，该来的人，自然会来。也许哪天你从睡梦中醒来，你又回到了这里。"孟桓说。

"黑龙既然能来，我怕裘图也能来，不如你们都来葫芦岛住吧。"蓝胤斗说，"我身边的智多星古岚大人已牺牲，我需要你们帮我出谋划策。"

"黑龙从地下来的，裘图无从知晓。"孟桓说，"等你唤醒了袋蟒军团，我们葫芦岛再见。"

"谢谢村长。"蓝胤斗和孟桓再次拥抱告别，但这一次从她的脸上看不到任何表情，她一如既往地冷静甚至是冷酷。长老们此刻已全部起身面对她深深鞠躬行大礼，眼神里全是满满的期待和信任。在众人的祝福下，她化成一道白影，瞬间消失在大家面前。

蓝胤斗没有直接离开罗堂村，而是又来到了村里的书院，她看见父亲依然还在整理书籍，她跪在门前，磕了三个头后，才热泪盈眶地站起来。红尧似乎有所察觉，扭头向外看了一眼，正看见蓝胤斗已化成一道白影飘散在空中，他推开房门，仰头看着天空陷入了沉思。

这时长老们全部有说有笑地走进书院，红尧还很兴奋地跟他们分享他刚才看到了一道白影，大家都说那只是吹过的东南风，也许又是他看花了眼。他揉揉了双眼，又默默地回到书院继续整理书籍。

# 第四十六章
\*\*\*
# 森林之旅

这几天的枭北一直乌云封顶，冷风跟随着连绵不断的细雨横扫大地，傍晚将至，一道残阳才挂在了葫芦岛的西方。联学宫总部此时乱作一团，人们忙碌着四处乱窜，恐惧担忧的神情挂在了每个人的脸庞上。

五大神兽排着队形瞬间出现在联学宫总部大门前，人们看着已变回人身的蒲宗、公羊冢、冷寇、竺丘、东门璟五位大人急匆匆走进大楼，他们才显得稍微放松了一些。

蒲宗他们直接来到了护尊长白禹的办公室，一向稳重的白禹此刻却在室内来回踱步，见到五位大人进来后赶忙急切地问："你们来了？怎么样了？伤亡人数统计出来了吗？"

"粗略统计，寅、巳、申、酉、戌、亥六国大概有三百万人丧生。"蒲宗说，"仅戌国就牺牲了近百万人。依山而建的山村，几乎全部被毁灭。"

"四十万飓魔军，一夜之间就能让三百万类人丧生？而且战线拉得如此之长？"白禹说。

"这几个月来，他们不但没有集体会师，还沿着普衡山脉、北骨山脉分散而居。由于各国军队重兵保卫城市而忽略了乡村，所以伤亡才会如此惨重。"

"就算想保卫乡村，任何一个国家也没能力将战线拉得如此之长。"白禹说，"在普衡山脉，我们的联军不是日夜守卫吗？但依然做不到滴水不漏，他们总能找得到突破口。"

"是的。"蒲宗说，"寿通大人已下令彻查此事，飓魔军这次又是如何突破了联军的围剿而跑到北骨山脉的？就连果米岛也发现了飓魔怪的踪迹，还好子王早已重兵

## 第四十六章 森林之旅

把守了每一个可能进入岛上的洞口，鼠人才得以幸免于难。"

"果米岛？洞口？"白禹的脸上突然现出了不安的神情，"快，快召集护尊们开会。"

七位护尊此刻已匆匆地向她的办公室走来。

"你们来得正好。"白禹说，"速传我的命令，葫芦岛已进入一级警备状态，速召集五万护兵守护葫芦岛。"

"我们正为此事而来，守岛的五万精兵已全部到位。"包田说，"昨晚大概有一万飓魔怪已秘密进入葫芦岛，而且，是飓天座亲自带领的红脚帮，我们的护兵已牺牲了一千多人，依然没能阻挡来势凶猛的飓魔军。"

"这么快？现在他们在哪个方向？"

"在北边，离这里只有三百公里。但他们只在夜晚行动，白天又销声匿迹，杳无音信。"

"护世主呢？一早我去过目若林，她没在那里，她不会独自去找飓天座了吧？"冷寇突然问道。

"她……她……"白禹吞吞吐吐也不知要如何作答，蓝胤斗昨晚一夜未归，现在已到下午依然还没她的消息，白禹本就焦急万分。现在大家都盯着她询问蓝胤斗的下落，她要继续保守秘密还是如实向大家说明呢，她正在犹豫不决之时，一道白影从她的眼前掠过，蓝胤斗出现在了众人面前。

"各位大人，请到全英堂开会。"蓝胤斗面无表情，刚现身又化成一道白影直接去了全英堂。其他人也跟着她直接幻化成影瞬间就聚集在了全英堂里，每个人都很自然地坐在了自己的位置上，只是兔尊古岚和白子宸的专座空空无人。蓝胤斗哀伤地扫了一眼那两个空位，其他人默不作声。

"我已听闻枭北境内的飓魔军昨晚大肆作乱，六国都有伤亡。"蓝胤斗看着寿通问，"通大人，枭北各国目前的状况能介绍一下吗？"

"各国上下都很惶恐。"寿通说，"飓魔军改变了战法，因城镇有重兵把守，他们转而直攻乡村，所到之处，烧杀抢掠，无一生还，粮食房屋全部都烧成了灰烬。而且，都是晚上行动，流窜作案，神出鬼没，根本无法掌握他们的行踪。还未被攻击的子、丑、卯、辰、午、未六国也全国进入了一级战备状态。下一步，飓魔军很有可能向这六国进攻。"

"飓天座带领他的红脚帮，初步估算大概有一万精兵，已经攻破了葫芦岛的防线，据幸存的护兵描述，可能至少有三位魔子与他们同行。"包田说。

"裘图这次不仅要杀人，更是要诛心啊！"蓝胤斗说，"游击作战，制造恐慌，区区四十万飓魔军，就能让亿万军民惶恐不安。他果然是个强劲的对手，不过，我会让枭北成为他们的坟场。"

"是啊。"白禹说，"想来护世主应该有了应对之策，你就下命令吧。"

"寿通、竺门、双玛、庄东、党腴听令。"

"是"五位大人全部站起来接受命令。

"你们速回联军大营，统一听从寿通大人的指挥，协助联军作战，且秘密观察各国王主的动向，特别是酉王和寅王。有任何消息随时向护尊长报告。"

"是。"五位同时说道。

"白禹、包田、祖山、竺丘、公羊冢、东门璟驻守葫芦岛，尽你们一切所能，绝不能让飓天座和他的红脚帮攻破我们联学宫的总部。"

"是。"

"我已经知道要如何唤醒袋蟒军团了，我会即刻动身。所以，大家不必气馁，飓魔军在枭北的日子不会太长。"蓝胤斗说，"昨晚我去了北阴山，果然地下有暗河，而且，错综复杂，南北贯通。我想，飓魔军就是从这些暗河里秘密进入了各国领地，包括果米岛和我们的葫芦岛。"

"原来如此。"寿通说，"怪不得我们在地面上查不到任何痕迹，果然是转入了地下。我曾经也想过，但地下的暗河从来没有人走通过，飓魔怪是如何做到的呢？"

"半年多的时间，他们足可以凿山开路。从枭宦森林的地下都能凿出一条暗道来，还有什么能阻挡他们的步伐呢。"蓝胤斗说。

"也只有袋蟒军团了。"白禹说。

"是的。"蓝胤斗说，"不管是人类军队，还是类人军队，大规模正面作战我们还能勉强抗衡；但一旦转入地下，分散游击作战，我们就很难有效打击他们。裘图想方设法将四十万飓魔军送入枭北，我就想过，他最终的目的还是想用武力威慑各国，将曾经那些想投奔他的国家重新收入囊中，甚至那些摇摆不定的国家，也可能会变节。所以，你们要密切关注这些王主的一举一动。"

"是。"其他人都高声回答，只有蒲宗和冷寇两人有些茫然。别人都领到了命令，只有他俩不知道自己要干什么，他们对视着，眼神里满是疑惑。

"今天就议到这里，大家去忙吧。"白禹和其他人一起起身，准备离开。"婆婆请

## 第四十六章 | 森林之旅

留步，我还有要事跟你商量。"蓝胤斗说。

其他人都站起来往外走，只有蒲宗和冷寇又想起身走又不太敢走，他们半弯着身子一直疑惑地看着蓝胤斗。

"宗大人和寇大人也请留步。"蓝胤斗发话后，他俩才又坐回到位置上。全英堂现在就剩下了他们四人。蓝胤斗从衣兜里将夜明方向灯拿出来递给白禹。"完好无损！谢谢婆婆！"

"见到了？"白禹问。

"嗯，我已见到家父和族人了，回头再找时间跟你细说。"蓝胤斗说，"我们要想唤醒袋蟒军团，还先得去枭宦森林找枭阳王。"

"原来是它在看护袋蟒军？"

"是的。"

"那我得跟你一起去。"

"可是，葫芦岛现在正面临大敌，若你我都不在，恐怕会军心不稳。"蓝胤斗说，"而且，目前整个枭北一片混乱，更需要你坐镇指挥。就让宗大人和寇大人陪我去吧，上次他们不是跟你一起去见过枭阳王吗？"

"嗯，也好！"白禹说，"那你把我的手杖带去，见杖如见我，枭阳王一定会见你的。"

"可是，你还要用它……"

"我还有很多个呢？只是我更喜欢用它。还有，记得带上夜明灯。"

"好吧。都准备好了。"蓝胤斗指着旁边的三个背包说，"摩丹王送的礼物，已经很久没用过了。"这是当初他们从丹露湾去巨人谷唤醒勾陈时，摩丹王送给他们远行的礼物。里面有普通的夜明灯，有干粮，还有水，还有点火石。

白禹随即就将眼前的手杖递给了蓝胤斗，她接过手杖，童年的很多美好回忆又浮现在她眼前。她看着眼前白发苍苍的婆婆，心里顿时感到无比的酸楚，她情不自禁将白禹紧紧地拥在怀里。

"婆婆，你一定要注意安全，你年事已高，千万不要外出指挥，记得派重兵守护这里，如果万一保不住，带领大家先撤到丹露湾，好吗？"

"你放心，联学宫近万年的基业不可能让他们轻易就毁的。"

"以防万一嘛。你的生命比一个岛重要，岛失去了，我们还能找机会再夺回来。这是请求，也是命令！"

"好！既然是命令我领命！"白禹冷静地说。

蓝胤斗这才露出了些许笑容。"那我们即刻就要出发了，枭北的所有事就拜托你了。"

"去吧，你们也要注意安全。切记，没有枭阳王的允许，千万不要上盘祖山。"

"知道了。"

"还有一事。"白禹停顿了片刻后说，"万一我有不测，大事可托包田。"

"婆婆，你永远都不能有事。"蓝胤斗说，"既然田大人可托，那你就跟我去吧，这样枭阳王一定会见我们的。"

"现在不行，我也是刚想起，大战在即，护尊长绝不能离开联学宫。"

"那你一定要保重，等我们回来。"

"快去吧。"

蓝胤斗转身对已经站立许久的蒲宗和冷寇说："你们能带我找到枭阳王吗？"

"我想没问题。"蒲宗说。

"一切恍若昨日。"冷寇自信满满地说。

"好。那我们走吧，婆婆你保重！"蓝胤斗再次向前拥抱白禹。

不知是大敌当前担忧所致，还是要前去召唤袋蟒军团，前途未卜，她的心头总是有一种不祥的预感，白禹也是千叮万嘱要她注意安全。纵是不舍，天下也没有不散的筵席，对蓝胤斗来说，与人分离似乎成了一种常态，即便再悲伤也只能放在心底。

蒲宗和冷寇上前一左一右拉着蓝胤斗的胳膊，跟随着残阳的光辉，瞬间消失在白禹面前。

夕阳的余晖染红了天际，远处的海平线转瞬将五彩的霞光吞噬，淡淡的残阳斜挂在西边的山峰上，浑浊的天空中，闪烁着几颗苍白的小星星，岛上黄绿色的田野渐渐地被淹没在模糊的寂静中。

蓝胤斗、蒲宗、冷寇赶在夜幕降临之前，已来到了枭宦森林的入口处。在没有枭阳王的应允之下，任何人都不敢在森林内使用法力，这是人类和兽类在很久以前就达成的默契。

他们三人只能徒步前行，蒲宗由于常年在山里生活，对方向特别敏感，只要他去过的地方，一两年内通常都不会遗忘。他仰头看了看天际说："我们从这里出发，一直往西走就对了。寇大人，你说呢？"

冷寇此时也在仰头观测。"嗯，这的确是离盘祖山最近的入口，它就在我们的西

## 第四十六章 | 森林之旅

南边。"

"好吧。既然认准了方向，我们就只管前进吧！"蓝胤斗此刻似乎显得很轻松，她拿着白禹的拐杖敲打着路边的野草，走在最前面，"记得村长曾教过我一个成语，叫打草惊蛇。草响或许能惊到普通的蛇，但绝对惊不到我们的飞蛇。"蒲宗和冷寇听了后爽朗地笑了起来，蓝胤斗也放松地笑了笑。自从白子宸被裘图控制后，本就有些虚弱的她又一病不起，在蒲宗和冷寇的印象中，已经很久很久没见她笑过了。

"你说的村长是谁？从来没听你提过。"冷寇问。

"还记得我跟你们说过，蓝森林旁边有个村庄叫罗堂村吗？你们还有印象吗？"

"印象深刻呢，经常听宸大人说起，说村里的人特别善良、淳朴、乐观，与世无争，他说那是苢虎星上真正的世外桃源……"蒲宗口快，刚说出宸大人三个字冷寇就向他瞪白眼，但蒲宗只顾低头边走边说，也没看她的表情，冷寇只好用手掐他的胳膊并瞪眼才制止了他继续说下去。不过，现在的蓝胤斗提起白子宸似乎并没有过多的反应。

"我说的就是罗堂村的村长，他教了我很多不一样的知识，是书本上很难看到的，这让我受益匪浅。"

"我们五彩斑斓的岬龙星已足够神奇，可我还是情不自禁向往远方，我好想去你住过的蓝森林看看。"蒲宗说，"如果真的有那么一天，岬龙星不再有战争，寇大人，你愿意和我一起去其他星球看看吗？"

"通常明天事，我只有明天醒来才会去想。"冷寇说。

"据我所知，岬龙星的人类，已在其他五个星球上安身立命了。"蓝胤斗说，"或许你们，还真可以去到处看看。"

"这还真是一个难题，我这一生，最怕的就是选择和别离，我不想离开我的族人。"冷寇说。

"我正好可以帮你，我最爱的就是发号施令。"蒲宗得意地看着冷寇，在冷寇面前，他似乎永远都是那么的调皮。

"如果我没记错的话，护世主从没下过任何命令，让我听命于你！"冷寇依然一脸冰冷。

"如果有必要，或许日后我会考虑的。"蓝胤斗嬉笑着说。

"护世主，你的眼睛是雪亮的，你看看我们的生理特征，我们才是同类啊！"冷寇一脸无奈。

"你说同类吗?"蒲宗说,"你可要看清楚,我和护世主同是罗梭人,你可是摩丹人哦。"蒲宗依然得意地说。

"你!!"冷寇拉过蒲宗的手,扭头依附在蒲宗的耳边轻轻地说,"不要得意,我是冷血动物,对任何温度都会自动屏蔽。"

即便是微弱的风声掠过树上的黄叶,也瞒不过蓝胤斗的耳朵。她走在前面,想起了曾经和六大神兽共同战斗的日子,每次大难当头,他们几个都会嬉笑怒骂。表面越是放松,心理越是焦虑,她们此刻虽然走在枭宦森林里,其实心里一直挂念着葫芦岛和枭北的安危。

夜幕终于降临,微弱的光线无法照耀坎坷的道路,森林内一片漆黑。他们三人拿出备好的夜明灯继续前行,这种夜明灯和护尊长的夜明灯有所不同,除外形有些相似外,功能却只有单一照明功能。三个夜明灯同时发亮,前路又异常光明,只是周围一片寂静,似乎连春风也忘记了飞翔。

"自从我会瞬间移动后,已经很久没有这样走路了,其实走走也挺好的。"蓝胤斗说,"我常常很怀念,那段惊心动魄,跋山涉水去唤醒你们的日子。虽然时刻都有生命危险,但那种期待和希望,足能战胜所有恐惧。我现在又有这样的感觉,我们虽四面楚歌,前景堪忧,但希望的种子就埋在这片树林里,这又让我无比的欣慰。你们相信青龙还会回来吗?"

蓝胤斗突然问起青龙,让他俩有些措手不及,自从青龙成魔后,所有人都避提青龙二字,就怕戳破她的敏感伤心处。

"没有谁能真正控制神兽,回来只是时间问题。"冷寇说。

"白虎也是这样想的。"蒲宗说。

"我想也是,青龙绝不会成为第二个海齿鲸。"蓝胤斗说。

三人在森林内穿梭,时间疾驰而过,一晃就到了深夜。他们也不知走了多远,只是感觉身体有些疲乏,他们在一块大岩石下找到了一处适合休息的场地,并捡来了一捆干柴燃起了一小堆火。夜晚潮湿冰冷,三人围着火堆稍作休息,还吃了些干粮补充能量。

"你们小睡一会吧,我来看着,有白虎守卫你们放心吧?"蒲宗说。

"岬龙星最安全的地方就在这里。它们都是我们的朋友,飓魔怪绝不敢来这里。"蓝胤斗说,"你也睡吧,我们时间紧迫,明天一定要见到枭阳王。晚一天,枭北不知道多少类人又要丧生。"

## 第四十六章 | 森林之旅

对于蓝胤斗和蒲宗来说，因从小与山水树木日夜相伴，森林就如同他们的家一样，一草一木都是那么的亲切，即便置身在让普通人闻之丧胆的枭宦森林里，他们也没有感到丝毫的胆怯，很快，两人都进入了梦乡。而一向大胆的冷寇此刻却有些担忧，她睁大眼睛左右扫视着，见他们睡得很香，才轻手轻脚地起身走出了洞口。

由于刚刚进入春天，树叶都还正在发芽，透过粗大的古树枝，依然能看到深蓝的夜空明月当头，繁星密布。只是在南方有一颗星星格外耀眼，它的存在瞬间让漫天的繁星都暗淡无光，离她最近的还有六颗星星也很明亮，只是在它们的南边，还有一颗星星却闪耀着红光，因此也比较耀眼。

在冷寇的记忆中，从来没有见过这样的星星。虽然她不懂星象，但她从小在摩丹王身边长大，经常会听到星象师与摩丹王讨论星象之事，耳濡目染，她隐隐约约能感到，天下会有大变。

她本来有些焦虑，但转念一想，岬龙星已经乱了五十年了，七成的生灵都被裘图和飓魔军给消灭了，还有什么比这更坏的呢？如果真有大变，或许只会变好吧。她双手举过头顶，舒展了身骨，才又走到火堆边，呼呼入睡。

夜空渐渐发亮，一束亮光穿过枝丫石缝照在了蓝胤斗的脸上，待她睁眼时，已是清晨。她急忙起身叫醒了还在熟睡的蒲宗和身边的冷寇。"东边的太阳都已升起，说好拂晓前出发呢。"

"我怎么会睡得这么香？"蒲宗也疑惑地说。

"因为我们睡在了布雅戈最安全的土地上。"冷寇还迷迷糊糊地说。

"你俩快振作精神，我们该上路了。"

他们仨胡乱收拾一番后就走出了洞口，让他们意想不到的是，两匹鹿马犹如两位英姿飒爽的战士守在洞口前，它们正是之前全程陪蓝胤斗唤醒六大神兽的生歌和白鹭，上次大战后，蓝胤斗叫它们又回到了枭宦森林。蓝胤斗飞快地蹲下来抱着生歌的头，看着它的眼睛，抚摸着它的毛发，激动不已。

"你们怎么来了？我们没叫你吧？不过能在这里见到你们，我真的太开心了。"蒲宗和冷寇也紧紧地抱着白鹭的头，犹如见到了久别重逢的亲人，激动又温暖。

"要是没有枭阳王的许可，我们也不敢在这里出现。"生歌说。

"是枭阳王叫你们来的？"

"是的。"生歌说，"是他派松鼠来告诉我们，说你们一直在这里打转，可能需要一个向导。"

"打转？"蒲宗大声地说，"我没听错吧？怎么可能呢？我们明明离西南方越来越近了。"

　　"本来是很近，但你们永远也找不到盘祖山。"

　　"为什么？"冷寇急切地问。

　　"因为，你们就在它的身后打转。"

　　"打转，什么打转啊！"蒲宗始终一头雾水。

　　"好吧，好吧！已经不重要了。"蓝胤斗微笑着说，"再说，要不打转，怎么能见到你们呢？那就有请歌大人带路吧。"

　　"是。"

　　生歌双腿跪地，蓝胤斗稳稳坐在了它的背上。冷寇和蒲宗也骑在了白鹭的背上。它们犹如两道疾风，在森林里自由穿梭，转眼就不见了踪影。

# 第四十七章

\*\*\*

## 飓魔军压境

　　昨夜的枭北又兴起了一场腥风血雨，飓魔军不仅在寅、巳、申、酉、戌、亥六国继续屠杀村民，而且除子国外的丑、卯、辰、午、未五国也同样遭到了惨绝人寰的屠杀。就在这两天时间里，类人至少死了三千万人，虽然与这几十年牺牲的近三十多亿人类相比，也不过才百分之一，但在如此短暂的时间内杀害这么多手无寸铁的平民百姓和老幼妇孺，的确能让所有生灵都为之颤抖。侥幸逃离魔爪的村民成群结队地涌向城镇，而城镇的居民却不敢再踏出城门半步，他们只能祈祷坚固的城墙能护佑他们的人身安全。

　　虽然各国都有派军队前往乡村，但茫茫的大地随处都有可能出现飓魔怪的踪影，根本防不胜防。有些军队刚出军营不到百里，就碰到了成群结队涌向城镇的村民，军队长官只能即时命令部队，引导保护村民进入临时的安管营，他们的职责就是尽可能保护村民，少受飓魔怪的屠杀。

　　但能逃脱的毕竟是少数，特别是边远靠山的村民，几乎还没跑出大山，又被突如其来的飓魔怪撕得粉碎，最多只会留下几根白骨。人们纷纷猜测，进入枭北的飓魔怪，远不止四十万。的确，到底有多少根本无从得知，敌人给出的数字根本不足为信。

　　据幸存的村民谣传，每到天黑，密密麻麻的飓魔怪就会涌向山村，他们就像冬眠之后，刚出山洞的黑熊一样，两眼血红，面目狰狞，头上肮脏凌乱的毛发散落到胸际，原本强壮的身躯大多也变得骨瘦如柴，只要见到能移动的活物，他们就会举起手中的刀具或长矛，不顾一切地刺死对方，然后狼吞虎咽地吃得精光。在村民看来，飓魔怪杀人不是目的，填饱它们贪婪的肚子才是它们真正的诉求和愿望。

飓魔怪惨绝人寰的杀戮方式更被类人们传得神乎其神，不光让普通百姓不寒而栗，就是身怀绝技，天生异能的人们也望而生畏。它犹如瘟疫一般，肆无忌惮地在枭北这块辽阔的土地上疯狂地蔓延。也许此刻，他们才真正领悟到，什么是炼狱般的生活。在安管营里，放眼望去，每个类人的脸上都浮现出了恐慌与绝望的神情。这样的表情，已经在枭南人类的脸上挂满了快五十年。

但出乎意料的是，葫芦岛上的飓魔怪这一夜却异常安静，五万精兵彻夜不眠不休地紧张备战，但没有看到一个飓魔怪的身影。待到天明，护兵们才纷纷松了口气。有人猜测，或许飓天座得知岛上有五万精兵，而且还有神兽和众多法力极高的护尊们驻守，望而生畏而带领他的红脚帮撤离了葫芦岛。

对于守岛的护兵们来说，这无疑是他们最理想的愿望。可是，对于白禹和护尊们来说，这更让他们焦急不安，通常在暴风雨来临的前夕，都会异常的平静。不知道飓天座和他的红脚帮，到底又在策划什么阴谋。

守岛的护兵由于一夜未眠都有些困乏，三分之二的人已奉命原地休息。白禹和护尊们以及三位神兽都驻守在联学宫的总部。刚午饭过后，寿通就派人向白禹秘密报告了她得到的紧急情报。原来酉王酉连菲一直与巫曼仇秘密联系，这次飓魔军在枭北的所有行动，都和酉王有关。飓魔怪惨绝人寰的屠杀方式以及各国伤亡人数都是她一手策划散布出去的，企图引起民众的恐慌，继而迫使一部分立场不坚定的王主倒向裘图这边。

她已经向各国王主发出警告，如果不举手投诚，类人就会像人类一样，即将面临灭种的危险。寅国、申国、巳国、亥国四位王主果然已经动摇，他们正在试图和酉王见面，商讨具体的投诚计划。对于这一消息，连白禹都不敢相信，她召来包田、祖山、竺丘、公羊冢、东门璟到她的办公室商讨应对之策。

"葫芦岛昨夜得到了暂时的安宁，我知道，这一定是暴风雨前夕的一种假象。"白禹说，"先不管他红脚帮到底有无阴谋，我们都要一如既往地高度警惕才是。"

"是啊！是啊！"大家纷纷表示赞同。

"现在有一个坏消息，我刚刚收到了寿通大人发来的情报。酉王从始至终就没有真正和我们一条心过，她之所以派兵参加联军，也只是一种表面的妥协。她暗暗一直和巫曼仇联络，包括四十万飓魔军进驻枭北，销声匿迹半年后制造的这起屠杀村民的暴行都和她有关，现在盛传飓魔怪各种神乎其神的屠杀方式以及屠杀的人数都是她一手

## 第四十七章 飓魔军压境

策划传播的。我一直还在怀疑，这么短的时间内，伤亡数字是怎么统计出来的？又不像城镇人口集中，乡村人口分散居住，就算统计也需要时间。"白禹说。

"只要动动脑子就应该知道，既然类人尸骨无存，都被飓魔怪吃了，怎么还能统计伤亡数字呢？"包田说。

"最可气的是，她不仅散布谣言，还警告各国王主要识时务为俊杰，不要拿类人的生命当草菅，谁挡裘图的路，最终都只有死路一条。她威逼利诱竟然动摇了寅、申、巳、亥四国王主，正企图和她密谋投诚。寅、巳、亥王我相信极有可能，可申王也如此，我无法说服自己，你们大家都很清楚，当初第一个跳出来与裘图抗争到底的人，就是申王。现在他怎么会突然倒戈，变得如此之快呢？你们都说说自己的看法吧。"

若论年龄，在座各位的年岁加起来或许都没有包田长老的岁数大，他到底多少岁数也无从得知，用他的话说，既然摩丹人等死是个漫长又痛苦的过程，那为什么还要去牢牢记住自己还要多久才能死呢？他想，既然活着就该快乐地活着吧。由于他心态极好，又见多识广，通常护尊一遇到疑难问题，之前除了请教古岚就是请教他了，无论是否对错，他都有独到的见解。其他人的目光也都齐刷刷注视着他。

"如果要分析申王的心理，就得从他们猴人的民族性格说起。"包田说，"猴族是世上少有的极其灵巧的种族，他们行动敏捷快速，不仅有一双修长的臂膀，还有一双能见风使舵的灵动双目。相传，始皇蓝胤帝带领类人打仗时，就是派申兵做哨兵，哨兵一职其他类人都无法与它们相匹敌。所以，见风使舵、左右逢源、借坡下驴，这本来就是他们深入骨髓的本性，这又有何想不通呢？"

"是啊。从地理环境来说，寅、申、巳、亥四国坐守枭南进入枭北的最前沿，尤其是申国，更是枭北的咽喉。生存环境对猴族人的影响也至关重要。"祖山说，"当初申王第一个站出来召集子王、丑王、辰王商讨对魔之策，他急切想知道其他王主的态度，好采取应对之策。我想当时他还是相信，若类人齐心协力还是有把握将飓魔军挡在枭北以外的。但现在眼看飓魔军已在枭北兴风作浪，他自知没把握保护猴族人民的安全，此刻变节也是能理解的。"

"嗯，可能还有一点，他寄予厚望的联军即便驻守在他的国土上，也没能让民众幸免于难，也许他很失望，对我们失去了信心。"白禹说，"不过，自古以来，国与国之间，从来就没有真正的信任与友谊，国家利益和人民安全才是他们永恒的追求，而人民的安全更是每个王主首先要考虑的。现在这样的局面，我们该如何应对呢？"

"三位大人，你们有没有什么想法？"白禹用满怀期望的眼神注视着公羊冢、竺丘和东门璟。

公羊冢冷静沉稳，他用睿智的双眼观察着大家的表情，竺丘和东门璟正用期望的眼神盯着他，他沉思片刻后才发言。

"我想，现在我们说什么做什么都于事无补，不如静观其变，看看各国王主的态度。待护世主携袋蟒军团归来，将枭北的飓魔军赶尽杀绝后，一切都能迎刃而解了。"

"那万一没有袋蟒军团呢？"竺丘问。

"我相信护世主。"东门璟说，"她一定会把袋蟒军团带来的。"

"目前也想不到更好的办法了，既然西王在故意散布谣言，正说明飓魔军并没有人们传说的那么可怕。心虚的人才会狐假虎威，真正咬人的狗是不会出声的。我也相信短时间内，各国军队都有能力阻止更大的伤亡。"

"是，是。"大家纷纷点头表示赞赏。

"我们现在的首要任务，是要确保葫芦岛的安全，联学宫万代基业不能毁在我们的手里。昨晚红脚帮没有进犯，也没有听到撤离的消息，如果不出所料，今天定会有一场恶战。"

风青牧此刻正急匆匆向白禹的办公室走来，他依然穿着滑轮鞋，像一阵风似的快速飘过。自从林叶西牺牲后，他伤心欲绝，萎靡不振，他回到子国休养了三个多月才恢复精神刚回到葫芦岛。

风青牧行动敏捷，稳重睿智，这次飓魔军进攻，白禹亲自指定他为护尊长的通讯员，负责传达护尊长的命令以及向她报告最新的消息。他还没走到门口，就扯开喉咙大声喊道："紧急军情、紧急军情……"他径直推开房门，所有人都敏锐地站了起来。

"什么情况？"白禹急切问。

"飓魔军压境。南边八十公里以外密密麻麻都是飓魔怪。"风青牧脸上显露出了惊慌的神色。

"昨天不是说在北边吗？南边是一片辽阔的海滩，飓魔军是从哪里来的？"

"船，密密麻麻的船，至少有好几百艘大船，我曾在梦兰多的黑门港见过。"风青牧说，"护世主和宸大人出现在樱桃港那天，我和西大人、鹏大人奉命送他们到蓝灵堡时，在黑门港见到了大船，还看到了梦兰多的军用仓库。"

"从来没有船只能靠近葫芦岛，他们是怎么做到的？"包田问。

## 第四十七章 飓魔军压境

"看来海里的生灵也被裘图控制了。"白禹说,"我们之前一直认为飓魔军还没有能力大规模的在海上运输作战,没想到他们竟然还有那么多船只。牧大人,速传我的命令给边折宫总帅、全体将士,准备迎敌。"

"是。"风青牧接到命令后又快速滑行着离开。

"我们走,去南边看看。"白禹准备和其他人一起走出联学宫,被包田拉住:"你在此坐镇指挥,我和祖山大人前去探探军情。"

"对啊!你不能离开联学宫。"祖山说,"自古以来,护尊长不能亲临前线,必须坐镇联学宫,这里不能没有你。还望冢大人、丘大人、璟大人能保护护尊长的安全。"祖山随即向公羊冢、竺丘、东门璟鞠躬行礼。

"不必了,我在这里很安全。包田听令。"

"在。"

"你前去协助护岛总帅边折宫。转告他岛在人在,岛亡人亡。"

"是。"

"公羊冢、竺丘、东门璟听令。"

"在。"

"三位大人务必听从宫总帅的统一指挥,保护葫芦岛,保护联学宫。"

"是。"

"祖山大人。"

"在。"

"你去通知所有护帅,葫芦岛大战在即,号令天下护兵集结赶赴葫芦岛,守护联学宫。"

"是。"

所有人接到命令,立即幻化成影,瞬间从房间里消失。白禹随即走到她的桌子前,将她桌子上的夜明灯放进兜里,随即幻化成一道白影离开了房间。

早在联学宫建立之初,始皇蓝胤帝为了将子、丑、寅、卯、辰、巳、午、未、申、酉、戌、亥十二支类人铁军的军魂保留下来,特按照每支军队当时的外貌特征,所用的武器装备,按一比一的比例制作成了通灵俑,每支军队一万俑,共计十二万。而护尊长的夜明灯就是唤醒通灵俑的唯一钥匙。

通灵俑分别埋在了联学宫总部二十里以外的东南西北四个方向的地下城里。虽然联学宫内部早有耳闻,但因葫芦岛从来没有外敌入侵过,也没有相关的史书记载,人们只是把它当成又一个传说而已。可护尊长白禹知道，任何传说都不会空穴来风，护尊长世代传承的夜明灯的真正用处，就是在葫芦岛最危急时刻唤醒通灵俑。这是历代护尊长继位时，秘密传下来的法宝。

从她继任护尊长以来，她几乎每年都会来到四大城门口查看，她甚至想过打开大门看看是否真的有通灵俑存在。但祖训有言，打开大门之日，就是葫芦岛危亡之时，最终她还是用理性按捺住了自己的好奇心。

今天，只要敌人打破五十里以内的防护圈，就可以打开地下城门唤醒通灵俑，她既兴奋又焦虑。白禹来到地下城的东门口，东门背靠一个不到百米高的椭圆形小山丘，外墙爬满了密密麻麻的绿色藤蔓，小山丘上到处都是马尾松，人们叫这一片为马松林。

她掀开绿色藤蔓，一堵厚厚的石墙映入眼帘，石墙上长满了绿色苔藓。她走近用右手抚摸着石墙自言自语："虽然我无数次想唤醒你们，想看看传说中铁人十二军的风采，可是现在，我内心非常忐忑，难道我们活着的生灵真的没有能力阻止飓魔军了吗？"

她无比沮丧地在门口踌躇片刻后，又化成一道白影来到南边守岛总帅边折宫指挥部后山的最高点。她远远看着辽阔的海岸线上，密密麻麻的飓魔军正向护兵防线涌来。随即岛上吹响了冲锋的号角，两军正式拉开了激烈厮杀的帷幕，远远看去，就像两群黑乌乌的蚂蚁在打闹摔跤一样。

一阵寒风吹来，她饱经风霜，皱纹凸起的脸庞微微一颤，寒风吹乱了她稀疏的银发；她用深邃的目光冷酷地眺望着远方，她再次从衣兜里拿出夜明灯，又化成一道白影，随风消散在了山坡上。

五万护兵与至少20万飓魔怪激战了近四个小时，武艺高强的护兵给来势汹涌的飓魔军以最沉重的打击，初步估算，至少有八万飓魔怪死在了护兵的屠刀下。但依然敌众我寡，黄昏来临，总帅边折宫下令全体护兵撤退到了50里以内的防护区内。

这是联学宫最重要的一条防线，不但有山林掩护，还有高大的石墙、无底的深渊，各种机关暗箭随时安放在每一个角落。随着护兵撤退，飓魔怪也停止了大规模的进攻，在阴沉的夜幕下，护兵得到了短暂的休息。但任何人都不敢懈怠，因为大家都知道，飓魔怪最擅长夜战。而护兵即便白天能以一挡十，但晚上的战斗力却会大大降低，最残酷的战斗还在后面。

凤青牧面带喜色匆匆来到白禹的办公室，还在门口他又扯开了喉咙大喊起来：

## 第四十七章 | 飓魔军压境

"护尊长！护尊长！初战告捷！我军歼灭了近八万敌军，他们已停止了进攻。"

白禹坐在她的桌子前正在专心地挥笔写着什么，她一脸严肃，没有丝毫喜色："飓魔怪还有多少？"

"难以估算，少说也不止十万。宫总帅说，就怕晚上还会有飓魔怪赶来。"

"成败就在今晚。"她说着将写好的牛皮纸张折叠成一小块，放进她的拐杖里。拐杖的顶部可以拔出，下面是空的，恰好可以将纸条放在里面。当着风青牧的面，她很自然地做着这一切，完全没有丝毫避讳的意思。

她拿着拐杖刚走到风青牧跟前正想开口说话，却瞥眼看到窗边闪过一条庞大的黑影。白禹眼疾手快，拉着一脸惊愕的风青牧化成一道白影瞬间消失在房间里。他们来到了马松林里地下城的东门口，刚刚落地，黑影又跟了过来。白禹将兜里的夜明灯和拐杖推给了风青牧："藏起来！给包田……唤醒它们！"

风青牧拿着夜明灯和拐杖躲在了一根矮小的马尾松下，他只听到前面的三个字"藏起来"和最后四个字"唤醒它们"，中间的话他一个字也没听清。它惊恐地看到一条庞大的黑龙正张着血盆大嘴，喷着血红的火焰向护尊长白禹奔来。

白禹快速一闪，又化成一道白影准备离开马松林。但黑龙迅疾向白影喷火，风青牧眼看着半空中的一团白影又掉了下来，黑龙朝着白影俯冲过去。在夜幕的微光下，隐隐约约能看到空中闪烁的白光和黑龙缠在了一起，不到五分钟的时间，白光越来越弱，直到完全失去了光明，黑龙才翻腾着身躯，吞雾吐火，一跃穿过了乌云，瞬间消失在了茫茫天际。

# 第四十八章

\*\*\*

## 四方通灵俑

　　风青牧顺着白光消失的地方跑去，他疯狂地喊叫着护尊长，寂静的树林里，却没有一丝回响。转瞬间，夜色如奔流的瀑布，吞噬了最后一丝光亮，就连他最后一点希望，也被夜色一同埋葬。

　　他只好拿出夜明灯照亮前方的道路继续寻找，突然，夜明灯发出一道白光指向左下方，他顺着光线，终于在一棵古老的松树下看到了一团黑影，他走近一看果然是白禹。只是除了头和脸，其他部位都被烧成了灰碳，但她的眼睛却依然睁着，从她临死的表情看，她似乎还有什么话要交代一样。风青牧见着眼前的惨状，双腿一软就跪在了白禹的跟前，眼角泛起了泪光。

　　"护尊长！你安息吧！就算粉身碎骨我也会按你的吩咐去做的。"风青牧伸出他的右手，将白禹的眼睛合上。随后就在旁边用他的双手刨出了一个小洞，恰好能将白禹的头放下，将她埋好后，他扯下了自己外衣，绑在了旁边的树干上。他跪在坟堆前，磕了三个响头后，在夜明灯的照耀下，他打开了拐杖拿出了纸条。上面写着："脚下通灵俑，夜明灵之源。东在马松林，西在白杨坡，南在火牛港，北在蜗牛房。乌龟快马。"

　　以他的智力，他当即就读懂了纸条的意思。况且他早有耳闻，类人十二军英勇杀敌，为了纪念他们的丰功伟绩，始皇蓝胤帝下令，按照他们各军的特征制作成了通灵俑。但他万万没有想到，通灵俑就在脚下，而且唤醒他们的夜明灯就在他的手里。

　　风青牧不禁陷入了沉思，他想着到底该怎么办呢？是按护尊长的意思即刻唤醒通灵俑，还是先向护岛总帅边折宫请示后再唤醒呢？他在白禹坟堆前来回踱步，右手时不时抓挠着他的发丝，大概十分钟后，他又将纸条重新塞进拐杖里，拿着夜明

## 第四十八章 | 四方通灵俑

灯和拐杖加速跑出了马松林。一小时后，他终于在一片混乱中，在南边的一个山洞里找到了总帅边折宫。

停战还不到两个小时，夜幕就已降临，飓魔军又发起了猛烈的进攻。飓魔军应该收到了黑龙杀死了护尊长的消息，所有飓魔怪都激情澎湃，热情高涨，他们舍身忘我，前赴后继地向护兵撤退的方向扑来，即便宫总帅早已布好了机关陷阱，但也阻挡不住洪水猛兽般的飓魔怪前进的步伐。

南边的护兵已经撤退到了离联学宫总部40公里以内的防线了。风青牧找到宫总帅时，他们指挥部才刚刚撤退到这个山洞里，里面有五六个人正在打扫布置山洞，而身穿战服的边折宫和包田却在洞口看着葫芦岛的详细地图研究对策。当他们看到风青牧时，都露出了焦急的神色。

"牧大人，你总算出现了，你见到护尊长了吗？"边折宫急切地问。

"见到了。"

"她在哪里？"包田说，"我都回联学宫两趟了也没有找到她啊。"

"她……她……"风青牧满脸悲伤，他将手里的拐杖递给了边折宫。

边折宫看着拐杖，脸色大变，一种不祥的预感涌上心头："护尊长怎么了？"

一向将生死置之度外的包田，脸上也泛起了不安的神色。风青牧又将兜里的夜明灯拿出来递给了包田，包田拿着夜明灯，痛心疾首地闭上了双眼："这是护尊长的方向夜明灯？怎么会在你这里？"

"护尊长……被黑龙杀死了。"风青牧悲伤过度，全身一软就瘫坐在了地上。

边折宫拿着拐杖狠狠地在地上敲了三下，愤怒不已。正在收拾山洞的其他人都不约而同地扭头看他。包田立即恢复了冷静："她有没有留下什么遗言？"包田将风青牧拉起来，让他坐在旁边的凳子上。

"当时情况危急，她把夜明灯和拐杖推给我后，我只听到她说：藏起来，唤醒它们。"

"唤醒它们？"边折宫疑惑地问，"什么意思？"

"如何唤醒？"包田显然听懂了白禹的遗言，作为护尊，他早就知道通灵俑的事，只是不知道如何唤醒。

"在拐杖里。"

边折宫举起拐杖，他和包田两人仔细看了又看，也没看出有任何信息。风青牧将拐杖拿过来，拧开拐杖头，拿出纸条递给了包田。包田打开纸条看了又看："她守口如瓶守护它们上百年，今天却不能自己唤醒，真是命运弄人。"

"黄昏时，我去她办公室传达捷报，正看她挥笔书写，然后将纸条放进了拐杖里。就在这时，黑龙的身影出现在了窗外，她拉着我瞬间去了马松林，黑龙跟随而至。我们没来得及多说话，他们就打了起来，后来白光越来越暗，直到她完全熄灭，黑龙才腾飞而去。"风青牧说，"除了她的头，身体其他部位都被烧成了灰烬，我就地刨了个坑把她埋在了马松林里，才过来寻找你们。"

包田将纸条递给了边折宫看，边折宫疑惑地一字一字读着："脚下通灵俑，夜明灵之源。东在马松林，西在白杨坡，南在火牛港，北在蜗牛房。乌龟快马。"

"类人十二军的通灵俑，真的存在？"边折宫说，"而且，就在我们的脚下。田大人，你看怎么办？"

"你是守岛总帅，护尊长既有遗言，一切你来决定吧。"包田说。

"就凭我们护兵，说实话，估计很难熬过今晚。"边折宫说，"你也看到了，天刚一黑，飓魔怪个个都像战神附体，刀枪不入。而我们，两眼摸黑，只有躲的份，这仗还怎么打？"

"那就按护尊长的遗言，唤醒通灵俑。"包田坚定地说，"只是，不知我们能不能唤醒。"

"先去北边的蜗牛房试试，此刻北边最安全。"边折宫说。

"好。"包田说。

"我想和你们一起去。"风青牧说。

包田和边折宫点头默认，他们拉着风青牧的小手，化成一道白影，瞬间在夜色中消失。不到一分钟，他们就来到了蜗牛房，这是靠近联学宫最近的山林地带。由于这里经常聚集着大批的蜗牛，人们就将此地取名为蜗牛房。

但北门具体在哪里，还需要夜明灯指引方向。包田拿着夜明灯说："北门。乌龟快马。"夜明灯没有任何反应，只是散发着亮光。"你试试。"包田将夜明灯递给边折宫。

"北门。乌龟快马。"夜明灯还是没有反应。

"看来，只能等护世主了。"包田说。

"护世主就一定能行吗？"边折宫好奇地问。

"通灵明玑是万灵之母，她都能控制，这夜明灯她当然也能控制了。"包田肯定地说。

"那她今晚要是还不回来呢？难道我就只能眼睁睁看着我的护兵一个个去送死，

眼看着联学宫被飓魔怪烧成灰烬吗？"边折宫悲伤地说，"要是那样，我们大家都将成为历史的耻辱。"

"要不要……我试试？"风青牧昂着头斗胆地说，"当时就是它，指引我找到了护尊长的尸体，后来，又是它指引我找到了你们。"

两位大人顿时有些惊愕，边折宫蹲下来双手捧着夜明灯递给风青牧："牧大人，拜托了。"

风青牧接过夜明灯说："北门。乌龟快马。"夜明灯果然聚集了一道白光，照到了右前方。

边折宫欢喜地将风青牧一把抱在怀里，包田拉着他的胳膊化成一道白影沿着聚光来到了北门。地下城的北门依然是在一个小山丘下，一堵厚厚的石墙被绿色的苔藓和藤蔓包裹着，如果不是聚光的指引，就算是白天，肉眼也很难看出石墙与旁边的土墙有何不同。他们来不及惊叹，边折宫立即叫风青牧开门。风青牧又对着夜明灯说："请开门。乌龟快马。"石墙没有任何反应。

"蜗牛开门试试。"包田说。

"蜗牛开门，乌龟快马。"石墙瞬间变成了一道通透明亮的墙，三人立即穿过通灵墙，里面乌黑一片，夜明灯也只能隐约看到空旷的窑洞里一些黑乌乌的影子。

"这里缺氧，我们不能再前进了。"包田说，"牧大人，就在这里唤醒。"

"我该怎么说？"风青牧问。

"听说护世主唤醒神兽时的咒语是神兽归位，万灵觉醒。要不你按意试试？"

"好吧。"风青牧说，"俑军归位，万灵觉醒。"夜明灯没有任何反应。

"后面换成乌龟快马试试。"包田说。

"好。"风青牧又说，"俑军归位，乌龟快马。"果然，夜明灯又聚集了一道蓝色的光，迂回曲折的在洞穴里闪耀，刚才黑乌乌的影子慢慢变得明亮起来，接着就是一阵轰隆的声响。由于里面实在缺氧，无法久留，三人没来得及观看通灵俑醒来的壮观场面，就急匆匆退了出来。

"我们撤到高处去。"包田说着拉着他们两个人一闪就到了旁边的一个小山坡上。

"他们真的醒了吗？"风青牧问。

"是的。"包田鞠躬拱手说，"恭喜牧大人！"

风青牧有些不知所措，边折宫也低头拱手说道："葫芦岛就拜托牧大人了。"

"两位大人何出此言？在下惶恐！"风青牧连忙单膝跪地说。

"牧大人，你是被他们选中的人。"包田说，"你唤醒了他们，他们只听从你的号令。"话音刚落，就听到整齐响亮的脚步声从北门方向传来。

大约一分钟后，三个身穿铁质盔甲的鼠俑、龙俑、猴俑，手里拿着闪亮的宝剑和盾牌来到了他们面前。由于夜间昏暗，除了服装和现在类人不同外，外貌看不出有其他显著的区别。他们面向风青牧立正敬礼！鼠俑说："我是子辰申三军总帅林方都，奉旨醒来听从护尊长的差遣，请护尊长指示！"

风青牧也算是见多识广的人，但依然被突如其来的俑军弄得惊慌失措："我……我不是护尊长。"

"我是三军总帅，请护尊长指示！"林方都一脸严肃，语气坚定。

风青牧扭头看着包田和边折宫，他们两人似乎也有些不知所措。不过包田很快就反应了过来："护尊长不必忧虑，葫芦岛的安危已托付给了宫总帅。"

"我是三军总帅，请护尊长指示！"林方都继续说。

风青牧这才恍然大悟，他看了一眼旁边的边折宫后说："他是护岛总帅边折宫大人，请俑兵务必听从他的差遣。"

"是。"三俑同时敬礼答道。

边折宫毕竟是久经沙场的将帅，他迅速调整状态，威严再现，他对俑军总帅林方都说："魔主重现，飓魔怪在葫芦岛作乱，请子辰申三军务必将北边的飓魔怪全部消灭在联学宫三十里以外，联学宫总部，绝不能暴露在飓魔军的眼里。"

"是。"

三位军俑一眨眼的工夫就消失在了他们面前，他们只见不远处的俑兵闪烁着微光瞬间消失在了山林里。包田拉着风青牧的手说："快，还有东门的卯未亥军、西门的酉丑巳军、南门的午戌寅军。今夜，葫芦岛必将会成为飓魔怪的坟场。"三人说完便化成一道白光，消失在了夜色里。

当晚，包田、边折宫和风青牧三人在一小时内将东西南三个方向的通灵俑全都相继唤醒。幸存的三万守岛护兵们全部撤到了离联学宫二十里以内的防线里，所有敌军全部交给了通灵俑，它们在黑夜中不知疲倦地奋勇杀敌，整个夜晚没有让一个飓魔怪越过最后一道防线。

第二天待护兵们去搜查战场时，飓魔怪的尸体堆积如山，尸堆里有极少数的飓魔怪在痛苦呻吟，等待死亡的来临。而刚到黎明时分，通灵俑又回到了他们各自的地下城里，葫芦岛又恢复了往昔的平静。

# 第四十九章

\*\*\*

## 袋蟒军归来

　　蓝胤斗、蒲宗、冷寇被生歌它们带到盘祖山下已有一天一夜了，但仍然不见枭阳王的指示。蒲宗和冷寇都有些坐立不安，只有蓝胤斗还心静如水。自从来到盘祖山脚下后，她就盘腿而坐，闭目养神，通灵明玑发出白光将她团团围住，至今她没有喝一口水，也没吃一口干粮，她又在勤练苦学。蒲宗和冷寇也不敢擅自打扰她，生歌和白鹭在他们周围埋头吃草。

　　"歌大人，看你吃得津津有味，青草有那么香吗？"蒲宗问。

　　"你变身尝尝不就知道了。"生歌说。

　　"我是食肉动物，如果要尝，你可能更加美味。"蒲宗故意张大嘴巴在生歌眼前晃荡。生歌继续低头吃草，根本就不搭理他。

　　"我再问你一遍，昨天早上真的是枭阳王叫你来接我们的吗？我们来了超过二十四个小时了吧，它为什么还不见我们呢？"

　　"我已经说过十遍了，是松鼠给我们传的命令，你再问一百遍我也不知道。"生歌继续低头吃草。

　　"我们还是继续等吧，上次和护尊长来，不也只能坐着等吗？"冷寇说。

　　"外面一定生灵涂炭了，不知道葫芦岛能不能保住。"

　　"摩丹人有句老话，如果真的失去了，那一定是应该失去的。"

　　蒲宗双手合十放在胸前，闭目默念："心诚则灵，快让松鼠到眼前。"

　　一旁的冷寇看着有些呆萌的蒲宗，她的脸上泛起了一丝微笑："祝愿你心想事成，我们还是去看看护世主吧。"

"她都坐了二十四个小时了，我们根本无法靠近她。突然觉得自己很没用，什么都做不了。"蒲宗有些焦虑，有些沮丧。他们远远看着蓝胤斗身边散发出来的白光在树间闪耀，两人无助地坐了下来。

"有时候，等待也是种成就。"冷寇说。

"有时候，看护世主的淡定和从容足以让我胆怯。"蒲宗说，"经过这么久的相处，我发现她身上有很多优点，除了本身的能力外，她比男人更加敏感细腻，更有忍耐力，她的内心，比我们神兽都强大，她的思想，总是让人捉摸不透。即便我身为白虎，我也无法时时隐藏内心的恐惧。"

"这或许跟你从小生存的环境有关。"冷寇说，"你童年亲眼看见族人被屠，又在流浪不安的环境中长大。而护世主的成长环境很安全，她不用时时担心她的生命会有危险，她的大部分时间，估计都在独自冥想沉思中度过。"

"看来孤独真能造就智慧。我们还是安心等候松鼠的召唤吧。"

"我们也可以坐在护世主的旁边，边吃干粮，边等候松鼠的召唤啊。"冷寇说。

"你饿了？"

"已经过去二十四个小时了，我真的很饿。"

"好吧，你吃吧，要吃饱了，才有力气战斗呢。"

"那你呢？"

"我不饿。"

"护世主不吃，你也不吃，我好意思吃吗？"

"你把护世主那份留着，我的那份都给你吃吧。我真的不饿，我在鬼骨山闭关时，可以三五天不进食。"

"我还是肉身凡胎，你们真的都成了神。"冷寇起身说，"我的眼睛快打圈了，我要去吃点干粮。"

"都打圈了？那我扶你。"蒲宗快速起身去扶冷寇的手臂，却被冷寇无情甩开了，"我还没打圈，用不着你扶。"

"你很讨厌我吗？为什么你永远都在拒绝？！"蒲宗本就沮丧的心情此时更是一落千丈，他无助地看着冷寇离去的背影。没走几步，冷寇却停了下来。

"宗大人，你很想知道答案吗？"冷寇说，"好！自从得知自己是螣蛇后，除了努力完成我的使命，我没有任何心情去想任何事情。因为，在这样的年代，多想一点点都是奢侈，我只想平静过完这一生。"

## 第四十九章 袋蟒军归来

"我看你真的是冷血动物。"

"要不螣蛇是我而不是你呢?"冷寇冷冷笑了一下。

"等使命完成,你会给我机会吗?"蒲宗走到她面前,深情地看着她的眼睛问。

"我只能想今天的事,再说了,我们可是不同的人种。"冷寇说。

"那又怎样?你以为这就能阻挡人们的爱吗?历史上也有好几位罗梭姑娘嫁给了你们摩丹人。"

"但等你们罗梭人的姑娘老死后,摩丹男子还是位英俊的小伙子,他们最终不又娶了摩丹姑娘传宗接代吗?"

"我对传宗生子无所谓,我只想幸福快乐地过完这一生。"

冷寇冷漠的眼眸里发出了一道微光,她冰冷的面庞有些微微抖动:"我有预感,护世主快醒了。"冷寇话音刚落,蓝胤斗身边的白光渐渐消散,待他们走到她跟前时,她果然缓缓地睁开了双眼。

"你们能心灵感应吗?"蒲宗凑到冷寇的耳边悄声地说。

"护世主,你饿了吧?我们是不是该补点能量了?"冷寇轻轻地问。

"是啊!吃饱后我们就该出发了。"蓝胤斗双手平放在腿上,她向冷寇伸出右手,冷寇拉着她的手站了起来。

"可是,还没有枭阳王的旨意呢。"蒲宗说。

"很快就会有的。"蓝胤斗自信地说。

冷寇急忙从背包里拿出干粮和水递给蓝胤斗,她先接过水袋喝了一口:"你们也快吃,时间紧迫。"

蒲宗此刻的心情才有所好转,他也拿着干粮,和她们一起满足地吃着。他们刚吃完,七只松鼠果然从盘祖山上悄无声息地跑了下来,跑在最前面的依然是那只头上有撮白毛的松鼠。它来到蓝胤斗的跟前,很绅士地鞠躬行礼:"拜见护世主,枭阳王有请!"

"我看你好眼熟啊?你是不是去过苢虎星的蓝森林?"蓝胤斗想起了那年在樱桃湖里见到的那只松鼠。

白毛松鼠直勾勾地看着蓝胤斗,缓了片刻后说:"枭阳王在盘祖山等你。"它没有回答蓝胤斗的问题,转身一溜烟地不见了踪影。

蓝胤斗抬头向盘祖山顶看了一眼,他们三人张开双臂挽在一起,化成一道白影向盘祖山顶飞去,他们直接来到了枭阳王的洞穴口。但这一次,枭阳王没有在洞穴内，它此刻正蹲坐在洞穴前的大石板上的最前沿。清晨，森林上空的白雾像一片云海，东方缓缓升起的朝阳泛起了火红的笑脸，万道金光透过云霞洒在它威严的毛发上，只看它孤独高傲的背影，就让人肃穆起敬。

蓝胤斗率领蒲宗和冷寇走到它身后，鞠躬行礼："蓝胤斗携蒲宗、冷寇拜见枭阳王！愿你寿比盘山松，福共海天长，名高如北斗，光耀万事秋。"

枭阳王起身缓缓地走到蓝胤斗面前，在万丈金光的照耀下，显得更加威猛，但它严肃的脸庞瞬间变得慈祥起来："早闻护世主锦心绣肠，福慧双修，聪明睿智，不愧是万灵之主啊。"

"枭阳王过奖了，斗儿惶恐。"蓝胤斗说，"其实我自己也不明白，为什么人们都说我是万灵之主呢？"

"相传，通灵明玑会沉睡一万年，能让它醒来的人，也只有一万年才出一位。所以你本来应该是万年之主才对。"枭阳王说，"但由于万物都是有灵的，通灵明玑又能通万物，所以人们就认为通灵明玑是万灵之母，你就应该是万灵之主了。"

"原来是这样啊。"一旁的冷寇都觉得诧异。

"很抱歉，昨天阴雨连绵时机不对，让你们久等了！请坐！"枭阳王说完自己就蹲坐在了石板上。蓝胤斗、蒲宗、冷寇也就地面对它坐了下来。枭阳王瞥了一眼蓝胤斗手里的拐杖说，"拐杖若没了主人，它也就是根干枯的木头。"

蓝胤斗注视着它的双眼，脸色瞬间阴沉下来。一种不祥的预感似乎也传递给了蒲宗和冷寇，悲伤的气息在他们周围蔓延。

"护尊长说，这是你给她的礼物，见杖如见她。"蓝胤斗说。

"她是要物归原主，与我告别。"枭阳王说。

"斗儿愚钝，还请枭阳王明示！"

"等你回到葫芦岛，一切都会明白，把它给我吧。"蓝胤斗将拐杖递给枭阳王。

"我们此次前来，想请求枭阳王协助我唤醒袋蟒军团。飓魔军又在作乱，现在连枭北也快成为飓魔怪的屠宰场了。他们善于夜战，神出鬼没，我们人类就算和类人联手，也无法与他们抗衡。"

"你见到圣帝长老了吗？"枭阳王问。

"是的。"

"你们想知道一万年前或更久以前的岬龙星是什么样子吗？"枭阳王问。

"我想人类或许还在进化，那时的世界应该是你们的天堂。"蓝胤斗说。

## 第四十九章 袋蟒军归来

"宗大人，你怎么看？"枭阳王问。

"有段时间，我对我们的星球极度好奇，它是怎么形成的？它的存在距今到底有了多少年？我们又是怎么来的？我看了大量的书籍，有人猜想，我们人类的祖先可能也是爬行动物，就像虎人的祖先是老虎，猴人的祖先是猴子一样。根据弱肉强食的生存法则来看，当时的世界应该也是比较血腥黑暗的。"

"寇大人呢？"

"枭阳王对不起！我天资愚笨，昨天的事和明天的事我都不爱想，我能把今天的事想清楚我就很满足了。但今天我非常好奇，很想听听你的见解。"冷寇说。

枭阳王的脸上露出了一丝笑容："你们猜的都没错，一万年前甚至是一亿年前的确都是我们的天堂，但直立行走的种族早已和爬行动物一样存在了，你们的历史和我们一样悠久。每个生灵的本能愿望都想生存，只要有生命的地方就会有残酷的竞争，只要一竞争就难免会有杀戮，血腥黑暗其实从来就没有离开过我们，毕竟我们的食物和生存空间都是有限的。"

"飓魔怪就是想霸占我们的生存空间。"蒲宗说，"我们绝不能束手就擒，成为他们的盘中餐、口中肉。这个星球是动物界的、人类的、类人的、异人的世界。飓魔怪本属于图魔界，九蝎妖属于图妖界，是他们不遵守自然规则，才造成了今天地狱般的局面。"

"你怎么就能肯定是他们不守规则呢？如果这一切都是规则的一部分呢？"枭阳王说。

蓝胤斗两眼发亮，她急切地问："请枭阳王明示，在你看来，难道裘图的所作所为都是合理合情的吗？"

枭阳王怔了三秒才又回到常态："本王绝无此意，飓魔怪、九蝎妖在岬龙星为虎作伥，我们定当全心协力将他们全部清除，我能做的也只能帮你唤醒袋蟒军团了。"枭阳王抬头看了一眼挂在头顶的太阳说："因袋蟒军在极阴之地，我们必须要等烈日当头之时才能接近它们。"

"枭阳王仗义相助，斗儿感激不尽！你的恩情我们都将永世难忘。"蓝胤斗单膝跪地给枭阳王行大礼。

"护世主快快请起，这是我的职责。我们每个生灵都有自己的使命，我只是尽职尽责而已。"枭阳王拿着拐杖在石头上敲了三下，那只白毛松鼠一转眼又来到了它跟前，"通知群兽，袋蟒军即将归位，请众兽回避。"

"是。"白毛松鼠说。

蓝胤斗看着这只白毛松鼠,脑袋里又浮现出了在蓝森林看到的那只松鼠。

"袋蟒军一旦被你唤醒,就只听命于你,直到它们完成使命,你再交还于我。"枭阳王说,"我真正的使命,不是做群兽之王,我是袋蟒军唯一的守护者,就像你的守护者知后一样。"

"明白。"蓝胤斗说。

"白虎、螣蛇听令!"枭阳王的双目突然发出一道白光注视着蒲宗和冷寇,他俩看了一眼蓝胤斗后迅速变身接受命令,"你俩守在洞口,不得让任何生灵踏入洞内半步。"

"是。"

枭阳王又抬头看了一眼光芒万丈的太阳说:"护世主,我们该出发了。"

蓝胤斗急忙站起来,跟着枭阳王走进它的洞穴,白虎和螣蛇守在洞口。

洞穴面积不大,不到一百平方米,而且非常干燥,似乎有一道凉风从某处吹来。走进洞穴深处不到十米,里面就没了一丝光明,但枭阳王的双眼能发出巨大的白光,足能将前面的道路照亮。再前进十米,就走到了洞穴的尽头,枭阳王停下脚步对蓝胤斗说:"我们只有9分钟的时间,无论成败我们都要迅速离开。"

"是。"

"请侧身扶着我的背膀。"蓝胤斗走近枭阳王,双手扶着它的背膀。枭阳王对着石壁说:"盘祖开山,众灵规避。"

咒语刚说完,面前的石壁变成了一道透明的通灵墙,枭阳王和蓝胤斗穿过通灵墙来到了一个黑暗混沌的世界。他们飘浮在半空中,这里似乎没有天,没有地,更是没有光明,而且还寂静无声,静得让人毛骨悚然。

虽然枭阳王的眼睛能发出聚光,但半米外的黑暗瞬间就将光亮吞噬殆尽。"快,快!"枭阳王说。

蓝胤斗的身体第一次不听使唤,她开始全身颤抖。枭阳王说:"快伏在我的背上,我能给你输送温度。"

蓝胤斗将身体紧紧贴着枭阳王,她才慢慢缓了过来,她迅速恢复冷静,将胸前的通灵明玑拿出来对着上面的眼睛说:"袋蟒归位,万灵觉醒。"通灵明玑顿时发出万丈聚光,迅速在黑暗无边的世界里穿梭,虽然没有太阳光的火热,但它足可以成为黑暗生灵的指路明灯。

"我们走。"枭阳王说完,蓝胤斗又将双手放在枭阳王的背上,"盘祖开山,众灵

## 第四十九章 | 袋蟒军归来

归避。"他们又化成一道白光，从混沌的世界重新回到了洞穴里。

他们虽然平安回归，但蓝胤斗依然心有余悸，这是她有生以来，第一次闻到了死亡的气息；当她置身在黑暗无边阴冷寂静的世界里，才知道自己是多么的渺小，多么的脆弱，若再慢两分钟，他们将永远和黑暗相伴，永远闻不到大地的芳香，永远感受不到太阳的温暖。当她走出洞口，见到白虎和螣蛇时，她热情地张开了双臂，白虎和螣蛇瞬间变身，他们三人紧紧拥抱在了一起。

"空气甜美，烈焰当头，真是美好的一天。"枭阳王站在洞口，微笑着眺望着远方。

蓝胤斗走过去抱着它的脖子，抚摸着它的毛发说："谢谢你！我生死与共的朋友！"

"虽然昨天我失去了一位挚爱的老友，但今天我又得到了一位温暖的朋友，我们的世界依然美好。"枭阳王嬉笑着说，"那根拐杖，现在属于你。"

不祥的预感再次涌上蓝胤斗的心头："难道护尊长她……"

还没等她说完，枭阳王说："请护世主即刻领走袋蟒军团，我的地盘太小，容不下他们。"

天空突然阴沉，火红的太阳瞬间躲进了乌黑厚重的云层。他们纷纷仰头观看天空，天上乌云密布，电闪雷鸣，但没有一滴雨。一阵阴风从山下吹来，一串透明的人形白影，犹如一条白色的巨蟒，曲延婉转地从山下涌来。

他们个个风度翩翩，手握利剑，除了无肉无血外，所有五官外貌都酷似罗梭人。除了枭阳王外，他们三人即便见多识广，也难掩惊讶之情。

走在最前面的是袋蟒军团的团长一念绝尘。他长发垂肩，浓眉大眼，虽然只是影子，但依然能感觉到他英俊逼人。他因出剑奇快而得名，剑出鞘，敌必亡，就是他的真实写照。

袋蟒军不惧怕法力，也不怕火，除了害怕银子制作成的武器外，任何武器对它们都没有威胁，但只要碰上银子就会立即灰飞烟灭。

一念绝尘先走到枭阳王的跟前行军礼："一念绝尘拜见枭阳王，属下接令，前来领命。"

"因魔怪作乱，天下苍生难以为继，护世主蓝胤斗顺从天旨，前来唤醒你们，还望团长听她指挥，直至完成使命。"枭阳王严厉地说道。

"是。"

一念绝尘又面向蓝胤斗行礼："一念绝尘携袋蟒军团的十万战士听从护世主的差遣！"

满山的袋蟒军全部向她行军礼，蓝胤斗望着白茫茫的一片白影，激动得热泪盈眶："谢谢你们！谢谢！"蓝胤斗也举手向他们行军礼，礼毕后她说："现在，请你们跟随我去将枭北境内的飓魔怪彻底消灭殆尽。"

"是！"

蓝胤斗拿着拐杖，向枭阳王告别后，拉着蒲宗和冷寇化成一道白影，瞬间从盘祖山消失。袋蟒军十万战士形成了一条巨蟒状，快速离开了枭宦森林，浩浩荡荡地进入了枭北的领地。

蓝胤斗、蒲宗、冷寇回到联学宫后，只见所有人的脸上都挂满了悲伤，他们幻化成影径直来到护尊长的办公室，只见风青牧、包田、祖山、公羊冢、竺丘、东门璟全都在办公室等候，见到她时大家都沮丧地低下了头。

"护尊长呢？"蓝胤斗问，

"护世主，她……"风青牧欲言又止。

"到底怎么回事？"蓝胤斗看了一眼风青牧后又盯着包田问，"田大人，怎么回事？"

"她被黑龙杀了，当时只有牧大人在场。"

蓝胤斗听到噩耗全身瘫软，要不是冷寇眼疾手快扶住了她，可能就会瘫倒在地，她扶着椅子坐下后，脸上愤怒的神色才缓缓消退，她强忍着悲愤和泪水继续问："她……有没有留全尸？"

"除了她的头颅，其他全部被烧成灰烬了。"风青牧说。

"她的头在哪里？"

"还在马松林。"风青牧说，"当时黑龙追着我们去了马松林，就在那里护尊长和它打了起来，待我找到她时，就只剩一个头颅了。"

蓝胤斗双眼泛红，包田接着跟她详细地说了一遍这两天葫芦岛和枭北各国所发生的一切事情。现在看似平静的葫芦岛，在过去一天却经历了地狱般的煎熬，大家还能见到她完全是因为通灵俑的功劳，根据护尊长历代传下的规矩，谁能驾驭方向夜明灯，谁就是护尊长。

所以，现在的护尊长已是风青牧，但没有护世主的命令，还没有公之于众，但联学宫内部，大多数人已接受了这样的事实。

## 第四十九章 | 袋蟒军归来

关于通灵俑和风青牧的事蓝胤斗并没觉得诧异，但她听说西王秘密串通寅王、申王、巳王、亥王叛变的事的确让她心有不安。她现在才彻底意识到自己不但失去了最信赖的良师益友，她还彻底失去了自己的左膀右臂。护尊长白禹和白子宸曾经都是她最爱最值得依靠的人，可是现在，最爱的人还被裘图控制导致互相残杀。

而枭北各国又敌我难分，虽然她唤醒了袋蟒军团，可前路依然坎坷难料。她想着这些，眼泪就像开了闸的喷泉，完全不受控制地哗啦啦流了下来。在众人面前，她第一次控制不住自己的悲伤，长期的隐忍彻底爆发了出来，她突然开始歇斯底里地嚎啕大哭，在场的人们受她的影响，都默默流下了眼泪，就连包田和祖山也已老泪纵横。

冷寇见场面有些失控，急忙招呼大家说："我先带护世主去休息，你们先去忙。"冷寇扶着蓝胤斗化成一道白影来到了目若林。只有在这里，才能让蓝胤斗平静放松下来。

摩丹王已获悉蓝胤斗唤醒了袋蟒军团，枭北的局势他已有所耳闻，他已料到蓝胤斗因黑龙杀死了白禹一定会悲伤难控，所以他早在半小时前已来到了目若林蓝胤斗的寝宫。蓝胤斗见到摩丹王，心中的悲伤果然慢慢有所缓解。冷寇见到摩丹王，更觉温暖不已。

"拜见摩丹王！"蓝胤斗擦干眼泪急忙给摩丹王行礼，"我正想着，我必须要去丹玖宫找你！没想到……"

"护尊长仙逝，本王深感痛惜，请护世主节哀！"摩丹王说，"我知道，你很难接受，但你必须要坚强。"

"青龙被控制，护尊长深受其害，枭北各王，又各怀鬼胎，前路依然黑暗难料，还请摩丹王为斗儿指点迷津。"蓝胤斗说。

"越到危急时刻，我们越要保持清醒。"摩丹王说，"我已耳闻西王正在秘密串通寅王、申王、巳王、亥王试图破坏联合抗魔的计划。只可惜她错算了一步，袋蟒军团此刻醒来，她的阴谋将不攻而破。依我预测，不到半个月，袋蟒军团就能将枭北的飓魔军彻底铲除，到时枭北各王又将不请自来，随你差遣。到时你切不可表露对寅、申、巳、亥四王有任何意见，你就当自己完全不知他们的阴谋，若他们中有人主动请缨领兵攻城，你要全力支持并大加赞赏。"

"这是为何？"蓝胤斗问。

"他们的本性就是见风使舵，现在的风已转向了你，他们会更加卖力为你使舵。要是你能找到一位谋略超群的军事奇才做你的参师，帮你稳住风向，大事即可成矣。"摩丹王说。

"这么说来，我还真有一个适合的人选。"蓝胤斗说。

"那你还在等什么，赶紧召他来见你。"

"是，我会想办法的。"

摩丹王拨云见日，让蓝胤斗幡然醒悟，她当即就想到了蓝胤皇族的长老们，特别是圣帝长老孟桓，就是摩丹王口中的那种奇才。摩丹王离开后，她就想立马去见孟桓，可是刚出门，她才想到她根本不知道他们住的罗堂村到底在哪里。

这一夜，她觉得漫长无比，此生从未有过的压力、无助、悲痛让她一夜未眠。第二天刚拂晓，她只身一人在目若林里游荡，就像她曾经一人在蓝森林里一样，只有走在山林树木间，她的思绪才能完全平静下来。

晨曦渐露，她看见一个人影从她面前晃过，他就是圣帝长老孟桓。孟桓穿着一身灰色的麻布衣服，戴着一顶尖顶草帽，就像一位普通的农民。之前在莒虎星的罗堂村里，孟桓几乎都是这样的穿戴，比起前几天见到的那位圣帝长老，今天这个人才是蓝胤斗心中最熟悉又尊敬的人。

"你是圣帝长老吗？"蓝胤斗看着前面熟悉的背影问。

"斗儿，我更喜欢你叫我村长。是什么又让你一夜未眠呢？"孟桓转身走向蓝胤斗，他面带微笑，温暖又亲切。他又自然地张开双臂，蓝胤斗快步向前与他紧紧相拥在一起，她悲喜交加，热泪盈眶。

"村长，我正在想你们呢，你就来了，真的是太好了。"

"我不是答应你了吗？等你唤醒了袋蟒军团，我就来葫芦岛见你。"

"我婆婆牺牲了，是被黑龙害死的。"蓝胤斗说，"我现在很迷茫，我不知道该怎么办，我正想找你商量呢。"

"我能帮你什么呢？"

"你做我的总参师吧？我需要一位像你这样的智者为我出谋划策。"蓝胤斗说，"现在枭北的局势千变万化，错综复杂，我有些力不从心了。"

"这是我分内的事，我深感荣幸。"孟桓说，"不过，我的身份比较特殊，不适合走向台前，你可以再找一位参师在面上辅佐你。我们整个皇族长老院，都会鞠躬尽瘁在背后扶持你的。"

蓝胤斗听到这番话后欣喜不已，她把枭北目前的详细情况向孟桓说了一遍，两人就当前的局势详谈了近两个小时。孟桓离开后，蓝胤斗胸有成竹地去了联学宫，召集众人开会，一场反攻飓魔军的大战即将进入议程。

# 第五十章

\*\*\*

## 发丧擒王

　　住在联军大营的寿通也风尘仆仆地赶来参加此次会议,她已有所耳闻,她的得意弟子风青牧被护尊长的夜明灯选中。她心中悲喜交加,悲痛的是她失去了情同手足的战友白禹;喜的是,她精心培养的弟子一跃成为位高权重的护尊长。

　　午饭过后,所有人全部聚集在了全英堂,风青牧以护尊长的身份参加了此次会议。蓝胤斗率先发言。

　　"护尊长白禹仙逝,我们都极度悲痛,请大家起立,为此次守岛壮烈牺牲的两万多英烈们默哀三分钟。"大家全部起立低头默哀,默哀完毕后大家才又纷纷坐下。"昨天我很难过,也很自责。我走之时,护尊长说要与我一同去见枭阳王,可我却让她留下来坚守葫芦岛。斯人已去,再说什么也于事无补,我们只有将飓魔军彻底消灭才能慰藉英烈们的在天之灵。目前我唯一能做的,就是让她入土为安。我决定,以联学宫的名义,为白禹大人大办丧礼,为期一个月。这期间,可允许各国王主前来葫芦岛吊唁。而我们现任护尊长风青牧大人,大家要悉心辅佐,对外我们要绝对保密,任何人不得向外暴露他的身份和行踪。虽然联学宫此次已完全暴露于天下了,但正因如此,我们才要更加小心,你们每一个人,今后的所有行动,都要更加隐秘才好。"

　　"是。"大家同时说道。

　　"丧事的具体事宜由竺门大人负责。记住,越隆重越好。"

　　"是。"竺门说。

　　"大丧过后,我们要展开疯狂反击,我要亲率大军夺回梦兰多。"蓝胤斗说,"你们要尽其所能，去散播这一消息，最好让裘图和全天下的生灵都知道，我们要进驻梦兰多。那是我们人类王朝的世代古都，是天下生灵的命脉之源，不夺回梦兰多，誓不罢休。"

寿通有些担忧地说："如果这样一来，裘图势必会率重兵把守，我们攻打梦兰多，就会难上加难。"

"我知道。"蓝胤斗说，"裘图是个多疑的人，大家都会这样想，但他未必会这样想，不管他怎么想，我心意已决。"

"是。"众人说道。

"我失去了白禹大人，就如同鸟儿失去了一双飞翔的翅膀。今后的局面会更加严峻，我需要一位智慧与谋略超群的参师，不仅要上知天文，下知地理，还要精通兵法，更要深谙各国的民风国情，要鞠躬尽瘁，为我出谋划策。"蓝胤斗问，"各位大人，你们有没有推荐的人选？当然，如果在座的哪位护尊愿意担任此职，那是再好不过了。"

护尊们的目光齐刷刷地看向了包田，包括蓝胤斗在内的所有人都很清楚，只有包田大人具备上述的所有素质。他年纪最大，又见多识广，而且对每一个民族的文化都了如指掌，再加摩丹人天生的敏锐与智慧，参师一职非他莫属。只是他生性孤僻低调，很多事情他不愿参与太多。除非他主动请缨，不然此等要职，即便身为护世主的蓝胤斗，也实难强求。

"我相信，你们每一个人对未来的看法都有所不同。"蓝胤斗说，"我先说说我的想法。现在正是阳春三月，在六月份前，我们一定能收回梦兰多，在十月份前，我们就能彻底打败裘图。届时，布雅戈的所有飓魔怪、九蝎妖都将不复存在，一个崭新的世界即将在年底诞生。如果你们有谁跟我的想法不谋而合，相信我们就能携手将它变为现实。"

在一片静默中，包田终于开口说道："老夫不才，护世主的愿景正是老夫所曾想过的，我愿用我毕生所学，鞠躬尽瘁辅佐护世主完成宏愿。"

蓝胤斗当即起身，带头鼓掌，在场的人们也都站起来一起鼓掌，掌声瞬间淹没了全场。蓝胤斗欣喜地走到包田身边说："感谢田大人，婆婆走前还跟我说，今后大事可托包田。她说你是少有的惊世奇才，又谦卑淡泊，斗儿若能得你匡正赐教，大事定可成矣。"

包田平时孤僻话少，护尊们又个个都是德才兼备的能人，要不是近来白禹和摩

## 第五十章 发丧擒王

丹王的提醒，蓝胤斗估计还不知道，身边竟然藏有她一直想找的人才。现在包田自愿担任此职，她悬着的一颗心才终于落了下去。

"今天就议到这里，大家都去忙吧。"蓝胤斗说。

除了包田和她外，其他人都相继离去，蓝胤斗叫住了风青牧。"牧大人请留步。"蓝胤斗说，"以我个人的名义，首先非常感谢你及时唤醒通灵俑保住了联学宫，守住了葫芦岛。同时我也恭喜你成为第一百九十九位护尊长。西大人的事，我一直没机会跟你说声抱歉，我没能保护好她，我真的很抱歉！"蓝胤斗两眼泛红，又泪光闪闪。

"西大人曾说过，能为护世主效命，哪怕是粉身碎骨也是她至高无上的荣耀。"风青牧说，"我和她想的一样，我将永远服从于你，随时听从你的差遣。护尊长的荣号让我诚惶诚恐，我从来没敢想过会有这样的事情发生。"

"我能理解。"蓝胤斗蹲下来用右手轻轻拍了一下他的肩膀说，"我跟你一样，我们都是被选中的人，很多事情不由得我们去想。现在我们能做的，就是认可它，接受它，再做好它。下午，我们一同前去马松林请回白禹大人的遗体吧。"

"好的。"

蓝胤斗伸出右手握住了风青牧的小手，风青牧又微笑着将另一只手伸向了包田。

"日后还请田大人多多赐教。"风青牧说。

"我们一起携手向前。"包田满脸微笑，皱纹深锁，三人手握着手，场面温馨感人。

这天下午，蓝胤斗和风青牧随同巫师们将白禹的头颅和骨灰隆重请回装在一个精致的红色棺木里，停放在了联学宫的帝门广场上。

葫芦岛上本就住着一群布雅戈最好的巫师，他们身穿奇装异服，头戴诡异的神像面具，唱着没人能听懂的歌谣。每次大战过后，战场上准能看到巫师的身影，他们在为死去的生灵超度。这一次，蓝胤斗第一次拿出往生塔，与巫师们盘坐着一起默念了近两小时。

由于她昨晚一夜未眠，今天又劳累奔波，她刚回到办公室想休息片刻，公羊豕却急匆匆来敲门。原来，护兵们在清理战场时，发现了疑似飓天座的躯体，他身受重伤，但现在依然活着。公羊豕前去辨认，果然是飓天座，他们不敢擅自做主，才特来请示护士主。

蓝胤斗知道飓天座还活着激动不已，它立即让公羊豕带她去见飓天座。让他们感到害怕的是，没有人医治飓天座，才短短一两天时间，它竟然奇迹般痊愈了。他们亲眼看见飓魔怪自愈能力竟如此之快，怪不得飓魔怪会越杀越多，只要它们还有一口气在，很快又会恢复原状继续战斗。

蓝胤斗、包田、公羊冡、冷寇四人在联学宫的一间宽敞的密室里秘密审判飓天座。手脚被铁链锁住的飓天座抬头见到迎面而来的公羊冡，他怒目而视，很不屑地向他吐了满脸唾沫，他吐出的口水都是黑色的。但公羊冡并没有愤怒，他冷静地拿出随身携带的手帕将脸擦净后站在了飓天座的左边。

他想起在蓝胤斗唤醒他之前，他和飓天座同为裘图做事，受尽他的各种欺凌。这才时隔两年，他已经从那个万人唾弃的铁面毒枭变成了万人敬重的神兽玄武，他可以暂时忍受飓天座对他的羞辱。等到他没有利用价值之时，他再亲手将飓天座碎尸万段，这是公羊冡内心深处一直以来的愿望。

冷寇站在了飓天座的右边，距他一米以外的中间放有一把椅子，蓝胤斗坐在椅子上，包田站在她的身后。

"久闻飓天座的大名，似乎一年前我们就交过手吧，只是你们飓魔怪几乎长得都一样，我始终没能记住你的脸，抱歉！"蓝胤斗说。

"蓝胤斗，你那细皮嫩肉的脸蛋我可是过目不忘啊。"飓天座显露出了不屑与邪恶的嘴脸，公羊冡和冷寇同时都狠狠地瞪了他一眼。

"谢谢你还记得我。"蓝胤斗说，"既然都是老熟人了，咱们就直奔主题吧，如果你能知无不言，我一定会善待你……"

还没等蓝胤斗说完，飓天座就愤怒地说："就算你们打得我魂飞魄散，百年后回到图魔界我还是太子，我知道的，就是你们都该死。"

"看来我们无法交流，是不是要请袋团长一念绝尘来和你聊聊？"蓝胤斗说。

"你说谁？一念绝尘？你怎么知道他？"飓天座的脸上露出了慌张的神色。

"我不但知道他，而且，他带领的十万袋蟒军此刻就在枭北清剿飓魔怪；不到半个月，你们在枭北的所有同胞，都会被他们消灭殆尽。"

"你撒谎！"飓天座说，"他们是星图系的守护者，怎么会受你的控制？"

"我不能控制任何人，他们都只是在完成他们的使命而已。"蓝胤斗说。

"难道我红脚帮的五万精英战士，就是被他们消灭的吗？"飓天座说，"可我明明看到的都是类人啊？但我又想不通，为什么类人会有那么强大的战斗力？"

"的确是类人。"包田说，"而且还是一万年前的类人铁军。"

"你们撒谎，类人能活一万年吗？"

"类人不行，通灵俑可以。"蓝胤斗说，"他们十万年百万年都会在此守护联学宫，你们今后也永远别想占领葫芦岛。我现在有几个问题，希望你能帮我解惑，至少我能保你顺利回到图魔界继续做你的太子。"

"你们把我碎尸万段吧，你们让我魂飞魄散吧。"飓魔怪说，"我堂堂一图魔界太子，还需要你的帮助？"

"据我所知，要是一念绝尘来审判你，就连图魔界你也回不去了吧？"

"啊！我……求你别把我交给他，你想知道什么，只要我知道的我全都告诉你。"飓天座突然一改常态，哭丧着脸祈求起来。

"很好！第一，刺杀护尊长白禹是谁下的命令？"蓝胤斗问。

"这还用问吗？只有魔主能控制黑龙，具体细节我也不知。"

"你到底率领了多少飓魔军偷渡枭北？目的何在？是谁的计谋？有哪些人参与了这次计划，我指的是类人。"

"是玄皇为了破坏你们和类人联合攻打他而下的命令，我一共带来了六十万名战士。但终极目的还是杀戮，将岬龙星上的所有高智商生灵全部杀光才好呢。"

"枭北的类人有谁参与了此次计划？"

"我只知道酉王和现在的寅王，我来枭北就是和他们接头的。但自从寅卓汗坐上王位后突然翻脸，拒绝与我们合作。"

"希望你没有撒谎，我们会去证实的。"蓝胤斗说，"听说你们的总相巫曼仇能掐会算，难道他没算到你们将全军覆没吗？"

"现在玄皇根本就不听他的，他不过就是徒有虚名而已。"

"若你有半句虚言，我定让你永世不得回图魔界。"蓝胤斗严厉地说。

"求护世主明察，我不想见一念绝尘。你们杀了我吧，现在就把我杀了吧。玄皇让我做什么我就做什么，让我杀谁我就杀谁，我所说句句属实。其他的我也不知，你们杀了我吧。"飓天座突然变得狂躁起来。

"护世主，人家堂堂一图魔界太子，不能让他求死无门啊！"公羊豖说。

"豖大人，他随你处置吧。"蓝胤斗起身，包田、冷寇随她一起走了出来。他们刚走到门口，就听到飓天座一声惨烈的嘶吼，密室里瞬间又变得寂静无声。公羊豖如愿将飓天座魂断葫芦岛，至少在现世纪，不会再见到它的身影了。

果然如摩丹王所料，才第十三天，袋团长一念绝尘就带着他的十万战士来到葫芦岛复命了。由于飓魔怪毫无防备，犹如狼入羊群，袋蟒军团所到之处势如破竹，将枭北所有飓魔怪全部消灭殆尽。

# 星图王

袋团长在蓝胤斗的授意下,每到一个村镇,就特意当着村民们的面杀了一大批飓魔怪。人们大快人心,口口相传,类人们甚至还编了一首民谣,在枭北各国的大街小巷疯狂传唱。

天有神,地有祖,
我们的领袖是护世主,护世主。
呼神兽,唤袋蟒,
魔怪闻风吓破了肠,吓破了肠。
南边亡,北边丧,
同胞们拿起了刀和棒,刀和棒。
要活命,想做主,
请跟随咱们的护世主,护世主。

后来得知,这首民谣是出自寅王寅卓汗之手。各国王主纷纷表示,愿意一如既往地协助护世主,随时听从她的调遣。经过一年多的磨难,枭北各族人民终于彻底觉醒,联学宫上下无不欢欣鼓舞。只是还有一人,一直让蓝胤斗耿耿于怀,她就是酉王酉连菲,为此,她特请包田来商议此事。

"田大人,过两天就是各国王主前来葫芦岛为禹大人吊唁的日子,我们要怎么处置酉王呢。"蓝胤斗说。

"我正想跟你汇报此事,枭北的飓魔军被消灭后,她想逃离酉国去投奔裘图,还好寿通大人早已在她身边安排了我们的人,现在她已经被我们控制了。"包田说。

"她还想跑?"

"是的,她为飓魔军做事,酉国的民众目前并不知情,她想全身而退,继续为裘图卖命。"

"她还想退?我饶了她一次还能饶她第二次吗?"蓝胤斗说,"我本想杀鸡给猴看,她还不识抬举。当时我想卯王和午王都被审判了,她也许应该能安分一点,没想到她变本加厉,还自寻死路。"

"杀鸡儆猴是类人的古语,要你真是杀了酉王给申王看,那一定能得到预想的结果。"

"田大人,此话怎讲?"

"类人十二族若按性格分类的话，大致可分为三大类。第一类就是一根筋的偏执型性格，他们是鼠人、兔人、马人和鸡人；第二类是包容大度型性格，他们是龙人、牛人、羊人、狗人；第三类是见风使舵摇摆不定的性格，他们是虎人、蛇人、猴人、猪人。鼠兔马鸡四种人要站错队了，即便前面是万丈深渊也几乎没有再回头的可能；虎蛇猴猪这四种人站错队了，不用你去拉他们，只要你足够强大他们就乖乖听话了。"

"原来如此，看来酉王是再也不能留了。"蓝胤斗说，"田大人，寅王编的那首民谣你怎么看？"

"以我猜测，他可能料到飓天座被活捉后，一定会把他的事给招供出来。他在试探你，在恭维你。"

"不得不说，他望风的能力快到炉火纯青的地步了，要他真想为我们所用，你看他能用吗？"

"乱世出枭雄，只要能用，我们为什么不用？"

"我也正有此意。"蓝胤斗说，"此时正值用人之际，酉王一意孤行，是迫不得已而除之以防后患。这一次，就当真正的杀鸡儆猴吧，也让寅王、巳王、申王、亥王好好看清方向。田大人，如果让酉王为白禹大人陪葬，酉国民众能答应吗？"

"她在酉国独断专横，民众怨声载道，现在她又成了类人的叛徒，罪恶滔天，天地难容，人人都会得而诛之。只要我们把她的罪行公之于众，不把她五马分尸也算是对她的恩赐了。"包田说。

"好，这件事就交给你去安排。酉王不除，绝不出殡。"

"是。"

临近白禹出殡的日子，身为护帅的子王这次是以子国王主的身份前来参加葬礼，除了酉王，其他各国王主也主动前来葫芦岛吊唁。他们得知大丧之后蓝胤斗要率兵攻打梦兰多的消息后，这些天王主们都纷纷当她面表态，愿意竭尽全力协助蓝胤斗。

寅王更是毛遂自荐，愿用倾国之力，亲自挂帅攻打梦兰多，以报飓魔军屠杀几百万虎人的血海深仇。蓝胤斗欣然答应，但她表示，具体作战计划，待白禹大人出殡后再定夺。

明天就是白禹出殡的日子，酉王能如愿除掉吗？包田真的有能力将此事办好吗？她正疑虑之时，风青牧急匆匆前来请蓝胤斗前去帝门广场。黄昏时分，酉王穿着一身素缟跪在白禹的棺木前，待蓝胤斗赶到时，护尊们和其他王主早已围在酉王的身后了。酉王虔诚地磕了三个头后，起身面对众人。

"成为王者败为寇，我已心服口服。临走之前，我只求护世主一件事，望你能高抬贵手，我一人做事一人当，请你放过我的族人，我的所作所为他们并不知情。拜托了！"酉王面向蓝胤斗深深鞠躬。

"我们会查清实情。"蓝胤斗冷冷地说，"我能答应你的是，我绝不会滥杀无辜。"

"总有一天你会明白，你才是恶毒的刽子手，我为你感到羞耻。"酉王倔强的眼眸里流露出了一丝绝望的神情，她扫视众王一眼后，从衣兜里拿出一把匕首，自刎。在场的所有人都大惊失色，就连蓝胤斗和包田都有些始料未及。

"不愧是枭北的铁娘子，临死都不屈服。明天就让她陪白禹大人一同出殡吧。"蓝胤斗说。

"是。"包田说。

蓝胤斗转身离去，众王沉默不语。寅王、申王、巳王、亥王的脸色顿显灰白，眼珠闪烁，他们也纷纷相继离开了现场。蓝胤斗回到她的办公室，发现村长孟桓早已站在了办公室门口等候。

"村长，你怎么来了？"

"我来送护尊长最后一程，望护世主节哀顺变啊。"孟桓说。

"谢谢村长！我真不敢相信，这次真的是失去她了，婆婆她再也不会回来了。"蓝胤斗神情沮丧，"家父还好吗？"

"他很好，两耳不闻窗外事，每天无忧无虑地在书海里滋养灵魂，我看岬龙星最幸福的人就是他了。"

"就像曾经我们在罗堂村一样，与世无争，读书成了我们唯一的乐趣。"蓝胤斗说，"可惜，美好的时日真的是一去不复返了。"

"以我个人的经验，人每到一个阶段，对美好的理解也是不一样的。我们借一步说话。"

蓝胤斗和孟桓走进她的办公室里。

"你知道白禹大人到底是谁吗？"孟桓问。

"斗儿愚昧，请村长明示。"

"她是蓝胤帝真正的后人。"孟桓说，"蓝胤帝本名叫白帝，现在活着的白姓人，都是始皇蓝胤帝的后人。"

"原来如此，怪不得她能说出皇族咒语，但是她又不知那句话的真正用途。"

## 第五十章 发丧擒王

"她为天下苍生鞠躬尽瘁,是这个世上最值得尊敬的人。"孟桓说,"蓝胤帝当初为了避免后人与蓝胤家族的精英们争权夺利,他把那些平凡的白姓人全部送到了紫旦沙漠西边的贝拉草原,以放牧为生。白氏谨遵蓝胤帝的教诲,绝不向下一代说明自己是蓝胤帝的后人,只有这样,才能确保白氏的永久太平。但今天我们翻开历史,继蓝胤帝后,草原上的白氏又有十一位做了皇帝,护帅、护尊以及护尊长一共多达好几百人。他们跟其他人一样,没有一点特权,都是靠自己的天赋和能力创造了属于他们的历史。"

"那你是怎么知道的呢?"蓝胤斗问。

"进入蓝胤家族后,就有人会告诉你,就像今天我告诉你一样。"孟桓说。

"我此刻才彻底明白,为什么岬龙星的生灵会把蓝胤帝当神灵一样看待了,他的确是一位圣人。"

"是的。"孟桓说,"他不仅是我们岬龙星人类王朝的缔造者,也是整个星图系的发现者,是他发现了其他五个星球,是他找出规律,画出了图纸,并命名为星图系。因此,当时的人们,也叫他为星图王。"

"可惜婆婆到死都不知道,她一直崇拜的圣人原来是她的祖先。"

"她去了另一个世界会知道的。"孟桓说,"这次酉王甘愿为白禹大人陪葬,今后各国王主,都能听你调遣了。酉王也算是一代枭雄,可惜走错了路,不能为我们所用,真是惋惜啊。"

"是啊。"蓝胤斗说,"在龙瓦台我就放她一次了,以为她能悬崖勒马,没想到她私下还继续为虎作伥。走到今天,她也是死有余辜。"

"有她陪伴,望禹大人能安息吧。"孟桓说。

"不把杀害她的真正凶手裘图的头颅提来祭她,我是不会罢休的。"蓝胤斗说,"希望婆婆在天有灵,能保佑我们完成宏愿。"

"蓝胤家族的全体成员也做好了和裘图决一死战的准备,全面反攻即将开始。我们长老院会来葫芦岛协助你,他们都是游走在各个星球里的人,不仅见多识广,谋略与智慧并存,最重要的是他们实战经验丰富。有两位,可是亲自指挥过两场大战的。大战在即,我们所有人都必须得全力以赴才行。"

"是的。联学宫这次损失惨重,据统计光护兵就战死了两万多人,上到护尊长还有九位护帅都被暗杀了。"

"大家都盼望护世主能化悲痛为力量,带领大家彻底将魔怪铲除,将来再开创一个崭新的未来。"

"我会尽力的。"

"这次前来还有一事，就想请你在联学宫附近帮我们找一处秘密住所。"

"就在马松林后山有一个大院子叫凤栖草堂，现无人居住，婆婆在时，她偶尔会去住一阵子。那里环境优美，有山树遮蔽，几乎没人知道。"

"好啊！大概能住多少人？"

"十几个人都没有问题。"

"太好了，足够了。今天我还有事要先走了，等白禹大人出殡后我就带他们过来。

"好的，我会命人安排好的。"蓝胤斗说，"村长，你能把家父也带来吗？"

"如果你希望的话，当然没有问题。"

"多谢村长。"蓝胤斗说，"婆婆走后，我才意识到，没有什么比陪伴亲人更重要了。你把他一起带来吧。"

"好的。"

白禹出殡的日子如期到来，帝门广场响起了巫师们吹响的号角声。蓝胤斗身穿素缟，带领联学宫的重要成员在白禹的棺木前行大礼，外面浩浩荡荡的护兵泪流满面，他们自发穿着素缟前来送护尊长最后一程。

# 第五十一章

\*\*\*

## 群王宣誓

大丧过后，经蓝胤斗的请求，各国王主都留在了葫芦岛，共同商讨反攻飓魔军的作战计划。酉王酉连菲自刎后，酉公家族的王储酉公伟继承了王位，成为酉国第五十七位王主。酉连菲勾结裘图，鸡民得知真相后都大失所望，甚至是深恶痛绝。

国不可一日无君，就在白禹出殡的那天，酉公伟就被酉国的长老院册封为新一任王主。第二天，应蓝胤斗的邀请，酉公伟也赶到葫芦岛与众王一起商讨作战计划。

就在白禹出殡后的第二天上午，孟桓如期带着皇族的众位长老以及红尧来到葫芦岛，住进了凤栖草堂。当天上午蓝胤斗就与众长老在凤栖草堂秘密畅谈了近三个小时。

下午两点整，蓝胤斗就召集十二位王主在群英堂召开了紧急会议。这一次，只有包田和边折宫陪她参加会议。时隔群王聚首才一年多，再次相聚，发现曾经呼风唤雨的前卯王卯阳宦、前午王午官鹏、前寅王寅侯空、前酉王酉连菲已都魂归黄泉；而新上任的四位新王主都风华正茂，年轻有为。

他们分别是：卯王卯左臣，男，兔头人身，身高一米六五，81岁；午王午金普，男，马头人身，身高一米七六，78岁；寅王寅卓汗，男，虎头人身，身高一米七八，93岁；酉王酉公伟，男，鸡头人身，身高一米六八，95岁。大家自我介绍一番后，蓝胤斗才正式发言。

"我代表联学宫感谢各位王主对我们的大力支持，再次欢迎你们来到葫芦岛。"蓝胤斗说，"时隔群王聚首才一年多，仅类人王主就换了四位，还有我们的护尊长白禹大人，古岚大人，白子宸大人，他们都遭遇不测离开了我们。"蓝胤斗眼泛泪花。

"请护世主节哀！"辰王说。

"让我痛心的是，白禹大人、古岚大人，还有前寅王寅侯空都死得凄惨，但他们是为民而死，死得光荣而壮烈；他们必能名垂青史，他们的精神必会永世长存。但前卯王、前午王、前酉王为一己私利，以为手中拥有权力，就妄图改变世界格局。他们独断专横，排除异己，为了称雄称霸，不择手段，他们和魔主裘图有何异？他们引贼上门，引火烧身，使三千万类人同胞被飓魔军惨杀，真是痛心疾首啊。"蓝胤斗说，"我也要自我检讨，这是血的教训，以后对待叛徒，绝不能再心慈手软，当初我要是把酉连菲和前卯王、前午王一起除掉，至少飓魔军不会那么快进入枭北境内。"

王主们默不作声，有几位更是惭愧地低下了头。蓝胤斗继续说道："大家可能也有所耳闻，在我唤醒袋蟒军团以前，我找到了我们蓝胤家族的一些核心成员，他们跟我分享了很多秘密往事。在他们的讲述中，我才真正了解了蓝胤帝是多么的伟大，他善于思考，喜欢研究自然规律，我们今天发生的所有事，似乎都在他的意料之中。为了后人能拥有一个永久安宁的世界，他建立了联学宫，表面看是为了培养人才为皇家所用，但其实恰恰相反，联学宫的宗旨是服务天下苍生的，是制约皇帝权力的。岬龙星的历史我相信你们比我更清楚，有多少位无德无能的皇帝是被联学宫架空的？"

"有资料记载以来，应该是十八位。"子王说。

"如果没有联学宫，这些皇帝能拱手让位吗？可能他们早就把布雅戈弄得天翻地覆了。最近的麒麟王朝就是个例子，如果没有联学宫和他们持续对抗，你们枭北各国能两耳不闻窗外事，一心只管自己吗？"

"是啊！是啊！"众王纷纷说。

"在我们星图系里，目前发现的还有五颗星球，你们对其他星球了解多少？"

"不太了解，只是有所耳闻，都是道听途说。"丑王说。

"据从其他星球回来的人说，除了我们这个星球，没有一个星球能同时存在三种以上的高智商物种，他们整天都在屠杀，直到竞争对手灭绝为止。"蓝胤斗说，"就拿我住过的苣虎星来说吧，那里除了人类，就只有不会说话的飞禽走兽，根本就没有类人和异人生存的空间。"

大家听后一片哗然，他们开始交头接耳，议论纷纷。蓝胤斗说："还记得我和宸大人刚来岬龙星时，我们第一眼看到的就是鼠人，我们都觉得不可思议；后来又见到了会说话的海龟，又见到了会说话的鹿马，还有知后现身等。我们惊奇不已，好多天了，都觉得自己还置身在梦中。"蓝胤斗接着说，"我跟你们说这些，是想告诉你们，我们岬龙星的世界精彩纷呈，包罗万象，任何一个星球都无法与我们媲美。虽然每过几百年又会出现一批阴谋家、野心家把我们岬龙星弄得鸡犬不宁，但我们总能在关键时刻相互信任，奋不顾身地将那些企图分裂我们、消灭我们的敌人全部粉碎，这是千万年来祖先留给我们的优良品质。就拿现在来说吧，如果你们类人再相互残杀，裘图不费吹灰之力，就能各个击破，将你们彻底灭种。如果你们类人不团结，也不和我们人类联手，试问你们哪个种族能和裘图独自抗衡？"

"不能，不能啊。"王主们纷纷说道。

"你们知道始皇蓝胤帝发现星图系后有多高兴吗？他知道，以我们人类繁衍的速度，总有一天会人满为患，为了生存就一定会与其他种族抢夺有限的资源，那么屠杀就在所难免。当他发现还有五个星球适合我们人类生存的时候，就写下遗诏，每位皇帝继位后的首要任务就是要找到能将人类转移到其他星球的安全办法。经过三千多年世代帝王的努力，终于诞生了我们的第二代星图王蓝胤武，他终其一生都在为人类转移事业忙碌奔波，在他的努力下，十亿人类在二百年内全部转移，这才保证了其他各种族的生存空间。自他以后，每年几乎都有一大批人离开我们的星球。"

"原来是这样啊！"申王醍醐灌顶，恍然大悟。

"曾经我问过家父，人类大量转移，为什么不带我们类人去呢？"巳王说。

"那他怎么说的？"蓝胤斗问。

"他说我们去了会死，只有岬龙星适合我们类人生存，我一直还将信将疑。"

"的确是这样，听说第一批转移的人就有类人，但去了以后很快就出现各种死亡，后来就没有再带类人了。"蓝胤斗说。

"如果真是这样，我们更要保护好岬龙星啊。"寅王说。

"是啊，是啊！"众王纷纷说道。

"活在这片土地上的生灵，都是我们人类最真挚的朋友，我们共同的敌人是魔主，是飓魔军。他们都追上门来要抢我们的生存空间了，我们还有什么理由不与他们拼命呢？特别是你们类人，岬龙星就是你们唯一的家园。"

"拼了，拼了。"众王纷纷说道。

"我一直想不通，黑豹人为什么要为裘图卖命？"申王说，"要是我们把飓魔军都灭了，我们要不要也把黑豹人的种灭了？他们似乎很偏爱为坏人做事啊，之前为蓝胤麒，现在又为裘图。"

"灭，灭，灭……"众王义愤填膺，蓝胤斗默不出声。

"护世主，你看呢？"卯王问。

"我个人以为，帮助敌人祸害自己同胞的人，简直比敌人还可恶。但是，一人做事一人当，最好还是不要牵连无辜的黑豹人。"蓝胤斗说，"田大人，你说呢？"

"《皇灵法典》明文规定，禁止种族屠杀。"包田说，"帮助裘图卖命的黑豹人，当然不能再留。但是生活在西北之巅的黑豹人有什么错呢？如果没有他们这道强大的屏障，海外的异人早就肆无忌惮地来枭北跟你们抢地盘了。"

"所以，只要存在就有它的道理。"蓝胤斗说，"今天主要是和大家商议梦兰多一战要怎么打？你们想不想打？"

"当然要打。"子王说，"各位王主请容我说几句，这几十年来，我们类人小心翼翼，和飓魔军井水不犯河水，以为这样就能保我们枭北太平。可是最近你们也看到了，他们是见谁杀谁，见种灭种啊。我子国上下从来没对飓魔军抱任何希望过，我们全民武装时刻防他，这次才幸免于难。再者说，退一万步讲，如果现在我们不打，单凭人类的力量又打不过，万一他们两手一甩，把人类全部转移到别的星球去了，那我们是不是还得打？问题是，没有护世主的领导，没有人类的智慧，就凭我们？迟早还不是死路一条。"

"是啊，是啊……"众王纷纷点头说道。

"这次要不是护世主召来袋蟒军团，我们类人就会遭受灭顶之灾。你我诸位或许就只能跟寅侯空一样的下场了。"丑王说。

一直默不出声的寅王突然举起了右手说："护世主，飓魔军屠我陇都城，惨杀我几百万虎人，还让我先王身首异处。此仇不报，我日夜不宁，我寅国军民，同仇敌忾，早就想和飓魔军决一死战了。我愿亲自挂帅，带领二十万寅军打头阵，如果还不够，我国所有寅军随你差遣。"

"好啊！听说你们庞总帅是位军事奇才，到时你一定要带上他。"蓝胤斗直盯着寅王的眼睛说。

"那是，那是！"寅王眼睛闪烁，不敢直视蓝胤斗。

"护世主，我听说在整个布雅戈大陆的街头巷尾都能听到护世主要打梦兰多的消息，看来你必定是胸有成竹，势在必得了。"辰王说，"估计联学宫早已摸清了梦兰多的底细，你不如直接吩咐，需要我们出多少兵力，要我们怎样配合？我们奉命行事就好了。各位王主，你们意下如何？"

"如果需要，我也能挂帅亲征。"午王说。

"请护世主指示！"卯王说。

"请护世主指示！"众王纷纷说道。

"既如此，田大人，你把作战计划跟各位王主说说吧。"一道白光从蓝胤斗的手尖出来，众人的上前方出现了布雅戈大陆的动态地图。

"好的，大家看向梦兰多城。"包田说，"梦兰多背靠大山，两面环水，与枭北只有一块陆地相连，就是枭鲁山区。我们没有船只，不可能从水上进攻。可枭鲁山一带，至少驻着三分之一的飓魔军，是什么概念呢？据我们的情报人员说，至少有十个军团驻扎在这一带，也就是说，至少有百万飓魔军挡住了我们的去路。还别说梦兰多驻守的三十万飓魔军和二十万九蝎军以及十万守城的黑豹军。先别说打梦兰多，你们觉得我们要多少兵力才能扫除路上的障碍呢？"

"我们不是有袋蟒军团吗？他们以一当十没问题吧？"戌王说。

"即便有袋蟒军团，但袋蟒军只有十万。它们清理枭北飓魔军时，是因为飓魔怪四处分散没有防备。但这次不同，飓魔军一定会有备而来，如果有银制武器，袋蟒军就会一碰即亡。要是袋蟒军全部牺牲在了路上，那以后的仗还怎么打？"包田说。

"听说此次守卫葫芦岛，类人铁军的通灵俑立了大功，我们能让他们去开路吗？"申王说。

"不行。"蓝胤斗说，"通灵俑的使命是守护葫芦岛，他们不会离开葫芦岛半步。"

"护世主你吩咐吧，要多少兵我们就出多少兵。"未王说，"虽然我们一国的兵力无法与飓魔军相比，但我们十二国加起来，少说也有千万吧，咱们还怕他三五百万飓魔军吗？"

"对对对。"丑王说，"别忘了，我们枭北还有四五亿子民呢，至少还有八千多万身强力壮的青年人，只要换身军装，拿着大刀长矛，随时都能上战场。"

"是啊，是啊！"众王纷纷说道。

蓝胤斗激动地鼓着掌站了起来："好！丑王说得好！加上我们幸存的人类少说也有一亿战士，难道我们一亿高智商生灵，还怕他三五百万的低智商妖怪吗？"

"护世主，你就下命令吧！"子王说，"《皇灵法典》也明确规定，面对魔主来袭，护世主有权手握往生塔号令群王，但你从来没有这么做过，我知道，你是想让我们心甘情愿抗魔。至于我，我已心服口服，我与我的子民，都愿听从你的差遣。"

"我们愿听从你的差遣！"众王齐声说道。

蓝胤斗看着众王，激动得热泪盈眶："类人铁军又回来了。谢谢你们对我的信任！谢谢大家！"蓝胤斗深深地向众人鞠躬！

众王将左手放在胸前，低头还礼。

蓝胤斗拿出往生塔举在胸前："众王听令！"

众王全部起身说道："在。"

"鉴于去梦兰多的路途遥远，且惊险无比，各国王主不得亲自带兵上阵。"

"是。"众王说道。

"你们是一国之主，我可不敢冒险将你们置身在危险之中，且战争一旦打响，军人还没上战场之前，我们后方还得抓紧筹备粮草，千万军人的强力后盾就拜托你们了。"

"是。"

"我们搜集了大量情报，进行了缜密的分析，初步计划，全面反击战至少要分三个阶段进行。第一阶段先打通去梦兰多的道路；第二阶段再攻梦兰多城；第三阶段才是和裘图进行大决战。后两个阶段的兵力要看第一阶段的战况再做调整。现在，第一阶段各国再派十万精兵，再加上我们的百万联军，统一由联学宫总帅边折宫指挥，各国总帅要听从宫大人的调遣。"

"是。"

"边折宫听令。"

"在。"

"经护尊们协商决定，从今日起，任命你为联军总指挥！"

"是。"

"包田听令。"

"在。"

"从今日起，任命你为边折宫的总参师，协助宫总帅作战。"

"是。"

"各位请坐。"蓝胤斗说，"给你们一个月时间，各国军队必须在寅国集结。有个好消息要告诉大家，我们已得到了枭阳王的允许，大军可穿过枭宦森林，直奔枭鲁山区。"

"好啊！太好了，太好了。"大家都纷纷说道。

"会前我已和袋蟒军团的袋团长一念绝尘交流过，袋蟒军在夜间会协助大家作战，五大神兽也愿为你们保驾护航。宫总帅，你要和袋团长以及各国总帅多沟通多交流战略战术，你们要风雨同舟，精诚协作，给你们两个月的时间，必须扫除枭鲁

## 第五十一章 群王宣誓

山区的一切障碍，以保证第二阶段的大军能直接顺利地兵临梦兰多城下。"

"是。"边折宫说。

"那今天就先议到这里吧，大家辛苦了！你们都回去准备吧，我们随时保持沟通。"蓝胤斗说。

"是"。

众人起身离开会场。众王当天都回到了自己的国家。

这天傍晚蓝胤斗来到凤栖草堂，孟桓亲自下厨，都是蓝胤斗在苣虎星时最爱吃的家常菜。蓝胤斗还没踏进院门，远远就闻到了饭菜的清香。

"很久很久没有闻到这样的味道了，村长你又下厨了吗？"还在院外的蓝胤斗火速跑进了东屋，正看着孟桓端着一盘土豆丝放在木餐桌上，桌子上除了茄子、南瓜等素菜外，最耀眼的就是那盘红烧肉了。

"今天高兴嘛，给你做点家常菜。"孟桓慈祥的脸上露出了灿烂的笑容。

"我已经很久很久不知道饿了，可现在，我的胃好像被掏空了。"

"我知道。"孟桓说，"今天护尊长牧大人亲自给我们送粮食和菜品过来了。他跟我说，你最近胃口不好，看你都瘦成什么样了？身体可是战斗的本钱啊。"

"没有胃口，就是不想吃。"

"来来来，快坐下，趁热尝尝，已经十多年没尝过我做的红烧肉了吧。"孟桓和蓝胤斗围坐在餐桌前。

"是啊！"蓝胤斗拿起筷子又停顿了下来，"我父亲呢？还有长老们呢？他们都不吃饭吗？"

"有的出去办事了，有的出去溜达了，不管他们。"

"还出去啊？"蓝胤斗说，"我还以为，你们今后能长住这里呢。"

"战斗一旦打响，我们就不会离开葫芦岛了，现在还有很多事要去准备。"

"好吧。"蓝胤斗开始狼吞虎咽地吃着，孟桓依然一脸慈祥地看着她。

"我想起三十多年前，白禹大人离开苣虎星后，你第一次到我们罗堂村，那时你还小吧？当时你也是十多天没好好吃饭了，我做了一大桌子菜，我就去厨房端碗汤回来的工夫，就被你全部吃光了。"

"那是我第一次吃到红烧肉，从此，就再也忘不了这个味道了。"蓝胤斗向孟桓碗里夹了一块，"村长你也吃，你就不问我那些王主们今天都什么态度吗？"

"还用问吗？今后当然是听你的指示了，而且是心服口服。"

"村长，你们真的是太厉害了。"蓝胤斗边吃边说，"我听了你们的建议，把其他星球的事一说，你猜他们什么反应？"

"怎么说的？"

"怕我们人类甩手去了别的星球，把裘图扔给他们不管了。"

"哈哈哈。"孟桓得意地大笑起来，"怎么可能呢，这里是我们人类文明的发源地，就算把其他星球的人全部叫回来跟裘图拼命，也不可能撒手走人的。"

"我知道，但是这话我可没跟他们说。"

"那是，这当然不能说，没有恐惧感，没有敬畏心，怎么能激发出类人的战斗潜力呢。"孟桓说，"这几百年来，类人的战斗意志在快速衰退，就是因为他们没有危机感，把保护岬龙星的责任全部扔给我们人类了。后来人类内乱，他们就隔岸观火，甚至还趁火打劫。要不是裘图这次屠了他们三千多万同胞，他们还麻木不仁呢。"

"要这样说来，裘图大肆屠杀又事与愿违了。"

"所以说，有些坏事也未必就真的是坏事。"

"我还有件事想跟你商量。"

"你说。"

"我想和父亲尽快说明，虽然他以前不知道我，那我们相认后他不就知道我了吗？"蓝胤斗说，"这些天我又想起了儿时的很多事，我从小就爱问婆婆，我是从哪里来的，我的父母是谁？现在我找到父亲了，可为什么又不敢面对了呢？如果和裘图决战我真有不测，那我会死不瞑目的。"

"等他回来了我先跟他说说，你明天再过来。"

"是我下的命令，他的记忆才会被清除，你说他会怪我吗？"

"我是四个孩子的父亲你知道吗？我以父亲的名义担保他绝对不会怪你的。"

"好吧。现在你们就是我最亲的人了，这次要不是有你们帮我，我真不知道会怎么样。"蓝胤斗说，"裘图太恶毒了，他这回不仅仅是杀人，他还诛了我的心。用我最爱的人杀我最亲的人，他真是太狠了。怪我当初没听婆婆的话，我要是不把黑龙放出来，没准婆婆也不会死。"蓝胤斗眼里又闪烁着泪光。

"黑龙是谁能关得住的吗？再说了，裘图想杀护尊长，他就算不用黑龙也还有其他魔子，你就不要再自责了。不过，裘图的确是一个强劲对手，不把魔主收入往生塔，我们岬龙星的人类真有可能要亡种亡族了。"

"我们必须要做好周密的计划，无论如何，我们要先设法救出关在玄魔宫的那十

## 第五十一章 群王宣誓

位通灵子，只有他们和神兽们联手，才能彻底打败裘图。具体战术，这几天还得麻烦长老们再仔细研究一下，大军一出发，开弓就没有回头箭了。"

"我知道，等他们从实地勘察回来，我们会给你一个满意的方案的。"

"好的。那我今天先回去休息了。"

"好，你去吧。以后至少让冷寇大人时刻跟着你，不要再一个人乱走了。"

"她可是神兽，跟着我好吗？"

"怎么不好了？要是黑龙又来暗杀你，你怎么办？"

"我……我知道了，我会让冷寇时刻保护我的。"

"好，去吧。"

蓝胤斗走出院子，忧伤地仰望着满天星辰，她想看看黑龙有没有在星空下翻云吐雾，她内心从来就没有惧怕过黑龙，她有时甚至希望黑龙能出现在她眼前。

## 第五十二章

***

## 战前密谋

　　各国王主回国后，按照指示调集军队，准备粮草，仇恨和恐惧将沉睡已久的枭北类人彻底唤醒，他们万众一心，同仇敌忾，在王主的带领下，正有序地为即将到来的大战准备着。

　　寅王寅卓汗回宫后，即刻召来了庞冷总帅。庞冷虎头人身，身高有一米八，152岁。他面目凶悍，神情严肃，但从眼神里可以看出他有些焦虑不安。他俩在室内秘谈要事，寅王更是来回踱步。

　　"冷大人，你说得没错，蓝胤斗早已怀疑我俩勾结，把飓魔军引到了陇都，借飓魔军之手杀了寅侯空，我才得以顺势坐上王位。"寅卓汗说，"我是不是不该写那首歌？"

　　"那她对你是什么态度？"庞冷说。

　　"行动比言语更让人心惊胆战，你猜她怎么处置酉王的？"

　　"酉连菲落入她手了？"

　　"一代铁娘子，却成了殉葬品，她为护尊长白禹陪葬了。就在出殡的前一天，酉连菲在禹大人棺木前割颈谢罪了，当着我们众王的面啊！每当想起酉王那绝望的眼神，我就心生颤抖，天天做噩梦。"

　　"看来蓝胤斗不只是怀疑吧，一定是飓天座死前胡说八道什么了。"

　　"谁让我们的确犯了一个无法饶恕的错误呢。飓魔军占领陇都后，我没让你及时出兵，说我没私心连魔鬼都不信。当时我的确想寅侯空死，但我没想到飓魔军会屠城，更没想到陇都城内的二十万守城军，还有城外的护城军就那么轻易地被飓魔军灭了。要我早知道飓魔军会杀我百万虎民，你我能袖手旁观吗？"

## 第五十二章 战前密谋

"当时也怪我轻敌了,没有料到我寅军那么不堪一击,更没有想到飑魔军还会潜逃。"庞冷说。

"现在说什么都没有用了,只能用行动来证明了。"寅卓汗说,"这酉连菲才刚一死,酉公伟就被他们长老院封王了。告全民书中还说,酉连菲通敌叛国,罪当万死,她是鸡民的耻辱,更是类人的蛆虫。护世主慈善仁德,除酉连菲罪大当诛外,她的家族部属等建议暂且赦免,大战在即,望其戴罪立功,以观后效。"

"蓝胤斗在杀鸡儆猴的同时,又留有余地。要是我们不拼死抗魔,保不准哪天她就要秋后算账了。"

"我最担心的是,酉连菲提议的'五国会盟'之事估计也被她知道了,我看她盯着我和申王、巳王、亥王的眼神就带有杀气,她看别的王主就很温和。虽然我们还没会盟,也根本还不知道酉连菲真正的阴谋,但是谁让我们已经答应她了呢?"寅卓汗说,"现在想起就后怕,差一点就上了酉连菲那艘贼船了,还好她死得还算及时。"

"如果真如此,老谋深算的申王也该怕了。"

"能不怕吗?开会时我就坐在他旁边,蓝胤斗看他一眼,他的手就搓一下大腿,心虚着呢。"寅卓汗说,"所以当她说要打梦兰多时,我就第一个站起来说,我愿挂帅亲征,以报飑魔军杀我几百万虎民的雪海深仇。"

"这次联军出战你要挂帅亲征?她同意了?"庞冷惊诧地问。

"没有!她说路途遥远艰险,所有王主不得亲自上阵,要我们守住后方,为大军准备粮草。她在会上还特意提到了你,还对你赞赏有加。这一次,寅军可能必须得由你挂帅上阵了,我想听听你的想法。"

"我服从王主的命令!对我个人而言,我也非常愿意出征,我寅军早已对飑魔军恨之入骨,早就想找机会报仇雪恨了。如果我们能跟飑魔军正面交战,一定会势不可挡,我对寅军有信心。"

"我当时就提议,建议我们寅军做先锋。你回去做准备吧,就这个月,各国军队,就会陆续到达我国境内。你要全力配合联军总帅边折宫,绝对服从他的命令。"

"是。"庞冷立正答道,声音浑厚有力。

各国王主积极响应,命令军队快马加鞭,浩浩荡荡地向寅国赶来。离寅国最远的辰国和卯国,只用了20天就到达了寅国境内,其他各国在15天内,已全部在寅国和枭宦森林的边境处安营扎寨。休整了两天后,边折宫下令先头部队的50万大军,五天之内必须穿过枭宦森林,且不得大声喧哗,不得在森林内乱窜,如偶遇猛兽，不得主动攻击。后续部队随时关注前方战况，等到大量的粮草送达后，再陆续出发。

由于枭阳王早已下令群兽回避，联军在枭宦森林内没有遇到任何麻烦，大军全部顺利穿过了枭宦森林，到达了鬼骨山脉一带。鬼骨山在枭鲁地区和枭宦森林之间，早已由寿衣团的人占领，这一带没有飓魔军出没，绝对安全。

边折宫下令全军在鬼骨山林内秘密驻扎，第二天，他派子军和申军共两千余人，从鬼骨山出发，到枭鲁边境探听军情。源源不断的粮草，正从枭北的每一个角落，向鬼骨山区运来。一场前所未有的大战，将一触即发。

三天后，蒲宗和公羊冢奉命回到鬼骨镇见寿团长。鬼骨镇依然如两年前一样静谧，不同的是，所有的人随时都是全副武装，寿团长也不再是宛冰客栈的后厨帮工了。宛冰客栈现在更加热闹红火，客栈内天天都住满了各种客人。

太阳刚从东方缓缓升起，客栈掌柜宫宛冰就早早来到镇口徘徊，她远远见到蒲宗和公羊冢后异常开心，她已经快半年没见到他们了。

"少主，冢大人，终于把你们盼来了。"宫宛冰开心地说。

"冰掌柜，你怎么在这里啊？"公羊冢问。

"寿团长说你们今天要来，我就坐不住了，我特意在这里等你们呢！"

"我们有要事找寿团长，他人在哪里？"蒲宗问。

"在客栈等着你们呢。"

"客栈人多眼杂，你去通知寿团长，我们到鬼骨山顶说话。记得叫上公羊武和公羊木。"蒲宗说。

"你们不吃饭吗？要不先吃好饭了再说吧，我都准备好了。"宫宛冰说。

"我们谈完再吃，我和冢大人就不进镇了。"蒲宗说。

蒲宗和公羊冢化成一道白影往鬼骨山顶飞去，宫宛冰绕过闹市从宛冰客栈的后门进入了客栈。

蒲宗带着公羊冢来到鬼骨山顶他曾经闭关的石洞内，因为宫宛冰时常上来清扫，洞内依然干净凉爽。

"时间真是转瞬即逝，还记得两年前，我还在这里闭关打坐，护世主和宸大人不请自来，我们差一点就打起来了，要不是我亲眼看到了青龙，我绝不会相信自己会是白虎。"

"你们就是从这里出发去找我的吧？"公羊冢问。

## 第五十二章 战前密谋

"是的。当时你可是大名鼎鼎的铁面毒枭啊，提起你的名字，我心里就打颤。"

"至于吗？我当时真的有那么可怕吗？"

"臭名远扬啊？"两人正放声大笑时，寿团长百里无影和公羊武、公羊木瞬间出现在了他们身后。

"两位大人如此喜悦，一定是带来了好消息啊。"寿团长笑着说。

"寿团长！好久不见。"蒲宗说。

"三哥，三哥！"公羊木和公羊武激动地喊道。

"寿团长、四弟、五弟，总算见到你们了。"公羊冢和公羊木、公羊武紧紧相拥在了一起。

"护世主昨天给我消息，说你俩要来，我昨晚就开始睡不着。"寿团长说。

"我们里边说。"蒲宗带着大家进了石洞内，洞内有石桌石凳，五人围着石桌坐了下来。

"我听说类人50万大军已到达鬼骨山东边，你们是想从枭鲁地区到梦兰多吗？但据我所知，枭鲁地区至少有百万飓魔军，而且他们的大军可都驻扎在易守难攻的地带，想打通这条道，谈何容易啊。"寿团长说。

"护世主和宫总帅都知不易，所以才派我们来请教寿团长。"蒲宗说。

"不瞒两位大人，我也是日思夜想，到目前为止也没想到良策啊。"

"寿团长对梦兰多熟悉，对蓝灵堡更熟悉吧？"公羊冢问。

"那是，再熟悉不过了，而且这几十年来，梦兰多一点也没变。"

"变还是变了的，就是变得越来越破了。"公羊木说。

"是啊，裘图的魔都是魔幽城，他根本就没把心放在梦兰多上，要不是蓝灵堡是人类的世代皇宫，不知那片土地下藏着多少皇室宝藏，估计他早就一把火把城烧了。"寿团长说。

"不过我听说，梦兰多能完好无损地留下，你的副团长巫曼仇功不可没啊。"蒲宗说。

"是。他似乎还有一丝人性，其实到现在为止，我都不明白他为什么会为裘图卖命，在我印象中，他不是那种特别坏的人。"

"这个可能只有他自己知道了。我带来了一点线索，听说万灵剑就埋在蓝灵堡地下的某一个角落，蓝灵堡强大的保护墙就是由万灵剑发出来的，当初要不是守护蓝灵堡的总帅扈七郎叛变，就连裘图也轻易进不了蓝灵堡。对吧？"蒲宗说。

"是的。"

"那你知道万灵剑具体埋藏的位置吗？"公羊豖问。

"我不敢肯定，但有个地方特别神奇。记得我以前每次向皇帝复命时，要路过一个房间，我每次从那里经过，就觉得浑身充满了力量，好像房间里散发着一股强大的法力。我一直怀疑，皇帝是不是请了绝世高手在保护他，但后来发现，皇帝身边根本就没有这样的人。"

"那种力量是每个人都能感受得到的吗？"公羊武好奇地问。

"据说不是，我偷偷问过一些同僚，他们都没那种感觉，所以后来我也没在意了。"

"听护世主说，功力不深的人，根本感受不到它的存在。"公羊豖说，"我猜裘图也感受到了，但他没办法拿走，所以这几十年才派重兵把守蓝灵堡。"

"很有可能。"寿团长说，"听说往生塔是开启万灵剑的钥匙，这也是皇室和联学宫共同的法宝。传说一万年前，就是十二通灵子拿着万灵剑和六大神兽合力杀死了独孤心魔，往生塔又收了他的魂魄，最终才将他封在了北阴山下。"

"如果真是这样，我们攻打蓝灵堡，你认为裘图会不会来？"蒲宗问。

"对他来讲，这是个难题，如果他来坐守蓝灵堡了，他的魔宫怎么办？要是我们来个声东击西，去魔宫救十大通灵子，他不是功亏一篑吗？"

"你也这么想的话，他可能还真的不会来。"蒲宗说。

"即便他不来，其他魔子一定会来。"

"他的力量分散了，我们的力量也得分散赌一把。今天我们把护世主的计划和你说一下，你看是否可行。"蒲宗说，"蓝灵堡有一个通灵墙，它其实是通往蚁人岛的一个大门，当初护世主和宸大人去唤生歌时就是从那里逃离的。这个通灵墙我们敢肯定飓魔军不知道，出口在哪儿他们也不知道。"

"这个连我都不知道，裘图可能还真是不知。"寿团长说。

"据说护世主怎么从蓝灵堡逃跑的，至今在裘图那里仍是一个谜。虽然后来扈七郎的记忆被他读取了，但当时扈七郎也是远远地看到一堵石墙说话，没有人怀疑那是通灵墙，他们还以为周围有地道，最后把皇宫挖了个遍，也没有发现可疑之处。"蒲宗说。

"你们是想从这个通灵墙直接进入蓝灵堡吗？"寿团长问。

"是的。"蒲宗说，"你的寿衣团战士对蓝灵堡以及梦兰多都非常熟悉，再派五万袋蟒军协助你，你们神不知鬼不觉地从蚁人岛进入蓝灵堡。要找到了万灵剑，护世主会拿着往生塔来取,要是找不到,你们先守着蓝灵堡,五万袋蟒军和你的寿衣团应该能除掉梦兰多内的飓魔军。届时你们再跟类人大军里应外合,南北夹击,我想枭鲁地区的飓魔军,一定会闻风而逃。"

"这的确是个好主意。"寿团长说,"不过我担心,宸大人变成了黑龙,他会不会把通灵墙的事告诉裘图?"

"这个你放心。"公羊冢说,"当初扈七郎被裘图抓去后,护世主当时就知道青龙体内有魔子,她立即将宸大人这部分记忆清除了,就怕有一天青龙被他们控制了再惹麻烦。"

"这么说的话,护世主早就料想到了青龙有一天会成魔吗?"公羊木问。

"这种可能大家都想到了,只是都不愿说出来而已,要不后来攻打丹露湾时,正需要我们六大神兽,可护世主却把宸大人留在了目若林。"公羊冢说。

"要是这样,此计完全可行。兵贵神速,那我们要迅速出发。正好飓魔军的全部眼睛还盯着枭鲁山区呢。"寿团长说。

"五万袋蟒军就在山下等着我们呢。我和冢大人要带着生歌和你们一同前往,只有生歌能打开通灵门,等我们拿到了万灵剑,再救通灵子就容易多了。"蒲宗说。

"是的,万灵剑到手,离裘图的死期就不远了。"

"五弟,你迅速组织人马,我们出发之前,你们要赶到枭鲁山的西边,类人大军正面攻击,你们助攻。目的是打乱他们的计划,让飓魔军无暇从西面盯着蚁人岛。"

"是。"公羊武答道。

"四弟,你去准备船只粮草,不管是龟船还是木船,能召来多少就召多少。虽然袋蟒军不需要船只,他们轻如羽毛,踩在水上,最多能激起一丝波纹。但听宫总帅的意思,日后也许要从这条路转移一大批子军进入梦兰多。"

"是。"公羊木说。

"鼠人个子虽小,但战斗力可是能以一当十的。"寿团长说。

"是的,要是能把十万子军顺利运到蚁人岛,一旦进入蓝灵堡,那到时梦兰多就唾手可得了。"蒲宗说。

"那我们分头行动,明天晚上天黑后我们就启程。"公羊冢说,"我现在去向宫总帅汇报,联军明天一早就可以发起总攻了。五弟,你的人今晚能出发吧?明天一早和联军同时进攻,记得把西边的飓魔军往北边引。"

"是。"

"北边可是我的朋友石狰们的地盘，飓魔怪要敢来，定会让他们有来无回。"蒲宗说。

"要不我们怎么敢引魔上门啊。"公羊冢笑着说。

"那就这样，两位大人还没吃午饭吧，再急咱们也要吃饭啊，冰掌柜可早就备好饭菜了。"百里无影说。

"好，我们先吃饭再行动。寿团长请。"蒲宗说。

众人走出石洞，幻化成影飞向了鬼骨镇。

# 第五十三章

\*\*\*

## 皇宫里的万灵剑

蓝胤斗听孟桓说,她父亲红尧知道自己有个女儿后激动不已,想要立即与她相见。但蓝胤斗突然有些紧张起来,一个上午,她就在屋内走来走去,冷寇催了她三次了,她都不愿出门。她磨蹭了很久突然打开房门,将冷寇拉了进去。

"寇大人,我现在的心情你能理解吗?"

"不能理解,我又没见过父亲。"

"那你有没有想过去找父母?"

"我找了,找到的只有两堆荒冢,听说他们就是那一小部分和裘图抗争至死的人,摩丹王因此见识了裘图的强大,才下令摩丹人完全退隐,不参与布雅戈的任何纷争。"

"我怎么从来没听过有这事?我只听说你是个孤儿。"

"没有人问,我该怎么说呢。"

"以后我就是你的亲人,没人的时候别再叫我护世主了,就叫我名字吧。"

"不行,你比我年长,如果可以的话,我叫你姐姐吧。"

"好,就叫姐姐,我曾经多么希望,我要是有父母,有兄弟姐妹该多好。现在我都有了。"蓝胤斗开心地说。

"姐姐,那我们快走吧,你父亲还在等你呢!"

"可我心里发慌,我不知道面对他老人家我该说些什么呢?"蓝胤斗说,"我都偷偷见过他两次了,但我心里怎么还发慌啊。"

"也许见了就知道说什么了吧!今天一点也不像你,患得患失的,从来没见你这样过。"

"我以前是怎样的？"

"冷静果敢，雷厉风行。"

"唉！我在罗堂村见过他羸弱的身影，当时我也没勇气与他相认。"蓝胤斗说，"以前我老问自己我是从哪里来的，自从我知道家父还健在后，我终于不再问了。曾经我以为我只是这里的过客，总有一天我要回莒虎星，要回到蓝森林去。现在，我真切感受到这里才是我的家，我的亲人长辈朋友们都在这里，我应该开心才对，可为什么就是心慌呢！"

"你是不是还在为你下令清除他记忆的事而自责呢？摩丹王曾教导我说，有遗憾的人生才是有意义的人生。我们正因为有遗憾，才会想努力去填补，去争取，如果世间一切完美，还要我们做什么呢？那我们的存在就没有任何意义了。"

蓝胤斗长出了一口气："说得好！如果我的人生一开始就完美了，50岁的年龄在莒虎星就该安享晚年了，我还冒险来这里做什么呢？寇大人，我们走吧。"

"还叫我寇大人啊？"

"寇儿，就叫寇儿好吗？"

"从来没有人这么叫过我。"

"宗大人没叫过？"

"他敢？！"冷寇瞬间变得冰冷起来。

"那我就直呼其名吧。"蓝胤斗说，"宗大人对你情深义重，你不要对他太冷了。"

"姐姐，我现在不想这些事，裘图一天不灭，我一天都不会考虑自己的事。"

"好吧，宗大人那边有消息了吗？"

"我正想跟你汇报呢，刚传来消息，昨天一早宫总帅已下令联军发起了正面总攻，但由于山高路陡，飓魔军实在太多，即便有五万袋蟒军打先锋，短时间内也无法取得突破性的进展。不过寿团长那边已经开始行动了。"

"大军遇阻在意料之中。寿团长那边如果顺利的话，今天就会有消息传来吧。"

"是的。"

"那我们就去凤栖草堂等消息吧。"蓝胤斗拉着冷寇的手，化成一道白影瞬间从目若林来到了凤栖草堂的院子里。她俩还在外面，就听到正屋传来的欢声笑语。

"他们今天很开心啊，好久没听到这么爽朗的笑声了。"蓝胤斗说。

"我先去通报一声。"

## 第五十三章 皇宫里的万灵剑

"不用,在百米以外他们就知道我们来了。"她正说着,孟桓就从正屋走了出来。

"你们来了,快进来,大家正在等你们呢。"孟桓说。

"家父在吗?"蓝胤斗问。

"你自己进去看看,正好长老们都在呢。"

蓝胤斗随孟桓进入正屋,冷寇在院门外等候,蒲宗突然出现在冷寇身后,冷寇本能一闪:"怎么是你?"

"我等你们都有十分钟了。你饿不饿,我们到东屋说话。"蒲宗拉着冷寇来到东屋,长长的餐桌上摆满了一大桌菜。

"我从来不知道,菜还可以这么做啊。"冷寇瞪大眼睛扫视着桌子上的每一道菜说。

"听说是村长孟桓大人亲自下的厨,都是护世主爱吃的,我真控制不住想尝尝。"蒲宗准备伸手去抓菜,被冷寇拉了回来。

"姐姐和长老们都还没来呢。"

"姐姐?谁是你姐姐?"蒲宗惊愕地看着冷寇。

"你猜猜?"

"长老中有位女性,难道她是你姐?但我没听你说过你有姐啊,你不是说是孤儿吗?"

"你才是孤儿呢,我现在有姐了啊,护世主就是我姐。"

"是吗?她还是我姐呢。"蒲宗得意地说。

"那你就叫她姐试试呗。"

"算了,没她指示我不敢!"两人正说着,长老们陆续来到了东屋,蒲宗和冷寇向他们鞠躬行礼。

"两位大人,快快请坐!先吃饭,吃饭。"孟桓热情过来招呼他们。

"你们先坐,我们马上就来。"蒲宗说着又拉着冷寇来到正房的正门外,其他人都去了东屋,只看见蓝胤斗正跪在红尧面前磕头。

"父亲,女儿不孝,我对不起你!"蓝胤斗的眼泪夺眶而出。

红尧连忙扶着蓝胤斗起来,他注视着蓝胤斗的眼睛,他斑白的发髻下皱纹深锁,眼睛有些泛红。但他依然微笑着说:"桓大人都跟我说了,所有的一切我都知道了。女儿,我为你自豪,你妈在天有灵,也可以安息了。"他将蓝胤斗搂在怀里,蓝胤斗泪如泉涌,喜极而泣,红尧也老泪纵横。

门外的蒲宗和冷寇被眼前的一幕感动得热泪盈眶,他们为蓝胤斗终于找到了自己的父亲而欢喜。可他们自己呢,这辈子永远也见不到自己的父母了,两人随后默然地离开了。

"女儿，我们去吃饭，宗大人带来了好消息，要等你来了他才说呢。"红尧说。

"蒲宗吗？他来了吗？"

"在东屋等我们吃饭呢。"蓝胤斗挽着红尧的胳膊来到东屋，大家见到他们父女俩都站起来欢笑着鼓掌。

"恭喜尧大人，恭喜护世主！你们父女俩终于团聚了。"孟桓微笑着说。

红尧和蓝胤斗面对着众人，深深地向大家鞠了一躬。

"谢谢你们！谢谢！"红尧说。

"尧大人、护世主快入座，吃饱了，我们可有事做了。"孟桓说。

"是啊，是啊。"众人纷纷说道。

蓝胤斗扫视了一眼："宗大人不是来了吗？"

"在这儿呢。"蒲宗和冷寇这才从外面先后进入东屋。

"宗大人，找到万灵剑了吗？"蓝胤斗急切地问。

"找到了。"蒲宗说，"寿团长猜测得不错，万灵剑就在皇帝龙椅下的暗间里。"

"太好了，那我们即刻出发。"蓝胤斗欣喜地说。

"急什么？裘图都不急，你慌什么？坐下好好吃饭。"孟桓异常冷静地说。

"估计裘图现在还不知道，我们得争分夺秒先把万灵剑拿来才行啊。"蓝胤斗焦急地说。

"女儿，先坐下吃饭，听圣帝长老的。"红尧说。

蓝胤斗看了一眼在座的人，大家都胸有成竹，异常冷静。"好吧。我也正饿了。"蓝胤斗示意蒲宗和冷寇在她身边坐下，大家礼貌地微微点一下头后开始端起面前的碗，专心致志地吃着，饭间，没有人再说一句话，饭吃完后，孟桓才发言。

"我们刚才已派十二护圣去支援梦兰多了，就算裘图来，他们也能拖他一阵子。何况他不敢来。"孟桓说。

蓝胤斗放下碗筷去寻找护圣主宓仲，果然不见他的身影，可刚才明明还看见他在正屋有说有笑呢。

蓝胤斗又回到东屋："斗儿愚钝，请长老明示！"

"我们还希望裘图来梦兰多呢，只要他敢来，我们立马去把他的魔宫搅得天翻地覆，顺带再把通灵子们救出来。"孟桓说。

"这就是你们说的声东击西吗？"蓝胤斗的脸上终于露出了一丝微笑。

## 第五十三章 皇宫里的万灵剑

"我们也在赌，以我们过去对裴图的了解，他可能早已看破了我们的计谋。不过这赌局才刚刚开始，不妨再多给他一点时间，万一他这次昏了头看花了眼呢？"

冷寇依然有些不解地问："万一他没昏头不来了，我们下一步怎么办？"

"你们吃饱了吧？他不来你们再拿着万灵剑追上门去啊！"孟桓微笑着说。

"是。终于等到这一天了。"冷寇开心地说道，众人纷纷都笑了起来。

在愉快的氛围中，人们把餐桌上的菜已全部吃得精光，他们每个人的脸上看起来都异常轻松，好像他们生活在太平盛世，外面没有战火硝烟一样。在蓝胤斗准备出发以前，红尧非要拉着女儿到外面单独说说话，他有好多好多话想与蓝胤斗好好分享。

"父亲，你有什么话尽管说。"

"其他的我也不担心，但有一点，我想桓大人也还没告诉你吧？"

"不知父亲说的是哪一件事啊？"

"关于蓝胤家族的事。"

"上次在罗堂村他们跟我说了，说蓝胤家族是始皇蓝胤帝以前就存在的古老团体，就像联学宫一样，都是为了保护万千生灵，为了保护岬龙星的长久和平与安宁。"

"那他们有没有说，这个团体为什么赐名为蓝胤氏？"

"蓝胤氏是怎么来的我还真不知道，他们没跟我说。"

"大战在即，父亲必须得提醒你了。我也是近来看蓝胤家族的家史才知道，既然你已是蓝胤氏的一员了，你必须要知道你的姓氏所代表的意义。"红尧说，"蓝字代表冷静、理智与永不言弃的执着精神，胤字寓意传承。蓝胤家族的使命是岬龙星所有精英之士的世代子孙们要传承下去的一种精神。虽然你现在是护世主，将来可能还要做皇帝，你的每一个决定，都会影响千万生灵的命运。你明白我的意思吗？"

"父亲，我明白！今后我会更加慎重的。"

"不只是慎重，还要特别注意安全。不要感情用事，一切以大局为重。你现在还不是君主，必要时，长老们有权向你下命令，你必须得遵从。"

"我知道了！你放心！"

"那你现在就少安毋躁，长老们认为可以出发了你再走。"

"好吧。"蓝胤斗说，"既然不急，我想去看看婆婆。我最美好的童年都是她陪我度过的。"

"我都听说了，我也正想去感谢她，帮我培养出了这么乖巧优秀的女儿。"

蓝胤斗挽着红尧的胳膊,化成一道白影来到白禹墓前,他们父女俩在墓前畅谈了很久才回到凤栖草堂,等他们回来时已是下午三点了。但梦兰多还是没有裘图的消息,不过除黑龙外,其他十位魔子已到达蓝灵堡,正和十二护圣打得激烈,长老们这才意识到裘图不会再来了。

"长老们一致认为,裘图不会离开他的魔宫了,不过能把他的十大魔子引来也好。"孟桓说,"护世主,你即刻拿着往生塔去取万灵剑,拿到剑后你直奔玄魔宫,让袋团长带着两万袋蟒军去魔宫大开杀戒吧。你再带着剩下的五位护尊与你同行,他们法力深厚,和五大神兽联合定能拖住裘图和黑龙一两个小时,你就有足够的时间去救通灵子。此行依然艰险难料,你们一定要多加小心,万一救不回来,你们先撤走,我们再找机会和裘图决战。"

"现在是最好的时机,飓魔军的力量被我们分散了,即便裘图知道我们想声东击西,但他也不一定料到我们还敢去魔宫找他吧。"蓝胤斗说。

"不管他怎么想了,不能调虎离山也得赌一次。记住我的话,没有把握,先全部安全撤回。这也是皇族长老们的一致请求。"

"明白。"蓝胤斗向众位长老鞠躬道别,"你们也保重!葫芦岛就拜托你们了。"

蓝胤斗和冷寇、蒲宗走出院门,其他人全部走到院子里目送他们离开。他们注视着三道白影向天空飘去,眼里装满了信任与力量。

蓝胤斗和冷寇、蒲宗来到蓝灵堡时,整个皇宫已被子军占领。昨天夜里,几百艘木船和龟船已成功将十万子军运到了蚁人岛,他们行动敏捷,不到两小时就穿过了地下通道,顺利从皇宫的通灵墙进入了蓝灵堡。守城的黑豹军和飓魔怪被突如其来的子军和袋蟒军杀得片甲不留,现在梦兰多城内还有十万飓魔军正在拼死抗争。

子军主帅海星鹏连夜率领一万子军突袭了梦兰多城内的武器库,将它们全部烧毁,这加快了守城飓魔军溃败的步伐。两年前,他和林叶西、风青牧去樱桃港接蓝胤斗和白子宸来梦兰多时,五人误进了武器库,那时他就想过,如果能毁了这个武器库,就犹如斩断了飓魔军的一只手臂。今天他只用一万兵力,就如愿斩断了敌军的武器后援,很多赤手空拳的飓魔怪只能被子军、袋蟒军还有寿衣团的人乱刀砍死。

眼看梦兰多已是囊中之物,但依然不见裘图前来救援。蓝胤斗在寿团长的带领下,从龙椅下方打开了暗藏万灵剑的密室。密室里放着十二个精致的木盒,而这十二个盒子又被十二道白光围住,飘浮在半空中。

进入暗室的地道漆黑一片,但放万灵剑的房间却犹如白昼一般,蓝胤斗拿出往

## 第五十三章 皇宫里的万灵剑

生塔对着半空中的盒子说咒语:"剑灵合一。"十二个盒子缓缓落地,盒子自动打开,十二道剑光渐渐合在一起形成了一把万灵剑。蓝胤斗伸出右手,将剑握在手里,但在别人眼里,看到的就只是一束光。

这也是其他人无法拿走的根本原因,万灵剑刚出盒子时不是实体物品,它本身就是一束光,只有能驾驭它的人才能将它变成锋利的灵剑。蓝胤斗是万灵之主,又是往生塔的主人,她虽然能驾驭万灵剑,但还不能让万灵剑发挥它真正的威力,只有万灵剑真正的主人——十二位通灵子,才能让它发出巨大的能量。

蓝胤斗取走万灵剑后,蓝灵堡散发出来的防护网瞬间坍塌,只要有法力的人,就能感知到蓝灵堡强大的威力在渐渐散去。正在和十二护圣打得激烈的十大魔子,看着蓝灵堡上空的法力消散后,立即下令全军向南撤离,十大魔子也迅速撤回到了玄魔宫。

# 第五十四章

\*\*\*

## 魔相顿悟

  魔子们回魔宫向裘图汇报了梦兰多发生的一切,他强作镇静召来总相巫曼仇问话。一年前,裘图和巫曼仇在针对枭北的战略战术问题上发生了严重分歧,裘图就故意冷落了他,表面上巫曼仇虽然还是总相,但魔宫上下都知,他其实已被裘图打入了冷宫。

  这一年来的所有大小事务,裘图基本不再找他商议,这恰好给了他更多的个人时间。从那以后,他就开始潜心做一件事,每天夜晚,他都会到玄魔宫的最高处夜观天象,经过这一年来的观察,裘图听说他行为异常,甚至还有些疯癫,常常会说一些旁人听不懂的胡言乱语。

  这段时间飓魔军连连溃败,裘图才又想起了他。十大魔子刚离开,巫曼仇就来到了裘图的魔宫大厅,他骨瘦如柴,面无血色,但目光坚毅,炯炯有神,他刚踏入大门,远远就传来了裘图的声音。

  "总相日渐消瘦,是身体不适吗?"裘图说。

  巫曼仇抬头仰望前方,只见裘图坐在他的椅子上面色惨白,目光严厉地盯着他。

  "多谢玄皇关心,卑相也许是大限已至,来日无多了。"

  裘图听到此话,瞬间一闪来到巫曼仇的面前,巫曼仇毫无惧色,只是微微低了下头。裘图抬手一挥,旁边出现了一个圆形桌子和两把椅子:"总相,请坐!"

  巫曼仇扭头看到圆形桌子才放松坐下,在裘图的魔宫内,很少会出现圆桌,只有在他想友善地倾听大家意见时,才会出现圆桌。平时基本连椅子都不会有,大家只能站着听他的命令。

## 第五十四章 魔相顿悟

"总相一脸愁容,你到底看到了什么?"裘图问。

"如果我说看破了天机,你信吗?"

"愿洗耳恭听!"

"但我要说的话,只有人才能理解。"

裘图顿时眼睛血红,脸冒青筋,整个魔宫都散发着愤怒的气息。但巫曼仇视死如归,从容淡定,还目光如炬地盯着他。在裘图的记忆中,他从来没有见过巫曼仇这般眼神。

一番对视后,裘图的头顶冒出了一股黑烟,他的脸上开始慢慢有了肉色,头发也松散下来,一位与巫曼仇长得有些相像的中年男子出现在巫曼仇面前,原来这才是裘图的真实面目,他之前怪异的模样都是由于独孤心魔长期控制而导致的扭曲变形。

"为什么你从来不问,当初我为什么要救你?而且还不止一次。"巫曼仇盯着他的眼睛,异常平静地问道。

"这很重要吗?心甘情愿为我做事的人多如牛毛。"裘图的声音里尽显傲慢。

"你是谁也不重要吗?你还知道你是谁吗?"

"天下无人不知,我是魔主。"

"你这身皮囊是谁赐予你的?你为什么心甘情愿让独孤心魔控制你的灵魂?"巫曼仇说,"也许所有人都认为你是独孤心魔,但我知道,有时候你还是那个'微童',这个名字还是你在寿衣团时我给你取的,我希望你做一个微不足道的人,希望你过平凡的生活。难道你真的不记得了吗?"

"我痛恨微不足道的人,我宁愿做一个危险恐怖的人,何况我本质就是个危险的人,不然当初你们寿衣团的人为什么要抓我?后来还要置我于死地?"

"所以当古岚带你进入联学宫时,你说你叫危童。"

"我只是如实相告而已。我现在还真有点好奇,你为什么要两次救我?第一次,当所有天资卓越的儿童都被你们寿衣团的人粗暴地扔进了枭宦森林,被野兽攻击致死时,只有我被绑在了树上。那个戴着面具把我绑在树上的人是你吧?你这双眼睛我永远也忘不了。第二次,我被联学宫扫地出门,在大海上漂了七天七夜,后来又是你救了我。为什么?"

"世间有一种感情叫亲情,你是我胞弟的儿子。"巫曼仇说,"当年你才五岁,你天资卓越,很快就被寿团长百里无影发现了,他亲自带队去抓你,当时我跟随他一起去的。当我看见你家时,在我模糊的记忆中,我似乎在哪里见过。我把你从屋里抱出来之后，你父亲追出来喊救命，我看见他跟我长得一模一样，我才敢肯定，你家就是我曾经和父母住过的家，跪在地上哭求我的人，就是我的同胞弟弟。我当年被抓走时已经九岁了，我一直还记得，儿时陪我一起玩耍的是我的双胞胎弟弟，那是我这一生最愉快幸福的时光。"

"原来我是被你抢来的？你是因为内疚吗？"裘图说，"在寿衣团时，你永远都是戴着面具偷偷帮我，后来你从大海上救回我时，已经三十年过去了，我早已忘了父亲的模样，你才摘下面具吗？为什么不早说？"

"当初就因我摘下面具，你父亲认出了我，他才被百里无影给杀了，房子也被他一把火给烧了，而我却无能为力，只能眼睁睁看着悲剧发生。长久以来，我不仅内疚，我还自责。"巫曼仇说，"我本来一直想说，可是独孤心魔不仅控制了你，他似乎也控制了我，我总是不知道该从何说起。"

"你现在到底想说什么？"裘图问。

"梦兰多至关重要，为什么你一直无动于衷？"

"你看不出来吗？这是个圈套，他们真正的目标是我的玄魔宫，只要我一离开，蓝胤斗马上就会来救通灵子。"裘图说，"除黑龙以外，我把其他魔子都派去增援了。我没想到九蝎女王会骗我，她答应我会带领三十万九妖军去梦兰多增援，结果连个影子都没有。我更没有想到，我的百万飓魔军还没有上战场，梦兰多就沦陷了。到现在都没有人知道，寿衣团和那十万子军是怎么进城的。"

"妖精的话能信吗？我早就看清了他们虚伪的嘴脸，袋蟒军刚一出现，妖精们都闻风丧胆，你看看魔幽城现在还有妖精吗？他们早就跑回图妖界去了。梦兰多未失守时，世界还是一片混沌，就在刚才，一切都明朗了。"巫曼仇说，"我已经知道他们是怎么进城的了，蓝灵堡内有一堵通灵墙，他们是从蚁人岛穿过地下通道，从通灵墙进入了蓝灵堡。"

"通灵墙？联学宫内也有一堵通灵墙，我怎么就没想到呢？"裘图说，"传说在很久很久以前，有个人在北阴山巅看破了天机，流转之眼就是他最早刻在石壁上的，后来那人又发明了通灵墙。我看了流转之眼几十年，可我始终没看明白，它到底想表达什么？"

"我看到有六个星球形成了一个星图，除我们的岬龙星外，还有苣虎星、炳雀星、町虎星、雾蛇星、麃陈星，它们沿着一个形似眼球的轨迹运转，以顺时针方向转得很慢，一个周期它要转一万年。"

## 第五十四章 魔相顿悟

"一万年？这意味着什么？"

"意味着一万年后，星图系又要重新洗牌，不只是岬龙星，其他五个星球依然会有灭顶之灾，只是我们岬龙星来得更早一点，它处在整个星图世界的最前沿，它是流转之眼的起点，动荡了五十年，明年一切又会恢复平静，岬龙星又会进入下一个崭新的纪元，这就是周期的轮回。"

"恢复平静？难道你能肯定，我今年会必败无疑吗？我看未必，我实话跟你说了吧，梦兰多我本就无心去保，自从枭北落败后，我已经意识到，我们的战线拉得太广，根本无法集中精力对付蓝胤斗。我们丢了枭北后，我就知道她会趁势夺取梦兰多，但我已经做好了南北对峙的准备，即便她有袋蟒军和类人军队，我三百万飓魔军至少也能再耗她十几年。"

"兵败如山倒，或许你没有那么多时间了。世间的一切不是以某个人的意志来决定的，蓝胤斗不行，你更不行，无论你们多么努力，这里所有的一切都在时间自然的掌控之中，它都会在既定的规则中运转，也许我们不过就是优胜劣汰的工具而已。"

"既定的规则，是谁定的规则呢？不也是人定的吗？"

"我不确定，很多事情都无法解释。我有时也会想，为什么会发生战争和杀戮呢？在这几十年的战乱中，初步估算，至少有50亿生命丧生了吧？要不是突然来个蓝胤斗，四大人类就要被你灭种了。岬龙星上的原本有三十多亿人类，现在还有一千万人吗？"

"摩丹人冷漠，罗梭人贪婪，索瓦人傲慢，佛洛斯人愚昧。他们都该死，如果我不清理他们，岬龙星迟早有一天要被他们毁灭。"

"这或许就是我们存在的价值。你是被魔主选中的人，而魔主又是被谁选中的呢？蓝胤斗是被通灵明玑选中的人，而通灵明玑又是谁创造的呢？你有没有想过？"巫曼仇说。

"我没有想过这些问题，这些不都是你该想的吗？"

"自然万象和时间更替，都博大精深琢磨不透，但一切都有周期轮回。"巫曼仇说，"一万年前，蓝胤帝也是被通灵明玑选中的人，他让苦难深重、黑暗无边的岬龙星重见了光明，他秘密组建联学宫，试图让岬龙星永世太平，他们实力强大，制度完善，看起来几乎无懈可击，可即便如此，他们能阻挡你出现吗？他们不但没能阻止你，还亲手把你培养了起来，这难道不是时间和他们开得最大的一个玩笑吗？"

"我不在乎什么时间，更不会在乎什么周期轮回，我现在只想问你，我有什么办法能打败蓝胤斗？"裘图问。

"她身边的能人太多，又有通灵明玑护佑，想打败她很难，我也没有想到好办法。"

"我倒想到了一个，想听听你的意见。如果通灵子死了，有几分钟时间她会非常脆弱，要是不出意外，我只需要五分钟就能将她魂断魔宫。"裘图坚定地说。

"时间太短，希望非常渺茫。不过，如果失败了，我们也有退路。昨天我收到了一封密信，有人建议我们去苢虎星，蓝胤斗不就是从苢虎星来的吗？他还告诉了我去苢虎星的方法。"

"是谁的密信？"

"没有署名，但我看字迹怀疑是寿团长百里无影，他的字再过几百年我也认识。"

"他什么意思？是想帮我们还是害我们？"

"这不好说。但有一点，只要你还有自由，总比住在往生塔里好。魔主报仇，万年不晚。你先去苢虎星隐藏起来，人们贪婪无度，一旦发生战乱，那些阴魂又会滋养你，你又能快速强大起来；届时你再召唤一支飓魔军，杀戮又会让你不断强大。我已经破解了流转之眼的秘密。"

"什么秘密？"裘图好奇地问。

"人们已经发现了星图系内有六颗行星，蓝胤帝以六大神兽的名字的后一个字为这六颗星球命名，以表彰他们为天下生灵做出的巨大贡献。可星球名的第一个字代表什么意思呢？大家众说纷纭，但都不足为信。以蓝胤帝的智慧，这其中一定有秘密。我日夜思索，终于发现了一个规律，六个星球首字的谐音是岬（甲）、苢（乙）、芮（丙）、甲（丁）、雾（戊）、麂（己）。这到底是什么意思？我们是不是可以将其理解为是星球排列的序号呢？既然我们岬龙星是人类文明的始祖，又是流转之眼的起点，而岬（甲）又代表第一，那么苢就代表第二，芮就代表第三，甲就代表第四，雾就代表第五，麂就代表第六。"

"似乎有些道理，所以呢？"裘图好奇地看着巫曼仇。

"如果这里没有你的容身之所后，你可以去苢虎星，如果苢虎星不行，你还可以去芮雀星……当第六个星球麂陈星不行后，你又可以回到岬龙星。依此顺序，循环往复，这样你就能逃过他们的追杀，一直与他们周旋到底，你就能让人类世界永无安宁了。就算蓝胤斗能到每个星球追杀你，你也能拖死她。只要你的魔魂不进往生塔，你就会永生。而她只是血肉之躯，即便有通灵明玑护佑，她也敌不过时间，她

## 第五十四章 魔相顿悟

总会老死的。"

"如果那五个星球没有战乱呢？我没有大量的阴魂滋养，我不还是无处遁形吗？"

"这个你不用担心，人类最热衷于自相残杀，这是人类的天性，他们一定会发生战乱的。麒麟王朝让岬龙星千年不安，不就是铁证吗？到时你再抓住时机，火上浇油，战争就会蔓延到整个星球。"巫曼仇说，"樱桃港是通往苢虎星的唯一通道，一年只有一次机会，还记得蓝胤斗是哪天来的吗？她是两个月后的今天来的，我印象很深刻，密信上也是这么说的。如果我能活到那一天，我愿和你一起前往。"

"我哪里也不去。"一道黑影又穿进裘图的身体，裘图的脸庞又开始变得扭曲。

"我看你不是看破了天机，你是被蓝胤家族利用了。"裘图说，"别忘了，我这个魔主当年可是蓝胤家族里最出色的国师，这些都是他们的阴谋，想借我之手铲除强敌以巩固他们的霸权。他们控制岬龙星还不够，还想控制整个星图系吗？没有人比我更了解那个危险狡诈的秘密组织了。我是魔主，灵魂不灭，连时间都无法控制我，难道我还要受他们的控制吗？"

"你知道他们为什么叫你裘图吗？因为你是世上被囚禁时间最长的灵魂。虽然你的灵魂不灭，但最终不也被分成十二个魔子囚禁在北阴山下了吗？失去了自由，还不如灰飞烟灭。"巫曼仇一脸严肃地说。

裘图的脸瞬间阴沉下来。"只有懦夫才会给自己准备退路，我不想活在逃跑的路上，我只想住在岬龙星，哪怕失去自由，我也不想做逃犯。"

"我是说以防范万一，有时退一步就能海阔天空。"巫曼仇说。

"如果我在岬龙星是个失败者，我到苢虎星依然还会是个失败者，我不想永远做个失败者。"

"眼前的失败都是为了日后的重生，我相信总有一天，等蓝胤斗老死后，你就能让流转之眼倒逆而行，到时你至少还能统治整个星图系一万年。"

"那一天就在今天。就算蓝胤斗老死了，又再来个蓝胤斗怎么办？"

"通灵明玑一定和流转之眼有关联，如果流转之眼的运转周期真的是一万年的话，也许下一个蓝胤斗也得在这个蓝胤斗死后一万年后才会出生。你应该最清楚，蓝胤斗出生时，蓝胤帝不刚好死了一万年了吗？"

"这些都只是猜测，该来的总是会来，我就是想躲也躲不掉的。"裘图扭头看了一眼左边，"我就知道她今天一定会来救十位通灵子，只可惜，她只要迈进玄魔宫，通灵子们就得死。"

"那只会让你更加被动，你不知道袋蟒军是怎么形成的吗？"

"我当然知道，就算通灵子死后能变成袋蟒，最快也需要五分钟时间，而我对付大伤未愈的蓝胤斗，五分钟就足够了。"

"看来你在拿你的自由和光明的前途作赌注。好吧，既然如此我拿生命陪你一起赌。"巫曼仇说，"如果我们成功了，岬龙星由你主宰，那流转之眼就会倒逆而行，星图系又会呈现出另一番景象，理论上讲这的确是有可能的。"

"你谨慎了一辈子，现在终于才像我的总相了，我们是能创造奇迹的人，要对自己有信心。"

"我们这是在铤而走险，如果今天不成功，日后的蓝胤斗只会更加强大。"

"成为王者败为寇，她一个血肉之躯都敢来我的魔宫抢人，不也是在铤而走险吗？"

两人还在交谈，魔宫上空突然传来了一阵阵龙吟声，原来黑龙一直盘旋在裘图的宫殿上空，这样看来，它早已听到了裘图和巫曼仇的所有对话了。自从黑龙杀死白禹后，它就受裘图之命守护玄魔宫，一旦有外敌侵入，它就会发出龙吟声作为信号。

此刻裘图听到龙吟声后，立即和巫曼仇化成两道黑影，来到玄魔宫上空，就在转瞬间，蓝胤斗与五大神兽以及寿通、班鼎还有十二护圣同时出现在了不远处的空地上，其他护尊和袋蟒军正在玄魔宫内和守卫魔宫的飓魔怪、黑豹军展开着激烈厮杀。

裘图和巫曼仇直接向蓝胤斗冲去，黑龙也首次和五大神兽正式交锋，蓝胤斗身边由于有十二护圣护佑，裘图和巫曼仇没能立即靠近蓝胤斗。

按照皇族长老们的计划，蓝胤斗和寿通、班鼎要快速设法去救十大通灵子，如果实在没有机会，就要迅速撤离。但裘图和巫曼仇步步紧逼，十二护圣根本无法招架，此刻不但没有机会救通灵子，就连撤离都很困难，此刻五大神兽和黑龙在短时间内也难分胜负，蓝胤斗只好出手协助十二护圣和裘图直接对抗。

十分钟过去了，两边打得如火如荼，实在难分胜负。就在这时，十大魔子从关押通灵子的囚房飞来，他们和裘图、黑龙一起围攻蓝胤斗，十二护圣挡在前面接连受了重伤，情急之下，蓝胤斗只好用皇灵守护将他们保护起来。

今天裘图和其他十一魔子首次联手，威力之强大让蓝胤斗他们有些措手不及。裘图咄咄逼人，他想在这五分钟内置蓝胤斗于死地，就在万分危急的时刻，通灵明玑发出了巨大的白光，将蓝胤斗紧紧包围在半空中，无论裘图联合十一魔子如何发力，都无法伤及蓝胤斗。

## 第五十四章 魔相顿悟

裘图终于见识到了通灵明玑的威力,他们无奈地怔住片刻后,转而猛攻五大神兽,蓝胤斗见状急忙从光源里走出来援救五大神兽,她又和裘图正面交手两个回合后,身后突然出现了十位袋蟒,寿通和班鼎见状后,拖着重伤一闪就来到了蓝胤斗身后。蓝胤斗又急忙使用皇灵守护把大家保护起来,即便裘图法力再强大,他至少也需要一分钟才能打破防护墙。

"护世主,十位通灵子已经被裘图杀死了,他们变成袋蟒来帮我们了,你快用万灵剑,只有万灵剑才能杀死魔主。"寿通说。

"我刚才用了,万灵剑根本不听我使唤。"蓝胤斗说。

"那是因为你还没有剑魂。袋蟒已无法使用万灵剑,但他们能把剑魂传给你。"寿通说,"我和班鼎已受重伤,已不能使万灵剑发挥作用,我们一起把剑魂传给你。只是,在传送过程中不能中断,不然我们都会变成袋蟒。"大家纷纷点头,希望蓝胤斗接收剑魂,如果成功了,还有一线生机。

"好吧。"蓝胤斗说。

他们一旦施法,防护墙就无法再守护他们了。顺了一口气的十二护圣通过短暂的自我疗伤后又和五大神兽挡在了蓝胤斗的最前面,他们要为蓝胤斗接收剑魂争取三分钟的时间。

裘图眼看着蓝胤斗要准备接收剑魂,他着急地发出一声震吼,眼睛和头发瞬间变得血红,他的头上就像顶着一股熊熊燃烧的怒火。他和其他魔子再次联手施法,空中出现了无数个奇形怪状猛兽的影子向蓝胤斗他们扑去,这就是传说中独孤心魔曾经用过的最厉害的一招叫万兽穿心。

此刻,不管是五大神兽还是十二护圣,都难以招架众多怪兽的攻击,虽然怪兽都是魔主制造的幻象,但杀伤力比真实的猛兽还大。五大神兽和十二护圣早已视死如归,他们立即调整队形,将正在传魂的蓝胤斗和寿通、班鼎以及十位袋蟒紧紧围在中间。

乌云布满天际,空中无数个邪恶凶猛、形状怪异的怪兽呼啸而来,周围变得异常寂静。蓝胤斗再次感受到了死亡的气息,曾经她和枭阳王去召唤袋蟒军时,就闻到过这样的气息。但她现在无能为力,剑魂已开始传送,一旦中断她就会变成袋蟒,她只能闭着眼睛听天由命了。

这三分钟好像格外漫长,绝望在每一个人的心中蔓延,十二护圣和五大神兽正在拼命地做最后的抗争,只希望这三分钟能够快一点过去。他们共同施法挡住两拨猛兽后，奇迹终于发生了，黑暗中突然出现一道亮光，呼啸而来的怪兽中闪烁着耀眼的光芒。

一只独角兽向蓝胤斗他们飞奔而来，很快它就到了最前面，当它站在蓝胤斗身边以后才知道原来是久未谋面的知后。它身上散发出的白光，能把任何怪兽的幻影挡在一米以外，转瞬间，所有怪兽全部折返而归，裘图气急败坏准备收法逃走。

但此刻，蓝胤斗已接收剑魂完毕，她对着裘图怒吼："想走？没么容易。灵剑穿心。"

十二把万灵剑从蓝胤斗手上发出，在半空中又合成了一把，直接飞速地向裘图的心脏飞去，巫曼仇和其他魔子都试图阻挡，但万灵剑会绕着他们飞向裘图，眼看就要插向裘图的心脏，黑龙突然将裘图扑在了它的身下，万灵剑落在了黑龙的头上。

裘图和其他魔子以及巫曼仇也不管黑龙的死活，他们瞬间幻化成影想逃到裘图的魔宫内。蓝胤斗施法将黑龙头上的万灵剑拔起，万灵剑又向那一道黑影飞去，万灵剑和一团黑影落地，走近一看，落地身亡的人不是裘图而是巫曼仇。蓝胤斗拿出往生塔，将黑龙体内的魔子和巫曼仇的魂魄收进了塔里。

蓝胤斗走到黑龙身边，发现黑龙的颜色慢慢地在由深变浅，最后又变成了青色。蓝胤斗惊喜若狂地大叫："变了，它变了。"

知后和其他人过来，发现躺在地上的黑龙正在变成青龙："你刚才用万灵剑把青龙体内魔子逼出来了，我们的神兽青龙又回来了。"知后微笑着说。

蓝胤斗激动地抱着知后的脖子说："谢谢皇灵再次救我，这段时间你去了哪里？"

"你一天天强大起来，不需要我时刻盯着了，我只是睡了会。要不是裘图使用万兽穿心，我估计还在睡梦中呢。遗憾的是，我睡了几百年储存的功力，刚才都耗尽了，恐怕以后我不能再守护你了。"知后说。

"你已经救我无数次了。"蓝胤斗满含泪水。

躺在地上的青龙微微地睁开了双眼，一旁的冷寇大声地说："他醒了，他醒了。"

蓝胤斗蹲下来，深情地注视着青龙的眼睛，但青龙两眼无神，还没看她一眼又疲惫地闭上了双眼。

"青龙回来了，白子宸回来了吗？是你回来了吗？"蓝胤斗的眼泪夺眶而出。

"这里不宜久留，大家快撤。"知后说，"我们先回葫芦岛，他们需要疗伤。"

蓝胤斗向青龙施法，青龙立即变回了白子宸，大家围成一团，幻化成几道白影离开了玄魔宫。守卫玄魔宫的飓魔怪还没来得及取出银制武器，就被快如闪电的袋

## 第五十四章 | 魔相顿悟

蟒军取了头颅，玄魔宫已然成了飓魔怪的坟场。

待袋蟒军撤离玄魔宫后，已死的飓魔怪化成一道道黑影朝裘图的宫殿飘去。玄魔宫内又恢复了往昔的寂静，没有留下任何打斗的痕迹，就好像这里从来不曾有过厮杀一样。

## 第五十五章

*＊＊*

## 再添忧愁

　　一抹殷红色的夕阳照在海面上，湛蓝的天际浮现出飘逸的云朵，一道金光穿过云霞洒在葫芦岛上，如梦似幻。知后陪着蓝胤斗他们一起回到联学宫，风青牧率领众人早已在联学宫总部门口焦急地等候着。十二护圣和白子宸伤势有些严重，他们全身无力几乎不能站立，风青牧派人用担架把他们抬进了联学宫内。

　　人群中的孟桓见到担架上的白子宸有些诧异，他走到蓝胤斗的身边问："护世主，十位通灵子没有救回来吗？"

　　"我们刚进玄魔宫，他们就被处死了，但他们死后变成了袋蟒，把剑魂传给了我。"蓝胤斗说，"裘图比我想象中更加强大，如果不是知后及时赶到，挡住了裘图的万兽穿心，估计现在我也会变成袋蟒了。"

　　"他们能变成袋蟒，是他们福泽深厚。"孟桓说，"裘图虽然强大，但愚蠢之极，竟然还敢杀通灵子。"

　　"村长，你的意思是？"

　　"他帮了你一个大忙，从今以后，他唯一惧怕的人就是你了。"

　　"从我来到岬龙星那天起，他就开始惧怕我，这就是他的宿命。"

　　蓝胤斗朝摩丹王跟前走去，摩丹王听闻蓝胤斗今天要去玄魔宫救十位通灵子，他早已来到联学宫焦急地等候消息，他看着蓝胤斗安然无恙回来后，脸上才露出了一丝笑容。

　　"斗儿拜见摩丹王！白子宸和十二护圣受伤了，你快救救他们吧。"蓝胤斗说。

　　"他们应该无大碍，我现在就去看看。"摩丹王说。

## 第五十五章 | 再添忧愁

摩丹王跟着抬担架的人走进了联学宫一个宽敞的房间内，蓝胤斗和冷寇、蒲宗、公羊冢、竺丘、东门璟焦急地站在门外等候着。不到十分钟，摩丹王从房间里走了出来。

"十二护圣并无大碍，他们内力深厚，休息几天就可痊愈。只是，宸大人……"
"他怎么样？"蓝胤斗急切地问。
"他的伤势也不重，很快就会痊愈。"众人听到此话后，脸上都露出了一丝笑容。摩丹王欲言又止，支支吾吾：" 只是……"
"他到底怎么了？你说吧，这里没有外人。"
"宸大人的所有记忆，早前都被魔子吞噬了，且脑部受损，经络我也无法打通。现在就如同一张白纸，恐怕以后的记忆也很难储存了。"
"你的意思是说，他之前的记忆没有了，就连今后的记忆也不能储存了？"
"恐怕是的。"摩丹王说。

蓝胤斗的脸色瞬间变得灰暗苍白，她全身本能地微微颤抖了一下，她又想张口说什么，但最终还是欲言又止，她什么也没说，一个人默默地转身离去了。

"这是宿命。"知后突然出现在蓝胤斗的身后说，"他就像刚出生的婴儿，纯白无瑕，这才是青龙本来的样子，最终神兽们都要回到本来的样子，你得接受事实。"

两滴眼泪从蓝胤斗的眼眸里夺眶而出，她无声地哭泣着，她散发出来的悲伤气息让旁人心如刀割。特别是一直跟在她身边的冷寇，一向冰冷的她，眼神突然变得柔软。她深情地看了一眼身旁的蒲宗，恰好和蒲宗有些绝望的眼神相碰撞，这一次，冷寇读懂了他。

在场的公羊冢、竺丘、东门璟也变得异常沮丧。此刻，想必他们的内心都非常痛苦，除了白子宸的遭遇让人痛心外，可能他们也担心自己有一天，也会变成一张白纸。

蓝胤斗无视众人，一个人回到了目若林，她把自己关在房间里，不见任何人。冷寇一直在目若林陪着蓝胤斗，十天过去了，蓝胤斗依然不吃不喝不说话，她把自己置身在一束白光中，闭目打坐，任何人都无法靠近她。

悲伤的情绪似乎能传染，冷寇每天也情绪低落，经常一个人在林中游荡。今天一早，她看蓝胤斗还在打坐，百般无聊的她来到了目若林中的一个湖泊边，看水中的鱼儿欢快游荡，她正看得入神时，蒲宗的身影突然出现在水里，她正准备伸手去抓倒影时，蒲宗从身后拉住了她的手。

"我在这里。"蒲宗的声音温暖甜蜜，冷寇扭头怔怔地看着他，以为自己出现了幻觉，蒲宗深情地注视着她，随即将她紧紧拥在了怀里。这次冷寇没有反抗，她像一只温柔的小鸟，乖乖地伏在蒲宗胸前，双手从后腰间将他紧紧环抱。水中的鱼儿都有灵气，它们成群结队游到他俩跟前，欢欣跳跃，两人紧拥深吻，空气中弥漫着甜蜜的味道。

当蒲宗用火热的目光再次注视着冷寇时，她一贯雪白的脸庞上突然变得满脸绯红，她低眉垂眼，有些手足无措。蒲宗又在她前额上轻轻吻了一下，拉着她的手，走进了林中小道。

"我们要去哪里？"冷寇有些羞涩地问。

"去找护世主，前方传来捷报，我想趁机劝劝她，希望她振作起来，战场上的百万士兵还有亿万生灵都需要她呢，长老们和摩丹王都还在联学宫等她。"蒲宗说，"这些天他们一直在讨论和裘图的决战方案，现在就等她决断了。"

"那我们为什么要用走的？咱们快去告诉她吧，她都十天没吃没喝了。"

"我想拉着你的手走一段路，我曾经无数次幻想着，要是有一天能拉着你的手在林荫小道上漫步，就只有我们俩，哪怕就一次，此生已足矣！"

"其实，当我在丹露湾第一眼看到你时，我脑海里就浮现过这样的画面。我记得当时你穿着一身白衣服，长发飘逸，在他们当中格外显眼，虽然看起来有些疲惫，有些忧伤，但你散发出来的魅力，依然让我无法忽略。"

"好啊！原来你早就暗恋我了？那你为什么一直对我那么冷？"蒲宗高分贝的声音里满满都是幸福的味道。

"我有说过我暗恋你了吗？"冷寇又秒变回高冷状，但眼神里却多了几分调皮。

"调皮鬼，又耍赖！"蒲宗又将冷寇拉到跟前，在她的唇上又狠狠吻了一下。"以后不许再对我冷漠了，如果有一天，万一我也变成了一张白纸，你也不许对我冷漠。"温馨甜蜜的气氛瞬间变得有些忧伤。

"我们真的有可能会像白子宸一样吗？"

"我不知道，但一定要小心，千万不要让别的魔子再潜入到我们的身体里了。"

"姐姐和白子宸为什么会那么惨，我听姐姐说他们曾经一见倾心，不知是谁把白子宸的那段记忆封存了，然后他不辞而别，姐姐找了他30年；后来好不容易一起来到了岬龙星，结果又发生这么多事。他们今后该怎么办呢？"

"我不知道。"蒲宗说，"我曾听我们族里的长老说过，越是伟大的人，越要承受

## 第五十五章 | 再添忧愁

凡人无法承受的苦难。所谓圣人，都是从苦难中浴火重生的人。"

"如果是这样，我宁愿做一个平凡的人。"冷寇说，"我能理解姐姐的痛苦，这些天我就默默陪着她，她不想说话，我也不想说。我知道，她后来强撑着所做的一切，都是为了救白子宸；可是，救回来的人再也不是那个人了，估计她心中所有美好的憧憬都破灭了。我听她多次说过，等把魔主封在北阴山下后，她就可以和白子宸一起回蓝森林了。可现在都这样了还能回去吗？"

"我也不知道。"蒲宗说，"我想去问问知后，我不相信我们神兽最终都会和青龙一样的命运。有没有这种可能？等魔主被尘封后，神兽的使命完成了，它就会沉睡，我们又变回凡人了呢？"

"以我对知后的了解，它不可能给你答案的。"冷寇说，"这几天我一直在思考死亡的问题。由于我们摩丹人活得实在太久了，所以之前我从来没有仔细想过。最近两年，我的生命多次遭到威胁，我才深刻体会到，天灾人祸甚至是意外也可能随时夺走我的生命，原来我离死亡并不遥远。我在想，如果我真的死了，我能带走的也只有记忆了。"

"所以在联学宫最重的惩罚不是死亡，而是清除记忆。"蒲宗说，"死亡对我们而言不是终点，我们的灵魂有记忆，那些福慧深厚的灵魂，死后会变成袋蟒；那些恶贯满盈的灵魂死后就会变成飓魔怪；大多数生灵死后，灵魂会失去记忆，很多年后，纯白的灵魂才能找到新的生命体再度重生。我相信，世间所有的灵魂，就像流转之眼一样，循环往复，不死不灭。"

"你怎么知道这么多？"

"我听知后说的。今天早上风青牧在请教知后，他始终不理解魔主为什么能长生不死，知后就告诉他这些，当时我也在场。"蒲宗说，"所以我在想，白子宸这样并不一定是坏事，如果他记得裘图是他的生父，记得黑龙杀了白禹，他该如何面对护世主呢？他有这么多糟糕的记忆，或许变成一张白纸更好。"

"为什么通灵师能清除一段时间的记忆，却不能选择性清除坏的记忆呢，要是能这样，人们会活得更幸福吧！"冷寇说。

"如果真是那样，我们还有什么理由和动力去奋斗，去努力争取美好的事物呢？反正一不好就把它清除了，一了百了。"蒲宗说，"我曾经也想过，如果我今生得不到你，就让我忘了你吧。可是世间没有任何办法让我忘了你，除非让我像白子宸一样把自己也忘了。但无论遭受怎样的磨难，哪怕面对死亡，我也不想把自己的灵魂弄丢。唯一的办法，只有努力让自己变得更好，让世间变得更好，或许你才会对我好。"

"我对你有那么坏吗？"冷寇有些诧异地瞪着蒲宗看，"我对你不算坏吧？"

"不是坏，是冷，我的心都快被你冻僵了。"

"你看到的只是表面。"冷寇微笑着说，"不过，要不是知后说那就是神兽的宿命，我还以为我们还有很多时间。那一瞬间我突然惊醒，我不能没拥有过就失去了，即便明天要失去，至少今天我可以拥有，我必须要珍惜我还能记住的每一寸时光。"

两人手拉着手边走边聊，不知不觉就要走到了蓝胤斗的房屋前。

蒲宗又止不住地将冷寇紧紧拥抱在怀里，他深情又忧伤："如果我能让时间停留，那该多好。"

"你能不能答应我一件事？"冷寇突然显得有些担忧。

"万件都答应。"

"我们在护世主面前，还跟往常一样行吗？"冷寇说，"我怕她看到会难过。她从苢虎星来找亲人，结果父亲被她亲自下令清除了记忆，婆婆白禹又惨遭杀害，现在就连白子宸都不记得她了。如果是我，我没有任何动力再活着了，或者，我干脆会把自己所有的记忆全部清除算了。"

"这种话可千万不能让她听到啊！现在大家最担心的就是怕她把自己的记忆清了，如果真是那样，裘图的阴谋就得逞了。知后说，白子宸未必真是裘图的儿子，这也许是裘图对护世主的攻心计，他就是要她痛苦挣扎甚至是清除记忆。不然为什么裘图会把所有知情人全部灭口了？就连白子宸的生母，她清除那段记忆的动机也让人怀疑，再说了，也没有人证明白子宸就是她生的，万一是她捡来的呢？总之，这一切都疑点重重。我们只能祈求护世主能挺过这关吧。"

"这些事姐姐知道吗？"冷寇问。

"她冰雪聪明，肯定能想到的。"蒲宗说，"她把自己关起来思考，摩丹王和长老们也说不要打扰她，他们都相信她一定会振作起来的。"

"可我还是担心，她都十天没吃饭了，她能坚持多久啊。"冷寇说，"她父亲知道这件事了吗？"

"不知道，所有人都瞒着他呢。"

"有了。"冷寇欣喜地说，"护世主现在最在乎的人就是她父亲了，我们要是说她父亲生病了，她难道还会置之不理吗？"

"可是他没有病啊！我们能撒谎吗？"

## 第五十五章 | 再添忧愁

"善意的谎言嘛！"

"好！等会儿我来说，万一她日后追究我负责。"

"只要她能好起来，我也不怕被惩罚，我们走。"两人手拉着手幻化成影，瞬间来到了蓝胤斗的房门外。他们刚到门口，蓝胤斗却开门走了出来，蒲宗和冷寇都瞪大眼睛，目瞪口呆地看着她。

"你们来了？有吃的吗？"蓝胤斗像刚睡醒一样，有些慵懒，但满脸轻松，从她的脸上已看不出任何悲伤的情绪了。

"有有有，早就吩咐人做好了，我去端来。"冷寇急忙跑到旁屋端来五菜一汤，还有一大碗米饭。蓝胤斗脸也没洗，就开始狼吞虎咽吃起来，她一个人沉浸在美食的世界里，旁若无人。蒲宗和冷寇坐在一旁木讷地看着她，不敢言语。以前她住在蓝森林时，也常常跑到罗堂村去吃饭，村长孟桓每次都会帮她做很多美食，她也会很专注地吃，一直吃，直到把菜都吃完为止。

冷寇见她喝完了最后一口汤，才轻声地问她："姐姐，你吃好了吗？还有呢。"

"饱了，你们吃饭了吗？"蓝胤斗现在才想起他俩来。

"吃了，早吃了。"蒲宗嬉笑着说。

"知后和摩丹王还在吗？有没有什么好消息？"

"都还在呢，他们都在联学宫等你。"蒲宗说，"前方传来捷报，从枭北到梦兰多的障碍已全部清除，歼敌八十多万。这次袋蟒军和寅军立了大功，寅军总帅庞冷足智多谋，他算到飓魔军会从西面撤军，主动申请率领十万寅军秘密前去霸天谷埋伏阻击，仅一天就烧死了近二十万飓魔怪，彻底切断了他们的退路。袋蟒军驻守在东面，联军在北面，子军在南面，四面夹击，不到十天，飓魔怪几乎全军覆没了。"

"太好了。我们要一鼓作气，去魔幽城和裘图决一死战。"蓝胤斗说。

"摩丹王和长老们这些天正在商议此事，还在等你定夺呢。"蒲宗说。

"好。"蓝胤斗沉默片刻后问，"白子宸和十二护圣的身体恢复得好吗？"

"他们几乎痊愈了。"蒲宗说。

"好。"

冷寇看蓝胤斗若无其事，心理更加不安，她斗胆地问："姐姐，你真的没事了吗？"

蓝胤斗朝他俩莞尔一笑，很冷静地说："我想通了，或许这也是个不错的结果。水中的金鱼为什么能始终欢快地游荡呢？因为它们的脑袋不能储存记忆，再坏的事情，它们很快就会忘记。我应该为子宸高兴才对，他能将所有的压力和烦恼抛在脑后，重获新生，这是他的福报。只要他开心，我没有理由难过。"

冷寇两眸湿润，她走过去与蓝胤斗紧紧相拥："我们大家都还为你担心呢，原来你比我们想象的还坚强，我有幸能和你相遇，是我此生最大的福报，我会永远跟随你的。"这是冷寇第一次发自内心地表忠心，除了摩丹王，她还从来没有这样心服口服过任何人。

"我们都与你同在，望护世主保重身体！"蒲宗也真诚地说道。

"谢谢你们！我没事。我去洗洗换身衣服，咱们回联学宫！我祝福你们！"蓝胤斗微笑着回到了她的房间。

"她看出来了？"冷寇有些诧异地问蒲宗。

蒲宗猛点头："她说祝福我们！"

"为什么看她笑，我却心如刀绞呢！希望她真的没事。"冷寇说。

"我记得父亲曾说过，发自内心的认可和接受才是唯一的解脱之道，也许她真的放下了吧。"

本来满心欢喜的两人，现在又变得忧心忡忡，他们实在不解，放下或接受在蓝胤斗那里就那么容易吗？她是真的放下了，还是又把一切伤痛深深地埋藏在心底了呢？

# 第五十六章

\*\*\*

## 决战魔幽城

  蓝胤斗精神抖擞地回到联学宫，好像什么事也不曾发生过一样。她听了长老们攻打魔幽城的作战计划后，又立即召集联学宫的所有护帅们、护尊们、六大神兽和枭北十二王主以及摩丹王前来慧德堂做了一次详细的决战介绍和战前部署。她变得极其理性，甚至有些冷漠，她几乎把所有的时间和热情全部放在了决战准备上。对于白子宸，她私下里只去看过他一次，由于白子宸对她冷若冰霜，她简单寒暄问候两句后就离开了。

  白子宸跟他父亲红尧有所不同，红尧对世间的一切都非常好奇，而白子宸却变得孤僻少语，曾经热情儒雅的那位白子宸，现在变得异常高冷，它几乎不会对任何事情有兴趣。竺丘因此还感叹说，失去记忆不是最可怕的，最可怕的是失去好奇心。

  根据长老们制定的决战方案，人类和类人军队共计四百万人，一个月内在梦兰多集结，再兵分三路围攻魔幽城。但正面攻击的主力军仍然是边折宫现在统领的大军，上次在进攻梦兰多的途中，虽然损失了有二十多万类人军队，但现在依然还有一百多万大军，他们已挥师南下，在梦兰多城附近安营扎寨，休养调整。类人各国分别再派出二十万大军赶到梦兰多，将近四百万大军统一由蓝胤斗挂帅调遣，联学宫的护尊们协助执行。

  由于不想错过这万年一遇的伟大战役，枭北各国王主都极力要求，要亲自领军上阵，就连摩丹王，也要带领五万摩丹军前去支援。对于他们的热情要求，虽然在蓝胤斗和皇族长老们的意料之外，但他们没有任何理由拒绝。这场关乎万千生灵生死存亡的战役，任何人都有权参与；即便有些人不能上战场，他们在后方依然热情高涨，他们主动出力，筹钱筹粮，都在为这场伟大的战役贡献自己的力量。

这场各个种族、全民参与的战斗，就是知后第一次现身时向蓝胤斗描述的景象，他们通过近三年的努力终于做到了。可蓝胤斗始终闷闷不乐，曾经和她一起去苣虎星，又一起来岬龙星出生入死的白子宸，现在似乎好像完全没有了七情六欲。六大神兽每次聚齐，他都只是例行公事，不再与人互动沟通，没有人能再走进他的心里，就连天生乐观的竺丘都很难再靠近他。

经过一个月的准备，就在出发去梦兰多的前一天，蓝胤斗和冷寇来到白子宸的住所。六个院子坐落在目若林南边的山林中，这是蓝胤斗成为联学宫的护世主后，下令在她院子附近给白子宸、蒲宗、公羊冢、竺丘、冷寇、东门璟每人修了一座院落，由于他们一直在外奔波，最近两月才有时间去住了一阵子。

他们刚走到白子宸的院门外，就看见一只五彩色的皇鸟向院子内飞去，此鸟头像鸡，头顶有冠，五彩的羽毛耀眼无比。他们还没进院门，院内已传来了白子宸的声音。

"你是谁？你从哪里来？"白子宸问。

"我是雕王的朋友，你是白虎吗？"皇鸟叽叽喳喳的声音传了出来。

"他们说我是白子宸，我怎么会听懂你的语言？"

"你是白子宸？你是青龙吗？"皇鸟一直在半空中扑打着翅膀。

"是的。"

"因为我是皇鸟，我们和龙族说同一种语言。"皇鸟说，"听说你从青龙变成了黑龙，又从黑龙变成了青龙，你是怎么做到的？教教我好吗？我想把五彩的羽毛全部变成白色。"

"我就是青龙，我不知道怎么变成黑龙啊？你听谁说的？"

"天下生灵无不知晓，难道你不知道吗？"

"我……我……"白子宸支支吾吾地不知所以。

皇鸟发出一道绿光照射在白子宸的头上。"你的大脑神经受损，经络不通，你最多只记得两小时之内的事对不对？"

"好像是。你会看病吗？你能帮我治好吗？"

"这几乎是绝症了，我无能为力。"皇鸟说，"不过，我们的族长医术精湛，也许它能把你的经络疏通，它无所不能，它总能创造奇迹。"

蓝胤斗听到此话，竟然比白子宸还激动，她推开院门欣喜地问道："此话当真？

你能带我们去见族长吗？"

"你是谁？"白子宸和皇鸟同时问道。

"我是蓝胤斗。"

皇鸟听说蓝胤斗三个字后，从半空中飞下来停在地上，它不停地低头拍打着翅膀："皇鸟拜见护世主！愿你与龟同寿，愿你与日同光！"

"谢谢你！请你带我们去见你的族长好吗？"蓝胤斗说。

"我不能。"皇鸟说，"它常年神出鬼没，没有谁知道它在何方。"

"没有一点办法吗？"蓝胤斗问。

"有。它喜欢喜庆的地方，如果大战胜利，举世欢腾，它一定又会出现的。"皇鸟说。

"如果它出现了，烦请你帮忙转告族长，青龙需要它的帮助。好吗？"

"一定，一定。"皇鸟说，"雕王让我来找宗大人，请他请示护世主！我现在可以直接向你汇报吗？"皇鸟又扑通着翅膀飞到白子宸的肩膀上。

"当然，当然。雕王它还好吗？"蓝胤斗说。

"它很好！"皇鸟说，"它听闻人类要与类人联手和魔主决战，如果需要，它会带领雕族与你们并肩作战。"

"好啊，当然好啊！在螺旋岛那次，要不是雕王鼎力相助，我们根本无法救出竺丘。"蓝胤斗说，"十天前，王主们已带领大军南下了，你转告雕王，让它三天后来梦兰多，我们在蓝灵堡等它。"

"好的，我回去复命了。再会！"皇鸟又扑腾着翅膀飞走了，转眼就不见了踪影。在鸟类中，皇鸟的飞行速度堪称是最快的，每小时它们能飞行500公里左右。

夜幕降临，群星闪烁。蓝胤斗、白子宸、蒲宗、公羊冢、竺丘、冷寇、东门璟全部聚集在蓝胤斗的院子内，点起了篝火，他们一起烤肉喝酒，欢喜异常。自从白子宸被裘图控制以来，他们七人已经快一年没有齐聚了，今天，将是他们住在葫芦岛的最后一天。

皇族长老会已决定，以这次战役为契机，人类将全部南撤回归故土，蓝胤家族也要回到人类的世代古都梦兰多。而蓝胤斗，将直接入住蓝灵堡。

酒过三巡，大家已有些微醉，除了白子宸，每个人都开始滔滔不绝发起了感慨，就连蓝胤斗，也抑制不住心中的情感，终于和大家分享了她的喜怒哀乐。

"你们还记得我们是哪天来到葫芦岛的吗？"蓝胤斗问。

"两年前的今天。"大家齐声说道。除了白子宸，原来每个人都没有忘记。

"对，就是两年前的今天。"蓝胤斗说，"我永远都不会忘记，我们曾经一起走过的那些惊心动魄的日子，你们是我一直走下去的精神支柱和强大后盾，没有你们，我什么事也做不了。白子宸，你想知道我们七位是怎么聚在一起的吗？"

"无所谓，我还是会忘记的。"白子宸一脸无奈。

"没关系，我讲给你听。"蓝胤斗说，"我和你还不到一岁就被送到了苴虎星，我们在不同的地方长大，十九岁那年我们又见面了，我们五十岁时一起回到的岬龙星。刚来第三天知后现身，才知道你是青龙，我俩一起去鬼骨山找白虎蒲宗，然后蒲宗又和我们一起去班罗亚找玄武公羊冢，再后来公羊冢又和我们一起去螺旋岛救朱雀竺丘。那时我们的功力不够，不能幻化成影瞬间移动，我们在雕王的帮助下才顺利登上螺旋岛。在救竺丘的过程中，守岛的海齿鲸已被魔子控制了，青龙为了救我们，它把海齿鲸拖到大海里杀死了。可是，就在那一次，魔子又潜入到了青龙的体内，后来青龙才会变成黑龙，黑龙被裘图控制为非作歹。我本想用万灵剑让裘图魂飞魄散，就能将你完好无损地救出来，可没想到，黑龙替他挡了那一剑，黑龙体内的魔子是被逼出来了。但是你的脑部却受伤了，你再也想不起我们了，今后也记不住我们了。"说到这儿，蓝胤斗泪光闪烁，大家也都满含泪光，情绪低落。

"他记不住也没关系，我们替他记住。"竺丘说，"他不是能保留两小时的记忆吗？以后我们每天每人跟他说一次，那他不就一直能记住了吗？"

"对啊！对啊！"大家纷纷说道。

"那螣蛇和勾陈呢？"白子宸好奇地问道。

"我们救回竺丘后，都筋疲力尽了，竺丘还一直昏迷不醒。飓魔怪的首领飓天座带着他的红脚帮对我们穷追不舍，我们冒昧跑到丹露湾寻求摩丹王的帮助，后来发现螣蛇就是摩丹王的侍卫冷寇。"

"我是最省心的那位，我没给你们添麻烦吧。"冷寇嬉笑说。

"你不仅没给我们添麻烦，还是我们的福星。"蒲宗笑着说。

"不仅是我们的福星，还是你的宇宙呢。"竺丘说，"蒲宗他自从见了冷寇，就再也看不见任何人了。"众人大笑，冷寇也不再羞怯冷漠，她和大家一起爽朗地笑着。

"看来，我给你们添的麻烦是最大的了。"东门璟说。

"可不是吗？"公羊冢说，"为了阻止我们唤醒你这个勾陈，裘图和他的十大魔子都出动了，我们差一点就在你们巨人谷全军覆没了。"

## 第五十六章 决战魔幽城

"过去这些日子，几乎每天都是在惊心动魄中度过的。有时回首往事，仿佛就像一场噩梦。"蓝胤斗说，"明天我们全人类就要回到梦兰多了。这一次，我们和裹图来个了结，你们有没有信心？"

"有。"众人齐声说道，都显得信心十足。

"现在我们练六兽合一，发现威力猛增。"蒲宗说，"青龙比早前更加灵敏，迅疾。我还在想，他是不是由于丧失了记忆功能，而别的功能就相应增强了呢？"

"有这样的可能。"竺丘说，"你没听说过盲人的听觉、触觉、嗅觉都异常灵敏吗？这就叫器官的代偿反应。"

"我怎么一听你说话，听觉就想失灵呢！"东门璟说。

"这叫忠言逆耳，你不想听就离我远点，走走走……"竺丘双手放在东门璟的小腿上用力向后推，可不管他怎么用力，都无法将东门璟挪动半步，众人看着他俩滑稽的动作表情，又止不住大笑起来，这次就连白子宸都露出了轻松愉快的笑容。

第二天一早，蓝胤斗和联学宫的一千多位重要成员离开葫芦岛前去梦兰多，联学宫本来该由护尊长风青牧驻守，但是风青牧执意要求参加这次战役，蓝胤斗也考虑到他资历尚浅，的确需要实战磨炼，也就遂了他的心愿。现在联学宫就留一位护尊，十位护帅和一万护兵看守，其余人已全部去了梦兰多。在蓝胤斗的号召下，布雅戈大陆上的所有精英人士几乎全部聚集在了梦兰多城内。虽然梦兰多刚收复不到两个月，但繁荣欢庆的景象犹如回到了千年以前。

四百万联军先后已全部在梦兰多附近集结到位，由于长途跋涉，大军休整了十几天后才兵分三路奔赴魔幽城。从梦兰多到魔幽城大概有三百多公里，由于一路平坦，裹图此次并没有大规模安排飓魔军在途中拦截，他几乎把所有兵力全部调回到了魔幽城内。

联军不到十天就已抵达魔幽城下，距离高大坚固的城墙还有五百多米，四百万大军此时已列好了阵队。蓝胤斗披着蓝色战袍，骑着生歌在阵队前作战前动员，六大神兽中的青龙、朱雀、螣蛇在她头顶上空飞翔；白虎、玄武、勾陈在她身边来回奔跑；而一大群金雕却在士兵们的上空展翅翱翔。从空中俯瞰，一排排全副武装的军人，整整齐齐地站立着，大家热情高涨，场面宏伟壮观。蓝胤斗更是激情澎湃，她的每一句话，都能响彻云霄。

"今天能站在这里的每一位战士，都是我们岬龙星最英勇最幸运也是最可爱的人。十年后甚至是百年后，你们都会庆幸自己参加了这次万年一遇的人魔大战，你的祖先和你的子孙后代都会为你感到骄傲和自豪，因为你们正在奋不顾身地缔造传奇。"蓝胤斗说，"由于你们英勇善战，这两年创造了许多辉煌的战绩，又在袋蟒军团的威慑下，九蝎女王不战而降。就在昨天，我已收到妖王的亲笔信件，她明确表示，九妖军将永久退出人魔战争，不会再踏入岬龙星半步。我很欣赏她能悬崖勒马，但我更欣赏你们舍身忘我保家卫国的精神和意志，是你们用智慧和拳头逼迫妖王做出了明智的选择。现在魔幽城内，就剩下飓魔军和黑豹军了，要是他们再不出来，咱们就冲进去，割下他们丑陋的头颅吧！漫漫长夜已经把我们困得太久了，你们想要多一点光明吗？"

"想，想，想……"士兵们举起手中的刀剑长矛，高声呐喊，以为沸腾声就能将魔怪消灭完。蓝胤斗在大军前来回奔跑演说，士兵们的呐喊声此起彼伏，震天动地。

城墙上的黑豹军手握弓箭，伸头探脑。在一片呐喊声中，东北方的魔生门突然开启，源源不断的飓魔怪走了出来。魔幽城是由巫曼仇设计建成的，它一共有八道门，即正北方的魔休门、正南方的魔景门、正东方的魔伤门、正西方的魔惊门、东北方的魔生门、东南方的魔杜门、西南方的魔死门、西北方的魔开门，每一道门都有它特有的意义。蓝胤斗见到魔生门打开，连忙跑到摩丹军的方阵前，来到摩丹王跟前。

"裘图首先打开了魔生门，他还梦想着永生不灭吗？"蓝胤斗问。

"毫无疑问，他肯定是这么想的。"摩丹王说。

蓝胤斗又在类人方阵前来回奔跑，每位王主身披红色战袍骑着鹿马在方阵的最前面。蓝胤斗又高声大喊："魔生门开启，裘图还想永生不死，这是一场你死我活的战争，他生我们就得死，我们还能让他永生吗？"

"不能，不能。"战士们齐声答道。

"是的。永生应该属于我们！英雄的战士们，拿起你们手中的武器，飓魔怪的头颅就在前方，我们要让魔幽城成为他们的坟场。"蓝胤斗说，"过了今天，你们都将永垂不朽！愿地母保佑你们！"蓝胤斗右手握着万灵剑放在胸前祈祷，士兵们也突然安静下来，跟随着蓝胤斗的姿势一同祈祷。

飓魔怪全副武装，还在络绎不绝地从魔生门走出来，他们有条不紊排好阵队，十大魔子也先后从玄魔宫内飞了出来。两军对垒，天空突然乌云密布，电闪雷鸣，一场惨烈的正面对决已拉开帷幕。还没见到裘图的身影，魔子们就率先下令发起了攻击，蓝胤斗下令袋蟒军团做先锋冲在最前面，一场惨烈的厮杀正在上演。

青龙、朱雀、腾蛇带领雕族和空中的魔子厮打，地面上的飓魔怪犹如困斗之兽，

## 第五十六章 决战魔幽城

试图绝地反击,他们英勇无畏,视死如归。就连迅疾的袋蟒军也不能一击致命,经过几轮厮杀后,魔生门前的飓魔怪在一批批倒下,但还有源源不断的飓魔怪从魔开门、魔休门出来,似乎永远也杀不尽。

眼看类人军队损失惨重,哀号声遍野。蓝胤斗决定改变策略,她不能再与飓魔怪在城外耗时间。她要带领六大神兽冲进玄魔宫,只要找到裘图本人,把魔主逼出来收进往生塔以后,飓魔怪就会立即消亡。十大魔子已被蓝胤斗用万灵剑消灭了五位,他们的魂魄已被她用往生塔收了起来,现在往生塔里已装进了六位魔子的魂魄,还剩五位魔子已被十二护圣和金雕们紧紧拖住。

蓝胤斗和六大神兽顺利攻进了玄魔宫,但裘图的魔宫高门紧闭,他们只能围着魔宫高墙四处查找线索,朱雀在一个隐蔽的巷道内,发现有密密麻麻的飓魔怪从里面走出来。他们几位幻化成影顺着通道飞了进去,在魔宫深处,在一个极度邪恶阴森的漩涡口,终于发现了裘图的身影,原来他一直躲在那里召唤飓魔怪。

六大神兽全身发出耀眼夺目的光芒,将阴森黑暗的地底照得通亮。蓝胤斗唤出十二把万灵剑直接飞向裘图,裘图快速一闪,漩涡口突然发出一道邪恶的飓风,将他从地底直接吹了出来。蓝胤斗和六大神兽也险些遭难,他们被飓风吹倒在两旁,漩涡口瞬间紧闭,再没有飓魔怪从地底出来了。待蓝胤斗和六大神兽出来时,再也找不到裘图的踪影。

雕王呼啸着从天而降,它告诉蓝胤斗,裘图带领幸存的五位魔子去了樱桃港方向,十二护圣正在追赶。蓝胤斗才恍然大悟,今天正是他和白子宸来到岬龙星三周年的日子,也就是说,今天恰好是星图之门开启的日子。

待蓝胤斗和六大神兽追到樱桃港时,只看见十二护圣都倒在樱桃港口。平时静如死海的樱桃港,突然冒起了百米高的惊涛骇浪,紧接着,水里冒出了一股巨大的黑气,随后又变幻成了一张丑恶的脸庞在空中闪烁,同时半空中传来了邪恶又浑厚的声响。

"蓝胤斗,我是独孤心魔,你想知道我到底是谁吗?"

"我管你是谁,拿魂来。"蓝胤斗拿着往生塔对着天空正要施法,空中的黑气又突然消失,魔主的声音又从水里传了上来。

"我曾是你们蓝胤家族最出色的国师,告诉你的皇族长老们,我宁愿成魔,独霸一方,也绝不与他们同流合污。总有一天,你们都得人死魂灭,只有我才是世间唯一的主宰。后会有期。"

蓝胤斗和六大神兽一起向湖面施法，但也无济于事，魔主裘图和五大魔子已经离开了岬龙星。魔幽城和飓魔怪就在这转瞬间化成一道巨大的黑烟穿过乌云幻化成雨，犹如天上落下的黑珍珠，飘飘扬扬地挥洒在大地上，雨滴所到之处，干枯的土地瞬间长满了青草，绿色的植物也相继拔地而起。幸存的黑豹军见状纷纷自刎；摩丹王眼疾手快，救下了正要割颈的黑豹少主，他是黑豹军唯一幸存下来的黑豹人。

夕阳缓缓拨开云雾，金光闪闪，两道七色彩虹将枭北和枭南相连。众位王主和战士们扔掉手中的武器，相拥欢呼。枭南又重得净土，重见光明，重获新生。

所有人都以为裘图的魂魄已被蓝胤斗装进了往生塔里，他们个个欢欣鼓舞，欣喜异常。只有蓝胤斗和六大神兽心知肚明，魔主依然自由活着，他还会去别的星球继续祸害人间。但为了不破坏军民大战胜利的喜悦心情，蓝胤斗和蒲宗他们六人达成共识，暂时将这个秘密埋藏在心底。不过，魔主一旦离开了岬龙星，至少这一年不可能再回归，蓝胤斗和六大神兽也算暂时缓了口气。

蓝胤斗和大家一样，带着胜利的笑容，带领众将士凯旋。梦兰多城人潮涌动，至少有上万人拿着鲜花夹道欢迎，岬龙星已经很久没有如此欢欣鼓舞的喜气场面了。蓝胤斗披着战袍骑在生歌背上，六大神兽前后左右护航，她面带微笑，眼里却闪烁着泪花。

# 第五十七章

\* \* \*

## 惊天阴谋

举世欢腾三天后,皇族蓝胤氏和联学宫联合公告天下,人类王国蓝宫帝国再度崛起,十天后,将在人类世代皇宫蓝灵堡为蓝胤斗举行加冕典礼,热烈欢迎岬龙星上万千生灵前来庆贺!公告一发,人们争相转告这一消息,就连飞禽走兽和海洋动物也不惜千里奔波,四处转告。一时间,整个岬龙星的生灵都沉浸在幸福喜庆的日子里。唯有蓝胤斗和蒲宗他们六大神兽有些黯然落寞,他们又聚在一起,商议对策。

"这些天举世欢腾,普天同庆!可我却一直心有不安,我们要不要把真相告诉皇族长老们?"蓝胤斗说。

"我在想,十二护圣牺牲了,他们竟然都沉默,没有任何反应,是不是他们都知道了?"蒲宗说。

"我也说不好,要不就直接说了吧。"蓝胤斗说,"魔主走时说那番话你们也都听到了,我们并没有彻底阻止魔主,他势必还会作乱,我们必须要把真相告诉他们。"

"我同意。"公羊冢说,"真相总有大白的那天,皇族长老们见多识广,又深谋远虑,魔主逃脱,必须得告知他们。"

"我们虽然想把一切都承担下来,可是,万一哪天魔主又回来了,我们怎么向天下生灵交代呀?"冷寇说。

"星图系神秘莫测,还有很多事情我们都一无所知,我们还是说了吧。"竺丘说。

"我也同意。"东门璟说,"相信皇族长老们是不会把这件事公告天下的,普通民众知道此事后一定会惶惶不安,但是对于他们,天塌地陷的事也能稳如泰山吧?"

"宸大人,你说呢?"冷寇问。

"我没有意见，你们决定就好，因为我根本也不知你们在说什么事。"白子宸说。

"知后还在皇宫，要不我们先听听它的意见吧？"蓝胤斗说。

"好。"众人齐声说。

夜阑人静，万物已进入梦乡，唯有闪闪的星辰还在鸟瞰大地。知后坐在蓝灵堡最高的房顶上仰望星空，蓝胤斗化成一道白影来到它身边，只是静静地坐着不敢言语。

"你有心事？"许久后，知后终于开口问她。

"往生塔里只有六位魔子，裘图和其他魔子从樱桃港逃走了。"蓝胤斗神情沮丧。

"就为这事？"知后依然神态安然。

"这事还不大吗？天下所有生灵都以为我把魔主收进往生塔里了，就连皇族长老们都在催我，必须要把它压在北阴山下后，才能放心举行加冕典礼。"

"那我可以肯定地告诉你，其实他离开岬龙星后，比压在北阴山下更安全，不到九千九百多年后，他就算想回岬龙星也回不来了。"知后说。

"难道你知道他去了哪里吗？不会是去苢虎星了吧？"

"是的，他只能去苢虎星。"

"为什么？"

"你见过流转之眼了吧？"

"就在我的通灵明玑里，可我到现在也不明白，流转之眼到底想说明什么？"

"是时候该让你知道一切了。"知后说，"在星图系里，有六颗行星你知道吗？"

"我听皇族长老们说过了。"

"据说这六颗行星在六条轨道上公转，它们运行的轨道像一个椭圆形的眼睛，所以叫它流转之眼，每公转一个周期需要一万年。但这六颗行星还会自转，它自转的周期是一年。当相邻的两颗行星转到最近距离的那个点时，有一种磁场就能将两颗行星短暂连在一起，但时长不会超过六个小时。这是始皇蓝胤帝第一次发现的，他称其为星图之门，也是他带着六大神兽第一次穿过此门，到了你曾住过的苢虎星。"

"原来是这样，我第一次听这六个星球的名字，就觉得跟六大神兽有关。"蓝胤斗说。

"就是为了表彰六大神兽为星图世界所做的贡献，蓝胤帝才以它们的名字命名，又为了体现发现星球的先后顺序，才会用甲、乙、丙、丁、戊、己的谐音。"

"那这么说来，我们岬龙星后面依次是苢虎星、芮雀星、甹虎星、雾蛇星、麀陈星？"

"是的。"

"如果是这样,裘图果真只能去苢虎星了。但为什么他只能去而不能回来呢,我们人类不是每年都能来回穿行一次吗?"

"这就是魔主和你们人类的根本区别。"知后向空中吹了口气,半空中瞬间出现一只流转之眼的图像,"眼角之处是极阴之地,裘图只能待在眼角处,我们的岬龙星在眼角处运行了五十多年,今年就会离开眼角,等再转回来,还需要九千九百五十年。而苢虎星上个月已到了眼角的边缘,所以可以断定,它一定是去了苢虎星。"

"这么说来,这几十年岬龙星和苢虎星的黑夜越来越长,也跟我们岬龙星处在眼角有关吗?"

"当然,你看岬龙星是不是比苢虎星的黑夜更长。"

"是的,至少要长四个小时。"

"接下来的几十年,苢虎星又会比岬龙星的黑夜更长了。"知后说,"除了星球处在极阴之地外,当然魔主散发出来的瘴气也会挡住晨曦和傍晚发出来的微弱光芒。"

"但岬龙星这次并没有发生连续暗无天日的日子吧?你不是说魔主刚现身时就发生过吗?"

"这次的确没有,我也在怀疑,难道魔主分成十二个魔子后,他的魔力真的减弱了吗?还是因为你来得及时把他的魔力消耗了?"知后说,"还有件事我更怀疑,裘图这次是怎么知道星图之门的?这件事只有蓝胤家族的人和联学宫护帅以上的人类才知道。难道又出现叛徒了吗?"

"摩丹王活捉了黑豹少主,他交代说,谣传巫曼仇在死前已看破了天机,我想一定是巫曼仇跟他说了什么吧?"蓝胤斗说。

"以我对巫曼仇的了解,别说他看破天机,就是流转之眼他都看不透。"知后说,"不过,裘图逃脱,他又会把你逼上星图之王的道路上。"

"你是说我会走蓝胤帝的老路吗?"蓝胤斗问。

"裘图去了苢虎星,一定还会作乱祸害人间,蓝胤家族绝不可能袖手旁观,不管你愿不愿意,你都无法逃避。"

"这么说来,我此生都无法摆脱裘图了?"

"他去了苢虎星一定会换一个身份隐藏起来,无论他以什么样的形式存在,他永远都是魔主独孤心魔,不知道哪个生灵又会成为他的囚徒。"

"从他在樱桃港消失的那刻起,我就有强力的预感,人类的苦难并没有结束,可能才刚刚开始。"蓝胤斗说,"可是我现在该怎么办?我要不要向皇族长老们如实相告呢?"

"当然,为什么不说呢?岬龙星绝对安全了,就算天下生灵都知道了,又有什么好担心的呢。"

"是啊!"蓝胤斗的脸上终于露出了一丝笑容,"我之前担心的是,怕魔主明年又回来。现在能肯定九千九百多年他都回不来了,我还有什么好担心的呢,除了你和枭阳王,谁还能活那么久?"

蓝胤斗慵懒地趴在知后的背上,脸上洋溢着幸福的笑容,在星辰的照耀下,温暖又迷人。

蓝胤斗听从了知后的建议,第二天一早,就在蓝灵堡召集了皇族长老们来生歌曾经沉睡过的房间——万空殿开会。由于十二护圣之首的宓仲壮烈牺牲,他也是长老成员,又因长老的席位不能一日空虚,长老会又出现了新的面孔,可这位新面孔不是别人,而是寿衣团的团长百里无影。

房间里有个长方形的桌子,八位长老围着桌子面对坐成两排,正北方的位置留给了蓝胤斗,正南方的位置是圣帝长老孟桓。当蓝胤斗坐下来看到左边的百里无影时,平静的脸上顿时泛起了几丝青筋。

"寿团长?怎么回事?"蓝胤斗看着众人问。

"圣宗长老宓仲大人牺牲后,百里无影已成为我们的圣元长老。"孟桓说,"圣尊双蒙将接替宓仲的职位,她现在已是圣宗长老。"

"原来寿团长也是我们蓝胤家族的人,那恭喜寿团长了。"蓝胤斗微笑着说。

"谢谢陛下!"百里无影说。

"我还没有加冕呢。"

"但在我的心中,你就是我的人皇。"百里无影微笑着说。

"今天召集各位长老开会,就是想在加冕以前,有一件事必须得向你们说明。"蓝胤斗说,"我的往生塔里只有六位魔子,裘图和其他幸存魔子已逃离了岬龙星。"

"这不皆大欢喜吗?反正这几千年内它已经不会再回岬龙星了。"孟桓说。

"魔主很可能去了莒虎星,还会继续祸害那里的人类。我不明白为什么值得欢喜。"蓝胤斗说,"难道是你们故意放走了他?"

"是我给巫曼仇透露了樱桃港的秘密。"百里无影说。

"原来叛徒是你?"蓝胤斗突然拍桌而起,"是谁借给你的胆子?你竟敢?

## 第五十七章 惊天阴谋

你……"

蓝胤斗突然气得胸口疼痛,她捂着胸口又坐了下来。全场鸦雀无声,蓝胤斗一个个地瞪着在场的长老看,那种杀气腾腾的眼神,除了面对裘图用过外,从来没有看见她那样过。但在场的长老们依然若无其事坐着,蓝胤斗缓了口气,调整好气息,才逐渐平静下来。

"我是圣帝长老,如此重要的事当然是我下的命令。"孟桓冷静地说。

"村长,不,圣帝长老。"蓝胤斗说,"你为什么要这么做?你也在苣虎星上住了几十年,难道你对那片土地没有一点感情吗?"

"感情?当然有,每个星球我都热爱。"孟桓说,"你在苣虎星上也住了五十年,难道你不觉得那里太拥挤了吗?长此下去,苣虎星会承受不了的,我这是在帮他们。"

"你这是什么逻辑?"

"让裘图去帮他们清理一下低级的生灵,让活下来的精英们有足够的空间开启下一个一万年的轮回不是更好吗?"孟桓说。

"低级的生灵?何为低级?何为高级?哪怕是微不足道的蚁族都有它们活着的意义,你们这比种族歧视更可恶。"蓝胤斗说,"双蒙长老,你认为呢?"

"我认为我们应该继承和发扬蓝胤皇族的使命,让整个星图系正常运转,才能确保岬龙星万世久安。"双蒙冷静自若,就连声音也没有任何感情。

"即便是魔主,他也不能让岬龙星停止运转,你们这叫杞人忧天。"蓝胤斗说,"甘父长老,你认为呢?"

"谨遵蓝胤皇族的遗训和族规,我们所做的一切都是为了岬龙星。"甘父说。

"巴军长老,你说。"

"谨遵皇族遗训和族规。"

"尚宏长老,你说。"

"谨遵皇族遗训和族规。"

蓝胤斗把长老们问了一遍,都是这句话,蓝胤斗的脸色逐渐变得惨白。

"蓝胤家族的使命不是仁慈仁爱保护万民吗?你们今天怎么回事,怎么都变了?"蓝胤斗说,"那你们谁能告诉我,皇族的遗训和族规到底是什么?"

"陛下,这三两句话也说不清楚,要不你先加冕,我们日后再慢慢教你为君之道,皇族的遗训和族规都在里面。"孟桓说。

"好吧。"蓝胤斗说,"还有一件事,自从我们胜利归来后,我就再也没见过我父亲。谁能告诉我，他去了哪里？他为什么不见我？"

"陛下，其实是他身体不适，回罗堂村休养了。"孟桓说。

"我是他女儿，为什么我不知道呢？"

"也许是之前清除他记忆的时候，动了他的脑神经，他现在已经无法存储记忆了。"双蒙说，"我们本来不想告诉你，怕你承受不住，所以就直接把他带回罗堂村了。"

蓝胤斗直勾勾地盯着双蒙，她此刻已经不再相信任何长老的话了，包括她一直信任热爱的村长孟桓。她首次动用了读心术，虽然在场的长老们都在试图阻止她读心，但此时的蓝胤斗，是任何人都无法阻挡的。双蒙气弱如丝，她知道双蒙在撒谎。蓝胤斗微笑着看了看其他长老，众人全部低头不语。

"寿团长，不对，你现在是圣元长老了。你实话跟我说，我的父亲真的是红尧吗？他真的是我的父亲吗？"

"真的。我知道的是真的。"

"你知道的？"蓝胤斗说，"圣帝长老，你们是想拿家父来威胁我吗？你们到底希望我怎么做？不如今天你们都开诚布公说出来吧。"

"陛下明鉴，你再借我们十个胆也不敢啊。"孟桓胆怯地说，"他真的是你父亲，他真的是生病了。"

"好，最后一个问题，希望你们如实回答我。"

"你说，你说。"众长老纷纷说道。

"变成魔主的那位国师是我们蓝胤家族的人吗？"

"这个……这个……"众长老左望右看，支支吾吾。

"魔主临走前已经告诉我了。"

"据传他是皇族长老会的成员。"孟桓说，"这是我们皇族犯下的致命错误，所以我们历届长老会都在尽力弥补。"

"我知道了，今天就议到这里吧。至于加冕的事，改天再议。"蓝胤斗满含泪光地注视着对面的孟桓，那种锥心的失望和痛心也许只有她自己能体会。她站起来瞥了一眼众长老后，拂袖而去。

众长老们唉声叹气坐回原位，圣宗长老甘父一改慈善的面貌，愤愤地说："蓝胤斗跟她母亲白朵一个心性，当初白朵才刚升任圣帝长老，就想用手中的权力来改变皇族的遗训和族规。要不是她独断专横引起长老们的众怒，也不会在她分娩之际死于非命，我看她女儿又要重走她的老路。"

## 第五十七章 惊天阴谋

"当初要不是看她是通灵明玑的传承人,她根本就没有机会睁开双眼。"百里无影说,"我看现在的蓝胤斗比白朵更难对付。"

"幸好她不知道你们派我去蓝森林封存白子宸记忆的事,不然他肯定会杀了我。"双蒙说。

"她平时对我基本是百般顺从,我完全没有料到她今天会如此这般。"孟桓说,"看来我那三十多年的精心培养,终究敌不过她母亲强大的基因。"

"我早就建议过你,蓝胤帝已经死去一万年了,你看哪个白氏好对付?我们还是做好最坏的准备吧。"甘父说。

"什么准备?难道让她凌驾于我们长老会之上吗?"孟桓问。

"那还能怎么样呢?当初她还只是蓝胤公主,在罗堂村时你就已经答应她了,皇族长老会甘愿听从她的差遣。"甘父说。

"那时魔主还在岬龙星,我别无选择,但现在,我看未必。"孟桓说,"加冕在即,我们先别妄加揣测,大家静观其变,看她日后表现再说。今天就议到这里,散了吧。"

众位长老脸色阴沉,他们起身化成一道道红影,瞬间消失在了万空殿里。

蓝胤斗离开万空殿后,立即化成一道白影回到了葫芦岛,她来到联学宫立即召来寿通,让她去查白禹在时,清除三位护帅记忆的记录册。据寿通查阅,当时只清除了三位护帅的记忆,联学宫并没有处罚红尧。蓝胤斗当即气得脸色灰白,但她不能告诉寿通,所有类人根本不知道皇族蓝胤氏是个古老团体的秘密,就连知后和摩丹王以及六大神兽都不知。

愤怒、无助、迷茫、绝望一起涌上心头,她感觉自己已跳进了汪洋大海里,四周漆黑一片,就好像万里长空中,没有一颗星星在闪烁。她在想,此刻自己该奋力拼搏游上彼岸,还是该就地沉沦淹死在深海里呢?她忧心忡忡在房间内来回踱步,完全忽视了寿通的存在。在她极度绝望时,她脑袋里又闪现出了白子宸的身影。

"我走了。"她要出门时,才想起对房间里的寿通说。

"护世主,你怎么了?"

"我只是想子宸了,我想去看看他。"蓝胤斗说,"联学宫就拜托你了,护尊长风青牧也拜托你了。你们多保重!"

"你找不到宸大人了吗?他就在目若林。"

"是吗?我去看看。"

蓝胤斗正要出门，她突然又停下脚步，她蹲下来将寿通紧紧拥抱在怀里。满含深情地说："通大人谢谢你！我知道，我和白子宸来到岬龙星后，是你一直在暗暗保护我们，你是我最真挚的朋友，我真心爱你！请你保重身体！"

蓝胤斗给了她一个最灿烂的微笑，才立即化成一道白影离开了房间。一向稳重睿智的寿通这次被她弄得惊慌莫名，她从来没有见到蓝胤斗这么反常。

蓝胤斗幻化成影来到目若林，果然看见白子宸独自一人在他自己的院子里和上次那只皇鸟嬉戏打闹。蓝胤斗直接推开院门，皇鸟见她来后，惊慌失措地飞走了。白子宸看见突如其来的蓝胤斗也异常恐慌。

"你是谁？"白子宸本能地往门后面缩。

蓝胤斗立即施法，用皇灵守护把他们俩保护了起来，现在他们说话，就算在房顶上的皇鸟也不会听见。

"我是你的凤龟，是你给我取的名字，你还记得吗？"

"凤龟是谁？"白子宸问。

"我是你的娘子，我们去年在那边的大树下已结为了夫妻，当时我还怀了你的孩子。"蓝胤斗突然泪流不止，"是我不好，我没有保护好我们的孩子，你能原谅我吗？"

白子宸木讷地点头，但脸上依然还是一副惊慌怀疑的表情。

"我现在要跟你说一个秘密，你能告诉我我该怎么做吗？"蓝胤斗说，"皇族蓝胤氏不是始皇蓝胤帝的后裔，它是个秘密组织，他们比联学宫还大，其他五个星球都有他们很多人。万恶的魔主，那个变成魔主的国师，曾经也是他们组织的人。他们的存在比蓝胤帝还久远，就连蓝胤帝都无法摆脱他们的控制。我今天发现，他们不但撒谎成性，还没有怜悯心，甚至比魔主还冷酷残忍。我的良师益友，那个我心中一直很尊重崇拜的村长，原来就是这个组织最冷漠的掌舵人。他们之前不但清除了我父亲的记忆，现在还把他藏起来了。我敢肯定，你在莒虎星被封存的那三十年记忆，肯定也是他们做的，或许就是村长封的。现在我该怎么办呢？难道要我装瞎跟他们同流合污吗？可我不想做他们的继承人和守护者，我更不能做他们的傀儡。你能告诉我，我该怎么做吗？"

"你不想做，那你就走吧。"白子宸傻傻地说。

"走，我能去哪里呢？每个星球都有他们的人。你知道吗？就连寿团长百里无影都是他们的人，我现在还不清楚，联学宫到底有多少人类也是他们那个组织的。"蓝胤斗说，"我不知道该怎么办，我不知道要找谁说，就连知后，我都不知道能不能跟

## 第五十七章 | 惊天阴谋

它说。"

"那你就忘了吧。"

"忘？你让我清除记忆吗？不，我不能清除记忆，即便让我死，我也要带着这些记忆离开。"

"那你就离开吧。"

蓝胤斗看着眼前这个洁白无瑕，单纯又显呆萌的白子宸，顿感悲喜交加。她扑在白子宸的怀里，紧紧抱着他，白子宸双手高举，不反抗也不抱她。

"都说我是万灵之主，一万年才会有一个我这样的人诞生。命运赐予了我无穷的力量，也赐予了我无尽的烦恼和悲伤。我的至亲挚友，为什么都会惨遭不幸？我最爱的你，为什么会变成这样？可是你现在很幸福对不对？你似乎没有任何烦恼，你很快乐对不对？"

"我……我……"白子宸还是将一双手放在半空中，不敢碰她。

"要是时间能停留在此刻，那该多好。"蓝胤斗很享受地紧紧地抱着他，从此不再说话。

幸福的时光总是转瞬即逝，两小时如期而至。白子宸又忘记了她是谁，他又慌忙地将蓝胤斗推开。

"你是谁？你干什么？走开，走开！"

蓝胤斗放开抱着他的手深情地看着他，白子宸闪烁着无辜的双眼不敢和她对视，蓝胤斗强扑过去深深地吻住了他的唇，他挣扎着不断往后退。她只好无奈地收回魔法，转身往院子外走去；刚走到门口，正碰上迎面而来的竺丘，他手里提着一大筐活鱼。

"护世主，你怎么来了？"竺丘说，"要一起吃烤鱼吗？我刚去河里抓的。"

"不了，我没有时间，是你带子宸来的？"

"看他在梦兰多老是闷闷不乐的，我今天花了很多的工夫才把他带过来，而且看他好像很喜欢这里。"

"他喜欢就好，拜托你多关照一下他，我还有事先走了。"

蓝胤斗化成一道白影离开了葫芦岛，而白子宸还一直木讷地站着，用很好奇的眼神追寻着白影消失的痕迹。

## 第五十八章

\*\*\*

### 最后的较量

离加冕典礼还有三天,蓝胤斗却始终寝食难安,她还没有戴上皇冠,就已经体会到了君王那种深入骨髓的孤独感。她本以为岬龙星没有了裘图,万丈光芒就会照进她的心里,可万万没想到,更大的阴霾正在向她袭来。

蓝胤斗思来想去,此刻能帮她的,还真的只有孟桓了。就在皇族长老们又要找她商议加冕典礼的具体细节之前,她单独去找了孟桓,并且把他带到了蚁人岛,那是她第一次见到知后的地方。现在的蚁人岛已草木苍翠,他们悠然地漫步在林荫小道上。

"我还是最喜欢叫你村长,现在这里只有我们两个人,我们还能像过去那样推心置腹地交流吗?"

"陛下,臣……"

"我喜欢你叫我斗儿。"

"可你已经不再是那个天真无邪的斗儿了。"

"那你呢?从我认识你的那天起,你就是圣帝长老吗?那个和蔼可亲的村长是不是在你心中从来没有存在过?"

"那段时间,是我过得最平静又快乐的时光。"

"你知道我今天为什么要叫你来这里吗?"

"臣愿洗耳恭听。"

"四年前,我在蓝森林的樱桃湖里看见一只松鼠,它跟我说你和婆婆都在岬龙星。当时我既高兴又疑虑,我一直想不明白,在我生命中曾经最爱我的两个人,既

## 第五十八章 | 最后的较量

然都还活着为什么都不跟我好好告别？是我做得不好吗？可我思来想去，好像也没做什么事伤过你们的心吧？"

"没有，你做得很好。"孟桓说，"有很多事情，我也是不得已而为之。"

"在莒虎星我没有别的人类朋友，就连白子宸也遭人封存了记忆，等我都五十岁了，他才来蓝森林找我，我们满怀着希望冒险来到岬龙星，我多么希望能再见到你们。但自从踏上了这片土地后，我们就身不由己了。"蓝胤斗说，"就在我们救出生歌逃到这里后，知后突然现身，我才知道自己特殊的天赋和使命，从此我们就踏上了一条险象环生的不归路。但现在看来，这不是偶然也绝非命运，而这一切都是你们早有预谋的对吗？"

"陛下，我们所做的一切，都只是为了你的安全着想！"

"你们当初为什么要把我送到蓝森林？为什么不把我送到人群中去而偏偏是蓝森林呢？村长，你能告诉我吗？"

"我们都希望你能无忧无虑、健康快乐地成长，与飞禽走兽为伴也比同人类在一起安全得多。"

"婆婆走后你又亲自去罗堂村陪伴我，教导我，可你走时为什么不把我带走呢？我都50岁了，才叫一只松鼠去引我来。能告诉我为什么吗？"

"十年前袋蟒军团还没成形，你回岬龙星的时机不到。"孟桓说，"至于松鼠的事，我并不知情。"

"我在枭阳王那里已经见过那只松鼠了，是你让枭阳王设法引我来的吗？"

"几年前我的确和它谈过此事，也许是它看袋蟒军成形后，才叫松鼠去通知你的吧。"

"村长，谢谢你的坦诚。"蓝胤斗说，"你们长老院本来以为让我离群索居，也许就能培养出一位单纯无知的储君，可我偏偏桀骜不驯，一定让你们伤透脑筋了吧？"

"我们皇族长老会所做的一切，都是为了岬龙星长久的和平与安宁。陛下现在还不能理解没关系，等你做了皇帝亲理政事后一定会理解的。"

"谁说我要做皇帝了？今天我叫你来，就是想跟你商量这事。"

"陛下，你什么意思？臣愚钝，还请你明示。"

"这几天我思来想去，由于我的特殊天赋，又有通灵明玑护佑，可能打魔主能得心应手，但治理国家我一无所知。所以我想放弃做皇帝的权利，把这个位置让给你来做。"

孟桓顿时诚惶诚恐，他当即跪在了蓝胤斗跟前："陛下，如果你对我或对长老院哪里不满，你可以直接责罚我们。我就算有十个脑袋，也不敢抢皇位啊。"

"村长，你快请起，快起来！"蓝胤斗拉起孟桓说，"我们不是说好了要推心置腹吗？这是我内心的真实想法。你看我的至亲至爱都不认识我了，我做那个皇帝还有什么用？再说我更喜欢过闲云野鹤般的生活，每每想起在蓝森林里的日子，我就能在梦里笑醒过来。"

孟桓这才侧脸看了一眼蓝胤斗，他本想彻底摸清蓝胤斗的真实想法后再谨慎谏言。可是，虽然他拥有识人的特殊天赋，有时也能很快看清别人的真实想法，但面对现在的蓝胤斗，他身上的那些天赋好像都消失了，他根本摸不清蓝胤斗的内心到底在想什么。

"陛下，你不是凡人，你身上背负着很多人的梦想。"孟桓说，"如果你不做皇帝，岬龙星上的万千生灵都会失去重生的希望，在他们心中，你就是他们的太阳。此时，你可万万不能退隐啊。"

"对美好生活的向往是每个生灵的本能，只要没有战争和杀戮，他们的生活就有希望。"蓝胤斗说，"如果我蓝胤斗的名字真有那么重要的话，我愿意将名字留下，这名字本来就是你们赐予我的。"

"这……这……我已无话可说了。"

"村长，如果你一时想不出两全之策，那你去和长老们商量一下，皇族长老会拥有岬龙星上最聪明的大脑，我相信你们一定能想出办法的。"

"斗儿，你真的想清楚了吗？"孟桓问。

蓝胤斗听到孟桓突然改了称呼，她会心地笑了："斗儿心意已决，还请村长成全我。"

"那我找长老们商议商议再给你答复吧。"

蓝胤斗张开手臂，孟桓也张开臂膀，他们俩人又礼貌性地拥抱了一下。但是他们的脸上，都没有再出现之前那种发自内心的快乐幸福的笑容了。

孟桓回到蓝灵堡后，召集长老们回到了罗堂村开了紧急会议。罗堂村依然还是岬龙星上最隐秘的地方，除了资深的蓝胤氏成员外，就连蓝胤斗都不知道罗堂村到底在哪个方向。每次要决定重大事件时，九位长老都要回罗堂村秘密探讨。他们坐在罗堂村藏书阁旁边那间会议室里，但这次并没有看到红尧在藏书阁整理书籍的身影。会议由孟桓率先发言。

## 第五十八章 最后的较量

"各位长老，我们皇族长老会又到了艰难抉择的时候了。"孟桓说，"在加冕典礼即将来临之际，蓝胤斗却突然决定放弃皇权，连我们赐予她的名字'蓝胤斗'这三个字她都愿意一起放弃。你们看看我们该如何是好啊？"

大家听到此消息后一片哗然，他们大眼瞪小眼地问："为什么呀？"

"她说连至亲至爱都不认识她了，她做这个皇帝还有什么意义呢？她还说，她更喜欢过闲云野鹤般的生活。"孟桓说。

"当初我就不同意把魔主放走的事跟她说，现在她真放手走了我们怎么收场？"甘父说。

"不说就能瞒过去吗？她要是回蓝森林知道这一切了怎么办？"孟桓说，"我想她主要对我们看管她父亲的事还耿耿于怀。"

"如果不看管她父亲，我们还能拿什么制约她呢？"双蒙说，"从来都是皇帝听我们的，可她还没做皇帝，我们就受她支配了。我看这样也好，她要真做了皇帝，我们长老院估计都要被她解散了。"

"魔主去了苴虎星，我们今后还需要她，长老院绝不能和她对立。既然她心意已决，我们就成全她吧。"孟桓说，"只是，我们必须要想个两全之策，既能让她的名字继续发挥作用，又能放她自由让她去过自己的生活。"

"这会不会是她的反间计？"甘父说，"她有提出什么条件吗？比如要带走她父亲？"

"没有提。"孟桓说，"现在没有人帮她献计，我敢肯定她没有反间计的智慧。"

"我看未必，你们以为蓝胤斗很笨吗？"双蒙说，"她肯定知道，她此时提出这样的条件我们不会答应她，不然今后魔主在苴虎星作乱，我们还能拿什么跟她谈条件呢？她现在已经不是那个用一只松鼠就能引来的人了。"

"真正引她来的不是松鼠，是她看重的亲情和友情。"孟桓说。

"她是个重情重义的人，不需要她父亲她也会回苴虎星的。她绝不会允许她住过的苴虎星遭魔主残害。"百里无影说。

"她父亲的事我们不要再讨论了，既然已经做了，就算现在后悔也无法弥补了，难道你们谁还能将红尧的记忆恢复吗？"孟桓说，"再说了，如果当初我们不清除红尧的记忆，我们能高枕无忧让蓝胤斗为我们所用吗？"

"你们都不要再自我怀疑了，如果都像她那般妇人之仁，我们蓝胤家族还怎么称霸星图系？"甘父说，"当初蓝胤帝比她更难对付，最终不也都被皇族长老会控制住了吗？如果就靠蓝胤帝一人，别说发现星图系攻占其他星球了，就连联学宫他都建立不起来。蓝胤帝到今天依然还是人们心中的大圣人，那不是他个人有多伟大，那都是长老们智慧的结晶。"

"是的，为君者只有仁慈是不够的。"巴军说。

"成大事者，就必须断其情。或许蓝胤斗还真不适合做君王。"尚宏说。

"有没有可能，她已经知道了我们长老会的所有事情了呢？特别是她母亲的事。"宦卓说。

"不太可能，除了我们几位，还有谁知道其中的秘密呢？就连枭阳王都不知道，知后更是以为蓝胤氏成员都是蓝胤帝的后裔。"孟桓说，"不过，当初我们设计让护尊们把她送到蓝森林，就想到过这样的结局。在那样的环境下长大，内心肯定比较单纯善良，可能她会更加依赖我们，或者就是她不喜欢权力更喜欢自由。现在她直接放弃皇权也是在意料之中，我们还是想想怎么重建蓝宫帝国吧。"

"那既然如此，我们不如来个偷梁换柱吧，只要蓝胤斗的名字还在，她做不做皇帝有什么关系呢。"安常说。

"我觉得此计可行，咱们长老院不就有根柱子了吗？"勾平说，"与其想尽办法牵制她，还不如我们直接上位。"

"勾平长老，你的意思是？"孟桓问。

"你看我们双蒙长老是不是跟她长得很像？连说话的声音都像，让她做蓝胤斗不更好吗？"勾平说。

"我也正有此意，只要随便化化妆就能瞒天过海了。"安常笑着说。

"这不行吧？加冕仪式如此隆重，到时还得请摩丹王亲自主持，为皇帝戴上皇冠。还有六大神兽以及枭北的十二王主都会前来参加。他们对蓝胤斗太过于熟悉了，我是无法瞒过那么多双火眼金睛的。"双蒙说。

"那就让蓝胤斗做完加冕仪式后再退。"孟桓说，"我们要恢复总相治国理政的制度，加冕以后皇帝本来就很少露面，我看此计可行。大家都同意吗？"

"同意，同意。"众位长老纷纷说道。

"我去负责说服蓝胤斗，你们各司其职，抓紧做好各项准备。"孟桓说，"今后我们不仅要重建蓝宫帝国，还要重振皇威，我们蓝胤皇族已经隐忍太久了。"

众位长老的脸上都露出了得意的神情，他们个个精神抖擞，好像皇冠就要戴在他们头上了。

## 第五十八章 最后的较量

孟桓将长老们的想法告诉蓝胤斗时，她再次为皇族长老们的权谋和智慧热烈喝彩，她本来想拒绝加冕，但她发现这是她金蝉脱壳的最佳办法了。所以最终她答应了让双蒙替她坐守皇位的想法，但她提出了一个要求，如果皇族要在岬龙星发动任何战争，都必须征得她本人的同意，孟桓也答应了她的要求。至于她父亲的事，她依然只字未提，就好像她从未有过父亲一样。

在加冕典礼的前一天，在上万人的见证下，蓝胤斗将往生塔移交给了蓝胤家族的御用巫师，只有他们才知道如何将塔里的魂魄安全地引出来封印在北阴山下。

第二天，女皇加冕仪式如期在蓝灵堡举行，梦兰多人潮涌动，万千生灵欢聚一堂，载歌载舞，场面隆重壮观。类人十二王主也应邀前来参加了此次加冕礼，但联学宫的护尊护帅们和皇族长老们都只能躲在人群中观看，无论何时，他们的身份都不能暴露在众人之下。加冕礼由德高望重的摩丹王主持，蓝胤斗的皇冠也是由摩丹王亲手给她戴在了头顶上。戴上了象征皇权的皇冠，蓝胤斗才能真正成为岬龙星的全族女皇，只要在岬龙星生存的生灵，都得尊她为君主，包括摩丹王。

加冕礼结束后，蓝胤斗亲自主持了册封大典，对在此次人魔大战中作出过卓越贡献的个人和国家进行了册封。她册封摩丹王为"丹阳王"，这是风青牧曾经给她的启示，他曾说过摩丹人就像岬龙星的太阳一样光芒万丈；这是除了皇帝以外，几乎最高等级的尊号了。就此岬龙星上又多了一个带"阳"字的王主，另一个就是枭宦森林里的枭阳王。

蓝胤斗还特别对类人十二军的英勇无畏，不怕牺牲的精神作出了高度的评价。在此次战役中，类人联军共计牺牲了将近两百万人，蓝胤斗恢复了他们的荣誉封号"十二铁军"；她还册封类人十二族为十二生肖，顺序依然按蓝胤帝时已排好的子、丑、寅、卯、辰、巳、午、未、申、酉、戌、亥排列，作为纪年、纪月、纪日、纪时的代号。就像以六大神兽命名六颗星球一样，她要让人们时刻记住，类人十二族永远是人类的朋友；而人类，也永远不会忘记他们的贡献和恩德。

蓝胤斗对类人的高度评价让皇族长老们大失所望，本来按长老会的计划，最多就是恢复类人"十二铁军"的封号而已，万万没有想到，蓝胤斗临时又给他们封了个十二生肖。类人十二族被封为十二生肖的消息传到枭北后，每个国家从上到下都感到了无上的荣耀。在坊间又很快流传着这样一首歌。

魔主逃出北阴山，家毁国亡。
你不必沮丧，不必迷茫。
还有枭北能前往，
还有类人能帮忙。
给我真善的思想，
给我信任的目光，
我们就在你身旁。

恐惧阻挡不了希望，
魔主遮挡不了光芒，
丑陋终将要灭亡。
爱会为你指引方向，
斗皇带你上战场。
你不必恐慌，不必迷茫，
十二生肖为你护航。

六大神兽当然也是最重要的功臣，但由于他们本身的光芒实在耀眼，已经没有什么封号能让他们再熠熠生辉了。所以蓝胤斗也只是口头感谢和表扬了一下他们，且当着万千生灵的面，允许他们随时可以退隐。

私下里，蓝胤斗依依不舍跟他们每个人告别，但她绝口不提她放弃皇权的事，她不想让他们知道太多，以免惹来杀身之祸。她只是告诉各位，她方便时，一定会亲自去看望他们。

那天告别过后，蒲宗和冷寇已去浪迹天涯了；而公羊冢已带着他的两个弟弟回到了班罗亚城；竺丘已回到他的族群，还梦想着让佛罗斯人再创辉煌；东门璟回到巨人谷重操旧业，做起了铁匠，他又和族人们一起过上了平凡而又快乐的生活。只有白子宸现在还依然住在目若林里，每天和那只小皇鸟为伴，生活起居都是由联学宫的人负责看管。

袋蟒军团也是此次战役中最关键的功臣，来时十万袋蟒军，现在还剩下百余位。据说，他们大部分不是在战争中牺牲的，而是大战胜利后，几乎所有袋蟒都完成了生前未完成的宏愿和功德，他们自愿放弃永恒，抹掉记忆，让灵魂洗涤，期望在时

## 第五十八章 最后的较量

间的大浪淘沙中,有朝一日还能重获新生。

今天也是袋团长一念绝尘带领余下袋蟒军离开岬龙星的日子,夜幕降临之前,蓝胤斗亲自护送他们到盘祖山交给了枭阳王,但让蓝胤斗意外的是,知后竟然和枭阳王坐在一起,在盘祖山顶看日落。蓝胤斗见到两位,连忙欢喜地跑过去跟它们相拥在一起。

"斗儿今日加冕大典,好想看到两位在场,可是我找了很久,始终没看见你们的身影。"蓝胤斗的脸上表现出了淡淡的忧伤。

"谁说我们没在场了?"枭阳王微笑着说,"我们不仅亲眼看见摩丹王帮你戴上了皇冠,我们还带去一位你最想见的族长呢。"

"谁啊?"蓝胤斗好奇地问。

一只五彩色的大皇鸟从树枝上飞下来,落在知后的肩上。

"你不是一直在找它吗?"知后说。

"你是皇鸟的族长吗?"蓝胤斗欣喜地问。

皇鸟拍打着翅膀微笑着点头,蓝胤斗连忙将左手放在胸前向它行礼!

"青龙脑部受伤,难以保存记忆,听闻族长妙手回春,还请你大发慈悲,帮它诊治诊治。"

"两位老友重托,我必尽力。"皇鸟说,"只是,陛下放心将它独自交给我吗?我要带它飞过千山万水,要去很多极净的地方调养身心,或许它才会有一线希望恢复记忆能力。"

"有你帮助,我万分感激,青龙就托付给你了。"蓝胤斗说。

"那我现在就去看看,朋友们,后会有期。"皇鸟说。

"谢谢族长!拜托你了。"蓝胤斗态度诚恳,她目送皇鸟飞走后,脸上才浮现出了一丝希望的光芒。

"日落西山,我们也该走了。"枭阳王说。

蓝胤斗一脸茫然地望着枭阳王:"难道你也要走吗?"

"我要送袋蟒军一程。"枭阳王说。

"我正想向你汇报,你交给我的十万袋蟒军现在只剩下百余位了,我不知道为什么,明明昨天都还有好几万呢,为什么今天突然都消失了呢?"

"他们的心愿已了,可以自由选择去留,他们的灵魂不会消失,最多也只是换一种形式存在而已。"枭阳王说。

"好吧。不知我们要何时才能再见呢？"

"或许，等你真正需要我的时候吧。我的朋友，再见。"

"再见！保重！"蓝胤斗再次和枭阳王紧紧相拥。她目送着枭阳王和袋团长走进洞里，其他百余位袋蟒也跟了进去，蓝胤斗对着他们行注目礼表示感谢。等袋蟒军全部进洞后，洞口突然闪过一道亮光，一块巨大的石头将洞口全部堵住，在盘祖山顶上，今后再也看不见山洞了。

送走枭阳王和袋蟒军团后，盘祖山上就剩下知后和她了。但她依然施法用皇灵守护把她们围了起来，知后第一次看到自己的幻影把自己给包裹起来时，感觉特别惊奇，它张开嘴大笑起来。

"陛下，你这是做什么？你是想让我感受一下我的肚子有多大吗？"知后说。

"皇灵，我有重要的事跟你说，今天来了，我就不会再回蓝灵堡了。"

"你要放弃至高无上的皇权吗？"知后惊诧地问。

"皇权不是我的，皇族蓝胤氏本就是个谎言，我努力活了53年，才发现自己也是个谎言。我是提灯人，但我却忘了灯下黑；我照亮着别人，却不知自己深陷在黑暗之渊。今后我只想做回自己。"

"很多人梦寐以求甚至不择手段都想站在权力之巅上。你真的想清楚了吗？"

"我不能做笼中之鸟，还有很多事我必须自己去做。今后我会详细告诉你的，但前提是你必须得带我走。"

"难道你真能放下白子宸和你的父亲吗？"知后问。

"在白子宸的世界里根本就没有我，再说皇鸟要带他走，我只能祝愿他开心幸福。至于父亲，我一定会找到他的。"

"好吧。我是你的守护者，不管你是君王还是乞丐，只要是你需要的，我都万死不辞。"知后说。

"我知道！谢谢你！正因为有你，我才不惧怕任何人。"蓝胤斗热泪盈眶，她紧紧地抱着知后的脖子，知后又露出了慈祥的笑容。

蓝胤斗和知后化成一道白影离开了盘祖山来到了目若林，她远远地看着白子宸已变成青龙在林中翻云覆雨，龙背上还坐着那只皇鸟族的族长。她目送着青龙吞云吐雾直穿云霄，直到空中只剩下了稀薄云彩，她才和知后离开了目若林，漫步在茫茫的山野之中。

时间转瞬即逝，一年很快过去了，战争的阴霾在逐渐散去，布雅戈的人类已经过上了正常的生活。皇族长老们竭尽全力，正在试图重建蓝宫帝国在岬龙星的权威。双蒙用上蓝胤斗的名字后，她经常分不清楚自己是双蒙还是那个万人敬仰的蓝胤斗，因此她的脾气变得越来越古怪。而蓝胤斗和知后一直不知所踪。

这一年，皇鸟打通了白子宸的经络；它带着青龙神出鬼没，四处游历，使白子宸储存记忆的灵魂里出现了很多黑白点。但由于之前久居他体内的魔子把他的记忆覆盖后形成了一张黑色的薄膜状，让黑点和黑薄膜完全融合，无法分辨，皇鸟就只好把他灵魂里的黑点全部去掉，现在就只剩下许多白色的点了。这意味着，白子宸现在只能记住之前美好的记忆，这导致他只记得他和蓝胤斗美好的点点滴滴，不过偶尔也会闪现一些和五大神兽嬉戏玩闹时的画面。

白子宸记起蓝胤斗后，非要回到蓝灵堡找她，但皇鸟告诉他龙椅上坐着的蓝胤斗并不是他记忆中的那个人，他的娘子和他一样还在山野间游荡。可白子宸不信，等夜深人静后，他化成一道白影，先来到了万空殿，后来又去了皇宫的正殿，那正是皇帝和众臣议事的地方。

他看见庄严高大的金銮龙椅上坐着一位酷似他记忆中的女子，她身穿华丽的龙袍，戴着高贵的皇冠，手里拿着一束郁金香，还不停扯着花蕾往嘴里塞。白子宸泪流满面地走上前，嘴里一直喊着凤龟，可是龙椅上的人只顾着吃花蕾，连头都懒得抬起来看他一眼，他这才相信，他的凤龟不在皇宫里。

白子宸离开蓝灵堡后，他时而化身青龙在千山万水间翻腾，时而又变回白子宸在林荫小道上独自游荡。日复一日，年复一年，他的寻妻之旅漫长又孤单，期间偶尔也只有皇鸟能逗他欢笑一阵了。

（终）

# 后 记

　　为什么会写这部小说？这就要从我的家乡说起了。我出生在贵州一个偏僻的小山村里，从小就听说附近有一片特别大的原始森林，它是全球最大的黑叶猴聚居地。我十多岁时和几位同伴去过一次，我们沿着崎岖陡峭的山路，来到森林上游泉水的发源地。我抬头仰望天空，第一次体会到了井底之蛙的感受。一道巨大的瀑布从上千米高的半山腰喷涌而出，翠绿的青苔爬满了整座陡壁，落地的泉水形成了两个小湖泊，蔚蓝又清澈。我们坐在石头上，仰望着瀑布，所有人都不想走了。

　　后来我去北京读了大学，北漂十年间到处旅游，可再没有见过那么原始那么有仙气的地方了。由于我特别喜欢看电影，做了几年影视策划后又开始学写电影剧本，一直就想把我家乡的原始森林写进剧本。我幻想着如果森林里住着一个女孩子，她每天和一群猴子形影不离，她应该长什么样子呢？她不食人间烟火是不是很有仙气？我想她还应该拥有一个我们常人没有的特殊能力，她有可能是一位会通灵术的女孩吗？她会和一个无意闯入森林的男孩子恋爱吗？

　　后来我就写了一个魔幻现实类的电影剧本，剧名叫《森林女巫》。这个剧本被一家影视公司看中立项后通过了。由于带有魔幻元素，投资较大，恐难拍成，朋友建议我写小说。

　　其实从开始写剧本起，我就有此打算。只是我在反复思考一个问题，这个女孩子到底是从哪里来的？我花了两年时间一直在琢磨这事，她如此特别，我想她应该是从外星球来的。可她为什么要来我们星球呢？她到底是什么身份？她父母是什么

## 后　记

人？小时候是谁照顾她的？她和森林附近的村民有来往吗？这些村民应该是些什么样的人？这些问题我都想明白后，才有了现在的蓝胤斗，她现在不是女巫，她是一名天赋异禀的通灵师。又因为她，才想到了她的故乡岬龙星。由于科幻小说不是我擅长的领域，我才想干脆再创造一个星系叫星图系，星图系里有六个星球，而岬龙星就是人类文明的发源地。可蓝胤斗为什么要回岬龙星呢？她是有特殊使命的公主吗？当她回到岬龙星时，那里应该是个什么样的世界呢？是美轮美奂的童话世界，还是满目疮痍极度危险的黑暗世界呢？我和寒竹先生就这个问题曾经畅聊了六个小时，最终才确定了岬龙星应该是现在书中呈现出来的样子。当然，现在比我们当初设想的要好很多。

2015年5月底，我来到了北京郊区银山附近的村子里专职写作。本计划两年内完成，可最后还是用了整整三年时间。虽然之前看了大量的电影和书籍，但上山后一动笔才发现我储备的知识不够用，我又开始大量阅读资料。不仅熟读了《山海经》，还把中国上下几千年的历史都看了一遍，还看了世界史和各种野史，以及《孙子兵法》和《周易预测学》。反正这几年，几乎都是边写边看资料。

我只在村子里住了大半年，一是由于一直陪伴我的金毛狗丢了，我总是感到伤心自责，影响创作；还有就是北京的山里，冬天实在太冷，即便烧了暖气，还是冻得手指发麻。那段时间我一睡着后，总是梦见童年的自己，在我们村子后山欢快地奔跑。想想我已近十年没回老家好好住过了，之前三五年回去一次也都是来去匆匆。最后我决定借此机会，回自己家乡住一阵子。

回老家过完元宵节后，我就搬到了我们村子后山的一个蒙古包里长住。童年时期后山还是我们村里的耕地，可现在却成了天然草场，放眼望去，不止万亩。相邻几个村庄荒废的耕地连成一遍，几个村子的牛羊马自由地在草场上撒欢，很多都是夜不归宿。

我特别喜欢这里的环境，自由安静，方圆几公里内都没有人烟，每天我都能安心地肆意想象，《星图王》大部分章节都是在草场上创作的。由于我经常熬夜写作，回去一年后我的免疫系统突然崩溃，被蚊子叮咬后就中毒感染，大病了一场，我只好暂时停止写作，去了上海工作休养，半年多后才逐渐痊愈。我在上海把剩下的十几章写完后，又回到老家修改数稿，直到2018年5月底才完结。

我要特别感谢寒竹先生，从创作之初他就为本书提供了很多建设性的建议，如果没有他的远见卓识，我很难驾驭这么庞大的世界；非常感谢藿香结老师的欣赏和大力举荐，本书才得以顺利出版；我还要感谢这几年全力支持和鼓励我写作的至亲好友们，是他们的爱和包容才支撑我走完了这一段艰辛的历程。曾经彷徨了十几年，直到写了这部小说，才知道创作就是我梦寐以求的最终归宿。

无论《星图王》的命运怎样，我都会心怀感激。是它让我完成了自我救赎，是它给了我莫大的自信心。曾经郁郁寡欢的我，现在很容易就感到开心快乐。我完成了一件一直想做而又没有信心和勇气做的事情，还有什么比这更幸福的呢？

十一娃写于北京